中国作家协会2017年度少数民族文学重点作品扶持项目

凤凰春晓

李美桦 著

云南出版集团
云南人民出版社

图书在版编目（CIP）数据

凤凰春晓 / 李美桦著. -- 昆明 ： 云南人民出版社，
2018.12

ISBN 978-7-222-17951-6

Ⅰ. ①凤… Ⅱ. ①李… Ⅲ. ①长篇小说－中国－当代
Ⅳ. ①I247.5

中国版本图书馆CIP数据核字(2018)第297231号

出 品 人：赵石定
策　　划：张　波
责任编辑：肖　薇　李景霞　田维莎
封面作品：伍立杨
装帧设计：昆明昊谷文化传播有限公司
责任校对：林　劲
责任印制：窦雪松

凤凰春晓
FENGHUANG CHUNXIAO
李美桦　著

出版　云南出版集团　云南人民出版社
发行　云南人民出版社
社址　昆明市环城西路609号
邮编　650034
网址　www.ynpph.com.cn
E-mail　ynrms@sina.com
开本　787mm×1092mm　1/16
印张　27.75
字数　410千
版次　2018年12月第1版第1次印刷
印刷　云南出版印刷（集团）有限责任公司
　　　云 南 国 方 印 刷 有 限 公 司
书号　ISBN 978-7-222-17951-6
定价　45.00元

如需购买图书、反馈意见，请与我社联系

总编室：0871-64109126　发行部：0871-64108507　审校部：0871-64164626　印制部：0871-64191534

云南人民出版社微信公众号

目录

第一章　时光如镜

一

一抹朝霞挂在野猫凹的天际上，羞羞答答，温情脉脉。

几棵稀疏的树影，犹如远古的孤魂，静寂地肃立在山上。它们脚下刀斩斧劈的山崖，让毒辣辣的太阳把黑色的表皮舔尽，峭壁上的殷殷暗红，显得更加狰狞恐怖。峰峦起伏的皱褶间，那些高高矮矮的杂木树，一丛一丛，一片一片，长得蓬蓬勃勃，枝枝蔓蔓，却遮不住瘌痢般的贫瘠。而它对面的轿顶山高耸入云，犹如一条绛红色的天然帷幔，懒懒散散地围过来。和粗砺豪放的野猫凹相比，轿顶山的山顶更为干净，清朗，凌厉，裸露的岩石被太阳烤红，所有杂物被陈年的风剥尽，刀削般的山峰，直愣愣地捅向云霄。山顶上，三两只在高空中盘旋的老鹰，和星星点点聒噪个不停的乌鸦，见证着山峰的雄奇。不过，越往山脚，地势越加平坦，土地也越加肥沃。那一畦一畦的梯地，就是大自然对人类最好的赏赐。略显温柔的，还是北面高高的象鼻梁子。山上长满了茅草，点缀着星星点点的灌木丛，远远看上去，就像一个毛茸茸的大靠背。弯弯拐拐的羊肠小道，就像一道道纤细的花纹，把这个靠背衬托得越发精致。象鼻梁子的山脚，一方淤积而成的盆地，散落着数百户人家。坝子下面，沟壑纵横，直抵滔滔的金沙江，对岸氤氲在雾霭中的山峦，犹如一个巨大的屏风，远远地挡在前面。

高耸的三座大山，构成了一把天然的椅子。乌地古木犹如一个襁褓中的婴儿，更如一只慵懒的老猫，静卧在这把椅子上。高大的黄桷芽树、苦楝树、皂角树以及苍翠欲滴的竹林，把这个古老的寨子，掩映成了一方世外桃源。

这样一个地方，唯有寨子里研究阴阳的陈九老祖，常常掐着他那竹节虫一样的手指，“青龙白虎”前案后山演绎一番，然后郑重地得出这样一条结论：

“这是个出人的好地方！”

陈九老祖说这话的时候，面色肃穆，神色凝重。不过，这话说的次数多了，自然会产生另外的效果。很多人嘴上不说，心里嘀嘀咕咕并不服气。倪二老爹就是这样，“嘎嘎嘎”笑过后，说：“老辈，你不要尽放些热屁哄人。你说这地方出人，我怎么就没有见识过？别说有人去县上、区上的正房蹲着，打起灯笼、火把满寨子找，就是去偏房打杂的人都找不到。掰起拇指数一数，咱乌地吉木出去的几个人，不过是去帮人家看看门、过过磅、做做饭，尿罐样的让人拎来踢去，连蛐蛐蚂蚱都算不上，这也叫人物……”

周围的人一下哄笑起来，陈九老祖那阴郁的脸就更加庄重。

“哪个说乌地吉木不出人？要我说，这个地方尽出成精的大人物！”吴成全粗着嗓门，把周围嘤嘤嗡嗡的声音压了下去，讥讽地说：“咱乌地吉木尽出白虱子，说白话，办白事，吃人又羞人！”

吴成全一闷棒，横扫了满屋的人。屋里一时炸了锅，捧腹的，坏笑的，呵斥的，责骂的，声音一浪高过一浪。

只有倪春富很受用，一言不发，笑眯眯地听得入迷。

他的儿子倪万喜，是寨子里唯一在区中学上了高中的人。倪万喜聪慧无比，每年挣回来的奖状，把他家神龛下面那半壁墙都贴满了。倪春富老是喜滋滋地想：

莫非，陈九老祖说的这个事，要应在儿子的身上？

倪春富就像一截快被榨干汁水的甘蔗，人越来越木讷，目光越来越呆滞，就连那长在头上的一对大大的耳朵也越来越不中用。正是因为这样，倪春富很少和别人交流。这么大的寨子，人多嘴杂，和别的人在一起，难免有人会拿他的愚笨来取笑他，说些阴毒话来踏削他。倪春富远离是非，把所有的力气都用在田里地里，积攒下来的钱只做一件事：

供儿子读书。

不过，这两年，倪春富的腰明显比过去挺直了许多，见了人总喜欢停下来，乐呵呵地和人家扯几句闲白。因为在世人的眼里，他那有出息的儿子，“跳龙门”是迟早的事。

不过，事情并不像倪春富想象的那样美好。儿子参加高考回来以后，倪春富的心犹如放进了翻滚的油锅，遭受了前所未有的煎熬。

每到逢场天，他的儿子倪万喜就顺着象鼻梁子一路小跑，到天拱坝邮政代办所去打听报上刊没刊登高考分数，有没有通知学生娃去体检的信息。可是，每次都一无所获。倪万喜刚回来的时候，寨子里的婆娘汉子，眼里狼一般闪着绿莹莹的光，每眨一次眼睛，都生怕错过一鸣惊人的好戏。除了几个营养不良的婆娘，脸色比过去难看，有两个从学校偷跑回来的娃娃，被爹老倌打得杀猪般号叫以外，寨子里还算平静。倪万喜往天拱坝跑的次数多了，在地里干活的人见了他，都会直起身子，笑嘻嘻地说：

“小伙子，干起哪个大学了？跑得恁么快！”

“跑快点，跑快点！去晚了大学就莫得搞喽！”

见了倪春富，有人更是粗着嗓子直冲冲地吼：“大耳朵，听说你儿子干起大学了？哪天整只大骟羊炖起，我们要来朝贺噢！”

这样的话，明显变了味。那嗤嗤的嘲笑声，就像一把并不锋利的锥子，一下又一下在倪春富一家忐忑的心上翻来覆去地戳。

只有表哥吴正虎，天天陪着倪万喜。吴正虎心事比倪万喜还要沉重，他那还没过门的媳妇，钻进了另外一个男人的被窝。吴正虎憋着一肚子的气，正不知道浑身的力往哪儿使。

两个失意的人，各揣心事，逢场天就往天拱坝赶。

倪万喜在家里如坐针毡，度日如年，轻易不敢再出门去。倪春富急得上火，牙龈肿大，成天捂着半边肿胀的腮帮子，像扯烂风箱一样，呼哧呼哧走出去，再呼哧呼哧走进来。偶尔停下脚步，苦涩的脸犹如干牛屎上的皱褶，每一层都赔着小心：

“不怕，不怕，快了！”

那台糊满了苍蝇屎的收音机，此时发挥了重要作用。里面，偶尔会播一些关于高考的消息。倪春富父子，天天守在那台老式收音机旁，全神贯注地收听。到了7月下旬，他们终于从收音机里听到了高考本科录取的分数线：理科370，文科380。倪万喜心里暗暗舒了一口气。倪万喜相信自己的实力，他不止一次在暗中估算过自己的分数。他考的是文科，应该在380分以上。也就是说，即便走不成本科，专科或中专那绝对是铁板钉钉的事。当然，这个屙屎不生蛆的穷旮旯，就是考上中专，也算老天开眼，跳出了“龙门”。

这条信息，让全家人激动得一夜没睡好。人一高兴，难免就会说漏嘴。倪万喜的母亲吴成英，嘴巴有些零碎，只要有人打听，就大大方方地传播着这条激动人心的消息。说下来，吴成英也是出于一种本能，并没有半点显摆的意思。开始那一两天，大家出于新奇，还在耐着性子听。时间一长，大家就烦了，见了她能躲就躲，实在躲不掉，就会说一些不进油盐的话来踏削她。在她们的眼里，如今倪家那小南瓜才冒出个蒂蒂，一家人的尾巴就翘成这样，以后真的长成个紫金瓜，还不知道要张狂成什么样。

倪春富的牙疼没有痊愈，仍然每天早早下地劳作。从听到高考分数那天起，倪春富就多了一项任务，每天早上，他就会催促儿子到乡场上打探消息。在县城参加高考的时候，带队的老师就交代过，最迟7月底就会通知体检。可是，已经进入8月中旬，倪万喜那双崭新的回力鞋，天天让路上突兀的山石，活生生磨出了几个窟窿，还是没有任何音信。要是往年，寨子里谁也不会把高考当回事，但今年因为倪万喜，寨子里到处都是关于高考的消息，一个比一个吹得玄乎：

“人家考大学的，早就拿到录取通知了！大耳朵家的通知还没来，可能要等皇帝老倌发十二道金牌来报喜哩！”

“天拱坝唐家娃娃今年考取了省上的大学，前天就杀了两只大骟羊，请三亲六戚吃饭。早谷田的陈歪脚和唐家是老亲，才去吃了升学宴回来，还会有假？……”

原先见了倪万喜就丧垮着脸的几个婆娘，这几天见了倪万喜都抢着跟他开玩笑：“啊哟，大学生，你不赶紧去上学，还在这里晃个啥？把我们眼睛戳瞎了，你娃儿怕是赔不起哩！”

村小的校长张尚福，每次见了倪万喜笑眯眯地劝他不要急。倪万喜考大学的事，张尚福比倪大耳朵还要上心。张尚福干了一辈子民办老师，就出了这么一个人物。他不仅把倪万喜树成榜样激励弟子用心学习，还常常向寨子里的乡亲们吹：有啥了不得的，过不了两年寨子里就有人上大学了！

张尚福说的这个人，就是倪万喜。每每这个时候，张尚福的周围，那一颗颗脑壳上的耳朵竖得笔直，眼睛放着绿光，咕嘟咕嘟咽着清口水，生怕听漏了一个字。村民没有上过大学，但个个都知道进了大学门槛就是国家的人。一旦“跳龙门”，手捧铁饭碗，日不晒，雨不淋，每个月拿工资，吃穿不愁。日子一长，村民耳朵早听起了老茧：“喔唷，考上个大学生和你有屁相干！”

旁边的人“嘁”了一声，小声嘀咕道：“你杂种，晓得啥叫屁香屁臭。寨子里能出个大学生，人家就可以转正了！”

这二十多天来，每天来回六七个小时的山路，倪万喜的神经已经麻木了。寨子里那些闲言碎语，不仅把父子俩的热情一点一点地浇灭，就连那点可怜的自尊，也被掐得血肉模糊。

早晨，倪春富起床的时候，红彤彤的彩霞，已经烧红了东边的天。

这无疑是个好兆头。就在昨天晚上，倪春富做了一个怪梦，梦见他和儿子遇上大雨，闪电就像亮晃晃的大刀，在眼前嚯嚯嚯地砍；连天的滚雷，一个接一个在头顶上炸……倪春富从梦中惊醒过来，枕着窗外的雷声和雨声，再也无法安睡。倪春富啵啵啵地咂旱烟，床头那些吸饱了血的蚊子，被熏得嘤嘤嗡嗡乱叫。

老是往天拱坝跑也不是事，他准备让儿子多跑半天路，直接到区中学去问问，是红是黑，是死是活弄个明白也才心甘。

和往天相比，倪春富显得更有耐性，左一次右一次地催促儿子早点动身。当然，倪春富还有一点私心，今天他外甥陈宗旺结婚，儿子不去帮忙不好，去了难免又有人尽捡娃娃痛处戳，不如到外面回避一下。

二

倪万喜出门的时候，满天的红霞已经散尽。天空像一面让人干干净净洗过的大镜子，蓝得让人发怵。太阳从野猫凹的上空移过来，伸出红红的舌头，肆无忌惮地炙烤着大地。云被毒死了，风也被毒死了。唯有树上的鸣蝉，在做垂死挣扎，有一声无一声地呻吟着。热气从裸露的地里，从树梢上，从岩石的缝隙里不断地渗出来，把大地变成了一个大蒸笼，让倪万喜感到窒息般的闷热。在那毒辣的阳光下，他感到脑子昏沉沉的，腿上像注满了铅，每走一步都是那样的艰难。在倪万喜恍恍惚惚的意识中，这一天的路是那样漫长，好像怎么也走不出这环绕的大山。

不得不说，倪万喜是一个懂事的孩子。他的父亲倪春富仅上过扫盲班，斗大的字识不了几个。倪万喜小的时候，倪春富对他说得最多的就是这句话："万喜，你得为咱倪家争口气，把书读出来哩！"大耳朵对儿子说这话是有来由的，想必他爷爷或爷爷的爷爷，对儿子也说过类似的话。究其原因，是为一张契约让倪家祖上输了官司，失田失地，最终才逃到这个山旮旯来。归根结底，亏吃在睁眼瞎上。有了这种刻骨铭心的教训，祖上发誓要供一个识文断字的读书人出来。不过，这个美好愿望，到了倪万喜这一辈才有条件实现。倪万喜把所有的精力都用在读书上，除了隔两个星期回趟家背点米、面，带点生活费，再带上妈妈炒的酸菜、豆瓣酱外，他不会跨出学校大门半步。虽然是区中学，学校里依然没有电，晚上自习全凭煤油灯照亮。其他同学早早入睡了，只有倪万喜，周围农家的鸡不叫上三两遍他是不会去睡觉的。正是因为他与同学交往少，除了教他的老师外，其他人根本就不知道学校里有这么一个刻苦的好学生。

整个寨子里，数倪春富两口子劳力好。天麻麻亮倪春富和吴成英就在地里劳作，晚上天上的星星出齐才舍得回家。这些年，两口子天天吃苞谷饭、杂粮饭，有一粒米都省着让儿子带到学校。家里的鸡生了蛋更是舍不得吃，卖成钱做儿子的学费、生活费。日子一旦有了盼头，就是再苦再累，也跟喝了蜜一样甜。很多时候，旁边的人说些什么，倪春富虽然没有听清楚，仍把那颗汗涔涔的脑壳点得像正在啄米的小母鸡一样，乐颠颠地咧着嘴、粗声大嗓地和村里人说话。

所有这一切，都源于倪万喜。

从乌地吉木到天拱坝，翻过高高的象鼻梁子得三个来小时；从天拱坝再到区上，还得两个多小时，一路山道弯弯，山高坡陡。天拱坝中学条件极其简陋，只有初中班，招生范围却辐射周边几个乡，寨子里能考上天拱坝初中的却寥寥无几。

倪万喜的表哥吴正虎就是这样，他比倪万喜早两年跨进天拱坝中学的大门。无奈天拱坝中学不是天堂，学校里无法住宿，附近的学生早出晚归，远处的学生只好挤在供销社的库房里打通铺，早晚自己生火做饭，白天被烟火熏得涕泪直流，晚上和蚊子、臭虫、虱子、跳蚤搏杀，坐到课堂上无精打采，模样看上去一个比一个老成。天天生活在这样的环境里，吴正虎丝毫没感到苦和累。只是，集镇上的娃娃欺生，一见吴正虎那颗瘪冬瓜样的脑袋，个个喜笑颜开，都想上去薅刨几把。偏偏乡下人把脑壳看得金贵，宁可舍了命，也不能让脑壳受屈。于是，还不等对方的阴谋得逞，吴正虎就奋起还击。这样做的后果，自然以他的头上身上多了无数个青紫的瘀斑而告终。虽然吴正虎为了脑袋不受屈、死不投降，但已无心坚持下去，学期结束，就回到乌地吉木继承父业。

盘古开天地，寨子里真正读完高中的，倪万喜是第一个。

倪万喜孤魂一般，一路气喘吁吁，心跳如鼓。

吴正虎一大早就帮表哥陈宗旺接新娘子去了。往天，有吴正虎陪着，长长的象鼻梁子不知不觉就翻过去了。可是这一天，他觉得时光停滞了，世界也凝固了，剩下的就是他牛一般的喘气声。

他不得不思考这样一个严酷的问题：万一考不上怎么办？以后的路该怎么走？

说下来，倪万喜到区中学读书，完全得益于初中班主任郭玉章。

和吴正虎一样，倪万喜在天拱坝中学读的初中。在那一批学生中，倪万喜无疑是他们中的佼佼者。可是，在中考的时候，还是差了几分。

对于这样一个结果，倪万喜感到无比的失落，他的班主任郭玉章却万分高兴。在他看来，要想成为国家人才，就要到真正的大学里去深造。倪万喜中考失利却以高分进了区中学。这就意味着，只要他在高中努把力，以后考大学就有希望。退一万步说，即使考不上大学，走进中专学校那也是十拿九稳的事。那一个假期，郭玉章往倪万喜家跑了好几次，翻动着一张巧舌如簧的嘴说得倪春富夫妇只有点头的份。

到了区中学，倪万喜却改变了主意。他没有去读高中，而是去初中班补习了一年。对于这件事，他没有告诉家里，他想给世人一个意外的惊喜，包括天天如牛一般下苦力的父母。

乌地吉木以吴姓、陈姓、杨姓、祁姓人居多。倪家在乌地吉木是个小姓，传到倪春富这一辈，只有二十来户人。倪家老老小小加起来，稀稀落落只有十来桌，在寨子里几户大姓人面前抖瑟瑟的始终抬不起头来。倪家经常受外姓人欺负不说，就是家族内部也是争来斗去，经常为那巴掌大的田边地角，或苍蝇屎大的利益，甚至一句不得体的话，都会恶语相向，吵得卵子翻天。最让倪万喜感到难以接受的是，他每次回家，倪二老爹都会过来坐一坐，问一问他学习上的情况。然后，以长辈的姿态敲敲磕磕语重心长地教导他一番。时间一长，倪万喜感觉二老爹关心的背后隐藏着龌龊。他不止一次听见二老爹在背后拿他的缺点说事，用嘎嘎嘎的笑声来维护他那一房人的尊严："大耳朵家那个卵皋子，尽想天鹅屁吃！寡骨寡脸，尖嘴猴腮，也是考学校的命？就凭他那副霉相，要是能考出去，老子手巴掌煎鱼给他吃！"

听到这些刻薄的话，倪万喜的脊背直发凉，心里隐隐作痛。倪万喜恶心之余，他还真想尝一尝二老爹手巴掌煎出来的鱼是啥味道。

倪万喜憋足了气，他变得无比的用功。可是在补习的这一年中，他的思想却发生了根本性的变化。那个时候，郭玉章已经调到区中学担任初中毕业班的把关教师。受郭玉章的影响，倪万喜心里绿油油的欲望一天天疯长。一个人要有大的发展就得有更为宽广的舞台，要想实现这个目标，首先就要圆自己的大学梦。倪万喜不仅把初中基础知识补起来，还把高中课本自学了一大半。中考的时候，倪万喜做出了一个惊天的举动，他尽捡后面的难题做，把前面基础题部分留了空白……倪万喜如愿以偿上了高中，可是那笔昂贵的书学费和生活费，却像沉重的大山压在他身上。他不得不硬着头皮，把复读的情况以及中考的结局告诉父母。在倪春富和吴成英的啧啧叹息中，倪万喜信心满满，把自己上高中考大学的愿望和盘端了出来，请求父母支持。倪万喜在向父母摊牌的时候，隐瞒了最为核心的部分。他不想用自己的狂妄，让天天辛苦劳作的父母受到伤害。尽管如此，倪春富那张黑黪黪的脸还是阴郁了很长一段时间。对于这样一个结局，倪二老爹却欢喜异常，笑声比往常更为清脆："我就说嘛，天老爷眼睛没有瞎，不会让这样的瘪壳虫翻过'龙门'去的！"对于这些风言风语，倪万喜毫不理会。他凭着勤奋和刻苦，每次考试用区中学年级第一的排名，证明自己的实力。就是在高考的考场上，他也显得异常的冷静，从容，顺畅。

倪万喜实在想不通，怎么到了现在，还没有任何消息呢？

到了集镇上的区中学，倪万喜已头昏脑晕，口干舌燥。他正想找个地方喝口水、歇歇脚，不想肩上重重地挨了一巴掌，听见一个熟悉的声音说："嗨，万喜，你体检就回来啦？"

倪万喜回头一看，是同班同学赵方禄。想到寨子里这段时间的风言风语，倪万喜叹了口气，苦笑地说："你不要取笑我，去哪里体检哟！"

赵方禄眼睛一下瞪得多大，打量着倪万喜："咋回事，说半天你还没接到通知啊！走走走，我带你到镇政府找他们去！"

赵方禄连拖带拉，把倪万喜带到了镇政府。搞办公室的是一个戴眼镜的办事员，听赵方禄一介绍，就嚷起来："我们早就接到了通知，叫你到县医院参加体检。问题是，我们搞不清楚你是哪个地方的，学校放假又找不到人，害得我们逢人都在打听……"

"现在的学校，太不负责任了！"眼镜愤愤地骂了一通，对愣在一旁的倪万喜说："三天的体检，昨天就结束了。你得赶紧进城，找熟人通通关系，多说几句好话，千万不要把这样的好机会错过了！"

倪万喜一听，激动得心都快跳出来了。那一瞬间，倪万喜身上所有的疲劳，都被这个激动人心的消息一扫而光。在倪万喜的脑子里，县城是那么遥不可及。长这么大，还是上个月参加高考的时候，他去过一次。再说，他早上走得急，身上只有几角钱的零钞，不可能就这样空着两只手去体检啊！

那一阵幸福的眩晕袭来，倪万喜的脑子飞快地旋转着，他想起了表哥。

倪万喜的表哥叫陈宗旺，当兵时荣立过二等功，退伍后安置在天拱坝供销社当炊事员。倪万喜的亲戚中，数表哥的关系广，见的世面多。在这节骨眼上，他是唯一的救命稻草。可是，今天是表哥的大喜日子，他哪里脱得开身呢？

三

倪万喜恨不得长出双翅膀，飞回乌地吉木。

按理说，亲外甥讨媳妇，当舅的提前三两天就得到场。杀猪，宰羊，搭亲棚，张罗桌椅板凳，准备宴席，招呼客人，要做的事情多着哩。可是，倪春富并没有把心思放在外甥身上，他在家里犹豫了半天，决定还是晚一点再去。倪春富心里七上八下，磨磨蹭蹭背着背篼到了地里，他准备割些地埂上的草回去喂牛。这阵子，倪春富的心里，就像钻进了一只淘气的耗子，冷不防啃他一口，让他浑身直打哆嗦。

半天过去，他不仅没把背篼里的草割满，手上还让镰刀割了两道口子。

倪春富始终放了一只眼睛在象鼻梁子的山路上。象鼻梁子的半山腰，有一块平地叫凉风台。倪万喜刚从凉风台的山垭口露出头来，倪春富就看见了。一看儿子急匆匆一路小跑的样子，倪春富就觉得有事。他赶紧停下手里的活，快步跨出地埂，早早在路上等着。尽管倪春富有思想准备，当儿子喘着粗气、脸色煞白站在他面前，还是把他吓了一大跳。倪春富把大耳朵凑上前去，听明白是怎么回事，一下就像被孙悟空使了定根法一样，呆呆地站在那儿：

“这个咋整？！”

“咋整哩，这个鬼事！”

天上，几朵白云悠悠地从头顶游过。远处陈宗旺家噼噼啪啪的鞭炮炸得正欢，满寨子弥散着硝烟特有的味道。

倪万喜咽了一口口水，长长地喘了口气，说：“爹，我们赶紧去找表哥，看他能不能帮着想点办法！”

倪春富生怕到地里把鞋弄脏，光着脚板就出了门。听儿子这么一说，倪春富连忙点着头，背着背篼，提着镰刀，赤着脚就往陈宗旺家走去。

这个时候，新媳妇已经接进了门。

婚宴总管正在请先生退车马。门前的空地上，摆着一大坨刀头肉，油汪汪的肉上插着双筷子，旁边燃着三炷香。先生嘴里念念有词，端过一碗冷水，运足气力，噗地喷出来一股水雾，大吼一声：

“呔，姜子牙在此，诸神回避！”

话音刚落，先生手里的筛子，骨碌碌飞一般从屋里滚了出来，擦着倪春富的赤脚呼啸而过，吓得大耳朵一下把脚提了起来。

堂屋里挂满了喜庆的牌匾、对联，开心的笑声一浪高过一浪。在祁四老爹的主持下，一对新人正在拜堂。拜天地、拜父母、夫妻对拜，三道程序化的过场一走，就进入了下一道实质性的环节：

抢房！

乌地吉木周围十里八乡，古人早就总结了一条不成文的经验：大婚这一天，夫妻双方拜了堂，谁抢先跨进洞房，以后这个家就由谁来当。说下来，今后这个家谁说了算，一般还要看谁的拳头硬。女人再泼闯，声音再大，也没有男人那对拳头管用。毕竟是人生的头等大事，很多人都和心上人信誓旦旦，到时候一同跨过这道神圣的门槛。可是，到了拜堂这一天，还是身不由己，抢先伸出脚去。有还没把头磕完，转身就往洞房跑的；有把心上人绊一下，自己先入洞房的；还有到了堂屋不等拜堂，就直奔洞房的。总之，闹出若干洋相，为寨子里的乡亲，平添了许多笑料。陈宗旺见过世面，又有些文化，对于这个事情看得很淡。在女方家订婚的时候，他就私下和未婚妻达成了口头协议：到了这一天，谁也不上前，一起跨进屋。没想到，祁四老爹才喊进洞房，新娘子就涨红了脸，笑嘻嘻地瞥了心上人一眼。这温柔的一瞥，早已酥了陈宗旺的神经。就在这一瞬间，新娘子扯着陈宗旺的胳膊，抢先一步跨进了洞房。

屋里虽然很闷热，但一点也不影响大家看热闹的激情。满屋子看稀奇的人，见到新娘子抢了先，新郎官还傻乎乎地在后面跟着，哄笑声差点把房顶给掀了起来：

“枉自当过兵，还让婆娘抢上前一步！”

“咦，还兴使美人计哦！”

那些早就潜伏在堂屋顶上的苍蝇，此时受到震动，嗡的一声四散而逃。

儿子的事，早把倪春富急成了热锅上的蚂蚁。人一急，就什么也不顾，只会往死胡同里钻。直到这个时候，倪春富还把那半背篼牛草背着，手里牢牢地攥着那把镰刀，脑袋直往前倾，眼睛在人缝里找陈宗旺。

大耳朵这一反常的举动，自然引起了别人的注意。老碾房邓万祥家媳妇刘启芬在帮厨，也挤在堂屋外边看稀奇。那一阵笑过后，她扭头看见了倪春富，咦了一声，脱口喊道：“我二哥，你在整哪样？”

大耳朵那只没拿镰刀的手直比画：“陈宗旺，陈宗旺呀！”

刘启芬被倪春富这副窘态弄糊涂了，接着问：“陈宗旺咋啦？”

大耳朵回过神来，大腿一拍，急急地说：“妹子，快点！你赶紧把陈宗旺喊出来，我找他有急事！”

陈宗旺从人缝里挤出来的时候，倪春富正不安地搓着他的光脚。结婚办酒席，少不得把房前屋后都清扫一遍。可是，屋里的苍蝇实在太多，这些家伙一点不惧生，从屋里逃出来后，很快就落了七八个在倪春富汗涔涔的脸上。

“咋整，这个鬼事情！”倪春富还没把背篼放下来，冲着他的侄儿子直嚷嚷。

倪万喜让汗水浸透无数次的衣服上，已经有了白白的一圈汗碱。他赶紧把考上学校要急着去体检的事说了。

这么重大的事情，一下把先前在堂屋里看热闹的人全吸了过来，一颗颗伸长的脑袋，把倪春富父子铁桶般围着，满院子都是凝重的呼吸。

“这个咋整，鬼事情……”倪春富眨巴着眼睛，求救般看着陈宗旺。

一看到这个阵仗，周围的人哪里按捺得住，七嘴八舌都在帮着出主意：

“咋个整？赶紧去找人哩，在这点急一阵，起个毬的作用？”

“昨天就截止了，今天赶紧去，该作揖就作揖，该磕头就磕头，该烧香就烧香，说不定还有搞头！”

“你说得轻巧，大耳朵认得毬大爷？就是要烧香，也要晓得庙门嘛！大耳朵天天在自家锅边转，连城门洞朝哪方开他都搞不醒豁，去找个锤子！”

倪万喜在路上早就想好了主意。本来，这样的话倪万喜指望父亲倪春富来说，可是当爹的一着急，把啥都忘了。倪万喜深吸了一口气，说：“表哥，这个事，想请你出出面。你人要熟些……”

倪万喜开了口，一下把大耳朵点醒了，说：“对对对！侄儿子，大舅来找你，就说这个事。你表弟，就只有靠你了！”

父子俩眼巴巴地看着陈宗旺。可是，还不等他表态，周围那一圈脑袋就哄地嚷开了：

“这两爷子才会找人哩！今天是啥日子，新郎官走得脱吗？”

“该去该去。这种事不帮，还帮哪个？”

“说毬得啊，新媳妇才进洞房，哪里有把新郎官支起走的道理？换成你家姑娘，你家干呀？”

陈宗旺的爹叫陈兴富，当了一辈子的石匠，说话做事稳重。听着这些话，他比谁都着急。儿子虽然有一个饭碗，但已经迈过了30岁这道坎，在农村成了大龄青年。如今乡下的姑娘，十四五岁就许了人。儿子好不容易才谈好这门亲事，他实在不想出任何闪失。陈兴富赶紧把那些围着的脑袋扒开一条缝，挤进来说：“我兄弟和兄弟媳妇苦啊，弓起背脊磨了这么多年，眼睛都望起老茧了，才盼来了这个结果。按理说，这是天大的好事，这个忙说啥都该帮。问题是，今天这里有一大摊事哩，娃儿一走，里里外外的亲戚咋办？怎么给刚刚进门的新媳妇交代，给人家送亲的交代？我这个老倌，是左也难右也难呀！这样说，明天一早去，行不行？”

“唉，人家昨天就截止了哩，这个鬼事情……”听了姐夫这番话，大耳朵急得要哭。站在旁边的倪万喜，也紧张绷脸，不住地搓着手。

还是祁四老爹出来解了围。祁四老爹粗着嗓门，对陈宗旺说：“从盘古开天地，咱乌地吉木总算有人要‘跳龙门’了，这是天大的好事啊！现在，新媳妇接进门，堂拜了，洞房也进了，再遇上这件好事，那是喜上加喜哩。你的事是大事，娃娃考大学更是大事。咱们这个穷旮旯，在外面见过世面的，眼下只有你，不靠你靠谁？你和新娘子商量一下，好言好语把她安顿好，该补的回来给人家补上，赶紧送你表弟进城体检，如何？”

祁四老爹说着，把同样涨红了脸的陈宗旺推进了洞房。陈兴富急了：“四哥，这样子搞，把女方家送亲的得罪了咋办？这这这……是不是先和他们商量商量？”

祁四老爹哈哈一笑，说：“喜上再添喜，亲上再加亲的大好事，还有啥好商量的？那些送亲的，都是我们的亲人，都是体体面面通情理的人，好说会像你一样不开窍？……”

明摆着，祁四老爹这些话，是说给在亲棚里乘凉那班送亲队伍听的。

陈宗旺笑眯眯地从洞房里出来了，对陈兴富说：“爹，我送表弟去！”

陈宗旺挤过人墙，红着脸，亲亲热热地和送亲的人打招呼：“二舅，姑妈，三姨爹，我送表弟去体检，你们多担待哈……”

新郎官到那边和送亲的话别，祁四老爹又发话了：“大耳朵，你得拿点钱哩，总不能空着两只手，使嘴巴去杵吗？”

“喔嚯，这个咋整，我没有揣在身上哩！”大耳朵把镰刀交给左手，空出右手全身上下摸了一阵，把落在脑袋上的苍蝇惊得乱飞:“我开春才卖了个猪，钱一分都没敢用，我赶紧去拿……”

“这木疙瘩脑壳，你再去跑一阵，要耽搁到哪个时候？去，请挂礼的师爷数50给你，明天你带过来添起就对了嘛！”祁四老爹又是一声吼，扭过头来，对着旁边看稀奇的刘启芬说：

“你赶紧过去，看看灶房头的饭蒸熟没有，捏两个饭团，找几张菜叶包起，让他们带着路上吃！”

四

倪万喜考上学校的消息，其威力不亚于在寨子里投下了一颗原子弹。

陈宗旺家宽大的院子里高朋满座，人声鼎沸，气氛热烈。不过，即便是在这大喜的日子，来朝贺的亲戚朋友，对新郎新娘以及那丰盛的宴席都失去了兴趣。他们所有的兴奋点，全集中在倪万喜的身上，嘤嘤嗡嗡议论的全是这个话题。

在这种场合下，倪春富自然是大家调侃的对象。倪万喜和陈宗旺前脚才出门，院子里就有人在洗倪春富的脑壳了：

“大耳朵，这下你家出了龙种，以后你儿子去京城做了官，就等着他派人用轿子抬你两口子去享福了！”

“大耳朵，你家就得个独儿子，现在考上了学校，以后就是国家的人了哩。到时候，就你两口子在屋头守着，你望我，我望你，吃干毬哇！”

“啊哟，你几爷子操啥空头心。有吃饱饱胀，无吃烧火向。人家儿子有了工作，会像寨子里有些杂种，把两个老杂毛一脚踢在旁边，让两个老不死的大眼瞪小眼？……”

那时候，倪春富已经把背上的背篼取了下来，把镰刀也放在了背篼里。倪春富偏着头，抱着手，支着耳朵，乐哈哈地听着大家闲扯。对他来说，好听的话也罢，难听的话也罢，嘴巴长在人家身上，就算说两句栽言诅语的话也没啥关系。

院子里的几个老汉相互咂着自家种的叶子烟，在一阵阵腾起的烟雾中，探究着寨子里发生这件大事的来龙去脉。寨子西边的陈九老祖，懂点风水，平时寨子里有人出远门，有人掉了东西，或是牛羊牲口生了病，少不得要请他打打卦，问问吉凶。不管到哪家，他总会搬出他的阴阳八卦，说得人家竖起耳朵地听。这个时候，他那一套“理论”就发挥了作用。陈九老祖说：“这是啥？是命。大耳朵他爷，也就是这个娃娃的老祖死的时候，本来说定要埋在他们祖坟山上的，也怪老人家多事，生前找了个阴阳先生，为自己选了一块好地。偏偏他看中的那个地点，锄头要落下去动土的那一刻，大耳朵家堂叔站出来，说是他爹早就看上了这个地方，打了记号的，不准动。明眼人都晓得他堂叔私心重，想白捡块好地，关键时候使出了这阴毒的一招。办这样的事，最忌讳吵吵闹闹。大耳朵家爹只得把气咽在肚子里，说了句狠话，‘你不准在这儿埋，老子还不耐烦葬在这点，省得老人到了阴间，还像活着的时候一样时时提防小人算计，死了都不得安宁。’给老人家做法事的，是野牛坪的刘瞎子。大耳朵家爹找刘瞎子一商量，这刘瞎子也想在乌地吉木露一手，说这点卵屎大的事哪点卡得着人。带着大耳朵父子，就在龙麻坪子选了块地，把老人葬了。你们不晓得，龙麻坪子那块地，比原先的地更巴适，前案后山、青龙白虎占全了。只可惜刘瞎子多长了个心眼，把那块好地的位置指偏了一丝丝。要是再葬准一点，以后这家人，出个部长省长也是有可能的。如何嘛，该人家有那点命，误打误着，就发起来了哩……”

陈九老祖的话还没说完，就让苦竹箐的杨七公打断了。那杨七公虽然比陈九老祖小十多岁，也在钻研同一个行当，也是经常给人家掐日子合八字看门向。两个明里暗里都在较劲，一个不服一个，只要凑在一起就要顶牛。杨七公说：“要说那娃娃家老祖保佑这支人发，还是人家陈大嘴封赠得好。那年大耳朵家爷死的时候，正是立夏前后，闷热得要命。恰好那几天没有下葬的日子，老人家的肉身在屋头停了七天，到处的绿头苍蝇都来他家朝贺。把老人家抬上山那天，恶臭一股接一股，差点没把帮忙的弟兄熏死。老人家的两个妹妹从远处赶回来，说要在砌土之前清清棺，把棺材打开，让她们看大哥最后一眼。帮忙的弟兄没办法，捂着鼻子，憋着气，打开棺材一看：天哪，老人家的脑袋，肿起斗笆箩大。两个女的，吓得脚一软，差点就栽进挖好的井里去了。还是邻居陈大嘴手快，一手拉一个，说：'嗳，怕啥子，发了，发了！'本来，老人家的龙体放了七天，早就发胀了。拿给陈大嘴缺牙巴咬虱子，随口封赠了这么一句话，一下子咬准：发了！"

在旁边的人打圆场道："你两个大师父说的都有道理，照这样说来，还硬是该人家发哩。你看嘛，除了大耳朵家倪万喜，就连重外孙都沾了光，不然他陈宗旺翻得了天，去得了供销社？"

一些闲汉在旁边打扑克，他们眼睛盯在牌上，耳朵听着旁边的议论，嘴巴却一点也没有闲着：

"喔嗬，吃干毬，大耳朵家煮熟了的鸭子放飞啰！"

"不怕，只要有熟人去帮着说句话，放他去医院体检，大学就是稳的！"

"只要他大耳朵出得起钱，还怕把这点小事情搞不定？就怕大耳朵手捏得紧，不想把他屋头窖着的现花抖出来。咦，可惜了那个娃儿，起三更，睡半夜，眼睛都快要熬瞎了，考得这点功名，还要扯人家的拐。这老天，也不生点眼水哩！"

"啊哟，你不要说得这么安逸。人呐，哪个不想大富大贵？关键要看命中福分如何，有莫得那点衣食。你看那些成了气候的人物，个个都是方面大耳，虎背熊腰。你再看那娃儿，横看竖看，都看不出那衣食存在哪点的。要想平地冲起三尺高的尿，难！"

吴成全迟来了一步。他没有目睹新郎新娘抢房那精彩的一幕，也没有看到刚才大耳朵父子的狼狈样。离晌午开席还有一小段时间，吴成全就傻乎乎地蹲在旁边，看人家打牌过干瘾。就在这个时候，他侄儿一句不经意的话，一下把吴成全的心提了起来："幺舅，你翻没翻礼簿，有名堂啊！"

"啥名堂？你晓得幺舅，扁担大的一字都认不得哩！"

侄儿把嘴巴附在吴成全的耳边，那股热乎乎的气直往他的脖子里灌：“我们刚才去看了礼簿，那上面……没见着你的名字哩！”

吴成全一下急了：昨天他就到了陈宗旺家，找挂礼的师爷，递了2块6角钱在他手里，怎么会没有名字呢？

这笔礼钱，还是他厚着脸，向堂哥吴成厚借了2块，自己添了6角，才凑成六六大顺。他晓得这份礼并不重，众目睽睽下来挂礼，多少有些不好意思，才赶在昨天挂的。现在，那礼簿上没有自己的名字，欠了债，还要背个白吃白喝的恶名，他能不急吗？

吴成全是个掖不住话的火铜锤，当着挂礼师爷的面，对侄儿说：“你过去瞧瞧，那抬丧的礼簿上，有没得你幺舅的名字？”

挂礼的师爷不知道内情，用手压着礼簿：“过去点，我这点忙得很，不要捣乱！”

吴成全见这个阵式，心里的气更大了，眼睛一鼓：“忙个锤子！老子眼睛早就瞎了，我侄儿的眼睛不瞎。要是哪个利毛猪，敢把老子的钱吃下去，老子要叫它屙秤砣出来！”

挂礼师爷听话里有话，把礼簿往桌子上一砸：“不要拃起嘴巴说黄话，哪个吃了你的黑钱？”

旁边的人一看这架势，赶紧站出来，两边打圆场。

这个时候已经临近摆席了，一些远客迫不及待地坐在席位上。帮厨的小伙子大姑娘，穿梭着忙上菜。孩子们嘻嘻哈哈，在大人的胯缝里钻进钻出，阵阵笑声盈满了温馨的农家小院。挂礼的师爷弄清楚缘由，脸上像挨了两巴掌，气得青脸绿嘴。挂礼师爷把礼簿一抱，走到院子中间，清了清嗓子，对大家说：“各位亲朋好友，各位尊卑老幼，在婚宴没有开始前，请大家静一静。我把这两天挂的礼，公布一下，请大家监督。需要声明的是，由于匆忙，客多，人杂，本人水平有限，挂礼的过程中，难免出差错。万一把哪个弄错了，请各位多多海涵……”

田三丰，6块。

李成祥，5块6。

吴成贵，2块，水瓶一个。

杨应厚，3块6，枕巾一对。

伍保仁，3块8。

张朝发，2块。

杨成全，大米两升，苞谷两升。

陈万德，1块8。

李成福，2块6。

杨文旺，1块6，被单一床。

马方贵，1块8，茶壶一把，茶盘一个。

吴成发，2块2，脸盆一个。

姜胜昌，苞谷两升，小布一匹。

陈万富，2块6。

倪春寿，水瓶一个，大米两升。

陈应寿，大米两升，荞子两升，红苕一篮。

李方贵，1块8，大米四升。

吴成厚，5块6。

陈万保，3块8，大米两升。

吴成全，2块6。

吴正能，2块，大米两升。

……

院子里一时安静下来。就连刚才在人缝里嬉戏的孩子，也被大人拉过来，紧紧地箍在怀里。大家都立直了耳朵，想听听自己的名字在不在，更想听听别人送了多少。

寨子里人本来就多，遇上这样的喜事，就算平时心里有点疙疙瘩瘩，这种时候也想借此机会缓和一下。加上陈家是大姓，在寨子里转弯抹角都是亲戚。于是，家家关门插锁，都来朝贺陈兴富家。可是，长长的名单还没念完，有的人屁股就坐不住了，脸也烧呼呼的，浑身不自在。是哩，虽然都是亲戚，都表达了心意，但毕竟能力有大小，送得多的，听挂礼的师爷一念，心里美滋滋的。送得少的，大庭广众之下，让挂礼的师爷抬出来一晒，早已臊得脸红筋胀，恨不得在桌子底下找个地缝钻进去。因此，有些人黑着脸，饭也不耐烦吃，气冲冲地走了。

这场热热闹闹的婚宴，就这样不欢而散。

倪春寿也是这样，他气鼓鼓地刚出门，就遇上了同样丧垮着脸的爹。倪春寿因为送礼少心里不是滋味，而他的爹老倌则是因为倪万喜的事感到郁闷。倪二老爹见了倪春寿，鼻子一哼："如何，再不使把力，只怕给大房提鞋子人家还嫌弃！哼，你那两个堕落报应的儿子！"

昨天下了雨，门口还有几塘积水。他的小儿子倪万福淌着清鼻涕，打着光脚板，正埋着头，在水塘边玩筑坝。小家伙衣服湿了一半，头上脸上全是泥。他的大儿子倪万顺，躺在门前的石板上，呼呼睡得正香。倪万顺头发蓬乱，汗涔涔的脑袋旁边，是一坨坨黑乎乎的鸡屎。几只母鸡，就蹲在不远的地方打盹。三只从猪圈门缝里钻出来的小猪，正欢快地拱着墙脚。倪万顺泥猴一样的脸上全是苍蝇，有的悠闲地搓着脚，有的吸吮着他黏稠的汗水，还有的抓住时节正在交配。家里那条土狗，就趴在倪万顺的身边，不时伸出红红的舌头，从苍蝇的缝隙里，把它嘴角流出来的梦口水舔干净。

两个孩子的邋遢，让倪春寿气不打一处来。倪春寿把在水塘边忙得正欢的小儿子揪上来，抬手几巴掌打在小儿子的屁股上。倪万福凄厉的惨叫声，早把倪万顺吓醒。还不等他翻起身，倪春寿顺手抓起门前的柴块，劈头盖脸地打了过来。倪万顺惨叫连连，边挡边躲，如丧家之犬，落荒而逃。倪春寿不依不饶，捡起碗大的石头，呼呼的风声夹杂着他愤怒的咆哮声砸过来：

"死杂种，书你不好生读，以后给人家提鞋子！"

那只土狗不明就里，龇着牙，用汪汪汪的狂叫进行声援。

五

吴成厚同样在陈宗旺家喝喜酒。不过，吴成厚并没有像其他人一样，骂骂咧咧地提前退席。他酒醉饭饱，喷着满嘴的酒气，对儿子吴正虎说：“去，把幺叔他几个招呼到家里来，我有话给他们说！”

娄天菊钻了别人的被窝，煮熟的鸭子成了别人的盘中餐，吴家一大族人咽不下这口气。吴成厚的老婆马英凤一哭二闹三上吊，把寨子搅得天昏地暗，直到病倒在床上才消停下来。

只有吴成厚不当回事。吴成厚就像一尊弥勒，天塌下来，那脸上也是笑眯眯的，老是在安慰一家老少：强扭的瓜不甜。既然人家不乐意，就当折了几把米，好大点事嘛！

吴成厚这一手，让寨子里的人感慨不已：啧啧，这么大的事，人家拿得起放得下，难怪能够发大财！

这样的感慨是有道理的。其实吴成厚肚子里的小算盘，拨拉得比哪一个都响亮。还在大集体时候，他就因投机倒把，经常让人揪着尾巴，接受群众批斗。这一套本领，土地下户后就迅速派上了用场，粮食、牲口、木材、石料、皮张、药材，不管什么东西，到了他手里都能赚到钱。短短两年时间，他就把过去的石板房土掌房翻盖成了大瓦房，开起了粮食加工作坊，用上了收录机……

吴成厚有了钱，人显得更为厚道。不管哪家缺三块两块急用，只要开口，他都会慷慨解囊。吴成厚没上过一天学，谁赊了帐，借了几块钱，某年某月某日还了多少，都清清楚楚记在他脑子里，绝不会有分毫差错。待人家缓过了这口气，还也罢，不还也罢，他都不会放在心上。一来二去，他在寨子里结下了很好的人缘。

按说，以吴成厚的威望，随便往哪一站，都是一尊威风凛凛的天神。可偏偏有人不识深浅，敢挖他儿子的墙脚。花坪子的张大昌不知要了啥手段，七诓八骗，硬把娄天菊迷得神魂颠倒。

本来，吴家在这个姑娘身上下足了功夫。吴成厚和娄天菊的父亲是拜把了兄弟，两人喝醉了酒，指着两个还在襁褓中的娃娃，就订下了这门亲事。虽说是一句酒话，两家都当了真。年年过春节，吴家都少不得提些糕点、糖果、烟酒，由马英凤带着儿子，到娄家拜年，关系异常密切。

吴成厚的家业越做越大，娄家两老口暗中欢喜。娄家在苦竹箐势单力薄，老是受人欺负，他们做梦都想攀上这门亲。无奈那吴正虎越长越猥琐，蚂蚱脑壳，猴子脸，耗子眼睛，横看竖看都像一只长脚蚊子，怎么也和他的名字配不起来。而娄家姑娘娄天菊，越长越漂亮，如出水般的芙蓉，出落成村里的一枝花。

马英凤生怕儿子配不上，往苦竹箐跑得更勤。娄家两个老人心知肚明，也不希望出岔子，答应吴家瞧好日子备办好家具，就把女儿打发过来。

没想到，双方老人担心的事还是发生了。娄天菊跟着张大昌在外面瞎逛了半个月，回来就宣布已经旅行结婚，公然住到张家去了！

娄家俩老口子知道生米做成熟饭的严重后果，跳着脚在家里咒骂了几天后，只好找人到吴家先探探口气，请吴家来退婚。娄家还没找到合适的人，消息早传到了乌地吉木，把吴家一大族人气了个半死：

小杂种没把吴家放在眼里，有恁么欺负人的？

可是，作为一家之主的吴成厚，并没有把这事放在心上。对于他近乎麻木的大度，家族中的人更多是在背后嘀嘀咕咕：

枉自有这大份家业，儿媳妇拿给人家拐跑了，屁都不敢放一个！

哼，要是欺负到老子头上，不把那杂种一刀一刀活剐了才怪……

尽管是这样，吴成厚的话还是有影响的。就一盏茶功夫，吴成厚的堂屋里就挤满了人。

吴成厚喝干杯中老酒，长叹一口气，说："这些日子，天天有人在背后嚼牙巴骨，实在是硌耳朵得很。你们能不能帮着想个办法，让我耳朵清静几天？"

一屋的人听明白是咋回事，抢着说："我们早就等着这一天了！你啥子都不消操心，我们要的，就是你一句话！"

屋里一下炸了锅，喧嚣的声音震得房上的瓦片簌簌发抖。

寨子里很多人都记得吴成厚的好。如今有这种好事，个个都巴不得去出份力。寨子里一呼百应，很快就组织了两百多人的队伍，扛着锄头棍棒，提刀弄斧，杀气腾腾，直扑野牛坪。

其实，不管陈宗旺和倪万喜如何努力，当天要赶到县城都是不现实的。天拱坝乡还没有开通客车，他们得赶到区上，第二天一早搭客车进城。

到了天拱坝，已经是傍晚了。午后落了场雨，路上到处是积水，泥泞的山路一步一滑。哥俩吃了几口装在书包里的饭团，顺着简易的乡道公路往前走。陈宗旺想得好，简易的公路上，时不时有送肥料或百货的车。要是运气好的话，能搭上辆顺风车，说不定这天晚上就能赶到县城去。

陈宗旺这种想法，在现实面前无疑是幼稚可笑的。天天跑车的驾驶员，一个比一个精，不可能在这样的鬼天气，把车开到泥泞的路上来冒险。他们不仅没有见到车的影子，反而多绕了一个多小时的夜路。快到区上的时候，又来了一阵雨，把哥俩浇成了落汤鸡。踏着微弱的灯光，喊开一家小旅馆，已经是下半夜了。他们把身上的湿衣服脱下来，胡乱洗了脸，洗了脚，倒头就睡。对于倪万喜来说，下半天几乎一路小跑，早累得腿肚子直抽筋，恨不得一屁股坐在泥地上就睡过去。

天还不亮，倪万喜就醒了。晾在铁丝上的衣服还没有干，倪万喜好不懊恼。表哥看出了他的窘态，笑了一下，一把扯下衣服，说："又不是去相亲，怕啥？"倪万喜心里过意不去，学着表哥的样子，把衣服披在身上，就往客车站赶。

他们赶到县人民医院，已经是中午了。

陈宗旺要倪万喜不要乱跑，就在医院里等着，他到县招办先看看。医院门诊部的门上，逐一张贴着体检的科目，让倪万喜感到神秘的同时，更感到莫名的紧张。时值中午，陆续有医生脱去白大褂，关门走出来。倪万喜凑上前，向一个戴眼镜的医生打听体检的事。眼镜医生不耐烦地直摇头，直杵杵地冒了一句："要体检明年来！"眼镜捂着鼻子，快步从旁边走了，根本就不愿意搭理他。倪万喜纳闷半天，找到了人家嫌弃他的理由：他那身好些天没洗的衣服，让昨天的汗水和雨水一沤，确实散发着难闻的气味。种种迹象表明，县上统一组织的体检已经结束。倪万喜就像一只可怜的羔羊，眼巴巴地盼着表哥早一点回来。倪万喜感到心里空荡荡的，他觉得自己是那样的孤独和无助。从昨天下午，啃了半边冷饭团到现在，啥东西没进嘴，肚子早饿得咕咕咕直叫。更为糟糕的是，从早上到现在，他还没有上过厕所，尿早已憋得胀痛不已。他感到身上就像钻进只淘气的耗子，一下又一下，执着地咬着自己的尿泡。可是，倪万喜不敢走远，他知道表哥来了找不到他的严重后果。

明晃晃的太阳，从头顶一点一点向西边挪过去，倪万喜失望到了极点，心里老是沮丧地冒出这样一个念头：

完了！

太阳偏西的时候，陈宗旺来了。从陈宗旺喜滋滋的脸上看得出来，事情进展很顺利。果然，陈宗旺扬着手里那张体检表，乐哈哈地说："还好，左磨右磨，人家总算开绿灯了！"

陈宗旺带着倪万喜找到了院长。院长很和蔼，啧啧叹了半天气，说："乡下的娃儿造孽哟！这个娃娃，就在门前站了大半天，也不晓得找我们问一下，唉……"院长自言自语，喋喋不休发了一通感慨，叫医生去了。这个时候，倪万喜才赶紧到医院的厕所，把那泡憋得小腹胀痛不已的尿痛痛快快地撒了出来。

很快来了两个医生。他们麻利地为倪万喜量了身高，称了体重，拿了几个小瓶子让他闻了闻，问他小时候住没住过院，然后就在那张表上填了起来。接着，院长也在上面签了字。

出了医院大门，倪万喜小声问陈宗旺："这，就……体检完了？"

陈宗旺点点头，说："放心吧！咱们得赶快到文教局，人家等着我们去填志愿哩！"

陈宗旺一席话，让倪万喜紧张的神经一下松弛下来。思想上一轻松，他浑身就像散了架，双脚老是不听使唤，走起路来像踩在棉花上一样，轻浮，酸软，无力。

哥俩儿赶到招办的时候，其余的人都下班了，只有招办主任还在收拾材料。主任扶了扶眼镜，悄悄地拿出一张表，用指头咚咚敲了几下桌子，压低了声音，说："赶紧选一个志愿填上。这里有一个更重要的事，还得你们自己做：今年换了新的政审表，你们得自己去找学校领导签字盖章。听好了，你们学校没有来人，我这里人手不够，忙着核实各种材料，实在无法分身。这事，就交给你们，但得记住两条：第一，必须保密。这事敞出去，对你们肯定不会有好处。第二，抓紧时间。无论如何，明天得把章盖回来，后天一早我们要送档案到市里去……”

主任不再说话，他把眼镜摘下来，眼睛直直地看着他们，粗壮圆润的食指在那张表上咚咚咚地敲了好几下。

那一瞬间，倪万喜脑子里嗡的一声，他只觉得浑身的血直往上涌，刚刚放下的心又悬了起来。

六

从县城到区中学，不是一袋烟的工夫就能赶到的，特别是在这种雨季天。再说，学校坐落在一个偏僻的山沟里，一放假老师就回家了，连大门都请当地的村民看守，到哪里找校长去？这短短的一天，能把那个要命的公章盖回来么？

看着倪万喜沮丧的样子，陈宗旺一下笑了，说：“万喜，别怕，活人还会让尿憋死？”

陈宗旺说这话是有根据的，区中学的副校长郭玉章和他是老熟人，就住在城郊。陈宗旺想得美，要是公章在郭校长手里，就用不着跑这趟冤枉路了。哥俩揣着政审表，用5块钱包了台手扶式拖拉机，就往郭校长家的方向赶。

太阳渐渐歪到了西边，夕阳的余晖下，街边的饭馆散发着诱人的香味。陈宗旺和倪万喜找到郭校长，还没把话说完，郭校长大腿一拍，说：“哎呀，这是咋搞的？每个考生都留了信息，要求通知到考生所在地，这这这……怎么会没通知你们乡上呢？乱整！简直是乱毬整！！”

一通感慨过后，郭校长才觉得此时说这些话为时已晚，叹了一口气，说：“你们不晓得，学校里的公章，怎么落得到我手里嘛！那颗宝贝疙瘩，天天在一把手裤带上吊着，生怕别人拿去干坏事。这样，咱们做好两手打算，我把意见签好，再签上我的名，明天你们赶回学校找赵校长盖章。万一赵校长不在，回来我跟你们一起去招办，看能不能请别的学校代一代……”

没有盖到章，哥俩依然很高兴。从郭玉章嘴里，他们打听到赵校长的情况。赵校长是个半边户，学校还没开学，这几天住在春河乡草鞋洼他的老家。

那台手扶式拖拉机又把他们拉回城里，天已经黑了。陈宗旺带着倪万喜到了县供销社，找到他的一个朋友，拨通了天拱坝乡龙廷虎书记的电话。陈宗旺要龙书记派人到乌地吉木，找到倪万喜的父亲倪春富，让他连夜赶到春河乡草鞋洼，把校长请到学校来等着盖章。

事情就有这么巧。那天，乡上在开民兵排长会。会议结束后，乡上搞了一次会餐。陈宗旺打电话到乡上的时候，村里的民兵排长吴正福正准备起身往回赶。龙书记怕他酒醉误事，摸出香烟盒，写下了这样一张便条：

倪春富同志：

你的孩子倪万喜也（已）考上学校，但他的政审表上没盖章。请你务毕（必）于今天晚上，到春河乡草鞋洼找到区中学的赵校长，倪万喜明天到学校盖章。切切勿误！

龙廷虎　即日

龙廷虎担心吴正福把上面的字认不全，就一字一句读给他听。临出门，又郑重地对吴正福说：

“今天晚上你就是爬，也要把这张条子送给倪家，这是人家娃娃一辈子的大事！要是你小子办不好，老子把你的脑壳扭下来当夜壶！”

第二天一早，陈宗旺就送倪万喜去赶车，他留在县城。万一倪万喜回不来，陈宗旺好找人想其他办法。才到半道上，一辆客车从后面开过来，就停在了他们前面。司机是陈宗旺的战友，二话没说就让倪万喜上了车。

到了车站，倪万喜才觉得这趟旅程并不轻松。车站聚了很多人，车还没停稳，买好票的乘客就蜂拥而上。个个神色慌张，拿着车票忙找座位。倪万喜暗暗着急：昨天走的时候，父亲拿了50块钱给表哥，早上一忙就把这码事给忘了。他身上那几角钱的零钞是不够的，万一查票怎么办？

果然，车开出县城不久，售票员就开始查票了。倪万喜紧张得要命，人一着急，身上的毛毛汗就直往外涌。倪万喜知道，要是被她撵下去，那一线希望就断了。倪万喜横下一条心，不管她怎么骂，万万不能下去。都说急中生智，售票员挤到倪万喜身边时，还不等她开口，倪万喜就说道：

“我是驾驶员的亲戚，他同意搭我一程的！”

倪万喜虽然高中毕业，却又黑又瘦，身上那件单薄的学生装上，昨天溅上去的泥还清晰可见。售票员上上下下把倪万喜打量了个遍，不高兴地说：“车站有规定，不管是哪个，都必须买票！我倒要去问问，哪有不买票的道理？”

售票员的决心并没有变为现实。客车过道里插筷子一般挤得水泄不通，前面引擎盖上更是人贴着人，售票员挤了半天也没挤过去，只好作罢。

客车一路摇摇晃晃，开到了区公所所在的集镇上。倪万喜下了车，跑到前面跟司机道了谢。倪万喜告诉他，把事办完了，下午还要搭他的车回去。

区中学由一个废弃的劳改农场改建而成，离区公所还有15公里，不通客车。学校后面有一个小煤窑，经常有拖拉机去拉煤。倪万喜没走多远，后面就有一台拖拉机开了过来。倪万喜也不管司机答应不答应，呼地一下强行爬了上去。不过，当倪万喜和司机说明了缘由，司机的脸上马上露出了笑容：

“你小子运气好啊，咱们这山旮旯，几年飞不出一只金凤凰。祝贺你，兄弟！”

司机加大油门，径直把倪万喜送到学校，说：“兄弟，赶快去办你的事，我去装煤。事情办好了，哥送你回去赶客车。”

到了学校，倪万喜的心一下悬了起来。学校大门紧闭，里面静得瘆人。倪万喜从门缝里看进去，间间办公室都关着，看不到一个人影。

看着空荡荡的学校，倪万喜浑身的冷汗不住地往外冒。

倪万喜心里直发紧，他真的想大哭一场。可是，理智告诉他，还不到哭的时候，得赶紧想办法。

昨天从郭玉章那里，打听到赵校长的家离学校就是二十多里地。倪万喜心里怦怦直跳，到学校旁边问清校长家的方位，顺着山下那条小河一直往前走。倪万喜一路小跑，脑子里飞快地想着对策。倪万喜挥汗如雨，半个小时以后，他站在那里不动了。泪水一下模糊了倪万喜的眼睛，他看到了那几个让他激动万分的身影。见了倪万喜，赵校长惊奇地叫起来："这么快就到了，你小子是赶飞机来的呀？！"

昨天晚上，吴正福赶到乌地吉木，就陪着倪春富去找校长。他们只知道春河乡草鞋洼的大概位置，一路走一路问。忽明忽暗的手电筒光柱下，他们惊醒了一个又一个睡梦中的村庄。等找到校长家的时候，天已经放亮……

事情办好了，倪万喜心里很轻松，回头又是一路小跑。早上搭他的那辆拖拉机，煤才装了一半。司机抱歉地对倪万喜笑了笑，说："小兄弟，煤还没挖出来，你先走着，不要把你的好事给耽误了！"

天上一块云巴巴也没有，太阳仍然是那么毒。倪万喜汗如雨下，顺着公路一路奔跑着。倪万喜这一近似于疯狂的举动，惹得在田里地里劳作的乡亲，都停下手中的活儿，伸长了脖子看稀奇。有人高声喊："哎，小伙子你跑个啥？出啥急事啦？"还有的直着嗓子吼："小杂种疯了？不好好看着路走，当心车来碾死你龟儿的！"对于这些关切或刻毒的话，倪万喜丝毫不敢计较。他只有一个念头，早一点赶到区上，搭午后返程的客车到城里去。

太阳渐渐西移，路边的狗把往日的威风收敛起来，吊着红红的舌头，乖乖趴在门口。几个坐在树下的老人，在鸣蝉的鼓噪声中昏昏欲睡。那片难得的清凉，对气喘如牛的倪万喜来说，是一个致命的诱惑。他多想走到那片幸福的树荫下，和衣躺在地上，闭着眼睛美美地睡上一觉，哪怕就是三两分钟也好。可是，理智告诉倪万喜，时间不容许他享受那片刻的闲暇。倪万喜知道，也许就是这短短的三五分钟，就可能改写他的人生。那时候，倪万喜身上的汗水已经被太阳烘干，他觉得自己就像一条快被晒干的鱼，大张着嘴，狗一样通过口腔把身上多余的热散发出去。倪万喜脑子昏沉沉的，但意识异常清醒：只能往前走，才有希望……

跑到区上，还是迟了一步，客车已经开走了。从区上到县城，每天就两趟客车：一趟早上出来，中午回去；一趟下午出来，第二天一早返城。更糟糕的是，城里在下雨，下午那趟客车并没有开出来。这就意味着，如果不想其他办法，明天一早也回不了县城。

万喜心里那份失落与沮丧，就别提了。

倪万喜欲哭无泪，全身的骨头像被抽走了一样，浑身酸软无力。可是，倪万喜还是不敢坐下来，他感到嗓子直冒烟，眼皮直打架，他担心自己一坐下来，立即就会睡过去。倪万喜拖着沉重的脚步，野狗一样在公路上游荡。偶尔有货车过来，他就飞快地挤上前去，笑眯眯地和司机搭讪，期盼司机帮忙搭一程。倪万喜非常清楚，从区上到县城还有这么远的路，黑灯瞎火孤身走到县城几乎是不可能的。越来越暗的天色，就像一口深邃的铁锅，不停地煎炸着他那颗焦灼的心，早把他变成了热锅上的蚂蚁。可是，这天的运气就有这么糟糕，倪万喜好话说了几大箩，还是没有收到任何实质性的效果。

倪万喜在焦躁不安中，一直等到天黑，才有一辆拉煤的大卡车愿意搭人。司机是个大胡子，粗着嗓子直吆喝："要搭车可以，5块钱一个！"有几个想搭车的，抱怨司机的心比煤块还黑，客车只要1块6，煤车又黑又脏还要收5块，天底下哪有这种道理？大胡子瞪着眼睛，凶巴巴地把那些嘀嘀咕咕的声音掐断了："嫌贵，老子请你坐的？"那些想搭车的，灰溜溜地走了一大半。只有倪万喜，心存感谢。站在乌黑的货箱上，所有的疲劳、饥饿一扫而光。

七

陈宗旺带倪万喜往县城体检这两天，寨子里热闹非凡，戏剧性的一幕转移了大家的视线。

那天晚上，一干人踏着耀眼的星光，赶到野牛坪，已是半夜时分。

吴成厚话不多，整个行动却安排得滴水不漏。大哥吴成贵能说会道，主要负责联络和调度；四弟吴成发心细，和膀大腰圆的侄儿吴正能带人去擒那对狗男女；堂弟吴成全胆大力大，带着杨打铁等一帮人断后。吴成厚呢，自然稳坐家里，只等他们回来喝庆功酒。

其实，野牛坪张大昌家早有防备。

说一门媳妇，光彩礼就得三两千，加上结婚的家具、请客的酒席，少了四五千拿不下来。张大昌家白捡了个这么漂亮的媳妇，心里并不踏实。苦竹箐娄家势单力薄，翻不起多大的是非。吴家却不一样，家族大，能人多，随便拖一个出来都杀得猴子剐得狗，方圆十里八乡，没有谁敢轻易招惹。把吴家到嘴的肉夺了，人家肯定不甘心。再说，乌地吉木寨子大，彝汉杂居，民风彪悍，个个都不是省油的灯。张大昌有五个姐姐，全嫁到外面去了，一旦有事，家里连个帮忙的人都没有。张大昌家爹忧心忡忡，把心中的顾虑，跟当队长的侄儿张大高说了，张大高把胸脯拍得咚咚响，说："二叔，不怕不怕！大昌要出门，你叫他自己小心些。晚上，你把家里那两条拴着的狗解开，放在院子里，放放心心的睡瞌睡。乌地吉木的人再刁蛮，如今是新社会，他们能咋个？就算他们吃了豹子胆，有我在，谅他们不敢胡来！"

张大高说这话是有底气的。小时候，张大高在野牛坪一带，就是个不知道轻重的火铜锤，成天惹是生非。张大高长大成了家，有个厉害的媳妇管着，革命意志被女人一天天消磨掉，脱胎换骨重新变了个样。如今干上了生产队长，肩上有了抓一方发展，保一方平安的重任，队上大事小事全抓在手上，在当地相当有号召力。最为重要的是，张大高家就在村口的咽喉要道上，真正动起手来，他一发声，就相当于关门打狗，哪个敢上门来挑事？

事实上，张大昌父子的顾虑并不是多余的。那野牛坪并不平，坐落在一个二半山上。乌地吉木一干人到了半山坡，就在那儿静静地潜伏下来，由吴成全带着两个侄儿，影子一样朝张大昌家扑去。张家自持养了两条恶狗，平时拴着，一到晚上就把狗放在院子里。没想到吴成全平时劁猪骟马，更是远近闻名的弄狗高手，他爬上张大昌家墙头，没费多大劲，就把那两只狗弄翻了。

乌地吉木的人分成三拨，除留少量的人在半坡上接应外，一拨直取张大昌家，一拨把张大高家团团围住。张大昌家的大门一打开，吴成发和吴正能带人进去，直接在床上，把两个赤条条的家伙擒住了。那对睡得懵懵懂懂的男女刚要反抗，肋下就重重地吃了几记老拳，随着就是一声低吼："动，老子再捶！"有人飞快地拿来绳子，从头到脚一圈一圈地缠住。那对男女不甘心就犯，还在挣扎，一人早挨了几拳，有人顺势把袜子往他们嘴里一塞，哪里还能动弹分毫。张大昌家爹听见屋里有响动，赶紧翻身起床。老人刚要跨出房门，就被人往里一推，咔嚓一声就被反锁在里面。外面的人提高了嗓门，说："老辈子，你们安生睡瞌睡，不要管闲事！你们老了，让那些年轻人误伤了你们划不着！"

两个老人在里面哪里听得，哭喊着，发疯了一样撞门。可是，他们惊恐的声音，根本阻挡不住事情发展的进程。很快，野牛坪淡淡的月光中就有一群黑色的蚂蚁，欢快地抬着两颗白生生的大米饭，飞快地往山上跑。两具光溜溜的身子，在细碎的月影下，是那样的光鲜，诱人，神秘。

一时间，村子里人在喊，狗在咬，牛甩着响鼻，羊咩咩欢叫，猪哄哄哄地跑过去，再嗷嗷嗷地跑过来，整个野牛坪闹翻了天。张大高听见动静，赶紧爬起来，打开房间门，就听见房子周围全是人的声音。那些话语，全是冲着他张大高来的，每一个字里都包含着威胁。张大高心里一颤，正要出门看个究竟，他粗壮的胳膊，死死地被婆娘拽住了。婆娘压低了声音，发出野狼一样的哀号："害瘟的，你不要命，就不管你婆娘娃儿了？"

张大高一下跌坐在堂屋门口，高声喊叫起来：

"快点，乌地吉木的杂种进村抢人了！"

"小玉禄、大宝才，快点起来！张全胜、赵才旺，你们赶紧过来，带人追呀！"

张大高抢进屋，拿出老火枪，站在自家院子里，“呼”的一声，把寂静的夜空震落了一个大豁口。

无奈，大门从外面锁上了，加上婆娘死死拽着，张大高只得在院子里虚张声势。

吴成全和杨打铁精神抖擞，带着一帮人在那里断后。杨打铁是个彝家汉子，他们上一辈才从高山上搬下来，在乌地吉木虽然只有七八户人，但他们有很多亲戚在山上，个个都是硬汉子。杨打铁在那里喔火连天，高声用彝话招呼着他的同伴。

哪家门上也不可能挂无事牌，闹出这么大的动静，村子里的人自然不会袖手旁观。无奈乌地吉木人多，势大，站在半坡一齐发声，那声音在静寂的夜里，犹如天崩地裂一般。野牛坪有几个胆大的，追到村口，瞎吆喝几声，表示已经尽了力，便收住了脚，不敢贸然再追。

天麻麻亮，这群人就来到了野牛坪所在的花荞乡政府。一干人解下绳子，脱下两件衣服给那对男女穿上，把政府大院的门捶得震天响。乡上的工作人员开了门，问：

“整哪样？”

“离婚！”

“大清八早的，离啥子婚？”

“不离婚，看着他们打死吗？你看嘛，两口子天天捶架，把人打成恁个样，出了人命你负责？！”

乡上的工作人员一看，天哪，这对男女青年头发像茅草，脸上满是血痕。

张大昌虽然挨了打，浑身疼痛难忍，还是想把原因说明白。可是，他刚要开腔，两边扭着他双手的人暗中一用力，他只得用哎哟哎哟的叫声表示抗议。旁边扭着他胳膊的人，还在一齐吼：“狗杂种，把老子家妹打成这样，你还好意思叫！再叫，拖出去捶！”

娄天菊性子刚烈，又气又羞又恼，此时只知道呜呜地哭，哪里还说得出一个字来。见了乡政府的工作人员，娄天菊的眼泪更像断了线的珠子，扑簌簌往下掉。娄天菊挣扎过来，扑通一声，就往地上跪。

两边的人连忙把她拖起来，说：“鬼姑娘，新社会不消跪，政府会给你做主！”

又有人说：“死去外头号，不要在这点叶喔叶喔的，影响人家办公事！”

来的几十号人都在嚷：“还不赶紧办！一会儿捶死两个在这点摆起，乡上就有好戏看了！”

那天恰好是星期天，书记、乡长在县上开会还没回来，乡民政所的小姑娘哪里见过这种阵仗，那颗心紧张得呼呼呼只差跳出来。小姑娘不仅给他们办了离婚手续，还应这伙人的要求，给娄天菊出具了婚姻介绍信。

有人拿着那开好的婚姻介绍信，飞一般往天拱坝乡政府跑。吴正虎和他的表妹早就到了那里。一眼看去，他的表妹和娄天菊长得有几分相似。果然，有了那张婚姻介绍信，吴正虎轻轻松松以娄天菊的名义，和表妹在乡政府领到了大红的结婚证。

出了花荞乡政府，一行人继续擒着张大昌和娄天菊往天拱坝方向走。到了乌地吉木地界，几个力大的拖过张大昌，赏了他几个嘴巴，说：

“今天不耐烦请你，你以后得闲，来我们寨子喝酒！”

回到乌地吉木，已近晌午。吴家炸了几万响火炮，在浓浓的硝烟中，把娄天菊塞进了洞房。吴成厚有坛三百多斤的老酒，窖了十年，原本留着儿子娶亲的时候用，如今派上了用场。吴家煮了十几块老腊肉老火腿，烀了几大锅豆，炸了几升花生米，烧了几大盆酸菜汤，那声势却比陈宗旺家热闹无数倍。

得胜归来的男人，个个兴高采烈，哪顾及新房里哭哭啼啼的娄天菊，只管粗着嗓子，在一阵阵开心的笑声中，绘声绘色地演绎着这场传奇的枝末细节。

那坛酒还没喝完，就已经醉倒了一大片。天黑以后，到处是哇啦哇啦翻江倒海的声音，空气里弥散着酒臭，满寨子是说胡话的人。

为这事，整个乌地吉木的神经一直处于亢奋状态，持续数日也难以消退。

八

满寨子都在关注这两件大事，只有倪二老爹不当回事。

倪二老爹带着他的小孙子倪万福，吆着牛和羊到了野猫凹下的龙麻坪子。

那个地方，过去是远近闻名的豹子窝，古树参天。随便一棵树，也要七八个人牵着手才围得过来。山间草木繁茂，松涛阵阵，流水淙淙，不仅有野狼狐狸，运气好的话，还能看到又肥又笨的熊，以及成群的豹子。甚至有一年，在山坡断崖下，还发现了一只豹子和三只狼的尸体。不用说，那是狼豹大战后倒下的英雄。遗憾的是，参天的古树在那场大炼钢铁的运动中，伴随着“超英赶美”的口号，统统被砍掉塞进了熊熊的土炉。如今，那些古树也好，山林中的野兽也好，成了渐行渐远的记忆。那一大片曾经的森林，稍稍平整一点的地方，让人放火一烧，开挖出来，变成了肥沃的土地。杂草丛生、乱石嶙峋的地方，就成了天然的坟场。

倪二老爹把牛和羊赶到山上，围着倪万喜老祖那座坟，转了一圈又一圈。

按辈分，倪万喜的老祖是倪二老爹的伯父。不过，倪二老爹家占的幺房，在族里自然辈分要高得多。如今，当伯父的已经在这里沉睡了若干年，倪二老爹依然健在。陈宗旺接新娘子那天，陈九老祖的话，倪二老爹每一个字都牢牢地记着。他研究了几个晚上，左想右想，横竖觉得有道理。倪二老爹站在他伯父的坟前，双手叉腰，挺胸抬头，瞪着一双昏花的眼睛，直直地盯着前方。放眼望去，前面起起伏伏的远山，在雾霭里时隐时现。显然，倪二老爹并不满足于眼前的研究成果。他摊开右手，在衣服上蹭了几下，攥紧拳头，竖起那根短粗的大拇指，然后直直地伸了出去。像电影里的炮兵一样，倪二老爹眯起左眼，把豁了牙的嘴抿成一个皱褶分明的包子，满世界都是他凝重的呼吸。热辣辣的阳光下，风呼啦啦地撩着倪二老爹花白的头发，看上去就不是一般的威武了。

倪二老爹这一反常的举动，自然让他的孙子感到好奇。倪万福还不到七岁，跑过来，奇怪地打量着他爷爷，说："我老爹，你搞哪样？"

"好地！"

倪二老爹并没有理会，响亮地咂一下嘴，点点头，说："好地！"

倪万福来了兴趣，顺着他爷爷刚才手指的方向，看着起起伏伏的远山，偏着脑袋端详了半天，也没有看出个所以然来。

倪二老爹又咂了一下嘴，拨正了孙子那颗稚气的脑壳，朝前方再次翘起了拇指："看嘛，好地呀！"

"龟儿的刘瞎子，那眼睛就是毒！"倪二老爹依依不舍地把翘着的拇指收回来，围着那个坟包转了两圈，终于在坟前停了下来。倪二老爹捞起那肥大的裤子，对着墓门滋了一泡热尿。

倪二老爹这个举动，让倪万福大为惊骇，说："我老爹，人家说不能在坟上屙尿的！你往人家大门上冲尿，不怕里面的老祖找你麻烦？"

倪二老爹把那玩意儿抖了抖，结束了这个猥琐的动作。让孙子这么一说，当爷爷的多少有些不好意思，笑道："小娃娃不要乱说。老爹走得匆忙，没有带酒，茶总得敬人家一杯嘛！不然，以后到那边见了面，人家还说你老爹利毛！"

孙子"嘎嘎嘎"笑成一团："嘁，老爹臊皮呀，你当人家是死人，是茶是尿都分不出来啦？"

倪二老爹止住笑，说："小屁娃儿，你懂个毬。老子一泡热尿醉死他老杂毛，看他还保佑个卵！"

倪二老爹一把扯过孙子，指着坟包左边那块空地，说："记好，以后老爹过世了，就埋在这里！"

倪万福看着爷爷那张沟壑纵横的脸，茫然地点着头。

倪二老爹吁了一口气，说："看啥？你们再大一点就懂了。这样做，肯定是为你们好。我还要给你说句话，开了学，老爹就送你去学校读书。老爹丑话说在前头，要是不去，就算你爹不揍，老爹也会捶你的，到时候不要怪老爹毒。吃得苦中苦，方为人上人。你看看，人家倪万喜，寨子里第一个大学生。要在过去，那就是中举的老爷，进进出出都有人抬轿子，祖宗八代都跟着沾光哩……”

倪二老爹说得没错，倪万喜参加体检回来，就盼着拿录取通知书了。

几天后，就有人陆续在天拱坝邮电所拿到了录取通知。天降喜讯，有在街上放鞭炮的，有在村里敲锣打鼓的，有在村上大广播里发布消息的。当然，让父老乡亲分享成功的喜悦，还有一个最为直接的办法，就是杀猪宰羊，把亲戚朋友请到家里来喝酒。倪万喜的通知虽然还没有拿到，但倪春富早就盘算好了，到了那一天，至少得杀六只羊，带皮，炖全锅汤，把本家的亲戚全请过来，把寨子里几个外姓人家的长辈请过来，好好地庆贺一下。家里的羊是现成的，倪春富又去早谷田刘家，打了120斤苞谷酒，到街上买了40条香烟，两挂5000响的鞭炮。今年的南瓜子、葵花子还没出来，他还让吴成英去买了些花生、瓜子回来炒了放着。既然诚心要请人家来朝贺，有吃的喝的，还得有给娃娃混嘴巴的，不能敷衍了事。

倪万喜的通知一直没有音信。

那一段时间，倪万喜几乎天天往乡上跑。倪万喜陆续遇上几个拿到录取通知的同龄人。看到他们激动的样子，倪万喜既羡慕，又紧张。听他们说起体检的很多环节，自己都没有参加，倪万喜的心又悬了起来。

到9月中旬，当地的中小学都开学两个星期了，倪万喜的录取通知还是没到。倪万喜如坐针毡，吃不下饭，睡不着觉，人一天比一天消瘦。倪春富更是急得上火，牙龈肿大，满嘴燎泡，成天只会瞪着眼睛，呼哧呼哧喘粗气。

眼巴巴熬到国庆节，倪万喜的通知还是没有到。

倪万喜情绪低落到了极点。过去，不管吃多大的苦，受多大的罪，心里有几分盼头，再苦再累也高兴。如今这样一个结局，让他感到自己脆弱的心脏，每一分钟都在油锅里煎炸，难受至极。

看着四周铁桶般围困的大山，倪万喜心里一阵阵发紧：

难道，我真的走不出去啦？

其实，这些天来，寨子里全是关于倪万喜落榜的消息。有人为倪万喜惋惜，但更多的人却感到无比的舒坦，那嘎嘎嘎的笑声，比平时更加响亮。对于乡亲们是什么样的心理，倪万喜已经无心去琢磨，他在思考着自己的出路。

眼前确实还有一条路可走：补习。就这个问题，倪春富也曾经试探过他。可是，倪万喜实在不愿意走这一着。“一朝被蛇咬，十年怕井绳。”自己辛辛苦苦奋斗这么多年，上了线还是走不成，补一阵又会是什么样的结果呢？再说，父母天天在地里劳作，他实在不忍心……

这几天，倪万喜吃了饭，就躺在床上睡觉。更多的时候，倪万喜坐在床上，拍打着嗡嗡直叫的蚊子，一边想着心事，一边用扑克牌给自己算命。倪万喜在心里约定好，任意抽出十张，假若红的点数多，就一定有好运气，当然如果能够抽上大王和小王，就表示考学校还有希望。第一遍，摸出六张红牌；第二遍，五张红牌；第三遍，三张红牌，但其中包含一张大王。几次总数相加，还是红的点数多。可是，玩着玩着，情形又变了。就这样，他的心情时好时坏，在忐忑不安中，度过一个个漫长的夜晚。

倪春富成天耷拉着脑袋，除了闷着头抽烟外，偶尔吁地长叹一口气，冷不丁冒出一句：

“老子操他的妈哟！”

吴万虎的婚事再次掀起高潮，转移了关于倪万喜的话题。

娄天菊当天进了洞房，生怕吴正虎碰她。从他们懂事起，娄天菊一直对吴正虎不冷不热。吴正虎却不同，他痴迷于娄天菊的美貌，一直对她抱有好感。经过这场变故，吴正虎的心渐渐冷下来。不过，对于娄天菊走错这步路，吴万虎有自己的打算。他心里虽然憋了一口恶气，但转念一想，只要娄天菊能安心回来，也用不着过多计较。可是娄天菊的态度却冷硬如铁，不让他碰身子不说，还一边哭，一边用最恶毒的话，把他身上那几分仅存的热情一点一点退下去。开始两夜，吴正虎还依着她。过了几天，吴正虎那张猴脸就不好看了，心里淤积的怒火，一点一点转化为仇恨。这一切，哪里瞒得过他母亲的眼睛。马英凤高高大大，生性泼辣，在屋里摔盆砸碗：“本来就是拿给人家戳烂了的烂货，还觉得她金贵得很，老娘才不信那个邪！”

马英凤把她三个嫁出去的姑娘叫回来，母女几个一齐动手，要让吴正虎霸王硬上弓。娄天菊动弹不得，只管涕泪俱下，高一声低一声咒骂。吴正虎心中那几分咬牙切齿地恨，被娄天菊的声声哀啼给浇灭，吴正虎心里涌起几分怜悯，他不仅没有配合母亲行动，脸一黑，扭头就出了门。

马英凤一跳三丈高："操你妈，牛都教得乖，人还有教不会的？不调点辣子汤汤给死婆娘尝，她不晓得马王爷长了几只眼睛！"马英凤发一声吼，抓起门后的锄头把，劈头盖脸地打下来。吴成厚也黑着脸，提了柴块进来助阵。可怜那娄天菊，在那棍棒夹攻下，早已花容失色，连声惨叫。

吴正虎心烦意乱，经常到倪万喜那里走一走。两个同龄人在一起，说的都是心里话。倪万喜知道事态一步步恶化，劝吴正虎放弃这门婚事。吴正虎冷硬的心渐渐回暖，可是他还没来得及想好应对措施，事态的发展又走向了另一个极端。

这天，娄天菊乘吴家人不备，捡了根绳子拴在门头上，等吴家发现的时候，娄开菊已经上吊身亡。

那些平时眼红吴成厚的人，嘴里不说，暗中个个心花怒放，只盼娄家带人杀过来，再看一场热闹。

娄天菊一死，吴成厚家一下慌了神。派出吴成贵带人去给娄家报信，以积极主动的态度，希望争取宽大处理。吴成贵老成持重，天生就是一张铁嘴，对娄家说："我亲家，你想宽些。背时侄姑娘，生来就不是享福的命。你看嘛，两家说得好好的，她高高兴兴到吴家，哪有这些事？她去张家插一脚，人家没嫌弃过啥，回来好好地过日子，会出这样的事？说去说来，扁担命中就只有那点尺梢，怪得哪个？再说，两口子吵架斗气正常得很。你那姑娘想不开，自己要去寻短见，人家有啥法！？"吴成贵说了半天好话，表态赔对方两头大牯子的钱。娄家本来就为姑娘的事伤透脑筋，如今人死不能复生，能找到下台阶的梯子，也不耐烦再管这样的闲事，这事就不了了之。

为这事，倪万喜又感慨了一回，叹了半天气，一夜没睡好。

没想到，第二天倪万喜就感到浑身一会儿冷，一会儿热。直觉告诉他，生病了。

就在倪万喜天天为录取通知书纠结的时候，祁四老爹找到了他。村小张尚福那里缺老师，祁四老爹见倪万喜成天像掉了魂一样，就动员他去村小代课。高中毕了业，要“跳龙门”招干、招考、转正、当兵有的是机会，先干着代课教师也是一种办法。这些日子，娄天菊的身影老是出现在他的眼前，他想着寨子里上演的荒唐闹剧，根子还是在于没有文化。倪万喜觉得教寨子里的娃娃读书也是件好事，就毫不犹豫地答应了。

第二章　牛刀小试

一

家里出了这么大的事，吴正虎心情烦闷，有事无事都往倪万喜家跑。

这一天刚吃过晚饭，吴正虎就来了。吴正虎牙齿咬得格格作响，突兀的眼睛里闪着凶光，对倪万喜说："万喜，你晓得不？我连杀人的心都有了！"

倪万喜心里一震，忙说："你不要乱说，你想杀哪个？"

吴正虎一拳砸在桌子上，拳头在桌子上擂来擂去，龇着牙齿，气呼呼地说："杀哪个，把所有的人都杀了！把这个寨子都掀了，把这个世道都毁了！"

倪万喜按住吴正虎的手，不认识似的盯着他，说："正虎，不要干傻事！"

吴正虎嘿嘿嘿地讪笑道："傻事？我们干的傻事还少吗？"

"正虎，冷静点。"倪万喜直直地看着吴正虎，说："我知道你心里很难过，但绝对不能走极端。你想想，你家出了这么大的事，两个老人心里都不好受，难道你还要在他们伤口上撒盐。再说，那些记恨你们家的人，正在暗中高兴，巴不得你们家再出事哩，你傻呀！"

吴正虎扭过头，胸脯剧烈地起伏着，大口喘着粗气。

屋子里很安静。一只绿头苍蝇瞎闯进来，在屋里嘤嘤嗡嗡地盘旋着，焦躁不安地撞来撞去。沉默了半晌，吴正虎才幽幽地冒出一句：

"操他先人哟，这是啥子世道！"

倪万喜知道这句话的潜台词。其实，对于这一桩婚事，吴正虎骨子里并不赞同。可是，他就像一个被绑架了的幽灵，懵懵懂懂就被一群无形的手，推推搡搡走上了人生舞台，活生生地夺去了一个无辜的生命。然而，即便走到了这一步，在众人的眼里，还得挺胸抬头，不能说半个怂字，更不能垂着脑袋让人看不起。这样的事实，冷静地回想起来，除了揪心的疼痛外，更多的是无奈的愤懑。而这样的苦闷，在这个寨子里，他在暗中反复咀嚼之余，只有找倪万喜倾诉。

吴正虎长长地叹了口气，咬着牙，摇摇头，说："操他先人！这样的闹剧，荒唐！荒唐！！荒唐！！！"

这样的话，从吴正虎的嘴巴里说出来，只有倪万喜能够理解。

包括倪万喜在内，寨子里的孩子都在村小接受启蒙教育。不过，寨子里的人并不领情。他们普遍认为，乌地吉木小学的老师太糟糕。

倪二老爹的大孙子叫倪万顺，自小聪明无比，话说得特别早。小家伙嘴比蜂蜜还甜，见老人喊爷爷喊奶奶，见大人喊叔叔阿姨，见比他大的小朋友喊哥哥姐姐，寨子里人见人爱。

倪春寿见儿子这么聪明，心里万分高兴。倪春寿想让儿子早点发蒙，有心教他认认字。可是，倪春寿仅读了三个月的夜校，扫盲老师教的几个狗脚迹，早还回去了。想去想来，一些简单的字还是记得的。倪春寿把油印的扫盲教材翻出来，搔着脑袋温习了半天，找出几个跟生活息息相关的字，拉过儿子，说："顺子，你想不想上学读书？"

儿子一蹦三尺高："想！"

"顺子，上学读书得先认字。爹教你认字好不好？"

儿子眨巴着眼睛："好！"

倪春寿用火炭在墙上大大地写了一个字：肉。然后，一本正经对儿子说："顺子，爹教你念，肉（lou），吃肉的肉——"

儿子看着上面的字，大声念道："肉（lou），吃肉的肉！"

倪春寿的媳妇贾绍琼从外面扯了菜回来，见俩爷子读得正高兴，也来了兴致。贾绍琼把手里的筲箕一放，凑了过来。贾绍琼没有进过正规的学堂，也只上过扫盲班，多少认识几个字，就说："不对不对，你不能瞎子牵瞎子啊！这个字我晓得的，应该读肉（ru），猪肉、牛肉的肉

（ru）！我们平时都说肉（ru），哪个鬼大爷说肉（lou）嘛？”

倪春寿说：“你不要鬼扯，就读肉（lou）！”

贾绍琼说：“你不懂，不要开黄腔。这个字，本来就该读ru！”

倪春寿说：“你敢不敢和我打赌，要是你读错了咋个说？”

贾绍琼双手一叉，嘻嘻笑道：“啥子德性啊，动不动就说打赌的话！我问你，要是你读错了，又咋个说？”

倪春寿嘿嘿嘿笑道：“要是我错了，我知错就改。天天晚上服侍你，要不要得？”

贾绍琼在倪春寿的胳膊上掐了一爪，脸上就多了几分妩媚：“你等着嘛，美死你！”

儿子和儿媳正争论不休，倪二老爹回来了。儿子、儿媳争着教孙子，这是多好的事啊。可是，老汉从来没上过一天学，他更拿捏不准，到底是儿子对，还是媳妇对，就说：“你两个教嘛，恁大点娃娃，脑筋嫩得很，伤着脑筋咋办？就跟教小牛一样，教早了弄成黄昏牛，以后纠正就难了！”

儿子见自己的权威受到质疑，心中老大不高兴，又不好顶撞老子，就对媳妇吼道：“不要牛圈头伸出只马脑壳来。你说的不错，平时寨子里的人都说肉（ru），只是你要搞醒豁，咱们教的字有普通话和地方话之分。字一样，音不毬一样，你晓不晓得？”

见儿子儿媳这么认真，倪二老爹说：“这有啥稀奇的，隔壁的刘正才教过夜校，问他不就清楚了？”

这不得不说是个好办法。倪春寿牵着儿子的手，到了刘正才的家。对于到底是读肉（lou）还是读肉（ru），这么高深的问题，刘正才也实在拿不准。刘正才虽然在乡完小上过几天学，但那年头抓革命促生产的任务重，学校天天组织学生支工支农接受再教育，真正在课堂里上课的时间，加起来还不到半个月。夜校实在找不到教师，赶鸭子上架，硬逼着刘正才去教了几个月。当倪春寿用木炭歪歪斜斜把“肉”字写在地上，刘正才一双眼睛鼓得比牛卵子还大，心里直打鼓。恰好这个时候，他三岁的孙女端着碗过来，哭着：“老爹，我要嘎嘎，我要吃嘎嘎！”

刘正才一下来了灵感，点着脑袋，肯定地说：“这个字的意思，大家都清楚得很，大人娃娃一见就馋得淌口水。它不读lou，也不读ru，正确的读法应该是ga，嘎儿的嘎，嘎嘎的嘎！”

对于刘正才的高论，两口子将信将疑。恰好这学期，有个叫杨娟的知青在寨子里任教。两口子嘀嘀咕咕找到杨老师，差点把杨老师的下巴都笑掉了。杨老师揉着笑疼了的肚子，抹着笑出来的泪花，翻出字典，指出了这个字的正确读音。

寨子里识文断字的人不多，没几个人知道那个字到底该怎么读。但这事让杨老师抖搂出来，再经过无数张嘴一发酵，马上就在当地传为笑谈。寨子里的人一见到村小的老师，很多人都会伸长了脖子，大声地朗诵道：

“ga，ga，嘎儿的嘎，嘎儿的嘎，嘎嘎的嘎！”

祁四老爹要请倪万喜去村小代课的消息，又在乌地吉木掀起了不小的涟漪。

儿子要去学校当老师，吴成英自然很高兴，她把倪万喜的衣服和被子全收出来，干干净净洗了晾在外面。这就让寨子里那帮眼尖的媳妇看出了端倪，叽叽喳喳围着吴成英刨根问底，打听倪万喜是不是又要读大学去了。吴成英知道这些姐妹的心思，要是儿子真的考上大学，不把她们眼睛戳瞎才怪。就叹了一口气，毒毒地说了句：“我娃儿要是有那个命，那些肿心烂肝的早就气死了！”话不好听，总算没有得到让她们眼热心跳的结果，几个婆娘才稍稍心安了些。吴成英话出了口，又觉得后悔，管他是真情，还是假意，毕竟人家也有关心的成分在里面。就把祁四老爹请倪万喜去村小代课的事，原原本本说了出来。很快，满寨子全是这条热辣辣的消息：

“大耳朵那个卵皋子，马上就要去学校里吃笔墨饭去了！”

贾绍琼回去，就在家里摆这件事。倪二老爹一听，滋了一口冷气：“日他小哥，看样子刘瞎子找那块地是不错。看嘛，倪万喜尖嘴猴腮，按说莫得那点衣食的。但是，人家那祖坟葬得好，有老祖人暗中保佑，就算考不起大学，照样去学校当老师。不管咋说，代课总比天天在地里头蔫刨强。要是以后转了正，成了正式老师，和考上大学有啥两样？”

院子里，他的小孙子倪万福扯了几根马尾，正把捉住的苍蝇掐掉一只翅膀，用马尾一只一只拴起来。倪二老爹指着小孙子，气呼呼地对儿子说：“倪春寿，人要长点志气！开学我就叫你把娃儿追到学校去，你偏偏说小。要是不好生读点书，别说赶上长房的人，就是给人家提尿罐，人家还嫌你绊手绊脚的……”

倪二老爹吃了饭，就背着手，晃到了寨子中间那棵老黄桷树下。这棵树少说几百年了，树身要十几个人才围得拢来。裸露在地上的树根，早让人磨得油光光的。如茵的树冠，足足遮掉了一亩多地。很多年前，这棵古树旁边是一条清澈的小溪。如今，溪水早已干涸，那条宽宽的河沟，也让岁月的尘埃填平。缺了哗啦啦流淌的溪水，虽然少了应有的灵动和神韵，但因为有这棵繁茂的古树，这里仍是寨子里最为热闹的地方。炎热的夏天，半夜还有人在那里，一边拍打着蚊子，一边高谈阔论。入冬以后，昼短夜长，天气阴冷，寨子里的人吃了饭，披着棉衣，哆嗦着嘴唇，还是习惯在那儿吹几句闲牛。

倪二老爹明显来迟了一步。老黄桷杈树那光滑的树根上，圆溜溜的石头上，或蹲或坐，早坐满了人。因为有吴成英那几句话做铺垫，大家讨论的对象，就由前些日子的娄天菊变成了倪万喜：

“人还莫得三坨牛屎高，就想去吃那粑粑饭，有恁么安逸的事？”

“嘁，你没见那个卵皋子，干精精，瘦壳壳，肚子里的油刮下来还莫得三钱，也想打肿脸装斯文！”

“啊哟，你们不要踏削人，人家好好歹歹也是正牌的高中生，总比才在小学打过蘸水，只会吃‘嘎儿’的老师强嘛！”

那些粗野的话，从无遮无拦的嘴巴里嘣出来，生猛无比。好在这些天倪万喜脑子昏沉沉，成天躺在床上，也就免除了一些不必要的伤害。

倪春富除了一袋接一袋抽旱烟，就是莫名其妙地冲着吴成英发火，弄得吴成英脸上常常挂满了泪痕。吴成英瞒着倪春富父子，去找陈九老祖打卦。左打一卦，陈九老祖摇头；右打一卦，陈九老祖还是摇头。陈九老祖闭着眼睛，掐着他枯竹一样的手指，说倪万喜命犯天罡，出门撞了煞神，鬼魂附身，身子一时半会儿难以康复。

陈九老祖说得吴成英心里急，就想去找个端公来做法。不过，这样的事情，妇人家是不好出头露面的。吴成英没办法，只好和倪春富父子商量。倪春富没说啥，倪万喜却坚决不答应，两口子只得打消这个念头。倪万喜要吴成英请人买些头痛粉，再去扯些治头痛脑热的草药熬来喝了，在床上躺了一个来月，才慢慢痊愈。

二

倪万喜走上讲台时，已经到新年了。

从他家到学校，有二十多分钟的路程。毕竟是第一次登上神圣的讲台，还没跨出家门，倪万喜就感到有些紧张。

听说倪万喜要去教村里的娃娃，寨子里的人个个想去看稀奇：一则想看看，这个参加过体检，已经爬到龙门门槛上的人，是不是传说中的那样神；再则，倪万喜虽然高中毕业，毕竟是嘴上的毛还没长齐的娃娃，能不能把这个碗端下来，得打个问号。

乡亲们有这种好奇心是有渊源的。乌地吉木小学的第一位老师，上第一堂课就出了个大洋相。那时候，教育从停课闹革命中慢慢复苏，人口相对集中的地方纷纷办起了学校。问题是这个偏僻的寨子，彝汉杂居，山高路远，民风彪悍，没有人愿意到这里任教。公社干部左动员右动员，好不容易找了一个扫盲提高班的学员来任教。听说来了新老师，教室外挤满了看热闹的社员。新老师在黑板上歪歪斜斜写下“毛主席万岁”五个大字时，把领他来学校报到的公社干部吓了个半死：新老师一紧张，五个大字错了三个，要命的是把“毛”字的竖弯钩，彻底弯向了左边！公社干部识字不多，但天天和《毛主席语录》打交道，这几颗字早已烂熟于心。这种水平，怎么能教育好革命后代？新老师在讲台上还没站稳，就在大家的哄笑声中灰溜溜地走了。

倪万喜还没到学校，教室就被乡亲们挤得满当当的。阵阵哄笑越过叽叽喳喳的声音，差点把简陋的教室屋顶给震塌了。倪万喜刚挤上讲台，几个婶娘就在外面起哄：

“万喜，先写个‘毛主席万岁’让我们瞧瞧！”

“小伙子，胆子大点，不要把尿屙在裤裆头哟！”

倪万喜当然知道父老乡亲的心理。别看你是高中生，是骡子是马，得拉出来遛遛。

走上讲台，看到教室里的乡亲，倪万喜反倒平静下来。倪万喜笑了笑，定定神，拿起粉笔，在黑板上写下了毛主席的《七律·长征》。倪万喜一落笔，就把老老少少的目光吸住了。下面闹嚷嚷的声音戛然而止，屋子里异常安静，只有倪万喜的粉笔吱吱呀呀在黑板上欢唱。当倪万喜把最后一个字写完时，下面并没有声音，沉默了一会儿，才爆发出了吵吵嚷嚷的欢呼声。来看稀奇的乡亲个个喜笑颜开，七嘴八舌说开了：

“咦，读过高中的是不一样，人家是有几刷子哩！”

“啊啵啵，这个狗杂种，胎毛还没长出来，字就写得这样巴适。看嘛，跟书上印的一样！”

倪二老爹衔着烟锅，踮着脚，伸长了脖子来看稀奇。见大家说得热闹，才把嘴里的烟锅拔出来，咧着一口黑黢黢的牙，在旁边咕咕咕地笑。倪二老爹在鞋底上磕尽烟灰，摇了摇头，说：“我就说嘛，人家那几年高中的硬板凳不会白坐。你们也不瞧瞧，他爹耳朵苦聋，眼睛苦瞎，腰杆苦缩，才给这个卵皋子，挣得巴掌大一纸文凭。要是连‘毛主席万岁’都写不起，那书，就读在牛屁眼里去了！”

在倪万喜没到乌地吉木小学代课前，学校里有五位民办老师：张尚福，刘启昌，吴家祥，邓云禄，谢长顺。学校五个年级，分成五个班，每个老师包一个年级。张尚福上五年级，是学校的校长。

倪万喜到学校，最高兴的就是张尚福。

要看的稀奇没看上，寨子里的人难免有些失望。张尚福吆鸡一样，把来学校里看热闹的村民撵走，让闹哄哄的教室安静下来。张尚福给学生安排了作业，搂着倪万喜的肩膀，来到操场，说：“小倪老师，从跨进学校大门的那一刻起，你就是老师了！我是早也盼，晚也盼，眼睛都望起老茧了，总算盼来了一个新老师！”

第一次有人叫自己老师，倪万喜还有几分不习惯，乐哈哈地傻笑着。

教室里传来朗朗的读书声。张尚福不得不把嘴巴凑近倪万喜的耳边，臭烘烘的烟味直往倪万喜的脸上扑。张尚福说：“学校里就五个老师，一个萝卜一个坑。我是校长兼小工，上课带打钟。你看看，我得把我这个班撵着走，其他几个年级，老师有病有事请假，还得我顶着。公社开会，大队开会，我还得去，缺了的课还得想办法补，成天忙得脚不沾地。你一来，我就可以松把手了！……”

张尚福把倪万喜带进学校堆放杂物的办公室，拿出课本和备课本，说：“相处长了你就晓得，我是个直肠子，说话做事不会转弯抹角。下个星期，我要打发二姑娘出门，得在家里把嫁妆家具打理一下。当年，打发大姑娘的时候，我天天在学校瞎忙，最后惹得三亲六戚笑话不说，家里的老婆娘、亲家公、亲家母到如今还在埋怨我。老子把女儿养大成人，到头来好像我欠了天大的人情。唉，以后你就晓得了，当个称职的老子，也不是容易的。反正，这学期新课上完了，离放寒假还有一个多月，这个班就交给你！”

倪万喜心里扑扑直跳，那双伸出去的手又缩回来。倪万喜说：“张校长，我才刚刚跨出校门，就来接手毕业班，怕拿不下来啊！”

“嘁，你怕个铲铲！”张尚福拍了拍倪万喜的肩膀，哈哈一笑：“说句天地良心话，现在站在讲台上的几个老师，只有教导主任刘启昌上过一年的初中，其他的都只读过小学，有两个小学还没毕业，边学边教，还不是把这碗饭吃下来了！你堂堂正正的高中生，还有拿不下来的？”

倪万喜还是觉得不踏实，说：“张校长，毕业班是学校盖面菜哩，要是整砸锅了，我这脸面不打紧，只怕到时候，给寨子里的乡亲交不脱账啊！”

张尚福愣了一下，点点头，说：“你不这样说，我多少还有些不放心。都说有志不在年高，就凭你有这点觉悟，我就相信你把这件事干得好。其实，教书不是啥不得了的活，最重要的，就是‘认真’二字！”

张尚福翻着他的备课本，食指在重要的地方哚哚哚地敲个不停，说：“你看嘛，我们虽然只是个民办老师，但在教学上从来不敢有半点马虎。说句实在话，我们上对得起天，下对得起地，中间对得起自己的良心！”

张尚福那只黝黑的食指，上面爬满了裂纹。倪万喜翻了翻那本厚厚的备课本，上面写得密密麻麻，每一堂课都写了好几页。倪万喜心里一热，顿时对眼前这位两鬓落满了霜花的民办老师，充满了敬意。

张尚福嗤地划了根火柴，深深地吸了一口旱烟，说：“你准备一下，一会儿我带你去教室，给同学们做个介绍。话说在前头，每天的课得认真备。这备课本，每学期我都要检查几次的，不要到时候面子上过不去！”

张尚福说完，叼着袋旱烟，就转出门去了。

倪万喜翻了翻张尚福留下的课本，一时不知道该从哪里下手。语文课本让张尚福翻得又脏又破，和语文课本配套的，还有一本教学参考书，里面很多地方都画上了红杠杠蓝杠杠。数学课本相对要新一些，只是在练习题上标注了答案。看得出来，张尚福在语文这门课程上，花费的功夫还不少。

新课上完了，接下来就是复习，迎接期末考试。可是，该复习些什么，哪些知识是学生应该掌握的重点，倪万喜看着那两本脏兮兮的课本，心里一点底也没有。

“咚咚咚！”

挂在走廊里的那截废钢管敲响了，学生很快就从教室里涌了出来，学校里一下炸开了锅。

短暂的课间休息过后，张尚福带着倪万喜走进教室。张尚福对学生们说：“同学们，大家都知道了，咱们学校新来了一位倪老师！关于他的事，过去我就给大家讲过多次，咱寨子里第一个正牌的高中毕业生，满肚子的学问哩！今后，我们班的课，就由倪老师来上。相信在他的教导下，大家都能顺利地考上中学，走出这座大山！来，我们一起欢迎他！”

在孩子们热烈的掌声中，张尚福点点头，背着手晃出去了，把脸红心跳的倪万喜留在了教室里。

三

半天的课上下来，倪万喜感到既紧张，又兴奋。

“万喜，如何？”倪万喜才从教室里走出来，吴正虎就笑眯眯地迎了上去。

倪万喜心存感激。在自己失魂落魄的日子里，多亏了有这位同龄人的抚慰。没想到，放了学他还来接自己回家。倪万喜笑了笑，说：“还可以吧，看样子得有几天才适应哩！”

“嘁，要是我来干，这话用在我身上还差不多！”

吴正虎到天拱坝读过一年初中，张尚福动员过他几次，请他来学校代课。无奈家里那一份产业他爹忙不过来，他一年挣的钱当几个代课老师的薪酬，就没有动这份心思。

吴正虎乐呵呵地说：“你今天一上讲台，就把下面的人镇住了。这不，第一天就有人请你办事了！”

“请我？”

“对，不信吗？”

“不信！人家请我干什么？”

“那肯定是好事呀！”

“别吹了，谁请啦？”

“我呀！”

倪万喜打量着这个大他两岁的表哥，笑着说：“你就吹吧！”

“你以为我来接你回家的，做梦吧！我告诉你，真有好事，大爹专门让我来接你的！”

“好事……啥好事？”

“说这么多干啥，去了你就知道了！”吴正虎卖着关子，拉着倪万喜就走。

村里没办学校前，寨子里祖祖辈辈没有识文断字的人，别说写信，就找人念封信也要跑若干的冤枉路。

倪万喜还在念小学的时候，一件偶然的事，一夜间就让他声名大振。在放学回家的路上，倪万喜遇上了村头祁来福老汉，他们家收到了当兵的儿子写回来的信，正愁找不到人念。他家瞎了眼睛的老娘，想孙子都快想疯了，一听说孙子来了信，显得比谁都着急。倪万喜没有推辞，进门就是把那封信念了好几遍，把祁来福那瞎眼的娘高兴得合不拢嘴。乘着高兴劲，祁来福提出要倪万喜代笔给他儿子写封回信。倪万喜拨出钢笔，问了问情况，拿出作业本就写了起来。祁来福一袋旱烟没抽完，倪万喜就把写好的信给他们家念了一遍。一屋的人都感叹：“巴适得很啊，我们没想到的你都写全了。”邻居家大婶听说这事，又拿了一封信来，要倪万喜也帮着给她嫁在外面的女儿写封信。就这样，倪万喜一连帮着写了六封信。过去找人写信，少不得一瓶酒或两包烟，一家人围着写信的人，你一句，我一句，写信的人边抓脑袋边打草稿，得整整耗上一晚上的时间。可这一会儿工夫，倪万喜就写了六封信，在村民看起来简直成神人了。过了很久，乌地吉木的父老乡亲都在感叹这件事。

这几年，寨子里上学的娃娃多了，找人写信不是难事。在这样偏僻的寨子里，还会有啥好事落在他头上呢？

原来，吴成贵的儿子吴正国后天要结婚，正愁没人写对联。今天倪万喜在学校写的那手字，半天就传遍了整个寨子。因此，吴成贵要吴正虎放学后，把倪万喜请到家里来。

才一进门，吴成贵就对倪万喜说：“本来我应该上门去请你的，但自家人我就不讲这些礼数了，我家正国，后天要讨媳妇，想劳烦你去帮着写几副对子，你看行不行？”

“嘿嘿，我这个字，拿上墙去，怕见不得人哦！”

“你不要说了。早就有人给老汉说过，咱乌地吉木只有你的字拿得出手！”

“那是人家在撒我的烂药哩，哪有这回事？”

“早上你在学校露的那一手，把寨子里那些没见过世面的家伙，眼睛都差点晃瞎了。就连那些只会在鸡蛋里挑骨头的人，都不敢弹拨你的字，哪里是在撒你的烂药？笔墨和红纸，我请人到天拱坝带回来了，就等着你下笔哩！”

倪万喜倒吸了口冷气，说：“大舅，眼下没有现成的对联。我怕编不好，让人笑话哩！”

吴成贵哈哈笑道：“不消不消，有现成的，巴适得很。我说给你听，‘人穷志不短，后辈儿孙要自强！’”

倪万喜差点笑出声来，说：“大舅，不对啊！你这对子，不说平仄对仗，就连上下联的字数都不一样，这叫啥对子？”

吴成贵搔搔脑袋，说：“不要说得那么悬。这小点事，还难得倒你？差个把字有啥稀奇的，画圈圈也好，画五角星也好，添起就是了嘛！”

老汉话是这么说，倪万喜却笑眯眯地直摇头。

吴正国早已翻过30这道坎，一家人对他的婚事特别看重。还没走近吴成贵家院子，就听见里面人声鼎沸。高声说话声，哄笑声，砍肉剁肉声混杂在一起，就像一个热闹的大市场。倪万喜进了屋，老汉就吆喝着打下手的，赶紧烧碗开水来喝。

一张大桌子上放着红纸、毛笔、墨汁，吴正虎在旁边笑眯眯地看着他。

倪万喜不敢马虎，他赶紧拿出本子草拟了几副对联。倪万喜摊开红纸，折好，裁开，抓过笔墨，略一思忖，唰唰唰就写下了这样几副对联：

大门联：英才成佳偶海誓山盟今如愿
　　　　两姓结良缘夫唱妻和万年长
横　批：喜气盈门

堂屋联：相敬如宾结成终身伴侣
　　　　情深似海建立美满家庭
横　批：珠联璧合

新房联：连理枝头景色美如画

　　　　情投意合生活甜似蜜

横　批：花好月圆

厢房联：一门喜庆三春暖

　　　　百年偕老万世缘

横　批：金玉满堂

厨房联：厨内精心调五味

　　　　堂前聚首看新人

横　批：赏心悦目

堂屋正厅联：相亲相爱美满婚姻情深义重

　　　　　　同心同德幸福生活地久天长

横　批：天作之合

倪万喜飞快地写着，吴正虎乐哈哈地打着下手，把一张张写好的红纸摊在地上。倪万喜还没写完，吴成贵的侄女就端了一碗荷包蛋上来。

前来帮忙的婆娘、汉子围过来，眼睛都看直了。一屋的人除了啧啧称叹外，还是有人小心翼翼说出了内心的疑惑："老侄，对子都是七个字，你的好像……多写了几个字哩！"

吴成贵老汉挥舞着烟锅，乐呵呵地说："不要多嘴，那些只写七个字的，天生就是下作货，抖瑟瑟的舍不得多写个把字！你看你看，多出几个字，横看竖看都巴适嘛！"

倪万喜看看那些对联，对仗不算工整，但在这样的乡旮旯，完全能够应付过去。倪万喜知道，这些人大多不识字，他们能够站过来指指点点，说明从内心深处，已经认可了这件事。倪万喜把对联的基本常识讲了个大概，指着那几副对联，一字一句读了一遍，听得大伙儿直点头。

写好对联，倪万喜自然就回不去了。几双大手把倪万喜按上桌去，哪管他喝不喝酒，一杯接一杯，把他灌得酩酊大醉，让人扶了回去。

吴家本来就是大家族，不管哪家办事都很热闹。第二天，前来喝喜酒的人，指着那几副喜庆的对联品头论足。就连刚过门的新娘子，也顾不上矜持，悄悄跟在人群后面，笑吟吟地欣赏着这几副对联。

一夜间，倪万喜声名大振，乌地吉木的每一个角落都有人在议论：

“嗬，倪大耳朵家卵皋子才神哟，抬手就写了一副副对联！”

“就算他唐伯虎再世，恐怕也只有这点脓血！如何嘛，一大颗文曲星，嘣咚一声，砸在这个山旮旯头来了！”

四

倪万喜昏昏沉沉睡到深夜才醒过来。他想着挎包里那一沓作文本，一骨碌翻起来，点亮了家里那盏马灯。

“咋了，要吐？看样子，还是福分浅了。忍着点，我去拿盆子！”

倪万喜的动作很轻，还是把倪春富惊醒了。倪春富小声嘀咕着，一下坐了起来，手忙脚乱地抓衣服。

“没啥没啥，你睡你的。”

“稳得住不？”

“没事。”

“你还要搞哪样？”

“学生娃娃的作业本没改完哩，你先睡。”

倪春富确信儿子没问题，一头倒下去，用轻微的鼾声驱赶着夜的宁静。儿子从来没醉过酒，倪春富先前虽然迷迷糊糊睡过去，但肯定没睡踏实。

倪万喜把挎包里那几十个作文本拿出来，他连着改了二十来本，内容和水平都差不多。孩子们的作文实在差劲，改了一半，还没有一篇像样的作文让他感到满意。倪万喜有些失望，他拿出数学课本，从头到尾，快速翻了一遍。

以倪万喜的眼光看来，课本上的内容并不深奥。倪万喜很快翻到了最后的总复习。他盘算着，找几道有代表性的题，让学生先练习，通过评讲达到复习的目的。可是，在选择那些题的过程中，倪万喜看到了一个让人无法接受的事实：

张尚福标注在上面的答案，有几道一眼看上去就是错的！

倪万喜百思不得其解，他只能用这样一个理由来安慰自己：也许，张尚福是故意的。

倪万喜拿出了张尚福的备课本，不看不知道，一看又吓了他一大跳：张尚福密密麻麻写在备课本上的东西，居然是原原本本照着教学参考书抄下来的。

倪万喜把张尚福的备课本往桌上一扔，心里想：书上已经有了，抄下来干什么呢？

倪万喜百思不得其解。他的脑子飞快地旋转着，白天上课的情景又清晰地展现在他的眼前。

讲台下面，是一张张红扑扑的脸，一双双忽闪忽闪的眼睛。倪万喜想好的开场白一下全忘了，他浑身燥热，心怦怦直跳，脸一下憋得通红。倪万喜赶紧拿起粉笔，在黑板上写下了作文题目《我的一家》，说："今天，我们先写篇作文。大家别客气，先向我介绍一下家里的情况……"

倪万喜在办公室的时候，就想让学生先写这样一篇作文，既检验一下学生的综合能力，又让自己有喘息的时机，为下几堂课做点准备。

教室里有了嘀嘀咕咕的声音，接着就有孩子伸起了懒腰。看得出来，孩子们对新老师送他们这份见面礼，并不是十分的满意。短暂的沉默后，就有学生举手："倪老师，这个作文咋写呀？"

有了这一小段时间的缓冲，倪万喜平静下来，说："咋写？家里的情况，自己最熟悉呀。这么说吧，我们每个同学都有自己的家，家里面有爷爷奶奶，爸爸妈妈，哥哥姐姐，弟弟妹妹，他们的神态表情怎么样，衣着打扮怎么的，有些啥独特的语气动作，有些什么样的习惯，做过些啥有意思的事，把这些写下来，这篇作文不就成了吗？"

学生们似懂非懂，有的抓耳挠腮，有的若有所思，倒把倪万喜弄糊涂了：这么简单的作文，怎么会无法下笔？

倪万喜还没想明白，下面就有学生接着问："倪老师，你……给我们写几句《毛主席语录》嘛！"

"你们不好好写作文，写《毛主席语录》干啥？"倪万喜一头雾水。刚才乡亲们让写"毛主席万岁"，是为了检验一下他的水平。现在，学生为啥要写《毛主席语录》呢？

倪万喜本来想趁学生写作文的时候，给他们出几道语法知识方面的题。可是，下面那一道道愁苦的眼神，容不得他安安静静地坐在讲台上。倪万喜走下讲台，拿起学生的作文本一看，大大的标题下面，几乎都写着这样开头：伟大领袖毛主席教导我们说，在英明领袖毛主席的领导下……

孩子们几乎是串通好的，开篇全是伟大领袖说的话。然而在这些大口号后面，很多学生没有再写一个字。倪万喜哭笑不得，心里冒出这样一个念头：难道，他们平时就是这样写作文的？

倪万喜总算找到一个写了大半页纸的学生。拿过他的作文本一看，还像那么回事。可是，这个孩子写上几个字，总要低头看看下面藏着的一本书。从他极不自然的神态上看得出来，他写在作文本上的几行字，也是临时抄来的。

看着孩子们的窘相，倪万喜就知道他们肚子里没东西。倪万喜摇摇头，说："大家都说作文难，你们能不能告诉我，你们往天是怎么写作文的？"

孩子们七嘴八舌说开了。倪万喜听了一阵，笑着说："我知道了，你们写的作文，归纳起来就是这几句话，领袖语录来引导，中间畅谈形势好，国内国外都扯到，最后再把决心表！对不对？"

"对！"孩子们大声回答道。

倪万喜大吃一惊，他万万没有想到，张尚福带的毕业班，会是这样的水平。难怪几天前，有人说村小每年三两个娃娃能够考上中学，就是天大的造化了。

可是在孩子们面前，他不可能说这些。倪万喜笑了笑，他请几个孩子起来，让他们分别介绍家里的情况。在倪万喜的启发下，大家一起和这个同学总结，把家庭成员的外貌、衣着、神态、动作、爱好、习惯以及他生活中的一些有趣的事，全部展现了出来。

有了熟悉的话题，孩子们纷纷举手，争着站起来介绍。说到高兴处，大家都笑成一团，整个教室里热闹起来，甚至有孩子起哄，有孩子发出了尖叫声。在旁边上课的吴家祥和谢长顺，听到这边教室像炸了锅，到门口看了两次，见学生没有闹出啥出格的事，又把头缩了回去。

倪万喜费了半天口舌，到落笔的时候，孩子们又在那儿抓耳挠腮，半天写不出一段话来。就是这样一篇作文，差不多花了一天的时间。等最后几个学生把作文本交上来，已经放学了。

倪万喜老是这样想，一篇简单的作文竟如此费劲，想必其他知识也没学好，这怎么办呢?

倪万喜一巴掌拍在学生的作业本上，长长地叹了一口气。

倪万喜这一下，惊醒了倪春富，他翻过身，嘟哝着说：“睡了嘛！”

“你别管，先睡你的！”倪万喜不耐烦地应着。怎样备课，对于倪万喜来说，是一个陌生的课题。他回想着老师上课的情景，拿出备课本，准备按自己的思路，拟一个讲课提纲。

倪万喜提起笔，才觉得要写的东西实在是太多。还没写到一半，倪春富就已经催了他三次。倪万喜想着第二天是星期日，还有时间来完成，就吹灯上了床。刚才，倪万喜觉得困意一阵一阵袭来，眼睛又涩又胀。可是，一旦上了床，脑子里的思绪比白天还清晰，翻来覆去怎么也睡不着。

五

星期一，倪万喜就把准备好的数学题抄在黑板上，让学生自己做。尽管这些题非常简单，很多孩子抓耳挠腮，磨蹭半天还是做不出来。

这样的结果，确实是倪万喜没有想到的。

第二节课，张尚福来了。张尚福看了他写在黑板上的练习题，笑呵呵地说：“学生都敬佩有本事的老师。就凭你这手字，我黑板旁边挂的那根教鞭，就起不了啥作用了！”

倪万喜一看，果然黑板前面挂着根黄荆条子做的教鞭，黑亮亮地泛着油光。

张尚福指着孩子们说：“自古就是这样，黄荆条子出好人。他们都晓得的，对付调皮捣蛋的家伙，用教鞭比讲道理管用得多！”

教室里鸦雀无声，很多孩子的脸上都有惊骇之色，让倪万喜真切地感受到了它的威严。

张尚福翻了翻孩子们的作业本，说：“你给学生做的这些题，实在，管用。要考中学，平时就得练！只是，娃娃们基础差，要补起来，不是三两天搞得定的。”

倪万喜点了点头，没有说话。张尚福突然到教室里来，倪万喜多少有些紧张，他生怕自己没有做好，让校长不冷不热说几句，在学生面前下不了台。

好在张尚福没有多问，翻了翻他备的课，就背着手出去了。

下了课，张尚福把倪万喜拉到一边，说：“你的课，备得还不错！”

倪万喜笑了：“哪里哟，正好向你请教哩！”

“慢慢来嘛。你到底是高中生，高出我们一大截。学校那两个年轻的，才来的时候，我扯起耳朵说，手把手地教，还是难上路……”

“有不合适的地方，你指出来，我好改正。”

张尚福“哈哈哈”一阵笑，说：“在一个锅里舀饭吃，不要见外。教书这行当，最重要的就是‘认真’二字。我看这一点，你基本做到了，至少用心准备了第二天的课。”

倪万喜脸一红。他心里暗暗庆幸，要是昨天偷懒不备课，今天出洋相不说，给人留下的印象就糟糕了。

张尚福说：“平时备课，还得按教学参考书上的内容来。你想想，这本书是国家组织专家编写的，虽然说仅供参考，那是人家谦虚，哪里会有错？”

见倪万喜不说话，张尚福点燃了旱烟袋，眼前腾起一团白雾，说道：“坦白说，我备的课就是照着教学参考书来的。可能有人会说，怎么照抄照搬人家的？这不怕，抄一下，搬一下，那也是一个学习的过程，至少可以先熟悉，不至于讲偏了。你说是不是？”

倪万喜把学生的作业收上来一改，发现了问题：很多学生，连加减乘除混合运算都费劲，至于文字题、运用题就更没办法，很少有人做正确。他在心里估算了一下，照这种水平，能达到及格线的，寥寥无几。

倪万喜倒抽了几口冷气，他万万没想到孩子们这么糟糕。

倪万喜的心情无比沉重。说下来，那些题都很简单，只要他们弄懂了，好好练一练，就不该出错。可是，就只有一学期了，孩子们要学新教材，还要补过去落下的功课，怎么来得及？

倪万喜还没理出头绪，就有学生走上讲台：“倪老师，我来背书！”

“背书？”

“嗯。”

“背什么书？”

“我还有好几篇……没背……”

“古诗吗？”

“不，是课文。”

“课文？”

“嗯，张校长要求我们，把所有的课文背下来。”

倪万喜哦了一声，心想：这些课文……全背来干什么？他轻轻地叹了口气，说：“张校长真有这么严格？”

“张校长说了，‘书读百遍，其意自见。’除了课文，张校长还要我们，每课的段落大意、中心思想和名词解释都要背……”

“还有数学哩，所有的数学公式要背，每道例题必背！”

其他同学也在下面大声说。

“段落大意和中心思想？课本上哪里有呢？”

“笔记本上！”

倪万喜一看学生的笔记，上面记的全是每篇课文的段落大意和中心思想。

倪万喜心里犹如塞了一团乱麻：天呐，这书……难道就是这样教的？

放了学，几个学生不愿意回家，缠着倪万喜要背课文。有的还在教室里念念叨叨，眼巴巴地看着倪万喜。

倪万喜心里无比郁闷，挥挥手，说：“你们回去再读熟一点，一起来背！”

孩子们在学校里坐了一天，肚子饿得咕咕叫，早就想回家了。听倪万喜这样一说，欢呼雀跃，呼啦啦一声，教室里就没人影了。

倪万喜刚出校门，教三年级的刘启昌就走了过来。

刘启昌是倪万喜远房姨妈家表哥。刘启昌摸出一根烟递过来，倪万喜礼节性地摆摆手，他就自己点上了。刘启昌拍拍倪万喜的肩，笑眯眯地说：“老弟，如何？”

“没什么，好像一会儿工夫，就放学了！”

“噢，你还不错，看样子是当老师的料。我当年进学校的时候，一天如坐针毡，老是盼不到放学。回到家，一屁股坐下去就不想起来，感觉特别累！”

“我只是觉得心累，特别是看到学生做的那些作业。”

“在村小，咱没有荒废那些学生，没有到学校来混日子，对得起自己良心，就行了。说句掏心窝窝的话，咱村小就这点水平，老师也只有这点脓血，教出来的学生要想有多大的造化，那都是安慰娃娃的。你不要看张尚福一天牛皮哄哄，动辄就摆出一个大校长的姿态，怎么备课啊怎么讲课啊怎么补课啊，说得头头是道。其实，他有几斤几两，我们清楚得很。他小学还没毕业，就来教小学毕业班，课本上好多题他都拿不翻，有好高的水平？就算他张尚福有冲天的干劲和热情，他教出来的学生，能有几根做椽子和锄把就不错了，还想把那些娃娃培养成栋梁？狗屁！”

倪万喜听说过，教导主任刘启昌是个直性子，说话夹枪带棒。今天一接触，果然不同寻常。第一次和人家打交道，倪万喜不好多说什么，只是笑了笑，说："我才跨进这道门槛，正好向你们学习哩！"

"莫说那么多，都是在一个甑子里刨饭吃的兄弟，用不着客套。只是，我想提醒老弟，千万不要听张尚福那一套，课你该怎么上就怎么上。你不想想，他张尚福本来就是瞎子，你再让他牵着走，不瞎也弄瞎了！"

这样的话题，倪万喜不好接嘴，就试探性地问道："刘主任，我想请教一个问题，是不是每个班，都要求学生把课文全部背完？"

刘启昌把烟头扔在地上，一脚踩灭，说："你以为，个个像张尚福那样蠢？就算把那些课文背得滚瓜烂熟，有屁作用？他张尚福教学生，就像教牛一样，只会使蛮力。那些学生在他的威逼下，一个个被压得抖抖索索，连大气都不敢出。家长斗大的字认不全一个，更不懂怎么教育娃娃，反倒高兴得不得了，以为他张尚福是孔圣人转世，把学生管得服服帖帖。嘁，糟蹋了那些娃娃，造孽啊！"

刘启昌摇着头，在嘿嘿苦笑中，露出一口烟熏的黑牙。

冬天的太阳落得早。虽然才三点过，太阳就已经失去了往日的威风。山谷里刮起的冷风，早早地扬起了雾霭，逼得太阳踉踉跄跄，赶紧往西边的山头撤。

刘启昌说："对了，你要去大舅家吃饭吧，咱一起去！"

倪万喜笑了笑，说："前天才吃了，醉得我左脚打右脚，今天怎么好意思去？"

"你帮了这么大的忙，给人家长了脸，大舅一家感激还来不及哩。早上大舅就给我说，要我把你请过去的。走走走，你不要再让人家来请……"刘启昌不容分说，拉着倪万喜就往吴成贵家赶。

来吴成贵家喝喜酒的亲戚，大多数走了，留下来的都是些远亲或年长的。听说刘启昌把写对子的倪万喜请来了，大家都凑过来，热情地和他打着招呼。没有和他打招呼的，也在旁边对他指指点点，谈论的全是关于他的话题。

其实，经过这两天的发酵，寨子里都知道这件了不得的事。难怪今天倪万喜一走在路上，那些在田里地里劳作的人，一见他总会直起身子，老是用怪怪的目光，在他身上嗅来嗅去。

前天倪二老爹也去喝喜酒。老汉去挂了礼，衔着黄铜烟锅，偏着脑壳，夹杂在人群中凑热闹。很多人都站在门口看，对着倪万喜写的对联评头论足，赞赏有加。倪二老爹没上过一天学，那上面写了什么他也不知道。老汉站在门口仔细研究了半天，鼻子里哼了一声，背着手就回去了。不管怎么说，这点觉悟他是有的，不能轻易在外人面前贬低了自家人，让外人落下口实。可是，现在不一样。他给倪家人留足了面子，并没有什么人领情。相反，寨子里的人到处吹倪万喜，这不是明显在抬长房的头，踏削他们幺房吗？这就不是发不发声的问题，而是旗帜鲜明表明态度的大事了。

倪二老爹心里像被人塞了半筐刺藜，老是不舒服。恰恰寨子里那些喜欢吹闲牛的，到处神侃这件事。倪二老爹心里不服气，接过对方的话头，立马就泼上一瓢冷水："你们不要吹得肉酥。我晓得的，那个卵皋子从小喜欢看闲书。那些对联，都是从书上抠下来的，稀毬奇！"

可是，倪二老爹根本就没有想到，他这句话所带来的严重后果。倪二老爹不仅没有找到同盟军，反而让吴成全一口接了过去："人家提起笔，刷刷刷，眨眼工夫就写好了的。不是亲眼所见，我们也不敢说这样的话。不是踏削你老倌，就算送本书给你翻，你老倌三天三夜也把那些对联抠不下来！再说了，你家那些龙种龙孙日毛得很，不见哪个抄副对子来贴起！你老倌当了一辈子白虱子，尽干吃人又羞人的事。想来是你侄儿子大耳朵抖瑟，舍不得拿东西把你老倌嘴塞着，才到处乱放屁！"

周围的人哪管他老汉的感受，"轰"的一声，哈哈哈笑起来。

倪二老爹的绰号就叫老母虱，他最不愿意听到这样的话，一下气得脸青面黑。

这一棍子扫了倪二老爹家几代人，既明着欺负他老汉不识字，又踏削他的儿子孙子不成器。这句话差点要了倪二老爹的命，可是他又毫无办法。人家戳的，确实是自己的软肋。和他们斗下去，不仅占不到便宜，那些胀肚子的话，只能让自己这张老脸蒙羞。倪二老爹往地上啐了一口，哈哈一笑：“和你几爷子斗嘴仗，老子嫌嘴脏！”

倪二老爹找了个台阶，背着手，黑着脸，气哼哼地走了。

六

倪万喜小学就在乌地吉木小学度过。前两年换了几个老师，至于老师教得如何，已无多大印象。从五年级起，有一个叫杨娟的老师教他们，给他留下了深刻的印象。杨老师是省城下放的知青，个子高挑，浅浅的酒窝，长长的头发，那双大大的眼睛特别水灵。杨教师教他们语文，更多的是在字词句的理解和运用上下功夫；数学从运算、解答及规律上着力，从来没有要求学生背这些东西。下了课，大家把几张桌子拼起来，上面再横上一条长凳，就成了乒乓球桌。杨老师长发飘飘，全校老师、学生，统统是她手下败将。孩子们学得很愉快，学习兴趣浓，成绩也噌噌往上涨。

和杨娟老师相比，倪万喜老是觉得张尚福那一套方法有问题。孩子们愁眉苦脸，要不是家长逼着他们，很多孩子可能早就回家，放羊种地去了。

倪万喜老是想，照着张尚福的路子走下去，行吗？

倪万喜忍不住暗中向其他老师请教。对于这样的疑问，吴家祥吭吭吭地抽着旱烟，苦笑一阵不表任何态。邓云禄要他别着急，慢慢来。谢长顺拍拍他的肩，嗯嗯啊啊说了半天不着边际的话。只有刘启昌说得直截了当，一口啐在地上：“我早就给你说过，这种办法，是教牛用的。再聪明的娃娃落在他手里，也会变成傻瓜！”

倪万喜去当老师，吴正虎最高兴。明里背里他都说，倪万喜去教那些娃娃，是娃娃们的福分，是老天对乌地吉木的恩赐。对于倪万喜心里的疑问，只有吴正虎最能理解，他说：“这有啥难的？过去教我们的老师，有的是能人。只要肯学，还怕你取不到真经？”

星期六放了学，倪万喜急匆匆地往天拱坝赶。他想找他初中的老师陈涛，请他帮文支招。

当年倪万喜在天拱坝中学读初中的时候，陈涛同时上他们四门课：语文、政治、历史、地理。陈涛上课幽默风趣，留给学生的作业不多，很多知识就在课堂上消化，大家都喜欢他。到了现在，陈老师上课时神采飞扬的情景，倪万喜还历历在目。

倪万喜的到来，陈涛两口子很高兴。不过，对于倪万喜去代课这件事，两口子都非常惋惜。陈涛说："照你的功底，考一般的大学不在话下。今年不行，补习一年，明年再考嘛！"

倪万喜也觉得老师的话有道理，说："反正只有二十多天就放假了。我把这几天课代完了，下学期再去补习。"

大家的话题自然就说到了教学上。说起张尚福，陈涛摇着头，瞪大了眼睛，说："这个张尚福，是教私塾的先生吗？现在，哪有这种干法的……"

陈涛的妻子叫杨小芳，是乡中心校的教导主任，对全乡民办老师很了解。她说："张尚福的教学方法陈旧，但在全乡的民办老师中，这个人是最敬业的。别的不说，人家老黄牛一样天天在学校顶着，年年扛着教毕业班，每年都有三五个学生考上中学。有的村小就不好说了，统考几分十几分的成串串，升中学年年刷光头。你说，遇到那样的老师，怎么办？"

陈涛"嘿嘿"笑道："他们这是在为国家打造精英人才哩，考天拱坝初中，比考清华北大还困难！"

杨小芳摇摇头，说："你又不是不知道，绝大多数民办老师、代课老师，没有经过一天正规师范培训，从地里就被撵上讲台。怎么教这些娃娃，他们只能边教边学边摸索。再说，有些村小根本找不到老师，小学没毕业就上讲台，有的连乘除法都不会，能有多高的教学质量？唉，只是造孽了那些娃儿……"

感慨了一阵，倪万喜把话题转到期末复习上。杨小芳说："这样，前两天我到县上开会，把学生放回去了。明天学生要来学校。你来听两节课，就知道该怎么组织复习了！"

眼看天色已晚，陈涛夫妻就留倪万喜在学校住了一夜。

第二天，倪万喜认认真真地去听了两堂课。临走的时候，杨老师拿出几张前两年的期末考试卷，说："当老师，得研究教学大纲，研究考题，在平时的教学中，就要把这些知识点灌输进去，让他们慢慢地掌握，这样才学得牢靠！学生平时把知识消化了，考试自然不在话下。"

倪万喜非常感激，不住地点着头。杨老师又拿出一沓油印资料，说："这是我前两年编的复习资料，虽然有些过时，你给娃娃复习还用得着。新编写的资料正在刻印之中，如果下学期你还要继续代课，我把那两本资料也给你。只要让学生弄懂了，保管他们个个考上中学！……"

倪万喜回到学校第一件事，就宣布了新规矩，除了课本上明确要求背诵的外，其余的东西统统不再背，把节省下来的时间，用来补基础知识。

对于这样一个重大改革，孩子们个个欢呼雀跃，上课的时候特别专注。每天放了学，孩子们还舍不得走，在教室里复习他抄写在黑板上的知识。

转眼，半个月过去了。星期六这天，倪万喜把学生组织起来，考去年那套期末试卷。放学后，他把自己关在教室里，把学生的试卷全部改了出来。倪万喜揉着酸胀的眼睛，心里一阵狂喜：虽然语文只有一个及格，数学只有两个及格，但语数双科50分以上的还有十来人。按照去年天拱坝中学103分的录取分数线，少说也有七八个学生能上线！要是通过下学期的努力，肯定还会大大突破这个数！

寨子里家家户户已经吃过晌午，空气里弥散着饭菜的香味。倪万喜的肚子早饿得咕咕叫，但心里一高兴，一路上都在哼唱着欢快的歌。

倪万喜回到家，才知道家里来了客人：二舅吴成发和姑爹陈兴富。

看得出来，他们已经几杯酒下肚了。倪万喜一进门，吴成发就嘎嘎嘎地笑道："快，倒酒倒酒！老师是啥？专门蹲人家香火板，和人家老祖人平起平坐的人哩！"

吴成发不容分说，咕咕咕就给倪万喜倒了半碗酒，说："老侄，二舅先敬你一口酒。不管是倪家，还是我吴家，祖祖辈辈都在土疙瘩里刨食，真正上讲台吃笔墨饭的，就只有你一个。你二舅，高兴啊！”

喝了那杯酒，吴成发说：“二舅不是专门来讨酒喝的。有句话叫什么来着，对对对……旁观者清。你才去学校十多天，寨子里就风言风语，说你和张尚福顶着干，老舅是怕你吃亏哩！”

倪万喜心里一惊，说：“我地皮子没踩热，人生地不熟，哪敢和张尚福顶着干？”

姑爹陈兴富呷了一口酒，说：“听说你写对子，是把好手。教书这事，你还要向人家张尚福学学……”

倪万喜没有开腔，吴成发就接过去了：“寨子里好些家长都在说，人家张尚福天天放学都要守着娃娃背书，你一去就不管那些娃娃了。都在担心，你把娃儿放松了，以后考不上中学！这几天，你家二老爹到处在撒你的烂药，说你是苍蝇屁股上生疮，就只有那点脓血。老倌还说，把娃娃交在你手上，那是冷水洗屁股，越洗越冷啊！”

倪万喜知道，从他去读书起，二老爹心里就不安逸。但他万万没有想到，自己才走出了这样一小步，他们会如此的刻薄。陈兴富又呷了一口酒，摇摇头，说：“那个白虱子，他的话只当放屁，用不着放在心上。只是，姑爹要提醒你，人家张尚福，好歹教了二十来年，吃这碗饭，牙齿都吃黄了，还会有差错？你不看看，寨子里那些调皮捣蛋的娃娃，个个让张尚福收拾得服服帖帖，年年都有人考上中学。寨子里老老少少，都把张尚福当菩萨一样供着，你怎么能和他顶着干？说实话，咱乡下人，勤扒苦挣省吃俭用，不就指望娃娃今后有点出息。你把娃娃废了，你说你说，人家还有啥想头？……”

倪春富支着耳朵，生怕听漏了一句话。他给两位客人倒上酒，说：“你二舅和你姑爹都是为你好。教书是个良心活路，你还没入门，正好跟人家学哩！庄稼误了，只是一季；人误了，就是一辈子，马虎不得啊！”

二舅和姑爹都没有上过学，很多道理他们也不懂。倪万喜扒了几口菜，说：“你们放心，这个毕业班只要让我教下去，肯定比以前考得好。”

吴成发哈哈笑道：“老侄，有你这句话，我们就放心了。要说打架，在乌地吉木你二舅三舅都是狠汉，只要说添锤，出力气的事算我们的。其他的事，就只能靠你自己了！”

星期天的早上，倪万喜多睡了一会儿。等他起来，吴成英已经从地里背了一背猪食回来，在开始做饭了。看着母亲一头乱发，一大早忙里忙外，倪万喜心里涌起一阵酸楚。这些年来，他一直在外面读书，基本上没有帮父母干过多少家务。现在天天在父母身边，自己还在找借口偷懒。

倪万喜赶紧到厨房里，帮着母亲做饭。倪万喜蹲在灶膛前，塞进几根柴，再塞一大把松毛进去。灶膛里黑乎乎的一团，浓烟很快就冒出来，满屋都是呛人的烟味。母亲拿起火钳，说：“哪有这样烧火的？你去剁猪食，我来烧。”

倪万喜不好意思地挪开位置，找来砍猪食的菜板和菜刀。可是，他摸到那些菜叶时，他的心里又哆嗦了一下：菜叶上带着霜花，看上去那墨绿的菜叶，却像冰刀一样硌手。

整个早晨，倪万喜的脑子里，都在回放着这样一幅画面：母亲挟着寒气，呼着一团团白雾，呵着红肿的手，从白皑皑的寒霜下面，一张一张采摘着菜叶。那双粗糙的手，因为霜冻痛得实在难受，就在腋下擦一下，放在嘴边呵上几口热气，再重复着刚才的动作……

吃过饭，倪万喜就到了学校。他要看一看昨天改的试卷，做些分析，周一好给学生评讲。可是，当他走进学校那间堆放杂物兼办公室的教室时，张尚福正在看昨天学生做的试卷。

“不错不错！”张尚福合上学生的作业本，微微点着头。

这几天，倪万喜降低标准，取消了要背诵的课文，家长有微词。倪万喜生怕张尚福知道这事，会来责怪他，就说：“张校长，马上要期末考试了，我怕学生忙不过来，把要背的内容减了些，想多给他们补补基础……”

张尚福点上旱烟，啵地抽了一口，说：“这倒没啥。杀猪宰羊，各有各的刀法，捅脖子杀屁股割尾巴都行，关键看最后的效果。”

倪万喜悬在心上的石头落了地，就说：“对对对，咱们就是要想办法，争取多有几个考上中学。”

张尚福叹了一口气，说：“你不知道，咱们乡除了乡中心校外，还有13所村小，每个村小都有毕业班，每年小学毕业生有七八百人。乡中学只能容纳两个班，顶多收120人。乡中心校质量高，每年要占将近100人，你算算，剩下的每个村小能考上几个？弄不好，就要刷光头哩！”

倪万喜想着昨天学生的成绩，说：“每年两三个上线，我觉得还是少了些。咱一个班四十多号人，弄好一点，应该十来个上线才合适！”

张尚福愣了一下，脸色一下就变了。张尚福嘿嘿冷笑了两声，说：“年轻人，说话要晓得高矮，不要随便日白。牛皮哄哄的大话哪个都会说，要是把牛吹死，麻烦就大了！”

张尚福噗的一声，把烟斗里的烟蒂吹出来，阴沉着脸出去了。

七

张尚福不冷不热一通话，让倪万喜心里难受了好几天。

好在期末统考很快就到了。和往年一样，仍然以片区为单位组织，各学校派老师交叉监考，试卷在乡中心校统改。虽然就是一个来月时间，倪万喜的努力却没有白费：语文有5人及格，数学有7人及格。更为重要的是，语文和数学均及格的，居然有5个人！这也就意味着，这一届毕业班，就不再是三两个学生考上中学的问题了。

乌地吉木小学其余几个班考得不理想。刘启昌的四年级两科3个学生及格，谢长顺有2个学生及格。吴家祥和邓云禄最糟糕，语文和数学两科，一个及格的都没有。

乡上照例召开期末工作总结会。考试及格率为零的，让中心校校长郑红明点着名，骂得狗血淋头。几个及格率为零的村小负责人，又被乡上分管教育的领导指着眼窝，骂得虚汗长流，连大气都不敢出。

乡上领导骂归骂，对老师们一学期的辛苦还是知道的。下午，中心校办了一顿伙食。菜很简单，回锅肉、酸菜四季豆汤和炒白菜。另外，用大塑料桶灌了一桶散装白酒，让大家敞开喝。老师们十来个人一桌，围着那三样菜蹲在地上就开吃。刚才挨了骂，很多人还没有回过神来，一个个丧眉垮脸，只顾埋头吃饭，满院子里全是吧唧吧唧的声音。领导端了酒过来，挨桌给老师们敬了酒。几句鼓励的话，就把淤积在老师心中的疙瘩给揉散了。大家都拿起了碗，去酒桶里把酒倒出来，相互敬起酒来。

几口酒一下肚，话就撵出来了，满院子都是骂娘声。刘启昌骂他的学生不中用，这么简单的考题都不会做。谢长顺骂出题的老师，尽出些偏题怪题为难学生。邓云禄骂自己的运气不好，吴家祥边喝酒边嘿嘿嘿地笑，最后竟情不自禁地唱起了“啊，朋友再见……”

几个人都喝得面红耳赤，醉意十足。唯有张尚福稳得住，他给倪万喜倒了半碗酒，说：“嘿，看不出来你还真有两刷子。下学期你接着干，到时候能有三两个人考上中学，就算烧高香了！”

因为考得好，几个同事都在敬倪万喜的酒。倪万喜本来不胜酒力，这个时候酒劲直往上涌，声音也比平时大得多：“就是考十来个，都莫得问题！”

张尚福端着酒碗的手一下定住了，眼睛直直地盯着倪万喜，说：“小伙子，不要日白啊！”

“日白？到时候考上了咋办？”

“好，我们先说断。下学期升学考试，要是有10个娃娃考上中学，我立马去买一只大骟羊，杀了请全校老师敬你的酒，如何？”

“你把骟羊准备好。这羊肉，吃定了！”

“要是考不上这么多呢？”

“这……你放心吧，怎么会呢？”

“不会？种庄稼还会遇到灾年！再好的庄稼，要收进屋去才算数。”

“你不消心焦。十个，肯定没问题！”

“先不说这些。要是考不上这么多，大骟羊也不要你买了，你就在学校操场上喊三声：我把牛皮吹爆了！如何？”

倪万喜根本就没有注意到张尚福的脸色，还在手舞足蹈地说：“不要说那么多，你把大骟羊准备好就是了！”

倪万喜把干瘪的胸拍得咚咚响。几个老师瞪着血红的眼睛，跟着叫好。

这场酒一直喝到黄昏。大家兴致很高，低一脚高一脚回到乌地吉木，已经是深夜了。

倪万喜一头昏睡过去，醒来已是第二天上午。吴成英早把饭做好了，正不安地催他起来吃饭。昨天酒本来就喝过量了，再让冷风一吹，这个时候他感到头痛欲裂。

倪万喜躺在床上，回想着头天晚上和张尚福说的那番话，心里暗暗后悔：看样子酒真不是好东西。那天陈涛老师一再对他说，下学期安心去补习，还和他张尚福斗啥气呢？

倪万喜只说脑壳疼，早饭也不想起来吃，懒在床上胡思乱想。其实，对于去补习这件事，倪万喜不知道在心里犹豫了多少回。他觉得最愧疚的，还是家里的亲人。这些年来，父亲母亲为供他读书，起早贪黑，不知道比寨子里的人辛苦多少倍。父亲才四十多岁，背驼了，牙齿掉了一半，头发上也落了一层灰。母亲也一样，粗糙的双手，满脸的皱纹，憔悴的眼神，总是那样让人揪心。一想起父亲母亲忙碌的身影，倪万喜心里就会莫名其妙地发酸。

倪万喜还没理出个头绪，只听见有人咚咚咚进了大门，接着就响起了洪亮的嗓音：“嘿，大耳朵，你家老师呢？”

倪万喜虽然讨厌寨子里的人叫他爹大耳朵，但是从祁四老爹的嘴里说出来，他就感到特别的亲切。吴成英向祁四老爹说了什么，倪万喜并没有听清楚，那咚咚咚的脚步声却越来越近。厢房的门吱呀一声，祁四老爹乐呵呵的声音就挤了进来：

“小龟儿子！还不赶紧起来，当心太阳把你的屁股烤煳了！”

倪万喜正要翻身坐起来，被祁四老爹的大手给摁住了。祁四老爹坐在他的床头，说：“睡你的，老爹跟你开玩笑哩！酒醉的滋味老爹知道，就算是张飞，喝酒醉了照样难受！只是老爹要劝你，喝酒场合，不要逞能。酒是永远喝不完的，关键是自己要稳得起。老爹今天来找你，是和你商量两件事！”

倪万喜一听，赶紧坐了起来，说：“老爹，你不要客气。只要我办得到的，你说就是。”

祁四老爹把床上的衣服扔给他，瞪着眼睛：“弄感冒了还想不想过年？”

祁四老爹点燃了旱烟，滋地吸了一口，说：“你记不记得，前几年在这里教书的知青老师？”

“杨娟老师嘛，她教过我。”

“对。她教得咋样？”

“那不是一般的棒！这么说吧，当年要不是她教我，说不定我还考不上中学，也不可能走到现在。”

“可惜了可惜了！”祁四老爹咂着嘴，连连摇着头：“说去说来，还是咱乌地吉木这口塘子小，没福分把这只凤凰留下来。她在的那几年，咱乌地吉木小学呱呱叫，区完小、乡完小都不敢和我们比。她一走，学校就像被抽了脊梁一样，马上就垮下去，十年回不过神来！”

倪万喜嗯嗯地应着，赶紧穿上衣服。祁四老爹叹了一口气，说：“这样的话，村小那几个老师不好意思说，也不愿意说，这我很清楚。杨老师在的时候，她最大的愿望，就是办一所寄宿制学校，让学生都来住校。这个愿望，直到她走，也没有实现。说去说来，还是因为穷啊！前些日子，我找了乡上找区上，他们答应给我们解决1600块钱。我想办法集点资，大家投点义务工，给学校修几间房，把老师办公的地方解决好。下一步再想办法筹点钱，再修几间房，让学生有住的地方，杨老师的愿望就实现了。下学期，你哪儿也不能去，安安心心把张尚福的课顶起，把他腾出来搞修建！”

倪万喜没有想到祁四老爹会提出这样的要求，就说：“老爹，我……下学期想去补习哩！”

“上大学对于你来说，早一天晚一天，那是铁板钉钉的事。你边教书边复习嘛，到时候去考就行了！”

“实在不行，让吴正虎去顶着，如何？”

“你不要尽想歪主意。这话我早就跟他说过，人家仗着家里生意好，哪看得上这个苦差事！一家人都不支持，你让我咋办？”

倪万喜想了想，说：“要不……毕业班还是让张校长来教，他干的时间长，经验要丰富些。说实话，我还真怕弄砸了！”

“小伙子，不要谦虚嘛！昨天赶街的时候，我们就听说了。乡完小的郑校长还说，咱乌地吉木小学的后劲大着哩！这事就这样说定了，你不能有啥抖摆的。我这里还有一个事，要请你帮帮村上的忙……”

祁四老爹吭吭吭咳嗽了几声，说：“你晓得的，马上就要过春节了。这么大个寨子，不找点稀奇事给大家乐和乐和，老老少少聚在一起扯金花斗地主，白天晚上都下不来，有啥意思？赢了钱胡吃海喝，输了钱一家人吵翻天，打得婆娘娃儿学鬼叫。去年，村民兵连和团支部组织大家，搞了几项文体活动，效果还不错。只是，活动内容少了些，有些项目太随意，没有达到应有的效果。你学问高，今年这些活动，就交给你来策划和组织，村上挤点钱给你们买奖品，你看如何？”

倪万喜愣了一下，嘿嘿笑道：“老爹，策划搞活动的事你放心。只是，下学期去代课这件事，你再考虑考虑，我真的想去补习……”

祁四老爹把眼睛一鼓，说：“嗐，你龟儿的不能抽底火哩！你不看看，全村老老少少，都眼巴巴地看着你。要是你走了，到时候我老倌到哪里抓老师去？”

祁四老爹没有多说，抬起腿就往外走。倪万喜呆坐了半天，扒了半碗又冷又硬的苞谷饭，也出了门。他要去找团支书陈宗顺，村民兵连长吴正高，和他们一起商量春节活动的事。

出了门，倪万喜才知道犯了一个严重的错误。现在虽然是严冬时节，除了门前的草垛上，有老人蜷着身子，在那里晒太阳外，哪里看得到闲人的影子？陈宗顺帮他舅公家舂墙去了，还要几天才回来；吴正高一早就去山上砍柴去了，要下午才回家。倪万喜有点失望，他边走边想，来到了吴正虎家。两人一商量，很快有了一个成熟的方案。

集体项目三个：跳大绳，拔河，十人行。

个人项目五个：爬杆，踢毽子，举石磨，拧扁担，掰手腕。

奖项设置三项：团体总分奖，集体项目奖，个人项目奖。

奖品设置：团体冠军，啤酒三箱；亚军，啤酒二箱；季军，啤酒一箱。

集体冠军，啤酒两箱；亚军，啤酒一箱；季军，啤酒六瓶。

个人冠军，毛巾、香皂、牙膏、牙刷一套；亚军，香皂、牙膏、牙刷一套；季军，牙膏、牙刷一套……

倪万喜把竞赛的规则复写了两份，下午就送到了陈宗顺和吴正高家。

八

就是这几张薄薄的纸，很快就把整个寨子给搅动了。陈宗顺和吴正高两人来到倪万喜家，提出把奖项做些调整，再加一个集体项目：老公公背儿媳妇，每队十男十女，由汉子把女人背过去再背回来，先背完的为胜。吴正高扯开嗓门，在村上的高音喇叭里，把竞赛的规则宣布以后，整个春节期间，乌地吉木就再没平静过。

有人砍了竹子，削成细篾片，拧成粗竹绳，准备拔河；有人叮叮当当，削着又长又宽的扁担；有人爬上了高高的黄桷树，打孔捆扎爬高的木杆。更高兴的是年轻人，个个喜笑颜开，以生产队为单位，相互邀约准备对阵的队伍。寨子里有八个生产队，很多老一辈的人，为争田边地角，争沟沿地坎，打得头破血流，吵得惊天动地。亲戚邻里的情分，早已让刻毒的话斩尽杀绝，剩下的尽是对方的毒情寡义。满腹的愤懑，只待时间慢慢磨平。就算见了面，也往往脸拧向一边，老死不相往来。到了小这一辈，旧的疙瘩有所松动，新的疙瘩又结上了。可是，这一次情势不一样，要想取得胜利，单凭自家的力量肯定是不行的。很多相互不来往的人见了面，都试探性地搭讪，然后直戳戳地进入正题：

“想喝啤酒不？到了那天，一齐使力啊！”

“把那几箱啤酒赢过来，到时候一家再出点肉，搭平伙！”

寨子里吴姓、陈姓、张姓几家大姓，平时家族内部你整我，我斗你，狗一样咬来咬去。只有和外姓人有了大的纠纷，碍于情面才会抱团虚张声势。因为人多，他们也就牢牢把持着寨子里的话语权。不过，数百年沿袭下来的家族势力，很快就被大喇叭里广播的消息，以生产队为单位肢解得零零碎碎。

乌地吉木春节文体活动，大年初一这天，在大家的翘首期盼中拉开了大幕。

寨子里所有的人都放下了手中的活计。能自己来的早早地来了；不能来的老人，别人或背或扶，都来看稀奇。过年是什么？老祖先早立下了规矩，过年就是让大家吃好，喝好，玩开心！老黄桷树下，人山人海，那阵阵笑声，差点把寨子里这棵千年古树，连根给拔起来了。

寨子里从来没有这么热闹过。这一天中，有人吼哑了嗓子，有人拍肿了巴掌，有人笑出了眼泪。最为糟糕的是，有几个真的笑破了肚子，不得不敞开怀，让人掐了半天。过了很多天，这次活动，依然是寨子里津津乐道的话题。那个时候，赛场上的喧嚣早已消退，冠军亚军季军尘埃落定。胜利者的喜悦，失败者的遗憾，在阵阵欢呼声中，定格成为渐行渐远的记忆。这么隆重的赛事，需要总结的东西多，值得回味的场景也多，最值得大家细细咀嚼的，还是赛场上这三条花絮：

其一，陈九老祖的下巴。那个胡子拉碴的瘦瘪瘪的下巴，在陈九老祖的脸上挂了几十年，都没有出过丝毫的问题。看到赛场上热闹的场面，陈九老祖忍不住哈哈哈狂笑起来。没想到，这一笑不打紧，只听吧嗒一声，就像吴成厚家那台老式收音机突然断了电一样，一下就没了声音。大家一看，坏了，老人的下巴掉了下来，歪扯扯地咧在了旁边。陈九老祖咧着嘴，翻着白眼，哇啦哇啦地学着鸟语，一时急得团团转。要不是粗通医术的吴成全胆大，重重地赏了他一巴掌，把扯歪了的嘴巴合拢来，说不定那一阵开心的笑，就要了老汉的命。大家在啧啧感慨陈九老祖下巴不中用的同时，也在暗暗告诫自己：人，关键时候得淡定，不能一高兴就现出原形，丢人现眼不说，连祖宗也会跟着蒙羞。

其二，吴成全的裤带。吴成全虎背熊腰，往人前一站，就像一尊铁塔。这家伙平时饭量大得惊人。肉，更是从来就没有吃够过。寨子里杀猪，家家都会用大铁锅，煮那半肥半瘦的砣砣肉。有次吴成全去吃杀猪饭，有人喝醉了酒，跟他赌嘴，说如果哪个能够顺着锅边，把那肥砣子肉捡一圈，他出两瓶沱牌白酒。吴成全呼呼把碗里的饭刨完，嚷着说，你赶紧去买酒，多买几瓶。说着挽起袖子，打了个糊辣子蘸水，拿起筷子，拈起锅里的肥砣子肉，往蘸水碗里一蘸，就朝嘴巴里塞。为了显示主人家的大方，那砣子肉小说也是半边拳头大。吴成全拈起来，噗噗两口气一吹，丢进嘴里，嘴巴一抿，就是一坨；再一抿，又是一坨。转眼间，大铁锅里的坨子肉，就让他捡了三圈。他乐哈哈地举着筷子，还要往锅里拈肉，那只粗壮的胳膊，死死让人拽住了。那直径三尺五的大铁锅，顺着锅边捡一圈，就是大半盆肉。这三圈捡下来，得装满满一大盆。他龟儿的刚吃了饭，再把这些肉吃下去，装在哪里？那两瓶酒是小事，万一把他肚子撑爆就麻烦了。比赛这天，拧扁担他一路崭关夺将，轻轻松松就把冠军收入囊中。可是，在举石磨的比赛中，却和冠军擦肩而过。那副石磨八十来斤，很多人都能举起来，以举起的次数多寡决定输赢。就在他脸红筋胀举到第十九次的时候，出现了戏剧性的一幕：“嘭”的一声，裤带断了！按理说，在这种场合，把裤带挣断，并不足为奇。因为，寨子里无论男女，能够用裤带的人并不多，很多人往往用一颗纽扣，就代替了裤带，比如那些妇女。能够用布带子或麻线，那就算比较奢侈的了。吴成全恰恰用的既不是布带子，也不是麻线，而是自己搓的一根草绳。这玩意儿开始还不错，时间一长，难免就会出问题。没想到，问题会出在这种关键的时候。就在他扔掉举过头顶的石磨，再手忙脚乱提起已经掉到脚后跟的裤子，让大家在惊愕中，看到了他黑油油的乱草丛中畏缩的家什。事后，人们在笑他的时候，对为什么只穿了一条单裤，为什么里面挂了空挡，并没有过多的研究。更多的人，是窃笑这个牛高马大力大无穷的杂种，那玩意儿怎么会如此英雄气短，众目睽睽下，羞愧得犹如一条冻僵了的老蚕？

其三，刘启芬的奶子。刘启芬是邓万祥的媳妇，丰满，水灵，活泼。邓家家境不错，平时小日子过得无比惬意。生下女儿后，刘启芬在老母鸡和自家土鸡蛋的滋补下，身子就更加丰腴，那对本来已经相当鼓胀的奶子，在衣服后面就越发嚣张。只要这个少妇一拨动身子，那对奶子就蠢蠢欲动，呼之欲出，酥麻着男人的神经。遗憾的是，邓万祥个子矮，单薄，干瘦，秀里秀气，干活还不如一个婆娘的力气大。在老公公背儿媳妇的个项目上，队友们经过仔细的研究分析，担心邓万祥背着媳妇，难以战胜虎视眈眈的对手。大家要邓万祥从大局出发，把自己的老婆临时贡献出来，交给本生产队的吴正能。吴正能的老婆死了，如今孤身一人，由他来替换邓万祥再恰当不过。果然，吴正能接受这个光荣的任务后，没辜负大家的殷切希望，在第一回合比赛中，吴正能背着刘启芬，旋风般就跑了过去，为队友们夺取胜利赢得了宝贵的时间。可是，在第二个回合比赛的时候，吴正能却像着了魔，憋红了脸，龇着牙，迈着八字步，一步一晃，艰难地向前移。那神情，他背上压着的，哪里是貌若桃花的女人，简直比太行王屋两座大山还要沉重。眼看着对手就要到达终点，队友们一齐发急为他加油呐喊，他只好用一只手托着刘启芬肥实的屁股，腾出一只手来死死地揪住裤子，一步一步艰难地往前挪。就在到达终点，他把刘启芬放下的那一瞬间，有人看出了蹊跷：这个死杂种，他的裤子，已经让他那柄可耻的小打杵，顶起了一个高高的帐篷。有了这个重大的掣肘，难怪他龟儿的迈不开腿！这还不说，吴正能放下刘启芬后，乘势在刘启芬丰满的屁股上用力捏了一把。说下来，吴正能这个动作已经相当连贯，完全就是水到渠成的样式。问题是刘启芬一个下意识的举动，就把吴正能的顺手牵羊变得异常下流，并为此付出了惨痛的代价。刘启芬先是惊叫了一声，抡起巴掌，一耳光就抽了过来。其实，刘启芬一出手就知道错了，但这样的错误既成事实，覆水难收。刘启芬只得在姐妹的安慰，和场外人对吴正能的声讨中，用委屈的哭泣来掩饰刚才的冲动。事后，寨子里的人，对吴正能和刘启芬的落败并不感兴趣，更多的是用嘎嘎嘎的坏笑，言简意赅地诠释，刘启芬那对饱满的奶子的杀伤力，以及吴正能那根恬不知耻的小打杵的罪恶……

村上搞这么大规模的活动，人手忙不过来，祁四老爹又把村小的几个老师和吴正虎请过来帮忙。

好戏落幕后，刘启昌扯了扯倪万喜，说："听说下学期，你还要和我们一起干？"

倪万喜叹了一口气，说："年前，祁四老爹就给我打个招呼，说现在确实找不到人来顶，下学期张尚福又要忙修建。你说，我咋办？"

刘启昌"嘿嘿"一笑："嘁，那些都是张尚福捣的鬼。他龟儿的尾巴一翘，老子就晓得他杂种要拉啥屎。说下来，这事还是怪你，在乡上会餐那天，把话说满了。那天我连着给老弟递了几个眼色，你都没看见，反复说可以考十来个。你不想想，定了这么高的目标，就是枪顶在他张尚福脑壳上，他也只能干瞪眼。说句踏削他的话，就算他白天晚上守着学生教，到时候也考不上这么多人。到了那个时候，你说他那张脸往哪儿放？这不，赶紧把你推出来，乘势找个楼梯就下坎，他还落得在旁边指手画脚说现成话，你说是不是……"

倪万喜一惊，一时找不到合适的话说。刘启昌又说："你来干，凭你的学识和能力，对娃娃来说是好事，咱们学校今后就硬得起来了。只是，陷在这里，可能要影响你考大学，你得有这方面的思想准备啊！"

过了年，倪万喜到天拱坝赶集。走到街口，遇上了区中学的副校长郭玉章。郭校长说："万喜，考上了大学，也不晓得给老师写封信。你们师院下学期好久开学？"倪万喜一愣，说："啥……师院？"郭校长说："对啊，在那里还习惯吧？"倪万喜又一愣，说："我……我在乌地吉木小学代课哩。"这一下，倒是郭校长糊涂了，他推了推眼镜，像看外星人一样看着倪万喜："这是咋毬搞的？说了半天你没去？"倪万喜一头雾水，叹着气，说："不是我不去，到现在我还不晓得该去哪里啊！"郭校长瞪着眼睛，连连摇头，说："在县招办，我亲眼看到了你被师范学院录取的通知书。是我，专门请人把通知书带到你们乡政府，你怎么会不知道呢？"

倪万喜一听，心都快跳出来了。倪万喜连忙到乡政府一问，办公室的同志想了半天，说："八月底，对……九月初吧，区中学的老师让人带了封信来，说你自己会来拿的。我们又不敢私自拆开，你看是不是这个？”

倪万喜拆开一看：老天，那正是让他梦寐以求的录取通知书啊！报到的时间写得清清楚楚，9月8日到12日……

倪万喜只觉得眼前一黑，脑袋里就像钻进了一大群绿头苍蝇，嗡的一声就什么也不知道了。

第三章　锋芒初现

一

倪万喜头重脚轻回到乌地吉木，蒙头就睡。

世界上再没有比这样的事让倪万喜更难受。自己寒窗苦读十多年，吃苦受累不说，单是为供他读书，父母天天在地里劳作，无情的岁月，早把他们原本俊俏的脸变成了抹布，挺拔的腰也渐渐弯成了一张弓。到头来，命运偏偏要和他开这样残酷的玩笑。倪万喜脑子里乱糟糟的。这样的事，他不会告诉任何人，包括他的父母。事已至此，除了给父母平添几分忧愁，白白让他们伤心落泪外，不会有更好的结局。寨子就只有巴掌大，谁放个屁，大家都一清二楚。他不想成为寨子里的笑柄，让别人用不怀好意的嗤笑，一次又一次，血淋淋地把他心上的伤疤揭开。这样的伤痛，就像一杯毒酒，他想暗中把它喝下去。

错过了报到时间，要想跨进大学校门，已经不可能。即便去补习，也万般为难，毕竟已经亲口答应了祁四老爹。这个时候做出变动，丢下孩子们不管，对他们，对自己的良心，都是一种伤害。倪万喜最盼望的，是早一点开学，和那些活泼可爱的孩子在一起，可能会更舒坦一些。

倪万喜像被人抽了筋，四肢酸软，浑身直冒冷汗，只得成天躺在床上。吴正虎来看过他几次，以为他患了风寒，并没有放在心上。最愁的，还是倪春富两口子，关切的目光一遍又一遍抚摸着他虚弱的身子，让他无比的难受。吴成英每次出门前，都会到厢房里来，用手摸摸他的额头。从田里地里忙活一阵回来，放下农具，第一件事就是要用她粗糙的手再摸摸他的额头。尽管每一次，倪万喜都觉得母亲有些小题大作。

有时，他还会扭过头去，表现出不耐烦。但听着母亲渐渐远去的脚步，他会感到一阵一阵揪心地疼。这些日子，倪春富也显得无比的猥琐，就像个唠唠叨叨的糟老婆子，不安地搓着手，在长吁短叹的伴奏下，冷不丁嗫嗫地冒出这样一句话来：“唉，我去请陈九老祖，拃一拃卜卦。……要不，苦竹箐的杨七公也行。老子又没有逗哪个惹哪个，哪里来的冤魂野鬼，缠着这娃娃就不放？”

倪万喜头痛欲裂，在家里连着躺了四天。第五天，他就再也无法在床上继续躺下去了。

倪万喜到了学校，一个人坐在空荡荡的教室里发呆。

风，干冷干冷的。学校操场边，是几棵粗大的桉树。鸟雀叽叽喳喳欢叫个不停，清脆的叫声，在静寂的校园里显得特别嘹亮。倪万喜枯坐了一阵，他的目光落到了杨老师编印的复习资料上。

一拿起书本，倪万喜满腔的悲愤也减轻了许多。以倪万喜的眼光来看，这些知识没有什么难度可言。从那堆旧书中，倪万喜找到了下学期的教材和教参。书上落满了灰尘，封面磨得黑亮亮的，里面勾勾画画的笔迹，正是张尚福用过的东西。倪万喜心里一喜，他准备趁着这难得的空闲，认真备一下课，把杨老师整理的知识点灌进去。

在家里，倪万喜差不多成了闲人。他每天的任务，就是赶着毛驴，到寨子下面十里开外的绿荫塘，驮几桶水回来。寨子里的老人普遍认为，前些年魔家湾开矿放炮，把寨子里的水震落下去，让乌地吉木成了干坝子。可是，绿荫塘里的水，从来就没有什么变化，寒来暑往，那一眼清泉，一直这么汩汩地冒着。寨子里的人都说，这是老天开眼，没让这眼泉受损失，给寨子留了一条活路。不过，毕竟路途遥远，再让那该死的畜生磨叽一阵，来回差不多得用一早上的时间。当然，倪万喜还会做些无关紧要的杂事，比如把堆码在柴垛上的柴，抱些回厨房，或给牛圈里的牛添点草料。其余的，就连最起码的做饭，他也难插上手。

而两个大人，就像忙碌的蚂蚁，在家里怎么也闲不下来。整个春节期间，即便是大年初一，倪春富和吴成英白天挤在老黄桷树下看热闹，早晚都下了地。毕竟，家里猪啊牛啊羊啊，全是张口货，所有这一切，都离不得他们这双手。到了年初二，他们一大早就起来，到龙麻坪子开荒地去了。龙麻坪子那一带，经过大炼钢铁运动的洗礼，古树进了土炉，周围林子里还是有一些残存的林木。土地下户后，家家都在忙着翻盖瓦房。梁也好，柱也好，椽子也好，统统从龙麻坪子搬回来。胆大的，白天明着砍；胆小的，晚上暗里偷。更有黑心的，专门组织人伐树，偷出去卖掉。大家都比着，赛着，生怕落后吃了亏。才几年时间，那一大片茂密的林子就光秃秃的，只剩下一些不成材的树，扭的扭，弯的弯，在风中瑟瑟发抖。有精明的人发现了这块宝地，放火一烧，几天就挖出一块地来。那千年的落叶，滋养着这方沃土，用不着丢一颗肥料，那苞谷秆有胳膊粗，苞谷又长又大，煞是喜人。说下来，家里已经有了四十来亩土地，够他们忙的，可是吴成英老是嫌土地少，一再埋怨倪春富舍不得出力。吴成英就是想趁着这些日子，多挖点地出来，太阳一晒，草根枯了，地也酥了，开春去再把土疙瘩打碎，种苞谷，种荞子，种红苕，都有好收成。

想着父母冒着呼呼的北风，一大早就在地里劳作，倪万喜的心里就会莫名的心酸。只有坐在静寂的校园里，把心思都放在课本上，他才会找到几分慰藉。

过年时节，寨子里无比闲适。在乌地吉木，除夕只能叫小年。从年初一开始，一狗，二鸡，三猪，四羊，五牛，六马，七人，八谷，九豆，十麻，十一兵，十二贼，十三叫花，十四鬼神……一直到大年十五，天天都在过年。在这喜庆的日子里，大家都喜欢请请春客。把家族里的长辈请过来，把寨子里有威望的人请过来，把对自己有恩的人请过来，用乡下人特有的方式，联络感情。家家吃的都差不多，自家杀的猪，自己动手装的香肠，自己做的酱肉、熏肉、腊肉，自家磨的豆腐，味道大同小异，也变不出新花样来。既然是亲戚，就只有这个条件，谁也不会计较。

倪万喜这天回去，家里就在商量请春客这件事。这些年来，别家请得热闹，只有倪春富家奄着眼皮，不张不睬。倪万喜在读书，那是一笔不少的开销。把请春客的钱省下来，至少可以做三两个星期的生活费。

可是，今年不一样。倪万喜已经毕了业，为他的事，亲戚朋友也没少操心。做些什么菜，用什么酒招待客人，这些都是小事。关键是请客的范围有多大，请些什么人，这才是最为重要的。村上的祁四老爹得请，家里大事小事没少麻烦他；姑爹姑妈要请，表哥陈宗旺放假回来了，为倪万喜体检的事，欠了人家天大的情；学校的张尚福要请，刘启昌也要请，一个锅里舀饭吃，很多事情还要靠他们罩着。陈九老祖要请，家里各路神仙还得靠他帮忙张罗。吴成英家的娘家，倪万喜的外公、外婆得请，三个舅舅得请，二个姨爹得请，倪万喜的干爹得请。倪家这边，七老祖要请，幺老爹要请，两个年长的大哥也要请。在请不请倪二老爹这个问题上，大家有了分歧。吴成英的意思是不请。别看他是长辈，一辈子只会踏削人，请他来吃饭，弄不好他还要拈过拿错，落下个不好的口实。吴成英絮絮叨叨发着牢骚，还是倪春富拍了板。倪春富说我们上面就只有这几个老的，他做得再不对，也是长辈，我们不能和他一般见识……

七七八八算下来，满满的有五桌客。都说要想一辈子不得安宁，找情人；要想一年不得安宁，修房子；要想一天不得安宁，请人吃饭。这天晚上，倪春富冒着寒风，一家一家上门去请客，吴成英又去请表妹刘启芬和贾绍琼来帮忙。

三个女人忙了一天，倪万喜和吴正虎手忙脚乱，帮着打了半天下手，才把饭菜摆上桌。

这一天，张尚福没在家，刘启昌从区上他幺妹家回来，正赶上晚饭。刘启昌端上酒杯，冷不丁冒出这句话："万喜，我听区中学的老师说，你考上大学了哩！"

刘启昌的声音并不高，却像一声惊雷，把大家都吓了一大跳。大家都屏住呼吸，眼睛齐刷刷地盯着倪万喜。

到了这个份上，倪万喜知道再也瞒不下去，只得照实说了。倪万喜说得稀松平常，但这样的结果，却让大家心里猛地一沉，齐声哀叹。倪春富脑袋上像挨了一闷棒，就连招呼客人拈菜这个重要环节都忘了，目光呆滞，一口接一口喝闷酒。吴成英更是端着碗，悄悄走到厨房里，暗自垂泪。刘启芬和贾绍琼见情势不对，也脚跟脚到了厨房。这两个都是吴成英的表妹，她们都知道表姐和表姐夫为了倪万喜，比牛还苦。落得这样的结果，自然让人万分感伤。两人饭也吃不下，默默地陪着吴成英落泪。请春客图的就是一个热闹，大家的好兴致，被这个意外的消息震懵了。大家吁吁感叹了半天，祁四老爹眼睛一鼓，唇下那几根稀疏的胡须，气得簌簌发抖："乡上这帮胀干饭的搞个卵，这是人家一辈子的大事哩，他们就是这样干的？"幺老爹也在骂："这老天，眼睛瞎了！我倪家祖坟上，好不容易冒出股青烟，硬是把我家这点香头掐了。我倪家，祖祖辈辈没做过对不起天，对不起地的事，咋个要恁个收拾我们？"

陈九老祖眨巴着一双糊满眼屎的眼睛，张了几次嘴，却半句也插不进去，只得闷着头喝酒。跳得最凶的还是倪二老爹，他把手里的杯子咚地放在桌上，伸出两根短粗的手指，在桌子上哚哚哚地敲着，粗大的嗓门震得房梁上的瓦片吵吵作响："我孙子，你说，是哪个杂种把你的通知压了？咹，老子明天就去乡上，好生问他个一二三！他杂种，要是答不出来，老子先掴他几耳屎，再赏几烟锅脑壳给他吃。老子不戳得他满脸满脑壳的紫血泡，他就不晓得乌地吉木老倪家的厉害！"

倪万喜的几个舅舅更是一个比一个跳得凶，恨不得捞脚挽手，立马赶到乡上去，找那个家伙拼命。

刘启昌觉得刚才那句话说得不是时候，赶紧打圆场，对倪春富说："姨爹，你放心，你家这个大学生，是铁板钉钉、早早晚晚的事。我听区中学的老师说，万喜超专科线将近一百分，本科线都超了二十多分。就是一天书不看，凭着吃老本，明年去考，保准能考上！我三叔家兄弟，头年没考上，连着补习了两年才上个专科，比起你家万喜差远了！"

见大家都闷着头不开腔，刘启昌摇摇头，又说："不怕不怕。但凡成大器的，哪个不是经过三灾六难，才修成正果。就是唐僧去西天取经，还有九九八十一难哩。这点挫折，说不准正是上天在考验他！以倪万喜的功底，我敢打包票，以后考个学校，眼睛闭着都能考上。只是，姨爹姨妈还要苦，得把万喜读大学的学费书费伙食费准备好。那抬丧的大学，不是小老百姓脚一抬，就可以跨进去的。一年下来，几百块钱你休想打发过去，动辄就要上千！这么说吧，你平时卖辣子卖鸡蛋攒下的渣渣钱，就是把你的眼睛数花手数抽筋，也数不够那点书学费。当然，还要把请客的大骟羊，提前准备好，寨子里从盘古开天地，就没有出过大学生。到时候，三亲六戚都要来朝贺，跟着沾喜气哩！”

喝了人家的酒，倪二老爹自然成了一家人，他把酒杯重重地放在桌上，说：“孙子，拿给外人欺负不要紧，关键是自己要争气。能够去复读，你就赶紧去，一天都耽搁不得。倪春富，你也不能抠啬，你两口子苦一辈子为哪个，还不是为了娃娃。你家里有猪有羊，留着整哪样，拉去卖了就是钱。就是砸锅卖铁，把房子壳壳拆去卖了，只要能供一个大学生出来，也值！”

倪二老爹临走，又专门揪了揪倪万喜的耳朵，说：“我孙子，我倪家出人头地的事，就看你喽！”

倪二老爹喷着满嘴的酒气，醉得左脚绊右脚，但这几句话却没有半点水分。

这天晚上，吴正虎没有回家，陪着倪万喜摆了一夜的龙门阵。

二

新学期一开学，情况就发生了变化。

瓦涨价了！每匹瓦涨了两分钱，且必须提前付现钱，在瓦窑前面排队等着出窑。

按照张尚福最初的打算，给砖瓦厂付一部分订金，先把瓦赊来盖上再说。学校再穷，也不会赖账的。可是一夜间，那些破瓦片全成了抢手货。砖瓦厂的老板一个个牛气冲天，就算给了现钱，也无法按时把瓦片烧出来，哪里还有东西赊给你？更糟糕的是，祁四老爹找来的那点钱，连买瓦都不够，这房子怎么修？

张尚福黑着脸，把砖瓦厂黑心老板的祖宗八代都咒了个遍，还是解决不了任何问题。还在年前，张尚福就到学校，带着几个人放了线，趁着有人手，把教室门前的几个石头撬起来，早早就把基脚开挖好了。既然情况有变，张尚福赶紧叫停学校修建，倒贴了大半包烟，告诉来帮忙的乡亲，等筹齐了钱，再说翻修学校的事。

倪万喜到了学校，张尚福就对他说："小倪老师，经学校行政会研究，你的工作暂时调整一下，你主要负责学校安全保卫、环境卫生、绿化美化、思想政治、学生纪律、教师考勤、内外协调、纠纷调解等重要工作，兼烧水、打钟，每天负责开关学校大门……"

倪万喜还没有反应过来，张尚福又说："这样，也是充分考虑到你的实际情况，让你有更多的时间，安心复习考大学！"

很明显，张尚福不让倪万喜再插手毕业班的教学。

倪万喜百思不得其解，到底是什么原因，让张尚福一下改变了主意。倪万喜回想着这段时间的工作，左思右想，他觉得自己并没有什么出格的地方。

事实上，倪万喜每天就负责两件事，给老师们烧点开水，按时敲钟。至于学校大门，根本就用不着操心。倪万喜每天来得很早，但他到学校的时候，张尚福早就在督促早到的学生背诵课文；下午，老师学生都走完了，张尚福还在办公室里备课改作业……

看着几个老师忙碌的身影，自己却抱着手，在旁边什么忙也帮不上，倪万喜感到无比的失落。这天，刘启昌拉拉他的衣袖，说："他那点小板眼，吓得着哪个！你晓得他为啥要让你坐冷板凳？他是想杀杀你的傲气！你还记得那天在乡上，他那张脸都扭出水了，你横竖没看出来，还要跟他打赌。你不想想，每年能够考三两个，他已经拼尽老命，恨不得每个娃娃的脑袋上，都拿杆枪顶着。你说考十多个，他张尚福连这样的梦都没做过，他怎么会相信，怎么放心让你干？他是怕大话侃出去，到时候一个都考不上，无法给父老乡亲交代哩！唉，只可惜他那点水平，害了这帮娃娃！"

这一下，倪万喜真的傻了眼。他才想起这段时间，张尚福一直对他不冷不热，就连那天他们家请春客，张尚福都借故没去。

刘启昌又说："不过，你不要怕，他只晓得闷起脑壳的苦，不会整人害人。这下，你有了时间，安心看你的书！"

对这事，吴正虎心里最窝火，说："万喜，你为那些娃娃着想，人家想的却不是这样。要我说，你趁早离开这是非之地，安心补习考大学！"

倪万喜成天焉打打的，始终拿不定主意。年前，他才给郭校长写过一封信，说了很多感谢他培养的话。倪万喜说村里缺老师，他要在村小代课，婉转谢绝了郭校长要他去补习的好意。这个时候，再去找郭校长要求补习，人家会怎么看？倪万喜心神不定，摆在桌上的书，半天看不进去一个字，他觉得自己又陷入了一个新的泥潭。

不过，这样的日子并不长。这天早上，倪万喜才到学校门口，就听见里面闹哄哄的。倪万喜进去一看，傻了眼，张尚福躺在地上，嘴里发出压抑的呻吟。

借着早晨微弱的光亮，只见张尚福头上身上落满了灰，狰狞的脸上全是豆大的汗珠。倪万喜凑过去，还没来得及开口，张尚福就说话了："倪老师，赶紧……喊吴成全……来一趟！"

年前挖的基脚没填上，早上光线不好，张尚福一脚踩空，重重地摔在了里面。七八个孩子拉的拉手，抱的抱脚，扛的扛，推的推，拉的拉，费了天大的劲，才把他弄上来。张尚福下半身已经无法动弹，只得无力地伸着几个手指，算是打了招呼。倪万喜不敢耽搁，一路小跑，敲开了吴成全家的门。

吴成全一听，要吴正虎去趟苦竹箐，把专医跌打损伤的杨七公请过来。

十年前，吴成全到县上参加过短训，回来就背上了有红十字标志的药箱，成了赤脚医生。他最重要的药是止痛片，最成功的手术就是刮痧、拔火罐，对于张尚福的伤，他也没有办法。

杨七公和吴正虎赶到学校的时候，张尚福那张脸已经疼得变了形。杨七公也不客气，伸出手就往张尚福的衣服里钻。在张尚福高高低低的呻吟中，杨七公把他身上的骨头捏了一遍，嘿嘿笑道："日他小哥！

左边大胯骨脱臼，骨头裂了条缝；右边小腿折了，肋巴骨还断了两三匹……”

张尚福的老婆闻讯赶过来了，挤过来问：“问题大不大？”

杨七公嘿嘿笑道：“不怕不怕。把骨头拈来接起，整点草药包上，最多三两个月，你两口子就可以在床上搞生产了！”

杨七公要众人把张尚福扶在板凳上坐定，他自己则坐在一只独凳上，轻轻地揉着那只脱臼的腿，只管把那些荤龙门阵，连说带笑摆了出来，直笑得大家前仰后合。本来沉闷的气氛，经杨七公这么一搅和，一下变得异常的活跃。就在大家都觉得他只顾嘴上吹牛，误了接骨正事的时候，只见他呼一下站起来，瞪圆了眼睛，一下抡起坐着的独凳，呼的一声，恶狠狠地朝张尚福的腿上砸下来！

满屋的人都惊呆了。张尚福更是吓得“啊”了一声，脚不自觉地一缩，杨七公乘势一送一拉，只听得咯嗒一声暗响：

大腿复位了！

杨七公嘿嘿嘿又是一阵笑，要大家把张尚福右边裤脚卷起来，往那光光的脚杆上，“噗”的一声，喷上自己带过来的药酒，说：“张校长，你咋这么胆小？我听那些上了年纪的人说，胆子小的人，卵子也小哩！刚才跟你开个玩笑，要是把你那柄拈肉吃的小打杵，唬到肚子里去，老嫂子不把我掐吃了才怪！来，我摸摸看，那卵子还在不在……”杨七公边说边笑，手一点也不闲着，在他的大腿上轻轻地揉着，搓着，冷不丁举起拳头，大吼一声：“听不听话！”

话音未落，那只拳头已经擂在张尚福那条断腿上。张尚福一声惨叫，杨七公捏了捏，说：“巴适了！”

杨七公让人找了只高凳子来，扶张尚福坐定，箍着他的腰，七拧八摇，张尚福连着惨叫了几声，这场简单的手术就结束了。杨七公嘘了口气，给张尚福敷上草药，固定好，要他回家静养三个月，连说了几个得罪，就往外走。

虽然张尚福在办公室，但那叫声在外面听得清清楚楚。这一天，别说是孩子们，就连那些叽叽喳喳的鸟雀，都显得特别懂事，安安静静地做着自己分内的事情。

没想到，第二天一早，张尚福就让他弟弟和女婿将他抬到了学校。张尚福把刘启昌和邓云禄叫过来，没说上三句话，他们就吵了起来。

张尚福要刘启昌接手毕业班，话还没说完，就让刘启昌顶了回去：“这么重的担子，我担不下来！”张尚福气得直哼哼：“咱们共事这么多年，到了危难时刻，连这点忙都指望不上？”刘启昌说：“要是你私人的事，这忙我非帮不可。但这是工作，我得为娃娃的未来负责！”张尚福说：“唉，组织上培养了你这么多年，你怎么连这点担当的精神都没有，关键的时候要滑头！”刘启昌说：“组织上哪份文件写了，我刘启昌要干毕业班才有担当！”张尚福连连叹气：“我不跟你磨闲牙。你说，毕业班的工作，怎么办？”刘启昌说：“你是校长，那是你考虑的事！说句良心话，正是组织培养了这么多年，我才要对组织负责。这个工作我做不下来，就是打死我，我也不会蛮干！”

张尚福看看邓云禄，本来想求得这个同盟者的支持。可是，邓云禄一看刘启昌这个态度，明白了刘启昌的心思，也不想点破，就闷着头一言不发。

张尚福惨惨地一笑，说：“好好好，你们都把脑壳缩到裤裆里去。我去顶着，大不了把这条不值钱的老命丢在讲台上！”

张尚福并非说气话，叫他弟弟和女婿把他抬到了教室。张尚福无法站起来，就躺在讲台上，侧着身子给学生讲课，中心思想和段落大意等需要板书的，就由班长刘长索抄在黑板上。

问题是，张尚福伤得不轻，只要动一下，他都会忍不住轻轻呻吟一下。可是，哪怕是细微的呻吟，或皱一下眉头，都会让孩子们毛骨悚然。

到了第三天，不管张尚福怎么叫骂，他的老婆都坚决不准再把他抬到学校了。老婆了哭哭啼啼找到祁四老爹，要村上行行好，放他张尚福一条生路……

祁四老爹赶紧到乡中心校，向郑校长汇报了张尚福的情况，请求中心校帮解决一名代课老师。

张尚福的遭遇，让中心校的领导感慨吁吁。郑校长叹了一口气，说：“人家倪万喜课上得这么好，他还有什么不放心的？他龟儿的，会不会在绾着圈圈，逼着倪万喜上路？嘿，这个家伙！”

祁四老爹点点头，心里的石头总算落了地。

倪万喜重新上讲台，就召开家长会，宣布了一条新规矩：学生自带干粮，每天下午补两个小时的课；每周星期六休息半天，星期天照常上课。

倪万喜心里憋了一股气，他不相信，通过自己的努力，连十个初中生都考不上。他早就盘算好了，提前把新课上完，还要把学生落下的基础补起来，得靠时间来磨。学校还是头一次召开家长会，稀稀拉拉来了几个人。土地下户后，家家都尝到了土地的甜头，不管在上面花多大的精力都乐意。即便是农闲时节，也没有人肯闲着，更不要说到学校里开家长会了。人虽然少，但还是收到了很好的效果。倪万喜把规矩一说，道理一讲，来的家长都很支持。村上祁四老爹亲自来参加家长会，听倪万喜讲完，把烟锅往桌子上一磕：“倪老师把规矩定下了，我们就得照规矩办事。咱们天天在地里下死力，把眼睛望穿，图啥？人家倪老师不要大家出一分钱，出义务帮娃娃补课，又为的啥？我把话说死，没来开会的，学生娃娃回去给爹娘老子讲清楚，我们村上的干部分片包干，保证一户不漏通知到。要是哪个龟儿的不听招呼，敢拆台抽底火，把这个事搅黄，我手里这把黄铜烟锅就不饶他！”

三

有祁四老爹撑腰，倪万喜的计划很快就付诸实践。每天上学，学生们和过去一样，脖子上挂着两个啤酒瓶或香槟瓶子，里面装着水。沿途都是光秃秃的荒坡，路上找不到水喝，学校里也没有水，只能靠自己带水来解决。不过，现在每天孩子上学，又多了一样东西，一只搪瓷缸，或一只瓦罐，里面盛着米饭、苞谷饭，再加上腌菜、豆瓣，上面用树叶、菜叶、瓜叶盖着，就是孩子们的下午饭。

教学上，倪万喜做了大的变革。每天下午，他会拿出半节课的时问，开展体育活动。他把学生分成组，和学生一起在凸凹不平的操场上拔河，跳绳，丢沙包，打篮球，换着花样，让孩子们嬉闹。待孩子们出了一头热汗，他就会马上把意犹未尽的孩子们撵进教室。倪万喜识得简谱，两个星期教孩子们唱一首新歌。每天，孩子们放学吃了饭，倪万喜就把他们组织起来唱歌。每每这个时候，倪万喜就挥舞着双臂，在黑板前打着拍子。要么一二组和三四组比赛，要么一三组和二四组比赛，让孩子们唱得脸红脖子粗。把大家的心撩拨起来，他便戛然而止，马上切入正题：补课。

孩子们成天像喝醉了酒，脸兴奋得红扑扑的，像一只只春情勃勃的仔公鸡。倪万喜这一招，让其他班的学生羡慕不已。放了学，很多孩子都会留下来，宁愿挨饿，也要等着毕业班的大哥哥大姐姐一道回家。

不得不说，在倪万喜接手这个班之前，很多孩子不愿意到学校来，更不愿意在学校里多待上一分钟。现在，孩子们不一样，下午吃了自家带去的饭，喝一瓶水，不到天擦黑，是舍不得回去的。

这样一来，孩子们顽劣的野性也表现出来了。孩子们该玩则玩，该笑则笑，该惊叫就惊叫。男生女生经常挤在一起，嘻嘻哈哈打得火热。这还不说，有几个不安分的孩子，为一点小事，还会瞪起眼睛，抡起拳头要动武。这在张尚福时代，是不可能的。张尚福威严无比，天天阴沉着脸，只要有半点风吹草动，轻则罚站，重则就会让孩子们尝尝黑板旁边那根教鞭的滋味。有张尚福在，孩子们就像耗子见了猫，瑟缩着身子，怀揣着一颗扑通扑通直跳的心，生怕一不小心出差错。学校里死气沉沉，庄严得犹如一所寺庙。张尚福就是一个寺庙里的住持，孩子们成了在庙里修行的苦行僧，一个个老成稳重得让人吃惊。

别看倪万喜搞得闹热，对于他奉行的这一套，张尚福还是放心不下。能下地走动的时候，他就经常拄着拐杖，一步一步挪到学校来。看着尘土飞扬的操场里，男生女生在一起嘻嘻哈哈，打打跳跳，张尚福心里总觉得不是滋味。这是学校，老师得有老师的尊严，学生得有学生的样子，天天这样嘻哈打笑下去怎么行？有几次，张尚福看着这些娃娃闹得不像话，当着倪万喜的面，把他们骂得灰头土脸，夹紧尾巴落荒而逃。

到底倪万喜这一套行不行，张尚福也说不出个道道来。不过，他还是时时提醒倪万喜："小倪老师，你在乡上领导面前拍了胸口的，今年要考十来个中学生。红口白牙说的话，一出口就收不回来了。平时不抓紧，到时候抓瞎哩！"

"应该……没多大问题吧。"倪万喜笑嘻嘻地说。

"唉，我担心，牛吹出去了，到时候把自己搞得臭烘烘的不要紧，对不起寨子里的父老乡亲啊！"说这话的时候，张尚福那张黑铁铁的脸，就已经相当正经了。

倪万喜想了想，还是笑了笑："这个，问题不大吧。"

对于倪万喜的这个态度，张尚福是相当窝火的。可是，身体就这么个状况，他也没办法。张尚福只能闷着头抽烟，然后用浓重的鼻音，表示内心的不满。

只有吴正虎，对倪万喜充满了信心。他时常都在倪万喜耳边念叨，到时候一定要张尚福兑现他的诺言，杀大骟羊请客。

在几个老师中，倪万喜每天来得最早，走得最晚。

也难怪，其他几个老师，都是拖家带口。上有老下有小，家里牛羊猪鸡一大群，那不是屁股一拍，锁上大门就可以走的。和他们相比，倪万喜就单纯多了。倪万喜已经学会做饭，要是母亲下地还没回来，他就自己下厨弄饭吃。不过，每天下午他都会多做一点饭菜，早上把剩饭剩菜一热，吃了就往学校赶。

对于这个班的学生，倪万喜是特别喜爱的。班长刘长索活泼好动，成绩不错，鬼点子多，在学生中很有号召力。学习委员杨天福，成绩好，话不多，老是一副心事重重的样子，显得很稳重。文体委员杨拉日，和他爹杨打铁一样，脾气倔，爱打抱不平。还在上学期接手这个班不久，张尚福就悄悄对倪万喜说过，班上有"八大金刚"。张尚福乐呵呵地掰着他短粗的手指，一一点着这些娃娃的名字，一再提醒倪万喜要小心。

张尚福说这话的时候，一脸的肃穆。倪万喜很想见识"八大金钢"的厉害，但直到把这些孩子送毕业，也没有见他们现出原形来，这不得不说是一件遗憾的事。

这个班，最让倪万喜头疼的，是伍美兰和陈宝佑。

伍美兰显得特别慵懒，常常已经上课了，才背着书包跌跌撞撞跑到学校来。在其他同学鄙视的眼光中，边喘粗气，边用袖子擦脸上的汗，以免汗珠落到课本上。伍美兰瘦削的脸上虽然没有糊满眼屎，但似乎从来就没有洗干净过，总是黑一块花一块。那头黄黄的头发也像乱鸡窝一样，上面满是灰尘和虱蛋。最为糟糕的是，伍美兰好像生下来就没睡够。上课经常打瞌睡不说，只要下了课，就会趴在破旧的课桌上，呼呼睡过去。

对于伍美兰的家，倪万喜多少听说过一些。她上小学二年级的时候，她的妈妈挨了她爹一顿老拳，喝下半瓶敌百虫，死了。她爹伍保仁是个酒鬼，沾酒必醉，喝醉了酒，除了知道打人骂人外，什么也不会做。有这样一个老子，伍美兰和她的两个弟弟就遭了殃。他们经常被伍保仁教育得杀猪般号叫，身上青一块紫一块。最为糟糕的是，家里的粮食，几乎都让她爹拿去换酒喝了。家里一贫如洗，经常连买火柴的钱都没有。伍美兰每天回去的第一件事，就是拿着一把干松毛，或干茅草，到邻居家包上两个红火炭，飞快地跑回家，噘着嘴，噗噗把火吹燃。再捡些红苕或洋芋，洗干净煮上做晚饭。每天她还要摸着夜路，去把猪食找回来，再把第二天用的水驮回来。夏天，天黑得晚，时间还要宽余些。遇上冬天，就只能摸黑去做这些事。当然，很多时候，一大早她还会拿着松毛干草，在邻居家门口，尖着嗓子喊门："大妈，开门呀，我来你家包个火！"

过了一会儿，门开了。门缝里挤出一个蓬松的脑袋，和一串不耐烦的声音："小美，你自己在灶膛里焐点火种嘛，大清八早的……"

寨子里的人在骂伍保仁死不中用的时候，对伍美兰更多的是啧啧赞叹："嚯，你不要看那个死丫头，现在吃点苦算哪样，以后哪家把这个丫头说去做媳妇，才是一辈子的造化哩！"

伍美兰还算争气，差不多天天迟到，天天上课都在打瞌睡，成绩在班上却始终处在中间位置。当然，更多的时候，伍美兰就像一只可怜的丑小鸭，孤零零地被同学们冷落，没有人愿意搭理她，更没有人知道她的心事。倪万喜试图和伍美兰拉近关系，可是效果并不理想。伍美兰要么羞红了脸，额头上的汗水直冒，什么也不说；要么眼泪就像小瀑布一样，哗啦啦流个不停，满肚子的话都变成了伤心的抽搐。看着伍美兰委屈的样子，倪万喜想好好开导她的想法，不得不提前终止。

对伍美兰，倪万喜除了怜悯，更多了几分敬佩。处在这样的家庭环境，换了别人，也许早就辍学了。到底是什么支撑着这孩子，让她一直坚持读下去？为什么她的性格这么怪，老师和她沟通起来这么难呢？趁张尚福到学校的时候，倪万喜和他探讨起了这个问题。张尚福说："你不晓得，这个娃儿，心里硬气得很。她妈妈临断气前，拉着她的手，对她说，娃儿，你要想不走妈妈的老路，只有好好读书。这些年，她就是再艰难，也没有忘记她妈妈的话。唉，这娃娃不晓得吃了好多苦，从她生下来，就只有她死了的妈妈，像保护眼睛一样呵护她……"

张尚福叹了一口气，说："其实，还有一个很重要的原因。这个娃娃的学费，已经几年没有交了。只要老师一去做她的工作，她就紧张得要命，以为老师催她赶紧把学费补齐哩！"

张尚福轻轻地摇着头，吧嗒吧嗒地吸着旱烟。

找机会一定要去她家看看，哪怕是通过家访，让这个孩子得到一丝丝的安慰也好。张尚福一席话，让倪万喜的内心又多了几分感慨。张尚福把后面的话省略了，但倪万喜从别人的口中，也知道其中的内幕。别看张尚福那张丑陋的脸，黑得就跟包公一样，让学生敬而生畏，他的心是非常软的。这些年来，很多孩子上学，交不起书费学费，他想办法能免则免，实在免不掉，都是他用自己微薄的薪水垫交。这一点，也是寨子里的父老乡亲，一直敬重他的原因。

班上最让倪万喜头疼的，是陈万德家的小儿子陈宝佑。

陈宝佑圆脸，大脑壳，小学快毕业了，还在淌着长长的清口水。只要稍不留神，长长的一溜口水，就会飞流直下滴在书本上。他的母亲为了他擦口水方便，专门在他胸前钉了块小洗脸帕。这个呆头呆脑的家伙，就是同学们取笑和欺负的对象。那些调皮捣蛋的学生，经常三两个按着他，嘻嘻哈哈照着他那傻乎乎的大脑壳，剥剥剥弹他的脑瓜嘣。甚至还有坏小子，嫌弹脑瓜嘣不过瘾，曲着食指和中指，直接敲他的光脑壳。小孩子没准头，有时候敲偏了，打在鼻子上就是满脸的血。这样一来，陈宝佑的大脑壳就糟了罪，经常是过去的淤血还没散，又添上了新的青斑。

全班数陈宝佑的成绩差，这小子除了会做选择题以外，其余的几乎什么也不会。

倪万喜看着陈宝佑作业本上歪歪扭扭的字，以及成串的红叉叉，心里非常着急。不过，倪万喜并没有放弃。他把陈宝佑留下来，准备花些力气，给他补一补。可是，倪万喜说了半天，陈宝佑只会嘿嘿嘿地笑，过后还是老样子，收效甚微。

坏就坏在父母的遗传基因上。陈万德和刘兴会的爷爷辈是亲表兄妹，父辈是亲表兄妹，到了他们这一辈还是亲表兄妹。亲上加亲的结果，到这一辈就遭到了报复：除老三陈宝佑外，老大陈宝柱二十多岁还是个大鼻脓，成天吊着长长的鼻涕，痴痴傻傻。老二陈宝珠，长得眉清目秀，楚楚动人。就是这样一个人见人爱的美人坯子，一说话就露馅，让人听着费劲……

孩子是这样，陈万德和刘兴会比谁都急，请端公道士做法，请风水先生搬祖坟，死人活人折腾个够，还是改变不了残酷的现实。等两口子明白其中奥秘的时候，这一辈子已经无法弥补了。唯一能够填补内心缺憾的，就是供孩子上学。老大、老二错过了上学的年龄，唯一的希望就在陈宝佑身上。为了陈宝佑少受其他孩子的欺负，差不多每天都由陈宝珠负责接送。

其实，这一切是多余的。往年，很多同学尝到那根教鞭的滋味，就是因为陈宝佑。尽管每天有陈宝珠接送，张尚福也常常动用手中的法宝，但收效并不大。新学期开学后，情况却人有改观。倪万喜天天和孩子们在一起厮混，大家好像把陈宝佑淡忘了。陈宝佑那颗硕大的脑袋，就显得一天比一天富态。

四

倪万喜真正注意到陈宝珠，是在一个早晨。

学生已经进教室了。倪万喜赶紧把最后那本作业改完，忙忙慌慌往教室走。空旷的操场上，一个漂亮的姑娘，笑吟吟地把他拦住了。倪万喜眼前一亮，一时竟不知该怎么办才好。陈宝珠大概看出了倪万喜的窘态，嬉笑道："乎（书）费！"

话才出口，陈宝珠就红着脸。她掏出叠好的手帕，递了过来，里面是角角分分一大把零钱。倪万喜这才想起来，开学的时候，陈宝佑的学费还没交。

倪万喜折回办公室，把她递来的书学费点清，做好登记。倪万喜再匆匆往教室赶，身后那清脆的笑声，犹如山间悦耳的风铃，顺着他的脚步撵了过来。

倪万喜下了课回到办公室，暗自吃了一惊：他挂在墙上的换洗衣服，和桌子下面的鞋不见了。他虽然吃住在家里，还是放了两件衣服和一双鞋在这里，以防下雨天或天冷的时候用。

下午放学的时候，两件叠得整整齐齐的衣服放在桌上，上面是洗得干干净净的鞋。倪万喜嗅着那还带着淡淡的肥皂香味的衣服，想着陈宝珠娇羞的样子，他什么都明白了。这一天，倪万喜老是觉得，有一个穿着碎花衣裳的少女，在他的眼前晃动。

这天下午，倪万喜照例给学生补课。其他班都放了，只有毕业班的学生还在。倪万喜正要走出办公室，陈宝珠捧着一大包用菜叶包着的桑椹，笑眯眯地走了进来。陈宝珠从里面选了一颗，直接递到他嘴边："切（吃）！"

桑椹又黑又大，水灵灵的，看上去无比的诱人。陈宝珠什么话也没说，呆呆地看着他。在这一瞬间，倪万喜看到陈宝珠的眼睛里，火一般燃烧着某种欲望。倪万喜伸出手，挡了一下，说："宝珠，你坐，我自己来！"

陈宝珠依然举着手里的桑椹，倪万喜只得用嘴接了。随着陈宝珠清脆的笑声，倪万喜这一颗还没吃完，她又递了一颗过来："切（吃）！"

简陋的办公室里就只有他们两个人。陈宝珠的脸红扑扑的，笑吟吟地站在倪万喜身边，眼睛热辣辣地看着他。几缕淡淡的夕阳，铺洒在办公桌上，屋里全是宝珠温热的鼻息。倪万喜只觉得浑身的血直往上涌，脸上一阵阵发热。倪万喜想起来，有几次从她家门前过，正在地里劳作的陈宝珠，早已直起身来，呆呆地看着他走过。

几个在门口探头探脑的家伙，被后面的孩子一推，哄地一下拥进来了。

在前面的孩子很委屈，嘴里大声抗议着，身子不住地往后拱。

后面的孩子用心更加险恶。他们不仅拼命拦着，防止涌进屋的孩子往后撤，还在后面起哄，大声说："倪老师，他想吃一颗！"

"轰"的一声，大家都笑开了。

陈宝珠捧着那些桑椹，笑眯眯地走出来。她的眼神已经告诉了孩子们，孩子们纷纷举起了手，在门口形成了一片森林。陈宝珠往那片森林里，一只手里递了几颗。

夏天说来就来了，山上山下仿佛一夜间就换上了绿装。

张尚福的腿一天比一天好，往学校跑得更勤。时间一长，对倪万喜推行的那一套，多少宽了些心。

天一热，人就变得慵懒，就把白天拉长了。

乡中心校的杨小芳老师没有食言。她把自己精心编的复习资料，给乌地吉木小学毕业班学生都印了一套。

杨小芳的字，乖巧，娟秀，而不失稳重，和她本人一样。倪万喜越看越喜欢，心里涌起万番感慨。杨老师把资料编出来，要一笔一画刻在蜡纸上，然后冒着一头热汗，把一张张印出来装订成册，不晓得要耗费多少精力。别的不说，光是油墨纸张，那也是一笔开销。感激之余，倪万喜提出要付一定的费用。杨小芳哈哈哈一阵笑，说："要说钱，你出不起这个价，我也不卖给你。咱们当老师的，就得想办法，让娃娃多学点知识。这就是天大的功德，还图个啥？"

吴正虎只要有空，就喜欢到倪万喜这里坐一坐。倪万喜一回来，就高兴地跟吴正虎说起这事。吴正虎感慨了半天，说："人家帮了这么大的忙，张校长不可能一毛不拔哩！不然，以后还好意思要人家帮忙吗？"

倪万喜觉得吴正虎的话有道理，可是一看到张尚福那张黑黪黪的脸，他又感到难以启齿。张尚福看着复习资料，喜出望外："小倪老师，只要这些娃儿把两本资料弄通，考中学就更有把握了。噫，看样子，今年是要翻梢哩！"

尽管倪万喜没有和张尚福说这话，但张尚福还是捉了两只鸡，攒了一筐鸡蛋，让女儿给杨小芳送了过去。

有了这些复习资料，倪万喜心里的底气更足，天天把孩子们的时间安排得满满的。孩子们比过去苦，但特别配合，每天的歌声和欢笑声更加嘹亮。

这一天，倪万喜发现了一个奇怪的现象。

学校里到处是光头，那些孩子的脑袋一个比一个剃得光，一个比一个亮得耀眼。下了课，大的孩子就把小的按在地上，摸头皮上浅浅的头发，比谁的头发扎手。小的受了委屈，奋起反抗的结果，常常被打得鬼哭狼嚎。

倪万喜感到惊诧，忙问刘启昌是咋回事。刘启昌笑了笑，说："这些鬼崽崽，八成是老邓那个班的。"

刘启昌说这话是有根据的。邓云禄虽然小学毕业，但他特别喜欢看书，《水浒传》《西游记》《三国演义》《说岳全传》，以及《烈火金刚》《林海雪原》那一类的书，读过无数遍，上至姜子牙、诸葛亮、程咬金、武松、岳飞，下至史更新、肖飞、杨子荣、双枪老太婆，张口就来，让圈在他周围那一颗颗脑袋听得如痴如醉。邓云禄文化不高，高深的道理说不上来，但他那一套歪歪理，却让人不服都不行："读书干什么？是为了学知识，长智慧。要是读书都为了奔大前程，个个去当官，个个去当科学家，个个去蹲办公室，那怎么行？以后地没人种了，布没人织了，机器没人开了，咱们还吃啥？穿啥？用啥？再说了，大前程是那么容易的？你不见全县每年跨进大学的，考上中专的，有几个？大多数人，还不是继承父业，乖乖地在太阳底下修地球。同样是农老二，活法就不一样了，为什么有人成了舒舒服服的神仙，有人成了缩手缩脚的呆鸟，有人成了失魂落魄的叫花子，除了自身条件和机遇外，靠的就是智慧。俗话说得好，七十二行，行行出状元。只要抱着一行钻，你把这一行吃透，离神仙日子就不远了！”

邓云禄教学生是比较随意的，他班上的学生语文普遍好，数学就很糟糕。对此，学生和家长多有微词。作为学校负责人，张尚福也善意地提醒过他，不要把数学这门主科丢掉。邓云禄一听，呵呵呵就笑开了，说：“我的校长大人，说句天地良心话，咱们乌地吉木，每年能考上中学的，屈指可数就那几个种子选手；考上大学中考的，到现在还没有投生到乌地吉木。这些娃娃，以后的出路就是一条：回来子承父业。就算他们长大成人，要卖头猪、卖头羊、卖点鸡蛋、辣椒，就是不教，他们也会的。至于其他的，不说你也懂，学来搞个卵？”

邓云禄说完，吃吃吃地笑个不停。张尚福阴沉着脸，找不到更好的话说，只是闷着头抽烟。

邓云禄持这种态度，他班上的学生自然洒脱，比其他班的学生要活泼得多。

其实，刘启昌恰恰说错了。学校一夜间出现了这么多光头，全是吴家祥那颗光头惹的祸。吴家祥平时留着一头长发，每天喜欢梳朝后面，颇有几分艺术家的味道。入夏以后，天气越来越热，那头长发越来越油，他就想请人把头发打理一下。以前剪头，他大多是到街上，花一毛钱，请理发店的人理。可是，这几天天太热，他实在不想走那趟路。周末这天，恰好吴成贵老汉正在给人理发，他就凑了过去。没想到吴成贵剃光头是把好手，剪他这样的艺术脑壳却实在蹩脚。老汉围着吴家祥转了半天，那剪刀游走过的地方，坑坑洼洼，要多难看有多难看。最后，还是发挥了他的专长，一不做二不休，剃成了光头。

第二天，吴家祥晃着光头一进教室，下面就是一片笑声。

下了课，有个调皮的学生蹑手蹑脚走过来，轻轻在他的背后做了一个小动作，笑道："咦，亮啊！"

下面的学生都知道是什么意思，教室里一下沸腾开来，嘻嘻哈哈热闹得就像一个大卖场。第二天，吴家祥班上就有了十二颗光头。没剃成光头的还在嚷："你们在哪里刮的，下午我也去刮一颗，看哪个的亮！"

吴家祥家离学校有十多里地，他每天早出晚归。为赶时间，来去都得一路小跑，常常弄得汗流浃背。回到家，把书包一放，田里地里还要去薅刨，把该种的种下去，该收的收进来，更是累得筋疲力尽。吴家祥讲了新课，安排好学生的作业，他就会在讲台上休息一会儿。问题是吴家祥屁股一坐在凳子上，虽然他双手托着腮，眼睛一直慈祥地注视着孩子们，可是从鼻腔里发出的鼾声，早就把他出卖了。

鼾声不高，大庭广众下显得有些羞羞答答，却异常清晰。孩子们先是嗤嗤嗤地笑，接着就有胆大的孩子，打起了歪主意。此时，孩子们最大的乐趣，就看谁能够把他那柄小烟锅，从他还在渗着梦口水的嘴里拔出来，再换上他的自来水笔；要不，把他烟锅里还没吸完的烟丝掏出来，填上纸屑或树叶……

这样的恶作剧，付出的代价是极其惨痛的。

作为教书育人的圣地，就得有师道尊严。张尚福听说这件事后火冒三丈，把参与这件事的孩子找过来，不仅严加训斥，还让他们尝了教鞭的滋味。

当然，张尚福也没有给吴家祥留面子，骂得他连大气都不敢出。

如今，满校园白亮亮的光脑壳，还有进一步蔓延的趋势。刘启昌摇着头笑了一阵，对倪万喜说："这个吴老师啊，他摆下这么大的摊子，还不晓得是咋个回事。小孩子好模仿，当老师的，如果不注意自身形象，麻烦就来了。现在，我们只能从源头上做文章，一方面不准孩子剃光头，要求家长配合；另一方面给寨子里有剃头手艺的打招呼，才把这股风刹得住！"

五

看着学生们的成绩一天天提升，倪万喜美滋滋地想，要是有块能刻写蜡纸的钢板就好了。这段时间，他赶完新课，天天抢时间给学生复习。杨老师编印的复习资料，他完整地复习了两遍。现在，最重要的就是模拟训练，提高学生应考的实战能力。

倪万喜找到张尚福，提出了自己的设想。张尚福点点头，又摇摇头，嘿嘿嘿地苦笑了一阵，说："小倪老师，你说的好是好，恐怕一时还干不成。"倪万喜心里一沉，张尚福又摇了摇头："你晓得的，办这个死学校，是难上加难。上面不给办公经费，学校又没有一分钱的收入。有些事你也清楚，每年都有娃娃交不起书学费。作为一个老师，总不能眼巴巴地看着学生流失吧？算了，这些话我就不说了，以后你当这个家，就晓得该怎么处理了！"不等倪万喜说话，张尚福又说："那套东西，过去我也想过。光有钢板蜡纸还不行，还得有油墨、油印机和纸张，七七八八算起来，得两百多块钱，我哪里找这笔钱去？这次修学校，本来计划修两间教室，我还想在修建的时候，多修一间。但是，上面就只给1600块钱，连瓦钱都不够。椽子、小梁、门窗和钉子都得靠这张老脸去赊，你说你说，小倪老师，一文钱难倒英雄汉，莫法啊！"

刘启昌听了半截话，嘿嘿嘿笑了："赊？做梦吧！就算张校长那张脸，有簸箕那么大，也不如钱的面子大。不拿现钱，毬大爷会赊给你！"张尚福摇摇头，说："是哩，本来我还想，要是瓦片实在不够，我把家里厨房上的瓦拆下来，先将就用的。哪晓得，计划莫得变化快，那瓦片一天一个价，我有卵法？"刘启昌"呸"地啐一了口，说："老张，你不要丧德！把你家瓦揭了，你家咋个办？等它开天窗，白天装太阳，晚上装月亮？"张尚福叹了口气，说："我那个烂厨房，天天有灶王菩萨在那里蹲着，怕啥？这是学校，娃娃天天在里面，开不得半点玩笑！"刘启昌笑道："你倒大公无私，脑壳一拍，事情就定了。要揭房上的瓦，这么大的事，你家里的师娘饶得过你？"张尚福摆摆手，说："这是男人的事，莫得婆娘插嘴的份！"邓云禄在旁边哈哈笑起来：

“张校长，只怕师娘白天嘴巴不敢说，晚上下面夹紧了，要罢你的工哩！”张尚福拔出嘴里的烟锅就挖过去，笑着骂道：“短阳寿的儿子，你以为老子还像你们这些卵皋子，满脸的骚疙瘩，一天尽想着那些花花哨哨的事！”

张尚福一肚子苦水，让倪万喜感到失望。倪万喜说：“实在不行，先去借块钢板来，买筒蜡纸，我刻好了，周末拿到乡中心校去印……”

张尚福点上一袋烟，摇了摇头：“你别着急。来来回回地跑，浪费时间。再说，你第一次刻蜡纸，效果还不一定好，把纸糟蹋了划不来。干脆，我去找找村上，给他们要十来张复写纸，一次套着复写几张，事情就搞定了。反正我是个闲人，正好帮你，如何？”

照着张尚福说的办法，倪万喜花了几个晚上，请吴正虎帮着打下手，复写了两套模拟题。当然，倪万喜知道，张尚福那手字抬不上桌面，没有要他来帮忙。

这些日子，陈宝珠来学校更勤了。她姣美的身影，老是在倪万喜的眼前晃动。

星期六的下午，学生和老师都走了，倪万喜还在批改作业。

门口有条人影一闪，陈宝珠进来了。

陈宝珠冲着倪万喜笑了一下，算是打了招呼。陈宝珠把办公桌上散落的书本整理好，轻轻倒了半杯水，放在倪万喜的面前。

此时，倪万喜眼睛放在作业本上，他时而眉头紧锁，时而满面春风，手里的红笔圈圈点点，在作业本上游动着。

陈宝珠并没有走开。她没有像往常一样，静静地坐在旁边的凳子上，手里机械地绞着那条白色的手绢。此时，陈宝珠静静地站在倪万喜的后面，那双会笑的大眼睛，专注地看着他手上的笔。几根散落下来的头发，摩挲着倪万喜的耳根。陈宝珠那带着幽幽体香的呼吸，犹如一股麻酥酥的暖流，也直往倪万喜的脖子里灌。屋里很静，满屋里都是倪万喜笔走龙蛇，在纸下留下的沙沙声。

倪万喜坐直了身子，他的肩膀有了异样的感觉。倪万喜感到被一坨软绵绵的东西硌了一下，让他的神经一阵酥麻。就在这一瞬间，倪万喜听到了一声轻微的呢喃。倪万喜转过身来，只见陈宝珠的面颊绯红，满脸含羞，那一双水汪汪的大眼睛，正笑吟吟地看着他。

倪万喜只觉得空气一下凝固了。倪万喜呼呼跳动的心就要蹦出来，一股难以抵制的冲动，催他伸出双手，一转身就将陈宝珠抱住了。陈宝珠没有挣扎，一头扎进了他的怀里。倪万喜双手紧紧地抱着陈宝珠，陈宝珠炽热的身体在他怀里微微颤动着，流淌到他脖颈里的热气更加急促。倪万喜的脑子里一片空白，他不知道该做些什么，只是紧紧地箍着陈宝珠，直到双膊一阵阵痉挛。陈宝珠微微闭上了眼睛，喉咙里有了轻微的娇喘，她把滚烫的脸颊贴了过来，嘴唇焦渴地在他的脸上拱着。倪万喜只觉得血往上涌，以同样滚烫的双唇回应陈宝珠，经过短暂的试探后，两张嘴笨拙地粘在了一起。倪万喜浑身像触了电一样，一股奇异的感觉瞬时传遍了全身，他只觉得身子就要飘起来一样。随着一声轻微的呻吟，陈宝珠轻轻挣扎了一下，越过横在他们中间的凳子，双手吊在了倪万喜的脖子上。陈宝珠身子往上一窜，嘴唇已经不满足于浅浅的吸吮，那条温热的舌头随即突破了他的嘴唇。陈宝珠的举动，让倪万喜的双臂越发用力，他咬住了那个香艳无比的舌头，不管不顾地咂吮起来，直到她发出嗷嗷的呻吟，才松了口。乘着陈宝珠舌头缩回去的空档，倪万喜毫不犹豫地把舌头探了过去。没想到，陈宝珠的吸吮比他更为用力，让他忍不住了叫出声来。

倪万喜把舌头扯回来，迅速往门口瞟了一眼。校园里静悄悄的，门外有几只鸟雀在悠闲的踱步、觅食。虽然没有人，还是让倪万喜心里一惊，把陈宝珠拥到了床前。当初倪万喜安床的时候，他有意把床头对着房门，为的就是挂上蚊帐后，把里面隔成一方静谧的世界。不想，此时还派上了大用场。倪万喜轻轻往床边一靠，陈宝珠就座在了床上。宝珠饱满的胸脯轻轻倚靠在倪万喜的胳膊上。宝珠这个不经意的举动，却让倪万喜的手像触电一样，脑子里飘飘欲仙，浑身一阵战栗。倪万喜紧紧抱着宝珠，只觉得自己那颗怦怦直跳的心，让宝珠臌胀的乳房酥麻得就要迸裂出来。陈宝珠娇喘着，浑身软得像摊泥，慢慢瘫在那张并不宽大的床上。倪万喜在陈宝珠轻微的呢喃中，把嘴扑上去，在那张同样温润的嘴上忘情地热吻起来。树上，几只热恋中的鸟雀，已经不满足在枝头呢喃耳语，它们纵情地扑腾着，追逐着，嬉戏着，叽叽喳喳地鼓噪着初夏的清寂。倪万喜把拥着陈宝珠的手抽回来，捉住宝珠那只跃跃欲试的大白兔。陈宝珠“啊”了一声，嘴里粗重的娇喘，轻轻地呢喃，让倪万喜只觉得一股暖流直往上涌，混沌的脑子里突突突地跳个不停，浑身似乎马上就要爆裂开来。倪万喜潜意识里突然有了一种欲望，这种欲望是那样的强烈，让他的呼吸一下更加急促起来……

就在这个时候，只听见“卟棱棱”一声响，一只麻雀飞了进来。

两人一下正襟危坐，捣蛋的麻雀受到了惊吓，赶紧落荒而逃。

陈宝珠的脸上抹上了一层厚厚的红晕。陈宝珠微微笑着，那张妩媚的大眼睛似闭非闭，含情脉脉地看着倪万喜。

倪万喜看着门外斑驳的阳光，咽了一口唾沫，说：“宝珠，咱们走吧！”陈宝珠看了他一眼，点点头，极不情愿地站了起来。还没有等她挪动脚步，两人相视一笑，又紧紧抱在了一起。

温存过后，倪万喜推开陈宝珠，朝门外看了看，说：“宝珠，你先走一步，我把屋里收拾一下就来！”

陈宝珠笑了，在倪万喜的脸上啄了一口，就往门外走。

陈宝珠一出门，倪万喜就像丢了魂一样。他呆坐在书桌前，眼前满是陈宝珠的身影，作业本上的字一个也看不进去了。

六

世上没有不透风的墙。寨子里都在议论，说倪万喜和陈宝珠好上了。

这样的话，倪春富两口子自然也能听到。大耳朵没说啥，只是闷着头抽烟。吴成英除了骂那些人嚼舌根外，更多的是叹气。

寨子里的人见了倪万喜，就会和他开玩笑：“万喜，煮熟的鸭子，不要放飞喽！”

甚至，还有人在鼓噪，笑声一点不避讳：“万喜，不要谦虚，该拈就拈！白白嫩嫩的，怕个锤子啊！”

听到这些话，吴正虎只是笑笑，说：“人家是亲戚，按辈分，倪万喜还该喊陈宝珠姨娘哩，这样的舌根，不要乱嚼！再说，倪万喜一心要考大学，哪里会考虑这样的事？”

“噫，你这个龟儿子！人家不拈，未必等你来拈？”说话的人目光已经相当猥琐，咄咄的话语就扫了过来：“考大学和这个有啥关系？送进屋的嘎嘎他不拈，未必想拈外面的？……”

在粗野的笑声中，吴正虎红了脸。对于寨子里的人来说，他说那样的话无异于对牛弹琴。

雨季来临前，正是缺水的时刻。倪万喜每天要做的功课，就是到绿荫塘去驮一回水。倪万喜吆着家里那头大叫驴，高一脚低一脚地出门。看着满天的星斗，倪万喜老是这样想：自己苦读一生，难道就娶这样一个人过一辈子吗？

倪万喜暗暗叹着气，在野地里一坐就是半天，心里觉得万分的矛盾。

就在倪万喜信心满满，让孩子们真刀真枪演练的时候，他发现了一个问题：学习委员杨天福没有来。

第二天，杨天福还是没有来。这些日子，倪万喜和孩子们都像上足了发条的闹钟，蹦跶蹦跶不停地往前冲。别说是缺席，就连迟到的孩子也没有。

倪万喜暗暗着急。在这个节骨眼上，提高教学成绩，最重要的就是用时间来保证。倪万喜找来刘长索和杨拉日，向他们了解杨天福没来读书的原因。

这两个孩子离杨天福家最近，平时邀邀约约一起来上学。两个孩子相互看了看，吞吞吐吐，得不出个准确的结果。刘长索挠挠脑壳，不好意思地说：“好像他妈妈……嗯，对，是他妈生病了。”

倪万喜有些郁闷：家长是怎么搞的，大人有病就医，留一个孩子在家，能帮上啥忙？放了学，倪万喜对刘长索说：“你到杨天福家看看，要他明天赶紧来读书。要是再旷课，小心开除！”

这天一大早，倪万喜才到学校，刘长索就对他说："倪老师，杨天福带了张假条来，说还要耽搁两天。"

看着那张揉得皱巴巴的假条，倪万喜气不打一处来："就他事多，还有啥忙不完的？"

刘长索叹了口气，说："他爹请法师在家里做隔夜法庭，他得在法案前跪着。每隔一会儿，就要往外面倒纸钱。啊白白，两天两夜，连瞌睡都睡不成，咋可能来读书？"

倪万喜大腿一拍，骂道："荒唐！"倪万喜细细问了原委，越听心里越沉重。

对于杨天福来说，他生下来就是个错误。

杨天福的爹叫杨文旺，人称洋火炮，是远近闻名的炮筒子。杨文旺就跟他的绰号一样，性格暴烈，牛一样固执。从把媳妇陈万珍娶进门那天起，就盼着有个儿子。没有想到媳妇不争气，一口气生了五个丫头，天天和计划生育小分队斗智斗勇，家里被罚得家徒四壁。

老是生不出儿子，陈万珍在杨家就矮了七八分，经常被杨文旺吼得六神无主，稍有不慎，男人那对老拳就会夹着风声呼啸而至。第六个孩子虽然是个男孩，但为躲避计划生育，一家人过得和叫花子差不多。这还不说，这些年杨文旺的脾气越来越暴烈。杨天福活下来的三个姐姐，在家里待不下去，或嫁或跑，远走他乡。在这样的家庭，杨天福身上那几分童真，早已被粗野的父亲一层层褪尽，过早地让老成所取代。

人吃五谷，生百病。厚道的陈万珍得了急病，抱着肚子站不起来。

太阳已经歪到了西边的山头，早该吃晌午了。杨文旺从地里回来，见厨房里冷锅冷灶，心里老大不高兴。偏偏陈万珍痛得受不住，哎哟哎哟呻唤个不停。杨文旺听得心烦，凶巴巴地吼："号丧？！还不忍着点，号得硌老子耳朵！"

在这种时候，杨文旺的吼也是一剂良药。杨文旺的暴烈，在寨子里是出了名的，那对钵钵大的拳头随时会杵上前去，从来不计任何后果。陈万珍吃过不少苦头，晓得男人那对铁拳的厉害，赶紧压低了嗓音。可是，那讨厌的牙齿不听使唤，咯咯咯的磕动声，比老式的缝纫机还要卖力。杨文旺还没有回过神来，陈万珍身子一歪，就倒在地上打起滚来，双手天一把地一把地乱抓。

媳妇这一手，并没有吓着杨文旺。他两步跨过去，声音比先前提高了几倍："死婆娘，再不起来，老子赏两窝脚给你吃！"

不过，杨文旺那只抬起来的脚，并没有真正踢下去。因为就在这个时候，杨天福回来了。杨天福来不及放下书包，就横在陈万珍面前，眼睛直直地盯着杨文旺。儿子从一汪泪水里穿过的目光，犹如锥子一般。杨文旺心里一颤，极不情愿地把脚收了回来。

有儿子撑腰，陈万珍哀叫的音量又大了几倍。杨天福试图把母亲从地上扶起来，哭兮兮地对杨文旺说："爹，赶紧把妈送医院去吧……"

杨文旺阴沉着脸，还没表态，陈万珍就呲着嘴，对杨天福说："去……请……你干爹……请干爹来……"

陈万珍说得异常费劲。作为儿子，杨天福心里明镜似的，请医生，上医院得花钱，唯有干爹吴成全是免费的。杨天福一出门，杨文旺总算搭了把手，把大汗淋漓的陈万珍拉起来，让她坐在凳子上。杨文旺耐着性子，把她满身的尘土拍了几下，以示尽到做丈夫的责任。

一锅烟的工夫，吴成全气喘吁吁进来了。吴成全能耐不大，但遇上头晕、肚痛、心慌、恶心、呕吐一类的病症，让他掐上一阵，刮出红的紫的痧点，血一放，病症即可缓解。可是，这天就是怪。吴成全把陈万珍的上半身都掐遍了，在她的胳膊上肩膀上刮出了紫红的淤血，在几个大穴上放了血，陈万珍还是和先前一样，龇牙咧嘴，叫声连连。

吴成全出了一身臭汗，手脚酸软，气喘吁吁地对杨文旺说："火炮，你晓得我手重，掐了半天没把干亲家弄好，只差把我的气整脱了，莫法哟！"

杨文旺说："死婆娘，一丁点病就惊喳喳的。她会咋个？"

吴成全说："火炮，干兄弟只有这点脓血，你得另请高明了。我要提醒你，看样子干亲家病得不松豁，耽搁不得啊！你要晓得，要是有个三长两短，陈家那一大姓人，不好惹哩！"杨文旺眼睛一瞪，粗着嗓门骂道："怕个锤子，他陈家日毛得很，把死婆娘背回去嘛！"

吴成全前脚才走，杨天福就对杨文旺说：“爹，送医院吧……”

杨文旺没好气地说：“要咋整，老子晓得！”

杨文旺说完，背着手就出门去了。到了下午，杨文旺背着一背篼锣鼓法器，请了一个端公进来。

端公进门的第一件事，就是宰了一只大公鸡，把鸡血往院子里、房间里、门上到处洒。所有的门上，都贴上了沾着鸡毛的神符。端公在堂屋里点燃香蜡纸钱，架好法案，就开始做法，背神，驱鬼。烟雾缭绕的堂屋里，端公一会儿咚咚咚敲着锣鼓，一会儿呜呜呜吹着螺号，一会儿握着竹剑四处挥舞，一会儿赤着脚跳来跳去。嘴里咿咿呀呀，或唱或吟或哼，摇头晃脑，不停地祷念着咒语。杨天福则规规矩矩地跪在法案前，双手举着一个大盘子，等着端公念的咒文告一段落，把纸钱烧在盘子里，再拿到大门外倒掉。

满屋的烟雾，呛得人鼻涕眼泪直流。一屋的苍蝇早被烟雾熏了出来，嘤嘤嗡嗡发着抗议，黑压压地集结在外面的墙上、柱子上。端公在杨文旺家跳了两天两夜，最终如一摊烂泥，瘫在椅子上。陈万珍哼叫了两天两夜后，再也发不出声来，终于安详地到了另一个世界。

跳死了人，端公很生气。端公摇着头，瞪着熬得通红的眼睛，说：“啊啵啵，这个鬼了不得，我做了九九八十一道大法，才把它拿住！可惜，就晚了那么一点点……”这两天，杨文旺一直监督着端公做法，也没有休息，身子变得轻飘飘的。此时，杨文旺看着陈万珍的遗体，显得特别通情达理。杨文旺叹了口气，道：“我师父，你不要往心里去。我亲眼看见的，师父你尽力了！要怪，只能怪我婆娘福分浅，自己莫得那个命！”

倪万喜听刘长索一说，就做出了一个决定，放学到杨天福家去家访，看能否帮帮他的忙。可是，倪万喜还是迟了一步。端公很主动，已经掐算出，这一天就是出殡的好日子。于是，还不到吃晌午，杨文旺就张罗着，找了口薄皮棺材，请人草草把陈万珍送上了山。

当倪万喜踏着夕阳的余晖，还没走到杨天福家门口，就看到了这样一幕：两个壮汉，轮换着用搭了毯子的背架背着端公，一个壮汉背端公的法器和酒，走在前面；杨天福披着孝布，牵着 只答谢端公的羊，在后面边走边抹泪。

夕阳下这幅剪影，像一把锐利的刀子，扎在倪万喜的心上，让他一阵一阵地绞痛。

七

这些日子，陈宝珠的身影老是出现在学校里。那条深蓝的裤子，粉红的碎花衬衣，把她红扑扑的脸衬托得更加娇艳，那双忽闪忽闪的大眼睛也越发水灵。

可是，每次陈宝珠兴冲冲地到学校来，都会感到无比的沮丧和失落。

自从那天分手以后，倪万喜的门上，总是冰冷地挂着锁。倪万喜呢，忙得昏天黑地，要么在教室，要么和学生在一起。

宝珠靠在柱子上，盯着倪万喜的身影发呆。很多时候，宝珠那双含情脉脉的眼睛，会像带毒的蛇信子一样，在孩子中间扫来扫去。

倪万喜知道这样做，对宝珠无比的残酷。倪万喜每天晚上，都会在床上辗转反侧，只要一闭上眼睛，他的脑子里全是宝珠的身影，他老是觉得陈宝珠细软的头发还在摩挲着他的脸，温热的呼吸还在往他的脖子里灌，他甚至感到宝珠滚烫的嘴唇还在炙烤着自己的脸，那饱满的乳房和淡淡的体香还在酥麻着他的神经。每每想到这些，倪万喜就会心跳加快，脑子里突突突地跳个不停，全身一阵一阵莫名地燥热。

他觉得这样的事必须当断则断，不能任由其发展下去。

这一天，倪万喜走得晚。细碎的夕阳下，前面有一个窈窕的身影，就像一只失群的孤雁，低着头走在乡间小道上。不用说，那就是宝珠。倪万喜心里一热，加快了脚步，追了上去。

宝珠停下来，眼睛一亮，满脸都是笑。

倪万喜动了动嘴唇，这句话憋了他很久，他实在不知道该怎样说出来。倪万喜只觉得喉咙发干，头上渗出了一层密密麻麻的汗。宝珠心疼极了，赶紧掏出她的手帕，笑眯眯地递过来：“给，插插（擦擦）……汗！”

这个举动，让倪万喜找到了拒绝的理由。倪万喜把宝珠的手推了回去，说：“宝珠，你不要来找我了，这样不好！”

宝珠一下僵住了。她咬着嘴唇，红了脸，嗫嗫地说：“我……啊（哪）……啊（哪）儿错了？”

倪万喜叹了口气：“不不不，是我对不起你。”

宝珠眼里闪烁的亮光，正在一点一点地熄下去。宝珠眼里噙满了泪花，她点点头，低垂着脑袋，小跑着走开了。

倪万喜怔怔地站在那里。晚风抖落一地的细碎，把他的心也掏空了。倪万喜索性一屁股坐在草坪上，任凭傍晚的风揪着他蓬乱的头发。

临近毕业考试的时间不多了。倪万喜虽然心里很烦闷，但日子忙忙碌碌，也觉得异常充实。

倪万喜白天忙着给学生上课、复习，晚上点上家里那盏马灯，批改试卷，复写模拟题。每天晚上，不是倪春富在睡梦中迷迷糊糊地催几次，他是不会睡觉的。

张尚福找回来的那几张复写纸，已经让倪万喜用完了。祁四老爹又从乡上找了两盒，还给他买了一捆白纸，才救了急。天天晚上熬夜点灯，煤油的消耗特别大。家里专门有一只装煤油的罐子，过去打一罐回来，倪春富和吴成英要用大半年。自从倪万喜走上讲台起，那罐煤油用不上两个星期，赶场天又要请人带油回来。

这一段时间，供销社的化肥、煤油涨了价，三斤煤油搭两块肥皂。涨价也罢，搭肥皂也好，问题是还经常断货。晚上没有煤油，倪万喜就只能用干竹片或松明点火照明。虽然能勉强应付过去，但第二天学生的试卷上，难免会被溅起的火星烙起洞，或是让落下的烟灰弄得黑一块花一块。

寨子里农活重，男男女女天黑收了工，喜欢到老黄桷树下吹吹闲牛。当然，也有相当一部分人，不耐烦去老黄桷树下凑热闹，倒在床上就睡。顶着毒辣辣的太阳，在地里劳作了一天，浑身像散了架，早就想舒舒服服地躺在床上。养足了精神，明天还有干不完的活哩！在乌地吉木，很多人家十天半个月不点灯，日子照样过，唯独倪万喜家不行。那些日子，倪春富就专门做两件事：一是到20里外的野猫凹，把那些浑身淌着松油枯松树砍回来，劈开，再细细地削成半指宽，尺多长的长条，以备晚上儿子照明。二是见了寨子里的人，就会侧着身子，偏着头，支起那只大耳朵高声说："嗨，给有办法，帮整点煤油嘛！"

寨子里的人都晓得，大耳朵有一个当老师的儿子，晚上要给学生娃娃改作业。很多人都在摇头，说："我是癞蛤蟆，莫法。要是有的话，你提起罐子来倒就是，稀毬奇！"也有人在骂："他小妈，那些生在大城市里的，进门去吧嗒一声，开关一按，电灯就亮了。就是大马路边，路灯也亮晃晃的，多安逸呀！咱们乡巴佬，同样是点个灯，自己出钱不说，那抬丧的煤油还没货，你说丧不丧德？"当然，也有说风凉话的。说得最难听的，还要数倪二老爹。老汉眯着一双尿泡眼，吧嗒吧嗒咂着嘴，摇着那颗花白的脑袋，说："我早就说过，一个人要想成点气候，还是要看有没得那点命。要是命中莫得那点衣食，就算把眼睛读瞎，头发熬白，也是枉毬自。大耳朵家卵皋子读的书不少嘛，骑在龙门的门槛上又如何？照样让人家一窝脚，就踢出来了哩！"

见旁边的人不开腔，老汉更来了兴致，说："你再看看人家陈宗旺，说下来只读过小学二年级。如何，人家照样天天蹲在供销社，吃香的喝辣的。供销社是啥，世人都要巴结的地方哩。要是在前几年，就是打两斤酒，称几斤红糖，公社书记还得求他！就是现在，要想打斤把平价煤油，买几包化肥，还得看他们的脸色！瞧嘛，不怕他大耳朵天天给他儿子削松明，他倪万喜天天把着那些娃娃教，要是烧几背篼松明，就能奔个大前程，野猫凹的松明早就被人刨完了，还有他大耳朵的……"

骂娘也罢，说风凉话也罢，都不能解决倪万喜晚上照明的问题。

这一天，祁四老爹找到乡农机站的站长，说："小老表，忙完了去馆子整两杯去？"他们是亲戚，说话很随便。站长看了一眼祁四老爹，嘿嘿嘿笑道："表哥，无事不登三宝殿，你不是来请我喝酒，是来打我柴油的主意吧？"即便是表弟，看样子革命的警惕性也相当高，一开口就把话封死了。不过，这可难不住祁四老爹，他翘着鼻子看看天，嗬嗬冷笑道：“啊哟，当真人家当官了，眼睛往上看，鼻子朝天吹，哪里还认得乡旮旯的穷亲戚？你那抬丧的柴油稀毬奇，我手上又莫得加工的机器，你就是打两桶白送，我还不耐烦要！”祁四老爹沉下脸，扭头就要走。站长忙扯住他，连说了几声得罪，才让祁四老爹收住脚。祁四老爹愤愤地说：“我在路上套了两只野鸡，拿在馆子里做了两个菜，想着一个人喝寡酒孤零零的，才来巴结你。你要是不耐烦去，就当你表哥屁子没有夹紧，不小心放了个热屁！”祁四老爹那张嘴巴同样不饶人，一顿夹枪带棒后，抬脚就要走。站长见祁四老爹生气了，忙矮下身子，赔着笑脸：“老先人，不要把你那张八卦脸垮起。你晓得的，你家表弟胆子小，一见你那副麻阴相，我脚杆就发软。你这么大的菩萨，到了我的地盘上，我请你喝酒还来不及哩，拐棍倒着杵，这不是成心要折我的阳寿吗？”站长话是这样说，还是赶紧洗了手，和祁四老爹勾肩搭背，进了小酒馆。

祁四老爹左劝一杯，右劝一杯，把站长灌得左脚打右脚。祁四老爹把站长送回来，说：“你刚才要是不提醒，我倒忘了。我家大门的门转轴涩得很，把你的废机油倒点给我！”站长醉眼蒙眬，踉踉跄跄打开库房，用手一指，说：“就在那边，你自己找个桶倒！”

祁四老爹要的就是这句话，找了两只油桶，灌了两桶柴油回来。

柴油虽然可以用来点灯，但火苗上的黑烟特别大，每天都把倪万喜的鼻孔熏得黑黑的。以至于倪万喜早上用手一挖鼻孔，手指就会像漆了油墨一样。

八

经常和倪万喜在一起，吴正虎最了解他。对于倪万喜和陈宝珠的风言风语，吴正虎认为是天大的笑话。在他的眼里，倪万喜就是一只山中的凤凰，迟早是要飞离乌地吉木的。陈宝珠虽然漂亮，能干，善良，但她身上有致命的缺陷，她从没上过一天学，连一句完整的话都表达不清楚。风华正茂的倪万喜，怎么可能选择这样·个人生活·辈子呢？

吴正虎相信自己的判断。不过，这样的事如果继续缠绵下去，最终双方都会受到伤害。作为最知心的朋友，吴正虎觉得应该给倪万喜敲敲警钟。

吴正虎特意选择了一个下午，真诚地说出了内心的想法。

倪万喜笑了一下，淡淡地说："你放心，我会把这件事处理好的。"

倪万喜叹了一口气，看着远方黑黪黪的山出神。夕阳的余晖，把高高的轿顶山镶上了一层金边。一群大大小小的乌鸦，在轿顶山的断崖处盘旋着，凄厉的叫声在空旷的原野里荡来荡去。

吴正虎和陈宝珠都是学校的常客。不知道是怎么回事，一看到陈宝珠，吴正虎心里就会有一种说不清道不明的烦闷。

就在他开门见山和倪万喜摊牌不久，吴正虎就从陈宝珠的脸上，读出了她内心别样的滋味。

才几天光景，陈宝珠就好像变了一个人。陈宝珠失魂落魄，美丽的大眼睛里让忧郁塞得满满的，脸上常常挂着泪痕。

这个傻丫头，她根本就不了解倪万喜，她想得太天真了。她一点也不知道，就在她天天往学校跑的时候，四下里有多少双眼睛在盯着她。她不知道有多少人在背后嘀嘀咕咕，有多少人在看她的笑话，有多少姑娘在背后吐她的口水。吴正虎总想劝一劝这个多情的丫头，不要再做这些徒劳无益的事情。早一点从自己编织的情网中解脱出来，哪怕少几分郁闷，多有几声笑声也好。

这一天，陈宝珠路过吴正虎家的时候，让他拦住了："宝珠，你等一等，哥给你说句话。"

陈宝珠看了吴正虎一眼，慢慢定住了脚。

吴正虎说："宝珠，咋啦？这么不开心呀！"

陈宝珠绞着手里的手绢，无力地摇摇头。

吴正虎说："倪万喜欺负你了？这个龟儿的！"

陈宝珠一下怔住了，她慌乱地摇着头，脸上没有一丝笑。

吴正虎说："你骗人！你以为我们是傻子，什么都不知道？"

陈宝珠的呼吸急促起来，在静寂的午后显得特别凝重。灿烂的阳光下，鸟儿在树梢上唧唧鸣叫，几只蝴蝶在花丛中追逐嬉戏。

陈宝珠低下了头。她的一只脚不停地踩着地上的一颗石子，眼里噙满了泪花。吴正虎顺手扯下路边的一根草，把嫩嫩的茎放在嘴里嚼了一下，说："死丫头，憨哪！倪万喜那小子，心气比天还高，寨子里的姑娘，个个都盯着他，你还去瞎掺和个啥？……"

吴正虎话还没说完，宝珠的脸就红到了脖根。吴正虎叹了一口气，一副恨铁不成钢的样子，说："算了，宝珠。听哥一句话，啥事都往开处想。是你的，千年万年人家都等着你；不是你的，就是你的眼睛盼起老茧，心里煎熬成麻花，又有啥用？人，用不着在一棵树上吊死！"

天蓝得让人心碎。四周高高的山，铁桶般死死地箍过来，让这一方天地有了窒息般的静寂。远方的树上，有两只失意的鸣蝉，鼓着全身的力气，用吱吱呀呀的聒噪，相互诉说着世间的悲情。

陈宝珠脸上的泪，扑簌簌往下掉。脚下那一丛青葱的杂草，早已被她踩成了一摊泥。

日子就像一本发霉的老皇历，让粗糙的大手一页一页地翻过。在忙碌的空隙，倪万喜始终牵挂着那件事：高考。天天和孩子在一起，对这些孩子他渐渐有了一种依赖。那种淡淡的亲情，那份浅浅的依恋，让他难以割舍。寨子太穷了，乡亲们太苦了，在这样的穷旮旯，要想改变人生，唯一的出路就是读书。可是，乡下就只有这个条件。没有好老师，孩子们就像一颗颗没有被打磨过的珍珠，将永远埋没在泥沙里，让他们庸庸碌碌一生。他想好了，今年高考，就填报地区的平川师范学校。读两年，一毕业就要求回来，教寨子里的娃娃。

倪万喜得了空，也会盘算他今年能够考多少分。按去年高考的情况来看，他超本科20多分。在去年的基础上降100分，可以读专科；降160分，还可以读中专。平时虽然看书的时间少，但他相信自己的实力，考一个普通的专科，是有把握的。

每年高考，都得提前报名。可是，在孩子们复习的关键时刻，哪怕是一分一秒，倪万喜也舍不得浪费掉。恰巧团支书陈宗顺要到区上开会，倪万喜写了封信，请他带给区中学郭玉章校长，请他帮报一下名。

陈宗顺回来的第一件事，就是往学校跑。陈宗顺带来了一个非常不利的消息，郭玉章校长接到倪万喜的信，当着他的面就把倪万喜骂了一顿：“他倪万喜想得太天真了，简直是在开国际玩笑！这么重要的事情，他以为带个高脚信就行了？报名表上有若干信息，我怎么填得上去？我看他龟儿的，尾巴翘上天了，自以为是，补习不想来，报名还不当回事，那大学是他家办的？……”

倪万喜闻言大惊。陈宗顺的姐姐家离区上不远，那几天正在给她公公筹办八十大寿。等陈宗顺帮着她姐姐，把老人的寿宴办完，回到寨子已经是半个月以后的事了。

倪万喜急得心都快跳出来了，给张尚福打声招呼，就往天拱坝赶。倪万喜多了个心眼，请乡上帮着打个电话到招办，问问高考报名的情况。没想到招办的人说，今年高考报名，一个星期前就截止了……

倪万喜听着话筒里呜呜呜的忙音，一下傻在那里。

倪万喜拖着沉重的步子回到乌地吉木，几个老师听说是这样一个结果，都为他打抱不平。刘启昌把课本往桌上一摔：“臊他的妈哟，这个世道，对我们山旮旯头的娃儿，太不公平了！”谢长顺咂着嘴，说：“有屁的法！在这种屙屎不生蛆的地方，你还能搬起石头打天？”邓云禄骂了一阵，说：“不怕不怕。你看古时候那些成大气候的，哪个没得点波折？你功底在那点，只要有机会，大学的门，随时为你开着的！”张尚福闷着头抽烟，不住地叹气。

倪万喜知道，到了这个时候，说这些话都显得多余。现在唯一要做的，就是把这个毕业班送出去，下一年安安心心去复读。他相信，只要有时间补习一下，考大学还是有把握的。

第四章　任重道远

一

倪万喜心里的沮丧和失落，很快就被忙碌的日子熨平。

县文教局早就下发了通知，小学毕业班全县统考。乡中心校设考场，以乡为单位组织学生参加考试。所有考点的老师全部轮换，从外面派公办老师监考。这就意味着，村小不再设考点，所有小学毕业生，到乡中心校集中考试。

很多家长听到这个消息，都在嘀咕：娃娃都是门槛猴，到了乡上抖瑟瑟的，还没上考场，尾巴就夹紧了，还考个火铲？就连邓云禄和谢长顺都有些担心，怕学生发挥不好。只有刘启昌不一样，听到那个消息就哈哈哈地笑："对了对了，干教育就该这样！这几年，有些龟儿的胆大得很，平时忙找副业上，考试才来做手脚。有些人，胆大到把答案写在黑板上，成何体统？只有我们，乌龟摔在石板上，年年硬磕硬的干。今年把水分一挤，说不定我们还要多考几个！"倪万喜也给学生们打气："乡中心校教室宽大，窗子明亮，环境比咱们学校好得多。说句害羞的话，咱们乌地吉木小学，窗子就像个狗洞，教室又黑又暗；桌凳也不整齐，长凳条桌床头柜独凳石凳，七翘八簸。人家中心校的课桌凳，是教具厂定做的，规规整整，咋看咋舒服。在那样的教室里考试，更能发挥我们的水平。再说，考完了还可以到中学看看，哪点不好？"

学生们听了倪万喜的话，个个都很兴奋。家长得知这个消息，却高兴不起来。婆娘们在一起嘀嘀咕咕，担心孩子去乡上吃饭住店花瞎钱，担心那些门槛猴挨街娃欺负，担心娃娃那身自己缝的衣服穿不出门。男人就不一样了，粗脖大嗓地抱怨：搞个锤子，考个初中还要背着盘缠饭米，跑几十里路到乡上去。反正我家那卵皋子也考不上，老子倒莫那闲钱，给小杂种瞎糟蹋！

张尚福听到这些话，暗自好笑，回来对学生们说：“不出去见见世面，永远是吆不出圈门的槽头猪。回去给你们爹妈老汉说清楚，吃的问题住的问题，学校统一安排，不消父母心焦。只是，账要算明白，咱们在乡上住一夜，至少在乡上吃两顿饭。每人交两角钱，一斤大米，不够的由学校想办法解决。这账不管怎么算，都不会吃亏，大家必须服从！”

雨水落地以后，张尚福就把拐杖丢了。张尚福走路虽然有点跛，但和过去风风火火的他相比，倒还多了几分老成。班上有倪万喜顶着，孩子们成天忙着复习，一时变得特别规矩。倪万喜给学生复习的那些内容，张尚福看着头皮就发麻，也不好干涉。这样一来，张尚福正好有时间，来落实学生到乡上考试的吃住问题。

张尚福的幺妹叫张尚玉，嫁在天拱坝胡家，离乡中心校七八分钟的路程。胡家的人多，在当地是旺族。张尚玉吃过苦，心地善良，性格乖巧，在胡家很有人缘。妹夫胡天祥是个退伍兵，说话更干脆：“大哥，你把那些娃娃领起来就是，啥都用不着带。现在不比以前，整几桌娃娃的饭，生好大个关系。尚玉，你去跟大嫂二嫂五嫂她们打个招呼，家家把床铺准备好。到时候，再请她们来搭把手，有啥麻烦的？……”

考试的时间说来就来。倪万喜给学生复印了最后一套试卷，他给孩子们说，只要这套题，你们都能考上110分，上中学就有希望。结果，除了陈宝佑没考上110分外，其余的都上了这个线。

倪万喜在给学生总成绩的时候，把孩子的分数写成鸡蛋大小，下面再划上两道又粗又长的红杠杠，高兴得孩子们合不拢嘴。孩子们总是有意无意，把试卷放在家中醒目的位置，让爹娘老子看到。然后，瞅准时机，把成绩告诉他们的父母。这样一来，孩了要求到乡上参加考试就有了底气，家家都多给孩子三五角钱当零用。当然，家长们并不知道，这些题平时都训练过，难度也不大。

张尚福提了几十个鸡蛋，赶上自家小毛驴，驮了50斤面粉，一块老腊肉，头天就赶到了天拱坝。

倪万喜带着娃娃们赶到天拱坝，已经口干舌燥，饥肠辘辘。一看到热腾腾的饭菜，内心都充满了感激。

吃过晚饭，张尚玉还要准备给娃娃们炒些花生瓜子，让张尚福制止了。张尚福说："这些娃娃这么远跑上来，不是为了这几颗花生爪子。好好让他们睡一觉，明天把试考好才是正事哩！"

张尚玉两口子过意不去，把娃娃们安顿好，炒了盘花生米，炸了一大盘洋芋，提了两瓶酒过来。几杯酒一下肚，张尚福的话就出来了："现在学校的条件，比我们那时候好在哪里去了。咱乌地吉木小学，最早是在陈家祠堂里。陈家解放初成了破落地主，土地房屋全部充了公，祠堂成了集体的牛圈，生产队的几十头牛都关在里面。要办学校了，大队上把牛圈房腾出来，里面挂上一扇门，用灶灰兑点锅烟灰抹在上面，就成了黑板。教室里黑黢黢的，里面又黑又闷，就在旁边挖了一个洞作窗户。桌子凳子啥也没有，我找了个泥水匠帮忙，干了两天，才用泥巴和石头，垒起些土台子，高的是课桌，矮的就是凳子。一开始招了几十个娃娃，大的大，小的小，统统从一年级开始学。第一年只有一个班，单纯；第二年，两个年级，还是只有我一个人，也好办。三年以后，又多一个年级，再上复试班就困难了，给大队上反映，要求他们派老师来。领导老是诓着我，要我先将就干着。到了第四年，我就无法了，每天上午，上三个年级，下午再上两个年级。日他小哥，到第五个年头，还是我一个人吆独牛，只好分早晚，学生上三天休息两天，天天我一个人顶着干……"

大家都感叹吁吁，胡天祥说："你那个生意，又不是一天半日，万一有事耽搁咋办？"

张尚福说："哪敢有事啊。有一次，我放学回家淋了雨，晚上发起高烧，一夜都在说胡话。第二天一早爬起来，喝了碗姜汤，跌跌撞撞就往学校赶。莫法呀，都是十来岁的娃娃，一个比一个顽皮。没老师在，上房揭瓦，下河洗澡，不飞天才怪！万一娃娃在学校出点啥事，咋个向家长交代？那一天，我实在撑不住了，瘫坐在讲台上，连把眼皮抬起来的力气都没有。嘿，平时调皮捣蛋的娃娃，这天特别乖，生怕惹我不高兴。你家大嫂不放心，白天过来瞧我。一摸我那滚烫的脑门，拉着我就要去找医生。我连话都说不出来了，只是死死地扳着桌子，用眼神告诉你大嫂，下午还有两个班的学生，他们怎么办？你大嫂大腿一拍，一屁股就坐在讲台上，嗯嗯咽咽陪着我掉了半天眼泪……”

倪万喜喝了两杯酒，脑子里晕乎乎的，见张尚福兴趣正浓，就静静地听他继续摆谈下去。胡天祥说：“难道上面不晓得你们缺老师，不派点公办老师来？”张尚福摇摇头，嘿嘿嘿地笑道：“莫说那个时候，就是现在，到处都缺老师，你让国家去哪里派？二十多年前，长坪子就有个姓任的老师，正牌师范生，公办，在那里一教就是七八年，不仅给他们村培养了很多娃娃出来，外村有些娃娃也受益，我就在他手下读的书。大队书记家儿子在那个学校毕业，上中学打了几天蘸水就回来了。支书想着当老师那口粑粑饭好吃，有心要把他儿子推上去，就绾了个圈圈，收拾这个老师。这一天开群众会，有人在下面喊声打，几个人把任老师揪出来，脚尖锭子就是一顿。任老师还没回过神，就被安上了一个男女关系的罪名。任老师白挨了一顿揍，在那个地方也待不下去，只好灰溜溜地走了。前几年，上面也给我们学校派了一个来，姓赵。赵老师也是师范毕业，有水平，就是没把心思放在这里。他多数时间都在往上面跑，找领导，天天缠着要调走，一年不到就调走了。以后又来了个姓何的老师，这龟儿的一表人才，心思更没有放在教书上，成天和寨子里的年轻妇女打得火热。还没待上两个月，寨子里到处是他的风言风语，几个男人都要和他拼命。一学期还没结束，就灰溜溜地走了。这也难怪，在我们那鬼地方，学校里连个住的地方都没有，上冬去连吃水都成问题，想吃棵菜都困难，你让人家咋个蹲站得住？”

几个人又感慨了一回。张尚福说：“公办教师进不来，就只有大队上自己想办法。大队上几个领导都是‘睁眼瞎’，他们更莫法。打起灯笼火把，在咱乌地吉木，别说高中生，就是小学文化程度的，到初中打过几天蘸水的，也找不到几个，哪里有老师嘛！好在来了个知青杨娟，把这个扣给解了。杨娟成分高，她爹是资本家，按理说她没资格走上贫下中农的讲台。大队上找了个理由：在贫下中农的监督教育下，让她教孩子识文化。嘀，别看杨娟文文静静，那满肚子的学识才不得了。要拿我们跟人家比，那就差十万八千里了。学生多了，天天上复试班也不是办法，才把寨子边上的玉皇阁翻修了，配了两间教室，搬到了现在这里。后来又有了刘启昌、吴家祥、邓云禄、谢长顺他们几个，人手才多点。那个时候造孽得很，学校的操场，都是我们带着学生，一年挖一点，连着几年硬挖出来的，教室里的课桌凳，也是我们在假期里，给生产队打声招呼，去砍些树来晾干，再请木匠来做的。你看嘛，那些东西七高八矮，就是因为不是一个木匠做的。但不管怎么说，有，总比没有好嘛！”

倪万喜躺在床上，回想着张尚福摆的那些龙门阵，半点睡意也没有。过去，他总得这个家伙没多大的本事，从心眼里就看不起这个人。此时，他心里装的全是对他的愧疚和敬意。

二

再见到吴正虎的时候，陈宝珠的脸上有了笑容。

那是一个阳光灿烂的午后，在地里劳作的人，大多回家做饭去了。风，柔嫩，细软，犹如少女娇弱无骨的手，撩拨得人身上麻酥酥的。几朵白云，定格在瓦蓝的天幕上，半天舍不得挪动一下。叽叽喳喳的鸟雀，把平时的调皮收敛起来，在树枝间探头探脑，偶尔才发出几声呢哝。

宝珠就是这个时候出现的。宝珠的脸红扑扑的，斜挎着一个篮子，从吴正虎家地边款款走过。正在树下歇凉的吴正虎，猛地站起来，“嗨”的一声，吓了宝珠一大跳。

宝珠见是吴正虎，笑着骂道：“要写（死）呀……吓吓人家！”

吴正虎走了过来，笑眯眯地说：“死不得！死了，哪个陪你说话？”

宝珠往地上啐了一口，骂道：“爱（耐）烦以（你）陪。”

“这么早就要做饭了？”吴正虎涎着脸，说：“要请我吃晌午？”

宝珠鼻子一哼，说：“想……想得美。”

吴正虎往宝珠耳朵边吹了一口气，道：“死丫头，你这么勤快，还不赶紧找个男人嫁了！”

宝珠抬手就扇了吴正虎一巴掌，说：“要以（你）抄（操）闲心！”

吴正虎嘿嘿嘿笑开了，说：“当爹的当妈的，哪个舍得早早地把自己的姑娘嫁出去？是我担心哩！”

宝珠把篮子拎在手上，瞪了他一眼，说：“关以（你）啥啥……事？”

吴正虎看着宝珠，说：“老嫁不出去，放老了咋办？”

宝珠扑哧笑了。宝珠那只手，闪电般毫不犹豫地伸出来，在吴正虎的胳膊上恶狠狠地拧了一下。

吴正虎夸张地叫着，肩膀一缩就要蹲下来。宝珠哪肯罢休，正要扩大战果，准备乘势去揪吴正虎的耳朵，她的手却一下让吴正虎捉住了。

宝珠的脸微微一红，脸上的绒毛在阳光下清晰可见。吴正虎抚摩着宝珠软绵绵的手，心里涌起一股异样的暖流，迟迟舍不得松开。

宝珠笑了笑，一脸的娇嗔：“你……还（烦）呀！”

吴正虎的手更加有力，宝珠甩了两下，低声说：“哎呀，晃（放）……手啊！”

宝珠越是这样，吴正虎捏得越紧，而且还有将她拉过去的企图。

宝珠用力挣脱出来，四下看了一下，早已羞得满脸通红。

吴正虎说：“宝珠，明天赶街，咱一起去？”

宝珠笑眯眯地看着他，眼睛眨了眨，点点头。

吴正虎躺在床上，想着和宝珠的约定，心里觉得一阵一阵的燥热。每年春节后，他都会去娄天菊家拜年。可是，每一次都是稀里糊涂地去，然后再稀里糊涂地回来。娄天菊见了他，能躲就躲，实在避不开，总是黑着张脸，形同路人。

家里那场变故，吴正虎一想起来就会脊背发凉。可是，要是没有这样的结局，真要和那样的人过一生，他一想起来就感到后怕。

从娄天菊死后，他的心就死了。那段时间，吴正虎脑子里恍恍惚惚的，他把什么都想清楚了。他老是在心里咒自己：你以为你是谁？一个结过婚的二手男人，一个逼死结发妻子的蛇毒心肠的男人，一个罪孽深重夹着尾巴连牛马畜生都不如的男人，有啥资格在婚姻上挑三拣四？

回到乌地吉木，倪万喜又像去年一样，陷入了诚惶诚恐当中。他不知道辛苦了一学期，到最后会是什么样的结果。从开学到现在，他把所有的精力都投到教学上，几乎就没有时间去摸高中的课本。现在有了时间，拿起过去熟悉的书本，却怎么也看不进去。

这一天下午，张尚福的二女婿急匆匆地赶过来，请倪万喜马上到他们家去。

张尚福家里已经坐满了人，满屋的烟味中夹杂着酒味，在这闷热的天气里显得更加浓烈。张尚福给倪万喜倒上一大杯酒，叹了口气，说："听说，考试结果要出来了。只是今年又遇上了旱灾，娃娃们发挥失常，你估计会是啥结果？"

倪万喜心里一沉，说："我也……莫啥经验，但不管怎么说，总不至于在后面吆鸭子吧！"

张尚福又叹了口气，慢吞吞地说："鸭子倒是轮不着你去吆。只是，今年中学录取分数线，比往年提高了10分……"

屋子里谁也不说话，一时显得特别安静。祁四老爹在上首坐着，正端着杯子抿酒。倪万喜倒吸了一口冷气，不知说什么好。

张尚福端起酒杯，和倪万喜碰了一下，说："算了，先把这杯酒干了再说！"

倪万喜悬着的一颗心收得更紧了。张尚福端起酒杯，一口喝了个底朝天，说："语文及格33个，数学及格35个，80%的及格率，比起乡中心校，还是差了一截……"

倪万喜一听，张大了嘴。张尚福一把拍在倪万喜的肩上，说："你上来就放了颗卫星，把区上乡上都震懵了！照中学往年录取的标准，差不多得录40来个，你是咱乌地吉木的大功臣哩！”

倪万喜这杯酒才喝下去，屋子里的人都端起杯子，闹哄哄地向他敬酒。

吴正能的声音最脆，每个字里面全是笑：“我家那支人，祖祖辈辈是老粗，扁担横竖都不晓得是个一字。原想，我那卵皋子娃儿有小学文化就知足了。这下倒好，卵皋子要跨中学门槛，看样子要出个中学生了，只怕晚上睡着睡着会笑醒的，叫我们咋毬整哩？！”

其他的人也在闹喳喳地跟着瞎起哄，杨应厚说：“吴正能，你枉自大人大汉，眼孔还莫得卵屎大！要是你儿子以后不小心考上中专，不活活地把你杂种喜欢死了才怪？！”

吴正能说：“要是有那一天，我哈哈哈大笑三声，倒下去眼睛一闭，也值了！”

姜应寿说：“中专，是你这份人考的？你们不瞧瞧，那是捧俸禄端金饭碗的人。我们这些小地方，出得起那样的人物？倪万喜怎么样？在咱乌地吉木，算是了不得的人了吧，现在还在这点蹲着哩！”

其他的人也七嘴八舌，从地理风水上追根溯源，把出不起这种人物的原因，归咎在山形地貌上。

倪万喜见大家说得闹热，冒出一句：“其实，考中专并不难！”

这本来是句很随意的话，它的威力却不亚于一枚重磅炸弹，把满堂屋的人都吓了一大跳。大家都僵在那里，眼睛死死地盯着他。倪万喜说：“莫说得那么神。当年考试前，要不是害场病，我早就跨进中专的大门了！”

一屋的人更是惊异，都在怀疑耳朵是不是出了问题。从盘古开天地，乌地吉木就没有出过这样的人，这样的天方夜谭，他们更是从来没听说过。倪万喜已经喝了两杯酒，脸上烧乎乎的，心里怦怦跳着，他觉得有满肚子的话要说，而这个时候就是最好的时机。倪万喜静静神，提高了嗓门：“给大家摆个老实龙门阵。我到区中学，并没有急于去读高中，而是先去补习了一年。当年中考分数线240分，考语文、数学、物理、化学、政治五科。我平时除了物理要差点，只能考70多分外，其余每科都不会低于80分。临考试的前几天，我得了场重病，在考场上连眼皮都抬不起来，试卷还有些是空着的就打铃了，最后也只差18分……”

屋里就有了长长短短的惋惜。倪万喜说：“我倒没觉得有多可惜。考不上中专更好，我可以读高中，考更好的大学。因此，这事我一直没有给家里说。”

对于那个埋在他心里的秘密，倪万喜仍然没有抖搂出来。在这个特殊的时刻，他想用一个善意的谎言，告诉寨子里的乡亲们，考中专并非是遥不可及的神话。

大家都在摇头：可惜了，可惜了！要是回去复读，远的不说，考平川师范是小菜一碟，也早就“跳龙门”了嘛！

杨打铁说：“照你说的，这些地方，还是出得起中专生啊？”

倪万喜说：“这有啥子稀奇的，就算再过两年，分数线最多涨到300来分，只要保着科科及格，考中专就有把握。寨子里杨家、安家都是少数民族，还可以享受国家少数民族的加分政策，好得很哩！莫说是一般中专，就是考省中专，也是有希望的！”

“啊啵啵，不要想啥子省中专，就是考个平川师范、黄泥岗卫校，我就笑得睡不着瞌睡啰！”杨打铁喝干杯中酒，闹嚷嚷地叫斟酒。

祁四老爹站了起来，对倪万喜说：“你这些话，老爹是越听越喜欢。这些娃娃，今年不往天拱坝中学送，就在村上办个初中班，你来教，咋个样？”

“要得要得！”

屋子里闹成一锅粥，有人在旁边鼓劲：“要是运气好，能够摧几个中专生出来，不把爹娘老子一齐喜欢死才怪！”

还有人“趁火打劫”：“到时候多笑死几个才好，我们好邀约人，一回抬上山埋，省得麻烦！”

倪万喜回家躺在床上怎么也睡不着。祁四老爹恳求的话语，那一屋期盼的目光，让他心乱如麻。在大家的怂恿下，他已经答应了祁四老爹的要求，就在学校开设初中班，由他来上课。这样一来，自己复习的时间少，离大学的门槛将会越来越远。他得寻思找个机会，好好和老人家摆一摆。他早就盘算好了，什么大学都不考，就考平川师范，一毕业就回乌地吉木来。连补习带读书，就只需要三年时间，祁四老爹会答应吗？

倪万喜感到自己慢慢陷入了一个泥潭。

倪万喜还没有来得及去找祁四老爹，寨子里又就闹翻了天。

天拱坝中学录取的新生发榜了：乌地吉木小学上线34人！

在乌地吉木，这可是了不得的大事。

出这么大的动静，倪二老爹不可能不知道。倪二老爹最初听到别人议论这个消息的时候，一下把脖子伸得老长，那双粘着眼屎的眼睛，瞪得像牛卵子样，半天没把一句话说抖伸：“啥……考上34个？打猜猜的话……不要乱说。你们要晓得，牛吹死了，是要犯法的哦！”

倪二老爹疑虑的目光，在别人的脸上扫来扫去，希望从别人的表情上，找到更准确的答案。

旁边人故作惊讶：“这么大的事，你孙子倪万喜没给你老人家报告？你老倌不点头，他龟儿的敢把红榜贴出来，这不是翻天了！”也有人在怂恿他：“你孙子红榜都写好了，到处找你老倌去发榜哩，你还不赶紧去！”

在大家的哄笑声中，倪二老爹将信将疑，叼着烟袋，晃到了乌地吉木小学。

学校门口，果然贴了一张大大的红榜，上面写满了名字。很多人都伸长脖子在那儿看。

倪二老爹大字不识一个，但数数他是知道的。一排排数下来，不多不少，就有34个。倪二老爹一边数，一边连着说了几个啊啵啵啵：“现在的中学，这门槛也太低了嘛！”帮忙贴红榜的吴正虎把话接了过去：“老辈，不好考啊！你不听见说，就是咱乌地吉木小学考得好，把分数线都抬高了10分，害得又有几个村小涮光头！”旁边的家长兴致更高，他们掰着手指，用自己的方式来算：“稗子田李成祥家一个，滑石板邓正安家两个，苦楝树吴正能家三个，黑泥岗李成福家四个，打卦田马方贵家五个，苞谷湾陈应寿家六个，狗咬凹李方贵家七个，老碾房陈万保家八个，麂子沟陈仲宝家九个，猪拱地陈福有家十个，马蜂坪杨打铁家十一个，旱谷田吴成发家十二个……”

夏天的太阳很毒，倪二老爹还没有从人缝里挤出来，他的身上就已经有了一层汗。旁边的人都在说，开学这里要办中学了，就由倪万喜来教。一个个喜形于色，说倪万喜这个娃儿，憨实，有本事，把娃娃交给他就放心了。也有人说，就这几间烂房子还想办中学，羞死他妈先人！可是，这种倒胃口的话，很快就遭到了毁灭性的打压：哪点伸出来的马脑壳，你不耐烦在这里读，把娃娃带起滚！说话的人，脖子上的青筋一下鼓起老高。眼看就要动粗，旁边的人又赶紧打圆场：嘁，要修几间教室，好不简单的事，别样莫得，憨力气是有的，一家出点义务工就起来了嘛……

倪二老爹擦着汗，他很快就有了一个新的打算：下学期把倪万顺喊回来，就在这里读。

倪二老爹才挤出人堆，他的肩膀就挨了吴成全一巴掌：“老倌，你不是到处撒烂药，说大耳朵家那卵皋子，平地冲不起三尺尿，一把好种子交到他手里，到最后全是秕谷吗？”

倪二老爹说：“我是说过这样的话，但是这个话没说错！”

“老倌，你那嘴巴，还不如扇粪瓢！”吴成全奚落道。

倪二老爹说：“就是你这些龟儿子，在背后搬是弄非。我问你们，你几爷子给晓得啥叫激将法？不是我那些话一激，他倪万喜能够有今天？不是老倌提劲，那是自家人，我才狠得起这个心，说那些打人的话。要是你这些杂种，就是八抬大轿请我去，老子还不耐烦说！”

都说倪二老爹最会看风相，这话一点不假。有一年，倪二老爹从地里回来，女儿就对他说：“我爹，你瞧毛主席像的眼睛咋了？”倪二老爹一看，浑身的冷汗唰唰往外冒。去年野牛坪张家，挂在堂屋里的毛主席像，被蟑螂在衣服上抠了一个洞，让人揭发出来，被批斗了半个月，断了一条腿。这要是让人知道，他家把毛主席像的眼睛抠瞎，不把命丢掉才怪。倪二老爹赶紧找根皮绳，要儿子把他捆了，站在饭桌上，供一家人批斗，以争取主动。没想到老婆娃儿嘴笨，半天也斗不出个所以然来。女儿又说：“我爹，你还是下来算了。桌子摇得很，不要没把你斗着，倒把桌子斗垮了！”倪二老爹想了想，就让老婆娃娃押着他在自家房后游了两圈，一直游到大队部，准备向领导坦白。没想到大队长喝酒醉了，正在说胡话。倪二老爹大着胆子喊了几声报告，大队长只顾骂人，根本不予理睬。倪二老爹虚汗长流，只好让婆娘娃娃押回来。定眼一看，原来是根飞起的鸡毛，恰恰落在领袖像的眼睛上。后来，有人知道这件事，取笑倪二老爹。没想到他嘿嘿一笑：“你们，懂个锤子！屋头婆娘娃娃笨，不教教他们，他们哪里会开批斗会？”

在场的人都笑起来。吴成全笑得更脆：“硬是个白虱子，吃人羞人一辈子。你会激将得很，不见把你家儿子姑娘激出来，不见把你那些孙子孙女激出来？还不是一个个都在屋头撵牛屁股！”

倪二老爹一下被呛住了，但嘴巴依旧不饶人：“不要说得这么难听。这里面的奥妙，谅你这些木疙瘩脑壳懂不起！”

寨子里的人都欢喜异常，唯有倪万喜感到无比的沮丧。他感觉自己被推到了虎背上，难以翻身落地。不过，倪万喜心里还有一丝希望。那天，在张尚福家里说办初中的时候，他提出了三条苛刻的要求：第一，至少还要请一到两个高中生来任教，小学毕业班和初中班齐头并进；第二，学校办成寄宿制，学生全部住校寄读；第三，开办学校食堂，解决老师和学生生活问题……

倪万喜是这样想，别的不说，就这样一个屙屎不生蛆的地方，谁会傻乎乎地跑到这里教书？

三

吴正虎很后悔没有跟宝珠约定上街的时间。

吴正虎起床洗了脸，换上件干净衣服，早早热了碗凉饭吃，心里却七上八下。现在唯一能做的，是早点出门，和宝珠在路上遇。

可是，这样的担心完全是多余的。吴正虎一上路，就看见有一个靓丽的身影在前面晃动。吴正虎心里一热，快步追了上去。还不等吴正虎开口，宝珠就笑开了：“以（你）……朵（裹）小脚呀？”

“我是担心早了，你起不来哩！”

“哼，以（你）才起不来哩！”

宝珠噘着嘴，一脸的娇嗔。四周很安静，满世界都是小虫子的窃窃私语。

“切（吃）……饭了吗？”宝珠说。

“吃了点，你呢？”

“等以（你），上街请请……我哩！”宝珠格格格笑起来，弯下腰去。

“可以，可以！”吴正虎笑着说：“我问你，为啥要我请你，你不可以请我吗？”

“不。”

“为啥？”

“说……清处（楚）。是以（你）约我，还是我……我……约以（你）！”宝珠站定了，坚挺的胸脯一鼓一鼓的，娇羞的脸上满是嗔容。

“肯定是你约的。不信咱找人评评理，明明你在前面约我，我才跟着来的哩……”吴正虎笑着说。

“哼，想……想得美！”宝珠一跺脚，就要往回走。

“好好好，逗你玩的。我请我请！”吴正虎笑呵呵地说着，连忙拦住宝珠。

太阳慢慢从野猫凹探出头来，嫩黄的阳光把山谷涂抹得富丽堂皇。山谷里寂静，清凉，鸟儿卖弄着清脆的歌喉，在树上呼朋引伴，分享着一天的喜悦。草丛里的蟋蟀唧唧欢唱，等待骄阳的到来。寨子里炊烟袅袅，人声犬吠，路上罕有人迹。尽管是这样，两人还是保持了相当高的警惕。在路宽的时候，两人一前一后，保持着一定的距离。一到转弯的地方，吴正虎就试探性地捉住了宝珠的手。

宝珠的手特别温柔，任由吴正虎牵着。以至到了后来，只要瞅准没人的地方，宝珠就会主动把手递过来。

早起的人，已经赶着牛和羊上山了。那些在圈里困了一夜的畜生，一出门就显得特别的兴奋，喷着响鼻，咧开膀子，把憋了一夜的废物往外排，惹得那个顾家的老汉直骂："噫，害瘟的，有泡屎，有泡尿，你都舍不得留在家里呀！"

老汉骂着牛，浑浊的眼睛却直直盯着他们。

宝珠脸红扑扑的，不由得加快了脚步，手不自觉地往外缩。

吴正虎却把宝珠的手攥得更紧了，笑呵呵地和老汉打招呼："老辈子，你早啊！"

老汉定住脚，谦虚地说："噫，不早啰！"

一天和牲口打交道，嘴巴都闷生锈了。见有人主动打招呼，老汉来了兴趣："你们两个，一大早要去哪点？"

吴正虎说："赶场啊！"

老汉意犹未尽，看着嫩黄的阳光，说："去这么早，要办啥子事咯？"

吴正虎想着刚才和宝珠的约定，打了个哈哈，脱口说道："去请客呀！"

"好啊，好啊！"老汉上下打量着他们，不住地点着头，咧着嘴笑哈哈地说："要办喜酒了，是得把三亲六戚请到哩！"

宝珠的脸唰地一下红了。宝珠咬着嘴唇，努力不让自己笑出声来，那只粉嘟嘟的手却毫不犹豫地伸出来，恶狠狠地在吴正虎的胳膊上拧了一把。

吴正虎大叫了一声，笑道："当着老辈的面，你还敢掐我，翻天了！"

老汉的眼睛笑成了一条缝，唇下那几根稀疏的白胡须乱颤个不停。

早晨的太阳多了几分耐心，把夜里的湿气撵得干干净净。幽蓝的天空，清朗，明净，空阔。高高的象鼻梁子，崎岖的盘山路，空旷，宁静，漫长。翻过前面那个山弯，就是凉风台，再往前走就看不到乌地吉木了。每次走到这个地方，看着山脚下越来越模糊的寨子，吴正虎心里就会有一种莫名的心酸。他知道，这个祖祖辈辈生活的地方，自己将在这里终老一生，这样的路不知道还要走几百回，几千回。今天和宝珠在一起，听着自己和宝珠呼吸，在寂静的山谷里跌来荡去，这种感觉就更加明显。

吴正虎叹了一口气，对喘着粗气的宝珠说："宝珠，累了吧？我背你！"

吴正虎说着，在宝珠的前面蹲了下来。

"不！"宝珠根本就没有注意吴正虎的神态。

"我背你，真的！"吴正虎拉着宝珠的两只手，

"不……"宝珠嘴里说着，可是当吴正虎真的矮下身子，她还是半推半就伏了上去。

两个弹性很足的肉球硌得吴正虎的神经酥麻，让他的脑子里一阵眩晕。吴正虎拽着宝珠的两只胳膊，连背带拖往前走。还没走上几步，吴正虎就把两只手解放出来，搂着宝珠的两条大腿，把她背了起来。

宝珠开心极了，哧哧哧地笑个不停。宝珠散落下来的头发，在吴正虎的脖颈上撩拨着，热乎乎的鼻息直往他的脖子里灌。吴正虎只觉得自己的心都快嘣出来了，浑身涌起了一股难以名状的欲望，让他飘飘欲仙。

不过，宝珠并没有让这样的感觉持续下去。宝珠挣扎着，要从他的背上下来。宝珠掏出她的手帕，双目含情，就要给吴正虎擦汗。吴正虎喘着气，一把拉过宝珠，把她紧紧地搂在怀里，那张汗涔涔的脸就往宝珠的脸上蹭，嘴里含混不清地喘着粗气："宝珠，宝珠……"

"哎，哎——"宝珠微闭着眼睛，连声应着。宝珠的嘴巴一刻也没有闲着，迫不及待地找到了吴正虎的嘴。宝珠先是品咂着吴正虎的唇，用舌头叩开吴正虎的双唇，把一条香艳的舌头伸了进去。

吴正虎品咂着宝珠滑溜溜的舌头，只觉得全身的神经都要爆裂开来，他只是用力死死地箍住宝珠，任由宝珠娇喘声声，恨不得让怀里的宝珠和自己消融在一起……

到了天拱坝，街上人影稀疏。很多店铺正在门口摆摊，有的饭店有

客了，有的饭馆还没有开张。

吴正虎带着宝珠进了一家背静的饭馆。可是，在点什么菜上，两人发生了一点小小的争执。吴正虎想点一份炒肉，再点份炒猪肝，一人再来碗饭，却让宝珠拦住了。宝珠涨红着脸，越在这个时候，她越是急得说不出话来。

“面面……面条！”

宝珠把这个意思完整地表达出来，脸憋得通红，出了一头的汗。

太阳已经越过了头顶，街上也越来越热闹。人群中有很多熟悉的身影，几个寨子里的姑娘把宝珠拉走了。看着宝珠消失在人群中的身影，吴正虎感到有些失落。这种感觉，一直持续到下午。那些疯疯癫癫的丫头，凑在一起就成了疯子。她们说着，闹着，笑着，往往一个毫不起眼的动作，一个不经意的眼神，她们也会打打跳跳，笑得花枝乱颤。而这一天，有吴正虎和她们在一起，她们比平时更加肆无忌惮。

在乌地吉木，吴正虎的家境是最好的。受他爹吴成厚的影响，吴正虎也显得大方。吴正虎去卖了些水果，绅士般邀请这群疯疯癫癫的姑娘分享。不过，这并没有达到预期的效果。姑娘们象征性地领了点情，就相互拉拉扯扯，嘻嘻哈哈跑开了。

看到姑娘们那游离的眼神，吴正虎有些伤心。他知道，娄天菊那件事，在姑娘们的心里，永远是一道无法抹去的阴影。吴正虎的心一下沉重起来，看着那一群麻雀般热闹的姑娘发呆。

四

一放暑假，倪万喜就感到心里空落落的。

倪万喜看着忙进忙出的父母，心更不是滋味。地里的苞谷在雨水的滋润下，几天工夫就有半人高了，地里的草也跟着疯长。倪万喜拿着锄头去薅了一天草，脸上脖子上火辣辣地疼，手上起了两个水泡，浑身像散了架。在天天和土地打交道的父母面前，倪万喜感到无比的羞愧。他深深地感到，长时间没有干体力活，这碗饭不是自己吃得下的。

还是当妈的看出了他的窘态，说：“你不是说，没有空闲复习吗？抓紧时间做你的事去！”

倪万喜拿起放弃多时的课本，却老是找不到过去的感觉。没放假的时候，天天和学生在一起，日子过得苦，却异常快活。没想到放了假，眼前似乎总是有孩子在晃动，老是觉得心不在焉，日子一点也不快活。

在暑假中同样不安分的是张尚福。整个暑假，张尚福都没有闲着。他把学校办公室腾出来，隔成两间，做成了老师寝室，再把靠边上那间教室腾出来隔成两间，一间打上灶，做厨房，另一间堆放粮食。他买坛子，腌泡菜，腌豆瓣，忙得脚不沾地。

最操心的还是祁四老爹。他最想的，就是咬紧牙关在寨子里把中学办起来。这倒不是要出什么政绩。他再能干，这一辈子也只能这样了。到了这把年纪，不可能奢望哪级组织再来提拔他。祁四老爹固执地认为，娃娃只有多读书，才会有出息，这个古老的寨子才会有希望。

祁四老爹打心眼里喜欢倪万喜。可是，这个小子给他出了天大的一道难题。在乌地吉木，满打满读完高中的，除了他小子，还真找不到第二个人。再说，就算有这样的人，在这屙屎不生蛆的地方，也供不下这尊菩萨。外面有的是高人，哪个傻瓜会来这个死旮旯受活罪呢？

祁四老爹早也想，晚也想，怎么也解不开这个结。

祁四老爹捉了两只公鸡，一路辗转到县城，找到了政协副主席刘正朝。不到万不得已，祁四老爹是不会打出这张牌的。当年刘正朝为躲造反派，到乌地吉木避难，在祁四老爹家住过大半年。正是有了这层特殊的关系，不管公事还是私事，每次到城里来，他都住在刘正朝家里。

祁四老爹的困难，刘正朝当然会放在心上。刘正朝到县上几个部门兜了一圈，人家一听要到那样艰苦的地方教书，个个都直摇脑袋。

不过，也有意外的收获。有个商贸学校毕业的学生，一分到工作单位，就吵着闹着要到基层体验生活。这家伙喜欢写诗，单位领导认为这个年轻人太幼稚，把他放在艰苦的地方磨一磨头上的棱角也有好处。

当下说定，8月31日，他到天拱坝乡政府，祁四老爹派人来接。

话是这样说了，祁四老爹心里还是直打鼓。这多少有点像小孩子过家家，到时候会不会来，还得打个问号。

祁四老爹为老师的事奔波，寨子里有学生的家长，这几天同样没有闲着。

最早闹出动静的，是稗子田的李方贵。那天他儿子李发富一进屋，就听见爹老倌冷冷的一声吼："把裤脚捞起来！"在满屋苍蝇嘤嘤嗡嗡的间隙里，李发富看见地上已经堆了一堆碎瓦砾，他爹手里提着根大拇指粗的黄荆条，目光像鞭子一样，毒毒地噬咬着他瘦削的身子。

"跪下！"

儿子当然明白，这都是因为没考上中学。儿子稍有点犹豫，李方贵手里的条子，就像雨点一样落下去，惊得屋里的苍蝇，争先恐后落荒而逃。

和李方贵家相比，石板房陈万德家动静就更大。这天还没吃晌午，儿子陈宝佑就被他爹撵着打出门来。儿子在前面跑，他爹在后面，捡起小碗大的石头在后面追。那些石头带着呼呼的风声，雨点一样落在陈宝佑周围。有一石头打在背上，陈宝佑一个狗吃屎就趴在地上。陈万德气毒了，扑上去，脚尖拳头只管往他儿子身上擂。有人忙过来，把他箍住，吼声如雷："万德，你把儿子打死了，你杂种要抵命哟！"

"你们不要管，打死了老子抵命就是，留着这个杂种，在世上只会戳眼睛！"

他老婆刘兴会披头散发，爹一声妈一声叫着，跌跌撞撞过来拉。陈宝珠脸上满是泪痕，紧跟在后面。那两只鼓胀的奶子，在那件碎花衣服里跃跃欲试，似乎随时准备着蹦跳出来。

陈宝佑半天才回过气来。老婆刘兴会的号叫像尖锐的锥子一样，把静寂的天空戳得刺辣辣地疼。

孩子考上中学的，家家都欢天喜地，唯有早谷田杨文旺不高兴。杨文旺一听说儿子考上了，满脸的秋风黑火："操你祖宗！你不见你爹尻子夹紧了的苦，正想小杂种早点回来，帮着打打下手，让你老子松口气。你小杂种倒好，考上中学了，还要老子弓起背脊的苦，背时啊！"

杨文旺不顾及儿子的感受，跳着脚，从房前咒到屋后。回到家，对战战兢兢的杨天福约法三章：“你喳声腔，这个中学，你想好，读，还是不读？”杨天福闷闷地答了一句：“读。”“要读？那好办，你个子也快要有老子一般高了，两条路你自己选：一条，我把你的土地分给你，你自己种粮食，供自己读书；另一条，老子帮你种土地，你得在假期里把肥积够，把一年的柴火找够，让老子腾出手来，好给你苦。”杨天福又闷闷地答：“我认第二条，积肥找柴。”“好办。就是这个假期，你每天割三背草，两背柴。要是少了半棵草，少了半截柴，你不要端老子的碗！”

杨文旺说到做到。早晨天不亮，就骂骂咧咧把杨天福催起来，上山割草、找柴。每天雷打不动三背草，两背柴。这样的强劳动，就是一个壮汉，也累得够呛，一天连坐在地上喘口气的时间都没有。才几天工夫，杨天福头上、脸上、胳膊上就青一道，紫一道，花一道，黑一道，变得又黑又瘦。

寨子里的人看不下去，背地里都在骂，龟儿的杨文旺发疯了。甚至有人起了疑心，怀疑杨天福是不是杨文旺亲生的。

杨文旺历来说一不二，又才死了媳妇，周围邻居虽然心疼娃娃，却不敢多半句嘴。那些闲话多了，杨文旺的老岳父陈仲福老汉就看不下去，拄着拐杖，出面干涉了：“杨文旺，娃娃是嫩芽芽，哪经得起你搓磨？你不想想看，你小的时候，你爹你妈，哪个舍得这样夹磨你？”杨文旺眼睛一鼓，把老汉牵到一边，道：“我爹，你老了，这些闲事，你不要管。寨子里那些杂种，只会呱啦呱啦说现成话，他们懂个锤子！我是先给小杂种淬淬火，杀一杀他的傲气，让他晓得农业上的艰难，跨进学校才晓得下死力！”

陈仲福老倌瘪着无牙的嘴，似懂非懂“啊啊啊”一阵，就不耐烦管这闲事了。

滑石板邓正安却是另外的打算。儿子邓玉明个子高，却老是驼着背，像个落魄的老汉。再加上那头黄儿儿的头发结成砣砣，成天像没睡醒似的，焉打打的没有半点精神。看上去，就不是一般的猥琐了。家里对于他能不能考上中学，并不在意。他们最为关心的，是给儿子到哪里说门媳妇。如今寨子里的姑娘，十三四岁，大多数就许了人。男人要是不下手快一点，年龄一晃大，要找媳妇就难了。邓正安两口子没少操心，暗中找人去说了几个姑娘。可是人家一见邓玉明睡眼惺忪的样子，心里就凉了八分。不管媒人如何舌如巧簧，把邓正安家说成金窝窝银窝窝，也没有姑娘动过心。

邓玉明考上中学，邓正安给他买了身草绿色的军服，配上印有“为人民服务”字样的军挎包，把那头茅里疙瘩的头发推成小平头，儿子立马精神抖擞，神气得跟乡上的干部一样。两口子趁热打铁，让邓玉明的姨妈做媒给他说媳妇。为了保险起见，姨妈把目光放在了比乌地吉木更偏僻的苦竹箐。姑娘叫左明菊，比邓玉明大两岁，妈死得早，巴不得早点找户人家嫁了。一见到邓玉明，左明菊水汪汪的大眼睛就直了，还没到开学，就到他家住下来，没有要走的意思。这样一来，倒把邓正安两口子搞得个措手不及。毕竟儿子13岁，姑娘15岁，扯不着结婚证。他们有心把姑娘留在家里，又怕影响儿子的学业。不管怎么说，儿子好不容易考上中学，说啥也得把书念完再考虑成家的事。最后，还是请姨妈出面，给了左明菊20块钱，才把姑娘暂时打发回去。

当然，也有趁着假期，让娃娃到县城去逛逛的。陈应寿家大姑娘，陈万保家老二，再加上陈仲宝家小丫头，几个“小死货”一串通，向爹娘老子提出了这种非分要求。爹娘老子想着丫头给他们挣足了面子，就哈着满嘴的酒气，一家凑点钱，请陈宗旺家媳妇带着到县城，算是开了一回眼界。

家长们满心欢喜，暗暗为孩子们做着开学准备的时候，倪万喜收到了郭玉章校长托陈宗顺带来的信。

倪万喜和往常一样，穿着那件红背心，在门前乘凉。门前那棵高大的苦楝树，密密匝匝的树叶，窸窸簌簌筛下一地的阳光。躲在树荫下的鸣蝉，正在酣畅地欢叫着。

倪万喜撕开信封，心就狂跳起来，郭校长潇洒的笔迹映入他的眼帘：

万喜：

你好！你们离开母校，转眼就一年了。作为老师，虽然没有和你们在一起，但我时时都在关注着你们的成长。听说一出校门，你就走上了村小的讲台，带了学校的毕业班。我还听说，通过你的努力，在那个偏僻的地方放了一颗“卫星”，圆了很多孩子跨入中学的梦。刚刚步入社会，就有这样的抱负，取得这么好的成绩，老师真的为你高兴。在咱们农村，很多孩子天资聪明，但就是因为没有读书的条件，被埋没在漫漫的历史长河中。可以这么说，在不经意间，你为他们做了一件天大的好事。你的辛勤付出，将改变这些孩子的一生，从而影响他们的家庭及后辈儿孙。

一个人，要想成就一番事业，就得有自己的理想和抱负，得有施展才华的舞台。比如你，如果仅满足于在村小代代课，就显得狭隘了。村小确实需要你，但对于你来说，这样的人生舞台，未免太小了。你不能局限于眼前，目光得放远一点。现在你考虑的第一要务，应该是上大学。实现了这个目标，你有了更高的平台，在你今后的人生道路上，才会有更大的作为。可以这么说，你的起点越高，人生的舞台越宽广，对社会的贡献就会越大。

万喜，都说“是金子就会发光”。可是，金子可以等成千上万年，一旦有机会，它们就会放出耀眼的光芒。人这一辈子，就是短短的几十年，错过了这段时间，你就是穷尽一生，都无法弥补。眼前最为现实的，就是开了学回母校补习。我知道你家里的情况，你的书费和学费，学校全部减免……

读了这封信，倪万喜彻夜无眠。

一条消息在寨子里不胫而走：倪万喜要到区中学补习去了！

这样的消息，比风还刮得快，这无异于往满心期待的家长身上浇了一桶冷水，让他们从头凉到脚：

“日他小哥，大耳朵家倪万喜不干了，这些娃娃还有屁的盼头？”

祁四老爹一听到这个消息，就在家里发起了脾气，“这个鬼崽崽，老汉我求爹爹告奶奶，把老师找好了，他怎么说话不算话？扫我老汉的脸不要紧，寨子里这些娃娃怎么办？咱乌地吉木，祖祖辈辈就盼着有识文断字的人。为了这一天，父老乡亲把眼睛都盼穿了，他小子能狠下这个心，拍拍屁股就走吗？！”

祁四老爹又急又气，摔碎了两只酒杯。

祁四老爹发这么大的脾气，自然有人添油加醋，把这事告诉了倪春富。

倪万喜本来想硬着头皮，找祁四老爹好好摆一摆。没想到，祁四老爹反而找上门来了。祁四老爹没有绕圈子，直奔主题：复读的事往后推，先把中学办起来再说！

祁四老爹坐在倪万喜家的厢房里不走了。第二天，倪万喜给郭校长回了封信，打消了去复读的念头。

五

开学的日子说到就到。

8月31日这天，祁四老爹牵着毛驴到乡政府，已是中午。一见主动申请到乌地吉木当老师的人，祁四老爹心里就暗暗叫苦。在他的脑子里，已经不止一次想过新老师的模样：长头发，小胡子，戴着一副厚厚的宽边眼镜；或者，乱蓬蓬的胡子，穿一身时髦的牛仔裤。唯有这样，才能和写诗的人画上等号。可是，出现在他面前的，是个头高挑，圆脸，剪着齐耳短发，眼睛明亮而有神的姑娘。

祁四老爹还没有反应过来，姑娘就站了起来，浅浅地一笑，伸出了她玉藕一样的手：“祁书记，我叫夏雨！”

祁四老爹把夏雨的行李和箱子驮上毛驴，在街上割了几斤肉，买了点蔬菜，就往寨子里赶。夏雨撑着把花伞，一路上好奇地问这问那，祁四老爹总是心不在焉地应答着，他老是在思考这样一个问题：

在乌地吉木这鬼地方，这么漂亮的女孩，待得下去吗？

可是，开学才几天，他就觉得这个丫头不同寻常。

那时候，学校已经正式上课。倪万喜带的初中班，除了邓万祥把儿子邓启高送到天拱坝中学外，其余学生都在寨子里上了中学。倪二老爹家孙子倪万顺，滑石板李方祥家儿子李长安，在天拱坝中学读了初一，转回来留级读初一。

小学毕业班，初中班学生全部住校，统一食宿。两个班，其实就是倪万喜和夏雨两个老师拉扯着上，仅仅把初中政治交给了刘启昌，历史交给了邓云禄。学校由谢长顺兼事务长，聘请刘启昌的妹妹刘启芬专门负责煮饭。

每天下午，祁四老爹都要抽空到学校里转转。这天，夏雨把学生安顿好，就对祁四老爹说："书记，我提几条建议，如何？"

祁四老爹定住脚，拔出嘴里的旱烟袋："你说你说。"

"这么重要的建议，不是三两句话就说得清的。"傍晚的阳光，在夏雨的脸上镀上了一层红晕，看上去更加妩媚。祁四老爹心里一颤，正要张口说话，张尚福从办公室出来，高声招呼他进屋坐。

看样子，夏雨已经和张尚福通过气，早在那里等候他了。祁四老爹暗暗为夏雨喝彩，以张尚福的性格，要把他说动，非一般人能办到。夏雨给祁四老爹倒了水，说："老爹，为把这所学校办起来，你操了不少心。但是，怎样把学校办好呢？我认为，这是首先要思考和解决的问题……"

傍晚的秋阳，无比的温柔，把学校的土坝子操场涂抹得富丽堂皇，几只欢快的麻雀，叽叽喳喳在光影里觅食。

的确，这不是三两句话就能理伸展的。在这之前，祁四老爹还真没有认真思考过。祁四老爹挠了挠花白的头发，说："鬼丫头，你不要考我老汉。自从有学校那天起，我是早也想晚也想，就盼着把学校办好。你有啥好的点子，别藏着掖着，给老汉支支招。"

夏雨没有客气，轻轻抿着嘴，"噗"地吹了一口气："我想到哪说到哪，童言无忌，两位前辈别介意。我认为，要把学校办好，核心是质量。你想想看，要是你的初中班，每年能考上三五个中专生，保管学校声名远播，十里八乡，刮目相看，大老远也会把学生送过来。要提高质量，关键是两条：优质的师资，优质的生源。在这里，要想吸引好老师，吸引好学生，难上难。眼前，好的老师不会来，优秀的学生也不会来。任其发展下去，时间一长，质量上不去，最终只有死路一条。这怎么办？我们得用制度来激励人，营造环境，逐步实现良性循环。具体说来，眼下得建立三项制度，第一，重奖教育质量。村上可筹笔钱，建立奖励基金，考上中专的，怎样奖励；考了全县第一，全区第一，全乡第一，又怎么奖励。这种激励，是一种荣誉，更是一种责任，老师和学生积极性一起来，质量一上去，这所学校就立起来了。第二，奖励和扶持学生。对特别优秀的学生，一个字——奖。激发他们学习激情。别小看就是一个笔记本，几支铅笔，学生能拿到这个奖，多神气，不拼足了劲读书才怪。对家庭困难，上不起学的学生，也是一个字——帮。名正言顺给一点助学金。学生拿了这个钱，既激励了学生，也避免了流失。第三，建立家长联谊制度。改善老师和家长的关系，定期召开家长会、家访，及时和家长交流，把家长的心拴起来。只要大家都来关心孩子的成长，不愁学生不进步……”

祁四老爹听得一愣一愣的。仔细一揣摩，真的不得了。照这样搞下去，说不定还真能催几个中专生出来。祁四老爹咂咂嘴，说：“我是老粗，只进过扫盲班，对如何管学校，是‘吹火筒吹火，一窍不通’。尚福，好歹你在学校干了这么多年，你觉得小夏老师说的如何？”

张尚福挠挠脑袋，呵呵笑道：“过去我们只晓得埋头苦干，哪里从这些方面想过？小夏一点拨，我心里就亮堂了。妙啊！把她说的落实到位，别的不敢侃，缩小与天拱坝中学和乡中心校的差距，这是办得到的！”

祁四老爹点点头，说：“小夏老师，刚才听了你这番话，我觉得句句在理。我就在想，你年纪轻轻，又不是学的师范，哪来这么多道道？”

“这……怎么说呢，这应该归功于我的父亲。”夏雨的脸一下沉郁下来，说：“我父亲是省城中学的校长，二十多年前被打成‘右派’，下放到农村，当上了民办老师。我小的时候，就一直跟父亲在乡下。我刚才说的那些，都是他平时念叨的。遗憾的是，父亲摘帽没多久就去世了。他满腔抱负，直到死也没有实现……”

大家感慨半天，祁四老爹话题一转，朗声笑道：“听说当年刘备三顾茅庐，问计于诸葛先生，孔明作了个什么对，分析天下大势。今天小夏老师一番话，可以和当年诸葛妙计比美啊！”

夏雨不好意思地笑了笑。祁四老爹说：“刚才说的第三条好办，过两天就开家长会。到时候，我来捧个场！”

张尚福急了，说：“你不只是扎场子哟，得给家长讲规矩。有很多家长，从来不会过问娃娃的学习，只晓得责怪老师，打骂孩子。关键是前两条，全县还没有哪个地方这样搞过。到时候，咱们就成了第一个吃螃蟹的人了！”

祁四老爹笑了：“说起粑粑要面做哩！我想第一个吃螃蟹，更想第一个吃甲鱼，还想看一看，以后从咱们学校走出去的中专生，是个啥屌样！只是，我问你，钱从哪里来？”

张尚福说：“你问我，我问毬大爷？”

祁四老爹说：“这么说吧，奖励的资金算我去找。你们先商量着，把规矩拿出来再说！”

张尚福将了祁四老爹一军：“你得咬个牙齿印，村上到底能筹好多钱，这个方案我们才好拿！”

祁四老爹把烟袋往桌子一磕：“你不要把老子逼下岩去！我给你说，把村上集体经济结余拿出来，朝上面要一点，乡上的统筹款少交一点，寨子里每家再出只把老公鸡的钱，凑个千把块，总可以了吧？”

“当真？”张尚福眼睛一下鼓起老大。

张尚福有这样的表情，也在情理之中。全县只有为数不多的几个万元户，就算乌地吉木搞加工的吴成厚，离万元户的标准还差一大截。要是设这么高一笔奖金，不把大家的眼睛鼓爆才怪！

果然，第二天张尚福把这个重大消息一说，大家都觉得这事不靠谱。不过，管他靠不靠谱，总归是一件大好事。

眼下，最重要的，是先开家长会。

说起开家长会，包括倪万喜在内，大家的信心都不足。夏雨说：

“不怕，先从初中班和小学毕业班入手，学生和家长的工作，我来做！”

夏雨上课的时候，给同学们说：“对自己的未来，每个人都充满了希望。可是，你们的成长，除了老师的付出，你们的努力，还得有家长的理解和支持。你们回去给父母说，要开家长会，就看父母怎么支持你们。你们得拿出点狠劲来，搂着爸爸的脖子，抱着妈妈的大腿，不答应你们，你们哭也罢闹也罢，那是你们的能耐……”

夏雨说到做到，要每个孩子反复核对落实。

到开家长会这天，时间还没到，操场里已经黑压压地挤满了人，外面陆陆续续还有人不断往里面涌，倒把张尚福吓了一大跳。

孩子们回去哭的哭，闹的闹，吵着嚷着要爹娘老子参加家长会。闹出这么大的动静，寨子里不可能不知道。结果，两个班的家长来了，其他班的家长也来了，不是家长的，听说这件稀奇事，也赶来凑热闹。

张尚福赶紧把村上闲置的汽油发电机借过来，接上高音喇叭，临时搭起主席台。张尚福说：“乡亲们，咱们好不容易把大家请来，结果连根坐的板凳都没有，实在对不住。我想，只要让娃娃们在学校学得好，别说在下面多站一会儿，就是再苦再累，心里也舒服……”

几句开场白过后，夏雨就上场了。夏雨稳了稳神，说：“各位叔叔阿姨，哥哥姐姐，我来这个地方才一个多月，也从来没在这样的场合讲过话，说得不好的地方，请大家谅解。站在这里，我想首先问大家一个问题：老师是啥？”

夏雨的脸红扑扑的，看上去更加水灵。为开好家长会，通俗易懂把那些道理讲好，夏雨认真准备了几天。

夏雨笑了笑，打断了下面嘀咕的声音，说：“也许，刚才小夏我提的这个问题不准确，也没有完整的答案。我再问大家一个问题，咱们每家每户的神龛上，都写着什么？对，‘天地君亲师’。老师是啥？就是在家家神龛上供着，和天、地、君王，还有你们家老祖宗，并排坐在一起的人。可能大家会说，老师哪时候爬这么高啊！到底是哪朝哪代爬上去的，咱们不去深究，可以肯定的是，那是咱们先祖留下来的。老师都爬到神龛上去了，说明老师是咱们的亲人。可以这么说，当父母的，只给了孩子的肉体，老师却给了孩子的灵魂。老师教孩子读书认字，教孩子知识和技能，更重要的，是教孩子如何做人。在某种程度上说，老师是再生父母，是娃娃的亲人、恩人啊！在我家里，父亲就是一个非常受人尊敬的老师。尽管我父亲曾经是一个‘右派’，每逢过节，乡亲们仍然早早就来请我父亲，去他们家里过节。每到杀年猪的时候，更是家家排着队，天天请我父亲去吃杀猪饭。一年四季，当地的水果、蔬菜，更是从来没有断过。乡亲们对我父亲这么好，我父亲对那些孩子，比对亲生的娃娃还管教得好。父亲落实了政策，他有条件回城，但他就是舍不得那个地方，最终突发疾病，倒在村小的讲台上。可是，我到了这里一个多月，没见哪个家长主动跟我搭句话，请我喝杯水，更没有哪个家长关心一下小夏老师，在村里住不住得惯，吃不吃得好。我听学校里的同事讲，杀年猪的时候，不见哪家来学校里，请我们老师去吃杀猪饭，喝血旺汤。我就纳闷了，咱们淳朴厚道的乡亲，不是没有人情味，是没有把咱们老师当亲人啊！我这样讲，大家可能会说，是不是老师贪图这点小便宜？我坦诚地告诉大家，老师不稀罕那些东西。我要告诉大家的是，老师是人，是懂感情的人，老师只想和家长拉近距离，面对面的交流，目标最终只有一个：为了你的孩子。对，把学生教好，是老师的天职。但是，人家巴心巴肝教你娃娃，你不把老师当亲人，就是换成了你，你会咋想？再说了，把孩子培养成才，光靠老师，那还不行，家长也有一份责任。那是你养的儿，你家的姑娘，你当父母的，都不晓得关心，谁还会关心他们？当父母的很辛苦，一天在田里地里下苦力，心里还要想着庄稼收成如何，家里的猪羊长大没有。其实，子女的成长，成才，远比你地里的庄稼，圈里的猪鸡牛羊重要上千倍。说句很现实的话，如果光靠你们，永远走不出这个大山，永远改变不了这个环境。但是，如果你的娃娃通过努力，今后有了出息，他们走出了大山，改变了人生的命运，你说，还有什么比这更划算的？老师和当父母的，都盼着把孩子培养出来，咱们是亲人。是亲人就得多走往，多交流，这样才会越来越亲热。话说回来，今年上冬去，我倒要看看，杀年猪，你们到底会不会请老师，会不会把老师灌醉！”

夏雨还没说完，场上掌声雷动。祁四老爹习惯性地把烟袋往桌上一扔，说：“我不知道小夏老师这番话大家有啥感受，我听了以后，是感到脸上一阵阵发烫，更多的是羞愧，害臊！我知道，大家对老师不服气，认为他们都是在这里吃耙和饭，混生产队的工分，混生产队的粮食，太阳晒不着，雨淋不着，动动嘴皮子，就把生产队的粮食哄骗过去了，这些都是过去的老皇历。我只说三件事，第一，村上研究了，筹1000块钱，专门用来奖励老师，奖励学生，老师考好了，奖！学生考好了，奖！这笔奖金，的确诱人，现在高高地悬在梁上，就看大家有没有那本事。第二，村上出钱，请人给学生娃开办了伙食团。粮食好办，家里带来；吃菜怎么办？学校旁边划两亩地，自己种。学生娃不是养在闺房里的大姑娘，天天学绣花。看书累了，写字累了，去种种菜，换换脑！不够的，学校统一想办法，咱该掏的伙食费还得掏！第三，刚才，小夏老师说了，老师是供在咱们家家神龛上，和天地，和皇帝老儿，和咱们列祖列宗，并排坐的活菩萨！咱们得和老师多走往，多交流，把他们当亲人看。咱地方小，没有集市，老师吃的肉啊蔬菜啊水果啊咋办，这话用不着我多说。我只说一句，要是哪个龟儿的敢吃独食，谨防老汉过来不饶他！”

操场坝里静寂无声。家长们心里的血却一阵一阵往上涌：有祁四老爹这一手，学校里的倪万喜，再加上新来的夏雨，寨子里的娃娃就有盼头了。

六

吴正虎强烈地感受到，宝珠在他心目中所占据的位置。他特别珍惜和宝珠在一起的日子，也特别感激宝珠。至于别人怎么看待他和宝珠，吴正虎没有过多的考虑。

因为宝珠的缘故，吴正虎往学校跑的时间明显少了。

这些日子，吴正虎就像掉了魂。一刻见不到宝珠，他心里就会觉得空落落的，浑身火急火燎，万般难受。躺在床上的时候，吴正虎总会回味起抱着宝珠那美好的感觉，特别是她香软的舌头，她鼻子里呵出的热气，总是像炽热的电流般酥着他的神经。一想起这些，吴正虎就会感到身上一阵阵的燥热。

做母亲的总是心细。吴正虎这些细微变化，自然逃不过当妈的眼睛。这一天，马英凤看到儿子魂不守舍的样子，就问："咋，是不是哪点不舒服？"

吴正虎一边叹着气，一边不高兴地说："没啥，你不要管。"

自从娄天菊死了以后，儿子的脾气时好时坏。马英凤没办法，更多时候，她只能把泪往肚子里流，然后用轻轻的叹息，让自己的担心暂时画上一个句号。

和宝珠再次到天拱坝赶场的时候，吴正虎就有了足够的经验。他请宝珠吃了面条，到供销社逛了几圈，就进了电影院。

电影院里还没有几个人，但悦耳的音乐早早地响起来了，好像专门在等候他们光临。才进影院的大门，吴正虎的手就紧紧拉住了宝珠，他们亲亲热热，和城里的恋人没有两样。影院里是一排排长长的五人椅，他们选了最后面的位置，头靠着头，手拉着手，陶醉在幸福的憧憬里。

空荡荡的电影院里，稀稀疏疏只有几个观众。隐隐约约的灯光下，吴正虎的心怦怦跳着，他的脑子里还在回味着，他和宝珠在路上缠绵的细节。吴正虎一把将宝珠搂过来，在她的脸上吻了一下。宝珠的脸，还是和早晨一样烫。宝珠看着影院里的人影，迅速地在他的脸上啄了一下，用手坚决制止了他进一步的企图。宝珠紧紧拉着吴正虎的手，嘴里的热气撩拨着吴正虎的神经，笑眯眯地说："多（哥），以（你）……天天陪我，搞（好）吗？"

吴正虎说："好哩，哥天天陪你。"

宝珠说："以（你）扎（咋）……陪哩？"

吴正虎说："陪你逛街，陪你看电影！"

宝珠噗地笑起来："以（你）变（骗）……我。"

吴正虎定定地看着宝珠，说："宝珠，我咋能骗你呢？"

宝珠说："不，不……可能。"

吴正虎说："真的，哥天天陪着你。"

宝珠说："变（骗）变（骗）……人。"

吴正虎急了，紧紧拥着宝珠，说："我咋能骗你呢？我可以对天发毒誓！"

宝珠在吴正虎怀里挣扎着，说："天天逛逛……逛呆（街），咱以后切（吃）……下（啥）呀？"

吴正虎一下放开宝珠，怔怔地看着她。宝珠一脸的认真，并没有半点戏谑的意思。宝珠叹了口气，说："下一场，不，不……不来了。"

吴正虎说："你家有事？"

宝珠说："我要……光（帮）……家里拔抽（秋）荞哩！"

吴正虎把宝珠拥在怀里，说："好妹妹，我帮你家拔吧！"

宝珠说："不。"

吴正虎说："那……你帮我家拔吧？"

宝珠嘴一嘟，随即就笑了："以（你）想想……想得美！"

吴正虎会心地一笑，搂着宝珠的手就更加有力。

没有去赶场，吴正虎却找到了一个非常理想的地方。吴正虎那天截住宝珠，悄悄把那个地点告诉她。宝珠愣了一下，惊愕的脸上就有了一团红晕。

吴正虎说的这个地方是轿顶山下的公子坟。这个名字听起来很浪漫，其实过去是专门烧癞子、埋癞子的地方。很多年以前，寨子里有人得了麻风病，差不多都是这样的结局。为了不把病传染给其他人，往往由寨子里德高望重的人出面做工作，让这些被称为癞子的病人，选择终结生命的办法。最好的结局，是寨子里杀鸡宰羊，好酒好肉让癞子饱餐一顿，酩酊大醉之际，把他扶进棺材里。棺材的旁边，是早已搅拌好的一塘稀泥。一旦盖棺论定，众人 齐朝贺："福来了——！"然后，铲锄飞扬，一个鲜活的生命，就在这个世界上消失了。当然，遇上不配合的，寨子里的人也不会放过，乱棒打死，拖到这个地方，一把火烧掉。解放几十年来，虽然没有再发生过这样的事，但寨子里的人很忌讳，一般人不愿意到这里去。

那是一个理想的山坡，浅浅的草嫩得让人眼馋，一直是放牛放羊的好去处。土地下户后，这里陆续被人开垦出来，种上了苞谷，再套种秋荞。地边堆了些没有背走的苞谷秆，还有个看守苞谷的窝棚。

还没吃过晌午，吴正虎的心就莫名地跳个不停。整个下午，吴正虎的动作异常麻利，早早拔了一背荞子回来，幽灵一般晃到了公子坟。这个地方背阴，土地松软，冬春时节适合抢在断雨水前，种些早豌豆和油菜。如今，地里的苞谷早已收完，就剩些稀稀疏疏的秋荞，和一些来不及砍倒的苞谷秆。

西边的太阳才落下去，东边一轮满月，就从野猫凹的山头上探出来，把柔柔的清辉尽情地挥洒下来。山谷里异常幽静，天还没黑透，山里的虫子就开始卖力地酣唱起来。清凉的夜风无比的调皮，在草丛和苞谷林中轻轻地拱着，麻酥酥地跌落一地的碎响。吴正虎就像一个伺机作案的嫌疑人，伸长了脖子，心事重重地盯着下面的小路。以至每一个细小的声音，都会让他的神经莫名地兴奋。

“擦擦擦……”一个窈窕的身影，犹犹豫豫，试探着从山凹口逡巡过来。

吴正虎的心一下悬起来。

“宝珠！”吴正虎脱口而出的声音，尽管压得很低，但满世界都分辨得出，那两个简单字符里面所包含的欢愉。宝珠定住了脚，她正在辨别，声音是出自哪个方向。吴正虎已经影子般从窝棚里闪出来。还没等宝珠回过神来，吴正虎就紧紧地抱住了宝珠，把那张早已渴求的嘴唇压了上去。宝珠没有挣扎，她的嘴唇，她的舌头，及至她的全身，都在激烈地回应着。

皎洁的月光下，世界静寂无声。窝棚里有一张简易的床，上面没有被褥，却铺了一些乱草，上面有一领凉席。宝珠身子微微发抖，含混地说：“多（哥），我我……怕。”

吴正虎说：“怕啥，有哥哩！”

吴正虎喘着粗气，那张嘴尽情地吮吸着宝珠的舌头，宝珠只得用她短促的呼吸，示意他轻一点，轻一点。风，柔柔的，润润的，犹如一只温情脉脉的手，轻轻地爱抚着大地。满世界皎洁的月光，满地里小虫子忘情的欢唱，撩拨着清秋的夜晚。几只蛰伏在水塘里的蛙，趁着夜色呼朋引伴，在长长短短的呱噪中，萌动着暧昧的气息。宝珠双目微闭，那微微的呻吟，让吴正虎只觉得全身的血一股股直往上涌。吴正虎的脑子里晕乎乎的，他的手已经不听从大脑的使唤，就像一个懵懵懂懂的傻小子，哆嗦着，犹豫着，一步一步在宝珠缎子一样光滑的肌肤上探过来。在触碰到宝珠乳房的那一瞬间，他的全身像触了电，脑子里嗡地茫然一片。宝珠的脸就像火炭一样，烫得让他难受，宝珠呼出来的热气，撩拨着他的异常活跃的神经，让他一阵阵的眩晕。他只是下意识地叫道：“宝珠，宝珠！”

宝珠连声应道：“哎哎！”

在含混的应和声中，两条舌头就像两只快活的小鸟，在树林里酣畅地游来游去。吴正虎的脑子里陡然升起一种欲望，他喘着粗气：“宝珠，宝珠……”

宝珠就像一摊泥，软软地瘫在小床上。吴正虎感到整个身体里的血液都在燃烧着，沸腾着，他觉得呼吸困难，喉咙发干，心跳得就要蹦出来。吴正虎把宝珠轻轻放在铺着凉席的床上，笨拙地解着宝珠的衣裤，他像一个已经饿得濒临死亡的人，嘴里喘着粗气，只顾含糊不清地说：“宝珠，宝珠……”

“不，不……”宝珠闭着眼睛，同样喘着粗气。宝珠浑身娇喘无力，双手本能地抵抗着。宝珠的这一举措没起丝毫作用，吴正虎就像一匹没有驯化的野马，粗喘着，低吼着，战栗着，义无反顾地往前驰骋过去。吴正虎觉得身上的每一根毛发，及至每一个毛孔，都强烈地鼓胀着，似乎马上就要炸裂开来。事实上，吴正虎刚一触及宝珠，只听见宝珠含混地叫了一声，他一下就轰然飘了起来，那股突然喷薄而出的力量，令他在痉挛中，悠悠然然像掉入了无底的深渊。

吴正虎在慌乱中尝到了那种欲仙欲死的感觉。吴正虎在倍感震惊的同时，又感到无比的羞愧。名义上他是个已婚男子，却没有半点这方面的经验。他沮丧地把宝珠抱在自己的怀里，用嘴吻着宝珠的头发，宝珠的脖子，宝珠的胸脯。宝珠像睡着了一般，任由吴正虎温热的嘴唇，感知她的每一寸肌肤。在他的爱抚下，宝珠焦躁地扭动着身子，就像久病初愈的人，喘气的声音一阵紧过一阵。月色朦胧，树影绰约，蟋蟀鼓噪，蛙声正酣。很快，吴正虎就觉得刚才那种肿胀的感觉，又剧烈地燃烧起来。这一次，他不等宝珠的反应如何，把宝珠紧紧地拥在怀里。宝珠就像一个高烧不退的人，脸烫得就像烧红了的瓦片，在连连娇喘声中，贪婪地吸吮着吴正虎的舌头。宝珠更像一个溺水的人，神情恍惚，迫切希望抓住一根救命稻草，她颤抖着一下死死把吴正虎箍住，再也舍不得分开……

七

祁四老爹没有食言，以乌地吉木村党支部和村委会的名义，筹资1000块钱，设立教育质量奖励基金，重点对毕业班进行奖励。

当然，这笔买卖祁四老爹没有白做。他找了乡上找区上，最后专门跑了县城，各级领导听说他设了千元的教学质量奖，倒抽了一口冷气，惊得眼珠子都差点掉了下来。领导除骂他龟儿的贼胆大外，更多的是关心他经费来源。祁四老爹找他们汇报，等的就是这句话。祁四老爹就像做错事的孩子，苦着一张脸：“都说有困难找组织，这不，找领导诉苦来了。当着全村人的面，咬了牙齿印的。要是到时候兑不了现，还得组织出面，帮着擦屁股哩！”

这样的好事当然要扶持。乡上给解决200元，区上解决300元，到了县上，情况就不一样了。祁四老爹把他的打算向政协刘正朝副主席一汇报，肩上当即挨了刘正朝一掌：“老哥子，你给当地百姓办了件天大的好事！你这一炮要是打响了，不晓得好多人家要给你烧高香哩！”刘正朝当即拉着他，找到分管教育的伍县长。伍县长很感慨，连着说了几个了不起，最后表态：多给乌地吉木小学三个代课老师，一个临时炊事员的名额……

一听这个话，祁四老爹高兴得心都快跳出来了。光二个代课老师，上面一年就要给900元的代课金！

这可是一个了不得的大手笔。很快，这条爆炸新闻，就传遍全县的每一个角落。

自从开了家长会，家长有意无意都会到学校转转。每天下午，学校门口就会聚集上一些人，在那里乘凉，闲聊。

倪二老爹感冒了，恶狠狠地把一把鼻涕摔在地上，瓮声瓮气地说："喔唷，不要说得闹热，就山旮旯里的几个地疙蚤，能有好大点脓血？他大耳朵家那个卵皋子，把天日得翻？那些都是悬在半空中的月亮，别说拿的话，就是搭十根八根梯子，他们也摸不着！"

对倪二老爹那一套理论，旁边的人早就听得不耐烦了："老倌，你是不是又在使激将法了？你那套传家宝，最好拿回去，好好地激将一下你家儿子儿孙！"

倪二老爹还是不服气："嘁，你几爷子不要死牛脑壳干犟。这些话，以后应验了你们才晓得！"

吴成贵老汉的说法却不同："肯定不一样。大集体吃大锅饭时候，有几家粮食够吃，有几家能杀过年猪？土地一下户，有盼头了，如何？才两年多嘛，粮够吃了，年猪也杀得起了，个个都猴得很哩！订了奖惩，跟土地下户就是一个理！照这样下去，我看，翻梢的日子不远了！"

邓正安说："我家那些娃儿，就只有那点尺梢。我也不指望以后上大学，考中专那些大前程。以后能够去当兵，或者去公路上刮刮痧，就能拿粑粑钱，就好得很了。你不见人家陈宗旺，要不是当几年兵，国家安了工作，还不是跟我们一样，说不定苦累还不如我们。现在，每年春节一回来，寨子里个个神一样敬着。美帝国主义怎么样了，苏修怎么了，中央哪个又出来说话了，把大家听得一愣一愣的。这个龟儿子，寨子里天天有人请他去喝酒，天天吃得嘴角流油。寨子里那些婆娘，一见他过来，一个个骚眉骚眼，恨不得把裤儿脱了贴上去……"

倪二老爹吐了一口痰，说："这还不说，人家的娃娃，以后读了书，考起了，国家分工作；考不起，单位上可以顶班。你我如何？就是再苦几辈子，也莫得那个福分享受！你怨啥，你就这个命，有卵法？”

吴成贵老汉笑道：“这公平得很嘛，老子家那些娃儿，还不是一样的顶班。不就是修地球嘛，老子修了儿子修，儿子修了孙子修，我还耐烦去求哪个？”

作为寨子里的头号人物，祁四老爹就不一样了。上上下下有了这么大的响动，祁四老爹表面上愁苦着脸，不时嘀咕着，那钱从哪儿来，心里却像喝了蜂糖水一样甜，到学校走动得就更勤。很多时候，祁四老爹还会抓住学校搞活动的机会，趁下面一颗颗脑袋听得出神，给学生鼓劲。祁四老爹把旱烟袋插在背后的衣领里，大声问孩子们：

“你们想不想坐飞机开小轿车呀？”

“想——！”

“想不想穿皮鞋穿西装打领带呀？”

“想——！”

“想不想日不晒雨不淋住高楼呀？”

“想——！”

“想不想天天吃肉喝酒呀？”

“想——！”

孩子们一个个因激动涨红着脸，憋足了气，稚气的声音响彻云霄。这个时候，祁四老爹的脸往往更加严肃，声音提高了八度，一字一顿地说：

“光想就办到了吗？好日子都在山那边等着你们呢，现在该咋办？”

“用——心——读——书——！！”

孩子们一字一顿，铿锵有力，掷地有声。

祁四老爹要的就是这个效果。每到这个时候，祁四老爹就像一个刚刚发表战前动员的将军，满意地点点头，提着烟袋，笑眯眯地背着手忙他的去了。

这些日子，对于张尚福他们几个元老级人物，置身于这样的环境，就感到了空前的压力。这就好比一个凡人，一下被推到了虎背上，除了拼尽全力，谁也不愿意落下来。

他们谈论得最多的话题，全是关于奖金的事。

吴家祥这天进门就说：“今天早晨，我遇到吴成全两口子，你们猜人家怎么说？”

邓云禄说：“才开了家长会，只怕是觉悟提高了，要请你去坐上席喝酒哩！”

吴家祥呸一口啐在地上：“你就做梦吧！人家笑嘻嘻地问，吴老师，起这么早，要分奖金去啦？”

“你咋回他们？”几个人都在忙着听下文。

“我给两口子说，都是香嘴的，那奖金有那么好拿的？你不见天拱坝中学，这么强的师资，每年考上中专的，就是个把娃娃，好多时候还是刷光头哩！两口子听了，又说，嚯，1000块钱的奖金，前两年可以起幢大瓦房。眼下，一般的水牛牯子可以买三四头，一下就掉进金窝窝头了哩！”

刘启昌说：“这些都是屁话！要真有娃娃考上中专，老师拿那点奖金算啥？真正光宗耀祖的是谁？得实惠的又是谁？”

谢长顺叹了口气，把书重重往桌子上一放，哈哈笑道：“那些挂在梁上的东西，就是搭了梯子，也够不着。你的学生想考中专，天拱坝中学、区中学不想考？再说，就咱们几个代课老师，比得过人家师范学校坐过硬板凳的？区中学一年就两三个，天拱坝几年才有个把，你当那龙门，腿一抬就跨过去了？算了，那些美梦你们做去。我，只会吆吆一二年级……”

张尚福拿出包烟，撕开，给他的几个同事一人扔了一支。刘启昌见了，嘿嘿笑道：“老张，把奖金提前预支来犒劳大家啦？”

“你等着嘛！前几天大丫头回来孝敬我的。”张尚福“嗤”划了根火柴，点上烟，深深吸了一口，含混的话就掺和着浓烟，从鼻子里嘴里慢慢溢出来，说：“那桃子，是挂得高了点。可是，回过头来想，全县四十多个乡镇，五百多个村，七百多所中小学，哪个地方有这个胆，敢拿上千块钱给学校老师发奖金？不管咋说，咱们还能看见桃子，吊在梁上馋得咱们流口水。若干人苦一辈子，连桃树叶叶都见不到一匹，咋办？当初村上研究这事的时候，分歧就很大，到寨子里筹款，也有人不乐意，说老师有工资，凭啥还要奖励？还说当农民的这么苦，毬大爷奖励过一分半文！村上既然下决心设奖金，就希望我们能够拿到，我们就要领这个情。我觉得，挂在梁上的不是桃子，而是一记鞭子，高高地悬在那里，时时抽打着我们哩！”

大家议论归议论，骂归骂，脑子却比任何时候都清醒。成绩要真的拿不上去，到时候惩扣点钱的事小，这张老脸往哪搁？

乌地吉木一下在全县出了名。县教研室刘主任带了搞教研的两位老师，由区、乡中心校长陪着，到了乌地吉木小学。

这可是破天荒的头一回。祁四老爹早早就做了安排，磨豆花、杀鸡、宰羊，拿出乌地吉木最高标准来款待他们。几位老师不含糊，到学校听了两天课，上了两节示范课，对老师的震动很大。在交流总结的时候，刘主任说：“有工作热情，有认真的工作态度，就凭这两点，事情就成功了一半。目前，这两点你们已经做到了。倪万喜和夏雨，本来就是好苗子，以后教书绝对是一顶一的好手。只要你们加把劲，不断地总结和摸索，保持这种拼劲，村上设的奖金，你们年年都有希望拿！”

刘主任他们走后，大家都觉得不过瘾，让张尚福带着大家，到天拱坝中学和小学听了一天课，又请他们各派了两位骨干老师来上了几堂示范课，才作罢。

当然，透过表面现象，他们还有一个野心。要真干好了，就不仅仅是那点奖金的问题，还有一个更诱人的目标在等着他们。那就是：

转正！

八

世界上没有不透风的墙。吴正虎和陈宝珠的事，早有闲言碎语，吹进了马英凤的耳朵。马英凤虽然有些惊诧，却没有真正放在心上。在她看来，儿子不可能糊涂到这一步，娶这样一个有着明显缺陷的人。

可是，马英凤稍一留神，就看出了蹊跷。

惊骇之余，马英凤更多的是震怒。想想这一份殷实的家业，就要让这个“残缺货”捡了便宜，实在是不甘心。不过，娄天菊的死，把马英凤的张狂也杀掉了一半，凡事都看得平淡，理性。马英凤没有去找宝珠算账，也没有直接戳破儿子的好事，而是黑着脸，摔盆砸碗，把气撒在自家男人身上：“背时的！也不管你宝贝儿子，哪天让别人拐走了你还在帮人家数钞票！”

作为一家之主，把这样的皮球踢给他，不失为一个明智的举措。问题是吴成厚丈二和尚摸不着头脑，眨巴着眼睛：“你不要说得这么悬。好说，难道县上的书记县长，要把他喊去当女婿？”

马英凤一口啐在地上：“不是踏削你，横看竖看，你都不像享这种福的人！”

吴成厚嘿嘿笑道：“你把老子看扁了。别说去书记县长家倒插门，就是给皇帝老倌当姑爷，也不一定耐烦去！”

马英凤大腿一拍，叹了口气，道：“你那短阳寿的儿子，饿痨了！晓得不，你儿子天天和陈万德家傻丫头一起疯！”

吴成厚一下愣住了：“贼日的婆娘，你不要乱嚼牙巴骨！”

马英凤摇摇头，冷笑道：“说句难听的话，等你那霉瞌睡睡醒，说不定娃儿早掉下来，会抱着你的脚杆，喊你老爹了！”

吴成厚一下翻了脸，愤愤地骂道：“你再嚼，老子赏你两耳屎！”

话是这样说，吴成厚已经压低了声音，让老婆把事情的由来说了个大概。

这样的事，尽管不光彩，但必须得面对。两口子吵了半天，吴成厚做了一个明智的选择：

和儿子摊牌。

那时候，一家人已经吃了晚饭。一抹金色的阳光，从门里斜射进来。家里那只老猫已经吃饱喝足，正倦在草墊上打盹。几只鸡仔，在老母鸡的呵护下，悠闲地在桌下啄食。趁着这难得的闲暇，做母亲的顾不上收拾碗筷，在吴成厚腾起的旱烟中，和儿子探讨起人生大事来。

没想到，吴正虎一口咬定就要和宝珠好。

儿子说完这句话，就闷着头，看着那群嘤嘤嗡嗡，在阳光里嬉戏的苍蝇发呆。

这样的结果，马英凤自然不能接受。和寨子里其他女人一样，她们内心的不满，往往要通过絮絮叨叨的嘀咕，慢慢地进行释放。

吴成厚心里尽管有些失落，却没有更多地表现出来。见马英凤还在嘀咕个不停，就鼓着一双眼睛，凶巴巴地吼："不要就像个病老鸹，呱嗒呱嗒，叫得老子心烦！"

儿子铁了心，两口子只得躺在床上"翻烧饼"。想起这件龌龊事，两口子咬牙切齿，咒陈万德两口子缺德，咒陈宝珠那骚货早死，咒儿子木疙瘩脑壳。咒到第三天，两口子的口水骂干了，只能瞪着眼睛叹气。又过了几天，两老口儿气也懒得叹了：

他奶奶的，姻缘上天早就安排好了，操那么多心搞个啥！

有了娄天菊的教训，最明智的办法，就是请人正大光明到陈宝珠家提亲。

老两口这一口气缓过，就开始谋划起儿子的婚事来。尽管他们对宝珠不满意，但毕竟是儿子的婚姻大事，不敢有丝毫的马虎。媒人是要请的，彩礼是要给的，所有的过场一道也不能省。不管怎么说，不能因为人家有缺陷，失了礼数，让别人笑话不说，以后进了家门，自己年老动不了的时候，还得指望他们。

倪万喜总觉得夏雨这个人有点怪。

夏雨和人说话，总是微微向上翘着下巴，眼睛习惯性地朝天上看一眼，嘴角轻轻一歪，"噗——"，轻轻吹上一口气。还没有开口说话，给人的感觉就已经相当的高傲了。

不过，孩子们并不这样看。她天生就有统领孩子的才能，孩子们都喜欢和她在一起。

"你，过来？"

夏雨笑吟吟的，懒懒地抬起右手，右手上的中指微微朝里动了动。

小女孩马上就跑过来了，"告诉夏老师，你叫啥名字？"

“杨宝珍。”

“啊，小名叫宝珍吧？名字好哩，是爷爷取的……唷，你看看，你的头发，跑散了！老师帮你扎辫辫，保你喜欢！”

小女孩靠在她的身旁，脏兮兮的脸上全是羞涩。夏雨摸出随身携带的小梳子，三五下，就扎出了几条小辫子。转眼间，小姑娘就变成了另外一个人，在同学们羡慕的目光中，和大家分享她的幸福。

对男孩子，她就不是这样了。下巴一扬，也是笑吟吟的：“对，就是你！”

男孩不知道犯了什么事，规规矩矩地过来了。夏雨说：“噫，老师请你过来，有这么紧张呀？这不，夏老师要请你帮忙哩！”

男孩子的手找不到放的地方，只好摸着自己的脑壳，不好意思地笑了：“夏老师，帮啥忙？”

“啥眼神呢？你看，窗台上那几棵水仙没水了。去，浇点水。”

小男孩屁颠屁颠去了，带上三五个伙伴，飞快地提着夏老师的红色塑料桶，狂奔出校门。半个小时以后，几个男孩冒着一头热汗，提着半桶水回来，就要往花盆里倒。

“慢点！”夏雨拿出只瓷杯，再拿出把扇子，交给领头的男孩，“水金贵，知道吗？浇两杯就够了！”

于是，那个男孩就高兴地扇着夏雨的扇子，大声吆喝着他的伙伴，把窗台上的几盆花浇上。

当然，更多的时候，夏雨会把男孩子们叫过来，拿出一把漂亮的指甲刀，递给男孩：“喊，你看看，你那爪子……”

男孩子涨红了脸，笨拙地剪着指甲。第一次用这么漂亮的指甲刀，男孩子除了有几分羞涩，更多的还是高兴。

时间长了，夏雨和孩子们的交流，就体现在眼神和手上，过去那只懒懒的手，再也用不着抬起来，甚至连手势也省略了。很多时候，只要夏雨微笑着，眉毛一挑，或嘴角一扬，孩子们就过来了，犹如一群快活的小鸟，叽叽喳喳地围在她的身旁。

不得不说，夏雨的手很巧，女孩子的头发，经她的手一编，或几条小辫，或两束短发，就是扎上一个独立的冲天炮，也和一般人扎出来的不一样，看上去特别有气质。夏雨带来了两副橡皮筋，几根跳绳，一有空她就和女孩子跳皮筋、跳绳。夏雨还喜欢踢毽子，一把树叶，半本旧书，在她的手里，很快就可以变成上下翻飞的毽子。男孩子呢，也喜欢围在她的身边，服服帖帖听她使唤。当然，那也不是白使唤的。夏雨画得一手好画，不管是钢笔，圆珠笔，还是圆珠笔，寥寥几笔，手表，小汽车，手枪，以及各种花，草，树，鸟儿，鱼儿，虫子，跃然纸上，栩栩如生，让孩子们喜不自胜。

这还不算，和孩子们在一起，夏雨总会抓住时机，问几个怪怪的问题。比如，有没有神秘的外星人？天外会不会掉石头下来？天上为什么会下小鱼？那一连串的问题，别说不谙世事的孩子，就连寨子里上了年岁的人，也从来没有听过。……在孩子们惊愕的目光中，夏雨娓娓道来，把那些奇奇怪怪的故事告诉孩子们。来的时候，夏雨带来了一只箱子，那里装满了《奥秘》《少年科学画报》《儿童时代》《少年文艺》《儿童文学》《课堂内外》《我们爱科学》。这些书，她不会一下全部拿出来，她要吊足了孩子们的胃口，只会依依不舍地拿出一本、两本。这一两本书自然就成了孩子们的宝贝，这个孩子还没有看完，早就已经有若干双眼睛，盯着那本书了。

过去，孩子们都很喜欢邓云禄，因为他满脑子都是《三国演义》《水浒传》《西游记》《林海雪原》。孩子们在课堂上听得不过瘾，放了学还要追着邓云禄，缠着让他讲故事。夏雨一来，邓云禄手下的铁杆故事迷，这个时候纷纷倒戈，投向夏雨这一边。

夏雨和孩子们打得火热，却不是一般人随意能够和她搭上话的。除了倪万喜外，她对所有老师，前面都加上了一个“老”字：“老张老师，早！”“老刘老师，你好！”说这些话的时候，那也是相当的正经，一副拒人于门外的样子。每天在课余的闲暇时刻，几个老师便会挤在那间简陋的办公室里抽烟、喝水、闲聊。张尚福和邓云禄谈论的话题，全是寨子里发生的稀奇事，比如，滑石板陈方福家老大去订婚，女方光现金就要2000元；苞谷地杞正安家幺姑娘和麻栗坡郑家小伙自由恋爱，让人贩子拐到河南去了；吴家在马槽坪的祖坟，被当地村民开荒毁坏，吴正能承头，带了二百多号人，打得对方跪地求饶。吴家祥和谢长顺喜欢侃自己的学生，他们会列举某个男孩子顽劣的种种品行，数落某个孩子愚笨无知，嘲笑某个孩子的滑稽可爱，津津乐道于某个孩子的聪明乖巧。刘启昌和他们都不一样，他喜欢谈论时政，中央又出台了啥文件，国家领导人又讲了什么话，对某个问题高层又有了什么新的提法。不管什么样的话题，倪万喜只要有空，他都喜欢在一旁凑热闹。夏雨就不一样了，总是静静地坐在一旁，备课，改作业，忙着她手上的活儿，一副事不关己的样子。

夏雨刚到乌地吉木的时候，祁四老爹就给他们做过介绍，说她正牌商贸校毕业，是一位诗人。祁四老爹还说，夏雨屈尊到乌地吉木，最主要的目的，是到这个艰苦的地方体验生活。诗人是什么样，倪万喜从来就没有见过。但是在他的潜意识里，诗人就应该像李白那样，狂放，却不失本真。或像杜甫那样，悲天悯地，忧国忧民。不过，不管从哪个方面看，夏雨都不像。作家和诗人到基层体验生活，倪万喜也听说过，但是作家是怎样体验生活的，他却说不出个什么道道来。倪万喜老是觉得，夏雨和学校的同事，总是保持着一段不远不近的距离。她大大的眼睛里，总是有一股淡淡的忧伤。

看着夏雨的背影，倪万喜常常在想，她有着城镇户口，有了让人羡慕的工作，为啥要跑到乡下来，吃这样的苦？不管怎么说，为了自己的追求，放弃优越的工作环境，到这样的穷乡僻壤过苦日子，就凭这一点，就值得人尊敬。

这一天下午，看着和孩子们玩得汗涔涔的夏雨，倪万喜忍不住了，说：“夏雨老师，你当初应该报考师范的！”

夏雨眉毛一挑，叹了一口气：“你说对了。”

“为什么不报考师范呢？”

“你怎么知道我不报考师范呢？实话说，当时我填报的志愿就是师范。”

“啊，没走成？”

“这都是我的好妈妈。唉，怎么说呢，她不想让我读师范校，把志愿改了。”

“为什么？”

“为我好！”夏雨轻轻摇摇头，脸上有了一丝苦笑。夏雨叹了一口气，补充道：“我妈妈呀，她怕我走爸爸的老路。”

倪万喜不好再问下去。夏雨眨了眨她的大眼睛，转换了话题：“听说郭校长给你写了信？”

“嗯。”

“劝你补习考大学。”

“是的。”

“郭校长是对的。不过，你得抽更多的时间看书。教学上的事，你把课上好就行了，其他的还有我呢！”

夏雨说着走进了她的寝室，对倪万喜说：“你进来！”

说实话，夏雨寝室倪万喜很少进去。平时一是因为忙，再则他总觉得夏雨高不可攀，老是有一种拒人于千里的感觉，他不想自讨没趣。现在，人家主动邀请，他没有理由拒绝。

一进门，夏雨就指着放在地上的煤油桶，说：“你把这些煤油提过去，你用得着的。”

寨子里照明，全靠松明和蓖麻串，学生上晚自习也是这样。学校那点煤油，都是祁四老爹想办法，从农机站打回来的。除了留一点在伙食团外，剩下的平均分成了两份，交给了夏雨和倪万喜。现在，夏雨把煤油全给了自己，她怎么办？倪万喜说：“这怎么成，晚上你也要用的。”

夏雨笑了，说：“我不喜欢用煤油。就是看看书，我准备了蜡烛，有手电……”

倪万喜还要推辞，夏雨说：“你是要考大学的人，晚上不看书，肯定是不行的。不要再客气了，其他的忙，我也不一定帮得上！”

倪万喜怅然若失，怔怔地看着夏雨略有几分忧郁的身影出神。

第五章　青涩年华

一

这些日子，吴正虎和陈宝珠这桩婚事，除极少数人支持外，更多是反对的声音，很多人暗中幸灾乐祸，甚至还有人在嘲笑漫骂。不管新社会如何变化，年轻人如何自由恋爱，单单吴成厚家那份殷实的家业，和陈宝珠致命的缺陷一比对，在世人看来是那样的别扭。

闹出这么大的动静，倪万喜不可能不知道。自从和陈宝珠好上后，吴正虎往学校来的时间明显少了。这一天下午，倪万喜下了课，吴正虎已经在他寝室里了。吴正虎没有过多客套，说："万喜，我和宝珠的事你听说了吧？对这事，你……怎么看？"

看样子，吴正虎心里憋了很多话，早就想找倪万喜倾诉。可是，这样的事，倪万喜说什么好呢？倪万喜怔了一下，说："我觉得，这种事不在于别人怎么样，关键在于你怎么看。"

吴正虎鼻子哼了一声，说："我不管别人怎么看。我觉得，我们在一起很幸福，真的！"

"这就是爱情的最高境界了，多好啊！"

"可是，周围那些恶毒的声音……"

"还是那句话，关键你怎么看，只要你不后悔就行。"

"我早就考虑好了，现在不后悔，将来也不会后悔。宝珠漂亮，聪明，善良，温柔，农村姑娘的优点在她身上都能找到。她唯一的不足，是在表达上。可是她和我在一起，没有任何障碍。我觉得不能因为这一点，阻止我们彼此相爱。我说这些，你不会笑话我吧？……"

听得出来，吴正虎深深地爱着陈宝珠。这种敢爱敢恨的责任与担当，让倪万喜暗暗敬佩，他轻轻地点着头，说：“我怎么会笑话你呢，你跟宝珠都有爱和被爱的权利，这种爱更应该得到世人的尊重。说心里话，我佩服你的勇敢和胆识，我真诚地祝福你们！”

吴正虎眼睛一亮，紧紧握住倪万喜的手：“有你这番话，我心里就更有底气了！”

和夏雨一接触，祁四老爹才觉得这个丫头的厉害。

那些日子，祁四老爹正为修学校的事犯愁。想想看，巴掌大个学校，就几间破房子，老师学生挤在一起，连小学都成问题，现在还要办初中，他怎么不急？人一着急就犯贱，那些英雄气短的话，就常常无遮无拦地说出来：

要是哪个能想办法，到上面要点资金下来，老汉给他磕头作揖烧高香！

夏雨看着这排破破烂烂的房子，笑得花枝乱颤：“老爹，经费有啥难的，跑上面拨点款，群众集点资，不就解决了？！”

夏雨的话还没说完，周围的人就笑成一锅粥：“到底是城里的娃娃，尽说笑话。要有这么简单，在乌地吉木修所大学，早让我们搞定了！”祁四老爹把烟锅在桌上磕了磕，摇着头，说：“难喽，从这学校办起到现在，上面就只给过两样东西，一只大挂钟，早就成了摆设；一把大算盘，算盘珠要么拨不上去，要么拨不下来。为修这个学校，前几任村支书千层底布鞋，不晓得跑烂了好多双，才要到1600块，还差一大截……”

祁四老爹话音还没落，就让张尚福接了过去：“上面对那些大的学校都管不了，还顾得上你这些山旮旯？”刘启昌说得更直接：“在这个穷旮旯，集资好比鸡骨头上刮油，哪个肯掏腰包？要把学校修起来，就等着天上掉馅饼吧！”邓云禄嘿嘿笑道：“说去说来，还是怪咱乌地吉木山太恶。别说出啥大人物，就是出个把县长，怎么会让娃娃们受这份罪？！”

夏雨“扑哧”一声笑了，说：“我们得换一种思维方式。去上面要资金，有的是办法，就看老爹敢不敢！”

祁四老爹眼睛一亮：“只要能找钱把学校修起来，就是下刀山下火海，老汉眼睛都不会眨，有啥不敢的？”

夏雨说：“那倒不必。只是弄不好，把你村支书乌纱帽抹了可惜！”

这下，轮到祁四老爹笑了。祁四老爹说：“我当是好大的事。如果用我的脑壳去换，是有点舍不得。只要把学校修好，丢十顶这样的乌纱都值！”

夏雨说：“说真的，你不要后悔啊！”

祁四老爹眼睛一瞪，说：“死丫头，哪怕人头落地都是这样，有啥后悔的？！只要能把上面的钱要下来，集资的事，村上想办法！”

夏雨眨眨眼睛，笑着说：“老爹，这话可是你说的哟！”

这一天，夏雨指挥团支书陈宗顺，从锅底刮了半桶锅烟灰，兑成黑汁。陈宗顺抬着楼梯，爬上爬下，在学校残破的墙上画了无数条一拃多宽的线，再找几根又弯又丑的木头，里里外外把墙撑住。夏雨拿出相机，或蹲或站，“咔嚓咔嚓”照个不停。这还不说，夏雨还让陈宗顺带着，到早被雨淋塌了的老碾房拍了几张照片。

半个月后，县上通知开会，祁四老爹带着陈宗顺进了城。会议结束那天，祁四老爹和陈宗顺找到分管教育的伍县长，做了一番自我介绍后，祁四老爹说：“县长，我有一个表弟在京城当记者，他准备搞一个反映农村教育现状的摄影作品展，要我们拍点村小的照片。我请人拍了些，准备寄过去参展，这是宣传我们县的好事哩！”

伍县长和蔼地说：“嗯，好好好，好好好。”

祁四老爹说：“县长，我想先请您过过目。作为分管教育的老领导，你是这方面的行家，请您多提宝贵意见。”

祁四老爹谦虚得很有分寸，双手恭恭敬敬地把那叠照片递过去。

伍县长一看，脸上的笑就僵住了，险些儿晕过去：

危房！危房！！！

“这是怎么回事？嗯……你们，就在这样的教室里上课？”伍县长桌子一拍，脑袋上的头发一根一根全立了起来。

祁四老爹也僵在那儿，一脸的谦逊变成了恐怖：“这个，这个……

县长，娃娃不在里面上课，到哪上呀？你晓得的，我们那山旮旯，只有这个条件。”

伍县长无比的震怒：“现在，从上到下都这么重视学校安全，县里三令五申，要彻底消除危房，你们是怎么搞的？你们看看，这么大的裂缝，胳膊都可以穿过去呀，你看看这墙，几根撑着的木头马上就要断了，这这这……眨眼工夫就可以倒下来！我的老天，你们还让娃娃在里面上课！”

陈宗顺在一旁冷不丁补了一句：“不怕不怕，已经撑两年多了。估计再撑季把雨水，也是熬得住的。”

伍县长一听，连在桌子上拍了两巴掌：“啥？还撑得住！人命关天呀，你们是把老百姓的生命当儿戏！……”

伍县长劈头盖脸一通骂过后，叹了口气，说：“我们且不说这些照片发出去，会产生什么样的负面影响。现在，存在这么大的安全隐患，如何处理？”

祁四老爹搓着手，皱着眉，叹着气：“都怪我们思想麻痹，工作疏忽，给组织上添了麻烦，请县长多批评、多帮助……”

“你，必须马上回去，落实这个事！”伍县长指着祁四老爹，大有一副恨铁不成钢的样子：“这样的危房，多拖一天，就多一分危险！学生，必须在第一时间，想办法搬到安全的地方上课。要是出了问题，伤了老师或学生，你难逃罪责，第一个该枪毙的，就是你！”

“是是是！”祁四老爹毕恭毕敬：“县长，你批评得对，我马上回去处理这件事。只是村上太穷，还得请县上扶持一下，挤点钱给我们，我们修几间土房子，解决一下临时问题。……”

伍县长叹了一口气，说：“县上财政你是知道的，保工资都困难，各种大型的修建项目，统统得往后推。”

祁四老爹叹着气，说：“县长，你一批评，我还真坐不住了。那害瘟的房子，年年补，年年漏，说不定分分钟就倒下来了。万一死了人，把我枪毙了，那是罪该万死。唉，我就怕，到时候连累领导，罪孽就更大了。这这这……县长，村里实在没办法，干脆，我回去把学生娃娃放了算了！那抬丧的学校，我不办了！”

伍县长那双瞪着的眼睛，恨不得把祁四老爹生吞下去：“乱弹琴！有了安全隐患，就把学生放了，不办学了，哪有这个理？光靠上面，也解决不了问题，你们自己，也得想点办法嘛！”

“是是是。”祁四老爹不住地点着头，说：“县上给个四五万，我再去请乡上解决一部分，村里再集点资，修几间教室是没问题的。”

伍县长沉吟了一会儿，说：“这样，给你们3万。其余的，你们自己去想办法！这事，我会安排乡上出面督办，到时候我要亲自来检查！”

祁四老爹激动得心都快跳出来了，当即包了辆车到乡上，连夜赶回乌地吉木，天亮就指挥人，把那间画满裂缝的教室和摇摇欲坠的厕所拆平，发动群众开挖基脚。

做好了这一切，祁四老爹又回到天拱坝，找到乡上的龙廷虎书记，哭丧着个脸，说：“龙书记啊，我活到这把年纪，还没见哪个领导发这么大的火。那一天，伍县长差点把办公桌拍散架了，口口声声骂领导你失职渎职，对乌地吉木小学危房不闻不问，人命关天的大事，要是出了问题，第一个就要枪毙的，就是你龙书记啊……”

祁四老爹表情沉郁，不安地摇着头，说：“伍县长给我们拨了两万块专款，要求尽快把新学校修起来。按照伍县长的指示，我们怕房子垮了伤着学生娃，组织人把危房拆了，正在开挖基脚。只是，这点钱，修学校够个啥？伍县长说了，到时候他要亲自来督查，乡上要是不支持，那烂摊子我就撂在那里了，别怪我事前没报告！”

龙书记已经接到了伍县长的电话，这会儿听了祁四老爹的汇报，出了一身冷汗，当即拍板：“我从乡财政里挤一万给乌地吉木，新学校必须马上动工。村里再想办法集点资，专款专用，立即动工！”

有了这两笔款，张尚福那张愁苦的脸一下就舒展开了，大大咧着大嘴，哼着歌儿，把来帮忙的民工指挥得团团转。更多的时候，张尚福更像一个管家或小工，成天指手画脚，忙得脚不沾地。张尚福穿上了下地时穿的羊皮褂，赔着笑脸，粗哑着嗓子，带着来尽义务的乡亲，扛木头，搬石料，背瓦片。唯一不同的，是他的手上多了双又脏又破的手套。半个月下来，张尚福那张黑黢黢的脸，就粗砺得犹如一块抹桌布。

本来，破土动工那天，按乌地吉木乡俗要找先生择日子的。毕竟修房造屋是大事，图的就是平安。可是，张尚福这个提议，被祁四老爹否决了："现在是新社会，还瞧个啥！再说，过去修玉皇阁的时候，寺庙里的高僧，早就找人瞧过了，何消我们操心？这钱来得不容易，一分一秒都耽搁不得，哪里还有时间信你那一套！"

祁四老爹一坚持，这事就不了了之。没想到，施工第一天就遇到了麻烦。张尚福带着人挖好下基脚的槽，就被姜应寿给挡住了。姜应寿瞪着眼睛，说："老子人还没死哩，红不说黑不说，就把我家荞子地占了？"

学校旁边是姜应寿家的几分荞子地。因为就在学校墙脚边，过去种苞谷种红苕都没有好收成。孩子们放学后，都会偷偷去打主意，那苞谷秆和地里的红苕，都是充饥的好东西。还不等成熟，就让孩子们糟蹋完了。姜应寿个子矮小，人称"姜小老者"，在村里老是受人欺负。两口子跳着脚骂了几次，也起不到任何作用，只好改种成荞子。每年收成少一点，至少不会招惹那些娃娃，把那块好生生的地踩平。

其实，事前祁四老爹就给姜应寿说过，他没开腔，媳妇却冒了一句："要用可以，队上调一块地还我。"祁四老爹说："集体土地都下户了，去哪点调给你？山上山下，到处都可以挖的，你两口子出一天力就挖出来了。"姜小老者想了想，就点头同意了。

张尚福压着心里的火，说："姜大哥，是你不干，还是你家嫂子不干？男人大丈夫，点了头的事还要反悔，把脑壳扭下来，夹在裤裆里算了！"

其他人也跟着帮腔："小老者，你杂种还有娃娃在学校读书哩，这点边边角角都舍不得，把你家娃儿领回去！"

姜小老者脖子一拧，说："家家都有娃娃在学校读书，怎么你们不出地，就要我一家出？这不是欺负我们吗？"

吵吵嚷嚷一上午，还是祁四老爹出场表态，把小老者家的公粮和农业税，每年减免一半，这事才算了结。

既然是出义务工，每天来跟着干的，来凑热闹的，都有很多人。整个工地，犹如一个热热闹闹的集市，嚷嚷声，说笑声，一浪高过一浪。

陈仲宝边春墙边说："这个害瘟的学校，老子费了这么大的力，以后这些卵皋子娃娃，不说爬到省里，也得有个把爬到县上去，才对得起我们！"

"呸！"陈仲宝话还没说完，就让旁边的人把他的好兴致给打断了。吴成全说："你那个贼心不要起大了。不要侃进省里，到县府那些日白的话。你不瞧咱乌地吉木，穷山恶水，屙屎不生蛆，家家祖坟上，连草都不耐烦多长几根，横看竖看，都不像出人的地方。说句实在话，娃娃把书读出来，能找到个饭碗，就是老祖人积下的阴德了。这些乡旮旯里的放牛娃，不要想奔好大的前程，能够像养路段那帮龟儿子，戴个草帽在路上刮刮痧，拿个皮尺去比比画画，每个月可以拿现成的工资，就日毛得很了！"

吴成全的话引起了大家的共鸣。邓正安一边喘着粗气一边说："是啰是啰，你不见人家那些端铁饭碗的，拿着个杯杯，动动嘴皮子，工资就到手了。瞧瞧人家那日子，天天喝小酒，啃羊脚杆，脸醉得红红的，飞天壳子吹得乌嘟嘟的，钱拿得比我们还粑和！"

吴正国也说："怪就怪这些娃娃，投胎投错了。你瞧嘛，城里头那些娃娃，天天吃好的穿好的，从小就有人服侍。去读书，几拃远的路，还要爹娘老子送。哪里像我们山旮旯里的娃娃，吃不像吃，穿不像穿，就像个小叫花样！"

当然，也有专门来看热闹的。姜小老者没事就喜欢凑过来，跟着干活的人说说笑，偶尔也插几句嘴。姜小老者四十多了，才娶了一个寡妇做媳妇。姜小老者那身破破烂烂的衣服，早已辨不出什么颜色，身上散发出来的怪味，连苍蝇都不愿在他身上多停一下。不过，这并不影响他的好兴致。他成天抱着膀子，哪里热闹就往哪里钻。姜小老者嘿嘿嘿笑过后，又在发表高见了："修个锤子啊，国家的学校，他们不出钱，拿嘴巴去杵？"

“滚开点，你家娃娃还在这里读书哩，尽说屎话！”

“哈哈哈哈，你以为吓着老子了？你信不信，老子明天就把娃儿喊回去！”姜小老者嘿嘿嘿地笑。

“你杂种大人大汉的，来帮忙出点力会死？！”

“嘿嘿嘿，哪有白帮忙的？好多钱一天，先说断。不给钱，就不要跟老子日白！”

“你把力气留着，晚上回去戳床板！”

旁边是一个泥塘，姜小老者就抱着膀子蹲在旁边，有人抬起一根椽子，“啪”的一声扔在塘里，飞溅起的泥浆溅了他一头一脸。

姜小老者一下跳起来，用手抹着脸上的泥浆，嘴里的泥痰混合着脏话，一口就啐了出来：“我操你祖宗，你杂种眼睛拿给贼日瞎了！”

二

陈万德家一个不经意的举动，让乌地吉木半天回不过神来。

吴成厚家请媒人带去的礼物，让陈万德一样不少地退了回来，并且还带回一句冷冰冰的话：他们家女儿蠢笨，不是享这福的命。

媒婆黑着脸提回来的礼物，把乡下人最客套的话变成了现实。

吴成厚和马英凤脸都气绿了。老两口没有理由不生气。为儿子那桩倒霉的婚事，他们枯死的心才刚刚有一丝丝活气。他们实在不甘心，奋斗了大半辈子挣得的这份家业，会落在这样一个女人的手里。那样的别扭，经过半年的磨合，才慢慢缓过气来。如今，人家不仅不领情，连半句好话都没有。

马英秀心里有气就憋不住，跳起脚来，把污言秽语只管往外喷：“我操你先人，那样的歪货，还以为是七仙女，送上门老子都不稀奇！”马英秀的愤怒，除了嘴巴上宣泄外，还直接表现在行动上，让他们家的锅碗瓢盆遭了殃。

这样的事，还是男人稳得住。吴成厚没有媳妇那样的豪情壮志，他总是拖着长长的嗓音，从言语上进行规劝：“你悠和点。把盆盆碗碗摔急了，弹起来把你砸伤了划不着！”

说这样的话，除了表明尽到做丈夫的责任外，并无实质性的意义。自从娄天菊死后，吴成厚的身体一落千丈，三天两头生病。这个时候，吴成厚已经三天无法下床，他只能用长吁短叹，来慰藉自己这颗憔悴的心。

只有吴正虎不生气。对这件事，吴正虎胸有成竹。宝珠和他无数次的海誓山盟，宝珠不可能背叛他。

可是，事情发展的趋势，远远超出了吴正虎的想象。

打发走了吴家上门提亲的人，陈万德两口子关上门，对陈宝珠劈头盖脸就是一顿臭骂。陈万德额上的青筋突突直跳，每一颗字里面都是咄咄逼人的威胁：“不要脸，你再敢和吴家小杂种鬼扯，老子非打断你的脚杆不可！”

在宝珠的记忆里，从小长这么大，父母差不多天天把她捧在手里，总是生怕他们兄妹吃了亏，老母鸡一样呵护着他们。

慈爱的父母，一下变得这样绝情，是宝珠万万没有想到的。

一到天黑，刘兴会就到她房间里，一边流着眼泪，一边絮絮叨叨地诉苦。刘兴会哽哽咽咽，哭她自己的命，哭他们一家人的命。刘兴会响亮地擤着鼻涕，然后连同几十年淤积在心中的苦和痛，恶狠狠地摔在地上。

母亲痛不欲生的样子，让宝珠心里直发酸，她也只有陪着母亲流着泪。

一个星期以后，当母亲的眼泪已经流干，却用抽抽噎噎的干号，释放出这样一条重要的信息：

这辈子，说啥也得想法给宝柱娶上媳妇！

宝珠愣住了。母亲虽然没有明说，但这个惊天的阴谋，一下把宝珠惊得目瞪口呆。

屋子里很安静，仿佛整个世界都凝固了。宝珠咬着牙，头一拧，说：“就是死，我也不会答应！”

宝珠从牙牙学语开始，说得最利索的，就是这句话。

宝珠呼地站起来，才跨出门去，就听见陈万德炸雷般的吼叫：

“你死去哪点？”

宝珠没有开腔，鼻子哼了一声，抱着膀子就准备溜出门去。要是前些年，宝珠这一招肯定管用。当父母的顶多瞪着眼睛，在后面干号几句也就作罢。可是，宝珠却低估了严峻的形势。陈万德的身子铁塔般挡在她面前，厉声喝道：

“你就是要飞天，老子也要把你的翅膀掐掉！”

话音未落，陈万德手里的黄荆条子，就呼啸着落在宝珠的背上。

宝珠忍住痛，还没哭出声来，刘兴会就跳出来，用身子挡住那雨点般的条子，发出凄厉的叫声：“死杂种，你把我俩娘母打死算了！你打，你打呀！”

刘兴会连拖带拽，把宝珠拉了进去。刘兴会如锉子一样粗糙的手，抚摸着宝珠背上鼓起来的血印子，眼泪像断线的珠子，簌簌直往下落。

这些日子，宝珠家的客人特别多。一到下午，那些姑奶姨妈就会凑在她的屋里，在长吁短叹中，和她摆龙门阵。长辈们张家长，李家短。她们说得更多的，是花坪子邓家，苦竹箐张家，磨房沟赵家，凉风坳付家，那些人家同样不幸。他们都有一个共同的英雄，当姐姐的，或是做妹妹的，为哥哥弟弟做出牺牲，换来了一家人的幸福。

这样的故事，在长辈的娓娓话语中，是那样的温馨和动人。可是在宝珠听起来，每一个故事都让她毛骨悚然，惊骇不已。

和夏雨不一样，倪万喜喜欢把孩子们叫到自己屋里，和他们分享学习上的快乐。

更多的时候，倪万喜与其说是一个老师，不如说是一个循循善诱的兄长。年纪稍稍大一点，懂事的孩子，都爱往倪万喜的寝室里钻。

到他寝室的学生，目的不一样。有来请教问题的，有来喝水的，有来借书借笔借擦头借尺子圆规的，还有来凑热闹的。日子一长，学生都成了熟客，就跟在自己家一样，用不着招呼，也用不着客套。

孩子们被一道数学题难住了，陆陆续续聚到倪万喜寝室里。倪万喜笑了，说：“你几个小子，没长脑壳呀？……”

学生们都木然地摇着头：“就是做不出来，才来请教老师的。”

倪万喜收敛了脸上的笑容，摇摇头，说：“实话说，你们问这些问题，就好比给三两岁的孩子喂饭。你们只管张着嘴巴，老师往里面填。这样填的结果，是你们永远也不会吃饭。”

倪万喜这样一说，孩子们不干了：“倪老师，你不是说，要勤学好问？我们来请教，咋又说不行了？”

还有学生直抱怨：“这个害瘟病的数学，莫办法哟！”

倪万喜说：“话不能这样说，关键得有学习的方法。你们说怕数学，肯定没有我怕。你们猜，我数学最低分，考过多少？”

孩子们嘿嘿笑了：“以你的水平，最少，也得及格嘛！”

倪万喜说：“差得远，再往下猜。”

孩子们不相信：“未必才考二三十分？”

倪万喜说：“高了。”

孩子们不敢往下猜了。在他们的心目中，倪万喜满腹经纶，学识渊博，不至于差到哪儿去。

倪万喜竖起食指，放在嘴边，嘘了一下，说：“我说了，你们不要到处吹，坏了老师的名声！”

孩子们面面相觑，等待着老师揭开谜底。

“3分！”

倪万喜声音很低，大家都听得清清楚楚，却没有一个人相信自己的耳朵。

随即就有人起哄：“倪老师，你骗我们啊！”

倪万喜笑了：“我就说嘛，你们不会相信的。真有那么回事，我读初二的时候，刚接触几何，对这科不感兴趣。我那个时候想得好，除了这科不行外，其他几科都还不错，长拉补短也没问题。结果，期末考试，数学只考了3分！拿到成绩单，我恨不得找个地缝钻进去！班主任平时对我好，把我叫到他寝室，劈头盖脸就是一通骂，说你平时尾巴翘上天了，这下如何，把祖宗先人的皮都臊完不说，可惜你爹娘老子脸朝黄土背朝天的苦。照你这样读下去，最终也只能回去犁田打坝。反正都是这样的结局，你最好不要在这里丢人现眼，趁早滚回去！”

孩子们万万没想到，倪万喜还有这样的经历，都在窃窃坏笑。

倪万喜说："我成绩一直不错，老师都宠着我，还没有让哪个老师这样骂过。班主任一通骂，把我冷汗都逼出来了。班主任找来一本崭新的练习册，啪地摔在我面前。两个指头在我的额头上敲了几下，吼道，你把书带回去，从最简单的学起走。边学边练边总结，要是开学不把这本练习册做完，你用不着来读书了！我给你们讲，这个班主任，是我这辈子最感激的人。他没有给我留半点面子！让我认识到自身的差距。更重要的是，他给了我一根学习用的拐杖，培养了我的自学能力……"

同学们更关心他后来的结果，问："你的数学，补起来没有？"

"还没有那么简单！"倪万喜哈哈一笑，说："我当时气毒了。把那张卷子，划了分数的那半截，嗤地撕下来，揉成一团，几口就嚼下肚去。我下了决心，一定要趁假期，抽时间把这一科补起来。我把被套、床单拆下来，和书包一起装在背篼里，准备带回家。没想到，在天拱坝街上，我装书的那只书包，不知什么时候让人提走了。你们晓得的，天拱坝每天赶场都很挤，窄窄的街子上，人挤人就像插筷子一样，掉东西是常有的事。我脑袋一下就大了，赶紧到另外一个同学家，好说歹说，把他的书和练习册借了回来……"

孩子们都舒了一口气。倪万喜说："嘿，就有这么怪。那本几何教材，我从头开始，边看边抄，边抄边做练习。从最基础的东西学起，那些练习做起来就简单多了。看着以前做不起的题，一道一道被我拿下，心里无比舒畅。一个暑假，我把那本教材重学一遍，练习册也做完了。我的数学，就这样补起来的！"

孩子们一个个瞪着眼睛，兴奋地看着他们的老师。

倪万喜说："我的班主任郭玉章，现在已经当区中学的校长了。你们现在欠缺的，这是这种自学的能力。只要想学，肯学，兴趣一起来，何愁学习干不上去？我初二的时候，被一道物理题难住了，去请教老师。当时教我们的老师剪着平头，穿着件白衬衣，他演算了一个中午，还是没有把那道题做出来。汗水从老师的发根直往外冒，在他的脸上脖子上汇成一条小溪，衬衣湿透了，还是没算出来。我们不好意思再待下去，冷一个，热一个悄悄往后溜。最后，还是我们自己想办法，解出了那道题。我们老师还举了一个例子，县中学有个了不得的师兄，初中刚毕业，就学完了高中的课程，最后考入了复旦大学。这几个例子，说的是同一个理：学习靠自己！”

在倪万喜的提议下，初中班成立了几个学习互助小组。倪万喜帮着他们制订了详细的学习计划，班上的学习氛围日趋浓郁。

每天吃过饭，就是孩子们比拼的时刻。在学校旁边的树荫下，围墙旁边，到处可见学生读书的身影，或三五个一群，或两三个一组，或看或记或背，各有各的打算。就连学习最为吃力的陈宝佑，也跟在其他同学后面，天天抱着一本厚厚的小说，读得津津有味。

倪万喜手里几本有限的学习资料，全被学生拿走了。甚至，倪万喜高中的教材，有几本也让学生悄悄拿去了，让他哭笑不得。

晚上，要上两节晚自习。家庭条件好一点的孩子，点着马灯，罩灯，或用墨水瓶做的煤油灯照明。更多的家庭，嫌煤油金贵，从家里带松明来用。从门外看进去，教室里灯火辉煌，烟雾缭绕，犹如人间仙境一般。昏黄的灯火，照映着一双双孜孜苦读的面孔。每天下了晚自习，老师不去反复催促，学生们是舍不得早早回去睡觉的。可是，这天晚上，倪万喜去教室里催学生就寝，却让他大吃一惊：

班上一半的学生不见了？

学校没有专门的学生寝室。白天学生在教室里上课，晚上把课桌一挪，打开草垫铺在地上，再铺上毯子被子，两个三个孩子滚一个被窝就睡了。哪个学生没在，一眼就能够看出来。

这么多人溜号，居然没有一个人给他请假，这是怎么回事？

倪万喜问起学生，一个个支支吾吾，说不出个所以然来。

那时候，已是初冬时节。满满的一轮明月，冷冷地挂在夜空。整个寨子，早已沉睡过去，远处的山，近处的树，都静静地矗立在月亮的清辉里。远处偶尔传来几声鸡啼，几声狗叫，刀子一样在静寂的夜空划来划去。

倪万喜感到无比的震怒。孩子们一直没有回来，倪万喜在忐忑中度过了一夜。

第二天一早，昨天溜号的学生全部回来了。他还没来得及处理这些学生，班长刘长索就过来了。刘长索说：“倪老师，对不起，我们没请假就出去了……”

倪万喜说：“怎么回事？”

刘长索说：“都怪我。本来，就我和杨拉日想去帮帮杨天福，弄完悄悄回来。没想到，我们在前面走，后面来了这么多同学……”

倪万喜沉着脸，说：“这么晚了，你们能帮干什么？”

“种冬洋芋。”

“疯了！晚上去种洋芋？”倪万喜简直不相信自己的耳朵。

“是的。昨天晚上，乘着皎洁的月光，大家一齐动手，把他家的冬洋芋全部种上了。本来我们也想回来的，但考虑到这么晚了，必然会影响其他同学，就干脆一人又去帮着他找了一背柴……”刘长索老老实实地说。

这个班上，数杨天福的天赋高，也最为踏实。去年，他爹请端公跳了几天大神，也没有挽回他母亲的生命。失去母亲的杨天福，比过去更加稳重，学习也更加卖力。虽然杨天福有时也会问他一些问题，但家里的情况，却只字也没有跟他说过。倪万喜心里哆嗦了一下，说：“你老实说，他们家到底怎么啦？为啥黑更半夜的，还要你们去帮忙？”

刘长索叹了一口气，说：“自从他妈过世后，他爹天天醉酒。他爹说，到了这把年纪，不再当家了，家里大事小事一概不管。杨天福要读书，还要考虑家里的生产，我们不去帮一下，怎么行？”

倪万喜像被锥子戳了一下，心里的火一股一股往上冒。

杨文旺高高大大，有的是蛮力。他怎么能这样，把本来该承担的家庭重担，简单地甩给孩子呢？倪万喜觉得有必要去杨天福家走访一下。倪万喜想得好，要是杨文旺的态度有所转变则罢，要是还这样蛮横粗暴，他非把杨家的长辈请来，好好修理他一下。

三

家家都希望把学校办好，但真要集资，那款项也不是那么好收的。乡上每年那几十块的税收提留，派出税收小分队一催再催，催到年底还是收不齐。照过去那一套，这学校不说三个月，就是三年，款子也收不起来。村干部大会小会讲，家家户户做宣传，干部们带头交了款，还是有很多人稳起不动。为啥，大家都在盯着寨子里那两家钉子户：吴成贵家和倪二老爹家。吴家是寨子里的大户。吴成贵能话会道，这样政策，那样法规，呱嗒呱嗒，只有他说的份。倪二老爹更邪门，尽找些歪歪理扯。只要他们一带头，寨子里其他人家都赛着比着，不动硬，不碰粗，根本就拿不下来。平时村上税收提留，乡村干部拿这两户人最头疼。

夏雨笑得花枝乱颤，说："老爹，办事哪有这么憨实的？"

夏雨的话，惊得祁四老爹那双眼睛比铜铃还大。祁四老爹头一个就到了吴成贵家。祁四老爹话还没说完，吴成贵就开口了："学校是国家的，修不修那是国家的事，我等小百姓穷操啥心？再说了，国家的法律，哪条哪款规定，修乌地吉木小学要把钱摊在我脑壳上？……"

祁四老爹一言不发，耐着性子等吴成贵发够了牢骚，最后站起来附在吴成贵耳边说了几句话，吴成贵就瞪着眼珠子不说话了。

出了吴成贵家的门，祁四老爹又转到了倪二老爹家。倪二老爹更不是好捏的桃子，说话更离谱："学校该修，钱更该出，你给我办张准生证，虽然我年龄大了点，还是争取早点生个娃娃。娃娃哪天上学，哪天给你们交集资款……"

祁四老爹等他说得差不多了，也是附在他耳边说了几句话，老汉就不再开腔了。

第二天，吴成贵和倪二老爹就跟着民兵连长吴正高，挨家收集资款去了。

吴正高带着两个老家伙，东家串了到西家，只要是不想交集资款的，还没有等那个"不"字说出来，就让身后吴成贵和倪二老爹，短命缺德丢人现眼尽往疮疤上揭。

吴成贵和倪二老爹是村里头号人物，谁敢惹他们？算了算了，连这两家钉子户都跟着跑村串户搞宣传，还稳着干啥？原来，祁四老爹许下愿，请他们帮着宣传，付他们的劳务报酬，足够充低两家人的集资款。因此，半个月不到，全寨子的集资款就交齐了。

不过，祁四老爹还是低估了两个老家伙。

半个月跑下来，那些家境远远不如他们的，或凑或借都主动交了款，让两个老家伙深受感动。他们没有要劳务报酬，一分不少交了集资款，说："修学校是行善积德的好事，不好为那几个小钱，折了我们的寿！"

两个月零十天后，原来的破庙果然换成了新修的学校。土墙，青瓦，土围墙外面的校门口上，挂着马县长亲笔题写的校牌：

天拱坝乡乌地吉木小学

听说老师要去家访，杨天福很高兴，一再请倪万喜去他家里吃晚饭。

倪万喜没有同意。倪万喜知道杨天福家的情况，不能给他增加麻烦。

走前，夏雨拿出手电，塞给倪万喜，说："不要搞得太晚了。"

倪万喜心里一热，没多说什么。相处的时间一长，他才觉得夏雨高傲的外表下面，是一颗善良、童真的心。学校里虽然晚上有刘启芬，另外还有一个值周老师在协助管理学生，但真正天天住在学校的就只有倪万喜和夏雨。受她父亲的影响，夏雨不管是在学校管理，还是有教学的方式方法上，都有她独到的见解和办法，这不得不让初出茅庐的倪万喜感到钦佩。

不出倪万喜所料。到了杨天福家，杨文旺没在家，家里冷锅冷灶，院坝里石坎上，全是牛屎鸡屎，满天的苍蝇在夕阳的余晖中欢快地飞舞着。关在圈里的两头猪，早就饿呲极了，高声哼叫着，不住地啃着圈门，恨不得一步从圈门上飞出来。院子里的那头瘦骨嶙峋的水牛，也伸长了脖子，不住地摇晃着脑袋，嘴里嗯嗯呀呀哀叫着。几只鸡扇着翅膀，在牛的背上跳来跳去。

杨天福很尴尬，赶紧打开堂屋门，请倪万喜进屋去。堂屋的饭桌上，散乱地放着没有收拾的碗筷和剩菜。杨天福赶紧把地上的凳子扶正，用袖子飞快地擦了一下，请倪万喜坐下来。杨天福提起神龛下面的温水瓶摇了几下，不好意思地说："倪老师，屋头潦草得很啊，你不要见笑！"

杨天福麻利地收拾了桌上的碗筷，把灶里的火烧燃，飞快地跑出门去，抱一捆苞谷秆丢在院坝里，又去地里扯了一抱菜扔进猪圈里，才把那群畜生哼哼叽叽的声音压下去。

这一系列的动作，杨天福一气呵成，看得倪万喜眼花缭乱。

杨文旺没在家，这趟家访就失去了意义。倪万喜有些坐不住，和杨天福扯着闲龙门阵，心却早飞回了学校。

杨天福没说错，早早晚晚，哪怕是后半夜，他爹也要回来的。毕竟，家里还有猪鸡牲口需要照顾。天黑尽后，杨文旺还真的回来了。杨文旺没有喝醉，却带了一桶农家酿的小灶酒回来。听说老师来了，杨文旺很激动，和倪万喜打了个招呼，便对杨天福说："你赶紧去烧点水！"

倪万喜还没有反应过来，杨文旺已经从院子里捉了一只鸡，提到厨房里就杀了。杨文旺又拿了一坨陈年腊肉下来，让杨天福赶紧煮。倪万喜明白是怎么回事，一再阻拦，为时已晚。昏黄的油灯下，父子俩手忙脚乱褪鸡毛，赶紧生火煮肉。杨文旺在堂屋火塘里支了铁三角，上面放一口小锅烀腊肉，旁边的吊锅里煮鸡肉。

幽幽的火苗舐着锅底，屋里很快就有了诱人的香味。

杨文旺说："侄儿子，啊……不，不，倪老师，你今天来我屋头，老叔我喜欢得很哩！盘古开天地，我杨家屋头，就从来没有老师来过。"

倪万喜想着杨天福吃的苦，说："老叔，你晓得我今天为啥要来你家？……"

"晓得晓得！肯定是为我家娃娃好嘛！"杨文旺干笑了几声，说："娃娃交给你们，我就放心了。要是不听话，你用黄荆条抽，用柴块子锤，老叔都没意见。”

倪万喜说：“老叔，你想歪了，学校又不是劳改队，哪能这样教育学生？其实，你家天福，在学校里特别懂事，学习刻苦，天姿聪明，照这样发展下去，是一个能够成大器的人！”

杨文旺听了半天，来了兴趣，说：“我倒不指望他以后有好大的造化，能够招聘去乡上当个临时工，或者像你家表哥陈宗旺，找个单位煮煮饭，就好得很啰！要是像你一样，能够去学校教书，蹲办公室，啃桌子边，动动嘴皮子就拿钱，那就是祖宗积阴德了，还想奔好大的前程？”

倪万喜说：“老叔，你家养了一个懂事的娃娃，他身上的造化远不止这些，不信你走着瞧！”

杨文旺嘿嘿笑道：“未必，我杨家祖坟上，还会冒出青烟来？”

倪万喜说：“老叔，你儿子肯定有出息。别的不说，今后考平川师范、黄泥岗卫校，那是有把握的。”

杨文旺瞪大了眼睛，嘴里啊啵啵啵地感叹一阵，摇着头：“老叔憨得很，你不要打个热屁，哄你老叔啊！”

杨文旺把酒提过来，一人倒了半碗，边喝边吹，越吹越投机。倪万喜把现在师范、卫校每年录取的情况，和杨天福做了半天比较，说得杨文旺心花怒放。倪万喜见时机成熟，说：“老叔，不管今后天福发展到哪一步，他绝不会给你丢脸。你不管吃好多苦，也值。话说回来，天福这么争气，更需要家长的理解和支持。可是，老叔，说句难听的话，你这个家长做得不好，你这样的爹，不够格哩！”

倪万喜乘着酒兴，只管往杨文旺的痛处戳。杨文旺闷着头喝酒，眼睛不敢直视倪万喜。过了半天，才说：“喔唷，侄儿子，你不要说了，我晓得你来，就是来修理我的。老叔这张脸火燎燎的，恨不得找个牛脚迹窝窝，屙泡屎在里面浸死算了！老叔德性不好，这辈子只有老叔骂别人的，没有哪个敢指责我，更没得哪个巴心实意给老叔提个醒。你这些掏心窝子的话，老叔都记住了！响鼓不用重槌，老叔晓得咋个办……”

火塘里的火越烧越旺，亮晶晶的火星子到处飞溅。杨文旺喝了一口酒，说：“侄儿子，老叔一肚子苦水没地方诉啊！去年你家婶婶一走，硬是把我气晕了。我后悔哟，肠子都悔青了，当初早点送医院，哪有这个事。唉，人一气，不管干啥都莫心肠，天天就照着酒灌，田荒了，地也荒了。对娃儿，也经常不分青红皂白地骂。酒一醒，我又后悔得莫法。我这个人脾气是暴了点，但多少还是有点自尊心的，我已经对不起媳妇了，不会再做对不起娃儿的事！老叔给你拍胸口，只要娃娃有出息，就算砸锅卖铁，再把我这条不值钱的命搭进去，我也会供他读书！老叔再给你保证一条，从今天开始，老叔不会再醉酒。就算今天有你这样的贵客，我也只陪你喝一碗酒！”

锅里的肉还没煮熟，倪万喜已经有了几分醉意。等把鸡肉、腊肉端上来，倪万喜又喝了一碗酒。杨文旺说到做到，自始至终只喝了一碗酒。这个时候，倪万喜头重脚轻，想再返回学校，已经不再可能。

厢房里的床铺，早让杨天福收拾好了。倪万喜在杨文旺父子的引领下，脱衣上床就睡。

倪万喜还没睡着，就感到身上有麻酥酥的东西在蠕动。倪万喜最初以为，是酒精的作用，产生的幻觉。结果，这种感觉越来越明显，身上也越来越痒。倪万喜不得不爬起来，拧亮了夏雨的手电。掀开被子一看，只见被褥上有数十只黑褐色的虫子，在飞快地爬动着。倪万喜心里一惊，脑子里立即闪现出这样一个念头：

臭虫！

对于这个物种，倪万喜并不陌生。还在他小的时候，他们家也有。他爹买滴滴涕、六六粉来喷洒，经过无数次的较量，才让这些讨厌的家伙在家里绝迹。没想到，杨天福家居然还保留着这个物种。

倪万喜的酒醒了一大半。这些讨厌的家伙，繁殖能力极强，一旦爬到衣服裤子上，很快就会像瘟疫一样，迅速蔓延开来。倪万喜用手电四下看了看，索性把身上的衣服脱光，用袖子打捆，再用裤带把它吊在屋梁上。倪万喜想得好，那些饿痨了的臭虫，注意力都集中在他身上，不一定会打他衣裤的主意。大不了，这天晚上让它们饱餐一顿，明天穿上衣裤就走，绝不能沾惹这些家伙。

倪万喜反插上门，赤条条地躺在床上，心里就有了一丝快慰。

倪万喜还没进入梦乡，就听见杨文旺在敲门：“侄儿子，没问题吧？”

倪万喜含含糊糊地说：“没事没事。”

杨文旺知道酒醉的厉害，收拾完碗筷，担心倪万喜喝醉了，专门过来看看。杨文旺说：“我给你送点水进来！”

倪万喜说：“不消不消。”

杨文旺敲着门，说：“把门打开，我拿水给你！”

倪万喜说：“好好好。”

倪万喜嘴巴上答应着，脑子却一下变大了：总不可能光着身子去开门呀。倪万喜赶紧扭亮手电，手忙脚乱去解吊在梁上的衣裤。情急之下，那高高吊着的东西，三两下哪里解得下来。倪万喜在里面老是不开门，杨文旺在外面就越着急，把门拍得天摇地动一般。

倪万喜还没把梁上的衣裤解下来，杨文旺已经把门弄开进来了……

夏雨听倪万喜说起臭虫的事，起了一身鸡皮疙瘩。两人感慨了一番，商定晚上学生睡了以后，到教室里看一看。要是教室里有这东西，一定想办法把它们剿灭掉。

事情明摆着，这么多孩子集中住校，被褥都是自己带来的，各家的生活条件千差万别，谁也不敢保证就不会把那个龌龊的东西带进来。晚上，等学生睡熟后，倪万喜去看男生，夏雨和刘启芬去看女生。他们掀开学生的被褥，果然发现了臭虫在手电光柱下四下逃散的身影。

小小的虫子，一时闹得倪万喜和夏雨都有些紧张。毕竟学校就只有这么大点空间，那两间房子，白天是教室，晚上就是学生寝室。就算那玩意儿白天潜伏在教室里，谁也不敢保证它们就不会出来瞎逛，祸害别人。只有张尚福和刘启昌，没把这玩意儿当回事。张尚福哧哧哧笑道：“几个臭壁虱，有啥不得了的？要是前几年，不管是哪家，把躲在床缝墙缝屋梁上的臭虫吆下来，不说升量斗载，至少也有一大碗嘛！人家是怕你们晚上孤单，来和你们搭个伴，怕啥？”

话是这样说，张尚福还是赶紧请人买来几大瓶滴滴涕，几包六六粉，周末让刘启芬烧了几大锅开水，把孩子们的被褥都收在滚水锅里煮了一遍。专门从乡上找了台喷雾器，把学生住的教室，包括他们的被褥，用水兑滴滴涕喷洒了几次，到处撒上六六粉。一时间，学校里到处都弥散着呛人的六六粉气味。

四

学校一修好，就有领导来看。可学校就只有几间空荡荡的教室，原来那些长桌条凳，几十个孩子挤在一起，还将就可以坐。现在新修了教室，这些东西长短不一，高的高，矮的矮，横看竖看不舒服。到时候怎么见得人？

祁四老爹愁苦着脸，和张尚福一商量，说："能不能打报告，请县文教局解决百十套桌凳？"张尚福只顾啵啵地抽着旱烟，说："起屁作用。全县七百来所学校，光村小就有五百多，哪里管得过来哟！"祁四老爹有点失望，说："是啰，分级办学，分级管理，上面就是撒点毛毛雨，也落不到这下面来。"刘启昌说："按属地管理，乡上总该管了吧？"张尚福咕咕咕笑了："为修乌地吉木小学，乡上出了这么多血，别的学校也想匀口汤喝，把书记乡长的门槛都踢破了。别说乡上没钱，就算有钱，这样的事也放不平！"祁四老爹说："对了，请乡中心校支持一下，总可以嘛！"张尚福把烟灰一磕，说："你晓得的，乡中心校老郑，是个'利毛猪'，手拐子只会往里拐，不可能往外掰的。要他支持的话，就看哪天太阳会不会从西边出来！"祁四老爹说："也不要一口就把话封死。实在不行，跟他借，还不行吗？"张尚福摇着头，说："那个'利毛猪'……"祁四老爹鼓起一双眼睛，吼道："这也不行，那也不行，搞个毬！办法总是人想的，只要是为了娃娃，怕个锤子！"

星期天，恰巧逢场。

祁四老爹到乡中心校找郑校长，说："老郑，咱乌地吉木小学，在党委政府的支持下，算是修起了。县上的领导非常关心，要下来检查验收。可是，学校没有一张像样的桌凳，羞死先人！我今天来，就是请大校长帮忙想想办法。”

郑校长一听，像电影里的外国政要一样，耸耸肩，摊摊双手，一脸的无奈：“我有屁的办法？我这清水衙门的‘擦地官’，连自己的稀饭都吹不冷，还能帮你们吹点心？”

祁四老爹叹了一口气：“你是乡中心校的校长，下面的学校都是你在管，到时候村上交不了差，我这张皱皮脸搁哪里都行。你年轻，有的是前途，要是在这种场合失了面子，那就不是小事了！”

郑校长点点头，说：“要不，我和你们一起，去上面跑一跑。要得下来，是你们的福气；要不下来，我也问心无愧。”

祁四老爹说：“算了算了！芝麻大个学校，县上破天荒刚给了这么多钱，把房子修好了，还要人家配套桌椅板凳，哪有这个理？再说，县上马上就要来检查验收，等他们把桌凳配下来，黄花菜都凉了。”

郑校长又耸耸肩，双手一摊，苦笑着说：“那，我就爱莫能助了！”

祁四老爹说：“我晓得校长的难处。能不能，先借我们百十套……”

郑校长想了想，说：“我们学校也只有十多套旧桌凳，先借给你们解解围，临时武装一个班，怎么样？”

祁四老爹“嘿嘿嘿”笑了，说：“人家说郑大校长利毛，我还不相信。你堂堂中心校校长，管着下面十多所村小，老汉平生第一次向你开口，只敢借几套旧桌凳，你就不怕传出去，把全国人民的大牙笑掉？干脆，借100套，验收一结束，马上交回来，如何？”

校长的脸一下红了。思忖再三，郑校长说：“30套吧。好借好还，把手续履行好！”

祁四老爹遗憾地摇摇头：“30套就30套，我们先拿回去把难关度过再说。”

祁四老爹转上街，找了几台拖拉机，邀约了一帮人，“突突突”开到中心校。郑校长上课去了，祁四老爹找到管后勤的总务主任的老罗，塞了一条烟在他怀里，老罗就领着祁四老爹到了堆杂物的房子。郑校长一堂课下来，祁四老爹和几个装车的人忙得满头大汗。祁四老爹好坏不论，全部装上车，迅速拉走了。要是郑校长再不制止，恐怕连剩下的几条桌子腿，也不会留下。郑校长脸色不好看，但祁四老爹又递烟又点火，不厌其烦地代表当地父老乡亲，代表乌地吉木小学师生，对中心校表示万般感谢。无论祁四老爹如何说好听的话，郑校长就黑着脸，再三嘱告：

“验收结束，必须如数还回来！”

伍县长在外面出差，委托建设局和文教局派人，对乌地吉木小学新建校舍进行了验收。第二天，祁四老爹就派人给乡中心校送了一张条子：

收　　据

今收到天拱坝乡中心校桌凳计壹佰叁拾陆套。

乌地吉木村村民委员会

5月29日

一看到这张条子，郑校长就暗叫不好，立即派老罗去催还。祁四老爹不在家，老罗向张尚福问起这个事，张尚福糊里糊涂，一问三不知。老罗没办法，只得耐着性子，把事情的来龙去脉向张尚福说了个大概。张尚福打着哈哈，一个劲地宽他的心，说：“村上那几个土包子，斗大的字识不了半升，分得清啥借条收条？既然他们和郑校长说好的，一口唾沫一颗钉，红口白牙说的话，肯定算数！”

老罗跑了两次，祁四老爹都不在家。老罗回去后，让郑校长骂得七窍生烟，心里早憋了一肚子气，又气冲冲返乌地吉木。

祁四老爹仍不在家。老罗挨家查访，终于在吴正虎家酒桌上找到了祁四老爹。祁四老爹很热情，把老罗让到上席，又是筛酒，又是夹菜，嘴里说着感激的话。每每老罗要说到正题，祁四老爹就连忙敬他的酒，把话题岔开。酒足饭饱，大家都有了几分醉意。老罗又提起这事，不想祁四老爹桌子一拍：

“都是给共产党办学校，都是发展教育事业，这些桌凳放在中心校是用，放在乌地吉木也是用。手心手背都是肉，他郑大校长何苦要这样苦苦相逼？我也不难为你老罗，你回去转告姓郑的，就算我老倌说话不算数，他郑大校长要是条汉子，他自个儿来抬！”

祁四老爹说得振振有词，桌子上的酒杯，让祁四老爹拍得跳起老高，满屋都是他那滚雷一样的咆哮声。

老罗窝了一肚子火，回去就把火往校长身上发泄。老罗的话没说完，郑校长已是咬牙切齿，把手里的茶杯摔得粉碎：

“狗杂种，真是个癞子！！”

郑校长和祁四老爹心里绾起的疙瘩，直到几年以后才解开。那一天，乡上开完会，祁四老爹专门找到郑校长，笑眯眯地又递烟又点火，诚恳地道歉。祁四老爹说那天多灌了几口马尿，得罪了老罗，冲犯了校长，请多多原谅，并说在危难关头乡中心校大力支持，寨子里的父老乡亲永远记得这份情。

提到那批桌凳，郑校长气不打一处来，恶狠狠地骂了祁四老爹一顿，算是解了心中的怨气。祁四老爹说：“村里也实在没法还那批桌凳，等以后村里富起来，村上还乡中心校200套新桌凳，这话一定算数！”

祁四老爹把精瘦的胸拍得“咚咚”响，拉着郑校长和老罗钻进了小酒馆。几杯酒一下肚，校长憋着的气就算是消了一大半。

这些日子最让张尚福高兴的，是他亲手盖的这两排教室。张尚福得了空，就会哼着酸溜溜的小调，叼着旱烟袋，眯着眼睛，背着手，腆着他凸得并不明显的肚子，从房前转到房后。张尚福习惯偏着头，这里瞅瞅，那里看看，用手指敲敲墙壁，摸摸新打的门，然后把烟袋从嘴里拔出来，嗅一嗅门上窗户上新油漆的味道。这个时候，他就会闭上眼睛，紧着鼻子，瘪着嘴巴，看上去就不是一般的陶醉了。张尚福老是盘算着，新学年开学后，如何把这几间教室用起来。毕业班肯定要在新教室上课的，一年级的嫩娃娃也该进新教室，其他年级呢，也该进，老师更该到新教室里办公。张尚福越想火气越大：他娘的，手板手心都是肉，就只有这几间新教室，到底哪些该去，哪些不该去呢？

夏雨平时好和学生在一起玩耍，打球、跳绳、下棋、猜谜、抓石子、打沙包、跳大马、捉特务，师生尽情地在一起耍，关键时刻男生女生齐声喝彩，紧张的时候男生女生一起惊叫。这就惹得寨子里的大姑娘小伙子，有事没事朝学校跑，成了家的媳妇，无聊的闲汉，也喜欢到学校来凑凑热闹。

论年龄，夏雨比学生大不了多少。在课堂上是老师，一本正经传道授业解惑；下了课，就和孩子们成了朋友。孩子们玩累了，还愿意到夏雨的寝室去坐一坐。多数学生是来喝水，找她请教问题。也有胆大的学生，在她寝室里打闹、做恶作剧。还有的学生别出心裁，今天采些花，明天挖些草，后天连枝带叶摘些果，尽可能把夏雨简陋的寝室，装扮得漂亮些。

当然，不管大人还是孩子，最开心最闹热的还是跳歌庄。在乌地吉木，这个习俗从何朝何代沿袭下来，已经无从考证。山里人都喜欢凑热闹，结婚祝寿乔迁自不必说，哪怕是杀过年猪，那也得热闹几晚上。到了夜里，伴着清风明月，一堆篝火，一管竹笛，男男女女手拉手，踏着笛音就能翩翩起舞。寨子里男女老少，无师自通，都是跳歌庄的好手，扭腰，摆臀，拧胯，踢腿，跺脚，击掌，甩手，转身，一气呵成。所有到场的人都会感到手痒痒，脚痒痒，心也痒痒。优美的笛音伴着酣畅的笑声，嗬嗬的吼声，啵啵的击掌声，呼呼的跺脚声，静寂的寨子一下就沸腾起来。十圈八圈过去，一个个气喘吁吁，大汗淋漓，顿时觉得神清气爽，活力四射。

吃过晚饭，学校都有短暂的休息时间。就这难得的空闲，也会有人在学校外面的空坝上，吹着竹笛，扯着孩子，伴随着“嗬嗬”吼声和欢笑声，跳上几圈。这样的兴奋，直到上课钟声响起，才会停歇下来。

宝珠被倪万喜明确拒绝后，很少到学校来，她的哥哥陈宝柱却是这里的常客。

陈宝柱走路一步三晃，吐字不清，脓鼻子伸得老长，哪里热闹就往哪里钻。陈宝柱自小有一个习惯，喜欢用食指挖鼻屎，然后直接就放到嘴里，品尝其中的味道。在他小的时候，因为不懂事，别人也没有放在心上。到了十七八岁，宝柱还是保持着这个邋遢动作，这就相当的恶心了。大人的责骂，小孩子的嘲笑，都起不到丝毫的效果。村里只要一提起陈家，都会笑他们陈家出了个“大鼻脓”。对陈家不满的，就传得更玄。说这邋遢相，是陈家的祖传。陈家祖祖辈辈，抠到鼻屎就往嘴巴里塞，一点都舍不得浪费。

好事不出门，坏事传千里。因为陈宝柱，周围十里八乡，只要说起陈家，就知道他们家有这个特别的嗜好。

这样的是非，当然会酿出事端。陈家有一个小伙，准备到苦竹箐刘家当倒插门女婿。刘家本来就看不上，又找不别的理由，就提出一个很尖刻的问题：听说陈家有个祖传的习惯，抠了鼻屎就往嘴巴里塞。万一把这个毛病，遗传给后辈儿孙，不是连我刘家都要遭人耻笑？

看着陈宝柱痴呆呆的样子，很多人背底下都说造孽。当然，也有人提出来，好歹该给人家找个媳妇，不然老了咋办？对于这个话题，陈宝柱的四婶赵元聪特别热心，几次和刘兴会说：“大嫂，你们要想办法，给宝柱说门亲哩。依我看，这个娃儿除了鼻脓口水多点外，也莫啥大毛病。你瞧嘛，脚好生生的，手也好生生的，力气又大，要是有个媳妇把他管着，日子一样的过哩！”

说的次数多了，刘兴会说：“四妹，大嫂实在无法，找不到合适的人。我晓得你后家侄女表妹一大堆，这事就托付给你，给娃儿做个媒嘛！”

刘兴会这话说得一本正经，赵元聪听了却不是滋味，又找不到话来反驳。

即便是在学校这样郑重的场所，见陈宝柱过来，蹲在院墙脚晒太阳的几个汉子，就“咕咕咕”地坏笑。吴成发笑着说：“这个杂种娃儿，就喜欢朝吴正能家跑。整哪样？未必你们晓不得，看老公猪配种哩。人家在那里做事，他偏起脑壳看，越凑越近。有次，我牵母猪去配种，他龟儿的也在，还是偏起脑壳看。吴正能看不过意，就说，宝柱，你把老公猪掀下来嘛！你们猜他咋个说，咦，我掀它整哪样？吴正能说，掀下来，你上去干呀……”

周围的一圈人才笑过，吴成全又说：“那个杂种娃儿，‘钢火’好得很！”

“你见了？不要在这点日白！”旁边的人当然不服气。

“可惜了，可惜了。”吴成全瞥了一眼那几个正在纳鞋底的女人，看着槐树上叽叽喳喳欢叫的鸟，慢悠悠地说：“有天我在墙根脚，看见陈宝柱正在玩他的小打杵。天哪，那东西有大茶杯样粗，一尺来长，又黑又亮，杵棒一样。不要说挂个八磅的大锤，就是去年你家杀过年猪，那四十多斤的猪板油挂上去，也挠得起来！我‘呔’的一声，吓得他龟儿的赶紧往裤子里塞。哎呀，哪里塞得进去嘛，他把裤子一提，顺着墙根就溜了。过后，我后悔了好几天，要是把他那整出问题，罪过就大了……”

“嚼牙巴骨，死一边嚼去！”几个大嫂嗔骂着，脸上全是笑。旁边有几个女子，虽然不开腔，但脸红扑扑的，生怕听漏了一个字。那个样子，恨不得马上约上几个伴，把陈宝柱的裤子扒下来，验证一下这话的准确性。

男男女女笑得一塌糊涂。姜小老者嘿嘿讪笑道：“你们晓不晓得，陈宝柱那东西为啥这么大？”

对于这么尖端的问题，大家都来了兴趣，脑袋凑过来，淫邪的目光中全是问号。

姜小老者“嘿嘿嘿”地卖着关子。姜小老者偏着头，看着天上悠悠的白云，背着他短粗的手，迈得罗圈腿就往后辙。旁边的人被撩得悬吊吊的，哪有放他走的道理？于是，有人起哄，有人骂娘，吵吵嚷嚷要他早点把谜底揭开。

姜小老者拨出嘴里的烟锅，“噗”地吹出了一口烟，说：“这个，你们当真不晓得？”

众人皆怒：“晓得还耐烦问你？”

姜小老者提高了音量：“吴成全那狗娘养的，用嘴吹大的嘛！”

周围那群人一听，笑得前仰后合。吴成全恼羞成怒，就要去找姜小老者拼命，无奈姜小老者早找好了退路，早早躲开了，只好作罢。

五

学校里有了朗朗的读书声，乡亲们高兴之余又在背后议论：枉自修场学校，巴掌大块石灰墙都见不到，娃娃还是在土坝坝里跳，造孽啊……

祁四老爹听到这些话，心里老大不舒服：你们不看看，就是修这点土舂墙的学校，老汉这张脸都不顾，只差把身上的短裤脱下来卖钱了，哪里还敢有其他奢望？

祁四老爹想了一晚上，还是找不到更好的办法，就在夏雨面前长吁短叹。夏雨眨巴着眼睛，和祁四老爹嘀嘀咕咕一阵，说得老汉咕咕咕直笑。

祁四老爹找到民兵连连长吴正高，说："你家表哥搞建筑发了财，他自己就有石灰窑，能不能想想办法，叫他赞助一点？"

祁四老爹话还没说完，吴正高就直摇头："我那表哥，当建筑老板发财不假，但是一个有名的小气鬼，想让他出点血，就好比要他的命，难！"

祁四老爹说："前几年，个个都穷怕了，哪个大方得很？关键是得有合适的人，跟他开这个口。"

吴正高说："给他做小工的，听说几年还拿不到工钱哩，要在他的鸡脚杆上刮油，难上难！"

祁四老爹眨眨眼睛，笑笑说："那是因为你笨！"

吴正高一下来了兴趣，说："老爹，你有啥好主意？"

祁四老爹悠悠地吐了一口旱烟，扯过吴正高，两人咕咕咕笑了半天，吴正高就到天拱坝找到了马俊："表哥，你那只猎枪不用吧，借我使几天！"马俊一愣："干啥？"吴正高神神秘秘地说："打麂子！"马俊说："大白天说瞎话，哪来的麂子？"吴正高压低了声音："野猫凹，可能还不了三两只！"马俊说："你不要听人家瞎吹啊！"吴正高笑了，说：“哪里是瞎吹呢？那天我去野猫凹砍松明，就遇上了两只麂子。我呼地把手里的斧头甩过去，麂子受了惊吓，一骨碌从岩石上摔下去，让我捡了个便宜。这不，我还专门给你留了一腿肉，你得空了到我家，我弄出来给你下酒！”

吴正高人长得敦实，平时话也不多，一脸的憨相。这话从他的嘴里说出来，就把马俊那张胖脸笑成了弥勒佛：“麂子肉，又细又嫩，好东西啊！噫，另外那一只呢？”

吴正高大腿一拍，说：“能逮住这只摔伤的，就算运气了。要是有你在，还会有放脱的？今天你有空不嘛，我们一起去山上转转？”

“太好了！”马俊咽着口水，翻出猎枪，就和吴正高往乌地吉木赶。

马俊的祖父是这一带有名的猎户，他从小就喜欢跟祖父到山上打猎，最喜欢吃的就是山珍野味。

马俊扛着猎枪，从早上就跟着吴正高跑到天黑，别说撵到麂子，连麂子毛都没看见一根。马俊又累又饿，到了吴正高家，吴正高赶紧把那块挂着的肉细细地剁了，和些生姜大蒜爆炒，馋得马俊直流清口水。那两盘肉一端上桌，吴正高就不住地往马俊碗里赶，不停地敬他的酒，说：“老表，我们吃了的，你多吃点！”

一天翻山越岭，马俊早累得浑身散了架，这顿饭吃得格外香。

酒醉饭饱，马俊剔着牙，咂着嘴：“日他小哥！这一辈子，再也没有吃到这么香的肉了！”

马俊腆着肚子，把吴正高的肩膀拍了又拍，臭烘烘的酒气直往他的脸上喷：“表弟啊，吃块肉，你都想着我，哥这心里，热乎哩！人是啥？高级动物。高级在哪，你说？”还不等吴正高回答，马俊又说：“感情。对，人和畜生的区别就在这里。兄弟有啥难处，千万不要把哥当外人。多的不说，三五千块，你只管开口就是！”

吴正高欲言又止，马俊就不耐烦了：“兄弟，人活在世上，就得拿点杀法出来。不要像小姑娘样羞涩，母兮兮的，别个一看就心烦！”吴正高说：“有个小事，不知道哥帮不帮得上。”马俊眼睛一瞪：“说，帮得上要帮，帮不上也要想办法帮！”吴正高叹了口气，说：“兄弟在村上都混两届了，上不上，下不下，就是个民兵连连长。村上明年换届，就有机会竞选村长……”吴正高话还没说完，就让马俊接了过去：“我晓得了，就是要当哥的出点血，到时候帮你拉点选票。这事包在哥身上，绝对没问题！”

吴正高连连摆手：“哪能这样。在寨子里，我们虽然是大姓，也必须拿两刷子让大家看看，才会有人真心服气。”马俊说：“那，你说咋办？哥不是外人，尽管说就是。”吴正高说：“村上使出了浑身解数，才修了几间教室，但现在那教室缝是缝，窟窿是窟窿，里里外外，巴掌大的石灰墙都没有，娃娃还在土坝坝里做操打球，群众意见大毬得很。你有旧石灰废水泥什么的，送我们几车，把学校的墙刷白，再捶一个三合土的坝子。你说，到时候他们能不投我的票吗？”

“老表，看不出来，你还真有两刷子哩！”马俊打着酒嗝，大腿一拍：“你这点忙，我帮定了！”

马俊没有食言。他送来了一车水泥，一车石灰，还用钢管焊了付篮球架。学校粉刷一新，操场上打起了水泥地皮，里里外外彻底变了样。乌地吉木空旷的山野里，开天辟地地有了篮球场上特有的喧闹声。事后，村里知情的人都说，吴成贵老汉那匹摔死的小毛驴值钱。这不，一坨毛驴肉就换来了这些东西。

不管倪万喜怎么看，夏雨都不像他想象中的诗人。

夏雨写的诗，通常散乱地放在她的办公桌上，好像就是专门等着他来欣赏。倪万喜见了，随手拿起来，说：“又有新作了？我看看……”这一切，已经水到渠成，用不着再征得夏雨是否同意。更多的时候，倪万喜看了也就看了，默默地把诗稿放回原处，不说好，也不说不好。对于诗歌一类文学作品，倪万喜本来就接触不多。在他有限的阅读圈子里，他只在语文教材上，读过为数不多的几首诗。相对而言，他喜欢的还是李白、杜甫、白居易的古体诗。有的时候，倪万喜也会陡然产生一种自卑的心理。他知道自己那点可怜的文学鉴赏水平，更不想轻易发表自己的观点。这些年来，他所有的心思全放在了课本上，那么多的中外名著，他也仅仅完整地看过几本。夏雨偶尔也会提起中外一些名著，当红的诗派、诗人，倪万喜除了对贺敬之、柯岩、艾青有点印象外，其余的都是一脸的茫然。

倪万喜对那些诗说不出个道道来，但那些作品好不好，他还是能够感受得到的，特别是那些漂亮的诗行给他带来的愉悦。倪万喜自己不提意见，并不等于夏雨不想听。有几次，倪万喜故意笑嘻嘻地说："诗人，不请我提点意见？"

"嘁，有意见不晓得说，还用得着请你？"夏雨皱皱眉，一脸的无辜。

话说得直白，刺耳，倪万喜听着却无比的舒服。想想也是这样，明明就是外行人，看了人家的作品，还要让人家请自己提意见，哪有这样的道理？

在倪万喜眼里，夏雨就是一个百变精灵，有时孤傲，偏执，自负，冷漠，还时不时使点小性子，是那样的高不可攀；有时显得热情，大方，坦诚，质朴，善良得让人感动，似乎和天下人都是知心朋友；有时显得睿智，机敏，干练，甚至还有一点点小聪明，让人觉得她就是智者的化身。

让倪万喜感兴趣的，还是夏雨的画。虽然是夏雨不经意画的，在倪万喜的眼里是那样的神奇：画工厂的高烟囱，那砖缝里似乎还堆积着厚厚的烟尘，工厂里似乎还有机器在轰鸣；画几个身穿民族服装的妇女，从裙子的皱褶里，就能够感受到羊毛厚重的质地。和欣赏诗不一样，画毕竟比诗直观得多，倪万喜脱口就会做一些评论，当然都是以啧啧称赞的居多。

对于倪万喜的评论，夏雨笑而不答。说的次数多了，夏雨说："嘁，这也叫画？啥时候有空了，我好好画几张，让你好好开开眼。要不，下次我回去，把过去画的画带几张来，如何？"

学校就巴掌大的空间，白天教学任务很重，真正属于两人的时间，更多的是在晚上。每天例行的公事，是按时催促学生睡觉，在学生入睡以后，两人都会在教室门口静静地待一会儿。

乡下的孩子很懂事，用不着老师操更多的心。但毕竟是学生，入睡前，难免有人会摆摆龙门阵，开开玩笑，甚至搞点恶作剧。只要有说话的声音，他们就会及时干涉、提醒，让学生尽快进入梦乡。这个时候，他们就会靠在教室门前的柱子上，相对而立，一边听着学生均匀的呼吸，一边感受彼此的心跳。校园渐渐安静下来，孩子们也进入了梦乡。悠长的鼾声，呢喃的呓语，挠痒痒的声音，翻身的声音，打屁的声音，混杂在一起。这个时候，夏雨就会挥挥手："你先走。"

"你走！"

"你走你走！"

"要走大家一起走！"

"你先走，你不像我！"

倪万喜不甘心，说："没事了，走呀！"

夏雨轻轻嘁了一声："走你的！"

夏雨说这话的时候，一副大义凛然的样子，撵蚊子般挥挥手。

夏雨挥手的动作很轻，在倪万喜看来却威力无比，让他回寝室的脚步，变得迟疑而沉重。

古老的寨子进入了沉沉的梦乡，不安分的小虫在唧唧欢唱，天上的星星，让夜风越擦越亮。

倪万喜坐在寝室里，捻亮了油灯。一天的忙碌，只有这个时候，倪万喜才有片刻的闲暇，翻一翻他高中的课本。可是，坐在油灯前，他才觉得那些被他翻得又脏又旧的书，枯燥得就像瞌睡人的眼睛，酸涩肿胀。这个时候，夏雨的影子，老是往他的脑海里钻，让他老是集中不起精神来。很多次，他暗暗告诫自己，不能再这样下去，却难以收到实质性的效果。糟糕的是，夏雨的影子，还常常出现在他的梦里。朦朦胧胧的梦境，是那样的缥缈，遥远，虚幻。倪万喜醒来，都会感到身心愉悦，浑身有着说不出的舒服。事后，倪万喜又暗自发笑。他知道，这样的情景，也仅仅在梦中想想而已。

很多时候，倪万喜不得不走出来，在静寂的夜里，用他的直觉，感知夏雨的存在。夏雨果然还是在刚才的位置，倚靠在柱子上，或坐在柱墩上，让浓浓的夜色，把她的身影溶成一尊雕塑。

倪万喜的脚步很轻，还没开口，夏雨就压低了声音："不安心看书，出来干吗？"

倪万喜怔住了，欲言又止："外面冷，进屋吧！"

"喊，替古人担忧哩！"

夏雨很不情愿地嘀咕了一句，犹犹豫豫地站起来，径直往她的寝室里走。

夏雨窸窸窣窣的背影，很快就被夜色吞没了，留下倪万喜在那里发呆。

倪万喜知道夏雨到乡下来的初衷。有几次，倪万喜就小心翼翼地说："夏老师，你是专门下来体验生活的……"

"对啊！你怎么知道的？"

"你还没来，祁四老爹就替你做了宣传。"

"这有啥稀奇的？"

六

星期天是夏雨最忙碌的时候。周末刘启芬回家了，老师、学生就只有自己做饭。这本来就难不住孩子们，干这样的家务活，对他们来说是稀松平常的事。找柴的找柴，打水的打水，洗菜的洗菜，烧火的烧火，把饭菜弄熟，一个个也让锅烟弄成了花脸。夏雨舍不得孩子们把时间耗在上面，她让刘启芬把米面和菜拿出来，亲自上阵，再有一两个孩子帮忙烧火、洗菜，很快就把香喷喷的饭菜做好了。

每个周末，倪万喜都可以抽点时间来复习。倪万喜知道夏雨在厨房里忙进忙出，内心老是过意不去。可是，只要倪万喜过来，夏雨就开始说话了："嘿，干啥呢，这里不欢迎你！"

夏雨一脸的嗔怒，转身忙她的去了。

倪万喜看着夏雨高傲的样子，心里想："哼，哪天非要你尝尝老子的厉害不可！"

倪万喜这样想着，他就会觉得身上一阵阵燥热。倪万喜知难而退，悻悻地回到寝室。他为自己有这个危险的想法感到害怕。

虽然有孩子在学校里补习功课，但喧嚣的校园比平时安静了许多。冬天的阳光很暖和，从斑驳的树影里筛下来，在夏雨房间里的书桌上悠闲地跳舞。夏雨的书桌上，铺着一块白色碎花塑料布，把书桌的丑陋，严严实实地包裹在下面。夏雨和倪万喜就这样面对面坐着，屋子里很安静，似乎能感受到彼此脉搏的跳动。夏雨笑眯眯的，那双水汪汪的大眼睛满是柔情。

“有收获吗？”

“这破地方，还能有啥收获？”

“真的？”

“这，用得着骗你吗？”

这样的结果，是倪万喜万万没有想到的。倪万喜一时觉得奇怪，什么收获都没有，用得着在这样的地方遭罪吗？夏雨每天乐乐呵呵的，完全融入了这个环境，和孩子们建立了这么好的感情，怎么会没有收获呢？这样看来，这丫头的城府还是蛮深的。倪万喜不得不摇着头，说：“你骗我，至少没有说实话。”

夏雨一下笑了，忽闪着她的大眼睛：“看把你吓的。好了好了，收获嘛，当然是有一点点的。”

倪万喜高兴了，搓着手：“诗人的眼光就是不一样，说来听听。”

夏雨“噗”的一声，吹了一下额前的头发：“怎么说呢，这样的收获，只能用眼睛，慢慢观察；用心，慢慢感悟。哪是三两句话，就说得清的？”

“呵呵，尽玩虚的。”

“唉，有些事，你不懂。”

不等倪万喜接上话，夏雨又说：“我也就这样了，你不能和我比。你该好好复习，考你的大学！”

夏雨轻轻地叹着气，转移了话题。

那声不经意的叹息，在很多夜晚，倪万喜似乎也听到过。

这样的话题，孩子们是不知道的。从夏雨来到学校那天起，她就没有离开过学校一天。受她的影响，初中班的学生，小学毕业班的学生，周末都不愿意回家。他们都有一个共同的理由：找小夏老师补课。

家长们虽然都在骂自己的娃娃，星期天也不晓得回来帮着搭把手，还要到学校去“磨洋工”。不过，骂归骂，心里却是高兴的。

吴正虎和往常一样，一到天黑，就往公子坟走。

吴正虎缩着头，抱着膀子，像一只被抽了脊梁的狗，更像一具落了魂的幽灵。愁苦的日子，把他煎成一条快焙干的鱼。这些日子熬下来，他身上的特征更为明显，眼睛深凹，颧骨突出，头发稀疏，尖脑袋更像一个干瘪的冬瓜。吴正虎一路左顾右盼，他的目光老是犹犹豫豫，羞羞答答，不停地四处嗅着。

入冬后，落了几场小雨。地里的小麦、油菜羞羞答答，葱茏成一片风景。静谧的夜，犹如一个深邃的梦。天空灰蒙蒙的，几粒残星，在乌云中时隐时现，布满了阴谋。肃立在原野上的枯草，在夜风的鼓动下鬼鬼祟祟。蛰伏了一天的虫子，早就感到某种不妙，在宁静的夜空中窃窃私语，让吴正虎感到无比的烦躁。

吴正虎蹲在草棚前面，看着黑沉沉的夜空发呆。

这样的夜晚，宝珠还好吗?

陈万德两口子动用了所有亲戚，轮番劝导。那些温情脉脉的故事，绵里藏针的道理，在眼泪和叹息的催化下，丝毫也没有软化宝珠的心。

陈万德铁下心来，在酒精的催化下，棍棒柴块一齐上，给宝珠下了最后通牒：

“嫁给长坪子郑家老大。”

在他们看来，就宝珠这个条件，一点也不亏。郑家小子人敦实，厚道，没啥大缺陷。稍稍欠缺的，一是腿短了些，站起来只齐宝珠的下巴；再则年龄比宝珠大十来岁，面相显得苍老，和他的实际年龄不相称。这些在外人看来，确实不是问题。两口子摸黑上了床，该干啥干啥，谁还顾得了腿长腿短，容貌美丑。

更为关键的，是他家幺妹，愿意为哥哥换这门亲。

郑家幺妹人不漂亮，但周正，结实，话不多，肯下苦力。有这样识大体顾大局的姑娘，陈万德两口子自然求之不得，天天在陈宝珠身上下苦功……

这些天来，吴正虎耳朵里装的，全是关于宝珠的坏消息。更糟糕的是，每天晚上只要他一合上眼睛，脑海里全是宝珠挨打的情景。宝珠愁容满面，泪眼涟涟，她的身上青一块，紫一块，全身上下没有一块好肉……

吴正虎心里一阵发紧，止不住悲从中来。可是，他定眼一看："噫，这不是娄天菊吗？"

吴正虎一着急，一下醒过来。

很多晚上，吴正虎都是让这样的噩梦吓醒，心跳如鼓，气喘吁吁，大汗淋漓。

吴正虎不得不坐起来，在静寂的夜里，等待报晓的公鸡催来黎明。他觉得再这样下去，自己就是不死，也要疯掉！

寨子里的狗已经睡死过去，偶尔几声狗叫，那声音也黏糊糊的，显得极不情愿。几声报时的鸡鸣，穿过黑沉沉的夜空，听起来是那样的敷衍。天上的云层越聚越厚，随着一阵沙拉拉响，凉凉的夜风刮过后，几道亮晃晃的闪电一扯，一记闷雷在头顶炸开，雨就哗哗哗地砸了下来。

听着外面的流水声，吴正虎心里反倒平静下来。要是往天，在这棚子里坐上一阵，他就该往回走了。老是不回去，家里两个老人事后总会絮絮叨叨，让他更加烦躁。这雨一下，老人会以为他在哪家躲雨，有担心作为前提，就不会过多计较。

吴正虎斜躺在那张床上，双手枕着脑袋。唯有这样，他才感到稍稍舒服一些。这张无比简易的床上，曾经留下他和宝珠最为美好的记忆。吴正虎一躺在上面，他就会嗅到宝珠残留在床上的体香，感受到宝珠温热的呼吸，以及宝珠细微的呢哝。每每这个时候，吴正虎的身上，就会涌起一阵一阵的酥麻。

这场雨下的时间不长。几记清脆的响雷，惊散了天上的乌云。一抹残月，从云层的缝隙里钻出来，把这个静谧的山凹，映衬成了另外一番世界。

吴正虎还没有往回走的意思。月亮的清辉下，雨滴，水声，虫唱，构成了这一方独特的风景。吴正虎一点睡意也没有，他微闭着双眼，静静地回味那一幕幕幸福的瞬间。

恍然间，吴正虎觉得有一个人影，在棚子外面探头探脑，接着就犹犹豫豫走了进来。吴正虎一下翻身坐起，低声说道：

“哪个？”

他的话音刚落，就让一条香舌迫不及待地堵上了，人也倒在了他的怀里。

居然是宝珠！

宝珠身上湿漉漉的，不知道是雨水还是汗水。宝珠的身子很凉，吴正虎紧紧地抱着宝珠，讷讷地说：“宝珠，是我的宝珠呀！”

宝珠像一个久病初痊的人，冰凉的脸贴在吴正虎的耳边，说：“哥，我们系（是）寨（在）做梦吧？”

吴正虎忘情地亲吻着宝珠，他滚烫的胸脯，紧紧地贴在宝珠的身上，那双温热的，因为激动而微微颤抖的手，同样在宝珠的背上、身上揉着，搓着，捏着。那股急切的热气，直往宝珠脖颈里灌：

“宝珠，我的宝珠，这不是梦！真的，不是梦……”

吴正虎的热拥，很快就焐热了宝珠的身子。吴正虎心里突突跳着，他只觉得全身的欲望已经臌胀得就要爆裂开来。吴正虎气喘如牛，一下掀开宝珠的衣衫，这样的冲动，似乎比哪一次都要急迫。

没想到，宝珠一下推开吴正虎，自己也往后退了半步，说：“别别……碰我！”

“为啥？”吴正虎欲火难耐，一时愣住了。

“你……不系（是）要娶巧（草）鞋凹……房（黄）家二丫头？”

“哪有这回事？”

“你骗骗……我！”

“宝珠，你上别人的当了！你不想想，我要真的变了心，要娶别的姑娘，我我……还来这里干啥，我的宝珠呀！”

吴正虎哀号一声，把宝珠拥进怀里。宝珠犹如一只温柔的羔羊，任凭吴正虎的大手在她的身上摩挲着。吴正虎比平时更为耐心，用他温热的舌头，舐着她身上还未痊愈的疤痕。

一对心上人相拥而泣。宝珠把衣裤脱下来，一样一样地铺在床上，静静地躺了下来。宝珠娇喘吁吁，嘴里焦渴地讷讷道："哥，哥……"

起了风，呜呜咽咽的吼声一阵紧似一阵。一串沉闷的滚雷，推过几堵乌云，严严地遮住了夜空。几道明亮的闪电，像明晃晃的刀，在夜空中嚯嚯乱舞。豆大的雨点，在电闪雷鸣中密密实实地砸下来。雪亮的电光，掩映着宝珠洁白的胴体，是那样的圣洁。在吴正虎温暖的怀里，宝珠忘情地呻吟着。残破的草棚，在风雨中摇摇晃晃，簌簌发抖。此时，狂风裹胁着暴雨，闷闷地吼叫着。摇曳的树影，奋力地左冲右突，粗鲁地撕咬着，翻腾着，咆哮着，在殊死的搏杀中，天地一片混沌。一场疾风骤雨，大地战栗，山川震颤。嚯的一声，一道雪白的亮光，如一柄锋利的大斧，呼地劈开黑沉沉的夜幕。"咚！"一声沉闷的炸雷在天空中炸开，所有的声响都戛然而止，就剩下大地在无声地痉挛着。

这一天晚上，他们做了一次又一次。每一次，都让他们浑身战栗，爱入心扉。每一次，他们都觉得是那样的酣畅淋漓。

宝珠紧紧地依偎在吴万虎怀里，轻轻抚摸着吴万虎的脸，在他耳边轻轻呢哝道："哥，我一辈子，写（死）都结（值）了。"

吴正虎说："宝珠，别说瞎话。"

宝珠在吴正虎的脸上亲了一口，说："哥，你忘了我吧。"

吴正虎说："宝珠，你别说瞎话。"

宝珠叹了口气，说："哥，这系（是）命。你忘了我吧？"

吴正虎双手摁着宝珠，说："宝珠，你为啥说这话？"

宝珠拧过头去，咬着嘴唇，声音有些哽咽："夹（咱）俩不不……合系（适）。哥，这系（是）……命！"

吴正虎叹了口气，说："宝珠，大不了，哥带你走。咱们远走高飞，离开这鬼地方！"

宝珠摇着头，说："不。"

吴正虎把宝珠紧紧地箍在怀里，幽幽地说："宝珠，跟哥走吧！我就不相信，世界这么大，就没有咱们活命的地方！”

“不！”宝珠眼泪簌簌落下来，抽泣着说：“哥，你原……原谅我吧。”

吴正虎无力地松开宝珠，说：“为啥？”

宝珠的目光一下黯淡下去：“哥，你下（傻）呀！夹（咱）们久（走）……了，几个……老的夹（咋）办？寨（再）闹出下（啥）好歹……”

宝珠伏在吴正虎怀里，轻轻啜泣起来。那几声沉重的叹息，很快就被黑沉沉的夜吞没了。

七

春节一过，夏雨就回来了。

最先获悉这一消息的，是滑石板的邓正安。他家儿子邓玉明去讨猪草回来，正看见夏雨迈着细碎的步子往寨子里赶。邓正安拧着儿子的耳朵，要他赶紧去请夏雨来他家吃晌午。

为请老师来家里吃饭，邓正安心里憋了一肚子的气。去年杀年猪的时候，他就专门到学校请过，几个老师都答应了的，到时候一齐来。没想到，到吃晌午摆桌子了，几个老师一个都没来。和往年不一样，这年大家都生怕落后了，赛着请老师来吃杀猪饭。老师没来，客人坐上桌也不敢动筷子。大人咽着清口水，孩子就不一样了，多半用哭声来表达抗议。当然，也有胆大的孩子，在哼哼叽叽的哭声掩护下，早已瞄好了碗里的肉。趁大人不备，伸出黑黢黢的爪子，飞快地抓起一块，迅速地往嘴巴里塞。大庭广众之下，这种行为，当然是要付出代价的。孩子嘴巴里的肉还没有咽下去，屁股上就已经挨了两巴掌。虽然心里很憋屈，但嘴里毕竟还含着肉，哭声就显得含蓄，不像平时那般嘹亮。

旁边的人见娃儿造孽，闹嚷嚷地打圆场：“娃儿早就饿呲了，吃毬他的！”

来的客已经全部落座，菜也陆续上齐，大人娃娃都看着邓正安，局面就相当难以掌控。天色渐渐暗下来，吃了饭，他们都得赶回去。家里那些猪鸡牛羊，都是张口货，不能怠慢了它们。虽然天气寒冷，邓正安头上却渗出了热汗。他不得不踮着脚，从高高的香火板上，取下早已准备好的香蜡纸钱，点香，烧纸，作揖，微闭双眼，口中念念有词，祭祀祖宗，请神灵保佑。

这就是规矩，主家要是没有敬献祖宗，客人是不能提前动筷的。

邓正安匆匆忙忙打发了老祖人，对大家说："动手动手。把堂屋那桌留起，等老师们来了，到堂屋头坐。"

事实上，那都是徒劳的。老师们走到半道，被猪拱地陈福有捡了个粑和。陈福有家同样杀年猪，连拉带扯把老师全拉到他家去了。杀了两头肥猪，邓正安却在亲戚朋友面前失了脸面。听说夏雨老师提前回来，邓正安喜出望外，赶紧把他两个兄弟叫过来，从圈里拉出只羊，宰了，煺毛，吃全锅羊。

乌地吉木寨请春客，家家都是吃火腿、香肠、血豆腐、腊猪肝、腊排骨一类，最多再有点鸡和鸭点缀一下。邓正安这一手，把寨子里请春客的规格提高了几个档次。村上的领导，学校的老师，只要是在家的，邓正安统统把他们请了来。春节回寨子过年的，年后回来拜年的，比如在供销社煮饭的陈宗旺，比如在煤矿过磅的祁明福，比如物资局的保管员马安才，比如在县砖瓦厂看大门的吴正康，这些都是寨子里有头有脸的人物，邓正安把他们一一请了过来。寨子里虽然千多号人，家家都沾亲带故，在这个时候，不需要更多的理由。

初春的太阳瑟缩了一个冬天，此时依然有几分惨淡，白亮白亮地贴在天上，显然还没有恢复元气。风，虽然没有前些日子那么刺骨，势头却比过去卖力，用呼呼的干吼，鼓噪着春天的气息。

还没拉开桌子，院子里就站满了人。大家都穿着过年的新衣服，高声地说着话，相互开着玩笑。邓正安头上冒着热汗，大敞着怀，土财主一样，大声地吆喝着来帮忙的人。

倪万喜看到夏雨，心就像被什么东西硌了一下，沉沉的，酸酸的，涩涩的，说不出的滋味，一齐涌上他的心头。才十多天没见，他就明显地感觉到夏雨消瘦了一圈。

晚饭的气氛很热烈，满屋子都是酒味、烟味。邓正安满面红光，提着酒壶，粗着嗓子，不住地给别人斟酒，敬酒，夹肉。邓正安的老婆和两个帮厨的女人，忙着往菜碗里添加着热菜。

倪二老爹咕咕咕地笑："吴成全，不怕你口食好，你龟儿的还捡得起三圈猪板油不？"

吴成全块头大，是寨子里头号壮劳力，吃饭、吃肉无人能及。吴成全紧紧裤带，说："老倌，你家杀猪又舍不得请我。只要我去，只怕拈得你心口窝窝疼得嗞儿嗞儿地响！"

倪二老爹说："你不要尽想着吃杀猪饭，那是今年上冬以后的事。现在要紧的，是把你家老火腿抱出来，趁这几天大家得闲，帮你吃掉算毬。不然，像吴成厚家样，八个大火腿，全部放生蛆了，可惜！"

屋里"轰"的一下笑了。他大哥吴成贵最听不得这样的话，一口就接了过去："吴成全，你大人大汉的，怕哪样？人，得有点志气。不要说你家火腿莫得放生蛆的，就是生蛆了，给狗吃，给蟑螂扣，给耗子拖，也比拿给'白虱子'吃了好！"

倪二老爹明明知道是在贬他，眨眨眼睛，咕咕咕笑了一阵，转移了话题："啊哟，有啥稀奇的！那几年，家家都穷，个个都饿得眼睛绿瞎瞎的。现在，家家粮食吃不完，顿顿有油腥，三天两头在吃肉，哪个还吃得起好多嘛？"

祁四老爹听着话不对，也赶紧打圆场："人就是不服好。以前困难的时候，巴不得猪肉多有点膘。现在有了，又嫌肉肥，要瘦。你们说，这人，是不是贱皮子？"

屋里哄哄的声音，像要翻了天。包产到户几年了，大家的话题，更多的是感慨过去，天天吃糠咽菜，几个月见不到丁点油腥的苦日子。于是，侃赵家三头八百多斤大的年猪，光腌肉的盐巴就驮坏了一匹毛驴；侃吴家一万多斤苞谷，硬把楼的屋面压塌了一只角；侃陈家光秋荞就打了三千多斤，荞子酒都装了满满的六大坛……

祁四老爹说："这些算个啥，你们没听见收音机里说，中央领导发话了，要建设小康社会，让老百姓过上小康生活？”

“啥？小康……生活？”

“我就问你们哩，小康生活应该是个啥样？”

“吃饭不要钱呗！”

“天天睡瞌睡，国家还要发工资，这就小康了嘛！”

倪二老爹说：“你几爷子想得美哟？我前几天在天拱坝，就听见有人说过小康生活，你们想不想听？”

“你说来听听？”

“早晨两个荷包蛋，一天半包带把烟；晌午拈闪闪，晚上打偏偏。你们说，这个是不是小康生活嘛？！”

一屋的人将这几句话把玩了半天，有人就闹起来：“扁担大的一字，你老倌还认不全几个，还要文绉绉的！‘拈闪闪’，打偏偏，是啥子意思嘛，尽说些屁话日哄老百姓！”

倪二老爹说：“你几爷子只晓得当‘灶门宝’，天天在自家锅边转来转去，只有这小点见识……”

不等倪二老爹解释，吴正高大腿一拍，说：“老倌，不就是吃肉喝酒嘛？你那点眼见，比针尖还小！那卵屎大点东西，就把你老倌眼睛打瞎了，这也配叫小康生活？”

倪二老爹说：“是是是，老子的眼孔比针尖小，你杂种的眼见比牛屁眼还大。啥子叫小康，你说来听听！”

吴正高把杯中酒喝净，想了想，说：“老倌，你听好了，小康生活应该是这样：搬进砖瓦房，用上电炒锅；喝上自来水，出门夹摩托；病了不用愁，娃娃上大学；钱在银行睡，老来有人呵；白天饮小酒，晚上有奶摸；神仙小日子，这还差不多！”

屋里嚷成一团糟，大家齐声叫好。说要是在寨子里，能享到这样的福，啥子小康都不稀奇了。祁四老爹本想给大家吹吹现代化一类的话题，见大家的兴趣全在这上面，只好作罢。

倪二老爹沽了一口酒，说：“说一千，道一万，咱们干农业的，从早到晚，只晓得在包产地里，吭哧吭哧地干，就是再苦几辈子，还是这个屌样！你们不睁开眼睛瞧瞧，那些端了铁饭碗的，旱涝保收，那才是小康生活！”

吴成贵说：“就是嘛，你看人家陈宗旺，养得细皮嫩肉，白白胖胖，风不吹，日不晒，雨不淋，每个月就等着拿钱，哪点不安逸？”

杨文旺说：“不说日晒雨淋，还要去出劳力，就是过年这几天，人家东家吃了吃西家，成天飞天壳子冲得呜嘟嘟地响，照样拿工资。这还不说，就是那刮痧砌保坎的粑粑活路，这辈子干了，下一辈子还可以顶班，接着享福。当农民的，不去苦，不去挣，毬大爷管你？”

倪二老爹说：“是嘛，就说陈宗旺那份工作。我乌地吉木这么大的寨子，随便喊个婆娘、汉子去，都把那饭菜整得出来。关键是你有莫得那点福！”

陈福有呵着满嘴的酒气，说：“要是考取个学校，国家一安工，情况就不一样喽！”

倪二老爹咕咕一笑，说：“考学校？烤火还差毬不多！在这个屙屎不生蛆的穷地方，还出得起大学生，除非太阳从西边出来！”

倪万喜本来不胜酒力，乘着屋里闹哄哄的，早早退了出来。

夏雨正在和几个孩子做游戏，倪万喜一出来，夏雨也过来了。

倪万喜说：“夏雨，走了这几天，想不想学校？”

“想。你呢？”

“一放假，心里就感到空落落的。”倪万喜摇摇头，说：“你呢，有没有这种感觉？”

夏雨说：“当然有啦。”

倪万喜说：“只想这些娃娃？”

夏雨说：“对哇！”

倪万喜笑了：“那就不想我们……老师？”

“你，啥意思？”夏雨转过身子，脸上多了几分娇羞，微微一笑：“呸，想得美！”

倪万喜笑得更开心了。他本来只想说前半句的，话到嘴边，又把后半句也补了出来。那样的话，倪万喜早已憋在心里，只是没有胆量说出来。倪万喜的心里呼呼跳个不停，说：“不想我们，来这么早干啥？”

“你……”夏雨瞥了他一眼，娇嗔道：“女人的世界，你们永远也不懂！”

倪万喜有些发窘。不管是初中，还是高中，倪万喜的整个心思都放在学习上，从来没有因为女生分过心。即便是觉得某个女生可爱，也只是在脑子里过过电而已。对于女生，那些懵懵懂懂的常识，都是从生理卫生的课本上得来的。

很多时候，大家都会说起夏雨。倪万喜一直固执地认为，夏雨是为了写诗，才下来体验生活的。张尚福却不这么认为，他老是拿出一副长者的姿态：“唉，有些事你们不懂。不信，走着瞧嘛！”

好像他心里什么都知道，但又含糊其词，说不出个所以然来。

还是祁四老爹有次说漏嘴，才道出了事情的原委：“这事，刘正朝主席最清楚。夏雨商贸校毕业，分到县农具厂，让厂长的跛脚儿子给看上了，缠着要和她耍朋友。夏雨不敢得罪厂长，就躲到这个山旮旯里。她原以为，再过两年厂长就到退休年龄，一旦退了休就会拿她没办法。这个鬼丫头，她想得太天真了！”

“唉，可惜了，这个姑娘！”祁四老爹发觉说漏嘴，连忙正色道：“这话，哪里说哪里丢，谁也不准在背后乱嚼。要是她在这里多代几年课，也是咱们乌地吉木的福分哩……”

几个孩子把夏雨围在中间，他们的脸上全是笑。夏雨同样笑吟吟的，她的脸有些发青，嘴唇干裂，声音也没有先前那么甜润。倪万喜心里一沉：

累了？病了？……

倪万喜凑过去，游离的目光在夏雨身上轻轻抚摸着，只觉得心里一阵阵难受。

夏雨笑了笑，说：“难道，你们没有听见天拱坝中学那些议论？”

倪万喜摇摇头，说：“嘴生在人家身上，他们想咋说，由他们的便！”

夏雨嘁了一声：“我就不相信，天拱坝中学能踩扁我们！”

一学期下来，谁也吃不准教学质量到底如何。张尚福不敢有丝毫马虎，到天拱坝中学领了试卷，组织学生参加全县的统考。虽然是在本校考试，张尚福还是让学生一人一桌，两个老师负责监考。每一个环节，都由张尚福都亲自把关。张尚福带着倪万喜和夏雨，到天拱坝中学参加集体阅卷。没想到，成绩一出来，立马让天拱坝中学颜面扫地：乌地吉木初中班，有三科超过了天拱坝中学，另外两科也不相上下。更为重要的是，几个高分的学生，都出自乌地吉木小学。天拱坝中学的老师震惊之余，更多的是愤怒：

“山旮旯，人模鬼样，别的不行，渗水还有一套！”

“就凭他们那点本事，想超过我们，癞蛤蟆想天鹅屁吃……”

年前夏雨回去的时候，委屈得直掉眼泪。倪万喜心里一惊：夏雨提前回来，难道就是为了这件事？

夏雨回去几天，买来了一套《初中基础知识丛书》。

倪万喜轻轻抚摸着那套书，心里高兴异常。他知道，只要把这套书弄懂，弄熟，考中专就不在话下。初中毕业那年，他的老师就推荐过这套书。遗憾的是直到现在，他才完整地见到这套书的真面目。

夏雨提前来学校的目的，是想利用假期，给孩子们补补课。

对于夏雨这个提议，张尚福非常支持。上学期结束的时候，张尚福和倪万喜一样，天拱坝的老师骂得越起劲，他们心里就越高兴。娃娃们底子薄，能够在假期中补一补，那是天大的好事。

假期里，学校请不起炊事员，张尚福自告奋勇，来给娃娃做饭。

米、肉、菜，全是学生带来的。家家考虑孩子在学校吃饭的时候，都给倪万喜和夏雨计划了一份。这样一来，肉和菜都比平时富足。张尚福叼着烟斗，笑眯眯地系着大围裙，烀肉、炒菜、煮饭，横看竖看，都像一个大厨。年前，祁四老爹派吴正高带着民兵，给学校砍了几天柴；他自己到乡上，死磨硬磨，凭着他那张老脸，给学校要了一拖拉机煤来。遗憾的是学校没有水，师生用水得到几里外的干水井去挑。好在才过了年，干水井还有水。要是再过个把月，干水井就没水了，得到十里外的绿荫塘去驮水。虽然暂时用不着每家轮着派人，在水井边守水分水，但要把一挑水舀满，还是得等上十来分钟。张尚福每天早早起来，挑满两挑水，再去做饭。毕竟上了点年岁，那对大木桶，就把张尚福细高的身子压成一张弓，脚步也有些踉跄。还没放下水桶，早已在呼出的白气中，蒸出满身的大汗。好在每天放了学，班上几个大的同学，都会邀邀约约，挑着学校里的两对桶，把厨房里的大水缸装满。更多的时候，张尚福就躺在学校背后的草垛上，晒着暖暖的太阳，慢慢看他的小说，日子倒也过得惬意。

八

这些日子，最为开心的，还是倪二老爹。

倪万顺在区中学读了一年，回到天拱坝中学读了两年，如今再转回乌地吉木初中班，和那些刚升上初中的相比，自然是老大哥了。倪万顺的数学不错，倪万喜就让他担任了数学科代表，有时请他帮着改一改学生的作业或试卷，给同学们解答一些问题。

倪二老爹说话不好听，但辈分在那里，寨子里请春客，却不敢把他漏掉。一说起倪万顺，倪二老爹的声音就提高了八度："嘿，你不晓得，我那个孙子，硬是块读书的料喔！"

听的人不明就里，支着耳朵，眼睛盯着他，等着他说下文。

"单单说数学，就要唬你一大跳。好多娃娃一听数学两个字，脑壳轰的就大了。我那孙子，跟别的娃娃不一样！"

周围的人来了兴趣。在他们看来，倪万顺除了头发黄几几的，嘴唇上早早地长出了黑黑的茸毛外，没啥特别的地方。就笑道："老倌，未必你那黄毛几几的孙子，有冲天的本事，要飞天了？！"

倪二老爹"嘿嘿"笑道："我不耐烦和你冲这些飞天壳子。你猜，我孙子的数学考了好多？"

听的人都眨着眼睛，摇着脑袋，因为这样的概念，在他们脑子里实在太模糊。

"98！"

“咹，98？”

“嘿嘿嘿，差两分就是满分了！”

眼前的人虽然没有说话，但从那木然张开的嘴巴里，满世界的人都知道，他的内心已经不是一般的震撼了。

“倪大耳朵家那个卵皋子！”倪二老爹“叭”地吐了一口恶痰：“不是老爹糟蹋他，他那几刷子，教个火铲啊！”

这样的话，眼前的人就听不下去了，说：“人家教得不好，你孙子能考98？”

“他？不是我孙子在下面给他撑着，在讲台上，他站得稳？”

倪二老爹鼻子狠狠地“哼”了一声，感到无比的委屈。

旁边的人顶他的牛：“噫，不要一辈子只晓得糟蹋人。你孙子日毛得很，咋不考100分？”

倪二老爹摆着手，花白的脑袋摇得像风车一样，咕咕咕地笑道：“你不懂。我孙子要考100分，简单得很。考试，哪能满打满实的。要考上100，不是剪了他老师的眼眉毛？好好歹歹，大耳朵家和我们是一家人。不管咋说，在外人面前，多少还是要给他留点面子嘛……”

和倪二老爹相比，祁四老爹就高兴不起来了。祁四老爹最担心的，是学校师生吃水问题。

从去年冬天到现在，几乎天天太阳都伸着红红的舌头。持续的冬旱，让干水井的水一天比一天小，照这样下去，最多能熬到农历二月完。那时候，到哪里弄水去？一家一户，人背也好，牲口驮也罢，有的是办法。学校有上百人住在那里，到时候咋办？

热辣辣的风，就像滚烫的舌头，在人的脸上、身上舔来舔去，让人心烦意躁。

开学不久，祁四老爹的担心，就变成了现实。

干水井面前，水桶排成了长龙。古老的水井，就像一只流干了眼泪的眼睛，无助地看着被它滋养长大的村民。暗黑色的井壁，已经让热风烘干，白里带青，龟裂出一道道口子，诉说着世间的沧桑。只有井壁上的几株野草，虽然有几分羞涩，看上去还有些生气。

寨子里早已经约定俗成，轮流着，两家人负责守一天。水慢慢从井壁里浸出来，有一瓢，舀一瓢。装满一对桶，再接着舀下一对，不会有丝毫的浪费。当然，谁也不会为多一瓢少半瓢闹别扭，也不会因分不均发生冲突。因为，每天早晚，寨子里那些上了年岁的老人，都会聚到这里来，一边暗暗祈祷苍天赶快下雨，一边用眼光丈量着那些水桶。遇上面生的人，总会笑眯眯地问人家从哪里来，然后热情地招呼：

“走，去我家喝嘴水去！”

干水井没有水，学校用水定了量，每天只有三挑水。其余的，由吴正高和几个民兵轮换着，每天赶着牲口，到十里外的绿荫塘，驮水回来用。

这样的场面，是夏雨从来没有见过的。

学校里，每个老师都有一只桶。水太金贵，大家都很自觉。开水，学校伙食团是统一供给了的。住校的老师，每天只到厨房舀半桶水，用来洗脸、洗脚。倪万喜每天早上洗了脸，那水舍不得倒，留着白天洗手，晚上洗脚。每天，他都会匀出两瓢水来，悄悄地送到夏雨的寝室里，让她积攒起来，洗头洗脸。

夏雨窗前的几盆花蔫了下去，无精打采地垂着头。后来，夏雨干脆把它们全部拔了，让学生找了几片耐旱的仙人掌，重新栽在上面。

不洗头，不洗澡，终究不是办法。好在十里外的绿荫塘下面，有一条小河，清澈的河水，一年哗哗流淌个不停。绿荫塘的水恒温，常年保持在21度左右，冬天河面上热气腾腾，夏天却无比的清凉，让乌地吉木的姑娘小伙子羡慕得要命。

寨子里的妇女，总是瞅准一个好天气，把衣服背到这里来洗。夏雨也不例外，每个星期天，她都会往绿荫塘去一趟。不为别的，到了那儿，洗了衣服，再洗洗头。就是什么也不做，在那清凉的溪边，听一听流水声，也是一种享受。差不多每次都这样，夏雨打半盆水上来，撒上洗衣粉，把衣服浸泡一阵，轻轻揉搓，那些大大小小的泡沫，就在阳光下，泛着五颜六色的光。不过，夏雨并不急于把揉搓过的衣服，拿到小溪里漂。她会卷起裤腿，站在水里，让水里的小鱼小虾，在她光洁的腿边游来游去。那些小鱼在她的腿上轻轻啄几下，就飞快地游走了。倒是那些小虾，动作慢了一些，往往会被她捞起来，放在手掌里把玩一阵，再把它们放到水里去。洗好了衣服，夏雨就晾晒在沟边的树枝上，那些枝枝蔓蔓，把衣服撑成了一把把张开的伞。做好这一切，夏雨再回到小溪边，解开头发，在溪水里舒舒服服地洗个头。等把头发晾干，休息一会儿，衣服也差不多干了。

孩子们上一个星期的课，周末都想早点回家。这就给倪万喜创造了机会。到了这一天，夏雨往往一个眼神，倪万喜就好像中了魔，和夏雨脚跟脚就出了门。午后的风很柔，就像一只无骨的手，轻轻地抚摸着大地。在寨子里热辣辣的目光中，两人那匆匆的背影，就成了寨子里一道靓丽的风景。

夏雨提着只红色的塑料桶，倪万喜端着盆子，里面装着要浆洗的衣服。倪万喜总是走得快一些，落下夏雨好几步。

“万喜，走那么快干啥？”

“不快呀，你走快点嘛！”

“走不快啦！”

“我们这里，只有缠了小脚的，才走得慢哩！”

“你走得快，你先走吧，我不行啦！”

倪万喜不得不停下脚步，等一等落在后面的夏雨。

夏雨是多么聪明的人，几步赶上倪万喜，哈哈一笑：“我晓得，你是怕！”

“嘁，我怕啥？”

“怕别人说你闲话哩！”

“不是。”

“就是。”

“不是。”

“就是。要不，你走那么快干啥？”

倪万喜不说话了，放慢了脚步。

夏雨停了一下，说：“人正不怕影子歪。我都不怕，你还怕啥？”

到了绿荫塘，夏雨连倪万喜的衣服一起洗了。倪万喜呢，静静地坐在离她不远的地方，拿出书来，看上一阵。

男男女女这样的事，寨子里的人是特别感兴趣的。在挤眉眨眼的表情下，随着耳朵边的窃窃私语，或“咕咕咕”的笑声，早已由圆到方，走样变形成了张牙舞爪的魔兽。这事，要是换了别人，可能早已是满天的谣言，说不定连娃娃都能到处跑了。

母亲对这样的事情是最为敏感的。有老姐妹们在吴成英面前念叨，她倒大方：“管得他们的。现在新社会了，还像我们那时候一样？”

这段时间，寨子里最伤心的，就是陈宝珠。

宝珠和吴正虎疯狂地折腾了一夜后，回去连着昏睡了三天。

宝珠起来的第一件事，就是答应嫁到长坪子郑家。

这个意外之喜，让陈万德两口子措手不及。

不过，在彩礼的选择上，宝珠比任何人都更加挑剔。在场面上，宝珠没有多大的讲究，她只要一口箱子，一口柜子，一套新衣服。这都是老规矩，到了新娘子出门那一天，箱子柜子，都得让接亲的小伙子抬着，随着新娘子一路招摇过市，众目睽睽下直达婆家。单单这两样东西，确实显得寒碜。可是，接下来的一件事，却让当父母的犯了愁：

她要一只银镯子，一对金耳环！

两口子在惊讶之余，想到宝珠所受的委屈，一咬牙就答应了。不过，两口子在办这件事的时候，还是打了折扣：用四头猪的钱，给宝珠换了一只银簪子，一对金耳环。虽然东西是别人用过的，但货真价实，宝珠也没有什么话说。

等把这些东西备办齐，已经是春暖花开的时节了。

少了拳脚和棍棒，仍然没有放松警惕。宝珠只要出门，刘兴会总会跟着。宝珠和吴正虎的事，他们早就有所耳闻。万一死不要脸的丫头，做出啥出格的事来，这个脸面是丢不起的。既然要嫁人，总得买点衣服首饰针头线脑一类的东西。陈万德两口子凑了些钱，要宝珠买点东西。可是，宝珠到了街上，却老是挑三拣四，一分钱也花不出去，惹得刘兴会在背后直嘀咕：

死丫头，人还没有嫁过去，就开始顾着婆家了！

办喜事，家具是少不得的。陈万德把多年攒下来的木料搬出来，请吴成发来家里打家具。陈宝柱吊着两条黄浊的鼻涕，一颠一颠地在旁边看稀奇。吴成发手闲不住，嘴更闲不住：

“宝柱，这些家具打来干啥的？”

“不晓得。”

“龟儿子，讨媳妇嘛！媳妇讨来干啥的？”

“不晓得。”

“龟儿子，上床睡觉噻！你想和媳妇咋个睡？”

“不晓得。”

“龟儿子，连这个都不晓得，找个师傅教你嘛？”

“要得要得。”

“我当你师傅，要不要得？”

“要得要得！”

陈宝柱“嘘”的一声，把两条鼻涕虫吸进去，乐呵呵地傻笑着。

娶亲的日子说来就来。媒婆一撮合，两家都同意新事新办，几场谷子并成一场打，一起办喜事。

这场婚事，比别人家更热闹。更多的人，是想来看看这个大鼻脓怎样把新媳妇接进门。即便是在这样喜庆的时刻，也有人拉着陈宝柱，开着他的玩笑：

“宝柱，赶紧把你的大鼻脓擦一擦，不要抹在新媳妇的花衣裳上！”

“擦不得，宝柱！新媳妇进了门，你不给人家送点见面礼？”

陈宝柱穿着新衣服，哪里热闹就往哪里钻，跟着别人傻笑。

早上开了席，随着婚礼总管一声长长的吆喝，几挂鞭炮一炸，在喜庆的硝烟中，新娘子就该上路了。

可是，陈宝珠却不一样。宝珠穿着红色的新娘装，水灵灵的，娇媚无比。宝珠左磨右蹭，犹犹豫豫，老是不想出门。

送亲的急了，劝了半天，宝珠还是不出门。

当母亲的更为着急，陪着女儿流了半天泪，宝珠还是不想出门。

来做客的亲戚，也跟着进来劝，还是没有效果。宝珠落落大方，不愠不火，和她的几个闺密说着她们的知己话，全然没有把这当回事。

太阳渐渐西移，陈宝珠还没有出门的意思。

门外的爆竹“噼噼啪啪”响了起来。不用说，是郑家把姑娘送过来了。陈宝珠才恋恋不舍地出了门。

陈宝珠打着花洋伞，懒洋洋地走在前面。姨妈刘兴兰带着一帮亲戚，跟在后面送亲。

阳光不像正午那么毒，但热烘烘的地气从地里钻出来，依然让人感到难受。地里的小麦正在泛青，一绺稀疏的风，带着土地的余温，燎得人心里直发慌。

这个死丫头，早晚都是人家的人，还扭捏个啥？送亲的人头上冒着汗，心里都在咒着。要是早一点上路，这个时候早就到了郑家，舒舒服服地歇凉，喝茶，聊天，哪里用得着在毒辣辣的太阳下受这份罪？

好不容易走到半道，陈宝珠又有了新要求：她要去解手。

那是一个山丫口，路边有一棵粗大的槐树，枝叶茂盛，绿荫如盖，正好歇凉。一行人巴不得有个落脚的地方，坐下去就不想起来。

缓过这口气，才发觉陈宝珠还没回来。刘兴兰心里焦急，叫两个年轻姑娘去催一催。两个姑娘去喊了半天不见动静，就失声惊叫起来：

“宝珠不见了！”

大家手忙脚乱赶过去，一齐傻了眼：转过山丫口，是三条岔路。陈宝珠大红的新衣服，打的花伞，胡乱扔在一条道上，人早没了踪影！

第二天天不亮，就来了几个壮汉，几脚把陈万德家门踢开，拖着睡眼惺忪的新娘就出了门。还没吃早饭，郑家又邀约了一帮人过来。这伙人气势汹汹，提出两个条件：要么，把陈宝珠送过去；要么，退婚陪损失……

陈宝珠就像阳光下的露珠一样，消失得无影无踪。

这样的结果，让寨子里的人感叹吁吁，倪万喜也为此难受了好些天。

第六章　再胜一筹

一

傍晚的夕阳，就像一个温热的火球，懒洋洋地悬在轿顶山的半山腰，定格在远方缥缈的雾霭上，形成了一道独特的景观：一边是金黄色的阳光，另一边是轿顶山留下的剪影。一群乌鸦，在轿顶山形成的阴影里，撕咬，盘旋，声嘶力竭地鸣叫个不停。

吴正虎就是这个时候到学校来的。

学生已经放学了。吴正虎在倪万喜面前坐下来，长长地叹了一口气，就用拳头在自己的额头上咚咚擂了两下。那一声叹息，让空寂的房子也微微发抖。

"万喜，这都是命！"吴正虎惨惨地一笑，那张瘦削的脸，在夕阳的余晖中看上去有几分恐怖。

"事情都已经到了这一步，还是顺其自然的好。说不定，哪天宝珠就回来了哩！"倪万喜揉着酸胀的眼睛，说的是大实话。

吴正虎咕咕咕地笑起来，那声音从他的嘴里发出来，听上去就像夜空中的孤魂野鬼哀鸣一般，让人毛骨悚然。吴正虎笑了一阵，说："怪我憨，我该铁下心，带起她跑的。"

还不等倪万喜说话，吴正虎又说："早一点走，就没有这些事！"

倪万喜摇摇头，说："难道，就没有其他办法了吗？"

吴正虎"咕咕咕"又是一阵笑，听上去比刚才的声音还要恐怖："这个死地方，不跑，就只有这种结局！唉，当时我劝过她，我们一起远走高飞。她不干，说我们走了，两边大人世世代代就成了冤孽。这个姑娘，心地太善良了！"

倪万喜叹了一口气，跟着小声骂了句娘。

“也怪我心软。话是这样说，我也舍不得丢下父母。他们虽然话多一点，但从小都把我捧在手里，生怕我吃半点亏。要是我带着陈宝珠跑了，不把他们气死才怪！我老是在想，我爹我妈，也是勤巴苦挣的农民，我为什么要让他们受那份罪？”

倪万喜点点头，说：“是呀，你们自由恋爱，有什么错？”

吴正虎摇摇头，一拳擂在桌子上，说：“狠下一条心，走了就走了。大不了，躲几年再回来。转过来一想，出去也不一定好过，东躲西藏，四处漂泊，惨呀！老子又没做错事，凭啥要去过这种惨日子？老子不甘心啊！你说，我这是啥命？”

吴正虎叹了一口气，又咕咕咕地笑起来。

入夏以后，天气更加闷热。祁四老爹弄来的煤油已经用完，他厚着脸皮去供销社找过几次，也没有办法解决。

倪万喜差不多每隔一个星期，就要托人去买两斤煤油回来。煤油的身价又涨了，一斤煤油要搭五块肥皂，买肥皂的钱比买煤油的还贵。问题是，即便这样，煤油还经常断货。那些日子，吴成英对那一口袋肥皂发愁。倪春富一见吴成英这个样子，气就不打一处来：“不要把害瘟病的脸垮起，哪个也不欠你的！”

吴成英也不是省油的灯。她一肚子的火，正找不到地方发，就冲着自己的男人骂起来。倪春富知道自己不是对手，赶紧采取迂回战术，背上篮子匆匆出门，割牛草去了。

即便采取逃避政策，倪春富还是逢人就在大声问：“哪点帮整点煤油嘛！”

遇到面善的，会陪着他苦笑，摇头，叹气。

遇上嘴叼的，就直戳戳地说：“全世界的煤油，都拿给你两爷子点完了，整个锤子！”

倪春富很失望，收敛了脸上的笑，边叹气边摇头：“这个抬丧的煤油！娃儿那几文狗卵子工资，还不够点灯哩。操他先人哟！”

骂归骂，倪春富心里非常清楚，儿子晚上备课要点灯，改作业要点灯，复习考大学要点灯，哪一天晚上离得了灯火？

这也难不住倪春富。大不了多跑点路，去砍些松明回来。不过，不是每一棵松树都可以做松明的，得找那些受了外伤，磨破了皮，或者拦腰折断了的松树，松油从伤口处汩汩流出来，把树身浸润得通体透亮，砍下来才能做照明用。因此，有时候到山上转一天，还砍不到一把。

这天晚上，倪万喜正准备上床睡觉，吴正虎气喘吁吁地跑到学校来，说姑爹一大早就去砍松明，到这个时候还没回来。

倪万喜心一下提到了嗓子眼儿上。他知道，爹一定是乘着雨水落地前，想多给他备一点松明，又到野猫凹去了。要砍松明，最佳的去处是野猫凹。那里山高林密，人迹罕至，路途遥远，花在路上的时间往返要四五个小时。要去野猫凹，中间得翻过山高谷深的豹子岩，非常危险。这个时候还没有回来，显然是凶多吉少。

倪万喜赶紧叫上几个亲戚，大家打起火把，就往野猫凹赶。一路上伸手不见五指，唯有天上的星星泛着冷冷的光。大家一路走一路喊，第二天早上，才在豹子岩下找到了奄奄一息的倪春富。

一行人赶紧扎了个简易的担架，把倪春富抬回了家。倪万喜请杨七公来接骨，虽然保住了倪春富的命，但从此再也下不了床。

遭到这样的变故，倪万喜只得经常回家帮着照料父亲，加上教学任务繁重，无心再去复习。眼看着离高考的日子越来越近，倪万喜对自己越来越没有信心，无心再去凑这样的热闹。

倪万喜彻底放弃高考，是在这一年暑假。

学年结束前，倪万喜专门去区中学。倪万喜虽然信心不足，还是打听好高考报名的时间，专门到郭校长那里去了一趟。郭校长感慨了半天，给他找了些高考复习资料，要他认真复习，明年一定去参加高考。倪万喜拿到那些资料，感觉有些生涩。毕竟，他已经离开学校两年，很多知识似是而非。加上学校教学任务重，备课改作业，学生辅导，把这些事情做完，确实没有更多的时间来复习。

不过，另一件事却让倪万喜感到无比的高兴。倪万喜向郭校长要了两套初二前几年的统考试卷，回来让学生做模拟练习。没想到，学生都很争气，及格率和优生率比上学期还高。别的不说，单单平均分，就比区中学当年的成绩高了三分左右。夏雨高兴得像个孩子，拍着手，又唱又跳。张尚福呆了一般，抽着旱烟，咧着大嘴，半天不吸一口，让口水顺着烟杆往下流。

要是照上学期，实打实地参加统考，肯定又会让天拱坝中学抬不起头来。倪万喜和夏雨一商量，提前给刘长索和杨天福几个成绩好的点了水，让大家考试时把最后那几道题空着，做在草稿纸上，单独给他们算成绩。果然，统考成绩一出来，天拱坝的老师欢天喜地，到处吹嘘：

“如何，只要不掺假，原形马上就现出来了嘛！”

乌地吉木的娃娃却高兴异常。拿着放假通知书，乐哈哈地回家给爹娘老子报喜。说实话，天天和土地打交道的人，通知上的字也认不全，甚至连倒顺都分不清，但每天都会用汗涔涔的手，拿着那张薄薄的纸，笑眯眯地看上几次。

午后，整个乌地吉木，空气都变得油腻，酽稠，小鸟在树上蹦蹦跳跳，比什么时候都叫得欢畅。不用说，那都是因为很多人家都煮了腊肉的缘故。娃娃在学校里苦了一学年，考出了好成绩，就跟庄稼一样，有了好的收成，得用这种方式好好犒劳一下。

面对教了三年的这群娃娃，倪万喜实在舍不得。他知道，要是自己一走，这个班就散了。夏雨虽然很投入，但那也是早晚的客，说不准哪天屁股一拍说走就走。没有师资，这所学校怎么办得下去？

不过，到天拱坝中学改试卷，倪万喜也收获了一份失落。那天，陈涛老师把他拉到一边，说：“万喜，你稳得起嘛！上个月，县上在招干，你怎么不去试试？”

“招干？”倪万喜脑子里一懵，不知该说什么好。陈涛一看倪万喜这副神色，知道他还蒙在鼓里，就一边替他惋惜，一边安慰他，说以后有的是机会。

话是这么说，这样的机会能赶上一次是一次。可是，有这种好事的时候，自己居然不知道。要说不遗憾，那也是假的。

倪万喜考虑再三，还是硬着头皮给郭校长写了一封信。他只字没有提学生的情况，在信中坦诚地向郭校长说明了家里的窘境，即使是考上学校，他也无心去读。现在，唯一的出路，就是安心在乌地吉木代课，以后找机会转正。最后，他恳请郭校长，以后有转正、招工、招干的机会，通知他一声……

放假以后，夏雨匆匆去了趟县城，买了几套书，又回到了学校。

夏雨本身就是一道靓丽的风景。那些孩子，只要一回家，总是被大人支使得团团转。夏雨一回来，那些不甘心在家里干活的孩子就有了理由，纷纷要求回来找她补课。爹娘老子也被期末那张薄薄的通知书所鼓舞，苦点累点算个啥，哪怕娃娃到学校去，多学半边指甲大的一个字，都是好事。这样一来，祁四老爹倒省了不少心。老汉还是和过去一样威风，象征性地背着手，到寨子里转了两圈，还不等他瞪眼睛，那些娃娃就乖乖地回学校去了。

倒是苦了张尚福。每到假期，是他最为闲暇的时刻。平时欠账多，正好把耽搁的瞌睡补起来。张尚福可以蒙着头，一觉睡到下半天。有时候婆娘做好饭，催促几次，他还不耐烦起来赏光。可是学生一来，他就不可能在家里补瞌睡了。学校里要补课，只有他去做饭。夏天湿气重，生火非常困难，滚滚浓烟不熏出几滴眼泪，这顿饭是弄不出来的。

夏雨向张尚福反映过多次。做那么多练习，必然要有复习资料，光凭几盒复写纸，是解决不了问题的。娃娃要想全面发展，不能读死书，得想办法多活动。夏雨说得再明白不过，学校得有台油印机，至少也要有几个篮球……

对于夏雨的一系列要求，张尚福只是笑笑，不做更多的表态。其实，张尚福心里比谁都清楚。去年翻修学校，尽管上面给了这么大的支持，但毕竟有这么大的开支，到头来还是欠了上千块的材料款。就算有钱，也得把那些欠款付掉。不然，一看到新学校，张尚福就感觉到身上有无数只虱子在簌簌爬动，让他浑身不自在。

这样的话题，夏雨也和倪万喜说过几次。

倪万喜知道学校的难处，不好火上浇油，说：“好稀奇的事，不要小看咱们这山沟沟，这里到处都是宝，只要肯出力，何消求人！”

夏雨做了个鬼脸，说：“寨子里的乡亲，个个都肯下力，怎么没听说，哪家挣成了千元户万元户？”

倪万喜说：“那些目标，太宏大了。不就买点文具嘛，得空了，把学生发动起来，扯山草，拧松果，采药材，捡桃核、杏核，哪一样不是钱？”

夏雨说：“你那些破玩意儿，谁要！”

倪万喜说：“这你就外行了，这些东西，供销社都在收购。只怕你手里没货！”

夏雨眼睛一亮，目光很快就暗淡下来：“有你说的这么简单？这些东西，我清楚得很，晒干的山草4分钱一斤，松果3角钱一百斤，那些中草药，不是小娃娃随便采的。靠这些东西把钱凑够，孩子们都毕业了……”

倪万喜嘿嘿笑道：“我就不信，老师学生一起出力，还把你说的那个机器买不来？”

平时上课时间紧，谁也没把这些话放在心上。现在好了，漫长的假期，不可能天天把学生都箍在学校里，夏雨就决定带孩子们去搞点副业。

张尚福得知这个情况，双手在围裙上擦着，脸上的笑怪怪的：“夏老师，这事好是好，就怕学生吃亏！”

夏雨头一扬：“用自己的劳动报酬，买点学习用品，吃啥亏？”

张尚福连忙摆手：“我不是这个意思，我是怕娃娃糊里糊涂挨揍哩！”

夏雨眨着眼睛，目光暗淡下来，说：“国家的山林，搞点勤工俭学还不行？”

张尚福笑了，说：“随着土地下户，山林也承包给了私人的。不先和祁四老爹通声气，他出面打打招呼，还真的干不成！”

夏雨将信将疑，去跟祁四老爹一说，老汉抡着旱烟袋，眼睛一瞪：“你们放心去，哪个要是吃了豹子胆，敢动你们一根毫毛，老汉就把他的脑壳扭下来！”

话是这么说，祁四老爹还是背着手，到寨子里转了两圈，逢人就在打招呼，要大家支持。看着那高高的山，很多人都说：喔哟，稀啥毬奇，他们去拿就是。还有人摇着头：那些卵皋子娃娃，就是白送，谅他们也拿不动……

一场暴雨过后，天放晴了。趁着这难得的好天气，夏雨带着孩子们上了山。孩子们像出笼的小鸟，嗓门一个比一个高。临出门前，夏雨换了一身装束。粉红的运动装，紫色的运动鞋，宽大的墨镜，薄薄的遮阳帽，挎在身上的小包，拎在手里的折叠伞，在刺辣辣的阳光下，是那样的抢眼。

没有风，空中的几朵白云犹犹豫豫，半天不肯挪动一步。鸟雀晾干了羽毛，放开嗓子，啾啾鸣叫个不停。地里的庄稼，路边的大树小树，在雨水的滋润下，正在噌噌往上疯长。不过，这一天大家都没有心思去欣赏这些美景，他们更关心城里的夏雨，在烈日下的窘境，以及那伙猴急猴跳的孩子，会有什么样的收获。

太阳落山的时候，寨子里陆续有了孩子们的身影，他们都背着装得满满的背篼，上面是长长的山草，下面是松果。毒辣辣的太阳，不仅把他们体内的水分变成黏糊糊的汗，还把他们的热情磨得精光。孩子们少了出门时的嘻嘻哈哈，脸上的表情更为老成，严肃。就连偶尔发出的声音，也变得老态龙钟，哼哼叽叽。夏雨走在最后，她那身漂亮的运动服上，有几道明显的泥痕。夏雨的步子有些趔趄，走几步，不得不用手在腰上杵一下。不用说，那是在山上摔了跤，留给她的纪念。走在最后面的，是来看热闹的陈宝柱。他摇晃着身子，不时嘿嘿地笑着，像一个搞收容的老兵。

这一天对于张尚福来说特别难熬。这么多孩子上山去，要是出了问题，怎么向家长交代？孩子还没出门，张尚福就对夏雨说，他带孩子们上山，让夏雨在学校里做饭。夏雨哪里肯干，推说她做不来饭，一溜烟就往前走了。张尚福只好在后面一再重复，要她随时注意清点人数，要是有啥异常早点回来。孩子们跨出校门纷乱的脚步，把张尚福的心抽得空空的。张尚福一天火急火燎，如坐针毡，老是盼着太阳早一点挪到西边去。张尚福早早做好了饭，站在学校门口，眼睛直往那灰蒙蒙的山上瞅。他手里的旱烟早就熄了火，也没心思再把它点燃。平时津津有味的旱烟，此时是那样的寡淡。

孩子们一个个弯着腰进了校门，张尚福连忙搀的搀，扶的扶，喜笑颜开，就跟迎接凯旋的英雄没有两样。张尚福早已经准备好了几盆水，拿出半块肥皂，高声吆喝的嗓音里满是喜悦："洗手，洗手！嘿，这几个坏家伙！"

这几天有的是水，还可以讲究一下，几个孩子洗了手，洗了脸，还不忘做恶作剧，弹一些水在别人头上。

孩子们响亮地咀嚼着饭，欢快地说着白天的稀奇事。这一天的劳动成果不少，孩子们白天已经跑过一趟，提前把松果和山草放了一半在寨子东边的马蜂坪。张尚福担心晚上下雨，也不管夏雨同不同意，带上杨天福和倪万顺这些大同学，扛了几个火把，又上了路。

倪万喜听说夏雨摔了几个跟头，心里满是愧疚，就主动提出来，以后由他带孩子们上山。张尚福也在盘算，干脆把几个老师都叫回来，大家轮着上山……

几天后，趁着好天气，倪万喜带着学生上了两次山。后来，刘启昌、吴家祥、邓云禄、谢长顺都和孩子们上过山。就连炊事员刘启芬，也带着老公邓万祥，加入了他们的行列。

松果得卖新鲜的。开学以后，祁四老爹就让吴正高，吆着十多匹牲口，把松果驮去供销社卖。张尚福给吴正高开了长长的清单：篮球一个，乒乓球拍两副、羽毛球拍一副，羽毛球、乒乓球各五盒，500张白纸……

二

陈宝珠一走，吴正虎就像掉了魂。

吴正虎成天野鬼一样，在山上山下到处晃荡。那道游离的目光，就像蛇的信子一般，嗅遍了岩石间的每一道夹缝，也没有搜寻到关于宝珠的蛛丝马迹。这一切都是徒劳的。他心里那几分微不足道的侥幸，早被无情的现实摧残殆尽。岁月的煎熬，除了让他心力交瘁外，更让他脖子上的喉结越来越明显，额上的颧骨越来越突兀，嘴上那两撇并不浓黑的胡须越长越长，颇有几分仙风道骨的模样。

不管有事无事，吴正虎都喜欢到学校来。吴正虎就像一只被抽掉脊梁的狗，垂着头，耸着肩，抱着两只膀子，晃进倪万喜的寝室里一坐就是半天。倪万喜成天忙得像陀螺，根本就没有闲工夫和吴正虎搭腔，甚至有时候连正眼都不会瞧吴正虎一眼。但是吴正虎并不计较，更不会妨碍彼此的交流。

吴正虎内心的痛苦，只有倪万喜能理解。这些日子，他们都在回避那个敏感的话题，不想把那痛苦的疮疤揭开。只要得了空，倪万喜总是乐呵呵地，向吴正虎介绍哪个娃娃成绩又提升了，哪个娃娃最有潜力，哪个娃娃不开窍只知道读死书……倪万喜尽可能把这样的话题说得轻松愉快，以分散他的注意力。

吴正虎静静地听着，偶尔轻轻地叹一声气，木讷得犹如一尊雕塑。

空旷的校园里有了孩子们的呐喊声。张尚福戴着老花镜，卷着袖子，带着倪万喜和夏雨忙了两天，才把那几百张白纸剪裁好，装订成作业本。这都是张尚福的杰作，他让吴正高去乡政府，把他们不用的旧报纸统统背回来，用废报纸做作业本的封面和封底，由倪万喜用毛笔写上学生名字，又可以省出两张纸来。

看着那堆成小山一样的作业本，大家都很开心。

很多家长都知道学校的难处。来学校看孩子，除了给娃娃带点咸菜豆瓣，给老师带点瓜瓜菜菜，还会在路边扯两把山草带上。到了学校，也不多说，把带来的山草扔在草垛上就是。对于他们来说，多也罢，少也罢，那都是不打紧的，无外乎就是尽了一份心意而已。

倪二老爹这些日子笑声最为响亮，逢人就在吹他家孙子。同样的话说多了，自然让人感到厌烦，很多人见他过来，都远远地躲开了。不过，这并不影响倪二老爹的兴致，就连跟家里瞎了一只眼睛的老母猪，都可以喋喋不休侃上半天。

这都怪张尚福给老汉灌了迷魂汤。

期末的考试成绩一出来，就吓了老汉一大跳。

倪万喜有次说过，要想考中专，平均分达到75分就有希望。倪万喜说这话的时候，没几个人放在心上，唯有倪二老爹牢牢地刻在脑海里，时时掰着手指，把倪万顺的成绩拿来算了又算。这次考下来，倪万顺各科成绩明显往下掉了一大截，照这样下去，哪里还有啥希望?

老汉找到张尚福，还没开口，就让张尚福忽悠得晕乎乎的。张尚福说这些娃娃，最后那几道题，都是做在备用卷上的，为的就是麻痹天拱坝那帮牛皮哄哄的家伙。张尚福还说通过几个假期的补课，新课已经上完，剩下这一年的时间，就是反复的训练和复习。这样一来，相当于三年时间，给孩子读了四年书。

倪二老爹把倪万顺的成绩拿来一折算，妈呀，科科都在90分以上！老汉一高兴，什么大话都吹得出来。倪万顺一回家，倪二老爹就像服侍皇子样，把他儿子和儿媳支使得团团转。有老爹在那儿护着，家里的草用不着倪万顺去拿一根，就是凳子倒了，也不消他去扶一下。家里的煤油都省着，让倪万顺回来用，就算没有煤油，老汉也是叼着烟袋，在旁边举着松明，为孙子照亮。当然，很多时候，老人会笑眯眯地进入梦乡。亮晶晶的梦口水，就会从他的嘴角顺着烟杆流下来，嘀嘀嗒嗒落在倪万顺的书本上，试卷上。这样的邋遢，让倪万顺在感动之余，更多的是恶心。倪万顺没办法，只好不住地催促爷爷去睡，或弄出其他响动让老人惊醒过来。每每这个时候，老汉总会“嘘遛”一声，把挂得长长的梦口水吸回去，道：“睡啥睡啥，几十年的瞌睡早就睡完毬了！”为了不至于让老爹的口水浸润他的书本，倪万顺不得不草草收工，让老人去床上睡觉。

当然，更多的时候，老人会咂着嘴，对倪万顺说：“娃儿，不争真龙（蒸笼）争口气。你不见，你爹你妈苦得造孽，眼睛一睁开就下地，比牛还苦。他们为哪样，还不是为了你们。要是你有点出息，考上个学校，管它师范也好，卫校也要得，总比天天在家里捏锄头把强！”

这样的话，倪万顺的耳朵早听起了老茧。老汉越是这样，当孙子的就越不耐烦，愣着眼睛：“不要像只病老鸹样，天天在旁边呱啦呱啦的叫。你本事大得很，不见你考个中考，给我们做做榜样！”

倪二老爹倒吸了口冷气，瞪着眼睛，龇着牙，狮子般吼起来：“啊哟，翻天了，狗娘养的！”

老汉咆哮一阵，又软下来：“老爹是无法了。要是再回转去七十年，老子读给你们看！你们几爷子不晓得，老爹在你们这个年龄，不是不想读，想读得很，那是社会不允许我们读书。我才去天拱坝，你老祖就拿给人家抓丁抓走了，是死是活，只有天晓得。家里就剩下你老祖婆，还有你幺老爹。你老祖婆缠着小脚，下不了地，你幺老爹才四岁。我不回来，他们连讨口都无法。你这些娃娃，身在福中不知福，不晓得珍惜。到了老爹这个年岁，懂得这些道理，那就晚了！”

老汉叹了半天气，“嗞”地吸一口旱烟，说：“你不见寨子里的陈宗旺，在供销社煮饭，当伙夫，干的是服侍人的工作。要在旧社会，连丫鬟都不如。就是这样的人，你看看，过年回来，寨子里哪年不是张家请了李家请，还生怕人家看不起不耐烦来家里吃饭。在县土产公司守大门的刘万斗，如何嘛？斗大的字识不得半升，舌头就像打了疙瘩，说话就像病猫叫，哪个都听不清楚。在单位上，就像一条只剩了半口气的狗，抖瑟瑟的缩着身子，哪个都可以踢他两脚。一回到寨子里，嘿，腰杆直了，说话也利索了，声音也洪亮了，哪个不巴结他？你以为寨子里的人都是傻瓜，个个想去舔他们的尻子？那是因为他们捧着铁饭碗，个个羡慕他们日不晒雨不淋，就可以现嘎嘎地拿工资。寨子里的乡亲要去提包化肥，买几斤煤油，称几斤红糖，还得求他们帮忙。你有的是文化，要是考上中专，国家安了工，不强过他们百倍千倍才怪！到时候，不仅仅是咱们倪家，就是寨子里的乡亲，哪家敢不把你供在神龛上？”

老汉“啵啵啵”地抽着旱烟，那颗花白的脑袋，就陶醉在腾起的烟雾里。

国庆的时候，张尚福进了趟县城，买了台油印机回来。

有了这台宝贝，倪万喜和夏雨高兴异常。学生的新课上完了，他们已经转入全面复习。按照夏雨那套《初中基础知识丛书》，他们已经有了一套完整的复习方案。有了这台油印机，他们再也用不着把复习和检测的内容抄在黑板上了。这是多么好的事啊！

深秋的晚上，天气渐渐转凉。远处的寨子，近处的树，蒙胧在夜色里。皎洁的月亮，静静地挂在夜空。小虫子唧唧的叫声，铁笔在蜡纸上磨出的沙沙声，交织在一起，格外悦耳。

倪万喜一口气刻了三张蜡纸。

倪万喜在区中学帮老师刻过钢板，搞过油印，对这一套轻车熟路。他的字看上去庄重，流畅，秀美，字体大小适中，有刻错的地方，用涂改液一抹，再重新刻上去，看不出半点破绽。

孩子们早已进入了梦乡。夜空，清朗，静寂。淡淡的月色，轻微的鼾声，呢喃的呓语，以及小虫子的欢唱，把夜点缀得更加神秘。倪万喜一点睡意也没有，打开崭新的油印机，调试好油墨，装上纸，滚筒轻轻在纱窗上一滚，“沙”一张，“沙”又一张……

第二天一早，夏雨看着散发着油墨清香的试卷，啧啧赞叹了半天。夏雨已经准备好了几套复习题，找了张蜡纸试笔。夏雨的字体娟秀，生怕把蜡纸刻不透，每一笔都下得很重。一张蜡纸刻完，夏雨就觉得手腕酸胀不已，几根手指像着了魔，连伸直都困难。不过，这掩饰不住她内心的喜悦，拿着蜡纸就找到了倪万喜。

夏雨的脸红扑扑的，大大的眼睛里满是笑。倪万喜心里一颤，他不忍心破坏了夏雨这份好兴致，连连点头称赞。不过，倪万喜还是建议：蜡纸刻得透了些，得少放油墨，不然会浸污下面的纸张。

倪万喜说，等下了课，他再演示给她看。夏雨哪里肯让倪万喜动手，拿了匝白纸，调起油墨，就自己操作起来。夏雨生怕油墨漏不下去，力气全用在手上，把滚筒压得很慢。夏雨揭开纱窗一看，油墨把下面的旧报纸浸得黑乎乎的。夏雨暗暗骂着自己，她用了十多张报纸，才把多余的油墨吸干。试卷印出来了，前面十几张，因为油墨太重，不得不忍痛丢掉。

看到那些废掉的纸，张尚福感到心嗞嗞地疼，忍不住叹了两口气。张尚福虽然没有多说，但夏雨早已看出端倪，心中又多了几分自责。

复习资料还没发下去，张尚福就对学生们说：“你们赶上好时代，遇上好老师了。这些资料，都是你们倪老师和夏老师，一个字一个字地刻在钢板上，一张一张印出来的。你们得珍惜，更得用心，把上面的每颗字，都装在脑子里！”

张尚福顿了顿，指着那些印出来的资料，说：“咱乌地吉木，考中专考大学，祖祖辈辈眼睛都盼起老茧了！那些在田里地里薅刨的父辈，兄长，他们不是不想考学校，他们是没有这样的条件。如今，机会来了，只要大家把这些东西吃透，中专就是你们的！”

三

冬天的太阳早把夏日的威风收敛起来，懒洋洋地悬在天上。天空好像挂了一层灰，看上去老是心事重重。山上的草已经枯死，落光了叶子的树，在冷风中瑟缩着。

这样的时节，对于寨子里的人来说，是最为惬意的。除了说媒，订婚、讨亲、嫁女、祝寿、乔迁这些大事显得特别热闹外，修房子、砌地埂、浆水沟、捶晒坝、挖屋基、迁祖坟同样是大事。三亲六戚上阵，热热闹闹，场面宏大，更少不得请人来，帮着婆娘做厨，天天喝酒吃肉。凿猪槽、修磨子、编篾货、锨钢钎、打家具、割棺木，那是手艺人的活路，人不多，也得当贵客担待，把家里的有头脸的长辈搬出来作陪。当然，自家的活路，比如烤酒、熬糖、渍麻一类，男女都可以上阵，早一天晚一天也不碍事。更多的是聚在一起，晒着太阳，用陈年的龙门阵咀嚼光阴。

陈万德披着件小棉袄，蹲在村里那棵老黄桷树下，眯着一双小眼睛，听别人吹闲牛。宝珠出走后，老婆喝下半瓶农药，虽然抢救及时捡回一条命，多半时间却只能躺在病床上，哼哼叽叽，苟延残喘。日子过得煎熬，陈万德难得有这么好的心情。那样的话题，哪怕是天天嚼，还是让人津津乐道。吴正能喝了酒，脸让太阳晒得黑红，正在埋怨今年苞谷种多了，剥出来的苞谷棒子，就堆了满满一楼，楼面压得就像只筲箕，墙体也呲开了拃多宽的裂缝。吴正能咕咕咕地笑着，用手比着裂缝的宽度，恶狠狠地吐了一口痰："日他小哥，明年雨水还是这样好，老子哪有地方堆嘛！"吴正能还想继续吹下去，就让邓正安把他的话打断了："喔唷，现在土地这么宽，哪个还稀奇那几背苞谷？"吴正能虽然哑了口，那一脸的幸福还没有从脸上消退。邓正安说："老子那婆娘才憨！天天拿精料，把那几头猪催得像大象一样。我那几头猪，你们猜，有好重？杀倒了，血放干，最小那头，还有九百八！我的老天，这么大的猪，拿不上案板杀呀！舅子老表都晓得我的猪大，来的人也不少。可是，猪圈就屁股大块地盘，纵有日天的本事，也施展不开手脚啊！十多个人揪的揪耳朵，提的提尾巴，掀的掀肚子，抬的抬四蹄，费了九牛二虎之力，才把那个憨家伙擒上案桌。三头猪还没打整完，几个大汉都差点累瘫了！嘀唷，明年再也不喂这么大的猪了！"

邓正安吹得眉飞色舞，哈哈哈笑过一阵，说："当老师的，到底斯文，肠子细，还没有我家大猫的口食好！"吴正能终于找到了一个破绽，说："你家那些老肥肉，送叫花子吃人家还不耐烦，不消说是老师！"邓正安哪里听得踏削人的话，瞪圆了眼睛，呲着嘴就要开战，还是吴正国把话题岔开了，高声说："还是我那个最划得着！我那几间大瓦房，一色的青瓦，才4分2一块！"

就有人嚷起来了："4分2你还划得着，人家去年才3分2，最好的才3分3，有啥划得着的？"吴正国嘿嘿嘿地笑开了："等你们识得秆，姜早还卖完喽！你们那些耗子眼睛，哪点看得透？现在好多人，手里才有点积蓄，还不敢用来修房子。要是明年、后年大家一起上，你看看那瓦片，不涨到5分、6分一块才怪！这还不说，老子提前享受了两年，哪点不安逸？你说，划不划得着嘛！"

陈万德也跟着起哄："哪个不晓得，你和你二叔吴成厚一样，专干投机倒把，尽吃烂钱！要放在前几年，你狗日的不死，也得脱几层皮，你信不信？"

就有人嘎嘎嘎地笑。还有人高声嚷，晚上就开他龟儿的批斗会，要他晓得锅儿是不是铁的……

"啊哟，这些龙门阵早就过时了，听起硌耳朵得很！"说话的是吴成厚。他平时忙，难得出来凑热闹。不过，吴成厚仗着他腰包里有几个钱，农闲时节喜欢到城里逛逛，说些话来往往和别人不一样。吴成厚呵呵冷笑几声，说：“你们这些家伙，天天只晓得，从灶门前转到灶背后，都是些‘山里猴’。那小点见识，还不如耗子的眼光！”

这样恶毒的话，一棒就把寨子里的人都扫倒了。周围或蹲或站的人，碍于吴成厚在寨子里的声望，脸上虽然挂不住，却只能用鼻子哼出轻蔑，以示抗议。

吴成厚显然没有把这些人放在眼里，用指甲刮着牙齿，慢吞吞地说：“现在哪个还在侃他粮食多，年猪大，房子宽……”话音未落，就有人小声嘀咕：“寨子里又要出只白虱子了！狗杂种才吃了几天饱饭，就开始冒酸饱嗝了！”

吴成厚把一块肉渣啐在地上：“不要以为多掰了几背苞谷，多喂了头把猪，多修了几间房，就有日天的本事，以为自己那脑壳，比斗笆箩还大。说白点，那些猪零狗碎的东西，在人家眼里，算哪块洋葱皮！你猜，人家现在比啥，比哪家娃娃读了好多书，考取了什么大学，那才是了不得的事！你们想想看，人家娃儿考起了大学，以后就是国家的人，硬当当的有工资拿不说，生老病死还有国家扛着，三亲六戚都跟着沾光。你几爷子哪个享过那种福？和人家比，你这些抖瑟瑟的小气鬼，算哪把夜壶嘛？”

周围的人虽然还是一脸的愠色，一个个却无言以对。

吴成厚又说：“你们看嘛，寨子里从山上搬来那几家彝族，你不要看人家不声不响，他们为哪样，就是为了把娃娃送下山来，找个地方读书！你几爷子看看人家杨打铁，娃娃早早地就撵在学校来，天天闷着脑壳在地头苦，哪有时间和你几爷子日高白，那才是聪明人！”

就在这个时候，学生放学了，三五成群，陆续从那边涌过来。陈宝佑显然看见了蹲在黄桷树下的爹，高兴地跑过来，说：“爹，这次测验，我考及格了，语文干了42，数学干了19！”

因为激动，陈宝佑的脸红扑扑的，正在盼着得到老子的表扬。

旁边的人愣了一下，接着就“轰”的一声笑起来，闹嚷嚷地说：

"及格了及格了！喔唷，硬像你陈家的子孙，个个垫毡子盖羊皮，一个比一个日毛哩！"

陈万德哪里听得这样的话，恼羞成怒，肩膀往上一耸，小棉袄还没有落地，一个巴掌就扇过来，高声吼道："死不中用的杂碎，尽戳别人的眼睛，你咋不把你的眼睛戳瞎？"

没想到，陈万德一语成谶。几天后，寨子里就出了一件事，这是后话。

有了这些复习资料，学生们的学习积极性更高。白天自不必说，课余闲暇，学校门前的地埂上、树荫下，都会看到学生苦读的身影。每天晚上，教室里灯火通明，松明发出的黑烟，在孩子们的头上笼罩着厚厚的云层。不五次三番催促，孩子们是不会去睡觉的。

邓云禄不以为然，每天独来独往。见了倪万喜和夏雨，邓云禄显得不冷不热，要是两个年轻人不跟他打招呼，他是不会主动理睬的。有时候，大家在一起说得热闹，他也很少过来搭言。他每天差不多踩着时间的节拍来，放了学，除非学校里有其他安排，否则教室门一关，就往家里赶。他的两个儿子，一个在区中学，一个在区中心校。他专门在集镇上，找了家亲戚，租了间房，让两个儿子在那里落脚。家里有30多亩包产地，就他老婆在家。放学回家，把书包一放，他就下地帮着老婆干活，不到天黑，是不会回去的。他总是说，猪就是猪，就算把猪吆到美国的白宫逛三圈，回来也不可能变成猴子。从骨子里，他就不相信两个年轻人那一套。他反复思考过，就凭你几个代课教师，就想把中专生教出来，太阳真的要从西边出了！邓云禄对张尚福也不满，这个老糊涂，一天跟着那两个小屁孩瞎起哄。要是有这么简单，天拱坝那帮端了一辈子铁饭碗的公办教师，不是全都失业了？

转念一想，自己怎么能和张尚福比。老家伙和那两个青屁子套近乎，无外乎是想捞点政绩。到时候，有了转正的名额，凭着他当校长的优势，再有垫背的梯子，自然就上去了。

谢长顺不一样，他背底下找到倪万喜，请倪万喜帮他留一份复习资料，他作为参考。谢长顺早就听说，省上编了这套书，对中考很有帮助。可是，他把这些题拿回去，关上门研究了几个晚上，除了白白耗费些煤油，躺在床上久久难以入睡外，并没有实质性的收获。因为，他小学还没毕业，除了翻字典把上面的字认全外，对上面那些知识确实奈何不得。

刘启昌引起足够的警觉，还是因他侄儿邓永福拿了两道题，来向他请教。邓永福是他妹家的儿子。有舅舅在学校当老师，邓永福很是骄傲，大事小事都喜欢和舅舅说。刘启昌一看那两道题，脑子一下就大了。他本来就在天拱坝上过一年初中，这样的题哪里做得出来。不过，当舅舅的到底要老道得多，对侄儿说："这样的题，你得多去请教你们老师。我要是帮他们给你讲了，人家会觉得我抢了别人的风头，对你不好！"

打发走了邓永福，他把侄儿的复习资料拿来一看，惊得嘴巴都合不下来：老天，要把这些东西都弄懂，考中专有啥问题？

从此以后，刘启昌有空就去听倪万喜和夏雨的课。有的时候，他让班上的孩子做作业，也要去听一下。更多的时候，是把邓永福带到家里，督促侄儿子讲给他听。当然，他也只要求侄儿讲语文和数学。语文好懂一些，他还可以反复提些问题。数学就只能哼哼哈哈，睁只眼闭只眼就过去了。

唯有吴家祥，好像这一切，都跟他没有丝毫关系。吴家祥看着天上的流云，反复吟唱着：

那一天早晨，从梦中醒来，
啊，朋友再见吧，再见吧，再见吧！
一天早晨，从梦中醒来，
侵略者闯进我家乡……

四

祁四老爹早就盘算着，如何解决学校用水难这个问题。在这个干巴地方，打井、筑坝、堤灌、引水，都是不现实的。唯一的办法，就是修大水窖，雨季天把水储存起来，等到来年枯水季节用。

不管挖多大的水窖，乌地吉木缺的不是劳力，是水泥。

为把这事办成，祁四老爹跑了乡上跑区上，一直找到了政协的刘正朝副主席。

刘正朝很支持，把水利局局长请过来，专门商量如何办这件事：先从人畜饮水工程里，安排一笔专款，买水泥、买水管，修大水窖……

刘正朝还特别关照："光有憨力还不行，还得有技术。到时候，水利部门再支持一把，派两个专家，下去帮着把把脉！"

这一路支持下来，高兴得祁四老爹几晚上睡不着觉。回来就召开村社干部会，广为宣传，层层落实任务，在学校上面修两个大水窖。

学校放了寒假以后，祁四老爹把人全部压了上去。

才杀了年猪，寨子里的汉子养得一肥二胖，除了晚上不停地摧残家里的婆娘外，还真找不到正经活路干。有这么热闹的好去处，又是为学生娃娃做好事，大家积极性都很高，老人、婆娘、娃儿都往山上跑，学校后面全是人。

那层并不厚的土下面，尽是坚硬无比的山石，全凭一锄一镐硬干，不知道要挖到猴年马月。还不等村民的热情打折扣，祁四老爹就请人买来硝酸铵、硫黄和煤油，加上现成的木炭，在村口支上一口大锅，自己炒起炸药来。

于是，每天黄昏后，学校后面就会响起隆隆的炮声。

村里的人看着山上飘逸的硝烟，嘎嘎嘎嘎地笑，愤愤不平地骂，恶声恶气地抬杠：

"这个抬丧的地方，吃嘴水都这么艰难！"

"大水窖水一满，愁你几爷子吃不得，何消把你的心操烂！"

"喔唷，稀锤子奇！就算水窖里有水，那也是头年积攒起来的雨水，牛屎马粪都往里面淌，一想起来喉咙管就发恶心！"

"你懂个锤子，只晓得踏削人！你命好，咋不生在省城县城，咋不生在天拱坝？本身就是个造孽的命，能够有口水喝就不错了，癞蛤蟆尽想天鹅屁吃！”

“不要说得恁么难听。”陈九老祖拄着拐杖，也上来看热闹。老汉瘪着嘴，睁着无神的眼睛，说：“倒回去几十年，哪里会说没水吃的话？那时候，寨子里有两条河，一条从北往南，一条从东往南，河里鱼呀虾呀密密麻麻，只要你有力气，一年四季都有你吃的。特别是到了秋天，河里的鲫壳鱼，肚皮又黄又亮，一斤多大一条。那鲫壳鱼，肥，嫩，用来熬汤、清蒸、红烧都是好菜。嘀，那河里的石蚌才大，全是手巴掌宽，七八两一只，把皮一剥，撒点盐，丢在灶膛里一烧，那个味道，啊白白，想起来就流口水。热天的时候，下午收了工，小伙子在两河交汇的地方洗澡，姑娘就躲在东边那条小河里洗澡，互不干涉。哼……现在，你还想吃鱼，还想洗澡，做梦嘛！”

凑热闹的人，都沉浸在陈九老祖的回忆里。陈九老祖咂着嘴，说：“乌地吉木号称‘小台湾’，绿树成荫，冬暖夏凉，东西多得数不清，说主粮：水稻、玉米、高粱、小麦、荞子、洋芋、红苕，哪样没得？豌豆、蚕豆、黄豆、绿豆、扁豆、四季豆、南瓜、丝瓜、黄瓜、苦瓜、白菜、青菜、油菜、莴笋、莲白、番茄、洋葱、小葱、大蒜、芫荽、生姜，种子丢在地里，就吃现成的；梨子、桃子、杏子、李子、柿子、核桃、板栗、柑橘，哪家房前屋后没有几棵？那些年，有姑娘的人户，能够把姑娘嫁到乌地吉木来，就是跳进福窝窝了，还说这里不好？”

陈九老祖哈哈哈地笑着，口水顺着他的烟杆往下淌：“那时候，到处是密密匝匝的树子。那些树子有好高，几十丈高，十几个人拉着手，才抱得下。大水缸粗的树子，到处都是。山上树林大了，阴惨惨的，风轻轻一吹，嗡嗡嗡，呜呜呜，个把人根本不敢上去。山上豹子成群，野狼遍地，野猪、老黑熊经常看得到，哪一个你都惹不起。可惜这些树，全部在大炼钢铁的时候，砍去填炉子去了。我记得砍寨子东边那棵树，八个壮汉汉，轮班上阵，足足干了十天，才把树放倒，又干了十多天，才把那些丫枝，树干劈开。我的天呀，公社上说我们这里柴火方便，在寨子里建了十二个大高炉，从外面调了上万的壮劳力进来，山上山下全是人，不分昼夜都在砍树，两年不到，山就全部剃光，树子全部进了高烟囱！说来日怪，山上的树一光，豹子不见了，野狼也不见了，獐子、麂子、岩羊、狐狸也遁土了，偶尔见着个把野鸡、野兔，听见两声鹧鸪叫，都好像是在做梦一样。这还不说，树一砍光，以后又来了几场大的运动，几把火一烧，这些光秃秃的山就变成了耕地，种上了庄稼。地是扩大了，寨子里的水就越来越小……”

“从那个时候起，就没水吃了？”几个年轻的后生瓮声瓮气地问。

陈九老爹叹了口气，说：“那时候水小，还没有断。真正没水喝，还是这十多年的事。地质队在寨子下面的魔家湾发现了镍矿，地区成立了指挥部，组织了上千工人，在那里开矿。没想到这死地方，矿的储量还大。修了公路，每天车来车往，矿石哗啦哗啦往外运，热闹得不得了。采矿的场面越来越大，山上山下，到处是从矿山上推出来的泥巴和废渣，雨水一来，下面那些农田就遭了殃。更糟糕的是，连着放了两年炮，动了山脉，咱寨子的水就落下去了，乌地吉木成了一个干坝坝。别说小河，就连人喝的水都没有了，咋办？寨子里的人慌了，到处找人反映。上面派了领导来，说这是国家建设，大家都要支持。至于把寨子里的水打落了，缺乏科学依据。为了解决好大家的困难，每年同意减免一万斤公粮。现在，矿早就挖完了，指挥部早就撤了。喔嗬，找鬼大爷去？……”

陈九老祖咂着嘴巴，深邃的目光，静静地看着远方，犹如一只孤独无助的老蚕。

几个年轻人在旁边吵个不停：

“未必，把乌地吉木的水打落下去，就这样算了？”

“老子操他先人！这个屙屎不生蛆的地方，哪辈子要是吃得起自来水就好了！”

“你这个龟儿的，不要大白天做梦讨媳妇，尽想美事！你这辈人，要想喝自来水，好办？喊你娃儿好生读书，以后考取学校，在外面有了工作，把你两老口子接出去，天天吃自来水，胀死你龟儿的！”

山上已经凿了几个大坑，上上下下全是人。虽然是尽义务，但祁四老爹说了，得赶在年前把水窖的毛坯挖出来，开年后，就请水利局的工程师，来帮忙浆砌。寨子里能动手的，都赶起来了。说是看稀奇，其实谁也没有闲着。

吴成全脱了外衣，那件薄薄的汗衫也让汗水湿了一大片。

吴成全抡着一把大锤。每轮几下，吴成全就会停一下，往手心里啐上一口，再接着把大锤往坚硬的石头上砸。

可是这天不一样。吴成全正想停下来休息一会儿，就听见后面一声惊叫。

吴成全扭头一看，只见陈宝佑捂着眼睛，血从指缝里渗出来。

吴成全顾不得擦去脸上的汗，伸出钢锉一样粗糙的手，把陈宝佑护着眼睛的那只手拿下来，没好气地骂道：

“小杂种，你在后面拱个锤子？”

吴成全汗涔涔的脸，狰狞无比。

事实上，事情恶化的程度，远比吴成全想象的要糟糕得多。

祁四老爹当天就安排人，连夜把陈宝佑送进县城，接着转了省医院。等陈宝佑回来的时候，年已经过完了。陈宝佑不算漂亮的眼睛，就更丑陋，甚至多了分恐怖。因为，省医院的医生，已经毫不犹豫地摘去他的一只眼球。不过，陈宝佑在省城这些日子，多吃了些馒头稀饭，天天躲在屋子里，人倒还白了些，也胖了几分。

出了这种事，肯定会有人找麻烦。毕竟，陈家在寨子里也是大姓。就算陈万德睡着了，陈家人也会想办法把他摇醒的。祁四老爹是何等聪明的人。他知道，这样的事就算他出面，也不一定捡得平。

果然，陈万德回来的第一件事，就准备找祁四老爹讨要说法。不过，陈万德还是迟了一步。他还没出门，就被倪二老爹堵在了屋里。

倪二老爹摸了摸陈宝佑的脸，慢吞吞地说：“侄儿子，晓得你们回来，老叔先来给你报过信。”

陈万德心里一惊：“啥？”

“你得小心吴成全那小子哩。”倪二老爹不愠不火，说：“你们前脚才走，吴成全就像只疯狗，到处龇牙咧嘴，骂你家宝佑不生眼睛，没事偏偏要挤过去，找些祸事来害他！你晓得的，那是个‘草筒锤’，天王老子都不怕的，只怕你不好惹啊！”

陈万德只觉得火直往上冒：“他把老子娃娃眼睛弄坏了，还倒打一耙，哪有这个理？就算人家说他几句，难道不该说？现在，我娃娃眼睛成了这个样，以后怎么办？”

倪二老爹嘴臭，满肚子的歪歪理。寨子里的磕磕绊绊，有时还少不了他这样的“高级泥水匠”。那时候，几口大的水窖已经挖结束，就等着工程人员来浆砌。有了水，娃娃读书就可以少受几分罪。寨子里的人，都沉浸在喜悦之中。受了祁四老爹之托，倪二老爹自然要想办法，把这样的事抹平。倪二老爹把前半截的话头掐了，专捡后面好听的说：“不怕不怕。宝佑不是还有一只眼睛嘛！一只眼睛，照样能看东西哩。就像手电筒，两只的眼力并在一起，更收光。再说，以后要是去当兵，打枪的时候，就用不着闭眼睛了，省去了若干麻烦……”

陈万德脖子一梗：“说得安逸，他杂种咋不瞎一只眼睛？难道说，我娃娃眼睛成了这个样，他杂种想一毛不拔？”

倪二老爹叹了口气，说：“万德，不要提钱的事。乡里乡亲的，提起那个字伤感情。你不想想看，你两家无冤无仇，人家故意害你娃娃干啥？再说，他在那里抡大锤，也是为公家的事，为娃娃能多喝几口水。换个角度想，出了这种事，你们难免会在背后骂人家，撒人家的烂药，坏人家的名声。你说，这名誉损失费，那是无价的，算来算去，你扯得伸吗？人嘛，得饶人处且饶人。宝佑有一只眼睛是好的，这就是天大的造化。该吃饭吃饭，该睡觉睡觉，长大了该下地下去，该上工上工，以后讨了媳妇，该做啥事还是做啥事，丁点儿也不受影响，你还要赖哪个？要是面子上下不来，要赔钱的话，我去找学校，要他们赔宝佑一副墨镜。以后，不管宝佑走在哪点，人家都以为，那是个吃商品粮的干部哩！……”

陈万德鼻子里哼了一声，没有再说话。倪二老爹说：“要你家宝佑好好读书，这才是正道。这样吧，我给孙子打声招呼。你晓得的，就是大耳朵家那棵独苗苗，教你们家宝佑的倪万喜。只要你家娃娃用点功，我孙子再经常给他开点小灶。几年以后，要是宝佑考上了学校，只怕寨子里的姑娘，把你家门槛踢破，争着要嫁给他哩！”

五

有了初中班，学校人手更为紧缺。吴正虎经常来学校，张尚福旧话重提，有心请他来学校上课。吴正虎犹豫了半天，还是没有答应。不过，他为学校义务承担了另外一项工作。他的字还算过得去，倪万喜和夏雨把复习资料编好，由他帮忙刻写和油印，倒还给他们省了不少的心。

不仅张尚福重新走上了讲台，还请了三个代课老师。

张尚福有一块心病，二十多年来，一直硌得他寝食难安。

每隔三五年，上面都会有转正的指标。机会虽然不多，但这样的幸福时刻，始终没有降临到他的头上。

说下来，从办这所学校起，他就在这里。和他一起的同事，回家的回家，辞退的辞退，走了一茬又一茬。岁月的风霜，把他从一个标致腼腆的小伙，漂白成了头发花白、满脸皱纹的老头。唯一不变的，就是他的身份，他还是一个“老民办”。

一想起这样的事，很多时候，他就会睡不着觉。他会把家里瓢啊盆啊，摔得“乒乒乓乓”响，把家里的猪打得嗷嗷叫，把鸡撵得满天飞。有时候，他还会把气撒在婆娘娃儿身上，冲着他们吼上几句。偶尔，他苦伤心了，还会把手里的东西往地上一摔，愤愤地骂道：

“我操他先人，全世界人民都休息了。只有老子，还在弓起背脊地苦！”

当然，这样的事，还得适可而止。家里那头母狮子，发起毛来，局面是相当难以掌控的。不过，他就是这样的贱皮子。不管有多大的委屈，到了学校，见了那些娃娃，心里所有的火就熄了。

让他最没面子的，还是寨子里的乡亲。他们吃饱了没事干，最喜欢做的事情，就是专门揭别人身上的疮疤：

“张校长，天拱坝的老黄比你晚七八年，人家都转正了，你咋还转不着嘛？”

“张校长，要转正了不？你屋头的大骟羊都喂老了，我们就眼巴巴地等着，好吃你家的羊肉哩！”

“张校长，你脑壳上都打霜了，腰杆都苦缩了，再不转正，还有锤子搞头？”

说得最难听的，还要数寨子里的倪二老爹。老汉咕咕咕笑了一阵，还是说了句实在话：“命中只有那小点衣食，那些福也是他享的？老天爷不长眼，就算他尿的全是金子，也枉然！”

说下来，乡亲们说这样的话，多少也有关心的成分。但在张尚福听起来，每一颗字都像针一样，恶毒地扎着他敏感的神经，让他心里一阵一阵地痛。

在学校里，几个同事聚在一起，也经常会谈论这样的话题。当然，最讨厌的是邓云禄，喝了几口酒，尽冒臭饱嗝：“老张，你老人家就像座山雕一样，盘踞乌地吉木小学几十年，你都没指望，我们还有啥盼头……”

本来，邓云禄还有下文，但看到张尚福一脸怒色，眼睛恶神神地看着他，就赶紧把后面关键的话咽下去了。

心里的疮疤，尽管让现实撕得血肉模糊，张尚福还是暗中做着各种准备。他相信这句话，机会都是给有准备的人。

转正有很多硬杠子，评先进就是其中最重要的一条。

县上每年都会评选一些先进，名额层层下放，到了天拱坝，也就是两到三个。僧多粥少，这点先进名额，还不够天拱坝中学和小学分，哪有村小的份？每年指标还没下来，中学和小学就吵成一团，学校内部也吵成一团。领导平衡来平衡去，指标最终还是落在那两个学校。等下面村小知道，县上的表彰决定早就下来了。

“妈哟，老子们在下面苦死累死，连个先进的屁都闻不着！”祁四老爹和几个老师在一起，张尚福无意中提起了这个话题。

“同样是站讲台，待遇相差十万八千里。民办教师、代课教师，工作条件最艰苦，天天风里来，雨里去，在讲台上一站就是一天，晚上回去还要备课改作业。苦也罢，累也罢，咱不计较；贡献有多大，咱心里也有数。可是上面的领导，眼睛都瞎了，哪个看得见？”刘启昌愤愤地说。

张尚福苦笑着摇摇头：“别的不说，年年那先进指标，赏下面一个，就当放个热屁哄着也好嘛！”

“嘿嘿，创先争优嘛，哪有不争的？”祁四老爹嘿嘿笑道，幽幽地冒了一句。

这一年指标还没分下来，祁四老爹早早就到了乡上，跟乡上分管教育的老马打起了预防针：“我那个张尚福，人家白天晚上都在学校里守着，像牛一样的苦，哪个比得起他？过去，你们说那里学生娃少，质量不高，不能评。现在，初中班办起来了，质量上去了，还不给人家，还有莫得公理？今年，哪个杂种再把先进拿去，老子倒不认黄，不跟他拼命才怪！”

先进指标一下来，还是让中学和乡中心校争去了。祁四老爹听到这个消息，一脸怒容，就往乡上赶。老马是聪明人，一看就明白了几分，从床下面提出壶小灶酒，给祁四老爹斟上酒，说：“有啥好事，先喝口酒再说！”

“这酒，我喝不下去！”

“噫，我这个酒，正宗燕麦烤的，好东西哩！”

“那先进，你不分给我们，我就不喝！”

“唉，你不喝，我也不勉强，留着我晚上睡觉前慢慢喝！”

老马还是笑眯眯的，就要把酒壶往床下塞。

“慢点！老子尝一口再说！先进不给我们，拿出来的酒还想折回去，哪有这种道理？”

“这就对了嘛！”老马眯着眼睛，笑哈哈地说：“老祁，其他几个村小负责人，眼睛都放着绿光，个个都盯着那个先进。要是给了张尚福，其他人不活活把我撕吃了才怪！”

祁四老爹咕咚喝干了杯中酒，咚把空杯子往老马面前一放，呼呼喘着粗气：“先把酒满上。其他的我管不着，我只想给领导说，像张尚福这样的人，连先进都评不上，就只能说明，你们领导眼睛全瞎了！”

“噫，话还不能这样说。你说张尚福苦，别的老师就不苦？就你张尚福在给共产党做事，其他的人都在帮国民党干？这事，也不是我一个人说了算，乡党委政府集体研究定的。未必大家都是昏官，眼睛全瞎了，就只有你心明眼亮为基层说话？你也是组织多年培养的老党员了，还有没有点大局意识？”老马越说越严厉，那只屈起来的中指和食指，在桌子上咆哮个不停，唾沫星子在阳光下，就像金色的苍蝇一样四处乱窜。

老马骂够了，说：“这样，要是你乌地吉木小学有娃娃考上中专，哪个还敢和张尚福比？不消说先进，就是转正的指标一下来，有一个就已经姓张了！”

本来，祁四老爹是想趁着名单没报到县上，帮着张尚福争取个名额。没想到，让老马这个老狐狸识破，反倒让他给修理了一番。

事已至此，再无回天之力。祁四老爹满肚子委屈，在老马那儿喝了场酒，头重脚轻地回到乌地吉木。祁四老爹直接拎了两瓶酒，找到了张尚福，把到乡上据理力争的事，向张尚福说是个大概。两颗花白的脑袋凑到一起，感叹了一晚上，又喝了半夜酒。

不过，事情并没有结束。

县上的表彰决定下来，不仅乌地吉木小学，就连天拱坝的中小学，包括乡上的老马都傻了眼。张尚福不仅被评上了先进，而且是市里表彰的先进校长，比县上的先进高了一大截！

这个好事是区中学郭玉章校长做的。倪万喜在放假前，去区中学找初中期末检测题的时候，和郭校长摆谈了半天。倪万喜放弃高考，郭校长深为惋惜，但郭校长也为他们把一所村小，办得风生水起感到钦佩，也记住了在那个地方默默奉献的张尚福。恰好县上分了一个市先进校长的名额下来，上级的意图很明显，是意向性给郭校长的。拿到那张表，郭校长脑子里总是浮现出张尚福的影子。他权衡半天，自己当不当先进，工作还是照样干，但换成了张尚福，情况肯定就不一样了。郭校长就在表格上，填了张尚福的名字……

这意外之喜，又让张尚福吃不下饭睡不着觉。不过，这次他是真高兴，成天哼着小曲，乐滋滋地在学校里转出转进，见了学生娃，比见了自己刚满周岁的孙子还亲。

有了这个先进做铺垫，对于转正的事，张尚福就更有底气。乌地吉木小学也有了微妙的变化，几个老师经常嘀嘀咕咕，用怪怪的眼神看着张尚福。这还不说，刘启昌往倪万喜和夏雨教室跑得更勤；背地里，邓云禄和谢长顺也向倪万喜要了两套复习题；吴家祥的歌声稀了，很多时候看着他过去的课本发呆。

和寨子的乡亲在一起，老师们都忌讳提及转正的事。现在不一样，他们会释放出各种利好的消息。

刘启昌表情有些难看，说："只要有转正指标，我们学校就跑不脱！"

谢长顺闷声闷气地说："大家在一个锅里舀饭吃，逮住机会，推出去一个算一个！"

邓云禄说得就更直接："还说我们学校莫得公办老师？明年开春后，我们就有端金饭碗的人了！"

郭校长的好心没能白费。县上给区上两个转正名额。各家学校把材料一报，拿出来一研究，张尚福的硬件，比其他人明显高出了一大截。为张尚福评先进的事，虽然把祁四老爹硬压下去了，乡上老马心里并不好过。有了这样的好机会，老马亲自到区上，帮着说了不少好话，守着领导在张尚福的表上签字盖了章，才放下心来。

那些日子，张尚福就多了个心眼。他让老婆多留心家里那几只羊，把楼上那堆花生剥了，把口袋里蛀了虫的黄豆拣出来，准备到时候磨成豆腐，又让女婿去买了一百多斤小灶酒回来。张尚福还把舅子老表发动起来，到野猫凹剁了几棵枯死的老树，柴块子在门前的晒坝上堆得高高的。寨子里的乡亲盼了这么多年，有了那样的好事，不宰几只羊好好地请次客，他们那些碎嘴是堵不住的。

六

教室的黑板的右上角，有个用彩色粉笔划的小方框，里面写着：

距中考还有36天！

虽然吴正虎在帮着学校刻写蜡纸，但要刻写的资料太多，倪万喜和夏雨不得不亲自上阵。这一天吃饭的时候，夏雨伸出右手，把中指伸到倪万喜面前，说：“你看！”

夏雨那两只纤细的手指上，有了一层白里透青的茧疤。倪万喜捉过那只手指，轻轻摸了一下，就赶紧放开了。不过，就是那一瞬间，依然让他心里怦然一动。

倪万喜和夏雨相视一笑。

倪万喜笑嘻嘻地说：“出师了！”

“这是上天对你的奖励！”夏雨也笑眯眯地说。

夏雨那两根手指，就像晶莹剔透的玉笋，似乎还带着她淡淡的体香，一直在倪万喜眼前晃动。特别是夏雨说的那句话，更是让他感到莫名的兴奋，他老是在想：

怎么是上天对我的奖励呢？

倪万喜和夏雨已经系统地组织了三轮复习。那些油印出来的资料，堆起来像小山一样。不过，这样的复习还得持续下去，他们有的是时间。他们约定，各自印好这三套综合复习题，就不再刻写了。长时间紧张的复习，有些孩子变得恍恍惚惚，学习的效果不佳。他们准备让孩子们适当放松一下。

其实，这个时候让孩子放松，那也只是一句话而已。孩子们都很懂事，养成了学习的好习惯，一时反倒难以适应。教室里太闷，孩子们吃了饭，都喜欢到学校后面复习。晚上就更糟糕，松明、油灯、马灯，把教室变成了乌烟瘴气的大蒸笼，不到教室里催上七八遍，孩子们是不会去睡觉的。

倪万喜把学生发动起来，开展课间运动会：跳绳、拔河、接力赛跑，以小组为单位，每个同学必须参与。

学校里一下又沸腾起来，加油声，呐喊声，欢笑声，快把学校掀翻了。

这天下午，学校里来了两个中年人。他们显然是一对夫妇，谁也不搭理，一来就钻进了夏雨的寝室。

来了这么光鲜的客，大家都觉得很稀奇。老师们从夏雨的门前过，都笑着往房间里多瞅几眼；孩子们更是经常堵在夏雨的门口，伸长了脖子往里看，直到里面的人像撵苍蝇一样，把他们轰走为止。

不过，两个外来客对当地人的热情，表现得异常淡定。他们把自己关进夏雨的屋子里，偶尔出来一趟，哪怕是上趟厕所，也一定会昂着高贵的头，连正眼都懒着看周围的人一下。最让老师们看不惯的，是他们对水的慷慨。就是洗几片菜叶，洗一块手帕，也是在水龙头下面，任那水哗哗哗地流。

在乌地吉木，是不可能享受这种待遇的。去年这个时候，吃水还得靠村上的人，吆喝着牲口，到十多里外的绿荫塘去驮回来。虽然上面有了几个大水窖，里面的水也有放完的时候，这些人怎么就不知道珍惜呢?

张尚福几次想去制止，但碍于夏雨的情面，还是忍了。

让大家感到奇怪的是，这两个人一来，夏雨的眼圈就一直是红的。几个人白天倒也相安无事，一到晚上，就关上门，压抑的吵闹声，顺着那微弱的灯光，从门缝里挤出来，一直持续到深夜。夏雨也一天比一天憔悴，白天偶尔还打着优雅的哈欠。

十天后，两个人离开了乌地吉木。黎明前的夜，黑得有几分瘆人。点点的繁星，点缀着夜的清朗。学校沐浴在静静的夜色里，显得异常安详。清晰的手电筒光柱下，是散乱而急促的脚步。沉睡的狗惊醒过来，在梦中不耐烦地吠几声，算是为他们送行。

两个中年人走后的那天傍晚，夏雨主动来到倪万喜门前。夏雨还是那副调皮的样子，眉毛一扬，嘴角一歪，“噗”一口吹开额头上的刘海，说：“嗨，出去走走。”

倪万喜没有拒绝。这些日子实在太累，天天困在学校里，浑身上下都是霉味，他也想到山上透透气。

暮色苍茫，远山如黛。西边烧起了一片红霞，渐渐把太阳给吞噬了。那些放牛的，背柴的，割草的，下地的，都趁着天边那一抹暮色，加快了回家的脚步。寨子里的人，对他们成双入对的身影，早已经习惯了。那汗涔涔的脸上满是笑靥，除了礼节性的招呼外，并没有放缓他们匆匆的脚步。

这一阵躁动过后，空旷的山谷平静下来，深邃的天空中已经种上了星斗。夏雨看着天上闪烁的星光，叹了一口气，说：“知道吗？下学期……我不来了！”

倪万喜哦了一声，心一下像被掏空了一样，感到浑身轻飘飘的，脚下酸软无力。虽然，这样的结果，早在倪万喜的预料之中。花一般的夏雨，不可能在山沟里待一辈子。

满天的星斗，调皮地眨着眼睛。远远近近的山峰，在夜幕下肃立着。寨子安静下来，犹如睡梦中的婴儿，偶尔发出几声呓语。夜空浩渺，隐隐约约的苞谷林，在摇曳的夜风中沙沙作响。两人都不说话，漫无边际的思绪，犹如天上淡淡的游云，自由自在地流淌着。

过了好一会儿，夏雨说：“你，敢不敢和我进城去？”

倪万喜被夏雨这句突兀的话问住了，一时不知道该怎么回答。

“其实，从骨子里你盼的就是走出大山。”见倪万喜不说话，夏雨又说：“进城，敢不敢？”

夏雨说这话的时候，她求救般双手搂着倪万喜的肩膀，头抵在他的额头上，温热的鼻息直往他的脖子里灌。

夏雨做出这样的举动，是倪万喜没有想过的。倪万喜张开双臂，一把将夏雨拥在怀里。他的双手在夏雨的背上摩挲着，犹如抚摸一个熟睡乖巧的孩子。夏雨抬起头来，把她滚烫的脸轻轻贴在倪万喜的脸上，那张湿润的嘴唇焦渴地搜寻着。倪万喜一激灵，把他同样滚烫的嘴唇贴了上去。夏雨湿润的嘴唇躲了一下，一声含混的呻吟，就将两张嘴紧紧地黏合在了一起。凝重的鼻息，呼呼跳动的心，轻微的呢哝，应和着大地的脉动，陶醉着静寂的原野。

就是这样一个平淡的话题，让倪万喜从这天晚上起，进入了无眠状态。

夏雨的妈妈很会保养，中年以后依然有很好的身材，看上去还有几分特别的风韵。在感情上，她有了意外的收获，找了一个市里的领导做老伴。领导的妻子去世前患病多年，在感情上欠的账多。如今，多年压抑的情感，在这桩婚姻的滋润下，得到了很好的释放。领导在心情愉悦的前提下，夏雨的问题就迎刃而解。那个即将退休的厂长，不管怎样心疼他的宝贝儿子，也不敢拿鸡蛋往石头上碰，更不愿意搬起石头砸自己的脚。不仅如此，领导还答应把倪万喜弄进城去，先到学校代课，以后遇上招工、招干、招考，再找机会转正……

这样的机会，对于寨子里的任何人，无异于上天的垂怜和恩赐，倪万喜同样如此。

这些年，他的种种努力，不就是为了走出大山吗？倪万喜掂量得出这个消息的分量，他的心里涌起一阵狂喜。他知道，这都是夏雨精心设计好的。当然，最为重要的前提，就是成为她的男朋友。苦读这么些年，天天在这个简陋的学校代课，为的就是让自己的命运有一个好的归宿。如今，命运之神向他敞开了大门，他即将幸运地跨入这个理想之地，他怎么会不高兴呢？

可是，倪万喜在高兴之余，他老是在想这样一个问题：

他和夏雨一走，这所学校怎么办？

这些日子，吃过晚饭，倪万喜喜欢把自己关在屋子里，一个人静静地斜躺在床上。倪万喜枕着他的双手，任自己的思绪，漫无边际地飞扬。寨子里的情况，倪万喜早已烂熟于心。天天在土地上辛勤劳作的乡亲，都把娃娃的未来寄托在他的身上。他每天晚上躺在床上，乡亲们焦渴的眼神，孩子们纯真的笑脸，都会像放电影一样，一个个浮现在他的眼前。每每这个时候，他心里的热情就会陡然减退，剩下的就是一阵一阵莫名的疼痛。

当然，他也非常清楚，和夏雨一走，除了收获爱情外，还有舒适的城市生活。高高的楼房，宽阔的马路，明亮的电灯，哗哗哗的自来水，以及学校、医院、书店、电影院，这些都是这个偏僻的寨子，永远无法企及的。所有这一切，就像蓬勃绚丽的罂粟花，让他陶醉、痴迷，难以遏制。那种无声的诱惑，会让他找出若干理由，冠冕堂皇地离开这个龌龊的地方。他甚至会揪扯着自己的头发，在心里责问自己：

这样的选择，我有什么错？

这些日子，他半页书也看不进去，每天都在想这些问题。

有了这个话题的催化，倪万喜明显感觉夏雨和他的感情在迅速升温。

七

最先得到中考消息的，是乡上的老马，他当晚就摸着夜路赶到了乌地吉木。

中考成绩一出来，无异于在乌地吉木投下一颗重量级的原子弹。这颗原子弹所产生的冲击波，不仅把乌地吉木的父老乡亲震懵，还把天拱坝中学的老师震懵了。

乌地吉木上线三个：杨天福、陈万祥、李长安。而天拱坝中学，只考上了一个复读生……

夏天的夜，清朗，静谧，安详。饱受白天燥热煎熬的青蛙和虫子，用呱呱的酣唱，和唧唧的欢叫，抒发着夏夜的清凉。老马挟着夜风，闯进祁四老爹家的时候，老汉正歪在家里那把老式太师椅上打盹。屋里很安静，却比外面闷热得多。老汉下午喝了几口酒，黏糊糊的汗顺着酒劲直往外涌，以至于那群张牙舞爪的蚊子，在他头顶上“嗡嗡”盘旋了半天，却不敢轻易在他汗涔涔的脸上下嘴。

老马迫不及待把那个激动人心的消息说出来，祁四老爹还以为是在做梦，侧着身子连着嘟噜了两句：“真的？你不要日白啊！”

在得到肯定的答复后，祁四老爹翻身坐起来，把挂在嘴上那条亮晶晶的梦口水抹净，拉着老马就往学校里赶。

非毕业班期末考试这天刚好结束。虽然还有几天才放假，但学校已经空了。难得有这样闲暇的时刻，张尚福早早躺在床上，却怎么也睡不着。学生们中考即将揭晓，他实在拿不准会是什么样的结果。

祁四老爹没有空着手，他把家里那坛老酒也抱了过来。随着祁四老爹那粗鲁的拍门声，整个学校就沸腾起来。几个没回家的学生都派上了用场，他们去通知老师，通知考上学校的家长。一时间，人在喊，狗在叫，寨子里像闹翻了天。还不半夜，这个激动人心的消息，就风一样传遍了整个寨子。

学校的操场上，很快就烧起了一堆火。人越聚越多，大家围着篝火坐在一起，一溜的酒碗，就摆在地上。

张尚福的女儿女婿也来了，他们提了只陈年老火腿，把准备请客的花生、柿饼、红苕干都背了过来。紧跟着他们身后的，是炊事员刘启芬和她老公，他们一人提着两只鸡，另一个背着半背篼洋芋。

学校的上空，很快就有了火腿特有的浓香。

陈万祥家得到消息，点燃了一挂鞭炮，噼噼啪啪的鞭炮声，在静寂的夜里，格外清脆。操场里的人越聚越多，酒兴也越来越浓，嗓门也越来越洪亮，掀起了一波又一波的高潮。

“对喽对喽！都说乌地吉木屙屎不生蛆，横看竖看都不是出人的地方，祖祖辈辈眼睛望起老茧，这一下出头了！”

“稀毬奇！过去一个比一个吹得玄，说考上学校的，都是文曲星下凡。这下好了，在我们眼皮底下，就有娃娃考上学校，好不简单！”

“天拱坝那些杂种，不是踏削我们乌地吉木出不起人吗？如何，三个娃娃一齐跳出‘龙门’，不把他龟儿的嘴巴打瘪才怪！”

“那几个娃儿，去体检才不要大意哩。那年倪万喜，明明考上了大学，最终还是吃亏在体检上，煮熟的鸭儿不能放飞哟！”

“杨家、陈家、李家，不宰几只羊，好好奠一下老祖宗，只怕老祖人不高兴哩！”

一直闷着喝酒的吴正虎，加大了嗓门，说：“不要说那些屁话，未必老祖宗现在才想得起来保佑，以前都忙着睡觉去了？还是好好的烀坨老火腿，敬老师一杯酒才对！不说别的，单说假期，其他地方的老师都在耍，只有我们寨子的老师还巴心巴肝地给娃娃补课，人家图个啥？古时候，人家把老师和老祖宗并排供在神龛上，自然有他的道理嘛！”

“是哩是哩！普天下，就数咱们寨子的老师苦。你们看嘛，晚上我们睡醒了，人家还在油灯松明点起教娃娃；早晨我们还在搂着婆娘呼大觉，人家就把娃娃追起来做早操。说得难听点，他们比打洞的耗子睡得晚，比打鸣的叫鸡起得早。你说你说，苦不苦？……”

吴正虎这一天喝了很多酒，显得特别的兴奋，哈哈笑道：“高兴的事还在后头！今年一火就耸起三个中专生，下面倪万顺，刘长索就差几分。要是把那些娃娃吆来复读，明年不考上十个八个才怪！这还不说，有十几个上了高中线，要是都撵到高中去，娃娃再用点功，三年后还要出大学生哩！……”

吴正虎话音未落，周围就嚷成一团：“别在那儿臭美了！你又不是教育部部长他爹，就算是他爹，考大学考中专还得看分数哩！除非那龟儿的学校是乌地吉木办的，家家娃娃都可以去读……”

空旷的操场上，那些嘎嘎嘎的笑声，一个比一个嘹亮。

这场特殊的酒会，吵吵嚷嚷，酣畅淋漓，直到天亮时分，才意犹未尽地散去。

天亮以后，祁四老爹把老马带回了家，让他上床迷糊一会儿。

其实，祁四老爹还有自己的私心。张尚福转正表填上去快半年了，犹如一块冷石头丢在水里，为啥连泡都没冒一个，他想问问这到底是咋回事。

早晨的湿气很重，门前的树上，草上，挂满了晶莹的露珠。鸟雀在枝头卖弄着歌喉，声音高亢而嘹亮。早起的村民，高声吆喝着牲畜，扛着农具出门了。这样的好天气，寨子里的人在床上是睡不安稳的。

空旷的操场上，遍地是骨头和纸屑，一片狼藉。几只嗅着香味的狗，早早地跑过来凑热闹，虽然都夹着尾巴，眼睛里全是讨好的目光。

张尚福一点睡意也没有。他要女儿和女婿先回去，学校里的残局由他来收拾。张尚福挥舞着扫把，撵着那几只贪吃的狗，打扫起卫生来。

虽然一夜没睡，张尚福却感到精神百倍，哼起了一曲古老诙谐的《瞧亲歌》：

打扮打扮真打扮
打扮奴家的痴心汉
头发辫子
绾它个三五转哟
情投意又合呀

长袍新马褂呀
赶紧往那身上穿
脚上小靴子呀
不要来夹脚杆哟
情投意又合呀

黄膘小儿马呀
提前就备好了鞍
出门儿以前呀
再往镜子前站哟
情投意又合呀
……

“噫，张校长，还要讨二房说，恁么高兴？”

要不是身后一声吼，张尚福肯定还要陶醉在自己的世界里。他和同事们盼星星，盼月亮，就盼着乌地古木的娃娃能够“跳龙门”。如今，这个愿望不仅圆满实现了，而且就在他手里实现的，他怎么能不高兴呢？

是滑石板杨应厚两口子。杨应厚嘴里和张尚福开着玩笑，手里拿出一包烟，笨拙地拆开烟盒上的胶带，恭恭敬敬地递了一支过来。

张尚福手里脏，就探出身子，直接用嘴巴接了，嘟噜着说：“大兄弟，昨晚上咋不过来？你这个时候才到，酒也喝完毬，剩下几根骨头，也拿给那几只害瘟的狗抬起跑了，对不起人哩！”

“张校长，我哪里是有口福的人嘛。我一大早赶过来，就是想求校长办件事。”

“噫，你瞧你瞧，太阳还是从东边出哩！自古只有我求别个的，哪轮得着你们来求我哟，拐棍倒起杵了！”张尚福还是嘿嘿嘿地笑。

“我真的有事找你帮忙。”

“说嘛，我耳朵还不背。”

“我是说，想把我老二，再送到学校补习一年。”

“咹，这个……”

张尚福一时还真的愣在了那里，杵着扫把，成了一尊雕像。

幸福来得太突然。张尚福早被昨天老马带来的好消息震懵了，他确实还没有闲暇认真思考这样的问题。

“我就是想早点来，提前给校长打个招呼。说起来，我们也是亲戚，这个忙说啥你得帮……”杨应厚嗫嗫地说着，又拿出了一根烟，递了过来。

张尚福看着满脸笑容的杨应厚，无力地挥挥手，说：

“好吧，你回去把耳朵洗干净点，我们研究了会通知……”

“要得要得，多谢喽多谢喽！”杨应厚连声感谢，把那包烟揣在怀里，夺过张尚福手中的扫把，唰唰唰就扫起地来。

事实上，张尚福话音刚落，他就后悔了。因为，黑泥岗李成福，苞谷湾陈应寿、麂子沟陈仲宝都在那边探头探脑。一看那架势就知道，他们肯定又是说娃娃来补习的事。

吃早饭的时候，祁四老爹叫醒了老马。

老马嘟噜了一句，幽幽地说：“老祁，这下乌地吉木热闹了！”

祁四老爹不明就里，说：“这个猪不吃狗不闻的地方，有啥热闹的？”

“这，你就不懂行了。你今年一下出了三个状元，把天拱坝中学都比垮了，外面那些家长不把你这个破学校挤爆才怪！”

“不会吧？”

“腊肉才不烩，你等着瞧嘛！”

“客走旺家门。有人来朝贺，是件大好事哩！”

话是这样说，祁四老爹心里却有些不相信。有人会把娃娃送到这里读，莫不是疯毬了？祁四老爹没把这事放在心上，却问起张尚福的事来。

“泡汤了。”老马回答得倒干脆。

“泡汤了？”

“对。”

“咳，怎么会是这样呢？”

“天下的事，说不清道不明的，多毬得很。”老马套上外衣，叹了一口气：“以后嘛，有的是机会！”

“这么好的机会都放飞了！以后，以后，以后……是好久？”那一瞬间，祁四老爹呼吸急促，眼珠子瞪得都快崩出来了。

“我有卵的法？”老马就像电影中的外国绅士一样，耸了耸肩膀，然后优雅地推开他的双手。

“你前次不是表过态，说只要有娃娃考上中专，转正指标就有一个姓张了吗？”

“我是说过这个话。”

“那考上了三个，怎么还是干不成呢？”

“你不要忘了，上一次说这个话的时候，有学生考上吗？”

“你几爷子，尽是说白话，打白条，干白事！只可惜，人家张尚福，埋着脑壳，撅着屁股的干，苦哇！”

“唉，我也当过民办老师，他们的苦和累，我比你更清楚。”老马张了张口，长叹了一口气，费了很大的力，才把这句话说出来：“上面有领导的亲戚在参与竞争。你说你说，我一个小拇指，拧得过大腿？我……”

老马脸上的笑倏地消失得无影无踪，额上的青筋突突跳个不停，硬生生地把后面的话憋在心里。

祁四老爹脸上的笑比哭还难看，说："你是领导，你表的态要算数哟！"

老马摇摇头，惨然地一笑："为这事，我比你还难受。人家有那样的后台，我们说的话，只能当放屁！"

"他们的理由呢？"

"有些事，不要去钻牛角尖。"老马伸了个懒腰，说："把你推上去，可以找一百条理由；把你拿下来，用不着找一百条理由，只要有一条理由，就可以把你拿下来！"

"说吧，张尚福到底差在哪？"

"说他尽吊二话，有损教师形象。"

"嘿，老子操他八辈祖宗！"祁四老爹在自己的大腿上擂了一拳，大张着嘴，不住地喘气。

老马鼻子里哼了一声，铁青着脸，一时无语。

老马想了想，还是伸出温厚的大手，在祁四老爹的背上拍了拍，犹如安慰一个襁褓中的孩子。

八

就在寨子里很多人都去缠着张尚福，要送娃娃去补习的时候，倪春寿到门外捡了一撮箕瓦片，"啪"的一声全倒在堂屋里。然后，找把二火锤，把瓦片碎碎的敲成一堆。和倪二老爹不同的是，倪春寿平时只做事，轻易难得说句话。这天也是这样，黑着脸，根本就不需要别人帮忙。一家人都不明白，这个平时不轻易开口的闷葫芦，到底要干些啥。倪春寿把那堆瓦砾敲好了，二火锤一丢，大吼一声："过来！"

倪万顺明白是怎么回事，已经被他老子推搡了过来。

"跪下！"

倪万顺有些矜持，忸忸怩怩弯不下腰去。但这样高傲是不起作用的，早让他爹重重一脚踢在腿弯上，腿一软，趴在了瓦砾上。

“说，这书，咋读的？”

倪万顺虽然身子跪在了瓦砾上，眼睛却直往上翻，嘴角还挂着笑，一副大义凛然的模样。

倪春寿扑上前去，“啪”地扇了一耳光。倪万顺头偏了一下，那一巴掌扇过去，不仅没把嘴角上的冷笑扇掉，那双翻起的眼睛比刚才还要傲慢。

就是那副眼神，让倪春寿心里的火一下燃起来。倪春寿像头暴怒的狮子，解下挂在墙上的皮绳，毕毕剥剥，劈头盖脸就是一阵打。

倪万顺眼皮早奋拉下来，嘴角上的笑也跑得无影无踪，只顾爹一声妈一声，高声惨叫。

要是倪万顺一直硬下去，也许当爹的打几下就解了恨。现在不一样，这一声连一声的叫，明显就是在制造声势，以骗取别人的同情。倪万顺叫得越凶，倪春寿下手越狠。倪春寿一边打，一边咬牙切齿地骂：

“你这个杂种，别人读两年，读三年，你读了六年！你那些书，统统读到牛屁眼里去了！别人读两年，读三年，眼睛一眨，人家就考上中专了，你杂种，读了六年初中，到头来，泡都不冒一个！你爹你妈是你请的长工，眼睛一睁开，就赶紧下地；就是病得无法，连眼睛都睁不开了，还得在地头吭哧吭哧的苦。屋头有坨肉，有个鸡蛋，有颗米，有撮炒面，都要省给你，你爹你妈在屋头吃哪样，你晓不晓得？你杂种在学校，生怕臊了面子，涤良涤卡，中山装，白胶鞋，穿得稍微差欠点，还要发脾气。你给晓得，你爹你妈，十几年没添过一件新衣服，如得着寨子里哪一个？……”

倪春寿抽一下，说一句。都说倪春寿这一辈子的话，全被他爹说了。谁也想不到，在这个时候，他肚子里竟然有这么多话。

倪万顺的惨叫，早惊动了在外面割草的倪二老爹。倪二老爹赶紧回来，拉着倪春寿的手，拖着长长的声音，骂道：“短阳寿的儿子，不要打脑壳！破了相不说，要是把脑筋伤着了，他这一辈子咋整？”

倪春寿说：“我爹，你这样护他，那才是害他一辈子！”

倪春寿说这话是有根据的。

很多年前的一天早上，倪春寿老远就听他爹的声音，在山谷里跌来撞去："砍头的儿子！老子捶你，捶你，捶死你龟儿的！"接着就有孩子哎哟哎哟的叫声。"不听？老子再捶，再捶！捶！捶！捶——！"倪春寿没有开腔，旁边的人说话了："你还不过去看看，万一你爹在气头上，打出个好歹来，最后还是你的事！"倪春寿一听有理，赶紧跑过去一看，倪二老爹拿着一根稻草，正气呼呼地抽打着儿子的背。那一边，儿子捂着屁股，做着鬼脸，配合着发出哭叫声……

这个时候，倪二老爹当然无暇和儿子理论，上前就紧紧攥住他的手。

贾绍琼是让小儿子倪万福从地里喊回来的。贾绍琼听说倪万顺快被他爹打死，从地里高一声低一声号回来，进门就护在倪万顺的背上撒着泼："你要打就打我，把我打死算了！"

倪春寿让倪二老爹拉着，威力虽然有所减退，但嘴里依然劲道十足：

"让开，打死了拖出去壅瓜就是！"

乘着这个空当，倪万顺嗷地哀号一声，从两人的缝隙中突围出去，夺门而逃。

"喔哟，你要飞天了，喊你跪起想一想，你就不耐烦了！"倪春寿一用力，把倪二老爹抱起来坐在椅子上，飞身追出来："你就是飞上天去，老子也要把你的翅膀掐了，让你栽下来！"

倪春寿抄起路边碗大的石头，挟着呼呼的风声，从倪万顺的头顶上飞来飞去，在他的四周溅起团团烟尘。

一时间，寨子里大人在吼，娃娃在叫，还有人在嗷嗷嗷地吼："干准点干准点，又打偏了！"

话是这样说，还是跳出来几条汉子，一人出一双手，把近乎发疯的倪春寿死死地箍住了。

倪万顺那一顿，虽然没伤到骨头，背上的肉差不多被打烂了。贾绍琼披头散发，一路惊叫着，请人把躺在地上奄奄一息的倪万顺背回来，请苦竹箐的杨七公配了草药敷在背上。

屋里有些闷热。贾绍琼坐在床头，轻轻地给倪万顺摇着扇子。她的眼泪是收住了，但依然不时长长叹几声气。倪万顺白天尝到了苦头，就是再疼也不敢轻易发声，连呲一下嘴，都得先瞅瞅他爹的脸色。

倪二老爹就像被霜打的茄子。老汉有一口无一口地抽着旱烟，悠悠的声音如同幽灵一般："如何嘛，咱们一辈子糟蹋人家，到头来，让人家轻轻地就收拾了！"

倪春寿那一通脾气发过后，又恢复了往日的神态，闷着头，枯坐在一边，不说话。

倪二老爹嘿嘿嘿地冷笑起来："啥叫杀人不见血？这个狗东西！就是害你几辈人，你自己还不晓得！"

倪春寿还是不声不响，懒得搭理倪二老爹。

"看嘛，今天又拿给人家看笑神。要是把娃娃打死了，国家法律饶得过你？你以为这样，就把心里的气出了？你后悔的日子在后头！人家借你的手，收拾得你家破人亡，你龟儿的还蒙在鼓里！"

"不要说得那么玄！"倪春寿终于忍不住了，顶了一句。

"玄？你那个脑筋死也转不过弯来。你不想想，考不上中专，未必这个账，要算在娃娃头上？那些过筋过脉的东西，人家偏偏要藏着掖着，你让娃娃咋办？不说单独开小灶，就是多教一丝丝，我孙子会考不上？人家是怕这房人发了，超过他们。咳，这个龟儿子，我们都小看他了……"倪二老爹叹着气，越说越带劲。

"不要说那些屁话！"这样的话，倪春寿是最不耐烦听的。倪春寿打断了他老子的话，站起来就要走。

"你不要走！屁话不屁话，现在说来都晚了。倪万顺没考上，总不能夹起尾巴就回来了。老子眼睛不好使，心里明白得很。眼下就两条路，要么复读，要么读高中。我的想法，高中就算了。我早就找人算过，娃娃莫得那个命，你们也供不起。但是，舍不得孩子套不住狼。干脆，把倪万顺送到区中学复读去。咱们惹不起，躲，还不行吗？我不相信，大耳朵家小杂种，他能一手遮天，把区中学也遮得下来……"

倪春寿摇摇头，重重地叹了口气。

“就这样定了，你不去送，老子送！”

“嘿，生不出娃儿，偏偏怪神龛的香火板供歪了！娃儿成这个样，都是你惯出来的！”倪春寿闷声闷气地说。

“啥，娃儿不成器，还怪起老子来了！”

“把别人传给你的烟省下来，拿给你孙子抽的，是不是你？平时捧在手里吆啊宝啊哄着的，是不是你？别人只要说你孙子一个‘不’字，马上就要跟人家红眉毛绿眼睛的，是不是你？……”倪春寿瞪着眼睛，气呼呼地说。

“喔唷，平时你两口子一个比一个忙，哪个管过娃儿？老子管管娃娃，还错了！对啊，现在娃娃大了，你两口子翅膀也硬了，容不下这个老不死了。你放心，老子人老骨气在，绝不会在这里戳你们的眼睛。水死水葬，山死山埋，老子马上走！”

“都怪我，不该生了这个杂碎！”贾绍琼也丢了扇子，高声从屋里进行声援。

两爷子的声音一个比一个高，有了媳妇的加盟，一家人吵成一锅粥。

这场声势浩大的战火，一直持续到第二天东方发白，因为倪春寿两口子忙着要下地，才暂时告一段落。

不过，倪二老爹很快就打消了送孙子去区中学的念头。

倪春寿的两个妹妹，一大早就脚跟脚回到了娘家。两个姑娘都说，现在外面很多家长，都要把娃娃送到乌地吉木来，她们一是怕迟来一步，学生招满了，报不到名；再则，先把娃儿拖过来熟悉几天，省得到时候又是想爹想妈，哭哭啼啼的让人心烦。

倪二老爹心里不耐烦，就说：“你两个鬼丫头，跟你妈一样，沾不得半点热乎气！这个害瘟的学校有啥好，我还想把倪万顺送到区中学读哩！”

两个女儿吃了一惊，说：“啥？连城里头的家长，都想把娃娃送到这里深造。我爹是不是霉心慌了？”

两个姑娘吃了早饭，就和哥哥嫂嫂下地去了。

堂屋的火塘上，一大口黑黢黢的吊锅，正咕嘟咕嘟冒着热气。锅里面，炟着两块猪骨头和一大锅四季豆。骨头上的肉不多，但那热腾腾的香气，直往鼻子里扑。锅里的四季豆还没伸皮，倪二老爹家的几个外孙就守在锅边，眼巴巴地看着那口大吊锅，咕咚咕咚直往肚子里咽清口水。倪二老爹心里烦，就像撵家里的鸡一样挥挥手：“过去玩，过去玩，给老子滚远点。”事实上，往天根本就用不着当外公的撵，孩子们早到旁边玩耍去了。捉虫虫，斗鸡鸡，躲猫猫，玩尿泥，哪里还消大人操心。可是，今天这一锅四季豆实在太诱人。年龄稍稍大一点的，多少还知道进退，心里想吃得要命，嘴里也不敢说出来。那两个三岁多的家伙不识好歹，咧着嘴：“外公，我要豆豆！我要豆豆！”

几个娃娃哼哼叽叽，在老人身上磨来蹭去。不管娃娃如何哀求，倪二老爹都无动于衷。老汉知道，豆要是煮不熟，吃了胀气，肚子会疼。

太阳慢慢西移，老人揭开吊锅，一边呵斥：“站开点，烫！”

老人的责骂，起不到丝毫的效果。孩子的眼睛已经掉在锅里了，嘴里叫着：“我要我要！”孩子们眼里恨不得伸出双手，直接去锅里捞豆。这样的场景，直到每人碗里有了半豌豆，才像叫花子一样，被打发到一边去。

“嗨，饿痨了，慢点……”老汉总算可以舒上一口气了。可是，这句话还没有完整地骂出来，小的孩子就叫起来了。豆太烫，小家伙心太急，一下烫着了嘴。

“堕落的儿子，你不晓得吹一下？”老汉勃然大怒，举起手，扬了扬，又无可奈何地放下来。因为，孩子叫得实在太响亮，要是这一巴掌打下来，难免还会背上个骂名：外孙吃几颗豆子挨打，这个当外公的，也太利毛了。

老人只好把举起来的手放下来，把胡子拉碴的嘴凑到碗边，一边帮着孩子吹碗里的豆，一边劝慰着外孙：“赶紧吃，赶紧吃！”老汉的话简短，有力，表达非常准确。如果不赶紧化悲痛为力量，周围那几个家伙把豆吃完了，眼睛都盯着这个碗哩！

倪二老爹的努力没有白费。小家伙的嘴，虽然没有完全修复，但那几分疼痛，无论如何也低不过碗里的诱惑。孩子很快就张开嘴巴，笨拙地用筷子，尽可能把豆往嘴里塞。可是，这幸福的场景并没有维持多久，随着“咯噔”一声闷响，孩子张开嘴，就要把满嘴的豆往外吐。

“咋啦？”老汉一声吼，心里的恼怒可想而知。

“石头！”孩子含混不清地说。

“不要吐，不要吐！”

倪二老爹及时发声，仍然没有止住外孙往外吐的动作。幸好，他已经摊开大手，把孩子嚼碎了的豆全接在手里。老爹把刚才孩子咬碎的小石子拈出来，说：“对了嘛！”

在得到孩子的肯定后，老汉又把手伸在孩子面前，吼：

“嘴张开！”

老爹的意思很明显，豆里的石子已经拣出来了，不能浪费。

那些豆经过嘴一嚼，早已改变了性状，变得黏黏糊糊的。孙子哪里肯张嘴，早把脑袋拧了过去。

“龟儿子，有哪样嘛，老子吃给你瞧！”老爹张开豁了牙的大嘴，一下就把那些东西拍进嘴里。

白天煮的豆是隔年的种子，半天工夫，仍然没有炬烂。晚上就闹出了动静，一家老小就像比赛，嘹亮的屁，此起彼伏，只差把房盖掀起来了。

枕着几个孙子的响屁，倪二老爹又有了新的想法：舍近求远，还会遭人耻笑。不如把倪万顺送到村小去，只要老子随时提防着点，量他杂种不敢再做手脚！

第七章　一路风尘

一

才放了三颗璀璨的“卫星”，下一届毕业班的学生都舍不得走。他们要求夏雨和倪万喜留下来，在带学生去体检前，利用暑假给他们补几天课。

这些日子，吴正虎往乌地吉木小学跑得更勤。

多数时候，吴正虎阴郁着脸，一言不发。但是，经过这一段时间的洗礼，吴正虎内心的伤痛，让时光一寸一寸慰平。一旦打开话匣子，他就会滔滔不绝，在一声声感慨的催化下，把他和陈宝珠之间的私密话全抖搂出来。虽然他们是同龄人，是表兄弟，但他在说这些话的时候，完全沉浸在他和宝珠的两人世界里，全然没有顾及倪万喜的感受。倪万喜面红耳赤，不得不打断他的兴致，岔开那些让人脸热心跳的话题。

那样的场景，倪万喜也憧憬过。是理智让他战胜了自己，在心中永远保持了这份纯洁。

放假以后，还有一个人爱往乌地吉木小学跑。

还没有毕业，伍美兰就对自己的未来，作了短期规划。她非常清楚自己的境地，考中专是没有希望的，她不可能再回来复读。虽然她超过了高中录取分数线，但高中那道门槛她同样无法跨进去。家里就是这么个样，自从倪万喜到她家家访后，爹再没动过她一根指头。爹一天天老下去，拖着病歪歪的身子，连扶着墙走路的力气都没有，除了用表情和虚弱的语言表达内心的不满外，已经没有力气再打她们姐弟。她得回去撑持起这个家，照看病歪歪的爹，让弟弟安心在学校读书。不过，伍美兰忙完了家里的活，心却在学校里。只要一有空，还是不忘往学校跑。

哪怕在操场边听一听教室里的读书声，到老师的寝室里坐一坐，那也是一种幸福。

不知为什么，只要倪万喜不在，伍美兰就会拿出主人的姿态教训吴正虎。

“咋不自觉，又跑到学校来了？”

“说得怪呢，学校是你家的？”

“你看你看，那头乱茅草样的头发，连叫花子都不如。这里是学校，不是放牛场，没事不要到这里乱逛！”

“噫，小娃娃家，要有点教养啊……”

“教养？先把你那双臭鞋子扔了，再说教养的话！那臭鞋子没把你熏死就算天老爷开眼了，也不怕辱没了教养两个字！”

“嘿，给个梯子，你娃娃就要上房了？！”

“哟，算了吧？梯子还是留着你好下楼。你看看，那张脸都气成蛤蟆肚皮样了。再不下楼来，万一气死在学校，那些娃娃把你抬不上山去！”

两人张牙舞爪，就像两只伸长脖子的仔公鸡，越斗兴趣越浓。伍美兰伶牙俐齿，话刻薄得像锋利的锥子，每一句都戳在他的神经上，让吴正虎毫无招架之力。吴正虎哪里肯服气，额上的青筋突突直跳，瞪着一双小眼睛，找各种理由进行回击。

可是，吴正虎试图反驳的结果，都是以失败而告终。在伍美兰面前，吴正虎永远是甘愿服输的小学生。好男不跟女斗，这点最起码的觉悟，吴正虎是知道的。

夏雨并不喜欢他们吵成一团糟的样子，很多时候像赶麻雀一样，毫不客气地把他们撵走了。

这天晚上，夏雨和倪万喜催学生就寝后，一前一后来到了学校后面的树林里。

夜，清清爽爽。一弯新月，羞涩地看着大地。天幕上的几颗星星，让风擦得晶莹透亮。远处的山峰，身旁的小树，朦胧在夜色里。伫立在夜风中的苞谷，羞答答地窃窃私语。这样的夜晚，是虫子和蛙的世界。

它们纵情地吟唱着夏夜的清凉，嘹亮的歌声，铺天盖地卷席而来，填满了山上的每一处皱褶。

倪万喜才坐下来，夏雨的头就靠在了他的身上。

夏雨偎依在倪万喜怀里，幽幽地说："要走了，说实话……我还真舍不得。"

一时，两人谁也没有说话。风幽幽的，凉凉的，犹如一位遥远的歌者，吟唱着古老的歌谣。夏雨那只手特别温柔，她轻轻摩挲着倪万喜的手。倪万喜心里一热，把夏雨紧紧拥进怀里。夏雨呢哝一声，那张嘴微微张着，就像一条陆地上的鱼，等待甘露的降临。

倪万喜只觉得心都快跳出来了。此时，再动人的语言和动作都是多余的，他们用温热的呼吸，洞悉对方的存在。两条舌头就像两条鱼，在一条小溪里自由嬉戏。倪万喜把伸在后面的那只手稍稍用了一点力，身子下面就有了一两声轻轻的呢喃。倪万喜觉得浑身无比的燥热，他的手已经不再满足于已有的领地。因为，夏雨胸前那对丰满瓷实的白兔，硌得他的神经躁动不安。一弯新月，羞答答地挂在天幕上。几颗硕大的星星，在夜空中交头接耳，调皮地眨巴着眼睛。倪万喜轻轻地拥着夏雨，那只手犹犹豫豫，一点一点滑过夏雨的肌肤，就像小心翼翼地触摸一件珍贵的艺术品。

那两坨软绵绵的东西，让倪万喜那只犹犹豫豫的手如触电般震颤。倪万喜从夏雨的身上，闻到了一股特有的香味，像野菊，像玫瑰，像丹桂，让他飘飘欲仙。他感到夏雨柔滑的肌肤，像镀上了一层金，在夜色中幽幽泛着金光。他感到夏雨鼓胀的白兔，饱满而富有弹性，在糯糯的柔软中坚挺着女性的温情。倪万喜只觉得脑子里嗡嗡作响，喉咙里不断干咽着，滚烫的嘴唇焦渴难耐。倪万喜犹如一个快被渴死的人，他的脸颊轻轻地腑下来，虔诚地在眼前一片白茫茫的海难上感知春的气息。夏雨"啊"的一声，紧紧地箍住倪万喜的头，让他的鼻子，他的嘴，及至整个脸，蛰伏在她深深的乳沟里。倪万喜的心怦怦跳着，他感到宇宙的韵律，大地的脉动，浩渺的世界在他的头顶跌宕荡起伏，无边无际的旋律肆无忌惮地将他吞噬了。

几声鸡啼，几声犬吠，应和着小虫子的欢唱，萌动着夏夜的温情。在夏雨的娇喘中，倪万喜吻遍了她的整个胸脯，他的手从那对饱满的乳房上，一路游弋开去。那圆圆的凹下去的肚脐，滑腻而平坦的小腹，让他感到无比的兴奋和新奇。星光闪烁，夜色朦胧。夏雨湿润的肌肤柔情似水，如烈日下瓦片般滚烫的脸，火辣辣地燃烧着某种欲望。那一刻，倪万喜觉得浑身的毛孔全打开了，血流涌动，心跳加速，呼吸急促得几近骤停。他死死地抱着夏雨，恨不得马上和她融化在一起。

夏雨的身子扭动着，呼吸一下急促起来，无力地说："不，不……不要做傻事！"

夏雨用胳膊压住倪万喜的手，以此来遏制他的企图。倪万喜愣在那里，他不知道，此时此刻，该采取什么样的行动。

夏雨的身子扭动着，她就像一个痴迷的歌者，反复在他耳边吟唱着："别做傻事，别做傻事……"

夏雨话是这样说，那双搂着他脖子的手，却越箍越紧，炙热的情感比往天更为迫切。夏雨在倪万喜耳边呢喃的话语，就像一剂催情的毒药，让他感到无比的亢奋。倪万喜脑子一片茫然，犹如一辆失控的机车，本能地一头闯了过去。倪万喜只觉得自己的脑子一片空白，天地一片混沌，在夏雨的颤抖和娇吟中，全身痉挛，轰然倒塌。

这天晚上，他们不知道缠绵了多久。回到学校，倪万喜满脑子全是和夏雨缠绵的情景。冷静下来，想到刚才的莽撞，倪万喜心里又多了几分不安。就是到了这个时候，倪万喜脑子里还是懵懵懂懂的，他还没有从男童蜕变为成年男子的感觉里挣脱出来。他觉得自己还死死地抱着夏雨，身子还紧紧地贴着夏雨肉体。当然，让他最为羞愧的，还是刚才的表现。怎么糊里糊涂，就让自己完成了这样一桩神圣的使命……

第二天，倪万喜想着昨天晚上的唐突，最害怕见到夏雨。

没想到，夏雨见了他，脸微微一红，若无其事地走开了。这样的事，还是该主动些。倪万喜想了想，叫住了夏雨，轻声说：

"对不起！……"

夏雨四下看了看，皱着眉，脸上表情沉郁。

倪万喜心里一沉，说：“我……”

夏雨亲昵地打了他一下，扑哧一笑，附在他耳边说：“是我对不起你。”

倪万喜以为自己听错了，说：“为啥？”

夏雨抿着嘴，说：“你太紧张了。”

倪万喜心里一沉，不知说什么好。

夏雨咬着嘴唇，小声地说：“是我……没有给你。”

夏雨话没说完，脸倒先红了。

倪万喜一时愣在那里，成了一尊又呆又傻的雕像。

二

面对这么重大的人生决策，倪万喜觉得该和父母商量。

倪万喜经过几天的煎熬，特意选择一个晚上，小心翼翼和父母摊了牌。

倪春富的身子还没有完全康复。他整天躺在床上，喝水吃饭全靠吴成英照顾。人一到这种地步，脾气就大起来。稍有不顺心的事，就会瞪着眼睛，扯起嗓子朝唯唯诺诺的吴成英吼个不停。这些日子，吴成英早把平日里那几分凌厉收敛起来，就连走路都得轻手轻脚，生怕又惹丈夫生气。

倪万喜一回来，倪春富就像变了一个人。目光慈祥了许多，嗓门还是那样粗大，话语里却满是关切。看到躺在床上的父亲，倪万喜心里就直发酸。倪万喜一直记得，孩童时代最开心的事，就是让父亲平平展展地爬在床上，自己在他宽阔的背上骑马马，蹦高高，尽情地蹦蹦跳跳。一家人的欢笑，让窗外的虫子都屏住了呼吸。此情此景，就连如豆的油灯，也忍不住摇曳不止。如今，父亲宽厚的背，再也无法承载那段幸福的时光，只能让倪万喜的心里直发堵。不过，倪万喜还得把忧伤深深地藏在心里，他笑呵呵地说：

“爹，我今天见着杨七公了。他说你这身子，再是几个月，就可以下床了！”

“那是人家说的宽心话。我身上怎么样，自己心里清楚得很。老祖人保佑，能够捡条命回来就烧高香了。只是，一天在床上躺着，我倒省心，你妈苦得造孽！”

有儿子壮胆，吴成英的声音提高了几分：“苦点倒不要紧，就是一天咒起硌耳朵得很！”

还不等倪春富反驳，倪万喜就赶紧划燃火柴，给父亲点上旱烟。一家人的气氛，就在腾起的烟雾中完全松弛下来。倪万喜瞅准这个时机，对父母说出了自己内心的想法。尽管倪万喜有心理准备，尽可能慢条斯理，让父母听得更明白一些。可是，对于儿子突兀的话，倪春富依然不敢相信这是真的，他大张着嘴，眨巴着眼睛，偏过头来准备听个究竟。在得到确切的答案后，倪春富眼睛大大地睁着，随即“哈哈哈”就是一阵笑。过了半晌，才幽幽冒出一句：

“你娃儿撞啥狗屎运了？这是前世修来的福哩！”

“你娃儿踩着狗屎运了！”倪春富意犹未尽，又补充了一句。

做母亲的毕竟要细心得多。吴成英趁着这个空隙，不住地问这问那，倪万喜只好一一做着解释。

倪春富“啵啵”连吸了几口烟，又笑起来，说：“好得很啊！只要你能进城去，我们苦这一辈子，就值了！”

吴成英叹了一口气，说：“城里有啥好？吃根葱都得掏钱买。”

“你那张粪瓢，只晓得喷屎！”倪春富瞪着眼睛，大声吼道，满屋子都是他粗重的鼻息。

倪万喜没有想到父亲的脾气会糟成这样。他不得不站起来，提高了音量：“爹，你咋能这样？再说，妈说这个话，也没啥错嘛！”

“就那小点见识，只配在灶门前提猪食桶！”倪春富觉得理亏，转换了话题，嘿嘿笑道：“有些道理，你妈不晓得。有个人在城里工作，在别人的眼里，就跟供在神龛上的祖宗差不多……”

吴成英没好气地说：“就你懂！那都是你自己封赠的。”

倪春富咕咕咕地笑道：“你不要打岔。掰起手指数嘛，寨子里出去的，不就是那几个人？不管是看大门也好，当保管、当炊事员也好，只要一回来，哪家不捧他们？娃儿要是能够爬到县上去，不把人家眼睛戳瞎才怪！”

“嘁，毬大爷稀奇！”

“这个，你就不懂了。你看嘛，不管是县上的，还是区上的，除了吴正德在区水管站当副站长以外，其他的都是癞蛤蟆命，有日天的本事，也跳不起三尺高。娃儿咋个样，老子有数得很。好说，这些年的墨水是白喝的？”

倪春富平静下来，吸了几口烟，话有些含混，意思却无比清晰：“只要时间一长，转了正，有了正式工作，那就是国家的人了，你还操心个啥？穿衣吃饭单位会考虑，房子单位上也会考虑，生老病死单位上也会考虑，还消你来操心？有了工作，媳妇的问题，家庭的问题，就不消操心了。那是啥，是祖祖辈辈盼望的神仙日子，还想咋个……”

倪春富笑了起来，对倪万喜说：“这是好事，你放心地去。只是，到城里面，做人要大方。吃得亏，打得堆，这个道理在哪点都用得着。我听说，城里人最抠吝。为眼屎大点的利益，明着争得红眉毛绿眼睛，暗底下还要使绊脚，薄情寡义，六亲不认。人，有钱无钱不重要，骨气最重要。该硬就要硬气一点，不要拿给外人耻笑！”

对于这样的话，倪春富从来没有对倪万喜说过。在倪万喜的印象中，父亲表情呆滞，语言木讷，从早到晚只知道在地里下死力。生活的艰辛，早把倪春富变成了的木头人。没想到，沉默寡言的倪春富，内心世界是如此的丰富。倪万喜陌生人一样看着床上的父亲，心里五味杂陈，不知该说什么好。

倪春富叹了一口气，幽暗地说：“看样子，这样的福，老子是莫法享了。病在身上，我心里有数。就这个鬼样子，一天哼哼叽叽的，起是起不来，死是死不掉，与其躺在床上受活罪，不如死了干脆。你们不要考虑我，哪天一口气不来，拖出去壅瓜就是。每年清明，方便就来坟上烧张把纸，不方便就算了。只要你有这个命，能够爬到城里去工作，老子这辈子值得了嘛！”

“一天尽嚼牙巴骨！”吴成英忍不住嗔怒道。

倪春富又高兴起来，对吴成英说：“真的要有那一天，你不要到城里去守着。我给你说，那些地方不是咱这号人待的。到时候，你给他们喂头猪，每年给他们做一坛油坛肉；再喂几十个鸡，要吃鸡蛋就从屋头拿。只要把肉的问题，蛋的问题解决了，他们的工资，买点米，买点小菜佐料，开销就不会大。你考虑的，就是没灾没病，不拖他们的后腿，就烧高香了……”

听了这些宽慰的话，吴成英脸上虽然有了笑容，依然边说话边悄悄抹眼泪。

不知怎么走漏了风声，这话传到了张尚福的耳朵里。

“倪老师，你要和夏老师进城去？”这一天早上，张尚福拦住倪万喜，单刀直入。

“噫，还……还没有考虑好哩！”倪万喜没有半点思想准备，说话显得犹犹豫豫。

张尚福说这话的时候，学校后面的树梢上，有几只黑色的乌鸦，扇动着翅膀，正在呱呱叫个不停。那凄厉的叫声，就像锋利的瓷片，恶狠狠地划着蓝莹莹的天空。

“操他先人哟，地球要毁灭了吧！”张尚福没好气地咒骂了一句，叹了口气，对倪万喜说：“那抬丧的城市，是我们这些山猴子随便蹲站的？”

倪万喜没有说话。这个时候，他觉得自己就像一个做错了事的小学生，不敢多看张尚福一眼。张尚福的呼吸有些急促，惺忪的大眼袋丑陋无比。短粗的脖子缩在深蓝色的中山装里，看上去就像一只蜷伏在树上的乌鸦，凝重，深沉，却又有几分孤独。

这一天，张尚福一反常态，躲在他的寝室里就不出来。要是在往常，张尚福就像不知道疲倦的陀螺，从来不会让自己闲着。学校的阴沟要疏通，房子要捡漏，破损的桌凳要维修，这些事都得在假期里做。学校没有钱，很大程度上，都得靠他来尽义务。

倪万喜见到张尚福的时候，已经是下午了。

张尚福的门，是被两个家长拍开的。张尚福的寝室里弥漫着一股浓浓的酒味，他已经喝醉了。自从乌地吉木小学有人考上中专的消息传开后，差不多每天都有外地的家长慕名而来，要求把孩子送到这里复读。张尚福披着一件衣服，一手扶在门框上，笑眯眯地听完两个家长的诉求，那颗花白的脑袋就摇得像风车一样，坚决拒绝了两个家长的请求。

张尚福目送两个家长走远，让夕阳把他的影子拉得老长。

张尚福那头花白的头发璀璨无比，那张脸在酒精的作用下，就像锅铁一样，黑得让人害怕。

“天老爷，明年……看样子全是秕谷了！”张尚福眯着小眼睛，哈哈哈地笑了一阵，小声嘀咕道：“唉，可惜了，可惜……这些好种子！”

张尚福那一声哀号，犹如世界末日到来般沮丧，让倪万喜感到无比的战栗。

倪万喜看到张尚福这副模样，把那一肚子已经到嘴边的话又咽了下去。

这些日子，倪万喜一直盘算着，怎么和祁四老爹说。可是，有张尚福这一出，他就彻底动摇了。

走的那天早上，倪春富从枕头下摸出个鼓鼓的东西，往他手里塞。倪万喜一看，是一包揉得皱巴巴的烟。倪万喜心里有些不忍，说：“干啥哩，你自己抽吧！”

平时偶尔有人传支烟过来，倪春富恭恭敬敬地接了，放在鼻子下面，贪婪地嗅上一番，然后夹在耳朵上，回家再积攒起来。里面的每一支烟，都有倪春富身上的汗渍。倪万喜接过来，放在桌上，说：“我又不抽烟，拿来干啥？”

倪春富又塞过来，目光鹰一样犀利：“你们年轻，有些事还不懂。烟搭桥，酒开路，这东西在城里用得着。”

直到走，倪万喜也不敢让祁四老爹知道。他怕祁四老爹三劝两劝，让自己并不坚固的意志，在老汉的感化下崩塌下来。

不过，倪万喜还是为这点小聪明，自责了很长一段时间。那天早上，他还没出门，祁四老爹就来了。祁四老爹并没有过多的责怪和挽留，闷声闷气地说："好哇，人往高处走，水往低处流。只怪我们池塘小了，养不住你这条龙……"

祁四老爹叹了口气，说："只是，你这一走，学校恐怕就要散架了！"

倪万喜脸一下红了，他最怕祁四老爹说这句话。

祁四老爹伸出他厚实的巴掌，拍了拍倪万喜的肩，说："城里不一定是天堂。这个寨子，才是你的家。万一哪天想通了要回来，我们随时欢迎！"

三

城里的生活，对于倪万喜来说，除了新奇而外，更多的是陌生和恐惧。

几个学生的体检还没结束，夏雨的妈妈就带着倪万喜到了县二中。中考尘埃落定，很多家长都让孩子回来复读。还不到放假，补习生就突破了四个班的规模，家长纷纷要求学校把课开起来。因为是假期，很多老师都不愿意补课，邓校长正在为这事发愁。邓校长接到局里的安排，马上让倪万喜接了一个班的数学，两个班的化学。

夏雨没有再回机具厂，她被借调到了县商业局办公室。对于这份新的工作，夏雨非常满意，也非常投入，整天都泡在单位上。不过，下午下了班，夏雨会主动到学校来，带着倪万喜去见她的同学。夏雨落落大方，指着倪万喜，笑眯眯地对她的同学说："倪万喜，我男朋友！"

闺蜜们"啊"了一声，轻轻点点头，算是打了招呼。她们脸上表情很淡定，就像一池平静的湖水，没有半点波澜。倪万喜没有从她们的脸上读出半点喜悦，却嗅出了几分不安。这一点，恰恰是他身上，最为致命的硬伤。因为，倪万喜觉得女孩们上下打量着他，老是无声地嘀咕着："帅哥……是哪个单位的？"

虽然没有想象中的惊喜，几个女孩还是很随意，大声地说笑，叫骂，尖叫，很快就把倪万喜晾在了一边。倪万喜从来没有经历过这样的场面，又不知道此时该做些什么，只得在那里傻站着，那几分不自然的笑也僵在脸上。几个女孩看出了他的窘态，对他挤眉弄眼，更是让他感到手足无措。

倪万喜的表现，自然让夏雨在同学面前觉得尴尬。夏雨叹了口气，悻悻地说：“你平时不是挺会说的吗？怎么在她们面前，倒成木桩子了，她们是老虎会吃你？”

夏雨这样一说，更让倪万喜感到局促不安。

不过，倪万喜很快又找到了新的感觉。还没有走上二中的讲台前，倪万喜心里多少有些紧张。城里的孩子基础好，知识面宽，脑子活络，不像乡下孩子那么好糊弄。可是，第一堂课下来，倪万喜心里就踏实多了。因为，孩子们那一张张笑脸，就为他的教学做了最好的诠释。这些落榜的学生功底好，领悟能力强，这是乌地吉木小学的学生无法相比的。有这样的学生，要出成绩并不难。

学校把那间堆放杂物的房子腾出一半，安了张单人床，再放上书桌，就让倪万喜暂时在那里安身。倪万喜每天吃了饭，就回到自己的小屋，查阅资料，认真准备着他的每一堂课。他知道，这些落榜的学生，已不再满足于现有的书本知识，老是炒过去的冷饭，显然难以应付。

这个时候，倪万喜既想见到夏雨，又怕见到夏雨。好在夏雨才到新单位，手里的事多，没有更多时间和他缠绵，倒给他留下了一片自由的空间。

这一天，倪万喜还没有走进办公室，就听见里面笑得一塌糊涂。

倪万喜的脚步有几分迟疑。他知道，那样的场合，对于他来说，并不适合。可是，已经走到了门口，他如果扭头就走，会让人觉得不礼貌。果然，他一进门去，里面的笑声就戛然而止，所有人的眼睛都齐刷刷地看着他。倪万喜觉得那些目光就跟水沟边茂盛的刺藜一样，让他感到浑身不自在。

“倪老师，向你请教一个问题。”沙老师清了清嗓子，那道从眼镜横梁上横过来的目光，刀子一样锋利。

沙老师能够放下身段，主动向一个乡下的代课老师讨教，这让倪万喜感到有几分惊宠，不住地点着头，看上去就相当谦卑了。倪万喜笑眯眯地说：“不客气，不客气。沙老师，你说！”

“听说，你们寨子里，一辈子只洗一次澡？”沙老师话还没说完，周围的男女都哄笑起来。

倪万喜一下涨红了脸，他不知道该怎么应答。他知道，刚才那些人的笑声，就像不怀好意的刀子，正在把他的尊严一点一点往下剐。还是两天前，有个女老师悄悄告诉他，说：“小倪，你衬衣料子好嘛，穿上去就用不着换呀！”

倪万喜一时没有反应过来，越想越觉得不是滋味。何老师虽然是好心，在提醒他勤换衣服。可是，他却窘得脸热心跳。这个时候，倪万喜好不懊恼，又不便发作，只好打着哈哈，连连摆着手：“瞎说的，哪有这回事！”

周围的人笑得更响亮了。沙老师顿了顿，说：“哎，小倪，入乡随俗，不要坏了规矩啊！”

倪万喜丈二和尚摸不着头脑，求救般看着周围那一张张似笑非笑的脸，道：“啥规矩？”

“喊，入伙嘛！前几天，还有人说你小子智商高，情商更高，三两下就把一朵花掐到手了。可是，我咋就没看出来……”沙老师叹了一口气，恨铁不成钢地说。

倪万喜脑子里嗡的一声，脸更红了。还在他来的时候，沙老师就说过，新来的同事，都得请一顿入伙饭，他当时以为是开玩笑，确实没有当回事。倪万喜回过神来，说：“好好好！下午请大家吃抄手！”

“喊，一碗抄手，就把我们打发了？你想得出来啊！”有人跟着起哄。

大家笑得更欢了，还是何老师给他解了围：“你几个，太不像话了！人家才来代了几天课，工资还没见着，你们好意思吃人家的？”

最让倪万喜难以打发的，还是周末。

夏雨会过来，约他上街闲逛。到了下午，还会请他到家里吃饭。

夏雨很大方："哟，还客气哩。在乌地吉木，不一样的到你家蹭饭吃？"

话是这么说，倪万喜还是感到脸上直发烧，怎么也大方不起来。

不过，这并不影响夏雨的热情。夏雨大大方方地挽着他的手，小鸟依人般在他的耳边窃窃私语，引得路人时不时回过头来，羡慕地看着他们。在这个时候，夏雨挽在他胳膊里的那只手，就像一柄锋利的象钩，时时在校正着他前进的方向。

"背挺直！你的背……"

"头，抬起来！"

"嗳，慢一点，自信一点。咱是散步，又不是赛跑……"

夏雨常常用这种语气调教她的弟子，威严而活泼。可是，这一招用在倪万喜身上，却让他浑身直起鸡皮疙瘩，感到特别的别扭。在乌地吉木，青年男女即便上街，也一定是男的走在前面，女的脚跟脚在后面撵，走到路广人稀的地方，才会挨得近一些，全然没有这样的明目张胆。

不过，回到倪万喜的小屋，夏雨表现得特别的温柔。她比倪万喜还要主动，用目光催促着倪万喜，往床上挪动。往往还没有坐到床上，就把他的脖子紧紧地箍住了，嘴里喃喃地说："快，人家热得很！"

对于夏雨的暗示，倪万喜已经心领神会。倪万喜微微笑着，把夏雨裙子的拉链拉了下来。那簌簌的一线碎响，虽然有几分含蓄，甚至还有几分羞涩，但在倪万喜听起来，却像战场上密密实实的鼓点，让他的心剧烈地跳动起来。夏雨平平地躺在床上，拉着一只被角盖住她的小腹，那只手就在倪万喜的身上摩挲着。看着含情脉脉的夏雨，倪万喜体内升起一股燥热。他忘情地热拥着夏雨，温热的嘴唇，雨点般在夏雨凝脂一样的肌肤上啄个不停。夏雨脸红扑扑的，滚烫得吓人，把她的鼻尖逼出了一层细密的汗，她轻轻地娇喘着，紧一阵慢一阵的呢哝中满是欢愉。此时的夏雨，就像一个微醉的人，满面桃花，醉眼迷离，嘴唇微微洞开，洋溢着无声的希望……

倪万喜就像一个并不熟练的骑手，骑上了一匹暴烈的小儿马，让那张破旧的木床，吱吱呀呀痛苦地吟唱着。夏雨惬意的呻吟，在狭小的房间里跌来撞去，显得特别的压抑。在这样的旧房子里，倪万喜老是担心隔墙有耳，他很快就败下阵来，缥缥缈缈跌入混沌之中。

夏雨还沉浸在欢愉之中，微闭双眼，道：“是不是……太紧张啦？”

倪万喜浑身直冒汗，只觉得无地自容。

不过，倪万喜的汗颜并没有持续多久。夏雨的秀发垂了下来，头枕在他的小腹上，静静地听着倪万喜的心跳。夏雨笑了笑，伸出她纤长的食指，在倪万喜的鼻子上刮了一下，像是安慰她平日把考题做错了的学生。夏雨做了一个深呼吸，微微探起身子，长长的头发痒痒地摩挲着倪万喜的脸，温热的嘴唇在他的脸上、脖子上慢慢吻过来。夏雨那条香软的舌头，就像一条法力无边的魔杖，麻酥酥地从倪万喜的胸脯上一路探下来，让他刚刚熄灭的欲望又燃起了火花。夏雨没有更多的犹豫，她径直跨了上去，惬意地扭动着身子，直到倪万喜又一次轰然爆裂……

对于倪万喜的到来，夏雨的母亲不冷不热，既没有额外的惊喜，也不是刻板的冷漠。她的脸上总是挂着笑容，一副很有涵养的样子。不过，倪万喜特别害怕她那双眼睛。倪万喜总觉得蛰伏在眼镜后面的眼睛，时时挥舞着一只挑剔的手，正在一层一层地剥着他外表，直抵他的内心。

更为关键的是，他们家里经常有客人。当然，客人大多是冲着那位领导来的。有重要的客人来访，他们会藏在书房里，神神秘秘地嘀咕半天。更多的时候，宾客还是在客厅里，说一些不关紧要的客套话。尽管气氛非常好，倪万喜依然会觉得浑身不自在，甚至会感到莫名的紧张。每一次他都如芒在背，弄出一身的汗来。事后，夏雨总会提醒他，他也在暗暗责骂自己，不仅没有收到任何效果，反而对夏雨家有了一种莫名的恐惧。

来的次数多了，大家相对随意了许多。在轻松和谐的氛围中，倪万喜也比前几天自然了一些。可是，他感到夏雨母亲的眼睛，比过去更为挑剔和审慎。那些来的客人，说话也比过去随意多了。这一个周末，夏雨家依然宾客满坐。那些都是夏雨母亲过去的同学，一个个徐娘半老，嘴巴却一刻也不肯闲着。有一个阿姨说："赵部长家外甥，大学毕业，在公安局工作，和你家夏雨正般配。要不，我去帮他们撮合撮合？"

很显然，这样的话，是故意说给倪万喜听的。

倪万喜吃了一惊。明明他们知道夏雨和他的关系，为什么还要说出这样的话来？

夏雨的母亲不置可否，淡淡一笑，说："啥年代了？这些事，娃娃自己拿主！"

更多的时候，夏雨请他去逛书店，逛商场，请他去看电影。

县城里就一家新华书店，书不算多，但每次倪万喜都有新的收获。倪万喜天生就是个书虫，一拿到书，心就钻进去了，不看上个把小时是舍不得放下来的。倪万喜最怕逛商场，夏雨七挑八选，眼睛看得酸胀，脚也走得酸胀，却轻易不会下手。本来，看电影倪万喜最为喜欢。可是，去过两次后，一看到电影院，倪万喜就会莫名其妙地紧张起来。电影院门口，天天摆着一长溜摊贩，瓜子、花生、炒豆、米花、冰棍、汽水、香蕉、苹果、梨子、桃子……每一样，都吸引着往来顾客的目光。卖东西的大嫂，更是直言不讳，笑眯眯地拉客："兄弟，带女朋友看电影，来两根冰棍！"

那些温柔的话，就像讨厌的耗子，一下又一下撕咬着倪万喜敏感的神经，让他浑身直冒冷汗。临走的时候，吴成英从枕头下面搜出一把零钞，要他带上。倪万喜一看到那些皱巴巴的钞票，心就像被蜂子蜇了一下，"喊"了一声就硬生生地把母亲的手推了回去："我还有两个月工资没领哩，你们留着用！"

倪万喜带了60块钱，那是他将近两个月的工资。除了简单的洗漱用品外，他去买了条短裤、背心，狠狠心去买了双袜子。几场电影看下来，吃些零零碎碎的东西，很快就要用完了。倪万喜暗暗叫苦。城里举目无亲，他不知道这些钱花完后，以后的日子怎么打发。

下午来了几个家长，吵吵嚷嚷找到邓校长，要求给他们娃娃转班。他们的理由很简单：

不要代课老师教他们的娃娃！

邓校长弯着腰，耐心地解释着。家长那一声声质问，就像一记记重锤，每一下都结结实实地敲在倪万喜的心上。

倪万喜没有想到，自己在这个小城里，是这样的格格不入。放学以后，他一个人闷着头，就像夹着尾巴的狗，失魂落魄地溜出了校园。倪万喜的脑子里乱糟糟的，心里像塞进了一团乱麻，怎么也理不出个头绪来。这段时间，留给他的记忆太沉重，以至压得他喘不过气来。夏雨、邓校长、沙老师、何老师以及那一群家长，那一张张面孔，是那样的熟悉，又是那样的陌生。他想到了乌地吉木，想到了祁四老爹，想到了张尚福以及那一群学生。倪万喜边想边走，不知不觉走到了城郊。

回到学校，天早就黑透了。倪万喜没有想到，夏雨已经等他好半天了。一见到他，夏雨有几分不高兴，抱怨他回来得太迟。

夏雨过来后，倪万喜忍不住把心里的委屈，陆续说了个大概。话还没说完，就让夏雨打断了无数次。夏雨说："古人说，大丈夫能屈能伸。你一个男人，要连这点委屈都受不了，以后还能有啥出息？"

夏雨举了很多成功人士的例子，倪万喜越听越觉得离谱。倪万喜本想把心里的烦恼好好向夏雨倾诉一下，没想到会是这样的结果。忍不住回了句嘴，两人一下就吵起来，夏雨一生气，呼地拉开门，呼一声摔上门就走了。

听着夏雨渐渐远去的脚步声，倪万喜觉得心里老是闷得慌，一夜难以入眠。

那一天，他远远看见前面有几个人，正在街上溜达。倪万喜腿快，没几步就追上了。那正是夏雨的同学，倪万喜正要和她们打招呼，可是听到她们的议论，一下让他收住了脚步。长头发的姑娘说："前些年，好多女知青就是这样，到了乡坝头，就是'羊入虎口'。这个夏雨，一朵鲜花插在了狗屎上。可惜了！"

穿牛仔裤的姑娘尖叫起来，说："错了，是插在牛粪上！"

长头发"嘁"了一声，说："没错。插在牛粪上，好歹要大些，营养也要丰富点嘛！"

旁边的卷卷头叹了口气，说：“嘁，你以为夏雨会傻到那一步？难道你们看不出来，那都是为了摆脱过去那桩婚姻，演给别人看的。这个家伙，鬼着哩……”

倪万喜觉得有人在自己的心上猛咬了一口，让他觉得无比的难受。他立住脚，转身就往回走。倪万喜老是在想这样一个问题：

夏雨会是这样的人吗？

四

倪万喜觉得有必要和夏雨坦诚地谈一谈。

可是在夏雨面前，倪万喜却觉得到嘴边的话，不知道该如何启齿。有两次刚开了个头，就让夏雨打断了，他不得不顺着她的思路而中止预期的话题。

这天下午，倪万喜正在埋头批改作业。窗外，稀疏的树影把夕阳剪得支离破碎，鼓噪了一天的鸣蝉，此时停歇下来，空出了一方的清凉。

“咚咚！”

夏雨到了他的门前，不管门是否关着，她都习惯敲两下。

夏雨提着一袋杨梅，翘起她好看的兰花指，拈起一颗就往倪万喜的嘴里放。酸酸爽爽的杨梅，让倪万喜满口生津。看着倪万喜美滋滋的样子，夏雨兴冲冲地说：“王婷婷，知道吗？我最好的闺蜜，下周末结婚。到时候，我们一起去捧场！”

倪万喜脑袋嗡的一声就大了。倪万喜带来的钱已经所剩无几，他正暗暗为接下来的生活费发愁。既然去喝喜酒，不可能空着两只手，到哪里去借这份礼钱呢？

夏雨看出了倪万喜的窘态，说：“其他的你别管，到时候一起去就行了。”

“空着手去，不好吧？”倪万喜嗫嗫地说。

“不好？那你自己送嘛！”

“这……一般送多少合适？”

“我准备送50。你送多少，自己看着办。”

倪万喜一听，感觉脑袋上的头发“唰”的一声全立起来了。这份大礼，差不多是他两个月的工资啊！夏雨参加工作的时间不长，对她来说也是一笔不少的数目。倪万喜倒吸了口冷气，说：“这种场合，把心意表达到就行了，用得着这么大方吗？”

夏雨嘴一歪，“噗”地把额头上的刘海吹了一下，鼻子一哼，说：“放心，你不会吃亏的。你送多少，到你结婚的时候，人家只会加倍地补偿你！”

“这些，我确实没有想过。”倪万喜自嘲地笑了笑。他摇了摇头，叹了口气，说：“算了。我跟她非亲非故，没必要去凑这样的热闹吧……”

“你呀，这些场合你更该去，不说别的，就是去开开眼界也好。”夏雨有些恼怒，眉毛一扬，说：“到时候，你把才做的那身衣服穿上，精神一点！”

就在前几天，夏雨特地从商场里买了两截布：雪白的涤良做成了衬衣，米黄色的涤卡做成了裤子。倪万喜从来没有穿过浅色的裤子，这种裤子穿在身上觉得特别的别扭。这身衣服，从那天试过以后，就再也没有穿出来过。倪万喜只觉得身上的冷汗直往外冒，他搔搔脑袋，硬着头皮说：“算了，我还是不去为好……”

夏雨叹了一口气，说：“你们老家有句话‘稀泥巴糊不上墙’，我怎么老是觉得，这句话是给你准备的呢？”

夏雨说完，扔下在一旁发呆的倪万喜，气冲冲地迈着碎步走了。

夏雨的脑子里一团乱麻。对于倪万喜，要说对他没有好感，那是假的；要说内心不喜欢他，那也是假的。天天和他在一起，他的真诚、善良、执着、敬业，以及从他身上浸润出来的积极、乐观、向上的精神，无疑是一个高素质的农村青年最为可贵的品质。特别是看到他忙进忙出的身影，孜孜不倦的进取精神，她的心里就会有一种隐隐约约的疼痛。同样是教书育人，如果是公办老师，如果在城里，或在条件好一点的地方，那肯定是另外一番天地，至少用不着吃这么多苦。而城里很多学识修养都不如他的人，日子比他休闲，生活比他潇洒，报酬比他高得多。凭啥这么优秀的人，要被埋没在生活的最底层？不知从哪一天起，她就暗暗留意起倪万喜的未来，并且力所能及地帮助他。

当然，要在那样艰苦的环境里，生活一辈子，夏雨是不甘心的。好的地方多着哩，何苦在那样的穷旮旯炼狱。她把对倪万喜的怜悯，关切，乃至隐隐约约的爱恋，包裹得严严实实，表面上不露半点声色。直到她的妈妈带着继父到了乌地吉木，劝说她立马回城去，她才认真思考起这个问题来。对于进城，只要能摆脱厂长公子无休无止的纠缠，她是非常高兴的。可是，她却为倪万喜的事纠结不已。她不止一次考量过，在脑子里斗争过，挣扎过，到底该怎样面对倪万喜。客观地说，要是命运对倪万喜公正一点，这一年他已经大学毕业，成为堂堂正正的大学生，有着体面而受人尊重的职业。可是，残酷的现实，活生生地剥夺了他的权利，如果错过了这次机会，他不知道还要走好多的弯路，经历多少人生的挫折。特别是这几年朝夕相处，相互的接纳，支持，搀扶，呵护，爱慕，她的内心已经割舍不掉这个人。夏雨犹豫再三，郑重地向父母提出来：

把她的男朋友倪万喜也一起带进城去。

正是因为做出了这样的决定，夏雨内心蛰伏多年情感喷薄而出，让倪万喜有些猝不及防。夏雨原以为，让倪万喜早一点脱离那个偏僻的地方，早一点到城里，对于他的发展肯定是有好处的。她相信，以倪万喜的学识和能力，凭借她继父的人脉关系，转正是迟早的事。最为重要的是，通过和倪万喜的接触，她认为这个外表土气的农村人，骨子里的高贵远比城里的奶油小生强得多，和这样的人在一起，说不定以后还真能成就一番事业。眼下，最为重要的，就是要让他洗刷掉身上的土气，尽快适应这里的环境。

可是，要做到这一切，并不是件简单的事。夏雨慢慢感到，从小生活在大山里的倪万喜，和城里的生活是这样的格格不入，每次和倪万喜闹过别扭后，她都会认真反思这个问题：

真正要和这样的人过一辈子，会幸福吗？

临近开学的时候，倪万喜的自尊又一次遭到重创。

一群家长涌进校长办公室，声音一个比一个高，把邓校长那张脸气成了苦瓜。家长们群情激奋，核心的内容就是要求换老师。邓校长耐着性子做了一上午的工作，并没有收到实质性的效果，黑着脸晃进了倪万喜的小屋。校长没有绕弯子，直截了当地说：“小倪，我本来打算让你接手毕业班的。这事，在补课的时候就较量过，如今闹到这个地步，咱们都得退一步。唉，那些蛮不讲理的家伙，转过背就去扭着文教局，去找县委政府的领导闹，你说你说……到时候，咱们里里外外都不是人啊！”

邓校长推了推滑到鼻尖的眼镜，眼睛死死地盯着倪万喜，说：“小倪，看样子，你还得从初一干起。把成绩拿出来，到时候看他们还有什么话说？”

邓校长根本就没有顾及倪万喜的感受，那双凸起的眼睛让倪万喜感到一阵阵心寒。记得来的时候，邓校长反复跟他说，要他做好准备，接手毕业班的。邓校长给他说这话的时候，特意压低了声音。倪万喜第一次感受到这种声音的魅力，每一颗字里都浸润着信任。因为，邓校长在说这事的时候，特意放缓了语速，说领导之前给他交代过，他一定会落实好。

短短一个假期，这么就变卦了呢？

不过，倪万喜很快就释然了。想想也是，家长怎么放心，把孩子的前途和命运，交到一个代课教师手里呢？

说下来，学校里的老师，虽然大都是师范学校的毕业生，但很多是通过各种关系硬塞进来的，他们的文化基础并不如他。可是，家长哪里知道这些实情，他们更多的是看重资历和学历。

倪万喜像被打晕了的鸡，脑子里浑浑噩噩的，一点精神也没有。学校已经明确了初一新生的分班情况，倪万喜为八班班主任。这天放了学，何老师叫住了他，说：“小倪老师，你得多长个心眼……”

倪万喜不明就里，一脸的茫然。何老师说：“你知道吗，今年的新生已经分班了。我想多句嘴：你赶紧去教务处，把你们班学生名单拿到手！”

倪万喜说：“先熟悉学生吗？”

何老师笑了，说：“再不去，你班上好学生都让人换完了，就剩些别人不愿教的学生，你怎么办？”

倪万喜将信将疑，去教导处一看，他们班上的学生名单，果然有涂改添加过的痕迹。倪万喜心里升起一股无名火，又不知道该怎么发泄。倪万喜刚回到办公室，就有一只温暖的大手拍在他的肩上：“小倪，我有两个侄儿分你班上去了，把他们调到我班上好照管。你看，怎么样？”

沙老师笑眯眯地看着他，还不等倪万喜开口，又说：“你班上人少了也不好。干脆，我把班上的学生划两个给你！”

倪万喜有些犹豫，说：“学校分定了的，这不好吧？”

沙老师一下变了脸，说：“有啥不好的？我作为一个长辈，就这么一个小小的要求，主动看管自己的侄儿侄女都不行吗……”

倪万喜郁闷无比，躺在床上，无神地看着天花板。晚饭后，夏雨过来约他去看电影。倪万喜没有半点兴致，推说是中暑感冒，就想静静地躺一躺。夏雨给他买了几包头痛粉，要他好好休息，就悻悻地走了。

倪万喜躺在床上，翻来覆去怎么也睡不着。他的脑海里，老是回放着乌地吉木小学的点点滴滴。那里条件无比的艰苦，可是在那样的环境里，他是那样的快活。他不仅受到了最高的礼遇和尊重，自己的才华在那简陋的条件下却显露无遗。可是，面对这高高矮矮冷硬的楼房，在这些虚情假意的城里人面前，他感到自己是那样的渺小，孤独，无助……

直到天亮时分，倪万喜才迷迷糊糊地睡过去。

倪万喜打开房门，就大吃一惊：祁四老爹带着十来个孩子，就站在门口。

倪万喜忙不迭地招呼道：“老爹，你们好久到的？来来来，进来坐！”

“不了！”祁四老爹朗声笑道：“城里人礼数就是多。咱说话不会转弯。你和夏老师一走，寨子里学校就塌了。学校办起了补习班，但找不到合适的老师，只有张尚福和那几个新来的代课老师顶着。学生娃今天走三个，明天走两个，教室里稀稀拉拉的，只好早早把娃娃放了。这几天，我和张尚福到处去请老师，不晓得开学的时候如何！”

倪万喜心里一沉。这样的情景，早在他的预料当中。祁四老爹说：“我进城办点事。寨子里的乡亲，非要我把这几个娃娃交给你，你要想办法把他们安顿好哦！”

几个孩子倪万喜都认识，他们的脸上布满了羞怯，眼里全是好奇。倪万喜笑了笑，说：“你一下来这么多人，不把学校挤垮才怪！”

祁四老爹说：“你少说这些。城里该交多少书费学费，咱不会赊欠半文！”

倪万喜心里暗暗叫苦。一下来了这么多孩子，吃的问题，住的问题，学校怎么解决？倪万喜咂咂嘴，说：“老爹，这事我做不了主。我得请校长帮忙……”

果然，倪万喜去和邓校长磨了半天嘴皮，一个也没有说好。

祁四老爹枯坐了半天，那道目光温柔无比，老是在倪万喜的身上舔来舔去。临走的时候，祁四老爹欲言又止，说：“万喜，这些娃娃……唉，可惜了！”

看着祁四老爹远去的背影，倪万喜沮丧万分。这一天，倪万喜的脑海里全是乌地吉木小学，以及那群孩子的影子。他老是觉得寨子里的父老乡亲，都在田里地里静静地打量着他，那一道道温柔的目光如犀利的牙齿，不停地咬噬着他神经。倪万喜只觉得焦躁不安，浑身直冒虚汗。

在辗转反侧之后，倪万喜做出了一项重大的举措。他给夏雨写了一封短信：

夏雨，谢谢你对我的好。这种感激，我将铭记一生。我反复考量，眼前在城里继续待下去，只有两种结果：其一，早死；其二，发疯。我不想过早死去，也不愿意变成疯子。因此，我决心已定：先回乌地吉木去！

和闭塞的乡下比，城里是梦中的天堂。我做梦都想着，能真正走出大山，在城里悠闲自在，体体面面地生活。但愿，通过我自己的努力，这一天能够早一点到来……

第二天，倪万喜就回到了乌地吉木。

寨子里的人欢天喜地。娃娃的事有了着落，祁四老爹的嗓门比平时更为洪亮，张尚福喜滋滋地哼起了小曲。倪二老爹却不一样。他响亮地刮了一声嗓子，把一泡脓痰和着诅咒，“噗”地吐在石板上，又恶狠狠地补上一脚，感到特别的解气。

时令已经入秋，酷热一天一天消退。寨子里那棵老黄桷树绿荫如盖，到树下乘凉的人，嘴里全是关于倪万喜回来的消息。前些年，倪大耳朵两口子成天在地里忙活，难得有空闲到黄桷树下休憩片刻。如今却是另一番光景，倪春寿躺在床上，泥塑般看着黑黢黢的屋顶，有一口无一口地抽着烟，时不时发出一声叹息。吴成英像落了魂一般，坐在屋里默默垂泪。自从倪万喜进城后，寨子里就像闹翻了天，所有的忌恨都夹杂在闲言碎语中，老是往她的耳朵里灌。此时她更不愿意出门，更不愿看到那一张张幸灾乐祸的表情。

倪万喜却无比的轻松。这样的情景，几年前高考落榜的时候就已经感受过。见了寨子里的妇女，倪万喜会笑嘻嘻地迎上去：“二婶，你割草去呀！”

“噫，不是说你进城享福去啦？”

“二婶，你说笑话哩。那城里的福，是我们享的吗？”

“不是说，城里的女老师和你耍朋友吗？咋不领回来……”

“二婶，那是耍的，当不得真。”

五

祁四老爹和张尚福没有白费力，开学又请来了两个代课老师：一个姓秦，在大学读了两年，和社会上的混混打架，被学校劝退；一个姓万，因高考志愿填报出错落了榜。

有了两个年轻人的加盟，倪万喜松了一口气。

秦老师和万老师啥都好，就是有一点，老是嫌伙食差，一个星期吃不上几次肉。

学校只有这个条件，不可能让他们单独开火，所有老师都在学校伙食团搭伙。学校厨房很简陋，十多平方米的一间房，打了两眼灶，支了一张案板，一口大水缸，墙上挂着簸箕筲箕筛子一类的家什。厨房是接教室搭的偏房，斜斜的瓦椽离灶台只有一尺多高。在里面，压抑得似乎连气都喘不过来。就在这样一间房里，刘启芬带着她的侄女，却要做出两百来人的饭菜来，确实不简单。好在乡下吃两餐，早上九点，下午四点，准时开饭。菜也简单，学生一般就是一个独龙菜：炒土豆片或莲白菜汤。老师吃的和学生差不多，顶多再有一个炒菜或肉。每到吃饭的时候，学生先在门口排队打饭，学生的饭菜卖完，老师再到厨房里吃饭。

乌地吉木常年干旱缺水。除了雨季可以种点蔬菜外，其余时间是种不出菜来的，要吃新鲜蔬菜，得到天拱坝去买。对于刘启芬来说，每天弄这么多人的饭菜，忙得她像陀螺一样。集镇逢双日赶场，闲天稍稍好一些，她可以抽时间，把厨房里外收拾干净。遇上赶场天，她早早把饭一卖完，门一锁，背上篮子，就匆匆往集镇上赶。当然，这样的事，往往还得请他丈夫帮忙。刘启芬两口子把菜买好，得赶紧背着往回走，老师学生还眼巴巴地等着她回来做饭哩。

刘启芬曾经在县城里帮过几年厨，那手艺没说的。寨子里有人娶亲嫁女、老人祝寿、乔迁新居乃至宰杀年猪，只要周末她得空，都喜欢请她去帮忙做厨：炒肉、酥肉、烧肉、蒸肉、丸子，她可以做出各种花样来。她高兴了，也会在老师面前，吹嘘她的手艺如何如何了得，听得大家口里清津直冒。刘启芬最拿手的还是焖各种饭：洋芋、红苕、南瓜出来的时候，焖洋芋、红苕、南瓜饭；新鲜蚕豆、豌豆、四季豆出来的时候，焖大锅豆子饭。总之，菜多饭少，放少许油，把菜烩一下，撒点盐和味精，饭冒在上面，烧一大盆酸菜汤，非常可口。一顿少说要吃五六碗，直到把肚儿撑得圆鼓鼓的为止。这样的饭营养，省钱，实惠，除了屁多一点以外，并没有啥副作用。

但是，刘启芬有一样太糟糕：每次买回来的肉都是肋条肉，而且多数时候是无骨的五花肉。那肚皮上的肉虽然实惠，但只能拿来做成回锅肉。这样的事，过去老师们睁只眼，闭只眼，哪个也不会计较。现在不一样了，两个年轻人早就给她提了要求：割点瘦肉回来嘛，同样是花自己的钱，天天吃肥腻腻的回锅肉，实在是不划算。可是，刘启芬总是一脸的苦笑：“路太远，等把早饭弄完，再跑到街上，瘦肉早让附近那些龟儿子割完了！”

只有张尚福理解他，经常护她的短：“刘启芬两口子，赶场天能够把菜买回来，把两顿饭弄好，已经相当不错了！”校长说这话是有根据的，刘启芬来回一路小跑，差不多得六个小时。有了校长这句话，刘启芬也就把大家的愿望当成耳边风。每次一路小跑去赶场，买回来的还是软肋肉。当然，刘启芬在千篇一律的回锅肉里，也会变些花样，在没有蒜苗的时候，她会加些莴笋、瓜片、干笋一类的东西一起炒，味道确实也还不错。

为这事，两个年轻老师都不高兴，明里暗里埋怨：“这个刘启芬，每次到街上去，好的肉都让别人割完了，去早点会死人？”有两次，他们还对张尚福说：“离了红萝卜照样办席，干脆把她龟儿的换了，重新找个人来做饭……”

可是，每次张尚福呵呵一笑，不表任何态，事情也就不了了之。

这一天，小秦老师的女朋友来了。这个地方太偏僻，平时难得有同学来一下，更别说是女朋友。单从这方面来说，这意义就非同一般了。

有这么重要的贵客来，自然在伙食上要好好改善一下。小秦老师提前就给刘启芬打了招呼：“早一点去赶街，割几斤好点的瘦肉，多买几样菜，千万不能怠慢了客人。”刘启芬乐哈哈地应着，早早地就冒着一头热汗回来，让厨房里香飘四溢。

和往常一样，钟一敲，大家都往厨房里走。刘启芬显然精心做了准备。锅盆碗盏收拾得干干净净，摆放得整整齐齐。菜的种类是往天的好几倍，全部装在盘子里，用碗倒扣着。看到这么丰盛的晚餐，大家都很高兴。都觉得这个乡下妇女素质还不错，在关键时刻，顾大局，明事理。

可是，把倒扣着的碗打开，小秦老师的脸却一下拉下来。除多了几个时鲜的炒菜外，那盘肉仍然和往常一样：回锅肉！

果然，小秦老师在集镇上长大的女朋友，根本就没有动那盘回锅肉一下！

就为这事，让小秦老师很扫面子。

送走了女朋友，小秦老师就把火发在刘启芬身上，冲她龇牙咧嘴咆哮了一顿。要不是见刘启芬是个妇人，说不定还要对人家动粗……

这一切，直到刘启芬家杀年猪，请大家吃年猪饭，才把心里的疙瘩解开。这天，大家都喝了不少酒，刘启芬乘着酒兴，对两个年轻人说："为伙食上的事，你们没少咒我，这些我清楚！"

拿人家的手短，吃人家的口软，好在大家的脸都被酒烧红了，也不算太尴尬。刘启芬叹了口气，说："你们运气好，遇上了涨工资。但是，不管怎么涨，你们每个月工资才45块。不管我怎么精打细算，你们每个人的伙食费，都要开30来块呀！天地良心话，我得对得起你们，对得起我自己的良心！你们骂我也罢，恨我也罢，只要我做饭，每个月的伙食费，决不能超过这个数！今天我把话挑明了，如果你们天天吃炒肉，一个月100块的伙食费都吃不下来！你们年轻，以后要成家立业，养家糊口。一家老少，得靠你们养活，能省一块是一块，能攒一分算一分哪……"

每天夜里，学生入睡后，倪万喜都会坐在操场边的石凳上发呆。

满天的星斗，清冷的夜风，小虫子的清唱，让倪万喜平添了几分惆怅。

祁四老爹为学校兑付了500元奖金。拿到这笔奖金，张尚福把刘启昌、邓云禄召集在一起，以校委会的名义做出决定：倪万喜和夏雨各100元，刘启昌50元，邓云禄和张尚福各30元，谢长顺20元，吴家祥和刘启芬各10元；祁四老爹办学有功，也奖50元。剩下的，作为学校的办公经费。祁四老爹坚决不要，说，娃娃是老师教出来的，拿了那个钱，他晚上睡不着……

老师们得了奖，让十里八乡的老师羡慕无比。大家都很高兴，唯有倪万喜高兴不起来。

这都是因为夏雨。

从城里回来后，倪万喜心里总是空落落的。

倪万喜和夏雨通过几次信。事情发展到这一步，大家都非常理智，彼此都在祝福对方。夏雨还鼓励倪万喜坚定自己的理想，找机会走出这座大山。尽管如此，夏雨的影子却常常出现在他的梦里。还是那副娇羞的样子，还是那副含笑的表情。在睡梦中，他和夏雨到了烟波浩渺的海边，看到了天空一样的海水；他们到了浩瀚的草原，看到了毛茸茸的草地；他们到了漫无边际的沙漠，感受到了沙子的滚烫……所有的这一切，都是在一个个静寂的夜晚，夏雨告诉他的。有些场景，夏雨还反复向他描摹过。可是这样的梦，是那样的遥不可及。直到现在，倪万喜仍然觉得，夏雨就像一个谜，永远让他看不透，也猜不明白。

倪万喜更多的是沮丧。倪万喜觉得，夏雨就像一个高贵的公主，总是在高高的山上，俯瞰着这个世界。虽然夏雨不可能和他走到一起，但这三年来，大家朝夕相处，耳濡目染，不经意的一个眼神，一个手势，彼此都能心领神会。那样的默契，非一般人能够做得到。

春桃就是这个时候走进倪万喜的心里的。

那时候，经常有人到学校送娃娃上学，请倪万喜传授中考复习的经验，向他打探中考的诀窍。就算家里没有人在学校读书，也有人乐意向他请教中考方面的问题。因为，那一段时间，寨子里的老少爷们，每天下午聚在老黄桷树下，最热门的话题，全是关于考中专大学的。能够从倪万喜的嘴里，淘到哪怕是指甲大一点见识，在那些大字不识的乡下人面前，也是炫耀的资本。

倪大耳朵家的情况，寨子里的人都知道。长吁短叹之余，自然就有人关心起倪万喜的终身大事来。

夏雨刚来学校不久，寨了里就有各种议论。不过，议论归议论，负面的杀伤力并不大。事态并没有如大家所想象的那样，也没有像那些包不住火的小年轻一样，动辄就寻死觅活。寨子里的人，看事物的眼光异常独到。他们没有听谁说过，夏雨想吃酸的辣的，也没有恶心呕吐的症状。特别是夏雨一直保持了那副苗条的身材，肚子也没有如大家想象的那样鼓胀起来，时间一长，就失去了口头炒作的动力。

如今不一样。夏雨一走，这样的事，又被人提上了重要议事日程。不过，大家对倪万喜的个人问题，在热热闹闹的背后，也显得格外谨慎。不管怎么说，在乌地吉木，倪万喜也是有身份的知识分子，不可能敷衍了事。

这段时间，吴成英为儿子的事颇费脑筋。关心的人多了，倒让吴成英感到为难。个个都把姑娘说得如花似玉，家家姑娘都是勤俭持家的好手。更让她过意不去的是，来向她介绍的，大多是自家亲戚。别的人户，都是花了钱，请媒人到女方家提亲。如今颠倒过来，女方家主动请人上门，这就不是高看一眼的问题了。这个时候，要把“不”字说出口，确实很伤人家的自尊，更伤姑娘的面子。吴成英只得叹着气，把这个难题推在倪万喜身上：

“喔唷，现在新社会了，这些事我们管不下来。自由恋爱，娃儿他自己拿主，我们不想操这个心！”

不过，吴正高介绍的春桃姑娘，却一下让吴成英动了心。

吴正高本来就不擅长吹牛。他的每一句话都是实打实的，更透着几分真诚和亲切：“我舅家的春桃，中等个，盘子脸，双眼皮，大眼睛，身段和模样没说的。我舅母死得早，舅舅也没再娶，把他们姐弟三个拉扯大。春桃是老大，屋头一把，外头一把，家里家外，收拾得巴巴适适。我舅是个‘大皮宽’，只晓得出憨力气，这些年全靠春桃撑着。哪家要有这个福分，把这个姑娘讨来做媳妇，那是几辈人的造化。要说差欠点，就只有一样，春桃没上过几天学……”

吴成英这回没有推，说：“少上几年学，有啥关系，又当不得饭吃。就我家这个条件，人家不挑不择，就已经是万万福了，还讲究那么多干啥！”

吴正高搔搔脑袋，说：“我也只是随便说说，还不知道人家春桃同不同意哩！”

吴成英想了想，笑着说：“这有啥难的？请你出面做做媒，做通你舅的工作，她还有不同意的？”

吴正高连连摆手，说：“我帮着牵牵线可以，媒人的事干不得。我舅要知道有人把春桃从他身边挖走，不骂死我才怪！”

事实上，吴正高的担心完全是多余的。因为有三个娃娃考上了中专，倪万喜名声大噪。听说倪家有这个意思，当舅的心里很高兴，反过来开导春桃，不要忙着顾家，把婚姻大事耽搁了。

倪万喜第一眼看到春桃，就暗暗喜欢上了这个朴实的姑娘。想着瘫在床上的父亲，常常以泪洗面的母亲，倪万喜没有更多的犹豫，迅速向春桃抛出了他的“红绣球”。

就这样，无须鸿雁传情，也没有更多的花前月下，甚至连订婚、送年月这样的传统过场都免了。赶在元旦前，倪万喜自己编写了几副对联，红彤彤地贴在门上，就把春桃接进了门。

时间显得仓促了一点，有两件事还是没有省：一是请陈九老祖择了结婚的日子。二是请舅舅吴成发帮忙，做了一只箱子，一口柜子，一只灯桌，两把椅子。家具少了点，但非常精当。箱子用来装衣服，柜子用来装粮食，灯桌和椅子那是专门为倪万喜备课改作业准备的。只是因为做得急，等把油漆买回来刷上去，春桃进门那天，上面的漆还没有完全干透。

尽管是这样，婚礼的热闹程度，还是超出了他们的预期。事后，倪二老爹打着酒嗝，把倪春寿和贾绍琼叫过来，对倪万喜的婚礼做了点评：“你们看看，人家没有请几桌客，但寨子里家家到场，村上的大小干部全部聚齐，就连乡上的老马、乡中心校的郑校长、中学陈涛家两口子，都来给他家撑面子，哪家比得起？这还不算，他们置办那几桌席，有一半的客人还在饿着肚子。人家临时才拖了几只羊来杀起，菜也弄成了两样，前面吃九大碗，后面吃羊锅汤。要换成其他人家，客人不把嘴巴咒出血才怪。可是，来的客哪个说了个“不”字，又有哪个嚼了半句闲话？这是啥，这就是本事！”

六

倪万喜回来后，往学校跑得最勤的是吴正虎。

宝珠走后，吴正虎大病一场。人瘦了一圈，眼圈深凹，喉结凸出，那只匾葫芦一样的脑袋，再配上那头稀疏的黄发，看上去更加凄苦。家里遭遇了几场变故，他的父亲吴成厚就和酒交上了朋友，最终在一个晚上喝酒过量，第二天早上再没醒来。塌了这根顶梁柱，家里一落千丈，和过去的高朋满座形成鲜明对比。

吴正虎一肚子的苦水，倪万喜是最好的倾诉对象。尽管倪万喜很忙，有时候顾不上说话就要往教室里跑，或者经常有学生打断他们的话题，但一点也不影响他的兴致。倪万喜一句随意的点评，一声不经意的叹息，轻轻地一个眼神，对他也是莫大的安慰。到学校里坐坐，哪怕是喝几口水，看看孩子们蹦蹦跳跳的身影，听听孩子们的歌声，也是一种别样的风景。

这些日子，还有一个人往学校跑得勤。

这就是伍美兰。

在倪万喜送走的这一届毕业生中，伍美兰的年龄要大一些。只是，伍美兰个头不高，身体单薄，不是那么显山露水。

伍美兰和吴正虎不一样。伍美兰是一个特别怕孤独的人，她特别喜欢学校的氛围，只要一看到学校里的老师，看到操场里活蹦乱跳的学生，她就会感到无比的愉悦。当然，伍美兰更多的是找倪万喜借书。倪万喜给学生订了几样报纸杂志，伍美兰拿回去看完了，就赶紧拿过来换。

很多时候，倪万喜上课去了，他的寝室里就剩下吴正虎和伍美兰。

倪万喜不在的时候，两人就会在一起打打闹闹。在伍美兰面前，吴正虎始终是讨伐的对象，常常被她连说带笑，挖苦得体无完肤。尽管是这样，吴正虎不仅不反感，反而觉得随和，亲切，舒坦。

这一天，他们倪万喜的房里斗了半天嘴，就到了该吃晚饭的时候。两人都不愿意麻烦倪万喜，一同出了学校的门。到了半路，吴正虎说：“老伍，敢不敢到我家吃饭？”

在一起的时候，吴正虎都是尊称伍美兰为老伍。伍美兰扬起下巴，学着夏雨的样子，“噗”地吹了一下额头上的刘海，说：“有人请吃饭多好呀，有啥不敢的？”

伍美兰没有犹豫。可是，进门的那一瞬间，脸还是羞红了。伍美兰不好意思待在堂屋里，直接到了厨房，给马英凤打下手。厨房里的光线并不好，灶台后面隐隐约约有个人，伍美兰冲着那团黑影，张嘴就叫了一声：

“婶！”

那脆生生的一颗字，响亮，圆润，其中还藏着一丝丝的羞涩。

马英凤在暗处，伍美兰一进来她就看清楚了。一听伍美兰在叫她，马英凤嘴里匆匆应了一声，接着就忙不迭地说：“妹子，我屋头潦草得很，你赶紧歇着，不消动手！”

伍美兰本来就是个勤快人，一跨进厨房就找到了感觉，麻利地跟着忙起来。

吃了饭，吴正虎提出送伍美兰回家，她也大大方方地答应了。

自从吴成厚死后，马英凤长吁短叹，眉头紧锁，满面愁容。今天一高兴，马英凤紧锁着的眉头，让满面的笑容熨得舒展开来，从头到脚都洋溢着喜气。吴正虎送伍美兰才出来，马英凤就情不自禁地哼起了小曲，就连到猪圈里倒泔水的脚步，也比过去轻快了几分。

和夏雨相比，小秦和小万显得更为单纯一些。

小秦个子高挑，皮肤黝黑，上唇留着一排黑黑的小胡子。小秦的课上得很生动。他满肚子的小故事和小笑话，在上课的时候，会非常巧妙地抛一两个出来，让学生们笑得前仰后合。要为重要的是，他抄了很多时下流行的歌曲，每周教学生们唱一首新歌。学生要是有些倦了，他马上会带着学生唱唱歌，换换脑，再接着教学。但是，小秦有个致命的弱点，不喜欢批改作业。作业布置下去，他把答案交给学习委员或小组长，要他们代劳。

小万长得单薄。看上去，就像还没有发育成熟的娃娃。这家伙上课一板一眼，但下了课，就喜欢跟孩子们在一起玩。甚至很多时候，还会和学生一样，在地上趴着，跪着，坐着。要不是他的嗓音早已变声，衣服也比学生整洁，很难把他和当地的泥孩子区别开来。小万开口闭口，总离不开学生，经常念叨谁爱说话，谁爱睡觉，谁又抄了别人的作业，谁的衣服又被淘气鬼溅了墨水。没过多久，小万就有了“万婆婆”的美称。

刚刚走上讲台，两个年轻人的积极性很高，恨不得把浑身解数使出来。小秦和小万来那天，张尚福就把他们带去交给倪万喜，乐哈哈地说：“这，就是你们师父！”

能上完初中课程的，就只有倪万喜、小秦、小万。初一的语文由另外一个代课老师教，刘启昌帮着上上初一和初二的政治。没有多余的老师，学校只得把其他课程统统砍掉，只保留参加中考的语文、数学、物理、化学、政治这五门课程。倪万喜也不客气，手把手地教他们备课和上课，教他们刻写蜡纸，油印资料。两个小伙刚刚走上讲台，半点也不敢马虎，屁颠屁颠忙得昏天黑地。就是偶尔上趟厕所，也是一路小跑。

两个年轻人都感慨：“要是在这里干一辈子，只怕要早投胎几年十年哩！”

瞅准时机，两个小伙就会在张尚福面前嚷嚷：“张校长，你老人家能不能想想办法，再找两个老师来？你这种干法，比资本家盘剥工人还毒哩！”

张尚福听了，嘴里“喊”的一声，一脸的不屑：“资本家？老汉我活到这把年纪，还没见过资本家长啥样哩。学校刚建起来那几年，就是我在吆独牛，一个人上五个年级的课。上午干三个班，下午干三个班，日子照样过！”

小秦脑子转得快，眼睛一愣：“张校长，你不要哄我们，这点常识我们还是懂得起的。明明只有五个年级，你怎么上午下午都上三个年级呢？”

张尚福幽幽一笑：“如何，你娃娃不懂了吧？不管啥时候，碗上的盖面菜最重要。学校里的盖面菜是啥？对，毕业班！我是上午和下午，都把毕业班拿出来烩哩！”

小秦心里暗暗佩服，嘴上却不服输："现如今是啥时代了！家家都盼着娃娃能考上学校，就凭我们这几个人，质量怎么拿得上去？"

张尚福叹上一口气，脸上的笑也慢慢收敛起来："你以为我不想再找几个老师来？这个穷旮旯，关键是没有人愿意来哩！干脆，你把女朋友带过来，我腾间房子给你，你们也好培养感情，干不干？"

张尚福话音未落，小万就笑开了："还是张校长开明。只是，万一把这对狗男女高兴死了咋办……"

乌地吉木考上了三个中专生，天拱坝中学颜面扫地。校长被免职，老师们也一个个像霜打过的茄子，蔫头耷脑，放个屁都得小心翼翼。新校长姓何，他刚一上任就带着教导主任、教研组长和毕业班的班主任，到乌地吉木小学取经学习。

这样的阵式，以前从来没有过。张尚福嘴里哈哈笑道："何校长就是不一样，拐棍喜欢倒着杵。以前，我们想请人家下来指导指导，就是顾八抬大轿去请，人家也不耐烦拿只眼角瞟一下！"

张尚福爱说怪话，但场面上的规矩是知道的。好在何校长很大度，打了个哈哈，说："张校长，你批评得对。不过，你也不要怕。我们来，就取一点点经，不会伤你身子骨的！"

张尚福瘪瘪嘴，说："我们去年，是'缺牙齿咬虱子'，碰运气撞上的，当不得真！"

张尚福带着何校长他们看了教室、学生寝室、食堂，找学生和老师了解情况。何校长翻着那堆得老高的复习资料，边看边摇头。这些资料，都是倪万喜和夏雨，在钢板上一张一张刻写，一张一张印出来，再一张一张让孩子们消化，实在是不容易。何校长深为学校艰苦的条件和老师的敬业精神所折服。在学校干了这么多年，何校长非常清楚，一分耕耘，一分收获。这所学校，能出这样的成绩，那都是时间加汗水拼出来的。

在座谈会上，张尚福对毕业班工作进行了总结："毕业班的工作咋抓，我认为抓三点，第一，好比'瞎子打婆娘，松不得手'；第二，就像老船工补烂船，破麻袋烂棉絮要准备好，大大小小的漏洞都得补；第三，这跟用灶膛的热灰捂苕儿一个道理，灶膛的火要旺，灶膛要烧热，余下的灰才把苕儿捂得熟……”

尽管张尚福说得很形象，但何校长最感兴趣的还是倪万喜。

吃过饭，中学的教导主任就把倪万喜扯到一边：“小倪，跟我们上去干！”

倪万喜一惊：“中学？”

教导主任说：“对。这也是何校长的意思。到了中学，既能施展你的才华，今后有招工招干转正的机会，方方面面你都占优势！”

主任的话不多，但句句都是实话。不过，有了城里这段经历，倪万喜无比的坦然。倪万喜不想说得太多，只说家里瘫在床上的父亲，病蔫蔫的母亲，实在让他割舍不下……

何校长听了主任的报告，皱了皱眉。何校长把倪万喜叫到张尚福办公室，当着张尚福的面，说：“小倪，我们今天来，除了让大家实地感受你们的敬业精神外，还有一个想法，请你到我们学校上课！”

张尚福一听，大惊失色。倪万喜从城里回来，学校摇摇欲坠的大厦才稳下来。要是何校长把倪万喜挖过去，乌地吉木初中班必垮无疑。何校长根本没有注意到张尚福的脸色，对倪万喜说：“我们打算在毕业年级组建重点班，你来当班主任，再抽两个得力的老师当你的助手，如何？”

见倪万喜没有开腔，何校长说：“中学里的生源、设备、环境都比这里好，你一加盟，肯定能干出番大事业。再说，上面视野更开阔，对你自身发展来说，转正提干是早晚的事……”

这样的话，让张尚福身上的汗直往外冒，心里的火更是一股一股往上冲，气呼呼地说：“噫，何校长，你不是来取经，是来割肉剜心啊！”

何校长愣了一下，“哈哈”笑道：“老张，你要顾全大局，为全乡的教育事业着想嘛！小倪在这里，是为国家培养人才，到天拱坝中学，也是为国家培养人才啊！再说了，咱们当领导的，除了考虑把工作干好，还得为人家个人发展着想，对不对？”

张尚福鼻子哼了哼，“呼”地站起来，说：“何校长，你一锄头就把我的墙脚刨倒了！干脆，你把这个学校撤掉，连老师带学生，一锅端到天拱坝中学，连我们一起培养了，哪点不好？”

何校长连连摆手，把张尚福按在凳子上：“老张，你莫激动，我还没有这么大的胃口！”

晚上，天拱坝中学的老师留了下来，可把张尚福忙坏了。寨子穷，缺水。洗脸、洗脚、如厕，都是问题，床铺卫生更让人头疼。天拱坝中学的老师，都是见过世面的知识分子，卫生上就更为讲究。虽然只有这样的条件，却不能丢了乌地吉木的脸面。张尚福尽管憋了一肚子的气，还是连着跑了七八家，让他们准备好洗漱的水，把床铺收拾干净。张尚福冒着一头热汗，把这几个老师住的地方安排好，已经是晚上了。

何校长哪儿也没去，就和倪万喜在学校里打挤。张尚福知道何校长的良苦用心，不好勉强，却恨得牙痒痒的。

张尚福一晚上没睡好。他老是盘算着，何校长要真把倪万喜挖走了，以后这个残局该如何收拾。张尚福翻来覆去睡不着，直到天亮也想不出个所以然来。以至第二天，何校长他们出门的时候，张尚福连手都懒得和他们握一下。

好在倪万喜决心已定。这天晚上，何校长掏心掏肺，和倪万喜摆了一晚上，他始终没有答应。

倪万喜知道在学校的难处，经常邀请小秦和小万到家里做客。都是同龄人，共同语言多，也无须更多客套。小秦嘴甜，眼睛也好，老远见了吴成英就喊：“大婶，歇会儿，不要累着了！”吴成英心里乐滋滋的，赶紧回来给他们张罗吃的。

最高兴的还是倪春富。他躺在床上，平时家里的人没有时间，也没有那么好的闲心，陪他聊聊天，心早就闷锈了。小秦和小万，静静地坐在他的床前，左 声叔，右 声叔，给他摆摆社会上的新奇事，听他说说过去那些老掉牙的龙门阵，屋子里全是他高亢的笑声。

虽然暑假补课晚了一些，但连着几个星期都没有休息，新学期开学没过多久，新课就结束了。

夏雨走的时候，把那一套《初中基础知识丛书》留了下来。倪万喜教过一届毕业班，他深深知道这套书的好处，有时间就向两个年轻人灌输。两个年轻人在过去那套复习资料的基础上，又补充了若干内容。小秦常常甩着酸胀的手臂，夸张地活动着手腕，伸缩着那几根修长的手指。小万的手上和身上，经常有油墨留下的污渍。他们几乎每天都在刻写着蜡纸，印着复习资料，然后让学生对知识点逐一过关。

小秦和小万常常嘀咕，去年是两个代课老师打主力，有人考上了中专。今年，多了二十来个补习生，再加上过去打下的好基础，要是考试失利，到时候怎么给寨子里的父老乡亲交代？

七

毕业班黑板右上角，仍然留了一个小方框，里面每天由班长写着：

距中考还有××天！

学校里里外外，都是学生苦读的身影。每天晚上，教室里照样烟雾腾腾。好在这一年煤油紧张的局面有所缓解。很多孩子家里实在没有煤油，就去买些柴油，油烟大一些，但总比用松明好得多。

小秦和小万都有这样的感慨：要是他们当年有这些学生的拼劲，清华、北大早考上了！

张尚福见两个家伙隔三岔五来找他领蜡纸和白纸，心里疼得滋滋地响。不过，张尚福也知道这些复习资料的厉害，只得黑着脸把那些东西给他们。

伍美兰和吴正虎在一起，总有斗不完的口水仗。

他们掐架的话题信手拈来。大到日月星辰，风霜雨雪，山川河流，生老病死，细到五谷杂粮，猪鸡牛羊，小到绿豆芝麻，鸡毛蒜皮，说不上三两句话，必须吵成一团，怎么也扯不伸。

伍美兰就像只龇着牙的土狗，巧舌如簧，步步紧逼。吴正虎呢，眯着小眼睛，痴痴地听着，偶尔弱弱地反驳一句，立即招来新一波攻击。伍美兰的指桑骂槐，挖苦羞辱，讥讽嘲笑，对他来说也是莫大的享受。

伍美兰嘴上攻势凌厉，心早已被吴正虎慢慢软化。和世间的男女一样，只要一天见不到吴正虎，伍美兰心里就慌慌的。

太阳落山后，寨子里上了年岁的人，喜欢往老黄桷芽树下凑。即便是在人前，伍美兰尖刻的声音也没有半点收敛。嫩黄的夕阳，把两个在晚风中摇曳的身影涂抹得妖娆无比，牢牢地粘住了树下浑浊的目光。

入秋以后，陈九老祖大病一场。直到初冬时节，才拄着拐杖蹒跚出门，对寨子里的新鲜事物就特别感兴趣。陈九老祖睁着酸涩的眼皮，老核桃壳样的脸上全是笑："啃啃，这个小死母猪，满嘴的獠牙哩！"

陈九老祖意犹未尽，瘪着无牙的嘴，边笑边摇头："噫，只怕这个吴正虎，不是她的下饭菜哟！"

老人枯井一样的眼睛里，两道深邃的目光，对吴正虎的未来充满了关切。

吴成发把肩上的锄头呼地插在地里，双手抱拳，嘿嘿一笑："几个老辈，话不要说得恁么丧德。有些事，那是还不到火候！"

几双干瘪的嘴巴都说："男人大汉的，哪里能够受婆娘的气？"

吴成发瘪瘪嘴，道："大哥别说二哥，难道……几个老辈受的气少了？"

"龟儿子，尽放臭屁！"几个老人口气很凶，目光却暗淡下去，笑声也显得谦恭起来："未必，要拿给婆娘欺负一辈子？"

吴成发哈哈一笑："呸，吴正虎要是条汉子，哪天把小女子按在砧板上，辣辣的碎场火，天大的煞气也退得干干净净！"

几个老人的眼睛里都有了异样的火花，笑得无比的亢奋。

寨子里的女人却不一样。他们见了马英凤，总是满脸笑容，嗓门压得很低，却生怕别的人听不到：

"大嫂，你福气好，白捡个媳妇喽！"

"啃，这个姑娘，嘴巴来得起，手上也来得起，好得很哩！"

这些日子，伍美兰往吴正虎家跑得勤。在马英凤面前，伍美兰那张利嘴仍然不依不饶。儿子在嘴巴上处于下风，马英凤心里美滋滋的，嘴角都差点咧到耳朵上了，说："晓得那个挨刀的，有莫得这个福气啊！"

马英凤说这话是有道理的，毕竟从年龄上，两人还有一定的差距。

可是，马英凤的担心完全是多余的。这些日子，伍美兰越来越得势，常常教训得吴正虎毫无招架之力。吴正虎脸热心跳，额上的青筋突突直跳，生了气，扑过去一把就把这个娇小的女子抱住了："老子这不行，那不行。今天倒要让你看看，老子到底行不行！"

伍美兰猝不及防，嘴里不甘示弱，奋力反抗的结果，是让吴正虎箍得越来越紧。伍美兰眼见无法挣脱，也就涨红了脸，任由吴正虎温热的嘴唇在她滚烫的脸上啄个不停。伍美兰脸热心跳，象征性地进行一些反抗后，索性踮起脚尖，仰起头来，配合吴正虎把亲吻做得更为具体。作为一个过来人，吴正虎当然不满足于眼前的成就。可是，就在吴正虎以为水到渠成，准备得陇望蜀扩大战果的时候，伍美兰却像一只受到惊吓的兔子，身子直往后缩，巴不得早一点从他怀里挣脱出去。

这样的情景多了，难免会有其他想法。特别是吴正虎，有过这方面的经验。每每到这种时候，他的手脚就更不安分。对于吴正虎的大胆举措，伍美兰虽然羞得满脸通红，却显得特别受用。当然，所有这一切，也仅仅局限于亲亲嘴，最多在她的胸脯上占些便宜。很多次都是这样，吴正虎的手从她饱满瓷实的胸脯上游弋开来，刚接触到她绸缎一样平滑的小腹，还不等他有进一步的企图，伍美兰就果断地把他的臆想掐断了。

"不！"

"咋啦？"

"不！"

"你……"

"不！"

伍美兰松开吴正虎的手，瑟缩着身子，拼命往后挣扎，坚决把他推开了。

伍美兰涨红的脸上多少有些惊骇，让吴正虎很失望。吴正虎做过很多次这样的努力，都没有奏效，心里不免多了几分懊恼。

对于吴正虎下一步的企图，伍美兰心里是知道的。

可是，吴正虎并不知道伍美兰的心思。

伍美兰早就听人说过，男人那东西，上面长有带刺的倒钩。男人越高大，那带刺的钩子就越长。伍美兰还听人说，男人那玩意儿能粗能细，就跟耗子的牙齿一样，长到一定时日，必须用磨石来打磨。说这话的是两个闲汉，他们一边放羊一边闲聊。两个闲汉说得很随意，他们咕咕咕的笑声，随着春天的风断断续续地飘过来，却在伍美兰的心里牢牢扎下了根。每每到了夜深人静的时候，但凡听到哪怕是一丝丝的风吹草动，伍美兰都会联想到正在捣蛋的耗子，以及和耗子般有着特殊嗜好的男人。当然，伍美兰也在暗暗琢磨：男人那家什长粗长长了，到底该用什么样的磨石才打磨得好呢？

伍美兰带着这样的疑问，在寨子里有人结婚的时候，她特意留心一对新人的枕头下面，看看到底放了一块什么样的磨石。

伍美兰找不到现成的答案，这样的话题又羞于向别人请教，只好在家里的牲畜中找合适的参照物。可是，除了让她感到好奇外，更多的是让她感到恶心。比如，公鸡和母鸡秀恩爱的时候，公鸡会飞在母鸡的背上，死死地啄着母鸡的脖颈。伍美兰就会想，男人和女人在一起，男人会不会像公鸡一样，死死地咬住女人的脖子呢？再比如，两条狗秀恩爱，屁股对屁股，推推搡搡，拉拉扯扯。她就会想，要是磨磨叽叽扯那么长时间，还不把人烦死？

所有这些烦心的问题，都需要用实践来证明。

这样的疑问，一直到两人结婚那天，伍美兰才有机会进行研究。撵走了闹房的人，吴正虎显得有些急迫，三下五除二脱光衣裤，就要来帮伍美兰的忙。伍美兰有些犹豫，在半推半就之间也让吴正虎剥了个精光。吴正虎那双手此时显得更为急切，在伍美兰光洁的胴体上献着殷勤。伍美兰呼吸急促，心中撞驴，窘迫间“噗哧”一笑，道：

“别慌！”

说这话的时候，伍美兰那只娇小的手，已经触碰到了一个异样的东西。伍美兰知道是怎么回事，心里扑通扑通跳个不停。伍美兰飞快地瞄了一眼，那根直挺挺的家伙上面并没有长倒刺，这让她得到了些许安慰，胆子也更大了一些。她试着拨拉了一下，那滚烫的东西不知收敛，竟然落下滑腻腻的涎水来……

伍美兰并不满足于眼前的成果，她满面含羞，举起蜡烛，准备实地再进行考证。不想手一抖，那烛液流下来，正滴在吴正虎光胴胴的小腹上。吴正虎“嗷”的一声叫，一下翻身跃起，饿狼一样扑过去，打翻烛火，抱着伍美兰就撕咬起来。

八

上冬以后，寨子里就有人杀年猪了。

寨子里图的就是热闹。不管哪家杀年猪，都得把三亲六戚请到，把寨子里有头有脸的人请到。

倪二老爹家今年就是这样。他侄儿家杀猪，他们一家人都去做客。当然，分工不一样：倪春寿是去帮忙杀猪，贾绍琼是去帮忙做饭，倪二老爹的主要任务是陪客，小孙子倪万福是去看热闹。因为是寨子里第一家杀年猪，隔了一个冬春，很多人家早就没有肉了，痨肠寡肚，巴不得有这样的机会解解馋。正是如此，很多人家不愿意开这个头，怕的就是少了半头猪，把客人担待不下来。不过，这么大的寨子，你看我，我看你，总有熬不住的要开头炮的。俗话说得好，既然要请客，就不怕大肚汉。不管怎么说，一头猪多少还是有剩余的。因此，吃饭的时候，主人就特别盛情，那肉才拈了一点点，就连忙有人添过来。直到吃结束，那几大碗肉看上去还是满的。

贾绍琼忙了一天，心疼在学校读书的倪万顺，就想给他弄点送过去。贾绍琼去找了只洗衣粉口袋，冲洗干净后，把桌子上没吃完的肉，包了一大包。倪二老爹吃饱喝足，看着桌子上那几碗肉，嘴里直念叨：“唉，造孽我那孙子！天天在学校里熬到深更半夜，连点油星星都见不着！”一屋的亲戚都说：“老倌，你给他带点去嘛！”倪二老爹满心欢喜，嘴里却说：“油汤滴水的，不好拿！”有亲戚乘着酒兴，嚷道：“老爹，使帽子嘛！又保温，又好拿。整油了，拿回去洗了就是。”又有人说：“要得要得，肉在里面热乎，你就是跑拢学校，还不会凉哩！”

倪二老爹犹豫了一下，把两碗肉反扣在一起，摘下帽子捂着，就下了席。

贾绍琼到了学校，把倪万顺喊出教室，倪二老爹脚跟脚就到了。两人连唬带哄，要他赶紧趁热，把这些肉吃了。

可惜倪万顺还是没那口福。那两大包肉吃下去后，连着拉了几天肚子，成天喊肚子疼，以至闻到油的味道就想吐。

倪万顺无法待在学校里，只得请了假，回家来调养。

这一下，一家人吵翻了天。倪春寿怪贾绍琼，贾绍琼怪倪二老爹，倪二老爹怪他侄儿家。吵也好，骂也好，毕竟这种倒霉事上不得台面，只能当作内部矛盾慢慢消化。眼下，最为重要的是请人来给倪万顺看看，把肚子疼痛的问题解决好。

为这事，一家人又吵了半天。倪二老爹提出，先让吴成全来看看再说。倪春寿想想也对。贾绍琼不干，她认为最好送到天拱坝医院。可是，父子俩都是那个态度，她一个人也无法把儿子送到医院去，只好作罢。

贾绍琼所担心的，大家心里都明白。

还是十多年前，吴成全到县上参加过三天培训，回来就背上印有红十字标志的药箱，成了一名赤脚医生。

寨子里上了年纪的人，大多有腰酸背痛一类的风湿病，喜欢找吴成全刮痧拔火罐。吴成全手上的劲大，“噗”地喷上一口酒，三下五下，就会让那些老松树皮样的肌肉变得青紫，然后找上一只破碗，打碎，拈一块锋利的磁片，轻轻往上面一划，再用火罐一拔，流出一摊乌黑的血，那疼痛就松豁了一大半。

年轻人找他刮痧，多为胀气或肚子痛。就是年轻的妇女也不例外。

不过，吴成全给年轻妇女刮痧的时候，自身的生理反应要强烈一些。往往才把人家背上的衣服掀起来，还没下手，下面就直戳戳地支起顶帐篷。这样的场景，都是公开透明的，免不了有人来凑热闹。那些眼睛毒的人，心直，嘴臭，在嘻哈打笑中，偏偏要把这一幕揭发出来：

“死短阳寿的儿子，堕落报应臊死你先人的皮！你瞧，你那个冒失的小打杵，马上就要爬上桌子去啦！”

在大家的哄笑声中，吴成全头上冒着热汗，用力地揉着掐着，在连连的惨叫声中持续着他的动作。当然，他也不得不抽个空子，在手上动作的掩饰中弯下腰，好给恬不知耻的小打杵留点空间，不至于那么明目张胆。

尽管是这样，还是出了问题。有次给猪拱地陈福安家媳妇刮痧，那妇人先是惨叫连连，越往后声音越小，到后来浑身冷汗淋漓，昏厥在地。陈家赶紧找人连夜抬到天拱坝，再转送到县医院，做手术才把命保住。医院的结论把所有的人都吓了一跳：吴成全用力过猛，把妇人的肠子活生生掐断了！

吴成全听说这件事，暴跳如雷：“放他妈的屁！那婆娘的肠子，本来就又细又薄，早就要锈断了的，还怪老子？老子水没喝他一口，烟没烧他一支，做了好事，连句好话都没得，还要撒老子的烂药！”

不仅如此，吴成全还放出话来：要陈福安家扯三段红来，给他挂红冲喜，不然，他提把板斧，上门来讨说法……

听说吴成全放出这样的狠话，陈家人一个个肺都气炸了：人命关天的大事，陈家人没找他算账，他杂种竟然不知天高地厚，能这样欺负人吗？陈家人聚到陈福安家，吵着嚷着，要他去找吴成全说个一二。

陈福安是个老实人，平时不多言不多语，三锤打不出一个闷屁。可是，有这么多族人撑腰，再加上喝了几口酒，气冲冲地到了吴成全家门外。

吴成全家也养了狗。那狗和主人不一样，显得很低调，对谁都客客气气。见陈福安讨伐上门，那狗不但不出声，反而像见了老朋友一样，摇着尾巴，在他的身边又跑又跳。陈福安当然不会被这条友善的狗所迷惑，他还有更为重要的使命。可是，就在这个时候，陈福安听到院子里有一种沉闷的声音：

“唰——，唰——，唰——！”

那声音让陈福安不寒而栗。陈福安不敢贸然闯进门去，他把已经举起来，准备擂门的拳头轻轻地放下来，眼睛凑在门缝上往里一看：妈呀，吴成全正蹲在磨石旁边，一上一下用力地磨着杀猪刀哩！

陈福安赶紧把那一对拳头抱在胸前，耸着肩膀，踮起脚尖，在那条黑狗的护送下，影子一样消失在夜色里。

陈福安回去后，赶紧捡了些石头放在堂屋门前，晚上一听见有动静，他就会冲着夜空吼上两句：“是哪个？老子赏你一石头！”

陈福安捡起两块石头，呼啸着打在旁边的竹林里，噼噼啪啪响个不停。

一连几天，都很平静。陈家人按捺不住，遇上陈福安，都在为他打抱不平：“你这个死了半截的闷葫芦，去问那杂种没有？不行的话，我们多去几个！”

“我问了。”陈福安很淡定：“人家垂着脑壳，任我怎么骂，闷着头就是不开腔，我有锤子法？人呀，得饶人处且饶人哩！”

陈家人见陈福安是这个态度，在旁边骂一阵，只得作罢。

倪二老爹找到吴成全，把倪万顺的病情一说，吴成全把手里的活一放，说：“噫，侄儿子是考中专的料哩，闪不得火哟！你老先走一步，我扯几把草草药，随后就到！”

倪二老爹才进屋，吴成全脚跟脚就进来了。吴成全把背篼里的木通藤、蒲公英、马齿苋、七里香、艾蒿、小茴香、生姜，七七八八拿了出来，要贾绍琼找一口大锅，把这些草药全熬下去。

吴成全摸着倪万顺的额头，把他的上衣捞起来，在他的胸上肚子上拍了一会儿，双手前心后背一齐发力，往肩头和胳膊的方向又捏又挤，说：“侄儿子，怕是你家老祖人挂心你，担心明年考中专的事，在给你加油鼓气哩！”

吴成全双手钳子般死死箍住倪万顺的胳膊，要贾绍琼赶紧找根麻线来，紧紧地缠住，侧身压住胳膊睡觉。吴成全对哼哼叽叽的倪万顺说："侄儿子，明年就考个卫校算了，吃得开得很！你不见天拱坝的刘扯巴，就在卫校打过几天蘸水，开那个诊所，每天比乡卫生院生意还好。一年的收入，就是乡上的书记乡长合起来，也不会有他的多！"

听着这样的话，倪二老爹心里一高兴，把倪万顺在学校里如何苦拼，成绩如何好，说得天花乱坠。

倪万顺喝了几海碗草药汤，肚子里就像打雷般吼，小腹内一阵绞痛，就往厕所里跑。贾绍琼想起陈福安媳妇的事，心里一阵阵发怵，担心会不会出啥杂症。吴成全哈哈哈笑个不停，说："通了通了。把肠胃里的积食刮下来，几泡稀屎一屙，就没事了！"

果然，倪万顺连着拉了十多次，肚子不疼了，也不拉了。不过，头却一直昏沉沉的，浑身无力，过了两个星期才恢复过来。

入冬以后，在学校又冷又饿，很多孩子吃不下这个苦，就打起了退学的念头。

这天，倪万喜正在改试卷，刘长索过来说："倪老师，你晓得不，祁才明正在收东西，他不想读书了！"

倪万喜心里一惊，放下手里的笔，就往学生寝室里跑。

在倪万喜所教过的孩子中，数祁才明最聪明也最为懂事。祁才明的母亲叫杨娟，是省城里下放下来的知青，人漂亮，活泼，是寨子里的头号美人。因为长得俊俏，那些没讨媳妇的老光棍，每天下午就像"老青猴"，在知青点门前或蹲或站，挤眉眨眼。老光棍们的用意非常明显，杨娟在恐怖之余，很快就嫁给了寨子里的民兵连长祁胜昌。有祁胜昌护着，杨娟每天在村小里代课，日子倒也过得安稳。后来，知青纷纷返城，杨娟和祁胜昌离了婚，留下祁才明兄妹俩，嫁给省城一位老干部，调入了省城。

祁胜昌没有再娶，独自带着祁才明兄妹过日子。祁胜昌在农业学大寨运动中，处处身先士卒，早积攒下了一身痨病，土地下户后长年卧病在床，日子过得无比艰难。正因为这样，祁才明小学一毕业，就辍学回家，准备帮着他父亲撑持这个家。倪万喜知道这个消息，连忙到他们家去家访。可是，这孩子鬼心眼多，倪万喜一到他家，他就从后门溜走了。倪万喜去了一次又一次，终于把祁才明堵住了。

倪万喜说："明子，你完全有实力走出大山，你怎么能轻言放弃呢？"

倪万喜说："明子，走出了这四周环绕的大山，你才能更好地照顾你的父亲，撑持起这个家呀！"

倪万喜不知道家访过多少次，才让他打消了这个念头。他爹身子病歪歪的，根本没有办法管他们兄妹。有很长一段时间，他们兄妹全靠倪万喜暗中周济。可是，还有一学期初中就要毕业了，从他的情况看，完全有把握考中专，怎么能放弃当初的承诺呢？

倪万喜到教室里一看，哪里还有祁才明的影子？几个同学都抢着说，祁才明刚刚出门。倪万喜没有多想，撒腿就往祁才明家的方向追去。

冬天的傍晚，老天爷早早就拉上了夜幕，凉飕飕的夜风肆虐地刮个不停。

祁才明前脚才跨进门，倪万喜就进来了。祁胜昌赶紧从床上爬起来，摸了根松明点上，在堂屋火塘里拢上堆火，吭哧吭哧咳个不停："倪老师，又害你跑路了！这个鬼娃娃……"

倪万喜说："听说明子回来了，我过来看看。"

祁胜昌说："娃娃的心思，我都知道。唉，我这娃……只可惜，他老子不争气，让娃娃跟着受苦了！"

祁胜昌的嗓子发涩，鼻音低沉，厚重。倪万喜说："老叔，不管天大的困难，都是暂时的。有句古话是这样说的：日出东海落西山，苦也一天，乐也一天！你老这点小毛病，算个啥？"

祁胜昌嘿嘿嘿笑道："侄儿子是在宽我的心哩！老叔病得咋样，心里还没个数？"

祁胜昌坐了一会儿，实在咳得厉害，只好躺到床上，要祁才明好好陪倪万喜摆摆龙门阵。

祁才明低着头，什么话也不说。

倪万喜说："明子，你给倪老师说，咋又有了这样的想法？"忽闪忽闪的火光中，祁才明用树枝在地上划了一阵，幽幽地说："倪老师，我妹妹不想读书了。"倪万喜说："她小，还不懂事，你要好好劝劝。"祁才明说："你不晓得。她说，要回来照顾我爹！"

倪万喜摇摇头，说："她小学还没毕业，怎么撑得起这个家？"祁才明眼睛一亮："唉，我也是这么想的。与其她回来，不如我回来。在家里，我是哥哥，得给妹妹创造读书的机会呀！"

倪万喜心里一热，说："你们都是好孩子。可是，现在正是你们读书的黄金年龄。错过了这个时间，以后你无论花多大的代价，都是无法弥补的。再说，就算你们兄妹俩都待在家里，老叔的病也不会缓解。只有读书，今后考上了学校，才能改变你一家人的命运……"

这样的话，倪万喜在课堂上，不知道说过多少次。可是，此时他才觉得，在残酷的现实面前，这样的说教显得多么无力。

祁胜昌在里面的床上吼："你不要管我，好生去读你的书！"

祁才明脖子一梗："我就不去！"

祁胜昌拍着床板，高声叫骂道："杂种，只要你回来，老子就死给你看！"

第八章　岁月无声

一

开春以后，倪二老爹逢人就会笑眯眯地问："嗳，你家有莫得高粱？匀一点给我……"

倪二老爹态度异常谦和，这在过去是极为少见的。

乌地吉木缺水，地里主产苞谷和高粱。可是，寨子里的人嫌高粱产量低，只是田边地埂上种一些。不过，蒸饭也好，烤酒也好，留种也好，都是去年上冬该完成的事。家里的年轻人，大多不会管这些闲事，倪二老爹碰上那些上了年岁的人就会这样问。就有人杵着锄把，摇着白了的头，说："莫得喽，哪个还会把那些高粱留下来，专门喂耗子哟！"

倪二老爹不甘心，又说："未必，你们连种子都不想留几颗？"

有人不高兴了，直戳戳地说："老倌，就你一天问得卵烦，那高粱喂猪还嫌嘴糙，你拿来搞个锤子！"

倪二老爹显示出了足够的耐心："说正经的，我拿来烤点酒。"

"烤酒？苞谷呀，荞麦呀，都是好东西嘛，哪会像个死疙蚤样，盯着就不放？"

"高粱烤的酒，肯定不一样。"

"你要的话，上冬去我给你留着嘛。"

"来不及了。我得早点准备，到时候好办事哩！"

"办啥事呀，你前几年才满过七十，孙子讨媳妇还早，未必你老倌还想讨房小的？"

"啊哟哟，你龟儿的想到哪里去了！"倪二老爹眯着眼睛，脸上皱褶里满是幸福的笑："这酒，是为我孙子准备的。今年孙子要考学校了，到时候肯定有人来朝贺，得好好招待人家喝两杯哩！"

"你孙子干上啥学校啦？到时候不要忘了招呼我，我要来讨杯酒喝！"

"来嘛，只怕你脚步金贵，不肯赏光哩！"

倪二老爹咕咕咕地笑着。清朗的笑声在春天的阳光里，显得格外灿烂。

这一段时间，倪二老爹的腰，比任何时候都直；说话的嗓门，也明显比过去高了很多。说不上三句话，就会提起他的孙子。过去，倪二老爹只要有机会，都会侃侃万顺的学习如何如何，现在却担心倪万顺考上中专后，到底是该填师范，还是卫校……

这是倪万顺进入初中的第七个年头。和那些学弟相比，他的个子长得又高又大，唇上早长出了黑黑的胡子。对于考中专，他已经失去了那份耐心。他最后悔的事，就是当初没有早一点毕业，升入城里读高中。当年和他一起，在区中学读初中的两个同学，成绩和他差不多，一个考上了本科，一个考上了专科。可是自己，窝在这样的破学校里，还在为考中专劳心费神。就算这个中专考上了，也没有多大的吸引力。因为，中专生的出路，尽往边远的乡下分配。本科、专科却不一样，毕业就有可能留在城里。倪万顺想得最多的，就是今年中考过后，能够读高中。去年他虽然没考上中专，但早超出高中录取线一大截。就是吃过去的老本，他也没问题……

正是有了这种心理，倪万顺不仅学会了抽烟，成天趴在桌上睡大觉，还和班上叫陈玉花的女生谈起了恋爱。

倪万喜明里背里批评过他好几次，倪万顺虽然有所收敛，但收效甚微。

这一天，倪万顺又趴在桌上呼呼大睡，把小秦气坏了。小秦把倪万顺叫到寝室，狠狠批评了他一通。倪万顺眼睛往上翻，鼻子直哼哼，根本没有把老师的话当回事。小秦气极了，抬手就给了他一耳光。没想到，这记耳光还没有落下来，倪万顺用手一挡，就和小秦动起手来。

张尚福知道这件事，勃然大怒，马上派学生通知家长，迅速赶到学校来。

学生去的时候，张尚福一再强调，只通知家长到学校来，其他的一律不必多说。因为，这以前有过教训。李成福家儿子在学校抽烟，被李成福撵到学校里，把儿子打得差点钻进地缝里去。

倪二老爹和倪春寿很快就到学校来了。张尚福当着他们的面，批评了小秦，说他教育学生的方式不对。更重要的是，张尚福把倪万顺违反学校纪律的情况，包括抽烟、睡觉、谈恋爱的事向他们说了，要他们把学生带回去，教育好了再送到学校来。

倪春寿一听，涨红了脸，扯着倪万顺，就往学校外面走。

倪二老爹脸色铁青，跌跌撞撞跟在后面。倪二老爹知道儿子的犟脾气。去年，倪万顺中专没考上，儿子没轻没重的一顿揍，差点要了孙子的小命。那飞舞的皮绳，呼啸的石头，让倪二老爹心里直发怵。

倪春寿利索地蹬掉脚上的凉拖鞋，身子一歪，就蜷在家里那把老式太师椅上。要在往常，只要倪二老爹在家，倪春寿是不敢把他的屁股，放在这把椅子上的。可是今天不一样，他不仅篡了他爹老倌的权，还要让他老人家也长点记性。因为在他看来，儿子之所以走到这一步，跟老人家平时的娇惯和放纵，有着直接的关系。堂屋里，入春后迅速繁殖起来的苍蝇，大概得到了某种信息，嘤嘤嗡嗡地扇着翅膀，不安地到处乱窜。

倪春寿粗着嗓子："说，咋回事？"

倪春寿咆哮着的嗓音，震得房顶的瓦簌簌发抖。倪万顺低着头，目光呆呆地看着他的双脚。他已经尝过倪春寿的拳脚，他无法预测，接下来暴怒的父亲，会如何将这一幕推向高潮。

倪二老爹也回来了，他只是小心地站在一旁，喘着粗气，说："不听话，打！"

倪二老爹说这话的时候，没有一点底气，仅仅用虚张声势，来表明自己的态度。

倪春寿满嘴的唾沫星子往儿子脸上喷："打你，老子嫌手脏！"

这样的结果，不仅是倪万顺，就连倪二老爹也没有想到。倪二老爹知道，倪万顺混到这个地步，儿子和媳妇背后都在指责他对孩子的娇惯。倪二老爹黑着脸就踱出门去，他怕在屋里，儿子不好下手。不过，到了堂屋门口，倪二老爹又折回来，说："帮老子也捶两下，不要以为老子只会护短！"

倪春寿瞪着眼睛，鼻孔朝天，呼呼直喘粗气："杂种，你以为你算哪根葱？你要搞清楚，能够让人把你请到神龛上，天天香蜡纸钱供奉着的，那才叫宝贝。要是把你丢在尿桶旁，天天让尿浸着，你连猪尿泡都不如！"

倪春寿长叹一口气，说："你都快到20岁的人，照过去可以当爹了，我还要操那么多的心干啥？我和你妈在寨子里，苦死累活，图的是哪样？不就是想让你以后能够考上个学校，不像你爹你妈样造孽？老子像你这样大的时候，家庭条件不允许，到处都在造反搞运动，就是想读也读不成。你杂种倒好，有这么好的条件，这么好的老师，你不晓得珍惜。你爹你妈从牙缝里省出来的钱，你还要拿去抽烟，还要拿去哄小婆娘，你说你说，你这个杂种呀……"

倪春寿哀号一声，双手哆嗦着捂住眼睛，眼泪就像小瀑布一样，顺着他满是老茧和裂口的指缝里流出来。

贾绍琼也不是省油的灯，知道儿子到了这一步，哪里气得过。贾绍琼赶到老碾房，在陈万保家门前，叉着腰杆，破口大骂："操你八代祖宗，你这个骚母猪，你要是痒得难过，老子背一篮苞谷芯给你擦，你不要祸害我家娃儿！"

陈家人不明就里，开始还以为是在骂别人。仔细一听，越听越不是滋味。陈万保家婆娘才出来答一句腔，贾绍琼就骂得更难听："你这个老骚母猪，你会勾裹男人，你家老的小的都会勾裹男人！枉自你陈家一大族人，所有的皮，都拿给陈玉花那小烂货臊完了！"

陈家在寨子里本来就是大姓，平时都只有他们欺负别人的，哪会有人敢骂上门来？陈万保家婆娘，陈万保家大女儿、二女儿一齐上阵，揪的揪头发，扯的扯嘴巴，很快就把贾绍琼按在地下，脱下鞋子，照着贾绍琼的嘴巴，连扇了数十下。直到把贾绍琼的头发扯掉几绺，扇得她口鼻来血，两边腮帮子肿得像烂桃子一样，才收了手。

陈家虽然占尽上风，心里却愤愤不平：我家一个黄花闺女，拿给这个婆娘一臊，以后还咋嫁人？

陈家的几个烂脑壳叽叽咕咕凑了一会儿，研究出了个绝妙的办法：你坏了我姑娘名声，说我姑娘缠着你，就认定许给你倪家了。那好办，我姑娘不可能白白送给你，得先把彩礼要过来！

陈家人邀约了几十号人，杀气腾腾直扑倪春寿家。不管贾绍琼怎样哀号，几脚踢开门，把他家的牛啊羊啊猪啊统统赶到了陈万保家，连只鸡也没有留下来。这些人临走，还放出狠话：“如果你倪家胆敢不要我陈家姑娘，休想退你一分彩礼钱！”

就在家里闹得不可开交的时候，倪二老爹砍了一大捆黄荆条子，扛到学校里，对张尚福说：“古人说得好，黄荆条子出好人。以后，这些娃娃不听招呼，用黄荆条狠狠地抽。打断了，老爹再去给你们砍！”

倪二老爹擦着头上的汗，说：“老爹我从来不护短。我孙子，这个时候他爹正在收拾，我在面前他不好下手。只是，你们打的时候，脑壳上碰不得，就照着屁股，狠狠地捶。那里肉厚，经打，又遮羞。疼不疼外人看不见，他心里清楚得很，多打几下不碍事！”

倪二老爹想提前来打声招呼，等倪春寿教训一下倪万顺，让他回心转意，就把他送回来。已经进入复习阶段，学校里抓得紧，耽搁了课程，对考中专有影响。

事态的恶化程度，早超出了倪二老爹的想象。老汉回到家，看到家里的惨景，忍不住大发悲声，一把鼻涕，一把眼泪，骂倪万顺不争气，骂陈家人不得好死，早晚要遭天报应。

为这事，一家人吵了一夜。第二天一早，倪万顺抄起把斧头，就杀奔陈万保家而去。

早晨的乌地吉木很静，早起的鸟雀正在树梢上呼朋引伴，聒噪得让人心烦意乱。没有风，路边的大树和小草，都静静地伫立在清晨的雾霭里，无声地注视着这一切。

这么大的事，昨天傍晚，就已经传遍了整个寨子。就因为倪二老爹那张臭嘴，得罪了不少人，很多人都幸灾乐祸，高兴得晚上连觉都睡不安稳。没想到一觉起来，出门就看到倪万顺毛立冲天的样子，就预感到寨子里又有好戏看了。婆娘一个个脚下像搽了油，赶紧通风报信；汉子们都收住脚，把目光都聚集在倪万顺身上。有几个胆大的，在旁边抱着膀子，老远就在喊：

“我侄儿子，起恁么早，去给你老丈人拜年呀？”

倪万顺也不答话，气冲冲地走到陈万保家门前。陈家早已得到消息，门大大地开着，十多个壮汉，手拿棍棒、柴块、石头，早已恭候在那里了。倪万顺瞪着血红的眼睛，抡着斧头，只管喘着粗气，往前扑过去。对方发一声喊，几条乱棒就直戳戳地挡在了他的去路。还不等倪万顺攻到面前，只听得一声低号：“小爹，你斗不过人家，赶紧跟老子回去！”

倪春寿拦腰死死地抱住倪万顺。儿子哪肯罢休，嘴里日妈捣娘，手里的斧子向天空中狂舞。对方哪里等得，趁机发起进攻，一闷棒打在倪万顺手上，斧头飞出老远。对方再发一声吼，棍棒柴块雨点样落下来，砸在倪春寿父子的背上，沉闷的响声，在空旷的早晨异常响亮。倪春寿父子顾不得脸面，各自抱着头，在惨叫声的掩护下，满地里打着滚。

就在这个要命的时候，只听得一声断吼：“住手！”

倪万喜快步上前，护着倪春寿父子，说：“都是抬头不见低头见的乡亲，就为几句口水话，未必要死几个人摆起才舒服？”

倪万喜空着一双手，立在门前，不怒自威。

陈家的汉子收了棍棒，不好意思地笑了笑，说：“倪老师，我们怕那小子斧头乱舞，伤着他们两父子，给他父子拍几下灰哩……”

张尚福和祁四老爹也随即赶到，骂了两句，就让大家散了。

早晨的太阳似睡非睡，几抹彩练一样的红霞，轻轻地挂在空中。倪万喜没有心思欣赏这样的美景，他把倪春寿父子俩搀扶起来，一瘸一拐撤离了现场。

倪万顺的心思，只有倪万喜知道。不过，倪万喜和他想的不一样。

倪万喜心里直叹气：万顺呀万顺，你小了就是要读高中，将来立志要考大学，也不能做出这种出格的事来。唉，现在说什么呢，这一切都已经晚了。

倪万喜分析得没错。家里闹出了这么大的动静，倪万顺哪里还好意思再到学校去？倪万顺在家里养了几天伤，找了个借口，捎信带上陈玉花，两人一起就到外面打工去了。

倪二老爹为此大病一场。

倪二老爹病好起来，杵了根棍子，让倪万福陪他到祖坟山上，看了又看，半天才嗫嗫地说了一句话：看样子，你老祖还是没埋偏嘛，这到底是啥道理？……

二

女人都是这样，一旦尝到这方面的乐趣，很快就会着魔。经过这段时间的实践，伍美兰似乎长高了些，人也越发挺拔秀气，看上去更加水灵，漂亮。

尝到甜头的伍美兰，嘴上的功夫虽然没有减退，却发生了实质性的变化。吴正虎自小肠胃不好，口食差，身子长得单薄，细胳膊细腿，让人时时为他的身体担心。既然成了一家人，这样的事情不能不管。虽然农村没有条件，但年前杀了两头大肥猪，吃肉不是问题。在饭桌上，伍美兰会把家里的腊肉，不断地夹到吴正虎的碗里，嘴里不住地骂：

“多吃点，你在饿身材吗？”

“多吃点就把你撑死了！”

家里喂了几十只鸡，马英秀捡了鸡蛋，攒够一定数量，再提到天拱坝卖。伍美兰却不是这样，大大方方地对正在捡鸡蛋的婆婆说：

“妈，不要稀奇那几个鸡蛋，该吃就吃！”

婆婆犹犹豫豫，还是把鸡蛋放在竹篓里，说：“买酱油味精，使点零花钱，全靠几只母鸡哩！寨子里家家都是这样，能攒一分算一分啊！”

“未必，天拱坝的人才配吃鸡蛋，我们就不能吃？”

“唉……”一声轻微的叹息，在婆婆的脸上绽放出苦涩的花。

“妈，多喂两头猪，多养几只羊，啥都有了，哪里还稀奇那几个鸡蛋？”

伍美兰没有顾及婆婆的脸色。蒸鸡蛋、炒鸡蛋、炸鸡蛋、煮鸡蛋，伍美兰变着花样，把母鸡们的成果陆续展示在餐桌上。婆婆只推自己胆囊有问题，吃了胸口疼，连正眼都不会盯一眼。那些鸡蛋，让伍美兰连逼带哄，多半让吴正虎吃了。家里大大小小养了八头猪，小猪催长喂生食；大猪催肥喂熟食，早晚扯了猪草来，碎碎地剁了，和上苞谷面用大锅烀。很多时候，伍美兰都会把鸡蛋拿在猪食锅里煮了，在地里做活的时候，冷不丁拿出来剥好，压低了声音，说：

“来，鸡蛋！”

这样的举动，按理说是男人讨好小女人惯用的伎俩。伍美兰这一手，光天白日下多少让吴正虎有些不好意思。吴正虎不好过多矫情，只好说：“你吃，你吃！”

吴正虎没有半点虚情假意，伍美兰嘴上的攻势又来了：

“哪来这么多屁话，快吃了！”

收了工，伍美兰把吴正虎的锄头收过来，放在自己的背篼里，在前面急急地走。吴正虎呢，横披了衣服，吊着膀子，屁颠屁颠跟在后面。

路边的人见了，就说：“吴正虎，你龟儿的享福哩！”

也有汉子嘎嘎嘎坏笑：“老虎，有力气省着点，晚上还要使哩！”

伍美兰也不恼，说：“把力气使干了，我屋里的水，你把我拿回来呀？”

夜幕唰的一下，严严地把古老的寨子遮住了。几颗星星迫不及待地种在天幕上，让夜风擦得又大又亮。寨子四周高大的山朦胧在夜色里，巍峨的轮廓贴在夜幕中，就像一幅极其简约的画，羞羞答答，隐隐约约，别有一番风味。

婆婆早早睡了。家里的牲口，全部交给她来打理。一天跑下来，那把老骨头早就散了架，巴不得早点找个地方躺一躺。伍美兰呢，把婆婆背回来的猪草剁碎，烧好洗脸水，就等吴正虎从绿荫塘驮水回来。

到了枯水季节，这是每天必修的功课。前些年家里搞加工，经常有人自告奋勇为他们家驮水。自从出了娄天菊那个事后，家道一天天衰落，自然就没有了这样的待遇。只要吴正虎在家里，马英凤都会扯着嗓子，长声吆吆地催促他去把水驮回来。当然，很多时候，这事还得老两口亲自操办。年轻人，玩心大，等他疯够了回来，已经是半夜了。马英凤本来就是大嗓门，晚上吆喝着牲口，那声音极为响亮，就像一路教训自己不听话的孩子。吴成厚却不一样，他往往要等到天黑尽以后才出门。吴成厚好像憋了满肚子的气，一路上都在骂骂咧咧，也不知道在抱怨谁。毕竟是寨子里的首富，亲自吆喝着牲口去驮水，面子上有些不好过。以前忙着搞加工，除了养猪养鸡外加一匹毛驴，没有再喂其他牲口。伍美兰一进门，除了扩大养猪养鸡的规模，还养了一头牛，十多只羊，那匹毛驴也变成了两头骡子。如今，吴成厚死了，马英凤要忙着管那些牲口，驮水的任务就落到了吴正虎的头上。

吴正虎把水放下来，关好牲口，伍美兰已经把洗脸水打好了。两人先后洗了脸，那盆水却舍不得倒。圈里的猪啊牛啊都等着喝。吴正虎把脚放进盆里，伍美兰拿着抹脚帕在旁边候着。吴正虎才把脚提起来，伍美兰把抹脚帕递给他，双脚就伸进盆子里。伍美兰洗好脚，把脚提起来，并不急着抹脚。此时的伍美兰，双目含情，伸出双手，示意吴正虎矮下身子，嘴里发着嗲：

“快点，背人家进去睡！”

伍美兰面若桃花，那声呢哝软语，就像一剂催情药，一下把吴正虎撩拨得春情勃勃。吴正虎侧着身子，乖乖地蹲在伍美兰旁边。伍美兰没有半点犹豫，理直气壮地伏在吴正虎背上，那股热气伴着柔弱无骨的呻吟，在男人的耳垂边摩挲着：“哥，人家要睡觉觉了！”

倪大耳朵不信鬼神，但从小就找陈儿老祖给倪万喜算过命，说他小子命中占了三颗文昌星，天生就是吃笔墨饭的命。对于这一点，倪春富深信无疑，即便是瘫在床上，一旦有客人来，只要有人提起这样的话题，他就会眉飞色舞，吹得活灵活现。那神色，倪万喜这点造化，早八辈子就在命中注定了的。

可是，倪万喜却不相信，常常在倪大耳朵兴致勃勃的时候，冒出几句不适时宜的话来："我爹，吹牛皮还是要打草稿。既然命这么好，有三颗文昌星护着，当初为啥考上大学还走不成？"

倪大耳朵却不计较，只顾嘿嘿嘿地笑。笑够了，拍着床板，训道："你杂种知足吧！不是老祖人积下的阴德，有文昌星暗中保佑，你小子能够顺顺当当，把那帮调皮捣蛋的娃娃教好？还想超过天拱坝，你做梦吧！"

老头子这套理论，倪万喜更不认可。想想看，教书育人本来干的是良心活，运气再好，要是吊儿郎当，就是有一百颗文昌星护着也等于零。因此，倪万喜也就时时当面顶他的牛。老头子嘴上占不到便宜，只能用表情来抗议，拍着床板，瞪着眼睛，鼻子里呼哧呼哧喘着粗气，偶尔从嘴里嘟哝出一句：

"这个狗娘养的，犟拐拐！"

对于这一点，倪万喜还默认了。想想他倪家，祖祖辈辈在乌地吉木务农，天天顶着毒辣辣的太阳，沐浴着热辣辣的风，婆娘汉子多少都有些野性，哪个身上没点倔脾气？倪万喜知道，自己读的书少，不知道怎么用巧劲，靠的是下死力，全天和学生耗在一起。

对于这个壮举，天拱坝中学那帮家伙，没一个服气。

虽然何校长带了一班人到了乌地吉木，大会小会唾沫横飞，要大家学习乌地吉木艰苦创业精神。可是，这些学究始终认为，那不过是瞎猫撞上了死耗子，不相信他们年年都有这么好的运气！更为重要的是，国家提倡素质教育，让孩子们全面发展，乌地吉木小学除了反复上那几门主科外，其余的科目全部砍了，这不是和上面唱反调吗？

何校长初来乍到，一时扭不过众人，只得暗中叹息。人都是这样，不能改变环境，就只能适应环境。受老师们的影响，他也开始总结起乌地吉木小学的得失来。这一总结不打紧，明里背里都在指责乌地吉木小学：不懂教育规律，只顾读死书！

对于这些谆谆教诲，倪万喜没有放在心上，张尚福显得更淡然：

“哼，不就是有人放了个屁！”不过，在全乡教育工作会上，何校长说到了这个话题时，张尚福没有客套，立即进行了反驳：“喔唷，这真是老公公教育儿媳妇，想起哪折说哪折！全乡十几所村小，别的学校猪不吃狗不闻，年年考试吃鸭蛋的成串串，倒还没人惦记。我们有人考上中专，倒还和国家教育方针对着干了，这是啥道理？我倒想问问，孩子一回家，忙着割草拾柴喂猪放牛，这么好的社会实践，难道不是素质教育？再说了，素质教育也没说不要成绩嘛？难道，天拱坝中学年年考试抬不起头来，这就是全面发展，这就是素质教育了！？……”

何校长当场闹了个大红脸，却找不到更多的话来反驳。张尚福叹了口气，自己找了个台阶，说：“要说推行素质教育，我们个个都应该响应。可是，村小就那个条件，除了有个把民转公教师外，大部分是民办教师和代课教师，像我这样的乡下汉子，上讲台都是赶鸭子上架，手指一根根粗得像擀面棒似的，哪里是画画弹琴拉二胡的料？音乐、美术那些玩意儿，让我们怎么教？”

张尚福的话，大家都很赞同。对于素质教育，张尚福打了个总结：“在我看来，像乌地吉木这一类的村小，条件就在那儿摆着，用不着去争论啥全面发展素质教育，教学成绩才是硬道理。中国改革开放那个伟人不是说过吗？‘不管红猫黑猫，能逮住耗子的就是好猫’。咱们没有伟人的气魄，但这点道理是懂得起的，拔出脓的就是好膏药，考上中专才是硬道理！”

张尚福这个理念，在乌地吉木变成了现实。

和上年相比，乌地吉木初中班又有了新的斩获。倪万喜班上有三个学生考上了中专，而且有一个还超省线27分。

倪万喜这颗“卫星”放大了，羞得天拱坝中学抬不起头来。和上年一样，天拱坝中学六个毕业班，才勉强考上了一个，免了刷光头的耻辱。服不服气不要紧，但从校长到老师，内心的羞愧和焦躁是不言而喻的。

寨子里又热闹了一回，大家奔走相告。杨打铁的儿子杨拉日也考上了，连夜宰了羊，把亲戚朋友请去喝酒。

出了这么大的喜事，再一次轰动了十里八乡。书记、乡长带着乡政府一干人，专门到乌地吉木，给学校开庆功会。书记、乡长带这么多人来，一则给他们庆功，再则也是有意冷落天拱坝中学那帮人。祁四老爹认为倪万喜给父老乡亲长了脸，和村委会一班人咬咬耳朵，让人去天拱坝买了张大奖状，以村党支部和村委会名义，赶在庆功会上，给倪万喜颁发了一个大大的奖状——“农村教育突出贡献奖”。

拿到那张奖状，倪万喜脸上火辣辣的，心里老是觉得不踏实。这么高的荣誉，授予陶行知、蔡元培、叶圣陶这样重量级的大腕人物还差不多，咱不过是乌地吉木一个普通的代课教师，算得上哪根葱，何能何德对农村教育做出了突出贡献？……

开了庆功会，乡上特意杀了头羊。书记乡长带着一大帮干部，频频向倪万喜敬酒，醉得倪万喜第二天头还在晕乎乎的。

这场酒醒过后，倪万喜带着三个学生，到县城去体检填志愿。倪万喜平时不喝酒，可是架不住书记乡长那份热情，那些酒一喝下去，才知道酒醉的厉害。倪万喜头上虚汗直冒，心里却异常清醒：回来补习的刘长索，平时在班上排名第二，居然还差了6分。这小子平时化学特别好，每次检测都没有低于80分，中考才考了42分，这到底是怎么回事……

带着这个疑问，倪万喜赶到县招办，毫不犹豫花了1块钱，给刘长索查分。

负责查分的老师收了单子，就进屋工作去了。倪万喜心里七上八下，在查分室外面焦躁不安地踱来踱去。倪万喜虽然有疑问，但也没有十足的把握，万一他小子发挥失常，所有的工夫不是白费了。查分只管看大题小题的分数加错没有，至于试卷改得对也罢错也罢，不再复核。说下来，查一科也就十来分钟。可是，倪万喜却觉得时间过得无比的漫长，一个小时过去了，还没有结果。不仅如此，负责查分的老师，还把文教局的领导也请了进去。

倪万喜觉得这一天特别闷热，浑身早已让汗水浸透。这时，局领导带着两个查分的老师过来，对倪万喜说：“恭喜你们，刘长索同学的化学，少加了一页的成绩，总分应该是76分！”

那一瞬间，倪万喜脑子嗡的一声，全身有了一种飘飘欲仙的感觉，简直不敢相信这是真的。领导紧紧握着倪万喜的手，说："请你通知刘长索同学，要他来参加体检。"倪万喜回过神来，说了声谢谢，就赶紧找到电话亭，把电话打到乡上，让他们把这个喜讯告诉家长。

到了体检这一天，几个学生都到了。倪万喜像一个指挥若定的将军，带着他们兴冲冲直奔人民医院。

到了下半天，所有的体检项目全部结束了。可是，倪万喜一看体检结果，顿时傻了眼：其他三个同学处处合格，刘长索却身高体重都不达标，而且有严重的角膜炎和中耳炎，心脏也有问题，结论是"不合格"……

倪万喜被这个结果惊呆了。

因为查分才上的线，刘长索的父亲不放心，也跟着到了县城。看到这个结论，这个憨厚的农村汉子哆嗦着嘴唇，除了叹气外，什么话也说不出来。倪万喜绕着圈子安慰他："别怕别怕，等明天复查的时候再说，应该没啥问题。"

话是说出口了，倪万喜心里却半点底也没有。这天下午，倪万喜心事重重，带几个学生去公园散心，遇上一个在公园里锻炼的老人。老人手里那对搓来搓去的铁弹子，让正在冥思苦想的倪万喜有了新的主意。倪万喜凑上前去，向老人问好，说要借他的两颗铁弹子一用。老人警惕性很高，根本就不搭理他们。倪万喜拿出刘长索那张作废的体检表，说："大爷，农村娃娃家里穷啊，从小营养跟不上，发育不良，好不容易考上中考，体检还差两斤才合格。这两颗铁弹子，就可能改变娃娃一生的命运，你老人家大人大福，做个好事……"老人把那这张体检表看了又看，打量了刘长索半天，把两颗铁弹子交到倪万喜手里，道："拿去嘛，不要说是我给的哈！"老人走了几步不放心，踅回来，又说："公园门口，每天早上有个穿黑布衫的老汉，他手里那两颗铁弹子更大，你们一起拿过去，保管够！"

倪万喜赶紧去商店，买了件圆领老头汗衫，一条宽大的短裤衩。倪万喜美滋滋地想：明天把自己这身衣服脱下来，让刘长索穿上，里面再装上几颗铁弹子，不管把他的脚尖踮得多高，都不会露馅。这一天，倪万喜跑招办，跑医院，带着几个孩子到各科室体检，忙得脚不沾地，早已疲惫不堪。可是，为刘长索的事，倪万喜躺在床上，还是无法安稳地睡过去。

果然不出倪万喜所料。有了那几颗铁弹子垫底，刘长索一上磅秤，体重就超了好几斤。倪万喜那条长裤子，宽大的裤腿，严严地捂住了他的脚。他双脚往上一踮，身高也达了标。至于角膜炎和中耳炎，倪万喜早打好了主意。医生检查完，倪万喜学着城里人的样子，戴着太阳镜，穿着白汗衫，宽裤衩，摇着大蒲扇，大大咧咧地坐在医生办公桌前。倪万喜跟医生诉苦，说农村人的苦，说山里孩子的苦，说农村学校的苦。说到动情处，连倪万喜自己都被感动了。倪万喜哽咽着嗓子，不让自己的眼泪掉下来。到了最后，倪万喜还瞪着眼睛，发起了脾气：角膜炎中耳炎算个卵，一不会传染，二可防可治，三不会给社会带来危害。要是为这点瑕疵，把娃娃刷下来，一辈子良心不安！

倪万喜说得很煽情。医生那只笔拿起又放下去，然后再拿起来，最后这两栏上的结果，都变成了“合格”。

倪万喜心里暗暗舒了一口气，带着刘长索到了最后一关。医生检查了半天，越检查脸上的神色越严峻。医生停下来，问刘长索平时走路累不累，吃东西胃口好不好，再问刘长索有没有弟兄姐妹，长得有多高。刘长索一一做了回答。医生点点头，抓起笔，就要往体检表上填。倪万喜一看，时机到了，笑眯眯地问医生结果怎样。医生摇摇头，说：“这孩子有问题。”倪万喜急了，一把摁住医生的手，又把刚才那一套搬了出来。可是，倪万喜话还没说完，医生呼地站起来，说：“没见过你这样的老师！我不听你这些屁话，我只想问你一句，是身体重要，还是读书重要？是生命重要，还是工作重要？你是拿别人的生命，在开玩笑！”

医生很生气，几句话说得倪万喜哑口无言。

倪万喜懵懵懂懂地想：我咋就拿人家的生命开玩笑了？医生见倪万喜愣在那里，说：“我不想和你们多解释，院长是专家，院长会跟你们说！”

医生的白大褂一闪就出门去了，留下倪万喜和刘长索父子在办公室里发呆。

很快，院长就过来了。院长是一个慈祥的老头，光光的头皮上眨着智慧的光芒。他告诉倪万喜，孩子心脏上至少有手指大一个洞。难怪他一动就累，难怪他长得没有弟弟高，这个洞要不马上补，他随时都有可能倒下去就再也起不来。院长要刘长索别紧张，说做这样的手术并不难。至于考学校，等把心脏补好了，补习一年，明年再考……

院长亲切地和倪万喜他们坐在一起，就像拉家常。那番实实在在的话，让他们只有点头的份。倪万喜拖着沉重的步子，回到了旅社。一进门，刘长索的父亲就拉着他的手，双双咚地跪在倪万喜面前，说：“娃，咱这是命！摊上这样的好老师，这辈子你就是永远考不上学校，也不后悔！”

事也至此，倪万喜有什么办法呢？倪万喜把刘长索父子搀扶起来，什么话也没说，他只是感到自己是那样的渺小。

三

和刘长索相比，祁才明的运气就差远了。

看着祁才明的成绩，倪万喜静下心来一想：祁才明这小子虽然超了省线，但还有两科没有平时考得好，要是去查查分，多出几分就好了。

那时候，刘长索才查出了几十分，倪万喜对这一点充满了希望。

倪万喜说：“明子，你觉得数学和物理咋样？”

祁才明说：“这两科都没考好，比我预想的少了十多分。”

倪万喜说：“明子，下午咱俩别吃饭了，去吃两碗凉粉吧。把省下来的钱，拿去办一件大事，好不？”

祁才明说：“办啥事？”

倪万喜说：“给你查分呀！”

那一瞬间，倪万喜就发现这个孩子的眼睛亮了，脸激动得红扑扑的，在这个炎热的夏天，看上去更加生动。

在祁才明身上，倪万喜不知道花了多少工夫。很多次，祁才明回家了，倪万喜通过种种办法，又把他劝回来。如今好了，幸运之神终于向祁才明敞开了大门。

可是，查分的结果，和原来一样。

倪万喜不放心，又申请查了一次，还是这个结果。

老师的工资低。作为代课教师，每个月的工资更是低得可怜。出门在外，能省一分算一分，家里也没啥收入，花钱的地方多着哩！倪万喜没有食言，把其他孩子安顿好，下午就带着祁才明去要了两碗凉粉。端着那碗麻辣凉粉，倪万喜吃得津津有味，祁才明却难以下咽。过了好一会，祁才明干脆站了起来，对倪万喜说：

“倪老师，对不起，我没有考好！真的对不起你，害得你受累了！”

两行泪，像小溪一样，从祁才明清瘦的脸上流下来，让倪万喜心里好一阵难受。

体检和面试结束后，倪万喜带着孩子们去填志愿。其他两个孩子，没有多少选择的余地，很快就填完了志愿。对祁才明就不一样了，在填志愿前，倪万喜就一再叮嘱，要他把眼光放高一点，尽量选好的学校。可是，祁才明把志愿书交到倪万喜手里，却让倪万喜吃了一惊：

师范！

倪万喜把祁才明叫到一旁，说：“怎么填平川师范？这是个很普通的地区中专哩！”

祁才明低着头，半晌才说：“倪老师，填高了，我怕走不成！”

祁才明这孩子从小懂事，他说的是大实话。家里就靠他那病歪歪的父亲撑着，他的妹妹正在上初中，能够平平稳稳考上学校就满足了。可是，作为他的班主任，倪万喜不这样想。考了这么高的分，随便填个学校，就跟一个闺女，明明可以嫁大户人家，却许了个打短工的，这不是明摆着吃亏吗？倪万喜推荐了几所有影响的省中专，耐着性子给他打了半天气，没想到这小子还是直摇头。倪万喜只觉得心里的火直往上冒：

“你小子太不自信了，这么高的分数，怎么会走不了嘛？听好了，给我重新填！”

倪万喜一把抓过那张志愿书，重新拿了张空白志愿给他。

祁才明拿过志愿书，仍然犹犹豫豫，磨蹭了半天，才把表交到倪万喜手里。倪万喜一看，心里那个气呀就别提了：他小子这次填的是黄泥岗卫校！

倪万喜不分青红皂白，对他就是一顿臭骂。

祁才明低着头，一言不发。过了一会儿，两行清泪又从他清瘦的脸颊上流下来。他不哭还不打紧，这一哭让倪万喜更为生气：

“我这是做好事，是为你好啊，用得着这样吗？”

倪万喜一生气，更坚定了要祁才明换志愿的想法。

骂够了，倪万喜又和祁才明说了半天掏心窝子的话。然后，倪万喜去拿了张志愿表，要祁才明赶在下班前填好交上去。

按照惯例，第二天招办要组织各学校负责人，把大家填报志愿的情况通报一下，对热门学校做一些平衡。倪万喜拿到祁才明填报的志愿表，一下更是让他火冒三丈：

这小子居然还是填平川师范！

倪万喜气极了，把祁才明叫过来，当着他的面，嗤的一声，一把就将志愿书撕了，高声骂道：

“你这个胆小鬼，死不中用烂不成器的蠢货！你想想，我会害你吗？今天的志愿你必须重新填，出了问题，我负责！”

那时倪万喜就想，这家伙要是自家儿子，一定会毫不犹豫抬手就赏他几记耳光！祁才明大概被倪万喜气势汹汹的样子吓住了。在倪万喜的监督下，祁才明填报了省财政学校。祁才明确实很争气，省中专还没毕业，就被保送上了一所重点大学。当然，这是后话。

为两个孩子体检填志愿的事，倪万喜回来就和春桃细细地摆了，说得春桃感慨连连。春桃嗔怪地瞅了倪万喜一眼，说：“你行啊，你想过没有，万一人家明子走不成咋办？”倪万喜一怔，朗朗笑道：“这个问题当时确实没有想过。”春桃摇摇头，说：“现在社会复杂着哩，志愿填好也罢孬也罢，他自己选择的，出了问题也不会怪你。这下好了，你自作多情，填了好学校，就一定能走？要是哪个环节出了闪失，人家不怨你一辈子？”春桃话音刚落，就让倪万喜一口接了过去：“你别把事情想得那样复杂！你要相信，好人总会有好报的。再说，我又莫得啥私心，为的是别人好，怕个毬！”

按照倪万喜最初的想法，带孩子到城里体检的时候，把春桃带进城去逛逛。自从春桃进了家门，她就默默承担起了家庭的重担，天一把地一把，从来没有半句怨言。他知道，一年忙到现在，就只有这几天空闲时间。尽管有假期，但短暂休整过后，还得给学生补课。长这么大，春桃还从来没有去过县城，她也想和自己的男人一起，到城里去开开眼界。可是，春桃的身子一天比一天笨重，算算预产期，也快生了。春桃说自己身子不方便，只好作罢。

开学后，春桃顺利生下了一个胖大小子，把倪春富两口子高兴得合不拢嘴。倪春富几次想爬起来，抱抱自己的孙子，无奈力不从心，只得粗着嗓子，让吴成英把孙子抱到他床前，让他看看。

正是因为添了这个胖小子，再加上给学生补课，倪万喜感到特别忙碌，也特别累。

四

伍美兰用心地经营这个家庭，日子过得相当有滋味。

不过，也有烦恼的时候。一转眼，伍美兰已经进门三年多了，那平坦的小腹一直没有鼓胀起来。说下来，这怪不得两口子不努力。除了伍美兰身子不方便那几天外，吴正虎如一头不知疲倦的耕牛，几乎夜夜都在辛苦地劳作，却没有半点开花结果的迹象。

做婆婆的，对抱孙子的愿望显得尤为急切。自从儿媳妇进了家门，她的一举一动婆婆都会记在心上。马英凤那道日渐浑浊的目光，就像她那布满老茧粗糙得像砂纸一样的手，常常在伍美兰的身上轻轻地摩挲着。这样的关切，让伍美兰特别的反感。

当婆婆的却不是这样。作为家里的老人，她们得尽到自己的责任。可是，这样的事只可意会，有些话实在说不出口中。犹豫了几十次，马英凤终于含含蓄蓄地在儿子面前说：

“你们……去看看哩！”

“啊哟，我晓得！”让母亲继续发挥下去，局势是相当不好掌控的。吴正虎脖子一拧，粗暴地把马英凤的哀怨给打断了。

马英凤又在媳妇面前，犹犹豫豫地说：“你们，要去看看哩！”

伍美兰脸一红，轻轻咬住了嘴唇。马英凤看到媳妇一脸的窘态，轻轻叹口气，把满肚子的话咽了下去。

其实，小两口也急。他们暗中拜过若干菩萨，花了很多的香蜡纸钱，并没有感化神灵；他们偷偷到医院，找医生看的结果，除了让两人羞愧难当外，还是没有其他收获。

倒是吴正虎感到害怕了。他和宝珠交往了大半年，公子坟那个简陋的窝棚里，留下了他们人生最为美好的时光。那一个个梦幻迷离激流飞花的夜晚，一次次如痴如醉的缠绵疯狂，宝珠依然没有任何反应。

问题会不会出在自己身上？这样的疑问，就像块磨盘样压在吴正虎身上，让他时时喘不过气来。

连着几年有人考上中专，外面很多家长都愿意把孩子送过来补习。张尚福知道学校只有这个条件，轻易不松口。可是，有些家长找乡上批条子，找人来说情，张尚福扛不住，还是硬着头皮收了几个。这样一来，学生的吃住成问题，老师成了问题，学校管理也增加了难度。最重要的是，假期里刘启昌通过民转公考试，转成了正式教师，需要到县进修校进修一年……

刘启昌能够转为公办教师，这在寨子里是一件大喜事。过去，几个老师曾经有这样一个约定：苟富贵，勿相忘。不管是谁，如果有那一天，抢也好，赊也好，借也好，一定请大家醉场酒。刘启昌没有食言，用几百斤苞谷，调了两只羊，一桶小灶酒，赊了十条烟，把村上祁四老爹他们请过来，在学校里请大家喝酒。

气氛没有刘启昌想象的那么热闹。几个老师都在想着各自的心事，盘算着这样的幸福，什么时候才能降临到自己身上。除了刘启昌外，大家的笑都僵在脸上，只顾闷着脑袋喝酒，吃肉，抽烟。这样的场面，显然和这天的主题有些不相称。刘启昌虽然是主角，但一看到这种阵式，多少也明白了几分，不停地给大家斟酒，夹肉，递烟，劝大家喝酒。唯有祁四老爹，乘着酒兴，咧着大嘴，开着各种玩笑，才让这场酒会有了几分生气。

祁四老爹打着酒嗝，大大咧咧地说："刘老师今年开了头。好好干，明年或后年，就该轮着你几个了！"

这样的话，祁四老爹说起来很轻松。但就为这事，张尚福连着几个晚上都没睡着觉。张尚福非常清楚自己的实力，虽然自己在乌地吉木苦了几十年，要是照这种模式，他永远也考不上，永远不要想转正。想想自己这些年吃的苦，遭的罪，张尚福只觉得心里闷得难受。张尚福一袋接一袋抽着他的旱烟，直到腾起的烟雾把他花白的脑袋，严严实实地包裹起来。

当然，张尚福想得更多的，还是新学年老师怎么办？眼下就只有倪万喜撑着，小秦和小万是早晚的客。即便他们在，也只能打个帮手，要是有啥闪失，这个学校就散架了，到时候怎么办？这天，张尚福到了倪万喜的办公室，说："倪老师，我想向乡上推荐你任副校长。一来，作为学校领导，今后机会要多一点；二来，在教学上就靠你撑着，对你来说，也是一种肯定……"

见倪万喜没有开腔，张尚福又说："小倪，教学上的事，今后你说了算。只是，咱们学校师资太弱，得想办法请两个代课老师来！"

倪万喜想了想，说："这事我早就想过。我们能不能到区中学，找郭校长帮忙推荐一下。"

张尚福大喜过望，带了些土特产，和倪万喜一起到了区中学。当年，郭校长把他的先进指标让给张尚福，他也想当面对他表示感谢。郭校长非常理解村小的难处，除了给他们推荐了两个落榜的高中生外，还达成了一个对口帮扶的协议：每年由区中学派出一名骨干老师，到乌地吉木小学支教……

这样的结果，是张尚福万万没有想到的。张尚福也不管郭校长答不答应，抱着郭校长的手握了又握，眼里满是泪光：“郭校长，有你这样的活菩萨，我们山旮旯的泥巴娃娃，就有希望了！”

出了区中学，倪万喜提议去书店逛逛，买几本教学上的书。就在这个时候，一个熟悉的声音传了过来：“万喜，你咋不去参加民转公考试？”

原来是高中的同学赵方禄，他在另外一个乡代课。倪万喜吃了一惊，说：“人家是民办教师考试，我一个代课的，哪有那个资格？”

倪万喜想起来了。那时候，他带着学生去体检，在县城里遇上了刘启昌、吴家祥和谢长顺，他们说进城参加民办教师转正考试。倪万喜知道自己代课教师的身份，和这场考试不沾边，那几天他正忙得像陀螺一样，也没当回事。

这下轮到赵方禄吃惊了，说：“怎么没有资格，我这次就转正了，正准备到县上进修。要是你去，录取名单中肯定有你，咱们又可以当同学了！”

倪万喜脑袋嗡的就大了。考得上考不上，那是另外一回事，这么好的机会，就这样莫名其妙地丧失了，确实让他难以接受。

回到乡上，倪万喜就气呼呼地直奔乡中心校。才到校长办公室，就听见里面有人在吵闹。有几个代课老师已经早到了一步，正在和郑校长理论。郑校长叹着气，摇着头，说：“这几天我都在解释，大家要理解，这事不能怪学校，乡上把通知看错了！全乡七十来个代课教师，都没有参加考试……”

“看错了？错了就算了？出了这么大的事，哪个来负责？”

“我们在下面苦死苦活，好不容易有这样的机会，难道就没个说理的地方了？”

几个老师声音一个比一个高。郑校长耸耸肩，摊开双手：“大家要理解。县上已经招考过了，不可能单独为一个乡再组织考试……”

“我们理解你，哪个理解我们？”

郑校长一脸的无奈，撵麻雀一样挥挥手说：“这事，我也没办法。

现在国家政策好，以后有的是机会。你们好好准备，争取下次吧！”

照县上的规定，民办教师和从教8年以上的代课教师，都可以参加考试。可是，乡上办事员一看是民转公考试，只通知了民办教师，把代课教师晾在了一边。倪万喜不敢说有百分之百的把握，但和那些民办教师相比，他确实占绝对的优势。倪万喜将信将疑，和那几个代课教师一起，找到了乡政府。乡上经办这事的小姑娘，正为这事后悔不已。小姑娘伤心地哭着，左一声对不起，右一声对不起。

事也至些，有什么办法呢？倪万喜心里酸酸的，只好强装笑脸，安慰起这个粗心的姑娘来。

五

倪春富是个大字不识的农民，一辈子做人实诚，他虽然耳朵背一点，心里却跟明镜似的。倪万喜做了代课教师，这么受人尊重，在倪春富看来，这已经是祖坟上冒青烟，光宗耀祖的事了。倪春富瘫在床上，生活完全依赖别人，依然不忘念念叨叨，经常粗着嗓子，对倪万喜说：“万喜啊，你当老师，干的是行善积德的好事。今后，寨子里祖祖辈辈都会把你供在神龛上，得用心哩！”倪春富不管儿子爱不爱听，不止一次告诫倪万喜，说：“万喜，你那营生，来不得半点马虎。你小子，万万不能瞎子牵瞎子，误人家娃娃一辈子啊！”

春桃进门以后，里里外外多了一双手，吴成英照顾倪春富的时间多了一些。儿子有自己的事业，媳妇也进了门，倪春富心里一高兴，饭量增加，气色也好了许多。特别是有了孙子大宝，倪春富更是高兴得合不拢嘴，成天嚷着要吴成英把孙子抱过来。于是，他那蚊蝇飞舞，充斥着难闻气味的屋里，更多的是倪大耳朵粗大的嗓门，以及爷孙俩欢快的笑声。

春桃不一样，只要她在家，她就会把儿子抱到外面，美美地透透气。屋里的气味太重，她怕把孩子熏病了。尽管是这样，春桃还是尽量克制着。毕竟，这样的话她实在说不出口。再说，婆婆带孩子的时候多，她一下地，婆婆就会把孩子抱到公公的屋里去。倪万喜一回来，也会把孩子抱到公公的屋里去。牙牙学语的孩子，把一家人的亲情调和得更加酽稠。春桃想了个办法，她要倪万喜找了个泥水匠来，在公公住的那间房里，重新开了道窗。每天，请婆婆把门尽量打开，好让空气对流。这样一来，孩子的笑声，倪大耳朵的笑声，便会时时从窗棂里传出来，纷纷扬扬，播洒在门前的小路上。每每有行人经过，总会驻足静听，点头微笑。

幸福的时光总是过得很快。这年冬天，倪春富受了风寒，一病不起。早年高强度劳作，加上营养不良，过早透支了他的身体。倪春富好像被榨干了汁水的甘蔗，浑身上下都是毛病。倪万喜找人开了些药，倪春富吃了也不见效。倪万喜准备找人，送他到天拱坝医院，倪春富却坚决不同意。倪大耳朵双手死死地掰住床板，满脸的惊恐，声嘶力竭地吼：

“你个龟儿的，老子苦了一辈子，未必你要老子死在荒郊野外？”

寨子里都是这样，上了年岁的人，就生怕自己死在外面，受到冷落。其实，倪万喜更理解父亲的良苦用心。反正都是瘫在床上的人，早早晚晚，就等着阎王派人来收，何必还要给后人添麻烦，增加不必要的开销？倪万喜左劝右劝，倪春富再无回心转意，只好作罢。到了后来，倪春富干脆连药也不吃了，示意吴成英，把他的寿衣提前穿上。

倪春富静静地躺在床上，紧紧拉着倪万喜的手，气若游丝：“万喜，你得……争气哩。咱寨子里的娃娃，要……走出大山，就靠你喔……”

倪春富说的是大实话，在乌地吉木这样的穷旮旯，公办教师分不进来，来了也待不住。倪春富临终前，幽深的眼睛，饱含深情的眼神，以及那实实在在的话，让倪万喜为之一震。倪万喜感到，在土地上劳作了一辈子的父亲，在生离死别之时，是那样的淡定，清朗，聪明，睿智。父亲用他乡下人特有的智慧，激励着他的一生。在以后的日子里，倪万喜一想起父亲临终前的眼神，不管遇到什么样的困难，他都会咬着牙，硬着头皮，坚持下去。

倪大耳朵的言传身教，从小就在倪万喜的脑海里，种下了这样一条理念：不管干啥事，不干就不干，要干就得干好，不能让人家在背后指指戳戳。倪万喜知道勤能补拙这个道理。只要有机会到天拱坝，到区上，他都会想办法，到学校去听听课，然后反复揣摩，借鉴吸收。学校里有老师不理解，嘴巴上都说好，哼哼哈哈，说些向他学习一类的大话。背地里却笑他痴迷，尽做些无用功：嘁，龟儿的未必铁了心，要代一辈子的课？倪万喜嘴上笑笑，心里却无比的自豪：就是代课又怎么样？在讲台上，我绝对不会比你差！知道吗，我用吸心大法，吸取了这些课的精华。不信，咱们就公开比试比试……

问题是，倪万喜没有这样的平台。即便县上组织公开课比赛，这样的机会，也落不到一个代课老师头上。不过，有一点是公开透明的。从倪万喜干上这个行当起，他所教的班级，每年参加全县统考，在几百所村小中，年年稳居第一，年年有人考上中专。就是很多公办老师，也达不到这样的效果。很多同行，要么啧啧称叹，要么在心里嘀嘀咕咕：

这小子，是不是在考试的时候，做了啥手脚？

当然，这种声音，很快就消失了。因为，大家都知道，每年的中考，都是在天拱坝中学组织预考，再集中到县城统一考试，他还没有那么大的神通。

尽管如此，倪万喜还是觉得有一块石头，沉甸甸地压在他的心上：就咱这水平，要学历没学历，靠摸着石头过河，行吗？

这年临近中考前，乡上派人送了通知下来，县上要组织民转公教师考试，要求民办教师参加。

学校里的空气骤然紧张起来，吴家祥、邓云禄、谢长顺和张尚福都去报了名。吴家祥和邓云禄找到倪万喜，要他帮忙找点复习资料，每天下了课，就关在寝室里复习。晚上熬到半夜，还在挑灯苦读。到了白天，两个胡子拉碴，头发蓬乱的家伙，见到倪万喜，就像见了救星一样亲切。他们都放下了长者的架子，努力睁着布满血丝的眼睛，虚心地问这问那。只有张尚福和谢长顺，冷眼旁观，好像没那回事一样。

有了前一次的教训，倪万喜还是不放心，亲自到乡上打听。乡上老马轻轻地摇摇头，把县上发的文件拿出来，指着上面的内容对倪万喜说：“这次，是专门解决民办教师问题的，考上的直接转正。考不上的，逐年消化，辞退……”

倪万喜心里空荡荡的。在回来的路上，他东想西想，脑子里一团乱麻。他甚至想，上不上大学无所谓，要是有机会，能够参加函授、电大一类的学习，拿张文凭该多好！不过，他很快又摇摇头。这确实只能想想而已。如果是公办老师，在职学习、进修的机会多的是，作为民办或代课教师，是没有这种待遇的。尽管心里很难过，倪万喜还是不敢耽搁。这段时间，正是中考冲刺阶段，学生不能有丝毫的闪失。

考试的结果出来了。谢长顺自不必说，吴家祥和邓云禄也差了老长一大截。张尚福知道自己的实力，推说学校走不开，自动放弃了这次考试。

成绩一出来，邓云禄就把自己那间房收拾干净，钥匙还给了张尚福，说：“老张，我算想清楚了。咱这水平，就是再考十次八次也白搭！与其在这里教几十个娃娃，不如回家放几十只羊。省了若干心，经济效益比学校强十倍！”

邓云禄说的是实话。每年假期里，他做牛羊生意，做皮张生意，赚的钱，比在学校干一年强。

邓云禄在学校干了十多年，所有的东西收起来，一只书包就装完了。没有谁来组织，也没有任何仪式。几个同事心事重重，在校门口或蹲或站，自发为邓云禄送行。邓云禄给几个同事，一人递了根烟，挎着那只鼓鼓囊囊的书包，踏着一地细碎的夕阳，慢慢消失在傍晚的雾霭里。

就是这个暑假，倪万喜收到了郭校长的信：国家在举办自学考试。那是国家专门为不能正常上大学的人办的学校，只要考完规定课程，国家承认大学学历……

倪万喜心一下热起来。回家跟春桃一商量，第二天就请假到县城，买了一套自学考试的教材，去招办报了名。每天晚上，他把第二天的课备好，把学生的作业改完，剩下的时间就是闭门读书。

那时候，倪万喜已经有了两个孩子。春桃天天在田里地里操劳，奶水少，二小子一到晚上就哭。为了让春桃多有点时间休息，倪万喜把那些要记的，要背的统统抄下来，贴在门上，墙上，蚊帐上。只要他一回去，他就会把二小子背在背上，一手举着灯，一手指着纸片上的字，把那些该熟记的知识点，转化成咿咿呀呀儿歌一类的话语，再配以蹑手蹑脚的舞蹈，边哄边读，边读边哄，直到孩子熟睡过去。

倪万喜学的是汉语言文学专业。选择这个专业，考的学科少，只有十门课程；再者，对他所从事的工作来说，也用得上。可是，考了以后，他才知道这个专业的厉害。像文学概论、写作、中国革命史、现代文学这些科目，一次就考过了。最让倪万喜头疼的是现代汉语，每次都是50多分，连考了两年都没考过。

说去说来，还是怪当初基础知识学得不牢靠。倪万喜一进学校，老师教他们的第一课就是："伟大领袖毛主席万岁！"他从来就没有学过汉语拼音，不知道笔画、笔顺、实词、虚词一类的玩意儿。现代汉语死记硬背的东西少，考的全是灵活运用。他觉得再这样考下去，就是十年八年也不一定考得过。他听说，假期县城有老师在办各种辅导班，就准备去找老师好好补一补。

倪万喜常常念叨，以后有机会一定要走出大山。对于倪万喜的这个举动，春桃完全赞同，但有个要求：把二小子小旺带着去。想想也是，这小子四岁多了，正是淘气的时候。只要他小子在家里，春桃成天得放双眼睛在他身上，啥也干不成。再说，这小子只认倪万喜，每走一步，他都会像尾巴一样跟在后面。家里全靠春桃那双手，他没有理由拒绝。

倪万喜到城里租了一间房，对小旺说，要带他到城里读书。小旺很高兴，猴一样蹦蹦跳跳，跟着他到了辅导班。

辅导班的女老师姓王，人端庄，富态，看上去很漂亮，说话总是笑眯眯的，一看就让人觉得亲切。倪万喜说要请她补一补语法方面的知识，王老师看了看小旺，笑了："这么大的孩子，好好上幼儿园吧，补啥语法哟！"倪万喜知道老师误会了，说："我哪是给孩子补，是想请你收下我这个学生，给我补补课。"

王老师上下打量了倪万喜半天，扑哧一下又笑了：“你？”

倪万喜悄悄往教室里一看，坐在里面的全是孩子，心想，咱一个乡下汉子，要进去和他们坐在一起，不把孩子们吓跑才怪。倪万喜心里直打鼓，生怕王老师不收，把自己参加国家自学考试的事，一股脑儿跟她说了。为了增强说服力，倪万喜还把一匝自考成绩通知单拿出来，毕恭毕敬地递到王老师手上。夏天本来就热，加上人一紧张，倪万喜更是感到闷热难当，那不争气的汗水直往外冒。倪万喜这一副窘态，让王老师脸上的笑容很快就消失了。她问了倪万喜租住的地方，叹了口气，说：“我早就听说过你的大名了，比我想象中要儒雅得多。下午吧，我带人过来给你补一补……”

天天住旅社下馆子，肯定吃不消。来的时候，倪万喜就做好了打持久战的准备，除了米、肉和油外，还带了腌菜豆瓣萝卜干一类的东西。倪万喜去买了只炉子，叫了几十个蜂窝煤，挑了口锅，把带来的碗筷一放，简单的家就成了。炎热的夏天，日子本来就漫长。才吃过晚饭，小旺就在屋里待不住了，哭着闹着要到外面玩。倪万喜想着辅导班王老师的承诺，哪里敢带他出去。倪万喜七哄八哄，说教他的老师一会儿就过来，千万要听话。太阳落山的时候，王老师带了一个男人过来，说这是一中教语文的贾老师，以后每天下午，由他过来给倪万喜补课。

老师一来，小旺还真不闹了，和倪万喜一样，规规矩矩坐在床上。贾老师也不含糊，从最基础的拼音入手，一板一眼就开始教起来。

贾老师念：“a——！”

倪万喜跟着念：“a——”

小旺憋着腮帮子，跟着念：“a——！！”

贾老师念：“o——！”

倪万喜跟着念：“o——！”

小旺赶紧把棒棒糖从嘴里拔出来，咽了一口口水，也跟着：“o——！！”

倪万喜一直搞不清楚，王老师和贾老师是什么关系。他们几乎不会同时来，也不会同时走。每次王老师来，都会给小旺带点冰棍糖果类的东西。时间一长，小旺也跟她混熟了，每天都是她带着小旺出去玩，把狭小的空间留给倪万喜和贾老师。估摸着时间差不多了，王老师把小旺送回来，小坐一会儿，就起身先走。

贾老师非常负责，每天辅导完毕，给倪万喜留下作业，他才离开。到了第二天，他像辅导小学生一样，把头天的作业逐一点评，然后才上新的内容。屋里没有空调，也没有电风扇，闷热难当，只得把门和窗大大地开着透气。这样一来，蚊虫蛾子一类的虫子，顺着亮光乘虚而入，嘤嘤嗡嗡，像蜂桶一样热闹。两个大男人，都穿着背心裤衩，光着膀子，一边拍打着蚊子，一边孜孜地在知识的海洋里遨游。

一个暑假，贾老师把那本《现代汉语》上了一遍，然后又系统地复习了一遍。临走的头一天，贾老师还专门找了两套前几年的考卷，要倪万喜试试。晚上，贾老师拿来了标准答案，一对，让他们两人都乐开了花：

83、79!

贾老师乐哈哈地站起来，伸出一只大手；受他的影响，倪万喜也伸出了一只手。贾老师把他的手，重重击在倪万喜的手上，在双掌爆发出的声响中，高声叫了一声：

“好——！”

那时候，王老师已经带着小旺回来了，正好看到了这一幕。她看看贾老师，再看看倪万喜，觉得这样的游戏太有趣，笑呵呵地伸出手，也要和王老师击掌，叫好。

倪万喜叹了一口气，说：“我不敢说这门功课学得有多棒。但至少有一点，在全中国千千万万个自考考生中，像我这样有专业老师一对一系统辅导的，说不定就只有我一个！”

人家辛辛苦苦辅导了两个月，不能没有表示。倪万喜拿出200元钱，准备给贾老师作为酬劳。钱不多，但那是他三个多月的工资。可是，贾老师坚决不要，倪万喜把钱塞进他的包里，他又掏出来；再塞进去，他又再掏出来。小旺不知道发生了啥事，站在一旁，不知所措。还是王老师打破了僵局，说：“真正让我们感动的，是你这种积极向上的精神。一个乡下代课老师，能够做到这一点，太了不起了。大家都是干这行的，师兄师弟间相互学学艺，付报酬就显得生分了！”

倪万喜心里漾起一股暖流，世上真的好人多啊！倪万喜心里一热，拉过小旺，对他们说：“咱乡下人，也没啥报答的，就让小子认两位老师做干爹、干妈，让咱儿子儿孙，祖祖辈辈记住两位好人的恩德！”倪万喜这样一说，王老师愣了一下，接着就笑了。王老师拉过小旺，笑呵呵地说：“这样吧，这个干儿子咱们收下了。不过，以后叫贾老师干爹，叫我干爸，如何？”

这一年入秋后，倪万喜领到了鲜红的毕业证。倪万喜把证书拿回家那天，春桃比他还高兴。春桃拖了只羊来宰上，把村上领导和学校的老师请过来，把家里的长辈请过来，泪眼婆娑，乐哈哈地笑着，不停地劝酒。

六

吴正虎和伍美兰恩爱如初。问题是两口子辛勤劳作了几年，伍美兰的肚子还是没有任何变化。

这样的事，寨子里自然有人关心。当然，在指指点点、嘀嘀咕咕的背后，更多的是讥讽和嘲笑。两口子求神问卦的虚功做了不少，秘方偏方单方配的药吃了不少，还是没有任何结果。

这一天，姜小老者和吴正虎无意探讨起这样的话题来。小老者四下看了一眼，说：“龟儿子，你……做那事情的时候，恐怕有个关键的功课，你没有做到家哩！”

吴正虎说：“啥事？”

小老者压低了嗓门：“那种事做了，要收窝呀！”

吴正虎心里一振，眨巴着眼睛，眼巴巴地盼着姜小老者把谜底揭开。

“噫，这么重要的事，难道，你爹娘老子，不给你说？”姜小老者脸上的笑收敛了一半，看上去就已经相当正经了。

吴正虎迷茫地摇摇头，就像一只无助的羔羊。

“也是，这样的话，当父母的咋好说？”姜小老者叹了一口气，咕咕咕地笑着。姜小老者的话虽然含含糊糊，却让吴正虎的心一下悬起来：

日他小哥！难道……就因为这个屌？

吴正虎半信半疑，这样的疑问，实在难以启齿，向别人讨教和求证。

这天晚上，吴正虎懒得和伍美兰缠绵，早早上床睡了。到了次日早晨，吴正虎那双手就不安分起来。从小妇人胞胀的胸上，一直游弋下来。伍美兰还在睡梦中，尝试着做了些许抵抗，但收效甚微。男人手上的攻势，不仅没有丝毫的收敛，反而越来越嚣张。伍美兰遂会心地一笑，微闭着双眼，任由男人剥下裤头，赤条条地被男人裹在下面，狂野地冲突起来。男人不知道做了什么艳梦，比往常更加卖力，每一下都比过去更加夯实，让伍美兰的呻吟，听起来更加凄厉。

这一场鏖战，比往常任何时候，都更加酣畅淋漓。

吴正虎好像一匹饿狼，应和着伍美兰的呻吟，嗷嗷怪叫着。在吴正虎的冲撞中，伍美兰犹如走到了生命的尽头，紧紧地抱住自己的男人，全身痉挛不已。吴正虎回过神来，一下掀开被子，端起床头柜上的凉水，大大地含了一口在嘴里，冲着妇人清泉直流的芳草地，“噗”地一口喷过去……

早晨的气温很低，伍美兰让那口凉水一激，“哎哟”一声，还不等骂出声来，一巴掌先抡过来，惊叫道：“要死了，搞啥子？！”

吴正虎也不搭腔，只顾把伍美兰的两腿抬高，紧紧抱在怀里，如同抚摸一个精美的玉器。

天下的事说怪就怪。那本来就是个恶作剧，伍美兰后来居然怀上了。

倪万喜成天在学校里忙活，家里啥也顾不上。春桃十九岁上嫁给倪万喜，天天牛一样在田里地里劳作，从来没有半点怨言。一看到春桃那张让岁月漂洗得一天比一天憔悴的脸，倪万喜心里就会一阵阵的痛。

新学年开学不久，大宝得了重感冒。倪万喜在学校脱不开身，春桃天天带着孩子，到寨子里的小诊所看医生，打针吃药一直不见好。春桃心急如焚，背着孩子到天拱坝医院。大宝已经六岁多，倪万喜正准备带他上小学一年级。大宝的小脸天天烧得像红火炭一样，断断续续治了一个星期也没好转。这一天，春桃背着孩子到了学校。春桃眼睛红红的，嗯咽着说："万喜，医生让咱转院……"

倪万喜一下懵了，讷讷地说："转院……转到哪去？"

春桃抽泣着说："医生让转到县医院，说在下面拖久了，会出问题……"

"不就是个感冒嘛，没这么严重吧？"倪万喜不安地骚着头，心里有几分不快。明明你就在天拱坝，既然要转院，还把孩子弄回来干啥？

春桃显然没有觉察到男人的心思，还在不停地抹着眼泪。春桃的眼泪，让倪万喜感到了深深的自责：县城春桃从来就没去过，她一个人带着孩子去，人生地不熟，找谁去？再说，家里只有几十块钱，这几天带孩子到处看病，花得差不多了，总不能空着手，带着孩子到县城吧？

倪万喜倒抽了一口冷气。倪万喜上着毕业班的课，开学正忙得团团转，哪里走得开。张尚福和几个老师知道这个情况，都说孩子才是大事，七嘴八舌地劝他们赶紧送县医院。倪万喜想想也是这个理，从学校借了500块钱，背着孩子，和春桃一起往天拱坝赶。

可是，下午倪万喜又出现在学校里。

天拱坝已经通了客车。倪万喜把身上的钱全部给了春桃，把她和孩子送上客车，就匆匆忙忙赶了回来。

倪万喜虽然惦记着孩子，但在学校里成天忙忙碌碌，也只能把各种想法，硬生生地憋在心里。三个星期以后，春桃带着孩子回来了。大宝明显瘦了一大圈，眼里也失去了往日的光泽。倪万喜从春桃的表情上就知道情况不妙，一问，春桃"哇"的一声就哭了：

"你还晓得问，脑膜炎呀！"

倪万喜脑子里嗡的一下，眼前一阵眩晕。倪万喜知道这种病的厉害，以及它所带来的后果。倪万喜感到嗓子发涩，什么话也说不出来。春桃的眼泪，像决堤的坝一样，哗哗直往下流。春桃先是撕心裂肺地哭，然后像头发怒的狮子，对倪万喜又抓又掐，最后扑到倪万喜的怀里，剧烈地抽搐起来。

倪万喜感到了深深的自责。想想也是，儿子这病要是早一点治，就不会发展到这个地步。倪万喜让春桃尽情地发泄着，倪万喜也任自己的眼泪，从脸上流下来，滴滴答答落在春桃的背上。

倪万喜在春桃瘦削的肩上轻轻抚慰着。没想到春桃缓过劲来，冷不丁在他的腮帮子上，恶狠狠地咬了一口。

爱得真，也才恨得切。从此，倪万喜左边脸颊上就有了一块明显凸起的疙瘩，一激动起来就会泛着红光。

就是那场病，大宝落下了后遗症，天天流着哈喇子。长大以后，只能在家里帮着春桃做点家务……

寨子里的乡亲知道了这件事，都为之惋惜。有人把原因归结在风水上，找风水先生看祖坟，看宅基，看门向，烧鸡蛋，送瘟神。倪万喜虽然不相信这一套，但只要有一线希望，仍然在做着各种尝试。于是，家里螺号阵阵，鼓乐声声，香烟缭绕，折腾了若干晚上，仍然是这样。有人请来了医治疑难杂症的土医生，找了各种偏方验方，以求用最原始的办法，挽回这一家人的幸福。从此，离他们家老远，就能闹到一股浓浓的药味。大宝吃了若干的秘丸、糖浆、粉剂、汤剂，尝遍了蜈蚣、蝎子、毒蛇、马蜂、壁虎、蜈蚣、蟾蜍、蜘蛛等毒物，还是那副呆痴痴的样子。

就连倪二老爹，也拉着大宝的手，连声吆啊宝啊叹气："重孙啊，老祖心里疼得很！未必我倪家硬是莫得那个命，才出了一个狠点的人，就要让他下一辈遭这样的罪？老天爷不长眼呀，你把我们两老幼调换一下，让我老汉得这样的病嘛……"

这个儿子，对倪万喜的打击是空前的。

在倪万喜看来，娃娃是父母的心头肉，教书是良心活，得对得起家长和孩子。大宝的切肤之痛，让他对这句话，有了更为深刻的领悟。

快放寒假的一天下午，倪万喜一上讲台，就发现杞小亮趴在桌子上睡觉。时值数九寒天，天空灌满了铅，凛冽的北风中夹杂着点点雪花，显得异常阴冷。这么冷的天，居然趴在桌子上睡觉，像什么话？当然，对于这一类的学生，倪万喜有对付他们的办法。这个时候，让孩子起来回答问题，就是驱赶瞌睡最特效的良方。倪万喜点到杞小亮的名，让他起来，却没有任何反应。倪万喜再次点到他的名，并且要同桌提醒他，还是没有反应。倪万喜只觉得心里的火，一股一股往上冒：你小子也太不识好歹了，你不看看这是啥地方，容得你趴在桌子上呼呼大睡吗？

倪万喜几步跨过去，伸手就揪住了杞小亮的耳朵，准备轻轻提醒他一下。可是，倪万喜的手，在触摸到他耳朵的瞬间，就不由自主地缩了回来。倪万喜就像被烧红了的烙铁烙了一下。倪万喜再仔细一看，杞小亮的脸红彤彤的，浑身散发着热气。

第一感觉告诉倪万喜，这小子病了，而且病得不轻。

倪万喜顾不得多想，赶紧回到简易的教师办公室，拿出两颗消炎退烧药，把杞小亮叫醒后，让他吃了下去。然后，让学生去请开诊所的医生过来看看。

医生赶过来的时候，杞小亮已经处于昏迷状态。医生把把杞小亮的脉，翻看了他的眼皮，浑身摸了摸，说：“噫，娃娃的病很危险，得赶紧送到县医院。”医生这样一说，倪万喜的心一下悬了起来。倪万喜知道，杞小亮的父亲母亲常年在外面打工，家里只有一个耳聋眼花的爷爷，这个时候谁送他上医院？

事情到了这一步，已经容不得倪万喜有别的选择。儿子大宝，就是最为现实的例子。倪万喜把班上的学生安顿好，包了台拖拉机，抱着杞小亮就往县城赶。

颠簸不平的路上，雪花飞舞，呼呼的北风，差点儿把倪万喜和孩子冻成冰棍。

倪万喜万万没想到，一到医院，医生就下了病危通知书。倪万喜手足无措，一下愣住了。医生看着倪万喜这副傻愣愣的样子，气不打一处来，劈头盖脸就是一顿臭骂。

倪万喜心怦怦跳着，连大气都不敢出。想想也是，只要医生高抬贵手，把孩子的小命保住，挨挨骂受受气算个啥？问题是来的时候走得急，他身上就只有几十块钱，这一笔医药费怎么办？

倪万喜把身上仅有的钱全交了，厚着张脸，苦苦向医生求情，说剩下的钱，第二天一定想办法补上。医生被倪万喜的那一份诚心所感动，答应了倪万喜的请求。杞小亮从进医院起，一直处于昏迷状态。倪万喜哪里也不敢走，就在医院的病房里坐了一夜。早上吃的那些东西，早已消化得干干净净，这个时候饿得前心贴后背，让倪万喜怎么也睡不着。

第二天，杞小亮醒过来了，倪万喜却犯了愁。昨天交的钱，抢救费、药费、住院费，七七八八算下来，早已欠了医院一大笔。孩子还得住上几天，还得花钱，这个时候到哪里弄钱去？倪万喜想到了表哥陈宗旺。表哥的供销社早就改制了，他买断工龄，在城里揽工程，或许还能帮忙救救急。

倪万喜到陈宗旺家的时候，正有一拨人在他们家，屋子里显得很热闹。陈宗旺还是和过去那样真诚，一听倪万喜说要借钱去救学生的命，二话没说，让表嫂数了1000块钱给他。

杞小亮这场病的花费，在富裕的人家，肯定算不了什么。可是，对一个贫困的农村家庭来说，简直就是天文数字。

那一笔沉甸甸的债务，成了倪万喜的一块心病。回去后，倪万喜才知道，杞小亮的父亲，前不久出车祸死了。他的母亲虽然长期在外面，但一直没有稳定的工作，一年半载也难回一次家。杞小亮在家里，和年迈的爷爷相依为命，要是把这笔债务扔给他们，杞小亮只能辍学回家，用他的一生来偿还。

过了很久，倪万喜才知道，那天很多人在陈宗旺家，是围着他讨要工钱。那几天，表哥让讨薪的民工弄得焦头烂额，他的钱同样不容易。倪万喜想了几个晚上，还是做出了这样一个决定：这笔账，是他借的，由他慢慢想办法还。那时候，倪万喜的工资虽然已经涨到了125元，可是他上有老，下有小，手里确实不宽裕，要说不心痛这笔钱是假的。但倪万喜觉得，这点钱，换得良心上的安宁，值！

这年过春节的时候，倪万喜见到了杞小亮的母亲，人很漂亮，加上在城市里待的时间长，身上就有了城里女人的韵味。她知道了这一切，再对倪万喜进行感谢，说到动情处，那丰腴的身子习惯性地往他身上贴，吓得倪万喜直往后退。过了很多日子，这个女人的形象，总是活跃在倪万喜的脑海里，那甜甜的、软绵绵的话语，似乎老是挟带着一股热气，直往他的脖子里钻。

其实，这个女人一回来，寨子里就有人指指点点，说她在外面不三不四。倪万喜却不这样看。不管她在外面干啥，她的儿子是干净的，无辜的，他没有理由不管这个孩子。

倪万喜本来以为，杞小亮的母亲说了一番客套话，会主动问起娃娃在医院花了多少钱。可是，她只字未提。过了年，这个女人又到外面打工去了。直到她走，还是没有提起这个事。

倪万喜在心里暗暗地骂：嘿，这个狗娘养的婆娘！

不过，倪万喜也只是在心里骂骂而已。人不是傻子，这么漂亮的女人，她心里肯定明白，只不过是一时没办法而已。这个秘密，一直埋在倪万喜的内心深处，没有任何人知道，包括杞小亮。

七

伍美兰那身子像吹气球样，一天一天疯长。伍美兰身材要娇小些，没过几个月，身体的长宽比例就严重失调，看上去越发显得笨重。

到了晚上，吴正虎用不着像过去那样辛勤劳作。他喜欢把脑袋贴在伍美兰的肚子上，用耳朵和他未来的孩子交谈。然后，用他并不光滑的手，轻轻地抚摸他的孩子，偶尔还要训斥几句，要孩子不要过分调皮。不过，两口子又多了一项乐趣，天天晚上都在研究宝宝的名字。昏黄的油灯下，他们一页一页地翻着那本残破的字典，一个字一个字地进行对比，甄别，遴选，再把那些选好的名字，一个一个写在本子上。至于是男是女，这一点并不重要。当然，要是政策允许，最好生他三五个。这些娃娃，全部交给倪万喜。全部考上学校不敢指望，只要能有一个跳出“龙门”，他们这一辈子就算没白辛苦了。

孩子还没有降生的迹象，他们给娃娃取的名字，已经密密麻麻记了半个本子。名字取得越多，也就越难取舍。在这个问题上，一向咄咄逼人的伍美兰并不占优势。平时抖抖瑟瑟的吴正虎，完全是翻身得解放的模样，鼓着他那双小小的绿豆眼据理力争，在女人面前一点不晓得谦让。

伍美兰很失望。以她的人生经验，臭男人都讨打得很。在没有把你骗上床前，任你作践，天天装聋作哑。在没有怀上他的种前，他稀里糊涂，大事小事不和你计较。一旦有了他的种，就是另外一副嘴脸了。要是把儿子生下来，一升格当了老子，那还不翻了天？两口子争论若干个晚上，吵得疲惫不堪，双方妥协下来，因为他们找到了一个最好的办法：

把这些的名字拿到学校去，请倪万喜帮忙选个好的。

到学校两次，倪万喜都没有在，吴正虎又变了卦。那个密密麻麻写满了名字的本子，就像解析人生的密电码，是男是女谁也说不清，你让人家倪万喜怎么定？

其实，这些日子，倪万喜正为倪万福转学的事伤脑筋。

几年来，一直没有消息的倪万顺，带着他媳妇陈玉花，回到了乌地吉木。

倪万顺在深圳发了大财。好像在那样的花花世界，那钱就像山上的树叶一样，双手一伸，那票子一搂就是一大抱。

倪万顺在外面干了些啥，寨子里的人并不知道，只是听倪二老爹笑眯眯地剔着牙，逢人就吹得玄乎乎的："深圳那鬼地方，别的不说，单单是车子，就可以把人唬死：大的，小的，长的，短的，红红绿绿，比咱寨子里的蚂蚁还多。我的妈呀，宽宽的大马路上，那车哗哗哗就像水一样，从头看不到尾。整个城里，全是高楼大厦。那楼房，个把月就是一幢，个把月又是一幢，比我们院墙脚的竹笋还密，比我们修猪圈还快。那些楼房才叫高咧，要是抬起头来，就是把脑壳上的帽子扬掉了，也看不到顶。啊白白，那些鬼地方，一天到晚，车子在叫，机器在响，连觉都睡不安稳，哪里是人过的地方哩……"

倪二老爹又说："你说这个世道怪，深圳那鬼地方就更怪！那些贼日的婆娘，一个个就像妖精。人家嫌头发不松软，使火钳烫得又卷又乱，就像个乱鸡婆；眉毛使火炭画得弯弯的，比白骨精还要妖娆；嘴巴就像吃了人血馒头样，红得让人害怕。这还不说，那个死地方热得要命，男的一个四季穿汗衫，大裤衩。女的就更日白了，大晴天也要打把花洋伞，短裤明明该穿在里面的，人家偏偏全部反穿在外面。日他小哥，老子一直想不通，好说那短裤，非要穿在外面才舒服？”

上了年岁的听了，瘪着嘴，心情和倪二老爹一样，嘴巴啧啧叹息这世界的神奇。年轻人却不一样，嘻嘻哈哈拿他开玩笑：“老爹，你那白头发难看得很。哪天找几把火钳烧红了，把你那白头发烫成红头发，那才时髦哩！”

倪二老爹说：“砍头的儿子！烫成了红头发，我怕死了埋进祖坟山，我爹我妈认不得我哩！”

年轻人又笑：“老爹，我们帮你的忙。你把短裤脱下来穿在外面，舒不舒服你就晓得了嘛！”

“龟儿的翻天了！”老汉赶紧一手提着裤子，一手捂住屁股，生怕年轻人真的对他动手动脚。

一时间，大家笑成一团。

倪万顺回来不久，就在寨子里修起了第一幢砖瓦房。

对于倪万顺这一举措，祁四老爹特别支持。这两年，县上、乡上都在扶持万元户，乡里已经有几户万元户了。乌地吉木穷，这个指标一直没有突破。现在好了，倪万顺在寨子里修起了砖房，开起了商店，专门经营日用百货，经营化肥农药，经营家用电器，搞粮食生产加工，生意红红火火。这不是现成的万元户吗？

祁四老爹把倪万顺的情况往上一报，县上非常重视。在乌地吉木这样的穷旮旯，能够涌现出这样的先进典型，的确值得大力宣传。很快，倪万顺的事迹上了地区报纸。他作为先进代表，到县上做了致富经验交流，还领到了1000元奖金。

倪万顺买了台录音机，每天下午开足了音量，播放着流行歌曲。倪万顺的媳妇陈玉花，每天下午无事，就教寨子里那些青年男女跳舞。陈玉花长得漂亮，在外面见过世面，天天守着商店，比寨子里的姑娘保养得好，人显得更漂亮，精神，大方。这样一来，不管是老年人，还是年轻人，都喜欢往他家凑。

倪万顺在寨子里的地位，早已超过了当年的吴成厚。儿子有了出息，倪春寿和贾绍琼高兴得合不拢嘴。当年，陈玉花悄悄和倪万顺离家出走，把陈万保两口子气得要死，曾经放出狠话：一辈子不见那死丫头！时过境迁，过去的疙瘩，早已让岁月磨平。倪万顺带着陈玉花，抱着孩子，拎着东西，上门认亲那一天，陈万保两老口子喜出望外，又是杀鸡，又是炖老火腿，又是烀老四季豆，恨不得把家里好吃的好喝的全拿出来。

倪万顺买了辆摩托，经常外出跑生意，家里的商店就交给陈玉花打理。寨子里就只有一条简易的公路，仅拖拉机能够通行。每隔十天半个月，倪万顺就会找上台拖拉机，从天拱坝把百货拉下来，再把家里收购的皮章、草绳、中药、粮食及至废铜烂铁一类的东西，拉到天拱坝出售。倪万顺的大摩托，更是经常突突突地开上去，再突突突地开下来，硬生生地咯着寨子的神经。

对于倪万顺的小康生活，很多人羡慕得不行，只有倪二老爹不屑一顾。倪二老爹摇摇头，瘪着嘴，对周围那帮吹得眉飞色舞的人说：“嘁，稀毬奇，不就是房子宽一点，墙糊得白一点嘛，要想使钱，一样得去挣！”

寨子里的人说：“老倌，你不要心深。已经是万元户了，你还要咋个？你那商店一开，钱就像水一样，哗哗哗淌进来，你还要咋个嘛？”

倪二老爹说：“就是十万元户也不起作用。房子是贷款修的，货好多是赊的，牛皮吹得乌嘟嘟的，其实就是一个空壳壳！”

就有人笑起来了：“这个白虱子一点不假打，里里外外通吃！你踏削外人还有话说，就连你孙子，也踏削起来了？你当你的万元户，我们又不跟你家借钱，你怕个锤子！”

倪二老爹咂咂嘴，说：“有些事，你几爷子不懂！当个空壳壳万元户，起屁作用？开个商店，嘴巴张着，人家就把钱送过来了，有那么撇脱！我孙子名誉上是个万元户，使一分造孽钱，还得靠他两口子勤巴苦挣。你看看人家端铁饭碗的，日不晒，雨不淋，到了月底就有工资拿。退了休，国家还要把他养到老死，死了家属还有遗属补助。我孙子，哪享得着这样的福？”

周围的人都哑了口。倪二老爹虽然爱踏削人，但这话说得实在。

这一天，倪万顺找到倪万喜，说：“大哥，我想把万福转到县一中读初三，以后直接升高中，将来考大学！”

倪万喜说：“读得好好的，你这一转，他还要重新适应环境，适应老师，对他的学习有影响。我的意见，还是不转为好。”

倪万顺说：“这些鬼地方，早离开一天，早受益一天。”

倪万喜有几分不快：当初你不是在这里读的吗？既然乌地吉木这么糟糕，你回来干什么呢？就说：“你我都是吃干水井的水长大的。到现在为止，你脚上的泥巴还没有洗干净，怎么就嫌弃这个地方了？再说，万福成绩很好，在这里，他一样的能够考中专，同样可以升高中嘛！”

倪万顺摇摇头，笑道：“大哥，那肯定不一样。说实在话，你们开过运动会吗，搞过文艺汇演吗，组织过演讲比赛吗？”

倪万喜怔了怔，说：“我们这里条件是要差些，但还是有很多娃娃从这里考上了中专，走出了大山嘛……”

倪万顺还是摇着头：“现在这个社会，考个中专，价值已经不大了。再说，万福进城读初三，在城里他就会有很多同学。这对他来说，今后就是一笔很好的资源。在这里，他有这样的条件吗？”

倪万喜一时说不出话来。

当初倪二老爹就有这样的野心，把倪万顺送到区中学去读，本来指望他以后能够考上学校。可惜倪万顺只去了一年，就哭哭啼啼回来了。集镇上那些娃娃野，欺生，好斗，天天守在学校门口，伸手向乡下的娃娃要钱。只要敢说半个“不”字，或动作缓慢一点，立即会被打得满地找牙。倪万顺扛不住，只得回到天拱坝中学，再到乌地吉木读初中班，最终连大学的屁都没闻到。如今有了资本，就把考大学的希望，寄托在弟弟身上。

天拱坝中学又易了帅。陈涛当校长后，培养了几个得力的老师，这两年质量还不错，年年都有三五个学生考上中专。家长手里有了几个钱，都在想法把孩子送到区中学去读，送到天拱坝中学去读。加上人口高峰期过了，乌地吉木小学的学生越来越少，教室里稀稀拉拉的。这一届毕业生中，数倪万福的成绩最好，他一走，中考受影响，初中班就更不容易招到好学生了。

倪万喜把这个情况向张尚福一说，张尚福也很着急。两个人感慨了半天，张尚福说："天要下雨，娘要嫁人，我们有卵法？"

沉默了一会儿，张尚福又说："万喜，早晚有这一天。我天天在听收音机，现在到处在放开搞活，我们这个死旮旯，注定要被这个时代遗忘。我们这所破学校，早晚会被好的学校吞掉。"

倪万喜心里一震，说："不会吧。不管社会怎么发展，孩子们总得读书哩！"

张尚福说："是得读书。可是……人家到条件好的地方读，不行吗？"

虽然张尚福说的也有道理，倪万喜还是把希望寄托在祁四老爹身上。

祁四老爹听了倪万喜的话，吸了一口冷气，说："对呀，家长都把学生送到区上乡上中学去了，这所学校的初中班还怎么办？"

祁四老爹二话没说，就去倪春寿家做工作。

倪春寿家两口子听了祁四老爹的话，便说："我这娃娃，在这里读得好生生的，成绩也好得很，还要瞎折腾个啥！"

倪二老爹说得更直接："能考个中专，就是我倪家祖坟上冒青烟，光宗耀祖的事了，还想奢求啥大前程？"

祁四老爹一听，"嘿嘿"笑了："对对对，娃娃在这里，稳稳地走个中专，哪里要不得！"

祁四老爹还没走，倪万顺就回来了。说起倪万福读书的事，就被他小子杵了一鼻子灰："老爹，我是送兄弟到城里读书，又不是叛国投敌，何消劳烦你老人家？别的我不说，我只想问一问，国家哪条法律规定，我家兄弟，只能在乌地吉木读初中？你有什么权力，不准寨子里的娃娃到县城读书？……”

祁四老爹一愣，嘿嘿冷笑道：“侄儿子，你兄弟放在这里，照样是考中专的料子，你何必舍近求远，花那么多钱到城里读呢？”

倪万顺说：“老爹，如今大城市里，大学生成串串，就是找个工作，都要求大专以上学历。几年后，那个中专读出来，又跟当农民有啥两样？万福几年后考上大学，那也是给你老脸上贴金哩！”

祁四老爹说：“老汉这张麻布脸，就是这样了。你不要光考虑万福，得为寨子里的乡亲们想一想。你不看看，乌地吉木小学初中班办到现在，每年都有人考上中专，如今在外面工作的都有几十个。这么多人走出了大山，就是因为办起了初中。要是万福这个头一开，大家都把孩子送到外面去，学校不垮才怪！全乡所有村小的初中班，就只有乌地吉木还在坚守，你总得为父老乡亲想一想吧？”

倪万顺说：“人，都有自私的一面。说句不该说的话，随着社会的发展，像乌地吉木这样的初中班，迟早有垮掉的那一天。我不能为了你们的脸面，牺牲万福的前途和命运。县一中那边，我已经联系好了，明天就送万福去报到！”

祁四老爹的脸气得一鼓一鼓的，却找不到反驳的理由。

对于这件事，倪二老爹特别反对，但也无可奈何。每天和那帮老家伙凑在一起，就感慨连连：“唉，人家不耐烦读那个中专，老子有卵法！这两个小杂毛，啥屁香屁臭都不晓得！”

几个老家伙在旁边打趣：“你孙子读了大学，再去给你领个城里的洋婆娘回来，不把你那几颗缺牙笑掉才怪！”

倪二老爹瘪着嘴，叹着气：“唉，还是那句话，看有莫得那点命。说几年后中专读出来，和当农民没啥两样！放他娘的屁，读了中专怎么会和当农民的一样呢？那大学又不是你倪家开的，万一考不上，那几年书不是白读了？……”

倪万福一走，果然在学校引起了不小的波澜。初一又有两个家长提出来，要把娃娃转到天拱坝中学去读。就为这个事，倪万喜感到无比的压抑，焦心，恨不得把学生吃饭、上厕所的时间都集中起来，给他们补课和复习。

这天下午，倪万喜在路上遇上了吴成全。西下的夕阳，把吴成全醉醺醺的脸涂得红红的。吴成全塞了支烟给倪万喜，嘿嘿冷讪笑道："你们学校可以嘛，养了头大脚猪！"

倪万喜一时没有反应过来这句话的意思，说："舅，没有啊，哪有这回事？"

吴成全笑得更欢了，说："那些婆娘不打紧，你们要把女学生招呼好哩！"

倪万喜吃了一惊，说："舅，你不要乱嚼！"

吴成全象征性地擂了倪万喜一下，嘿嘿笑道："不乱嚼不乱嚼，当舅的是为你好！"

脚猪就是配种的公猪。吴成全的意思再明显不过，就是暗示有人做了越轨之事。可是，这人会是谁呢？倪万喜脑子里飞快地转着，回到学校，正碰上陈玉花的妹妹从小秦老师的屋里出来。见了倪万喜，脸一红，说："我来找小秦老师借本书！"

小秦老师和女朋友吹了，过了年早早就回到了乌地吉木。小秦老师闲得慌，白天忙着教学，下午就到倪万顺家商店门前，和寨子里那帮女人跳舞。倪万喜一怔，心里有了这个念头，吴成全说的这个人，会不会是他呢？

几天后的一天晚上，倪万喜被隔壁一阵奇怪的叫声惊醒。倪万喜一听，浑身的血脉偾张，女人的娇吟，男人的喘息，以及床铺吱吱呀呀痛苦的挣扎，声声叩击着他的耳鼓。晚上特别安静，那房子本来就不隔音，倪万喜臊得脸红心跳，担心那房子随时都会震垮下来。

第二天，倪万喜早早就起了床。学生还在安睡，整个校园里静寂无声。突然，小秦的门一下开了，一个丰腴的身影从门里闪了出来。倪万喜一看，惊得目瞪口呆：这人居然是猪拱地陈福才的媳妇赵天琼！

陈福才外出打工，听说过年也没回来。没想到，这小子居然把人家老婆勾到了床上。倪万喜感到无比的烦躁，寨子里对这样的事最为敏感，也最容易挑起事端。倪万喜想了半天，他觉得有必要请张尚福出面，劝小秦早点离开这是非之地，不要一时糊涂，把小命丢在这个偏僻的地方。

八

一家人的幸福时刻，在伍美兰的呻吟中悄然来临。

不过，这样的幸福，还是来得迟了一些。伍美兰已经在床上躺了一天，满屋的血腥让空气越发紧张，那个娃娃始终没有生下来。几个妇女在屋里忙进忙出，她们都在总结各自的经验，现场对伍美兰进行指导。

吴正虎铁着脸，不住地搓着手，就像一只被打昏的鸡，耷拉着脑袋，在堂屋里转来转去。看样子，要是能够进去帮忙，他早就进去帮媳妇的忙去了。马英凤急得心都快跳出来了。她从屋里踱到门外，再从门外踱进门里，心里不住地叫道：

“我的幺，你忍着点呀！”

“幺儿，生娃娃，哪有不疼的？”

“我孙子，你不要折磨你妈妈了，快点下来呀……”

过不了多久，马英凤必定会拿出一扎纸钱，抖动着那双枯树枝一样的手，一张一张点燃，再逐一念叨着祖上亡灵的称谓。然后，在堂屋的香火板下面作揖磕头，满头的白发，就在咚咚咚的闷响中飘逸开来。

一声呱呱的啼哭，让吴正虎紧张得快要绷断的弦一下松弛下来，心里涌起一阵狂喜，眼泪哗地流了下来。

可是，这样的幸福并没有维持多久。伍美兰生下孩子后，一直血流不止，在一家人的哀号中，平静地离开了这个世界。

寨子里少了一个铁嘴般的女人，多了一条羸弱的生命。

送走了伍美兰，吴正虎一夜间老了十岁。他成天神情恍惚，笨拙地抱着他的女儿，幽灵般穿梭在寨子里，找哺乳期的女人给他女儿喂奶。

对这件事，连一贯踏削别人的倪二老爹，见人就惋惜这个姑娘。吵得最凶的还是吴成全，“啧啧”的感叹声不绝于耳：“怨谁？怨自己投错了胎！要是生在县城，生在天拱坝，只要一发作，往医院一送，哪有这回事？”

大家在遗憾的过程中，留下的全是关于这一家人的话题。

这天下午，吴正虎抱着他刚满月的孩子到了学校。吴正虎目光呆滞，鼻翼一张一合，粗重的鼻息在屋子里跌来撞去：“万喜，你说说，老子到底是啥命？”

这样的话，在倪万喜的印象中，吴正虎好像已经问过不止一次了。

“唉——！”吴正虎长长地叹了一口气，说：“老子连死的心都有了。”

倪万喜看着襁褓中熟睡的孩子，说：“正虎，你不能说这样的话哩！”

吴正虎摇摇头，咕咕咕笑起来，说：“我说的是真话。这人，活着真他妈没意思。”

倪万喜瞪大了眼睛，板起脸说道：“正虎，你咋能这么想呢？不说别的，你得对这个家庭负责，尽到你当儿子的责任，尽到一个做父亲的责任哩！”

“死了好，死了清静！死了一了百了，啥都解脱了！”吴正虎咕咕咕的笑声，就像古墓里如泣如诉的幽灵，在屋子里游来荡去。

看着襁褓中的孩子，倪万喜倒抽了一口冷气，他只觉得全身的火一股一股往上冒：“吴正虎，你还是个有血性的男人吗？有他们在，你敢死吗？你能死吗？你死得心安吗？你脚一蹬，眼一闭，他们怎么办？你太自私！太卑鄙！太不道德了！你这种自私自利的人，就是死了，活着的人看不起你，阴间的列祖列宗也饶不过你！……”

倪万喜和吴正虎从小一块儿长大，还从来没有红过脸。倪万喜这一通劈头盖脸的骂，一下让吴正虎愣住了。襁褓中的孩子受到惊吓，不安地舞着手，踢着脚，咧嘴就哭起来。吴正虎找到了台阶，自言自语地说：“小东西，你不该来人间，更不该来乌地吉木这样的鬼地方受罪呀！”

孩子哭过一阵，吴正虎的情绪也慢慢平复下来，他满是皱褶的脸上，漾起苦涩的笑："万喜，那都是说的气话。我这一辈，只能就这样苟活下去了。以后娃娃长大，还要指望你哩！在咱们这样的鬼地方，要想改变命运，唯一的办法，就是读书呀！"

新学年开学以后，陆续又有几个家长把孩子转走了，看着空荡荡的教室，倪万喜心里一阵阵发紧。

整个初中班就只有倪万喜和小万顶着。倪万喜早就盼着，从乌地吉木小学出去的学生，毕了业的会回到母校，为家乡尽一点绵薄之力。对于这一点，祁四老爹也大力支持。祁四老爹从乡上区上，一直反映到县文教局，领导们表态都很干脆：

"等你们的学生毕了业，无条件分回去！"

可是，理想跟现实却是两回事。首届毕业生，陈万祥读的就是师范。师范还没毕业，陈万祥就和政协刘主席的干女儿处上了对象，一毕业就直接到了县总工会工作。第二届毕业生中，有两个学生读师范。没想到两个家伙还没毕业就写了申请，志愿到全县少数民族贫困乡任教。虽然是贫困乡，好歹是乡政府所在地，条件要比乌地吉木强得多。就连刘启昌，进修一回来，也找人上下活动，没有回乌地吉木任教。最让倪万喜生气的是，他的两个学生去年读师范毕业，同时被分回乌地吉木，女学生天天跑老马办公室，又哭又闹寻死觅活，老马没办法，只得把她借调到乡中心校。男生虽然没有找老马哭闹的勇气，屁股一拍，就到省城一家私立学校当老师去了。

从这以后，倪万喜也死了心。在这种条件艰苦的地方，要想上面派公办老师来，简直比登天还难。

这几年，在郭玉章的支持下，区中学每年都会派老师到乌地吉木支教。可是，自从前年郭玉章调到县文教局后，支教就变了味。支教的老师在开学前，就给张尚福递了张病假条，请张尚福把他的课提前做好安排。说下来，人家已经很客气了，没有临时撂担子。郭玉章虽然是局领导，对下面的具体工作，他也不一定了解。张尚福没办法，只得又请了三个代课老师过来。不过，小马三天两头请假，小康和小付虽然天天待在学校里，却没有把教学工作当回事，到了上课的时间，才会去打个照面。

倪万喜和小万把主要精力放在毕业班上。学生少了些，但有那么多课程，每天还得把那些课上下来。从那三个年轻人到学校那天起，张尚福就告诫他们："乌地吉木年年都有人考上中专，咱们就是拼了老命，也不能把这块牌子砸了！"张尚福对他们说，教学上倪万喜和小万都是高手，要他们谦虚一点，多向老教师请教。可是，他把这三个年轻人的备课本收来一看，差点把鼻子气歪了：小马虽然经常请假，还算认真，备了一半的内容，小康胡乱写了几页，小付纯粹只字没写。

张尚福阴沉着脸，还没有说上几句，就让小康硬邦邦地顶了回去："当个代课老师，一个月就百十块钱，还不够人家一天的烟钱，这跟我们的付出相比，对等吗？按劳分配原则，学校兑现了没有？"

张尚福什么话也没说，他马上拿来了三本备课本，除了他的外，还有倪万喜和小万的。张尚福把三本备课本扔在办公桌上，说："我说什么都没用，你们自己看看吧！"

几个年轻人逐一翻看那些画得红红绿绿的备课本，脸涨得通红。

尽管倪万喜苦苦撑持，这一年中考，乌地吉木初中班，没有一个人上中考线。

乌地吉木一下风声四起，议论纷纷。寨子里从来没有这样躁动和恐慌。

家长们聚在一起，骂骂咧咧，他们都在担心一个非常现实的问题，照这样下去，他们的娃娃怎么办？

就连倪二老爹也摇着白了的头，跟着打哈哈："我就说过嘛，他们哪里是教娃娃的料？大耳朵家那个还好点，到高中打过几天蘸水，张尚福算哪根葱，只读过几天高小，还想让娃娃考中专，做梦嘛！"

有人听不下去，顶了他一句："白虱子老倌，你不要转过身子就不认账！你说人家不是教书的料，咋把你家几个孙子，全送到这个学校来了？"

倪二老爹翻翻眼皮，说："未必你不清楚，大孙子倪万顺，就在这个学校报废的；小孙子倪万福，要是不转起走，说不定也要废在他们手里！”

听的人不耐烦，说：“老倌，你孙子抽烟喝酒勾裹婆娘，也是老师教的？”

倪二老爹“呸”地一口啐在地上：“你说得对。抽烟也好，喝酒也好，耍朋友也好，我倒问你，这是不是发生在学校的事？出了这种事，学校的老师是咋管的？幸好，我把小孙子转起走了，不然的话，还是白扯淡！”

这些话，自然有人会传到倪万喜的耳朵里，让他在无奈的同时，又感到无比的愤懑。

倪万喜回到家里，翻来覆去，怎么也睡不着。

和往年相比，这一届学生的生源差，当年新生入学的时候，前几名都到天拱坝去了。尽管是这样，他从来就没有放弃和懈怠过。不仅如此，他比往年更卖力，花费的精力更多。特别是最后这一学期，他几乎天天都守在学校里，家里的一切，全由春桃那瘦削的肩膀扛着。他拼着命，给学生复习、辅导、检测。那只手因为刻写蜡纸，经常酸胀得连饭碗都端不起来。作为一个代课老师，他已经使出了浑身解数。没想到，自己的坚持和付出，还是无法挽回这种败局。倪万喜暗暗叹着气，扪心自问，这些年来，他对得起自己，对得起那些孩子，对得起寨子里的乡亲。可是，在世人的眼里，代课教师工作做得再好，那是应该付出的；干出了成绩，是因为你撞上了大运；要是做得不好，说明你一个代课的，原本就不中用！……唉，人哪，怎么这么现实呢？

倪万喜翻身下床，悄悄走了出来。

满天星斗，蛙声悠扬，虫儿低鸣，夜色如梦。倪万喜一支连一支地抽着烟，任自己的思绪，随着凉凉的夜风，在静寂的夜空中遨游。

门响了一下，春桃轻轻走了出来，拿了件衣服披在他身上，说：“睡了吧，外面凉哩！”

倪万喜“嗯”了一声，却没有起身的意思。

春桃叹了一口气，说：“你呀，平时忙得脚不沾地，想多躺一会儿，都没时间。好不容易放了假，反倒睡不着了，你这是啥命呀？”

倪万喜嘿嘿笑了一下："啥命，革命加拼命哩！"

春桃握起拳头，亲昵地在倪万喜的背上捶了一下，说："不管是啥命，都没有自家性命重要。走，回去！"

因为中考失利，乡上老马专程到了乌地吉木。

老马把村上的干部全部请到学校来，开了一个总结会。老马笑哈哈地说："过去你们干得好，我和乡上的书记乡长，来给你们开过无数次庆功会；这次考得不好，我也要来陪你们坐一坐，喝几口散酒，吹吹闲壳子……"

对这次考试失利，老马倒没有只言片语的指责，反而一个劲儿地安慰张尚福："老张，你这个校长已经不是一般的牛了！你们掰起手指算一算，全县几百所村小，上百个初中班，出中专生的，有几所？年年有人考上中专的，又有几所？在村小中，还在办初中班的，又还有几所？算去算来，谁也比不上乌地吉木小学，你还要咋个！"

老马又对倪万喜说："倪老师，学校这些年能够取得这样好的成绩，你是功臣哩！在很多人眼里，你们代课老师，就只是来学校吆吆羊子，打打蘸水，混段时间就走人。这些年来，在你的手上送走了二十多个中专生，创造了当地教育史上的奇迹，圆了若干人的读书梦，你是寨子里的大恩人啊！"

"还有你，祁四老爹！"老马接着说："你老虽然不识文化，但对教育和文化的理解比哪个都透彻。过去，你这个寨子，别说找个高中生，就是找个初中生都困难。正是因为你重视教育，学校才有了今天的发展。连着这么多人考上中专，走出了大山。你这样的支书，功德无量哩！"

大家都觉得老马的话，句句在理，说得大家心里热乎乎的。

老马把考试失利，归结为三个方面：一是生源，好的学生都跑了，再好的老师也白搭；二是师资，教师不配套，师资力量单薄；三是竞争，各家学校都在抓质量，村小的优势逐渐弱化。老马挥挥手，说："眼下，情况发生了逆转。今年中考失利，明年小学毕业升初中，必然有更多的家长，把娃娃送出去读书，你们这所学校怎么办？"

张尚福说：“我们尽量做家长的工作，把学生留下来。”

倪万喜说：“唯一的办法，在教学环节上下功夫，把质量拿上去！”

老马叹了一口气，说：“家家都望子成龙，你以为现在的家长都是憨的！到时候，学生都跑完了，你们还教什么？乡上的意见，今后乌地吉木不再招初中新生了。初二、初三学生，愿意在乌地吉木读的继续；不愿在本地读的，撤并到天拱坝中学去。不管怎么说，乡中学新修了教学楼和学生宿舍，各方面的条件都比你们强，这也是今后发展的必然趋势……”

大家脑子里嗡的一声，一下才明白过来。老马绕山绕水说了这么半天，目的是要把学校的初中班撤并到天拱坝去！

祁四老爹第一个跳起来：“办得好好的，哪能说撤就撤了？”

老马嘿嘿笑道：“我理解你的心情。可是，捆绑不成夫妻。反正普及九年义务教育，书费学费全免，至于生活费，不管在哪里，家长都得承担。人往高处走，就是换成我是家长，也肯定愿意把孩子，送到条件好的学校去！”

祁四老爹直嚷嚷：“我们有能力把学校办好，凭啥就不让我们办了？”

老马挥挥手，笑道：“你急啥，学校放在这里，是培养乌地吉木的子弟；把娃娃送到天拱坝，培养的还是乌地吉木的孩子。只是那里条件更好，孩子更容易成才！”

吵了一阵，会议就不欢而散。老马厚着脸皮到了祁四老爹家，派人把张尚福请过去。这天晚上，三个老家伙左一杯右一杯地喝酒，一直喝到半夜。

老马还带来了个好消息，县上正在整顿民办教师和代课教师队伍。假期里要组织民转公考试，民办教师和教龄十年以上的代课老师，都可以参加考试。

因为要撤并初中班，暑假用不着再为学生补课，倪万喜觉得无比的轻松。

为参加县上的民转公考试，倪万喜做了精心的准备。可是，临考试的前两天，小旺得了急病。当年，大宝一场重病，留下了后遗症。有过惨痛的教训，倪万喜不敢疏忽，让春桃带着孩子，和他一起到了县城，住进到了县医院。倪万喜心想，就算孩子有啥危险，在医院也不怕。可是，倪万喜恰恰想错了。孩子病得不轻，一到晚上就折腾个不停。倪万喜连着几个晚上没合眼，扛着昏沉沉的脑袋上了考场，拿着试卷眼皮就直打架，手中的笔怎么也不听使唤。

这次考试，倪万喜差了两分。虽然这些都是后话，但不得不提前做个交代：以后，县上隔三岔五在组织教师招考，但年龄和全日制学历两个条件，始终把他挡在外面。

倪万喜头重脚轻走出考场，就听见有人在叫自己："万喜，倪万喜！"

倪万喜一怔，这个声音太熟悉了。倪万喜定住脚，只见街边站着个丰腴的少妇，牵着一个孩子，正急急地向他招手哩。

倪万喜觉得有几分面熟，上前一看，是夏雨。

那一刻的惊喜，让倪万喜难以言表。倒是夏雨大方得多，笑眯眯地要小男孩叫他叔叔，说前面就是他们家，要倪万喜到他家去坐坐。

那是一幢别致的小院，从外面看上去并不起眼。院子很大，里面是一幢三层高的楼房，里里外外都装饰得很漂亮。院子里栽种了很多花草，就像一个大花园。靠院墙的树上，挂了十来个鸟笼。见来了生人，里面的小鸟叫得更加欢畅。

夏雨给倪万喜泡杯茶，说："万喜，你不该一辈子守在那个地方。那样的世外桃源，只适合神仙和隐士居住。咱们是凡人，得为一家人的吃喝拉撒考虑。就这小县城，条件也比你那山旮旯强百倍。别的不说，你家那位，还有你儿子，身体都不好，要是进城来，他们要看看病，总方便呀！"

倪万喜心里一震。这么多年来，他从没联系过夏雨，但夏雨却对自己的情况了如指掌。人的一生，能让自己初恋的人牵挂着，是多么幸福的事啊！

倪万喜心里涌起一股暖流，摇摇头说："谢谢你的好意。只是，这辈子恐怕就这样了！"

夏雨瞪着眼睛，说："这，不是你的风格啊！你还记得，当初从城里走的时候，在信上是怎么说的？"

倪万喜一怔，苦苦地一笑："那都是过去的想法了。到城里，一家人要吃饭哩，把脖子扎起？"

正在说着，夏雨的丈夫回来了。这个矮胖的男人看上去年龄比夏雨大得多，嘴里不冷不热地招呼着倪万喜，一屁股就稳稳地坐在沙发上。倪万喜总是觉得，这个差不多可以做夏雨父亲的男人，多少有几分猥琐，始终用另外一种眼神，在上下打量着他。

倪万喜心里暗暗难过。他觉得夏雨，就是陈宝珠的翻版，不禁为她的遭遇伤了半天神。

第九章　落日黄昏

一

乌地吉木撤并了初中班，寨子里闹得最凶的是吴成全。

在寨子里，吴成全是个人物。吴成全有两个手艺，一是给人刮痧拔火罐，二是劁猪骟马。不过，对于他来说，这些都算不得什么。最重要的是，这家伙力大无穷，三四百斤的担子压在肩上，如履平地。

正因为如此，凿地基、修房子、打保坎、挖水窖等粗活、重活，很多人都愿意请他过来帮忙。不过，即便有这样的事需要帮忙，寨子里的人一般也不会请他。别的不说，单单吃饭，不说是大白米饭，就是那满口呛的苞谷饭，也几口就是一碗。要是吃饭的碗小一点，旁边站着个人，专门给他添饭，动作还要麻利点，才跟得上他的趟。

吴成全那副高大健壮的身材，常常让寨子里的女人想入非非。吴成全有个嗜好，那双大大的眼睛，一见女人就发绿光，半天舍不得眨一下。但凡家里有年轻女人，人家不仅忌讳，更多的时候就像防贼一样。吴成全讨了个老婆，一年多时间，还没来得及留下他的种，就面黄肌瘦，得痨病死了。寨子里的人都在背后议论：这个死短阳寿的，把舂墙的力气拿去对付女人，就是有十条命，也要坏在他的手里。直到后来，吴成全娶了个寡妇，养下三个女儿了，人们才渐渐放松了对他的警惕。

前些年，土地没下户，生产队分的那点粮食，不够他吃半年。吴成全就养成了一个烂脾气，厚着脸皮到处找人借。没粮食向人借，没钱向人借，没酒也向人借，就是家里没有柴火，还是要开口向人借。

吴成全本来就是个大大咧咧的人，钱也好，粮食也好，东西也好，只要落到他的手里，就像肉包子打狗，有去无回。当然，他不是不还，他脑子里装着别人的好。只不过虱多不咬，账多不愁，他得慢慢来补偿。他有自己的手艺，寨子里的老人有头痛脑热、腰酸腿痛的毛病，都喜欢找他刮刮痧，拔拔火罐；要劁猪骗马骗羊，也会找他帮忙。他一身蛮力，有人修房盖屋，他也会主动帮着干几天活。说到报酬，他就会粗着嗓门，说："喔唷，不要说得卵烦。要给钱，老子就不耐烦来了！"

不过，人们只记得他借了东西不还，记不得他出力流汗的事。很多时候，只要吴成全一进门，就知道他要来借钱借粮，早就编好了不借的理由。要是吴成全提钱的事，人家就说："刚才遇着我舅子没有？他手头紧得很，等着要用钱，把我的钱全部拿去了！"为了表明是这回事，还会把衣服的口袋翻过来，以示清白。要是听说他要借点粮食去应急，人家就会说："啊白白，我家就剩那点苞谷，全部拿去换酒了。早晓得你要，我就不换了嘛，那几口酒不吃，又不会死人！"说着，就会拿出酒杯，倒一杯酒出来，让他尝一下。当然，要是吴成全顺着要借点酒，人家又会说："酒坊里就只剩半斤酒，人家全部倒给我了，昨天晚上就吃了三四两，瓶子里还剩几嘴，怎么好意思借给你？"甚至有人见他过来，就赶紧溜出门去，把老人和娃娃留在屋里，陪着他烧火烤。

说了半天，等了半天，得到的尽是不借的托词。吴成全没有办法，沉着脸，鼻子一哼，站起身来，就怏怏往外走。吴成全那脾气，哪里是屁股一拍就走的。这样一来，这家人的大门就遭了殃。吴成全拉开门，使出吃奶的力气，呯地一下，用力把门关回来。那门就会在剧烈的震颤中，发出惊天动地的响声。如果大门不配合，他还会接着来上两次或三次，把心里的气全部发泄到大门上，高声叫骂道："操你先人，这个抬丧的门！"

寨子里没有哪家的门，抗得住他那身蛮力。往往一到两次，那门即便倒不下来，也像秋风中的树叶，摇摇欲坠。

出了门，吴成全还不解气，咬牙切齿道："不借算锤子毬，稀毬奇！"

那声音沉闷无比，如一匹饿狼，龇着牙，在空旷的野外发出的哀号。

寨子里的女人对吴成全有好感，还是这几年的事。

土地下了户，吃饭的问题得以解决，吴成全喜欢借东西的坏毛病，不知不觉就改掉了。想想也是，谁都有张脸，何况一个八尺高的汉子。要是他还能想得到其他办法，也不会轻易放下架子，低三下四开这个口。

更为重要的是，这些年来，外面的诱惑越来越大，外出打工的男人越来越多，家里就剩些拖儿带崽的妇女。乌地吉木虽然穷，但是家家的土地都有几十亩，单凭家里的女人，就算白天晚上不睡觉，她们也耕种不过来。

吴成全媳妇本来还想给他生个儿子的，无奈生下小女儿后就得了产后风，一年有半年下不了床。有了这样的拖累，吴成全不可能外出打工，只得留下来在土地上下苦力。吴成全那一身壮劳力，就派上了用场。这几年，家家都要杀三两头肥猪，饭菜的油水多，人人肚里都有几分膘。吴成全不再像过去那样痨肠寡肚，不管到哪家吃饭，饭量减了很多，也少了几分猥琐，倒有了几分绅士的派头。都是低头不见抬头见的乡亲，吴成全见人家忙不过来，就会主动去帮帮忙。吴成全虽然大大咧咧，但有手艺在身，见识广博，往往三两句话，就会说得别人心花怒放。

这样的事，本来就是顺手人情。日子长了，寨子里的人，不仅把他过去的龌龊事，忘得干干净净，还会把他的恩惠，牢牢地记在心上。那些出去打工的死男人，一旦出门去，就犹如出笼的鸟，轻易舍不得回来一趟。对于留守在家里的女人来说，地里的庄稼，圈里的牲畜，老人的病痛，孩子的成长，以及满脑子绿油油疯长的欲望，都盼着能够向人倾诉。吴成全就成了寨子里最受欢迎的人。他帮那些女人干活，听她们絮叨，替她们分忧解愁。一来二去，吴成全帮着那些女人，把地里的忙帮了，还会好事做到底，把忙帮到人家床上。把本该人家男人耕种的地，也一块收拾了。

这样的忙，就是再苦再累，吴成全也乐意去做。吴成全经常累得腰膝酸软，嘴巴里忍不住直哼哼。女人们过意不去，常常给他煮荷包蛋，小酒喝得他满脸通红。鸡蛋吃多了，以致他一说话，满嘴尽是鸡屎臭。

日子忙忙碌碌，倒也过得无比的滋润。

当然，吴成全也有一样不好。吴成全喝醉了酒，那嘴巴就不属于他自己。想骂谁就骂谁，想怎么说就怎么说。最让人不能接受的，是他经常大言不惭地评论寨子里的女人：谁叫得酣畅，谁的奶子大，谁的屁股肥……

这样的事，即使暗中偷偷腥，也永远不可能摆上桌面。寨子里的女人，虽然心里咒着吴成全，还是经不住诱惑，把他当成了宝贝。

又是一年秋收时节，外出打工的人像候鸟一样，陆陆续续回到了乌地吉木。

也不知道是谁出的主意。这天下午，寨子里的男人都准备了锄把、棍棒、柴块，乘着朦胧的夜色，在吴成全回家的必经路口，截住了他。有人发一声吼，大家一齐凑上前，一人打一棒，专照着他的脚杆打。那样的部位，就是练就了金钟罩也无济于事。吴成全惨叫连连，等他病殃殃的婆娘摸出门来，哪里还看得见人的影子。吴成全躺在地上，只有出的气，没有进的气。那百十棒下去，早把他双脚的骨头敲碎，即便是华佗再世，也无法复原……

吴成全醒过来，下半身毫无知觉。他知道自己罪孽深重，人家能够留他一条命，已经是仁至义尽。吴成全有两个妹妹，看见大哥造孽，请人把他抬到县医院。医生丝毫也没有犹豫，赶紧把他的两条腿锯了，保住了他的命。

吴成全成了废人，就像一个刚刚被阉割的太监，说话轻言细语，生怕一不小心，就得罪了各方神灵。他的老婆本来就病歪歪的，吴成全成了这个模样，更是雪上加霜。她的三个女儿，一个读初中，两个读小学。吴成全的妹妹见这副惨景，就劝他的大女儿辍学回家，照顾吴成全的饮食起居。

没想到，一提到这事，吴成全就来了精神，床板一拍：“敢？！”

妹妹吓坏了，说：“哥，那咋办？”

吴成全眼睛一瞪，说：“咋办？我知道咋办，你们别管！”

妹妹说：“哥，你说嘛，我们照你说的办就是！”

吴成全说："你们作主，给三个娃娃，一个找一个婆家！"

妹妹说："这哪成呢？妹子还小哩！"

吴成全说："那是早晚的事。赶紧去办，就给人家说，当帮我这个忙！"

妹妹说："那……你有啥要求？"

吴成全说："都到这个份上了，还敢有啥要求？就一条，不管许给哪家，必须把我姑娘供到初中毕业，到了法定年龄，才准办证结婚！"

妹妹说："把娃娃安顿出去了，你怎么办？"

吴成全脖子一梗："你不要管！过去共产党不准饿死人，现在的政策这么好，更不会把人饿死，我怕啥？"

没过几天，吴成全的妹妹就过来回话，事情已经办妥。只是，乌地吉木小学以后不办初中了……

妹妹才说了半截话，就让吴成全吼过去："老天，不办初中了，我几个姑娘到哪里上学去？我操他先人！"

吴成全拍着床板，骂声波涛般一浪一浪往大门外涌，让院墙外树上的鸣蝉都闭了口，随时准备逃离这是非之地。

"倪万喜呢？去把这个龟儿的擒过来……"

其实，倪万喜不是躲着吴成全。吴正国家三个儿子打工回来，天天吵着要分家。家里三个老人，吴成贵、吴正国和他老伴。吴正国身体还不错，天天可以撵几十只羊去放。可是，他爹吴成贵已经八十多，腰已经驼成了一张弓，连抬手吆喝鸡的力气都没有。吴正国老伴也像磨损过度的机器，成天哼哼叽叽，一年有半年在床上。三个儿媳妇都不是省油的灯，连夜的枕头风，让她们的丈夫在大是大非问题上含糊其词，显得无比的木讷，只顾喝着闷酒。

事实明摆着，谁都不想把骷髅般的爷爷和药罐子婆婆接回家。

老婆子一把鼻涕一把眼泪，上吊跳崖喝农药，好端端一个家，吵成了一锅粥。

吴正国用声声叹息缩短漫漫的长夜。思来想去，他想到了倪万喜。

倪万喜是几个儿子的老师，这样的事只有他能放平。

倪万喜一到场，事情就发生了质的变化。倪万喜那张笑眯眯的脸，就像一面魔镜，让儿子儿媳把内心的张狂收敛起来，犹如做错了事的小学生，等候老师的发落。

可是，倪万喜对吴正国家的事并没有放在心上。倪万喜抽着旱烟，品着新烤的苞谷酒，嘴巴里尽是东家长西家短。倪万喜从她母亲说起，才摆了几家人的遭遇，就说得大家感叹吁吁。

第二天晚上，倪万喜还是讲寨子里的家长里短。

第三天晚上，倪万喜还是讲寨子里的家长里短。夜静更深，倪万喜醉醺醺地要往外走，让老大吴天宝留住了。吴天宝说："倪老师，你给我们讲这些小事，每一桩都包含了做父母的艰难，和对子女的关爱。你的每句话，都像鞭子一样抽着我们……"

老二也说:"倪老师，你放心！我们也是为人父母的人，这个事我们会处理好的。"

倪万喜只当没有听到这些话，只顾高一脚矮一脚往回走。

倪万喜见到吴成全的时候，吴成全连骂他的兴趣都没有了。吴成全那张皱巴巴的脸，让流下的眼泪弄得一塌糊涂。

"侄儿子，让你见笑了！"

吴成全用抹布一样的袖子擦擦脸，虽然有些潦草，却显示出对客人的尊重。吴成全响亮地擤了一下鼻涕，恶狠狠地把手上的鼻涕摔在床前，把脑袋凑上前来，说：

"我姑娘读书的事，咋整？"

二

倪二老爹盼了一辈子扬眉吐气的事情，终于在小孙子倪万福的身上实现了。

倪万福考上了省外重点大学的法律专业，成了寨子里第一个货真价实的大学生。

有了这件天大的喜事，自然要好好庆贺一下。倪二老爹早就做了安排。白酒、啤酒、香烟、瓜子、花生、水果、饮料一干场面上的东西，倪万顺早已准备好。就等着倪春寿把远处近处的客人请拢，把寨子里家家户户通知到，热热闹闹地办一场升学宴。

这一天，倪二老爹早早就起来了。倪二老爹换上了过年穿的大红袍，头上戴着一顶毛茸茸的帽子，右手平端着那柄黄铜水烟壶，左手拿着一根长长的火草纸。倪二老爹精神矍铄，笑声朗朗。老爷子“噗”地吹一下火草纸，点上黄铜烟壶，呼噜呼噜吸几口，和周围的亲朋好友侃上几句闲白，再“噗”地吹燃草纸吸几口烟。那柄黄铜烟壶，与其说是身份的象征，不如说用它来指挥更为贴切。

家里一口气杀了五只羊，地里的萝卜也全部拔了回来。倪二老爹请人磨了豆腐，油炸了花生米，做了卤拼盘，凉拌了莴笋、海带、粉条，主菜就是全锅羊炖萝卜，一桌一大盆。

太阳才当顶，远远近近的亲朋好友就来了。倪万顺从天拱坝借了套音响来，把收录机的音量调到最大，整个寨子都是激越的音乐。

年轻人聚在树下，歇凉、吹牛、喝酒、说笑、下棋、打牌，各有各的娱乐方式，不让自己闲着。老辈人有老辈人逗乐的法子。有人把陈九老祖背了过来，一到这个热闹的院子，老人病蔫蔫的身子就精神了一大半，佝偻的腰也挺直了许多。老人一只手叉在瘦骨嶙峋的腰上，让披在身上的衣服高高地耸起来，这就相当的威风了。老人那张沟壑纵横的脸上全是笑，舞着另外一只鸡爪子样的手，豁着缺了牙的嘴，大声说起了《日白谣》：

说日白，就日白，
三天猪儿杀八百，
抬梁做了烟锅杆，
板凳当马行如飞，
豺狼乖乖把门看，
牯牛难敌大母虱，
疙蚤顶着铺盖跑，

蚊虫放屁如打雷，
公鸡尽下双黄蛋，
母鸡打鸣把时催，
耗子日猫两相愿，
骡子下崽头一回，
张飞杀得岳飞叫，
秦琼瓦岗收李逵，
贾宝玉和崔莺莺翻了脸，
姜子牙西天取经把朝归。

年三十的月亮白又白，
浑水塘的烟尘了不得，
簸箕街上好闹热，
人也叫，马也欢，
张哑巴的喊声更清脆，
有贼有贼快抓贼——
瞎子一听来精神，
盯上了偷哥杨驼背，
揪住尾巴就开捶，
驼背一看要吃亏，
忙叫聋子来添锤，
聋子胆小不敢去，
忙请瘸腿来解围，
瘸腿不等人发话，
揪起一个就开擂，
啊白白——
放开你的狗爪爪，
我是你的丈母娘，
不是隔壁的马伯伯……

院子里高台满座，笑声嚷嚷，热闹非凡。寨子里的鞭炮声一阵接一阵，从吃过早饭一直炸到晌午。

倪二老爹说："从盘古开天地，哪家办事有我家热闹？"

倪二老爹说："看嘛，不说日白的话，在乌地吉木，不管白事红事，哪家有得起我这个阵仗？"

倪二老爹的自豪，在吃晌午的时候打了折扣。

倪二老爹平时吃人又羞人，说话满口喷猪屎臭，到该出手抖现花的时候，那手捏得比哪个都紧，嘴巴还不会饶过别人。倪万顺发了财，生意做得精，轻易不赊欠，也得罪了不少亲戚朋友。因此，很多人都想借这个机会，要出出他家的洋相。

既然是来朝贺，不可能白吃这样的饭，拿钱也好，提酒也好，撮粮食也好，实在不行，鸡蛋总得提上一筐，表达一下自己的心意。来吃饭的，嘴巴上恭喜的声音，比任何时候都要响亮，却抱着两只膀子，提了一大圈鞭炮来，噼噼啪啪一放，以示祝贺。

这还不说，这些人一上桌，把酒瓶子拧开，倒上酒，并不放开地喝。一开席，仿佛又回到了六七十年代，每个人的眼睛都盯着那只羊肉盆子，筷子尽往羊肉里面伸，专门照着羊肉拈。说下来，只要大家慢慢喝酒，夹几颗花生，吃几块卤肉，拈点凉拌菜，蘸几坨豆腐，也吃不了多少羊肉。可是，这些人一心一意主攻那盆羊肉，形势就相当严峻了。那些乡下汉子，就算是肚子里油水再多，要是放开了吃，一个人少说也要捡半盆子羊肉。这样一来，那些添羊肉的，抡圆了勺子，那肉还是加不赢。厨房里很快就现了相。来得早的坐了头轮，接下来还要摆二轮三轮，要是吃头轮的就把羊肉舀完了，下一轮吃啥？于是，厨房里发下话来，要加肉的省着点，后面还有两轮客人没上桌。

厨房里稳着不动，前方席面上就告急了。有炮筒子用筷子敲着空盆子，说：

"肉呢？席面上怎么尽是红萝卜白萝卜！"

"快点添羊肉来！请我们来吃羊肉，不可能拿点萝卜，就把我们打发了！"

“老倌，不要抖瑟瑟的。要是莫得，去我家拖两只瘪母羊来宰了就是，吃得恁么造孽！”

倪二老爹还没有意识到事态的严重程度。这个时候，倪二老爹还在厢房里做倪万福的工作，要他给每桌的亲朋敬杯酒。倪万福红着脸，显得极不情愿。倪二老爹叹着气，说：“我孙子，你是学法律哩。我听人说，当律师就是专门帮人打官司。打官司靠啥，就靠那张嘴。要是茶壶里面装汤圆，肚子里有货倒不出来，那就糟糕了。你像个大姑娘样秀口，以后咋敢上法庭？”

此时形势危急，有人过来对倪二老爹说肉太少，还有很多客人没坐席，是不是临时想想办法？倪二老爹不以为然，说：“现在生活条件这么好，你以为还像前几年样，个个饿痨痨的生怕没肉吃？现在不一样了，都想吃点素菜。你们赶紧去，再去挖几篮萝卜来煮下去，滚水里撩一头就可以吃。要应急的话，数这个死东西来得快！”

后面的两轮客人，又采取了新的方式，专门喝酒，吃卤肉，拈花生米，三下五除二，就把盘子里那点东西消灭得一干二净。在这种场合，不管红事白事，主人家最忌讳的，就是客人把盘子里的东西吃得光抹抹的。那样，显得主家吝啬，小气。现在倒好，桌子上除了有半盆萝卜汤外，所有的盘子都是光光的，无声地向主家提着抗议。

送走了客人，一家人都在叹气。

倪二老爹说：“这么好的事情，你们叹哪样气？”

贾绍琼抹着眼泪，说：“没把客人担待好。看嘛，来的人多，肉少了，以后传出去，在寨子里还咋做人？”

倪二老爹一听，把手里的黄铜烟壶放在桌上，揭开锅盖看了看，就嘿嘿嘿地笑了起来。

贾绍琼说：“我爹，都这个时候了，你还有心笑！”

倪二老爹说：“好得很嘛！”

媳妇没好气地说：“我爹，就只剩半瓢汤了，你还说好？”

倪二老爹说：“咋不好？毛主席他老人家教育我们几十年，要大家节约。在我看来，真正做到节约的，全世界恐怕就只有我家办到了。看嘛，办了几十桌，到最后只剩半瓢汤，一点不浪费，哪点不好？！”

学校里的学生越来越少，不仅撤了初中班，小学也只保留了四个年级。

没有高段年级，学生也取消了寄宿制。老师和学生早出晚归，教学任务轻了很多。倪万喜却轻松不起来，天天在学校代课，每年收入太少，手里经常显得紧巴巴的。再则，不管他怎么努力，这一辈子无法改变代课老师这个身份，随时都有可能被人从讲台上赶下来。

不过，和前几年相比，倪万喜有更多的时间待在家里。两年前，吴成英害了一场眼病，眼睛恶辣辣地疼了几天，就再也看不见了。他可以陪陪双目失明的母亲，帮帮里里外外忙活的春桃，管一管有严重后遗症的大宝。一家人在一起其乐融融，倪万喜也觉得日子过得惬意。这些年来，虽然只是个代课的角色，却把整个心思都投到了教学上，家里的事全部扔给了春桃，倒把本来就不熟练的农活手艺荒废了。

倪万喜重新学会了扶犁，学会了耕种，学会了耙地，也学会了和寨子里那些壮汉一起放线、舂墙、砌石、浆沟，得了空，还会和大家在一起醉场小酒。

不过，寨子里的人还是把他当老师。很多时候，他才把牛牵到地里，那犁铧才插下去，就有人过来搭话了：

“倪老师，何消你动手呀，过天把我来给你犁！”

“倪教师，教书你是行家，犁田耙地我才是师傅！你在旁边歇着，我来犁几铧给你瞧瞧！”

说话的人不容分说，立马把他手里的犁绳夺过来。这个时候，倪万喜就会非常高兴，浑身都是热辣辣的成就感。倪万喜笑眯眯地掏出烟来敬上，自己也点燃了，然后蹲在地埂上，看着那娴熟的身影在地里忙活。

张尚福早给乡上打了报告，说自己年龄大了，精力顾不过来，建议校长由倪万喜来干。张尚福说得很真诚。可是，乡上领导接到他的报告，都说这老家伙转不了正，一直在闹情绪，要是再把他的校长拿掉，局面就更难掌控。也就睁只眼闭只眼，不去张睬这件事。不过，任命倪万喜为副校长，协助张尚福管理学校。

这年春节过后，乡上老马又到了乌地吉木。

老马管了一辈子文教，已经办了退休手续，就等着别人来接他这一摊事了。老马当初也在村小代过课，对代课老师特别有感情。

两年前，张尚福就已满60岁。要是公办老师，早就找各种理由领起了退休工资，回家安心抱孩子去了。张尚福的转正问题一直没有解决，老马就是专门来落实这件事。

对于民办教师，县上已经开了口子，只要有民办教师任用证，教龄满20年，年龄在50周岁以下，身体健康，无条件转为公办教师。乌地吉木小学就剩三个民办老师：张尚福、吴家祥和谢长顺。要说教龄，个个都是20年以上，但真正符合条件的，就只有谢长顺。吴家祥教材教法考试不合格，没有教师任用证；张尚福呢，则早已超龄。

老马一提到这个事，张尚福就开始做自我检讨："这么多年，一直赖在这儿，是我对不起各级领导！"

老马早听说张尚福喜欢吊几句怪话，自然不会放以心上，打着哈哈。

祁四老爹却不服："噫，老天眼睛日瞎了！人家张尚福当牛做马，在乌地吉木小学干一辈子，难道不该转正？"

祁四老爹从支书位置上退了下来，嘴巴更无遮拦，只顾日妈捣娘，把各级领导的祖宗八代都操了个遍。

"说这些，起屁作用！"老马嘿嘿嘿地笑。

"起不起作用，老汉都要提！"祁四老爹愤愤地说。

"老倌，我打个最现实的比方。你老汉就是买头牛，买匹毛驴，总得考虑买年轻点的吧，对不对？"

"我操他先人！张尚福年轻的时候，为啥不把人家解决掉？现在他老了，把他的油水榨干，就一脚把人家踢出去了？"

"这不，我就是来给他解决待遇问题的！"

"怎么解决？"

"退养嘛！"

“那就是……退休？”

“就是这个意思。国家给这部分钱，他一直拿着。以后给公办教师涨工资，他们相应的按比例涨，还要怎么样？你不看看，好多同样干了几十年民办教师，转正无望，自己回家去，毬大爷管他？比起代课教师来，就更划算了，同样站讲台吃这碗饭，代课的又哪里有这样的好政策？”

祁四老爹不再说什么，只是重重地喷着鼻子。

张尚福办了退养手续，把学校事务交给倪万喜，回家过起了隐居生活。有了兴趣，就会背着手到学校转转，揪着娃娃的耳朵，问几句晚上爹妈老汉乖不乖的怪话。

日子就像张尚福那“嘎嘎嘎”的笑声一样，无拘无束，一页一页翻过。

三

一条简易的公路，把乌地吉木和外面的世界连在了一起。虽然是土路，颠簸得厉害，车一过，卷起漫天尘土。但是，有了这条路，寨子里的人一夜间都涌到了外面，人一天比一天稀疏。

学校就只剩下两个班，隔年招生。今年一、三年级，明年二、四年级。谢长顺转正后，调到了乡中心校。那几个年轻的代课老师早就走了，学生就由倪万喜和吴家祥教。想着学校昔日的辉煌，寨子里的乡亲明里背地里都在议论：“噫，这个害瘟的学校，怕是要垮毬喽！”

没想到，乡亲们的议论，很快就变成了现实。新学期一开学，倪万喜早早来到学校，就接到了乡上让人送下来的通知：

倪万喜同志：

经研究，不再聘任你为乌地吉木小学的代课教师，请你即日和学校结清所有手续。

天拱坝乡人民政府

九月二日

事前一点征兆也没有，倪万喜拿到这个通知，一下懵了。他怎么也想不通，干得好端端的，怎么说辞退就辞退了？

乌地吉木的父老乡亲，听说乡上把倪万喜辞了，呼啦啦就往乡上跑。

老马已经退休，由一个姓赵的人大主席分管教育。赵主席说："整顿教师队伍，知道不？假期县上组织考试，倪万喜没参加，就该下课！"

"锤子，你儿爷子才该下课！"

乡亲们哪里吃这一套，拍桌子瞪眼睛，日娘操祖宗，只差把乡政府大院给掀翻了。

那天，祁四老爹在处理另一件事，来迟了一步。乡长初来乍到，见来了救兵，要祁四老爹赶紧做工作。没想到祁四老爹比那帮村民还要激动，桌子一拍就站起来："倪万喜符合免考条件，凭啥把人家下了？这个事情如果解决不好，咱们乡上告了县上告，就是讨口要饭上北京，也要让倪万喜安心教寨子里的娃娃！"

祁四老爹的身上就像一把弹簧，乡长把它按下去，祁四老爹又站起来。大家吵吵嚷嚷，整个乡政府大院乱成了一团麻。

乡长那张脸由红变青，成了一根焉打打的苦瓜。乡长派人把倪万喜请到乡政府，要他配合做工作，乡上会给大家一个满意的答复。就这样，半个月后，倪万喜又回到了村小的讲台上。

原来，这是新任乡长暗度陈仓之计。他侄儿自费读了师范，准备先找个学校代课，以后再找机会转正，于是就有了这样一出戏。

倪万喜感到无比的沮丧。前些年，乌地吉木年年有人考上中专，区上、乡上只要一提到他的名字，都会对他刮目相看。时过境迁，谁还记得他呢？

想到这些，倪万喜只觉得脊背一阵阵发凉。

吴家祥的女儿嫁到外地，生了小孩忙不过来，把老两口一齐接过去帮忙，两个年级就由倪万喜上复式班。

在学生和家长面前，倪万喜的脊背还是那样挺拔。倪万喜那双生来会笑的眼睛，以及那张满带春风的笑脸，在孩子们的心中依然是那么慈祥。只是，在那身深蓝色的涤卡中山装映衬下，他两鬓的霜花越来越凝重。

这一天，倪万喜正在上课，听见外面有汽车的声音，接着有人走进了学校。

倪万喜往教室门口一看，大喜过望：是县文教局局长郭玉章。

郭玉章校长离开区中学后，当过县中学校长，文教局副局长。这次局里班子调整，成了文教局的一把手。倪万喜虽然听说郭校长当了局长，但没想到他会到这么偏僻的地方检查工作。

这些年来，郭玉章对倪万喜给予了更多的鼓励和关爱。在他教过的学生中，倪万喜的淳朴、善良、勤奋，以及积极向上的精神，给他留下了极为深刻的印象。阴差阳错，倪万喜没能考上大学，没能走出大山，是他最为遗憾的事。他一直想来乌地吉木看看，更想来看看他的学生倪万喜。

在倪万喜的印象中，这么多年来，除了县教研室的刘主任到过乌地吉木外，文教局的领导从来就没到过这里。倪万喜有时也会看着天空的云朵发呆。倪万喜天真地想，要是局领导能够抽出宝贵的时间，到乌地吉木看看就好了。别的不说，自己在这里干了这么多年，虽然十里八乡的家长知道，但作为主管局的领导，并不一定知道这所学校，更不可能知道这里有一个叫倪万喜的代课老师。在这里苦了一辈子，多少还是有些悲哀。

当然，这些都是不现实的。乡上管教育的老马曾经说过，全县几百所学校，8000来个教师，局里就那么几个领导，要开会，要出差，要下乡，哪里还有时间到这么偏僻的地方瞎逛？

这一刻，倪万喜真正感受到了什么是幸福。倪万喜只觉得浑身燥热，呼吸急促，舌头发干，嗓子发堵，鼻子发酸，一股莫名其妙的气流从丹田直往上冲。倪万喜这一激动不打紧，不争气的眼泪就止不住往外涌。倪万喜手足无措，赶紧转过身去，用沾满粉笔灰的手擦脸，那张黑脸立即就成了花脸。

这种狼狈的效果，是倪万喜做梦也没有想到过的。

“咦，倪老师，倪万喜，刚才还在这哩，怎么不出来见领导呢？”陪同的乡长很着急。见倪万喜往教室里钻，郭玉章和乡长也挤进教室来了。

倪万喜眼泪正不停地往外涌。乡长心里一惊，扯扯他的衣角，说：“倪老师你咋啦？局长来了，你咋躲着不出来见人呢？”

倪万喜一紧张，嘴巴哆嗦着，一脸的泪，那张笑眯眯的脸更加难看。乡长丈二和尚摸不着头脑，对倪万喜说：“倪老师，别激动！有啥困难下来找乡上，我们给你解决！”

乡长这一问，倪万喜的眼泪更止不住了。孩子们在探头探脑，不知发生了什么事，稚气的脸上种满了不安。乡长的目光如一把锋利的刀，从倪万喜那张哭兮兮的脸上划过去，声音也比先前高了几度：“倪老师呀倪老师，局长专门来看你，你还有啥不开心的？你到底在哭毬个啥？！”

乡长异常严厉。倪万喜心里一振，张张嘴，总算把一句话说完整了：“我……我哪里是……是哭？我老师来看我，我高兴哩！”

乡长心里悬着的石头，总算落了地。倪万喜这一出戏，让郭玉章心里犹如打翻了五味瓶，一把抓住倪万喜的手，紧紧地握了又握。郭玉章和倪万喜坐在一张凳子上，笑眯眯地问着学校的情况，问起村里的变化，以及他家里老人孩子的状况，倪万喜一一做了回答。随行的人员对着他们，咔嚓咔嚓照个不停，又让倪万喜觉得有几分拘谨。

郭玉章问：“学校有啥困难？”

倪万喜说：“莫困难莫困难！”

郭玉章说：“你在这里代了一辈子课，对组织有啥要求？”

倪万喜说：“莫要求莫要求！”

郭玉章“哈哈”一笑，说：“万喜，你不要客气，过了此山无鸟叫。你知道的，当领导也不容易，成天忙得昏天黑地，我不可能天天往你这儿跑哟！”

倪万喜搔搔脑袋，“嘿嘿”一笑，道：“真的莫啥困难。这么多年都过了，你一来就有困难，这像啥话？”

倪万喜这样一说，可把乡长急坏了。乡长说：“郭局长，你知道的，我们倪老师是个实在人。咋没困难呢？你看你看，这学校里里外外，残破不堪，教室上面的瓦，年年都在翻捡。老式的窗子上，一块完整的玻璃也没有。二十多年前捶出的操场，已经坑坑洼洼。别说打球，就连在上面走，都得小心翼翼。怎么会没有困难呢？倪老师，他是住惯山坡不嫌陡啊！”

乡长这么一启发，倪万喜不好意思地搔搔脑袋，说：“郭老师，那……我就提要求了。”

郭玉章很和蔼：“你说！”

倪万喜张了张嘴，说：“郭老师，劳烦你和我们照张相。”

郭玉章愣了一下，小蒲扇般的大手一挥：“来来来，怎么照都成！”

孩子们一点不怕生。见倪老师和白白胖胖的城里人坐在一起，也过来往他身边挤，还不时做着鬼脸，嘻嘻哈哈笑成一团。一听要照相，孩子们反倒“轰”的一声，四散而逃。

倪万喜费了很大的劲，有几个孩子还是不愿意过来。倪万喜拧的拧胳膊，揪的揪耳朵，在孩子们笑声和尖叫声中，总算把队伍整顿好了。

咔嚓咔嚓一阵响，把倪万喜那一脸的幸福定格下来。

倪万喜握着郭玉章的手，一个劲儿地憨笑着。这下乡长说话了：“倪老师啊，你就不能把学校的具体困难，跟郭局长说说？”

“莫有莫有！”倪万喜说得很肯定。

乡长大腿一拍，指着那排青瓦屋面的教室，说：“嗨，怎么会没有呢？郭局长，咱乡下人实在，宁愿自己死扛着，也不愿给领导添麻烦。你看你看，那屋檐都变形了，椽子很多都坏了，每年都得捡漏，要是哪一天掉下来，砸着娃娃，各级领导都脱不了手啊！”

郭玉章“嗯”了一声，说：“这样，回去我挤三万块钱出来，你们把那些烂房子拆了，把这两间还要用的，也翻捡一下！”

倪万喜心里一热，连着说了几声谢谢。乡长看看表，说：“郭局长，时间不早了，咱们回乡上去吧！”

郭玉章有些依依不舍，握着倪万喜的手，道：“万喜，你一直在这么艰苦的地方坚守，不容易啊！好好干，下次我再来看你！”

倪万喜急了，紧紧拽住郭玉章的手，急急地说：“郭老师，咋就走了哩，到我家吃了饭再走！！”

郭玉章摇着胖胖的脑袋，说：“乡上还有其他安排，就不麻烦你们了。”倪万喜真的急了，那只手把郭玉章拽得更紧，急促地说：“郭老师，你晓得的，在咱乌地吉木，哪里有让客人饿着肚子走的……”

倪万喜眼里满是期盼，求救般看着乡长，希望他帮忙说句话。可是，乡长一点也不含糊，把倪万喜那只拽着郭玉章胳膊的手拿下来，说：“倪老师，还啰唆个啥？人家局领导日理万机，哪里有工夫在你这儿吃饭？”

半个月后，那两排旧房子，包括那堵摇摇欲坠的围墙，就被夷为平地。

四

时令已经进入惊蛰，天还是那么阴冷。一辆摩托突突突地从身后驶过来，在倪万喜前面停住了。吴天宝取下头盔，恭恭敬敬地递过一支烟，指着坐在后面的孩子，说：“倪老师，我把娃娃转到乡中心校去了！”

倪万喜吃了一惊：“读得好好的，转过去干啥？”

吴天宝不好意思地摇摇头：“我们知道倪老师教得好。只是，我们才去领了独生子女证。家里就这个娃娃，想先把他送乡中心校适应一下，下学年想办法送到城里去！”

倪万喜看着满不在乎的吴天宝，想起了他父亲吴正国那愁苦的脸。

那一年，吴正国遇上了难题：他的媳妇喜翠又怀上了。

喜翠进门六年多，就给他们生了四个孩子。照这个速度发展下去，就是有万贯家财，也不够计生小分队罚的。

看着儿媳妇一天天鼓起来的肚子，当公公婆婆的更是暗暗着急。吴成贵是个老实人，脸上的皱纹愁成一团乱麻，硬着头皮对吴正国说："娃儿，你要忍着点哩！"

老汉的意思再明白不过。吴正国红着脸，嘀咕道："我爹，有些事……怎么忍得住？"

吴成贵一时火起，骂道："死不中用的儿子，你不要滮在里面嘛！"

这种让人脸红心跳的话，无论如何上不得台面的。可是，隔墙有耳，偏偏有好事者把这话传了出去。那些年轻人见了面，一个说："砍头的儿子，有些事你要忍！"另一个就会说："短阳寿的，你不要滮在里面嘛！"

小两口听到这样的话，羞得无地自容，恨不得找条地缝钻下去。

严酷的现实就摆在眼面前。喜翠的肚子越来越大，都快遮不住羞了，要是再不断然采取措施，娃娃一落地，拿啥来交罚款？

可是，那计生站也不是你想去就去的。有了钱，才把事情办得成。这几年，讨媳妇，修房子，早已寅吃卯粮，东挪西借，早欠了一屁股的债。这个时候，只能去找人借。

这样的事，当然只有男人出面。吴正国找到亲戚，才一开口，人家就问："拿去搞哪样？"吴正国脸皮薄，一句话就把他问住了，不再好意思往下说，只得脸红筋胀空手往回走。

男人不中用，喜翠只有自己出面。钱还没借回来，就有人咬她婆婆的耳朵："喜翠那天去找她三叔，说要借点钱，等今年庄稼收进屋还。三叔问她，拿去整啥子，她说拿去赶街。你们小心啊，这些年跑河南、跑广东的丫头多得很，你们得防……"

借不到钱，喜翠就只有自己想办法。把那两头小猪卖了，把家里的鸡卖了，还没凑够去计生站的钱，吴天宝的弟弟就已经提前降临到世上了。

看着吴天宝逐渐远去的背影，倪万喜就这样想，这个世道变得真快。那些年，两口子摸黑一上床，摆脱不了那样的诱惑，只得硬着头皮认罚。现在好了，村妇女主任随时都在发放避孕工具，只要不想生，有的是办法。更为重要的是，现在吃得好，穿得好，有的人真想生，却偏偏生不出来了。

很快就到了六一儿童节。按照学校多年的惯例，倪万喜上了半天课，就把学生放了。

第二天倪万喜才到学校，寨子里的左明菊就急匆匆赶过来说："倪老师，我家小虎昨天没回来，会不会跟哪个同学耍去了？"

倪万喜看着左明菊焦急的样子，就说："不着急，我帮你问问。"

倪万喜问了两个班的娃娃，都直摇头。倪万喜心里有几分不快，这几天正是农闲时节，像左明菊这样的年轻人，说不定昨天正和别人玩麻将，哪里想得起自家娃娃！

倪万喜不放心，把平时喜欢和邓小虎玩的几个孩子叫过来一问，有个孩子"哇"地哭起来。孩子断断续续还没把话说清楚，倪万喜的头嗡一下就大了。

昨天放学后，几个孩子在陈才运家微水池边玩耍，邓小虎不小心滑了下去。几个孩子见势不妙，撒腿就跑了，谁也不敢给大人说。

倪万喜和左明菊跌跌撞撞赶到水池边，只见池里水平如静，用水泥浆过的池底，隐隐约约有一团阴影。左明菊惊叫一声，双腿一软，就瘫在地上。

寨子里立即躁动起来，几个汉子找来长竹竿，搅的搅，捞的捞，很快就把孩子打捞上来了。

众人正在感叹，只听远处有人急着喊："快快快，把娃娃抱到牛背脊上！"

杨打铁得到消息，把家里那头大牯牛牵来了。他知道，在这个时候，让落水的人爬在牛背上，倒出肚子里的水，就可以救人一命。可是，娃娃昨天就掉下去了，就是牵一万头牛来，也无济于事。

左明菊一家哭成了泪人。

出了人命，村上领导自然要出面调停。因为娃娃是死在陈才运家池子里的，杞小亮希望他家出点钱，把这事摆平。陈才运一听，暴跳如雷："我那池子没逗他没惹他，娃娃自己要往里面钻，有我毬相干？现在倒好，老子不要他家把池子洗干净，就算对得起人了，凭啥还要我出血？"

杞小亮反复做工作，陈才运才认倒霉，答应出2000块棺木钱，由左明菊家请人把娃娃的后事办好。

亲戚朋友一齐帮忙，砍了些树枝，在左明菊家门前搭了个凉棚，把娃娃的遗体放在里面。左明菊的老公邓玉明在外打工，当天晚上就赶了回来。两口子抱着冰凉的娃娃，哭得死去活来。

人死不能复生。几个亲戚跑前跑后，忙着找阴阳先生，忙着打棺木，忙着选墓地，准备第二天就送上山去。这样的季节，娃娃在家里是不能久放的。

就在这个时候，邓玉明接了个电话，事情就有了新的变化。

第二天一大早，几个帮忙的亲戚用白布把娃娃裹了，放在担架上急急忙忙往天拱坝走。街口，停着一台装着花圈纸钱的车。那些人把花圈纸钱拿下来，接过担架安放好娃娃，就往乡政府里面闯。

几个妇女来到便民大厅，坐在地上抢天呼地高声号叫：

"我的幺儿，我的宝贝，全世界的娃娃，都在高高兴兴过儿童节，我家娃娃是……到另外一个世界了呀，呜呜呜——"

那凄厉的哭声，极富煽动性，只差把乡政府的大楼给哭塌了。

乡上赶紧派分管文教的赵主席出面招呼，一下就让这伙人给顶了回来："你一个副职，说话还不如放屁。要是有诚意谈，请书记乡长来！"

那几天，乡上的书记在外面学习，乡上的工作由乡长主持。赵主席把情况给乡长一汇报，乡长的血压呼一下就升上去了，蜷在椅子上喘粗气。

可是，不管生气也好，愤怒也好，事情总得想办法解决。乡长只好亲自出面，要这些人派出代表，大家一起来协商。

一接触到这些人，乡长就感到对手的厉害。乡长尽可能把语气放平和，说："这事发生在校外，是意外事故，不能胡搅蛮缠。大家要讲道理，依法依规，合情合理解决……”

乡长话还没说完，就让他们打断了：

“我们也希望合情合理依法依规解决问题，可是活跳跳的一条命，说没就没了！这要换成你，你干不干？反正，我们平头百姓没那么高的境界，我们坚决不答应！”

几个代表，声音一个比一个高，道理一个比一个大。那咄咄逼人的语气，让乡长只有招架之功，没有还手之力。

最后，对方提出来，要求赔偿130万。

这样的诉求，谁也无法满足。双方谈了一上午，对方作了让步，撤了乡政府门口的花圈，答应下来商量。

第二轮谈判的时候，对方主动提出来：考虑到乡上的实际困难，赔偿金降低到80万，少一分免谈。

乡长一脸的苦笑，说：“就是把乌地吉木那个破学校，连房子壳壳带土地全部卖了，也只值万把块钱。这么多钱，从哪里来？”

乡长没办法，要杞小亮赶到乡上，做一做邓玉明两口子的工作。杞小亮到了乡上，还没说上两句话，就让那伙人轰走了：“这是我家里的事，不要外人插嘴！”

僵持了一天，双方还是没有谈到一条路上。但对方又做了让步，60万，给了钱就撤人。

乡长打电话给派出所，派出所来了两个警察，向对方宣布了几条纪律就走了。乡长很窝火，把所长骂了一顿。所长说：“乡长，我理解你的心情，巴不得我们一出场就抓人。可是，人家没有把娃娃抱进乡政府，只是在你便民大厅里表达诉求，并没有什么过激行为，你让我们怎么处置？条件不成熟呀！”

乡长嘴巴上急得起了一串燎泡。六月的天本来就热，那娃娃放了两天，已经有了异味。这个火烧眉毛的事情，哪里是拖得下去的？

这天晚上，对方代表找到乡长，说他们一再商量，最低50万。并说，明天三点就是最后期限，要是不答应，他们就把娃娃抱到县上去！乡长差不多一夜没合眼。这段时间，正是乡镇换届的关键时刻，他已经在这里干了一届乡长，很有希望在换届的时候，再往上升一下。要是让这些人到县上一搅和，所有的希望就泡汤了。更为重要的是，乡长已经接到电话，后天市里主要领导要来天拱坝调研扶贫工作，要是把这个事处理不好，麻烦就大了！

一干人在乡政府吵得卵子翻天的时候，倪万喜两口子正在家里生闷气。

学生出了这么大的事，倪万喜心里像压上了一块磨盘，老是觉得闷得慌。听说邓玉明家把娃娃送到乡政府，倪万喜就更坐不住了，他想趁周末到天拱坝看看。可是，他把这个想法跟春桃一说，就让春桃一把拽住，死活不让他去：

“人家把娃娃交给学校，你就得把娃娃管好，再平平安安把娃娃交到家长手里。现在，娃娃从学校出来出了事，人家没找你麻烦，已给了你天大的面子，你还要去瞎掺和啥？乡上领导面子比你大，水平比你高，该怎么解决，何消你去操空心？……”

倪万喜连声叹气，还要解释，就让春桃给打断了：

“不要不识抬举，这种事随便抠一坨搭在你身上，你都背不起！”

倪万喜躺在床上，翻来覆去睡不着。第二天，天不亮，倪万喜悄悄翻身起床，就溜出了门。

连着几天没睡好，倪万喜老是觉得腿脚酸软，头上虚汗直冒。赶到天拱坝，倪万喜已经气喘吁吁，逼出了几通热汗。

倪万喜的到来，显然超出了大家的预料。邓玉明头发蓬乱，眼睛熬得通红，胡子拉碴的脸上满是疲惫，见了倪万喜，鼻子一酸，抢过来抓住了倪万喜的手：“倪老师，你咋来了？”

倪万喜叹了口气，说：“我就想来看看你们，事情到底处理得怎么样了？说真的，娃娃不入土，大家心里都熬煎得很呀！”

倪万喜拉着邓玉明的手，准备到墙角里说几句掏心的话。那些人探不清虚实，也慢慢跟着走了过来。像在课堂上一样，倪万喜竖起手掌，优雅的手势定住了那些迟疑的脚步：“放心吧，我是娃娃的老师，也是邓玉明的老师，就是来给他撑腰的。”

倪万喜搂着邓玉明的脖子，压低了嗓门："玉明，现在情况怎么样？"

"咬上了，我们这边一让再让，已经退到了50万。当然，要是乡上有诚意，我们还可以适当让步……"

倪万喜鼻子里哼了一声，道："你们这样做，为了啥？"

"为啥？争口气呗！"

"是吗？照我看，你们争气是假，要钱是真！"

"这……"

"玉明，过去是我没有把你们教好，老师有责任。如今出了社会，我也有责任开导你们。人，不管在哪个时候，都要走正道，讲天理良心。你说，是不是这个理？"

邓玉明一时怔住了，不知说什么好。倪万喜说："你们和乡政府怎么谈，我不想打听。我只是想说一句，不管乡上赔多少，用娃的命来换钱，当父母的心安吗？"

邓玉明连连摇头，说："倪老师，你误会了，我们不是这样的人。"

"咱都是良善人，想来不会做出这些出格的事。"倪万喜紧紧攥着邓玉明的手，说："都说虎毒不食子。未必，你们比畜生还要歹毒，还指望靠娃娃来发财？"

邓玉明抽了一下鼻子，哽咽着说："看着娃娃天天躺在那里，我的心比刀戳还难受。可是，我幺叔他们……"

"玉明，你哄不了我。乌地吉木就巴掌大，咱们低头不见抬头见，你有哪些亲戚，我心里没个数？刚才我瞅了一下，这些人我怎么一个都不认识？你天天在外面打工，心里比我更清楚，现在有些坏良心的人，专门干这些缺德事，尽吃昧良心的黑钱。即便乡上赔笔钱，大部分落进人家腰包，你却背一身骂名，这哪里是金钱能够衡量的？"

邓玉明的眼泪小瀑布般静静往下流，他眨着红肿得就像烂桃子一样的眼睛，找不到更多的话说。

"玉明，说得直白点，那娃娃命中不是你的。尽早让他入土为安，你们两口子早点从阴影中走出来，这才是上策。你们都很年轻，以后什么都会有的，好日子还在后面哩！”

这天下午，邓玉明两口子不顾那些亲戚的劝阻，把已经变了形的娃娃送上了山。

五

倪万喜才跨进家门，就看见邓云禄和另外两个人在他家里。

见到老朋友上门，倪万喜很高兴，赶紧叫春桃拿块老火腿炖了，叫她去把张尚福请过来，顺便去打两瓶酒，大家好好喝两杯。

邓云禄从学校出来后，做皮章生意，做木材生意，做药材生意，钱来得容易，日子也过得滋润。随着年龄一天天增大，传统的生意挣不到钱，他又去倒卖香烟、古董、字画，不仅没挣到钱，连过去的老本也栽了进去，人也一天比一天落魄。

摆了几句闲龙门阵，邓云禄就说起了他们找倪万喜的目的：“如今国家政策好，村上的老干部、老党员、退伍军人，或多或少国家都有补贴。他们干了几十年的民办教师，难道就这样算了？”邓云禄他们去反映过多次，都没有结果。他们的目的很简单，倪万喜的老师郭玉章是局长，希望倪万喜出马，和他们去找局长反映一下。

老马早就对倪万喜说过，他是第二年春天，才正式上的工资册。按政策，他连民办老师都搭不上，只能算代课。政策就是这样规定的，未必还能把过去的档案改过来？倪万喜只推自己走了，几十个娃娃没有人管。

邓云禄不甘心，又劝倪万喜去找他老师，争取把招考教师的年龄放宽一点，以后才可能有机会。倪万喜想着自己这把年龄，还是拒绝了。

忙了半天，晚饭比平时要晚一点。毕竟是多年没见的老熟人，有很多的共同语言，气氛也相当热烈。倪万喜不胜酒力，很快就有了醉意。

这些年来，倪二老爹觉得家里处处不顺。

就在倪万福考上大学不久，倪万顺骑摩托回来，车速太快，连人带摩托翻下了悬崖，车毁人亡。家里这根大梁一塌，好端端的家很快就衰败下去。陈玉花把那些货物卖的卖，送的送，连房子也贱价处理了，带着孩子嫁给了城郊一个老头。

家里有人读大学，倪春寿才知道什么叫艰难。

乌地吉木本来就是穷旮旯，在土地上刨不出几颗食，要供一个大学生，更是难上加难。别的不说，单单每年的那笔学费，就好比一坐沉重的大山，压得他一家人喘不过气来。为凑倪万福的学费生活费，家里能卖的全卖了，就连贾绍琼那头枯黄的头发，也剪去卖成了钱。倪春寿听说可以卖血卖肾，还真跑到乡医院，想把身上的血卖掉一些，再把身上的腰子卖掉一颗。没想到，医生听了他的话，把他臭骂了一顿："你是想钱想疯了！卖血，十多年前还差不多，现在国家把血液管得这么紧，哪个敢乱来？要说卖肾，我还想卖哩，有那么好的事？正规的医院，哪个敢做这样的生意？那些卖肾的，都是非法的黑中介黑诊所，个个都盯着你那两颗腰子，你敢去吗？我劝你，不要想那些歪歪钱！"

没办法，倪春寿只好到外面打工，把家里的土地和老人丢给贾绍琼。

倪二老爹也不敢闲着，养了几只羊，白天上气不接下气地跟着羊到处跑。到了下午，也轻易不会到寨子那棵老黄桷树下，用他那张让人讨厌了几十年的臭嘴踏削人。因为他家里还养了几头猪，他得帮着贾绍琼弄些猪草回来，把那些祖宗伺候好。

好在倪春寿的两个妹妹，家境还过得去。有时候倪万福急着要生活费，还可以向她们伸手应应急。

家里最现代的东西，就是倪万顺留下来的那把手电筒，最值钱的就是倪春寿身上穿着的那条裤子。虽然说屁股上多了两块补疤，但毕竟是涤纶的，多少还有点现代气息。尽管一家人都很辛苦，但一想起上大学的倪万福，浑身就有用不完的劲。

这些日子，倪二老爹下午往老黄桷树下跑得更勤了。有人嘴巴闲不住，说："老爹，咋晚上又梦见讨媳妇啦，满脸都是笑！"还有人说："人家咋不笑嘛，孙子大学马上毕业了。我要是像他老倌样，死了都会笑醒的！”

这样一说，倪二老爹虽然脸上笑得更灿烂，说话却谦虚多了：“娃儿是要毕业了，不晓得以后安在哪点哩！”

“喔唷，你孙子学的是法律，未必还会分到这些乡旮旯来？”

倪二老爹也说不清，他孙子这样的角色，到底应该安在哪里才合适。就说：“是哩是哩！来乡旮旯头搞个卵，最起码也要留在县城，才对得起他学的那些东西嘛！”

“像你孙子这样的人才，喊他给县长提提包，冲冲茶，把县长服侍好了，要不了几年，弄个局长、主任的干干，那才日毛哩！”

“喊，给县长提包包，拎茶杯这样的事，我才不耐烦干哩。你瞧瞧我倪家，哪个是服侍人的命？人，还是得有点骨气嘛！”

“老倌，你日白嘛！想给县长提包包的多得很，只怕你那孙子，削尖了脑壳，想给县长提包包，人家还嫌他尿臭屎臭，不耐烦要！”

又有人说：“啊白白，你们听听，孙子大学还没毕业，老倌鼻子就翘得日天了。要是把他的孙子分到县上去，不把天日塌才怪！”

老黄桷树下，尽是嘎嘎嘎的笑声。

“你老倌，苦这一辈子，值得了！”

倪二老爹“嘿嘿嘿”又笑开了：“啊哟哟，啥子金山银山，我老倌都不稀奇，要的是儿孙成才！远的不说，你看猪拱地陈福有家，陈万祥中专读出来没几年，把老两口接进城去，屁股都翘上天了！要是在农业上苦，如得着哪个？就凭陈福有那个跛跛脚，不是踏削他，他杂种算哪哪块洋葱皮！”

“这个白虱子！”老黄桷树下的人笑得更欢了。

可是，现实偏偏就这么残酷。倪万福还没毕业，国家就取消了分配的政策，所有的毕业生，自谋出路，自主择业。

放假的时候，倪万福回了趟乌地吉木，要家里给他凑两千块钱，他要出去找工作。

倪二老爹听说这件事，将信将疑：“啥子？你要出去找工作？”

倪万福没好气地说：“人家现在不分配了。自己不去找，工作会送上门来？”

倪二老爹气得暴跳如雷：“不分配工作了？哪个说的？”

倪万福说：“国家说的！”

倪二老爹打死也不相信。老汉像发了疯一样，找到倪万喜，急急地说：“万喜，万福说现在不分配工作了，这到底是咋回事？”

倪万喜知道，这是国家的政策。但他不能说这样的话，他只能好好解释：“老爹，国家早就取消了毕业分配，每个大学毕业生，都面临同样的选择！”

倪二老爹瞪圆了眼睛，粗着嗓子，说：“从盘古开天地，历朝历代，哪有不安排工作的道理？”

看到倪二老爹气冲冲的样子，倪万喜哭笑不得，说：“这些事我们扯不抻。过去安排工作，是国家定的政策；现在不安排工作，也是国家的政策。咱们是普通百姓，只能按政策来！”

“政策？”倪二老爹哀号一声：“政策？是哪个杂种出的这种害人政策？国家都不分工了，以后，那抬丧的大学，读了还有卵用？！”

倪二老爹在倪万喜家里咒了半夜，才愤愤回去。

倪万福出去了一个月，带信回来说，他参加省上的公务员考试，就等着面试了。

倪二老爹心里多了几分安慰，还是爱到老黄桷杈树下乘凉。在鸟雀的鸹噪声中，自然有人会拿倪二老爹开涮：“老倌，你孙子安在哪点了？”

“还没接到通知。”

“哪天皇帝要派八匹快马，得得得的专程送上门来哩！到了那一天，我们也要沾点喜气！”

“老倌，要是请我们去朝贺，多宰几只羊。说实在的，老瘪母羊我们也不嫌膻臭。不要像那年一样，尽拿些萝卜砣砣欺负我们！”

倪二老爹一辈子踏削人，没想到这些日子尽拿给别人挖苦，心就像放在油锅里煎炸一样难受。

又过了两个多月，还是没有倪万福的消息。倪二老爹忍不住，又去问倪万喜是怎么回事。倪万喜分析了半天，说公务员考试，笔试入了围，还要进行面试。倪万福没有消息，说明面试这一关有问题。

倪二老爹怅然若失，半天才冒了一句出来：

操他妈，老天容不得疙蚤长大呀！

倪二老爹找不到更多的话来说，只是啵啵啵地吸着旱烟。

倪春寿又到外面打工去了。挣到一分钱，倪春寿都舍不得乱花，他首先得想办法给倪万福寄过去，毕竟儿子找工作才是大事。

倪万福出去后就没有在寨子里出现过，只是偶尔从倪二老爹的嘴里，得到一些零零碎碎的消息。为倪万福的事，倪二老爹晚上睡不着，一夜一夜地叹气。贾绍琼除了叹气外，还没完没了地抹眼泪。

倪万福回到乌地吉木，是三年以后的事了。倪万福和他爹一样，从小就不爱说话。这次回来，比前几次更加沉郁，脸上没有更多的血色，一看就是营养不良，睡眠不足的样子。倪万福在家里如坐针毡，他总觉得寨子里有无数双眼睛，就像毒蛇的信子一样，老在他身上嗅来嗅去。

倪万福不敢到寨子里闲逛，更不敢到老黄桷树树下，他特别害怕别人问他的工作，甚至别一人开口和他搭话，他都会感到莫名的紧张。每天晚上，倪万福都喜欢到倪万喜家坐一坐。

倪万福一边叹气，一边说："大哥，兄弟这几年还是不错的。在大学里，每年都拿了头等奖学金，成绩一直很优秀。可是，一出学校门，运气就不行了！"

倪万福摇摇头，说："我参加过16次公务员、事业单位人员考试，差不多每次都进入了面试这道门。最好的一次，人家招三个，笔试我考了第一名。结果，在面试的时候，还是被涮了下来……"

倪万福忧郁的脸上，多了几分浅浅的笑容。

倪万喜说："已经很不容易了。我知道的，每次这样的考试，一个职位，多的有几千上万人竞争，能够入围就不错了！"

倪万福说："也不是这样。像我们班上，有个连着挂了十来科，连毕业证都差点拿不到的人，一毕业就进了地税所，听说后来又到了国土局。"

倪万喜说："噫，要是考试，你考不过他们吗？"

倪万福摇着头："现在很多事情说不清。我打听过，人家是作为人才引进的。不是吹的话，要是考试，他们就是十个人，也不一定考得过我。可是，我怎么就没有这样的运气呢？"

倪万福的脸又沉郁下来。

倪万喜还能说什么呢，他叹叹气，说："咱们的出身，就决定我们谁也靠不住，只能靠自己。这样的事，你比不了，也没法去比。不要急，慢慢来，你不可能每次运气都这么差！"

倪万福说出了他的打算。他要家里再给他准备三千块钱，市里要招一批公务员，他想把目标放低一点，再去试一把。

倪春寿没有在家，贾绍琼只好出面一家一家地跑。年轻的时候，贾绍琼在寨子里也是难得的美人，要身段有身段，要模样有模样。可是，这些年过去，贾绍琼的脸上，尽是岁月刻下的皱褶。寨子里的人知道她家的处境，背底下感慨的人不少，但真正肯出手帮忙的人却不多。家家日子都过得艰难，每一分钱都来得不容易，谁又愿意把辛辛苦苦挣来的钱，拿给她儿子打水漂呢？

贾绍琼没办法，只好把家里的年猪拖去卖了，七拼八凑，才凑够三千块钱，交到倪万福手里。

让倪二老爹稍稍有点安慰的，是他的外孙陈正品。这小子考上了外国语学院，学西班牙语，春节的时候没回家过年，说是在外面实习，倒给家里寄了两千块钱回来。

反正是他倪家的骨血，倪二老爹又高兴起来，到处吹他外孙。

于是，又有人开他的玩笑："老倌，要不了几年，你外孙出国，吃洋饭、喝洋酒、抽洋烟、放洋屁。万一哪天领个洋婆娘回来，他们要给你配翻译哩！"

有了倪万福的教训，倪二老爹确实低调了很多，沉沉稳稳地说："我老倌不去享那些福，以后他能够找到个饭碗，就烧高香啰！"

"那还不容易？工作的事，人家联合国肯定早就考虑了的，何愁你老倌操心？只是，你家外孙以后要是找个洋人，只怕那些洋人牛高马大，你外孙那点身架，怕拿不翻哟！”

这下，由不得倪二老爹不笑了：“死砍头短阳寿的儿子！你们一天就惦记那些洋人。到时候给联合国打个报告，给你们一人配一个，你们抱回家去供着，天天喊洋妈，要不要得？”

六

外出打工的年轻人越来越多，寨子里就剩下些老弱病残。

寨子里的老黄桷树，仍然枝繁叶茂，树荫葱茏。每天下午，这里都坐满了人。虽然都是七老八十的老汉婆婆，每天传递的却是纷繁复杂的信息。上至美国总统又有了什么指示，小日本又有了啥新动向，国家又有了什么新政策，领导人又到哪里视察，哪个地方又出了啥怪事，大家都清清楚楚。如今，家家都安了电视，小碗大一个锅盖，就可以把地球村发生的事弄个大概。不过，他们谈论得最多的，还是眼前最为现实的问题：

“日他小哥，寨子里的人都跑光了！以后一口气不来，浑身生了蛆，也没人送上山啦！”

即便是到了年关，也无法再现过去热闹的场景。偶尔有人在吃饭的时候，放一挂鞭炮，间或那些不懂事的孩子，时不时燃放几个爆竹，还有几分年的气息外，就连春节期间，家家户户请春客的习俗，也不知不觉地遗忘了。

也难怪，寨子的人大多在外面。就是有人回来，也显得匆匆忙忙，疲惫不堪。除了在亲戚家走一走，吃顿饭，喝点酒，摆摆龙门阵，更多的时间就是耗在牌桌上。

倪万喜却没有闲着，这些天正忙着为吴家写家谱。

对于倪万喜来说，每年都是这样。平时在学校里忙得脚不沾地，就是放了假，也难得有空闲的时候。在乡亲们的眼里，虽然倪万喜是个代课老师，在寨子里就是一个大文化人，是知识和智慧的化身。因此，大到投资兴业、两姓联姻、就业养老、司法诉讼，小到家庭矛盾、邻里纷争、娃娃上学，都喜欢找倪万喜商量，或请他帮忙拿主意。

外出的人多了，学生就越来越少。开学前，倪万喜还给家长打了电话，希望他们把娃娃送到学校来读书。可是到开学的时候，两个年级加起来，还是才有31个娃娃。

杨打铁老汉来送他小孙子读书，见到稀稀落落的几个人，说："老侄，去给你当局长的老师说，把学校保下来哟！要是把学校办垮了，以后我这些娃儿就惨了！"

倪万喜还没有来得及说话，陈仲宝也过来了。他把孙子送进教室，拉着倪万喜的手，说："老侄，你要撑起哩！你看嘛，儿子儿媳妇都在外面，娃娃丢给我们两老口子，这些娃娃，不靠你靠哪个？"

一开学，倪万喜就收到了乡中心校送来的两份通知。一份是关于学校安全隐患的整改通知；另一份是县上要搞中小学生艺术节，要求各个学校组织活动……

倪万喜叫学生把整改通知带给杞小亮，并且拨通了他的电话。没想到杞小亮嘿嘿嘿笑了，说："倪老师，那是乡中心校玩的把戏，一纸通知，就把责任往下掀。你不要理它！"

倪万喜沉默了一下，说："教室使用的时间太长，里面让松明熏得又黑又暗，哪怕是刷一下也好！"

杞小亮说："倪老师，你知道的，村上就是个空壳壳，没有半分钱的集体经济。这样吧，你们先克服一下，我下来再想办法！"

在黄桷树树下歇凉的人见倪万喜过来，就问："倪老师，你教的娃娃没跑完吧？"

说话的是吴成贵老汉，老人瘪着嘴，说："噫，现在这个抬丧的书，还读来搞个卵！反正都是打工的命，少读几年牛经书，人还要聪明点！"

旁边杨打铁一口就顶了过去："寨子头又要出第二只白虱子了！说读书没得用，你孙子，把娃娃送进城搞个锤子！"

吴成贵说："啊白白，读出来又起屁用！你不瞧倪二老倌家孙子，重点大学毕业哩，照样三天两头来剐爹妈老汉的钱！考了五六年，钱花了几大万，那工作还是八字莫得一撇！”

杨打铁说：“也不能尽说那些丧气话。你不瞧人家苦楝树张朝福家，打卦田马成昌家，一个考在税务上，一个考在环保局；老碾房陈万才家老幺，先当老师，后来又考了警察，哪个不是凭本事考出来的？不读书，走得拢这一步？”

吴成贵说：“有啥稀奇的！杨火炮家杨天福如何？考上中专进了城又怎么样，还不是下岗的命。喔嘀，吃个铲铲！”

杨打铁说：“你不要高兴早了。下岗又怎么样？人家照样办了个厂，把杨文旺接进城去，日子比你好过。不读书，做梦嘛……”

倪万福却不是这样。这家伙只要网上有考试，他都在报名。可是，从省城考到县上，再从县上考到省上，差不多每次笔试都能入围，却在面试环节给刷了下来。

不过，倪万福还是比他表弟幸运得多。自那年陈正品给家里寄了两千块钱回来后，就经常打电话回来，今天说出国要花钱，明天去见大使要花钱，后天说买装备要兑换外汇……

为了陈正品，原本殷实的家底被掏空不说，还欠了一屁股债。倪万喜知道这件事，对倪二老爹说：“正品老表那钱，不是这种花法！现在骗子的手段高得很，你们要小心喔！”

倪万喜家小旺考上了工商大学，回来跟他摆过外面的情况。倪二老爹却不以为然，说：“那个娃娃，老子心头有数。骗子手段再高，也只会骗别人，好说娃娃还会骗他爹骗他妈？”

倪二老爹说这话是有根据的。还在上个月，陈正品又给家里寄了500块钱回来。这一下，把他爹高兴得一晚上睡不着觉，绿色的汇款单全寨子都看遍了，还是舍不得去取。他爹逢人就说要找人签字，盖章，说着就会把汇款单拿出来让人家欣赏。还是乡上的包村干部一句话把他点醒了：“你还在磨叽个啥？两个月不取，钱就退回去了！”他爹才慌了神，拿着那张已经变成黑色的单子，赶紧取了钱，专门去买了个牛脑壳，四只牛蹄子，打了桶酒，准备好好地请两桌客。

儿子去读书以后，他几年没有请过客了。

这天下午，一屋的人正喝得高兴，来了两个警察，说陈正品陷入传销组织，涉嫌诈骗，已经被公安机关依法逮捕。他们是专门来通知家属，要他爹签字。

他爹的腿一下就软了下去。

警察出了门，他爹就呜呜哭起来，一下连一下扇着自己的脸：“我操你妈，不去读那害瘟病的大学，哪有这样的事！？”

倪万福又回来了，脸色比过去更忧郁。倪万福要家里再准备三两千块钱，他还要去报考市里的公务员。这样的话，他已经说过很多次了。看得出来，他思考了很久，下了很大的决心，才做出这样的决定。但是，这样的话，每次都像一把锋利的刀子，把倪春寿和贾绍琼的心杀得血肉模糊。

倪春寿去借了一家又一家，人家听说倪万福借去考饭碗，一口就拒绝了：“倪大哥，这钱我不能借给你打水漂！”

有人说得更脆：“你瞧你家倪万福，一开口脸就红，说话就像只母蚊子，没得半点杀法，就是再考100回都枉毬自！”

倪春寿在寨子里跑了三天，口水说干，就是借不到一分钱。倪春寿回来，就如实跟倪万福说了，希望他能够听听乡亲们的劝阻，正确面对现实。

倪万福一听，嘿嘿冷笑了几声，枯坐了一夜。第二天一早，提了把锄头，跑到寨子里，把商店的门打烂了，把人打伤了四五个，嘴里嘿嘿嘿地笑着，一遍又一遍地重复着这句话：

“操你先人，看老子有莫得杀法！”

倪春寿得到消息，拿着长棍撵上去，一棍打落倪万福手里的家什。跟在身后的七八个老汉，一拥而上，箍的箍腰，抱的抱脚，才把他擒住。大家七手八脚把他弄回家，找根铁链子把他拴了起来。

“倪春寿家幺儿，考饭碗考疯毬了！”这条悲壮的消息，　夜问传遍了十里八乡。

一群人才出门，又听见他家屋里哐当一声震天响。大家赶紧回去，只见倪春寿咬着牙，挥舞着手中的长斧，把堂屋神龛上的香火板给劈了下来。

倪二老爹从外面听到这个消息，三步并做两步，跌跌撞撞赶回来，拦腰就把儿子抱住了，哀号道："我小爹呀，那是你老祖人哩！"

倪春寿正在兴头上，从他爹老倌的手里挣出来，斧头呼啸着劈在香火板上，恶狠狠地咒道："我操他万世万代祖宗！老子香蜡纸钱白白供奉了几十年，他保佑了哪个？"

半夜里，寨子里还在飘荡着贾绍琼的哭声："儿啊，你闯下了大祸，就是把你全身的肉剐下来卖了，也还不起人家的钱呀！我幺儿，你运气咋有这样丑，左一次考不上，右一次还是考不上呀？"

一时间，老汉怪儿子儿媳妇没把娃娃管好，儿子儿媳妇怪老汉一直惯着娃娃。然后又一齐骂倪万福不中用。一家人哭成一团，也吵成一团。寨子里的人一听见那吵吵闹闹的声音，就会说：

"噫，看样子，这家人全部疯了！"

倪二老爹大病一场，等他从床上爬起来的时候，已经完全变了个人。老汉比过得去苍老了十多岁，目光呆滞，步履蹒跚，每天都会杵着根棍子，挪到老黄桷树下坐一坐。老汉经常微闭着双眼，那张一辈子踏削人的嘴，再也不轻易开口。倪二老爹这反常的举动，自然有人起哄："老倌，你家孙子疯病好了不，哪时候去考公务员？"

倪二老爹微闭着双眼，说："晓不得。"

又有人说："老倌，前些日子你家吵得闹热，这些天听不见声音了，我们还不习惯哩！是不是请先生做了法事，把那些妖魔鬼怪拿住了？"

"晓不得。"老汉眼皮都不愿意抬一下。

"老倌，你一个活跳跳的人，怎么啥都晓不得？"

倪二老爹终于把眼睛眯开条缝，说："现在，我在家里，就只做两件事，其他的我一概不管。"

"嚯，你老人家这大把年纪，能做件把事就不错了，你还两件哩，说来听听！"

"第一件，装聋。不管别人怎么说，我都会反问过去，你说啥子咹，你再说一遍。人家说了，我还是装着没有听见。第二件，装瞎。屋头啥子都不管，每天吃了饭，就咄咄咄咄杵着楞棍，到黄桷树树下乘凉。事实上，到了我这把年纪，想做，做不了；想管，管不了；说的话，还不如放屁。人这一辈子，天天争强斗狠，除了嘴巴上占点便宜，积下冤仇外，还会得个啥？把这些事想通，两件大事一做，家里不吵不闹，耳根清净，家庭和谐，哪点不好？”

老黄桷树树下一时安静下来，大伙不认识似的盯着他。

县上开展艺术节活动的通知，倪万喜却好好地压在办公桌里，一直不敢拿出来。

说下来，他代了这么多年的课，成绩一直拔尖，但艺术教育方面确实不敢恭维。他除了能教学生唱唱歌外，其他都是外行。每年只要乡上统一开展这样的活动，他就感到头皮发麻。

过去，他一直这么认为，只要把质量拿上去，就算完成了教学任务。但是，从倪万福的身上，他就发现了问题。要是娃娃成天只看着分数，一门心思读死书，没准读了大学出来，就成了废品。可是，那艺术教育不是一天半日就突得上去的，作为一个没有半点基础的半蔫子老头，他去哪里学呢?

不过，倪万喜还是有些不甘心。毕竟是一个学校，两个年级的娃娃哩。全县性的艺术节活动，就这样不声不响，总觉得亏欠了学生。倪万喜督促学生天天练字，每个学生都写了十来幅，他从中挑选了几幅，准备作为硬笔书法作品往上送。至于画画也好，舞蹈也好，倪万喜打好了主意：等放国庆假的时候，肯定有上高中初中的学生回来，到时候请他们帮忙辅导一下。

有了这个想法，倪万喜就天天盼着国庆长假的到来。倪万喜准备把这事，交给马蜂坪姜小芳的儿子李定军。这家伙小学的时候他教过，活泼开朗，脑子好使，有号台力，屁股后面经常跟着一群小伙伴。

倪万喜到了姜小芳家，却晚了一步。李定军和他的同学，天一亮就骑着摩托，到天拱坝同学家玩去了。

听说找李定军，姜小芳一嘴就接过去，絮絮叨叨地说个不停：“人家29号下午就回来了，男生女生来了一大群。现在的娃儿才了不得，一进门就把家里的鸡按了几只杀起，老火腿炖起，家里养了几只兔子，也让他们全杀了。要不是他老爹挡了一下，说不定连过年猪都要提前杀掉的。猪没有杀成，还是去街上砍了十几斤瘦肉回来，吃烧烤，剁丸子，包饺子，煮火锅，从白天就吃到半夜，白酒、啤酒、饮料的瓶子摆了一院坝。倪老师，你看嘛，像不像日本鬼子进了村？”

倪万喜一看，院子里果然丢满了果皮纸屑，到处是瓶瓶罐罐。倪万喜哈哈笑道：“你们家不错嘛，提前奔小康，过起城里人的生活了！”

“这个小杂种，拿他爹他妈不当人哩！”姜小芳愤愤地骂道：“到了晚上，那小杂种说，同学到别家住不方便，要我们到别家借宿，把房子让给他们。嘿，我们老老实实就到亲戚家去了。第二天，我早早起来，准备回家给他们弄点吃的。我一进门就觉得不对，院子里清风雅静的，有两间屋的门没关，我往里面瞟了一眼，妈哟，男的女的一起，光溜溜地搂着睡在床上，那鼾声扯得呼儿嗨哟的。我气得呀，恨不得提起根棍子，把这些小畜生给吆起来！唉，你说你说，这些会不会是好货！”

倪万喜没有开腔，就听见姜小芳“呸”地一口痰吐在地上：“老子倒八辈子霉！让这几个死妖精一臊，风水破了，财门也破了。你说你说，我是不是得请个风水先生，把屋头的邪气除一除……”

本来倪万喜还想找李定军的电话，请他帮忙的。听了姜小芳这个话，倪万喜心里不是滋味，就打消了这个念头。

从姜小芳家出来，迎面飞速驶过来一辆摩托，男男女女骑了五个孩子。摩托上的低音炮，音量已经开到极限，声音震耳欲聋。骑摩托的娃娃倪万喜认识，前年进初一，读了两学期就辍学回来了。

倪万喜正想提醒那些娃娃骑慢点，旁边就有人高声吼起来：“小杂种，狂你爹！是不是想见你老祖人了？”

话音未落，摩托已经急速驶入了转弯处，却半天看不见摩托从山那边冒出来。刚才说话的人笑了笑，又说：“噫，可能阎王老爷是那些娃儿的亲戚，请他们吃晌午去了！”倪万喜一听话不对，赶紧转过去一看，摩托倒在一边，那几个娃娃已经摔到路坎下面去了，几个娃娃在下面挣扎，摩托车的油门还没关，刀郎吵哑苍凉的歌声滚雷一般，在山洼里辗来辗去的：

“这是对冲动最好的惩罚，这是对冲动最好的惩罚，啊……”

七

初春的太阳像没睡醒一样，裹在皱巴巴的云层里，心事重重地看着这个世界。刺辣辣的风，鞭子一般，把树梢抽得光秃秃的，连地上的尘土也刮得干干净净。

吃过早饭，倪万喜就往乡上赶，他要去完成一项特殊的使命。

出了寨子一直上坡，紧赶慢赶得三个小时。说下来，现在手机已经普及，倪万喜完全用不着跑这么远的路，在电话里就能把事情说清楚。可是，倪万喜觉得这事非同小可，他必须亲自跑这一趟。

对于这件事，倪万喜在脑子里思索了很久。昨天晚上，倪万喜又在床上翻来覆去想了一夜。要是往常，很多事情倪万喜都喜欢和春桃商量。因为，对于男人做出什么样的决定，春桃从来就没有反对过。这么大的事，倪万喜没有对春桃说出实情，他怕春桃担心。倪万喜只是轻描淡写地对春桃说，明天他要到乡上去一趟。春桃没有多问，幽幽地说：“这么远的路，请个人用摩托送一下嘛。”倪万喜知道春桃心疼自己，嘴巴上答应，但事实上并没有去落实。这些年来，倪万喜不会轻易开口，给别人增添哪怕是丁点儿的麻烦。当然，倪万喜更想一个人走。村小还在放寒假，他有的是时间，独自走在山路上，可以静静地思考一些问题。

倪万喜出门还不到半个小时，就觉得春桃的提议实在是高明。

倪万喜挥汗如雨，他觉得自己就像一只慢吞吞的蜗牛，始终在象鼻梁子的半山上蠕动着。

岁月不饶人了，人不服老还真不行。倪万喜赶到乡政府，感觉到人都快虚脱了。

乡上的书记刘长索一见倪万喜，就紧紧攥着他的手，乐哈哈地说：“倪老师，你咋舍得到这里来看我哟！”

当年刘长索体检没过关，做了手术后重新复读，考上了农机学校。这些年来，不管走到哪里，他始终记得老师当年的恩德。倪万喜擦着头上的汗，嘿嘿笑道：“你小子，拐棍倒着杵了！你不晓得回来看我，只有我老汉亲自上门了嘛！”

刘长索说：“你老人家骂得对。老师你不晓得，我这九品芝麻官，一天毬事多如牛毛……”

倪万喜嘿嘿笑道：“我不是来跟你小子斗嘴的。晓得你一天毬事多，没事也不会来打搅你。这不，今天来，就是给你找麻烦的。”

“老师莫客气，只要能做到的，只管吩咐。”刘长索掏出烟，给倪万喜点上，然后从办公桌后面提了只酒壶过来，满满倒了杯酒，说：“我爹老倌自家酿的小灶酒，要不是平时我藏着掖着，早让乡上那帮馋鬼喝光了，老师你解解乏。”

这个时候，倪万喜已经拿出了那份写得工工整整的材料，递到了刘长索的手上。

刘长索只往标题上看了一眼，心里就突突突连着跳了几下。在刘长索看来，这份材料，与其说是一个烫手的山芋，不如说是一颗兹兹冒烟的手榴弹更为准确。刘长索“嗞”地抽了一口冷气，瞪着眼睛，压低了嗓门：

“倪老师，你不是开玩笑吧？！”

“你小子，老师活了大半辈子，啥时候开过这样的玩笑？”

“唉！”刘长索轻轻地叹了一声，把略略有些发福的身子往沙发后一抑，眼睛直直地看着窗外。几绺稀疏的阳光，从明亮的玻璃窗里射进来，均匀地撒在桌子上，屋子里一时显得特别安静。

刘长索想了想，把那份材料放进抽屉里，说：“这事，先放一放，我们研究一下再说。”

刘长索摇摇头，一脸的苦笑：“你老知道的，咱乡下人就只剩这点希望了。如今，你要亲手把这点嫩芽芽掐掉，你说，乡亲们会咋样？”

在乡上吃了晚饭，倪万喜谢绝了刘长索的好意，执意要往回走。

太阳隐退到了云层后面，把轿顶山上那抹晚霞烧得通红。经过一天的鼓噪，风也小了许多。农舍让袅袅的炊烟笼罩着，吃过晚饭的村民，已经开始出门下地了。人的声音，牲畜的声音，越过空旷的原野，隐隐约约传过来，让人感到静谧而安详。

饭桌上，刘长索频频向倪万喜敬酒。几杯酒一下肚，刘长索就摇着头发起了感慨。

刘长索说："倪老师，你让我们有了出息，到现在你仍然还在代课，连养活婆娘娃儿都难，老天对你不公啊！……"

对这样的话题，过去倪万喜也反反复复在脑子里斗争过。倪万喜哈哈一笑，说："算了吧，平时别人巴结领导还来不及哩。咱一个代课老师，能够和书记乡长平起平坐，高高兴兴一起喝酒吃肉，知足了！"

刘长索说："倪老师是个乐天派，又在说笑话了。大家都知道，你这一辈子太不容易，我们是在为你鸣不平啊！"

听得出来，即便在酒桌上，刘长索那番话，完全发自内心深处。

可是，这话在倪万喜听起来却特别刺耳。倪万喜老是这样想："娘的，代课老师怎么啦？老子在你们眼里，就是这样一只倒霉透顶的可怜虫吗？"

倪万喜一边往回走，一边回味着刘长索的那番话。倪万喜漾着酒嗝，自言自语地说：

"屌小子，老子不是活得好生生的嘛，你小子在那里瞎嘀咕个啥？"

这么些年来，倪万喜在孩子们身上花费的心血，乡亲们不是把他挂在嘴上，而是牢牢地刻在心里。倪万喜寝室兼办公室的房子里，到处都放满了吃的东西。大到腊肉、香肠、鸡蛋，粗到南瓜、洋芋、红苕，小到咸菜、豆瓣、泡菜，只要是家里有的，都会捡最好的给倪万喜捎些过来。每年杀年猪的时候，当父母的总会扯着孩子的耳朵，要他们放了学，把倪老师请到家里吃年猪肉。那些日子，倪万喜也就天天吃得满嘴流油，让农家烤的苞谷酒、红苕酒醉得左脚绊右脚。

看着雾霭笼罩下那熟悉的寨子，想着已经过去的往事，倪万喜心里就多了几分豪气。倪万喜乘着酒劲，在心里和刘长索斗起嘴仗来：长索，人得知足啊！在这山旮旯里，老子照样拿到了大学文凭，还要怎么样？在老子手里，送走了12届初中毕业班，考走了三十来个中专生，考上研究生的、考上大学的还有十几个，还要怎么样？咱乌地吉木四百多户人，不说家家出大学生，至少老子让寨子里家家有了识文断字的人，还要怎么样？

倪万喜啐了口痰，在心里说：不管经商还是从政，别看你们地位高、腰包鼓，前呼后拥有人捧，有一点你们绝对不敢和老子比。逢年过节，老子家里永远让学生和学生家长坐得满当当的。现在是这样，老子就是不干这个行当了，也肯定会这样！你信不信……

想到这里，倪万喜就嘿嘿嘿地笑起来：长索啊，人这一辈子，不管走在哪里，受人尊重，这就值了。除此以外，还要图个啥？

这些年来，倪万喜偶尔和夏雨通通电话。对于学校何去何从，他也试探性地征求过夏雨的意见。夏雨倒很爽快："这样的学校，早该撤并了！"

夏雨一再给他打气，学校撤了就到城里来："办法是人想的。现在是啥时代了，还愁吃不起饭？"夏雨还是和过去一样，说起话来就是满口的道理："你教一辈子书，也算有一门手艺。现在很多农村人把孩子送进城读书，正愁没人照管娃娃。你租几间房，办个托管班、辅导班类的，人家感激你还来不及哩，你还怕养活不了自己？不管咋说，你买了农村养老保险，干不动那天，国家给你养老，你还担心啥？……"

倪万喜回到乌地吉木不久，一条让人震惊的消息瘟疫般传遍了整个寨子：

乌地吉木小学要撤了！

最先得到这个消息的，是祁四老爹。当初祁四老爹一手把这个学校办起来，学校就是他的命根子。现在要把学校撤掉，就相当于掘了他的祖坟、挖了他的心。祁四老爹一听，呼啦啦带着一帮人到了乡政府，围着刘长索：

“凭啥要把村小给撤了？！”

“亏你小子是乌地吉木小学出来的，怎么忍心把学校撤掉？你就不怕人家戳你的脊梁骨？……”

乌地吉木的婆娘、汉子一个个粗着嗓门，吹胡子、瞪眼睛，整个乡政府大院闹翻了天。

刘长索像做错了事的小学生，连着给父老乡亲赔不是。刘长索满面笑容，说：“现在只是初步有这样的想法，乡上还要开会征求大家的意见。撤不撤，最后大家说了算！”

尽管刘长索态度非常诚恳，但乡亲们还是口口声声要回来找倪老师问问。倪万喜是学校的守护神，要把这所学校撤掉，他会答应吗？

打发走了村民，刘长索就赶紧给倪万喜打电话，好让他思想上有个准备。

得到这个消息，倪万喜感到无比地镇静。倪万喜知道，为这事，乡上专门做了研究。风声一透出来，迟早会有这一天。

在村小的讲台上站了几十年，倪万喜非常理解村民对学校的感情，有孩子在学校读书的是这样，孩子没在学校读书的也是这样。同样的故事，同样的地点，十年前就发生过。虽然那是针对他个人，但从那件事上，倪万喜就真正明白了：他，以及这所学校在乡亲们心中的分量。

可是，这次不一样。要把学校撤掉，在寨子里的震动绝不亚于经历一场海啸。

这天下午，寨子里的老老少少旋风一样跑到倪万喜家，把他寒碜的院子围得水泄不通。倪万喜家的黄狗见情况不妙，汪汪狂叫一阵后，夹紧了尾巴警惕地守护在他前面。

老少爷们七嘴八舌，震得人的耳朵发麻。

“倪老师，学校要撤了，你晓不晓得？”

“倪老师，好端端的学校，怎么说撤就撤呢，这到底是怎么回事？”

倪万喜还是和平时一样，笑眯眯地对大家说：“别急别急，这事我最清楚。”

吴正虎夹在这群人中间，那只瘦削的脑袋特别引人注目。伍美兰死后，吴正虎没有再娶，他独自把女儿带到现在。如今，他的母亲瘫痪在床，女儿正在村小读三年级，他根本没有能力把女儿送到外面去。听说要撤掉这所学校，他比谁都急。吴正虎的两只眼睛黯然失色，嗓音失去了年轻时的中气，如同幽深的古井里传来的回声，每颗字里都是质问：

“这所学校说撤就撤了，谁有这么大的权利？是不是政府要求这样干？”

倪万喜说：“不不不……这并不是政府的主张。”

吴正虎说：“那，这是谁的馊主意？”

倪万喜平静地说：“我。”

吴正虎黯淡的眼里闪现出一道亮光，说：“不可能吧？万喜，你不要开玩笑哟！”

倪万喜点点头，说：“就是我，我出的主意！”

吴正虎大张着嘴，不认识似的看着倪万喜，说：“万喜……倪老师，不会吧！你……为什么要撤这所学校？”

倪万喜叹了口气，说：“学生一年比一年少，当年一起代课的同事走的走，辞的辞，如今就只剩下我一个光杆司令。现在，学校里就只有23个学生，两个年级，隔年招生，只能上复式班。孩子们大的大，小的小，不可能像过去一样住校。孩子们集中在一个教室里上课，相互干扰大，教学效果非常糟。别说开展文体活动，推行素质教育，就连正常的课程都上不全。孩子正是长知识的时候，照这样下去，只会害了他们。我不能糟蹋这些孩子，拿他们的前途，来打发我无聊的光阴……”

吴正虎额头上的青筋突突直跳，鼻子一哼，说：“说的比唱的好听，撤了这所学校，以后孩子们怎么办？”

倪万喜说：“到乡中心校去。现在条件好了，中心校办起了寄宿制，学生有寄宿制生活补助，有免费营养午餐。现在家家有摩托，一两个星期接送一次，不会增加大家的负担。虽然孩子从小远离父母，会对他们的身心健康带来一定的影响，但利大于弊，就培养孩子来说，肯定比在这里好得多。”

倪万喜平时烟抽得厉害，略有几分沙哑的嗓音，让满屋子的人安静下来。

聚的人越多，也就没了规矩。老少爷们蹲的蹲、站的站，满屋都是劣质旱烟呛人的烟味。短暂的沉默过后，有人说："倪老师，你在咱乌地吉木教了一辈子书，是咱们寨子的大恩人。你可不能糊涂，做出这种傻事来哟！"

吴正虎一巴掌拍到自己的腿上，说："万喜，你，能不能给山旮旯里的娃娃找条出路？这些娃娃，也是人呀！"

倪万喜沉默了。过了半天，倪万喜才"咔"的一声，在嗓子眼上响亮地刮了一下，说："其实，我比你们更爱这所学校，此时此刻，我的内心比谁都煎熬。这熟悉的校园，站了这么多年的讲台，以及这一群活泼可爱的孩子，我确实舍不得。想着过去热闹的场景，再看看现在冷冷清清的校园，很多时候我心里都会一阵阵发堵，有种说不出来的难受。这些日子，我天天吃不下饭，睡不好觉，就像丢了魂一样。我没做傻事，我只是从良心上对娃娃的未来负责。孩子要成为国家的建设人才，就得全面发展。现在，就我一个人上复式班，我就是使出浑身解数，也把他们培养不出来啊！我做梦都在想，怎样才能把寨子里的娃娃送出大山。可是客观现实发生了变化，要是我天天守着他们，他们就真的走不出大山了！……"

一声声长吁短叹，像一把把锈蚀的锯子，把静寂的夜空切割得痛苦不堪。

八

把寨子里的老少爷们送走，已经是深夜了。夜早已经沉沉睡过去，唯有调皮的小虫子还在唧唧欢唱。倪万喜腾出手，缓缓地关上了大门，仿佛关上了尘封的历史。

几只打鸣的公鸡生怕自己落后，扯起脖子争先恐后地鸣叫起来。趴在门口的黄狗警觉地爬起来，立起耳朵听了听，打了个哈欠坐下去，眼皮很快就耷拉上了。春桃打来了水，倪万喜洗脸、洗脚，换上了自家的布鞋。倪万喜正准备上床，欢快的手机铃声就响了起来。

是村长杞小亮打过来的。

杞小亮显然喝了些酒，粗大的嗓门中似乎还有一股酒味。杞小亮说："倪老师，我在县城包揽了一个小工程，刚才我听人说，你申请乡上把学校撤了？"

倪万喜说："是的。"

杞小亮说："倪老师嗳，你怎么能这样？你在这所学校辛辛苦苦干了几十年，不管怎么说，对学校也有感情嘛，咋舍得把这样一所好端端的学校撤了呢？"

倪万喜说："我辛辛苦苦干了几十年都放得下，你有啥放不下的？"

杞小亮说："倪老师，你不知道，在前几任书记村长手上，学校办得红红火火，要是在我们手上撤掉，我们就是寨子里的罪人啊！"

倪万喜哈哈一笑，说："你小子想多了，哪有这么严重？"

杞小亮说："倪老师，我们都知道，代课老师的工资实在太低，养活自己都困难。这样，我们一定想办法，每个月再给你增加100块钱。你看，怎么样？"

倪万喜说："我虽然没有你想象的那样高尚。但你小子误会了，这哪里是钱多钱少的问题？"

杞小亮说："倪老师，要不就200块吧。我是这样考虑的，一次调整的幅度也不能太大了，得慢慢来。"

倪万喜说："你小子放屁！"

杞小亮说："倪老师，你老别生气。你老能不能再考虑一下，过几年再说撤并的事？这不，村两委马上就要换届了，不能因为这事，让我们丢选票呀……"

倪万喜说："看样子，确实我有责任。"

杞小亮说："这事怎么能怪老师呢？"

倪万喜说："怪我当初没把你教好，你小子只有这点出息！"

杞小亮一时语塞："这……"

倪万喜说："你这家伙，只顾自己，你他娘的太自私了！"

杞小亮一听话不对，连忙说了几声对不起，就把电话挂断了。

听着电话里呜呜的忙音，倪万喜后悔极了。当年对学生那股热情、那份耐心哪里去了，怎么能对过去的学生说出这样的话来呢？

有了杞小亮这一段插曲，倪万喜一点睡意也没有，默默地抽着旱烟。

突然，趴在地上的黄狗一跟斗翻起来，龇着牙冲着大门汪汪叫个不停。

老支书祁四老爹挟着一身寒气，站在门口。

祁四老爹搓搓手，朗声说："万喜，睡不着啊！"

祁四老爹这简单的一句话，让倪万喜心里热乎乎的。倪万喜给祁四老爹倒了一杯酒，把春桃叫起来，要她做点夜宵，荷包蛋、大汤圆啥的都成。倪万喜这一提议，让祁四老爹坚决制止了。

祁四老爹说："万喜，你为村里操劳了一辈子，改变了无数人的命运，你是咱乌地吉木的大恩人呐！"

倪万喜说："老爹，你莫说这些。"

祁四老爹一步抢过去，紧紧抓住倪万喜的手，说："万喜，老爹没本事，让你代了一辈子课，啥名分也没有，咱村上对不住你啊！"

祁四老爹那沙哑的嗓音，就像一把锋利的刀子，刺得倪万喜的心生生地疼。

"老爹，这不是折我的寿吗？寨子里能够出几个人，多亏有老爹你啊！"倪万喜讷讷地说着，紧紧地攥着祁四老爹的手，苦笑着说："老爹，有些事，你老也莫得办法。你说，这是不是命？"

祁四老爹摇着花白的头，叹着气，说："万喜，一提起这些，我就觉得，咱寨子里欠你太多，对不住你！"

倪万喜说："老爹，别说了！这些年，你，以及寨子里的乡亲，对我恩重如山啊！"

倪万喜知道，一辈子就这么代课没啥出息。说不想转正那是假话，倪万喜是早也想，晚也想，经常在梦中念叨着这件事。然而，这只能想想而已。倪万喜错过了招考的机会，这么大的年龄，要想转为正式教师，这辈子是没有希望了。为这事，祁四老爹更是着急，只要有机会他都在帮着打听，跑了很多冤枉路，说了很多好听但不管用的废话，还是没办法。倪万喜知道他们的好意，要是他们能做主，早就把转正这事给办了。倪万喜教的学生很多都有了出息，他们走出了大山，时时惦记着倪万喜，也在为倪万喜四处活动。可是，对于倪万喜这样的代课老师，要解决他的身份问题，确实是一件难事。

记得有一天，倪万喜一回家，春桃就喜滋滋地说："晓得不，祁四老爹给咱们办了件大好事！"

倪万喜高兴地说："啥好事，说来听听？"

春桃说："祁四老爹让咱家吃上低保了！"

"什么？"倪万喜的脸一下沉下来，说："乱毬搞！"

春桃看到倪万喜的脸色不对，说："咱们家大宝是这样，我一天也病蔫蔫的，难道不该吃低保？再说，你为寨子里付出了这么多，村里老老少少会说个啥？……"

倪万喜说："春桃，你糊涂啊！不就是一个月多100多块钱嘛，不能占这样的便宜。咱们儿子有病，你也有病，可是我有工资啊！虽然那点工资少，但每个月国家照样发了的。村里比咱们日子难过的大有人在，我们要了这个低保，学生会怎么看我们，家长会怎么看我们？我们会一辈子在寨子里抬不起头来的！"

家里大事小事，历来倪万喜说了算。可是，这一次春桃却有些不甘心，说："万喜，算了吧。"

倪万喜说："为啥？"

春桃吞吞吐吐："人家……都已经公示上墙了！"

倪万喜没好气地说："你去把它扯下来，不要在那儿丢人现眼！"

春桃没办法，赶紧去把那张低保公示名单撕下来，然后去找祁四老爹。虽然这事没办成，但是倪万喜知道祁四老爹的苦心，对祁四老爹更多了几分感激。

明亮的灯光下，两双大手紧紧握在一起，双目对视，一时无语，只有啵啵啵的旱烟有滋有味。倪万喜把祁四老爹让在简陋的沙发上，打开堂屋的门，把屋外的点点星光，唧唧欢唱的虫鸣，以及寒冷的夜风放进来，以冲淡屋里污浊的空气。

倪万喜和祁四老爹回味着过去，用他们苦涩的往事下酒。

夜深了，那只狗和生人熟悉后，很快就丧失了应有的觉悟，趴在地上打起盹来，不时象征性地用尾巴掸掸地面，以此安慰主人：它在仔细聆听，并不曾偷睡。

送走祁四老爹，已经是下半夜了。

春桃还没睡。见倪万喜进来，春桃披了件衣服，翻身坐了起来。

春桃说："这么大的事，也不跟人家说一声。"倪万喜说："我不是怕你担心吗？"春桃说："你这样不声不响，闹出这么大的动静，才是让人担心哩！"倪万喜摇摇头，说："春桃，这一辈子你跟着我受苦了！"春桃笑了一下，说："别说瞎话。"倪万喜又摇了摇头，说："这辈子，我倪万喜最对不起的人就是两个——你，还有大宝。"春桃叹了一口气，说："过去就过去了，说这些干啥？"

春桃紧紧依偎在倪万喜怀里，伸出手，摸着倪万喜左边腮上的疤。

几只顽皮的小虫子从窗棂里钻进来，围着房间里的灯，叮叮咚咚瞎撞个不停。倪万喜的脸异常严肃，那种深深的自责，只有他自己才明白其中的滋味。

春桃讷讷地说："万喜，把学校撤了，你会不会后悔？"倪万喜说："我这样做是为娃娃好，是对事业负责，我问心无愧。"春桃说："学校还没撤，就已经闹成这样，你不怕闹出事来？"倪万喜嘿嘿一笑："千年的老母猪，早晚得挨上这一刀！这样的事，早下决心好。"春桃瞥了倪万喜一眼，说："你说得轻巧。乡亲们对学校的感情深着哩，都巴不得学校留下来，到时候，你怎么办？"倪万喜说："该咋办还是咋办，我会慢慢做通他们的工作。你放心吧，天塌不下来，每天太阳照样升起！"春桃停了停，说："毕竟还有二十多个孩子哩，可不能为这事分了他们的心。"倪万喜说："放心吧，我肯定会竭尽全力，站好最后一班岗，好好把这一学期教完的！”春桃笑了，说：“是喽。”倪万喜长叹一口气，说：“这学期结束后，我会把这所站了三十多年讲台的学校，干干净净地清扫出来，亲手锁上大门。然后，把钥匙交给村里，让这所学校消失在中国教育的版图上……”

那一声叹息深深刺痛了春桃。春桃轻轻地摩挲着倪万喜的脸，说：“万喜，你不教书了，以后日子咋过？”倪万喜朗朗一笑，说：“怕啥？咱小旺翻年过去，大学不就毕业了吗？他小子有了工作，难道会扔下我们不管？！”春桃鼻子里哼了一声，说：“你不要尽想那样的好事。你不见大叔家倪万福，考了这么多年，人考疯了，工作还八字没见一撇哩！”倪万喜说：“那不一样，我不信咱们的儿子会走到他那一步！还在实习期间，他就和两家公司签了意向协议的，只要眼光放低一点，还怕就不了业？”春桃说：“就怕他一出校门，人家就逼着他还那笔助学贷款。唉，儿子还没出校门，身上就背起债了……”倪万喜说：“这有啥法？生在我们这种家庭，能够贷上款，就算人家高看了。对娃娃来说，身上有点压力也好，对他的人生，也是一种磨炼嘛！”

外面起了风，吹得树叶哗啦啦响。看着在灯边飞舞的虫子，春桃幽幽地说：“你想的尽是好事。你天天在学校待惯了，什么手艺也没有，以后能干啥？你想过没有，以后日子怎么过呀？”倪万喜说：“你晓得的，我买了养老保险，到时候有养老金。咱们节省一点，照样能过日子，怕啥？”春桃摇摇头，说：“你以为我不晓得，还有两年才能领养老金哩。这几年，得挣钱继续缴养老费，还得挣钱养家糊口，你说你说，这些你想过没有？”倪万喜深情地看着春桃，说：“你就别操这些心了。这样的事，我早就想清楚了的。到时候咱们进城去……”

“什么，进城去？”春桃一下子坐起来，不认识似的看着倪万喜，说：“有这么好的事？进城去，咱啥也没有，以后这吃喝拉撒，哪来的钱？总不至于，到了这后半辈子，咱们还要去讨口要饭呀？”

倪万喜想着夏雨曾经对他说过的话，就说：“找家单位看看大门，或到工地上帮着守守材料，再办一个娃娃托管班，缴养老金也好，挣生活费也好，应该不是问题。过去那么艰难的日子，咱们都熬过来了，现在政策这么好，还有啥好担心的？不管怎么说，你和孩子都有病，在城里看病要方便一些……”

春桃的鼻子有些发酸。春桃说：“万喜，哪有这么简单的事？还说这辈子你对不起我，到头来，是我们拖累了你！”

第十章　世事如烟

一

还在会场上，祁才明就在想，散会后要不要给那个陌生的号码回电话。

会议才开始，那个电话就打了过来。开始两次，祁才明都没有理会。很快，第三次又打过来了。手机处于静音状态，上面的绿灯不断闪烁着，显得不依不饶。祁才明皱皱眉，拿过手机，不动声色地把那闪烁的绿灯掐断了。他的手机设置了自动回复功能，有电话打过来，只要他的手指往屏幕上一划，对方的手机上就会显示这样一条信息：你好！我不方便接听电话，稍后联系。

可是，过了一会儿，手机上的绿灯又闪烁进来，祁才明毫不犹豫又在屏幕上划了一下。

还是那个相同的号码，后来又拨打了几次。

祁才明心里有了几分不快，更多了几分疑虑。办公室的同事不会打这样的电话，要好的朋友也不会这样骚扰他，家里的亲人更不会这样，只要他不接电话，就说明他正忙着。如今，有了手机，各种推销的、诈骗的电话也就多起来。对于这些电话，祁才明有着足够的经验，从事那个行当的家伙没有这么好的耐心。当然，最让祁才明头疼的，还是那些缠着上访的群众。这些人神通广大，不知道他们从哪里弄到他的号码，然后就不分白天晚上，不停地打电话，弄得他哭笑不得。这倒不是对老百姓关不关心的问题。把电话打到他这里来，就已经不是一个简单的问题了。说下来，现在的领导大多喜欢做好事，老百姓有些什么困难和诉求，能解决的都把好人当了，这样的好事哪里轮得到他来做。积攒到了他这个层面，多是不好解决或无法解决的“烫手山芋”。可是，就凭一个电话，或电话里的一面之词，又能给人家解决什么问题?

一个下午拨这么多次电话，这个家伙到底是什么人，他要跟我说什么?

如今的会议实在是多，作为省上重要部门的一把手，很多会议祁才明都得参加。祁才明常常感慨，大好的青春年华，都在浩如烟海的会议中消耗了。好在会议的时间不长，一个多小时就结束了。事实上，容不得祁才明有更多的选择，会议刚结束，那个陌生的电话又打过来了。

看着这个不依不饶的号码，接不接呢?多年在场面上摸爬滚打，早让他洞悉了世间万象，很多事情，多一事不如少一事。可是今天不一样，短短一个多小时，人家就已经拨了他十来次电话，老是接不通电话，说不定还会引起别人的联想。祁才明犹豫了一下，在对方电话就要挂断的时候，摁下了接听键。

“你是祁才明嘛?”

一听那洪亮的嗓门，祁才明悬着的心就落了地。他的脑海里立即浮现出一个身材敦实，脸色黑红，脸上沟壑纵横，眼睛里始终布满了血丝的老汉。

这人就是乌地吉木的祁四老爹。

除了几个至亲的电话外，祁才明很少存老家人的电话号码。这些年来，老家的亲人和祁才明达成了某种默契，没啥特别重要的事，一般不给他打电话。亲人们常说，老家祖坟上，好不容易冒了股青烟，出了这么个大人物，不能给他添乱。事实也是这样，祁才明成天大事还忙不过来，哪有那么多时间，为老家那些芝麻绿豆大的屁事操闲心。可是，今天不一样。祁四老爹连着打了这么多次电话，这就说明问题的严重性。

祁四老爹和当年风风火火的性格一样，打电话更是没头没尾：“才明呀，你得想个办法，给倪万喜找个出路哩！”

祁四老爹早已经翻过70这道坎，声音依旧和过去一样洪亮，震得祁才明耳朵嗡嗡作响。正如祁才明预想的那样，听得出来，祁四老爹显得异常的急迫。

“倪老师？他怎么啦？”祁才明心里一沉。

“学校呀！你不知道，村上的学校要撤了！”

“这么好的学校，怎么说撤就撤了？”祁才明只觉得心里的火直往上冒，他根本就不敢相信自己的耳朵。

“现在的事，哪个说得清？胳膊拧不过大腿，明明不合理，偏偏就要从那里过。像我们这种瘦瘪瘪的老倌，只能干瞪眼。就算是气死急死，那也是罪该万死，有个卵的法？！”

“这是谁的主意，为啥要撤掉？这不是胡来吗？！”

“唉——！有些事，在电话里三两句话扯不抻。”从祁四老爹这一声粗重的叹息背后，祁才明感受到了老汉满腹的无奈与愤懑。

电话那边又是一阵沉默。短暂的停顿后，祁四老爹又叹了一口气，说：“有些事我也不想瞎操心了。我只是向你诉诉苦，倪万喜在学校里辛辛苦苦干了一辈子，让寨子里那么多的人走了出去，他对咱乌地吉木有恩哪！这所学校的老师早走光了，如今就剩他一个光杆司令。他自己呢，穷得叮当响，比叫花子好不到哪儿去。你说，学校撤了，他以后的日子怎么过？”

祁才明没有说话，心里却漾起一阵酸楚。祁四老爹说：“我就直说吧，眼下能够帮他的，就只有你了！寨子里的大事小事，老汉我从来没向你开过口。就这件事，说啥你也得想办法帮忙！”

话说到这个份上，祁才明还有什么好推辞的呢？祁才明摇摇头，说了些安慰的话，就把电话挂断了。

从祁四老爹的话语中，祁才明就知道，这一切已经变成了现实。他不知道该对祁四老爹说些什么才好。

窗外，林立的高楼，在黄昏的雾霭里若隐若现。

在那所简陋的小学里，祁才明度过了最为快乐的少年时光。正是这样一所毫不起眼的村小，把一个个鼻涕横流、蓬头垢面、浑身长满虱子的野孩子，变成了文质彬彬的读书郎，为他们的人生奠定了坚实的基础。儿不嫌母丑，就是到了现在，祁才明仍然清晰地回忆起，少年时代发生在学校里的人和事。可是，办得好生生的学校，怎么说撤就撤了呢？

祁才明心里憋得难受，那不争气的胃也隐隐地疼。祁才明用手抵着腹部，他觉得应该出出面，过问一下这件事。这些年来，基层干部为了种种利益，拍脑袋决策的事多，摆摊子、拍屁股走人的事也多。别说是一所破败的村小，就是一幢大楼，一座大桥，很多时候领导一句话，就决定了它的命运。

这所学校的归宿，会不会是拍脑袋的结果？

当然，这么多年在政界摸底爬滚打，让祁才明练就了一副处事不惊的心态。他知道，很多事情都不是这么简单，得掌握第一手资料才能下结论。

二

祁才明连着给刘长索打了两次电话，悠扬的铃声欢叫个不停，就是没有人接听。

这个混账家伙！祁才明骂了一句。看看时间，说不定这家伙正躲在什么地方胡吃海喝哩。祁才明心里有了几分不快，现在政策环境这么严，各级都在三令五申，只有这些家伙不当回事。

作为乡党委书记，一所学校从他的地盘上消失，他不可能不知道。当然，这事要是他小子的馊主意，在电话里先把他臭骂一顿，让他早点把这个念头掐掉。

其实，祁才明恰恰误会了他儿时的同学。

这一天，乡上分来了两个大学生村官。按照过去的老传统，乡政府只要添人进口，乡上的干部都要聚一聚。虽然只是简单的一顿饭，几句连腥带素的玩笑一开，就缩短了彼此间的距离。这要放在以前，在街上馆子里叫上两桌，一场酒拼杀下来，少说也有三两个挂彩的。现在不一样了，各项规定这么严，到处都在刹吃喝风，谁也不想去触霉头。就算是自己掏腰包，也不敢明目张胆在外面馆子里吆三喝四。

今天晚饭就是这样。食堂的师傅烧了个大火锅，主菜是乡下老火腿、土鸡，再配上附近村民自家种的时鲜蔬菜。酒是刘长索自家用苞谷杂粮酿的小烧酒，从一个大大的塑料桶里倒出来，用一把烧水的茶壶盛着，再倒在啤酒杯里。大家围坐在一起，热气腾腾地给两个大学生村官接风。政府大院里，上至书记乡长，下至伙房师傅、看门的老头，各有各的独门绝技，个个都是说笑话的高手。才开始动筷子，气氛就已经相当热闹了。

喝了两杯酒，就已经掀起了几个小高潮。

乡长吱了一口酒，双手一抱，眼睛的余光瞟了一下两个大学生村官，放慢了语速，说："你们都是名牌大学的学生，知识渊博，我想向你们请教一个问题：人类第五大发明是什么？"

乡长的脸板得很严肃，看上去相当的一本正经。几个同事并不配合，野鸭子一样"嘎嘎嘎"地笑着，拉开了一场好戏的大幕。他们都知道，领导要给这些小年轻醒醒脑了。

果然，两个大学生相互看看，无助地摇摇头。乡长也摇摇头，说："看样子也不是我一个人孤陋寡闻。有人告诉我，说这人类的第五大发明，源自美国，是一种蓝色的药片，英文名字叫万艾可，中文的名字就叫伟哥。说是有个男人出差回来，妻子给他做了碗鸡蛋面。妻子担心丈夫旅途劳累，接下来会力不从心，影响两口子的工作效率。妻子有心让丈夫吃颗伟哥提提神，又觉得说这样的话，有些掉价。就把这个蓝色的药片，放在丈夫的面条里。没想到，她才转过身去把佐料弄好，回过头一看，吓了一大跳：那一根根面条居然全部从碗里站起来，色眯眯地看着她蠢蠢欲动！……"

乡长过去当过几年老师，他的"五大发明"还没讲完，桌子上已经笑得一塌糊涂。

这一阵笑声还没平息下来，刘长索说："像你们刚参加工作的大学生呐，得加强学习哩！书本上学来的东西，和实际工作是两码事，弄不好就会闹大笑话的。"

刘长索话题一转，说："你们听说过吗，有个大学生下乡蹲点，村里正在推广生猪人工授精，就闹出了笑话。"

同事们都一脸的灿烂，盯着两个大学生村官坏笑着。他们都知道，书记会根据在场者身份，随时变换着去蹲点的对象，比如科技人员、老干部、退伍军人，当然也包括“局长”“主任”“所长”等各级领导。如今是给大学生村官讲这个故事，主人公自然就是大学生了。大家兴致一高，刘长索索性卖起了个关子，对大学生村官说：“这个笑话，一不小心就弄出了三个版本，你们说说，想听哪一个？”

这就相当的高深莫测了。大家盯着两个村官，嗤嗤嗤笑个不停，闹嚷嚷地说都听都听。

刘长索说：“第一个版本，大学生看着那头漂亮的小母猪，眯着眼睛，认真思考了一阵，耸了耸肩膀，冒出了一句雷语：‘干我是敢干。只是没人帮忙，咬着了怎么办？’”

在大家的哄笑声中，刘长索说：“第二个版本，大学生偏着头，眯着眼睛把那头漂亮的小母猪看了几遍，推了推鼻梁上的眼镜，咕咚咽了一口口水，咂咂嘴唇，又说出一句雷人的话：‘干我是敢干。只是，这不该算强奸吧？不管咋说，咱也是例行公事哩！’”

又是一阵哄笑。刘长索说起了第三个版本：“大学生围着漂亮的小母猪转了几圈，不安地搓搓手，‘嘿嘿嘿’地笑起来，冒出的雷语更精辟，‘干我是敢干。就怕今后下了猪娃子，那相貌长来像我，以后见了熟人，这脸，往哪搁？！’”

刘长索说话慢，满口土语，一板一眼，听起来就更有韵味。一桌的人都在围绕着这个话题，制造着气氛，把两个大学生的脸臊得红红的。

这一阵热闹平息下来，已经是晚上十点过了。

刘长索晚上睡觉，习惯把手机放在枕头边。刘长索看见手机上有两个未接电话，都是祁才明打过来的，心里一惊：咦，咋会没有看到呢？

即便是同学，如今地位悬殊，刘长索在祁才明面前，总是有一种诚惶诚恐的感觉。时间已经晚了，这个时候给他打电话是不合适的。刘长索想了想，发了条短信过去：下午开会，手机静音中。有事？

刘长索又加上了一条：有点晚了，明天一早回你电话。

没想到这条信息才发过去，祁才明就把电话打过来了：“好啊，别人说书记大人的电话难打，我还不相信。今天一打，果然印证了！别以为我是傻子，那时候正是吃饭时间，是不是又躲到哪个相好家喝酒去了？”

“哎哟，领导就会开玩笑。你知道的，我这人胆小得很。就算是吃了豹子胆，我也不敢不接听领导的电话嘛！再说，现在上上下下管得这么严，吃饭都在乡政府伙食团，哪比得你们潇洒！”晚上，乡政府大院静得瘆人。刘长索不得不压低了嗓门。

“你哪里胆子小哟！古时候有句话，崽卖爷田心不疼，说的就是你呀。你把乡下的村小全撤完了，是不是？”

“什么什么，撤村小？”

“嘿，不是你撤的，难道是我撤的？你说说，乌地吉木小学是咋回事？你怎么脑袋一拍，就把它撤了？！”

“乌地吉木小学？那……不是好好的吗，谁撤呀！”

“你别跟我打马虎眼了！什么事情都是这样，无风不起浪。要是你们不点头，谁有这么大的胆子？”

“这这这……还真不是我们的主意！”

“谁的主意？”

“这样，你先告诉我，是谁在你那儿告我们的黑状，我再告诉你。”

“嗬，还跟我讨价还价哩，你还有筹码吗？”

“领导，你不要冤枉好人。我哪敢跟领导要筹码？我是想了解一下各方面的情况，好给领导汇报哩！”

“其实，用不着我说，你也猜得到的。”

“祁四老爹。”

“对。”

“当年，这所学校就是祁四老爹办起来的，现在要是把学校撤了，就相当于刨了他的命根子！”

“所以，你小子，不要干这种遭人骂的事哩！”

“领导明察，这事真不是乡党委政府的主意。你应该听说吧，我们刚参加工作的时候，乡上准备把乌地吉木小学的倪万喜换掉，寨子里呼啦啦来了一两百人，个个提着斧头、钢钎、二火锤，声音一个比一个高，书记乡长祖宗十八代让这帮屌民日了几十遍，脸上让村民吐满了口水，连大气都不敢出。这帮村民闹了一天，最后还是乡上做出让步，倪万喜重新回到学校才罢休。别看我是个大老粗，摊上这样的事情，轻重我是拈得出来的。别人怎么干，我不敢打包票，只要我在这里，就不会干出这种日脓的事来。你想想，本来就是一所好生生的学校，有老师，有学生，学校就办在老百姓家门口，方便学生上学，多好的事呀，我为啥要把它撤掉？再说，撤并学校，县教育主管部门得有批文。我就是吃了豹子胆，也不敢往上报；就算上面批了，我也不敢贸然去执行啊！你说你说，这怎么能怪在我们头上呢？”

“你不要扯这么多！不是你们的主意，是谁的馊主意？”

“倪万喜。”

“什么？”

“没想到吧？就是倪老师自己提出来的。”

“你别开玩笑，这怎么可能呢？”

“人呐，谁说得清？倪老师在学校里干了一辈子，寨子里的人都说，学校比他家还亲，谁要是动学校一根毫毛，他都会跟人家吹胡子、瞪眼睛。可是，现实就是这样，就是他提出要把学校撤掉！”

“会不会是因为待遇问题，倪老师不愿意再干了？”

“说实话，就凭代课教师那点工资，哪里够一家人糊口嘛！倪老师虽然过得清苦，但还不仅仅是这方面的原因。”

“待遇的问题，可以想办法解决嘛！再说，就算他不干，就不能安排其他人来接手吗？这和把学校撤掉有什么关系呢？”

“有些事，三两句话还真扯不抻。这些道理，我们也知道。不过，倪老师不这样想。就是他，坚决要求把学校撤掉！”

“怪了，他怎么会有这样的想法呢？”

三

刘长索这番话，让祁才明听得一头的雾水。

换了别人，这很好理解。那点微薄的收入，连自己的口都糊不住，谁还会赖在代课教师岗位上？但这事放在倪万喜身上，就不一样了。祁才明知道，这几十年来，倪万喜就像虔诚的守护神一样，一直铆在乌地吉木小学。如今，连这样虔诚的使者，都会冒出这种想法来，谁还会关注这些农村孩子呢？

祁才明百思不得其解。

时间已经很晚了，祁才明却久久难以入睡。那所让祁才明魂牵梦绕的村小，老是浮现在他的眼前。老师们忙碌的身影，同学们乐呵呵的面孔，以及从学校上空飘过的流云，学校门前树上叽叽喳喳的鸟鸣，一切都是那样的清晰……

这样的学校，怎么说撤就撤了呢？

祁才明觉得应该找春姐了解一下。

当年，祁才明考入省财政学校的时候，认识了比他低一个年级的杨冬。能够在省重点中专遇上老乡，这是非常不容易的。虽然两家的家庭条件悬殊很大，但就是这层老乡关系，两人很快就成了好朋友。春姐就是杨冬的姐姐，那时候她已经参加了工作，正带薪在省上读教育学院。春姐几乎每个星期都会来看弟弟。她从弟弟的嘴里，知道了祁才明的家庭情况，满眼都是怜爱。春姐经常会送些东西过来，一人一份，每次都会让祁才明感动不已。这样的呵护，一直到祁才明结婚以后。如今，春姐是县教育督导室的督学，基层学校的情况，她应该最为清楚。

第二天是周末，祁才明到公园里锻炼回来，吃了早点，就拨通了春姐的电话。春姐快到退休年龄，每天除了上上班外，更多的精力都用来研究保健养生，或给那些没有成家的小青年牵线搭桥。祁才明知道，这个时候，春姐是不可能睡懒觉的。

一早接到祁才明的电话，春姐显然很高兴。春姐说："才明呀，昨天晚上我做了个好梦，梦到了几头大象。我正在想，会遇上啥好事呢？

这不，有贵人一早打电话过来，不就应了吗？”

“春姐，难得你做了这么好的梦，我怕耽搁你去捡金元宝哩！”祁才明打了个哈哈，就把话引到了正题上，说：“我想了解一下，现在农村撤并村小是怎么回事。有的说是为了调整教育结构，有的说是为了便于管理，还有的说是推进城乡教育一体化……但是，不管是什么样的理由，撤并村小都得通过县教育主管部门。你们一句话，就把村小给撤了，是不是这样？”

春姐说：“咦，领导，一大早说话还是要有点调查研究啊，谁一句话就把村小给撤了，这不是天大的冤枉吗？这世道是怎么了，一说撤并村小，都把罪责全推在教育部门，其实哪里是这么回事，又哪里是教育部门管得了的？！这么说吧，现在的农村人，外出打工也好，在家养猪种树也好，只要挣上几个钱，都在拼命把孩子送进城里读；没有挣到钱的，也愿意把孩子送到集镇上读。反正现在交通方便，各村都通了公路，农村几乎家家有摩托，路上虽然颠簸一点，今天你家送，明天我家送，后天他家送，一个摩托上带两三个娃娃，跟耍杂技一样，摇摇晃晃就把孩子送到城里或集镇上读书来了。这样一来，城里学校大班额现象屡禁不绝，一个班七八十个孩子占大多数，一百多个孩子一个班的，也很常见。从教室门口，一直挤到讲台边，孩子在教室里连动一下都困难。老师别说因材施教、重点辅导，上课的时候连走下讲台都没办法。进了教室，老师人人身上都背着一个小型扩音器，嗓子沙哑，每上一堂课都有炼狱一般的感觉。下了课，老师看到学生小山的一样的作业本就发愁。即便是这样，开学的时候，还是有若干的人报不上名。开学前后，校长成天灰头土脸，真正成了孙子，唯恐地上有条缝，他们好钻进去躲起来。只要校长一露面，后面必定吵吵嚷嚷，跟着一大群人，个个都要求来城里读书。那些日子，校长的手机不敢开，电话更不敢接。偶尔偷偷打开看一眼，那也是看看有没有重要领导发来信息。毕竟，有很多人还不能得罪。遇上新生还好办，班额早就超了，也不在乎多一个少一个。要是有转学的、插班的，校长脑袋就大了。这个时候的班主任，火气一个比一个大，性格一个比一个倔，张口就是这句话：只要把这个学生安排在我们班，这鸟班主任你来干！很多老师一看到黑压压的学生，就在背后骂校长：不讲教育规律，不懂自然法则，这是在摧残祖国的下一代啊！事实上，这事还真怨不得校长，这么多学生想进来，个个都在想办法，通过各种渠道给校长施加压力，你说他一个小小的校长，他怎么办？说情的也好，打招呼的也好，胡搅蛮缠的也好，为了把下一代培养好，有多大的错？各种口子一开，那些控制大班额的文件发了一年又一年，对校长的要求也越来越严厉，效果并不好。校长被缠得没办法，城里的学校、集镇上的学校生源依然火爆。当然，城里的学校都在想办法，各家都拿出了对付家长的“杀手锏”：限户口、限地段、限年龄、限幼儿园，各种损招都拿出来了，甚至有学校还把房地产开发那一套也搬出来，摇号，甚至提前两三年就预约报名。虽然起了一定的作用，但还是不能解决根本问题。唉，现在上中小学、幼儿园，对有些人来说，比读大学还难。为给孩子报名，很多家长绞尽脑汁。”

春姐说起话来滔滔不绝，祁才明还没插上话，春姐又说：“我给你说嘛，今年开学，就发生了件让人哭笑不得的事：为给孩子报名，很多家长头天就提着小凳子，在学校门口排队。当然是僧多粥少，很多家长都没报上名。报名结束后，有个家长就扭着校长扯皮。校长一再解释，按先来后到，一视同仁。名额有限，后面来的，请大家理解。家长马上弯腰，从地上捡起鸡蛋大小的一个纸团，展开，孩子报名的信息在上面写得清清楚楚。家长说，昨天我就把材料交进来了，怎么怪我没来？校长哭笑不得，费了很大的劲才把这事摆平。你想想，现在孩子都涌到城里读书，涌到集镇上读书，只有这么点生源，农村的村小、校点不垮才怪！”

春姐唠唠叨叨，说起来就没完没了。祁才明瞅准这个机会，终于插进了一句话：“嘿，这事不怪教育部门，倒怪起家长来了。照你这么说，是家长把村小撤掉了？”

春姐叹了一口气，说：“家长愿意这样吗，家长也是没办法呀！农村的村小、校点，和城里的学校比，和集镇上的学校比，不论是办学条件还是师资，都有天壤之别。张家比着李家，李家赛着王家，都巴不得早一点把孩子转起走。农村孩子大量涌进城里来，孩子无法在学校里住校，接送和看管就成了大问题。于是，城里就萌生了新的产业：教育托管机构。什么培训班、家教班、培优班、特长班应运而生。胆子大的租几间房，找几个人，把那些无家长接送和看管的孩子接过来，吃喝拉撒全在里面。校舍安全，消防安全，食品卫生安全，交通安全统统是大问题。教育上没有处罚权，顶多去打打招呼，配合其他部门去查一下，打击处理始终到不了位。私人赚了钱，要真出了问题，还得由政府买单，说得直白点，得用教育主管部门的官员来平民愤。这是一把悬在教育部门头上的剑，吃不准哪一天，这把剑就会落下来。很多家长把孩子送进城读书，只好在城里租了房，把老人接进城管娃娃。但是，孩子离开了父母，一下到了城里，显得特别孤独、自卑，性格也变得孤僻。老人无法辅导孩子完成家庭作业，对孩子特别溺爱，到最后，钱花了，孩子成绩上不去，性格也变了……”

祁才明打断了春姐的话，说：“如今，农村人心里亮堂着哩。这些道理，想必他们也懂，他们也知道孩子远离父母的种种弊端，为啥还要盲目地把孩子送进城来呢？”

春姐又叹了一口气，说：“要是你在农村，你的孩子，你放不放心让他们在村小读？现在的农村人，一个比一个精，谁都希望自己的孩子成才，都希望孩子比当父母的有出息。出路在哪里，得考上名牌大学，有好的就业岗位，才有孩子施展才华的平台。要考好的大学，就得上好的小学，上好的中学。名牌大学的门敞开着，但不会因为你是农村孩子，录取的分数就降低一点。都在同一起跑线上，就凭村小那几个代课老师，你让那些孩子怎么和城市里的孩子竞争？你应该清楚，过去，农村学校都是民办老师或代课老师顶着，如今农村群众对优质教育的需求越来越高，对老师的要求自然也越来越高。偏偏我们很多农村，新老师不愿去，去了也待不住，还得请代课老师顶着。这几年，国家招考了很多特岗教师，但有相当一部分人，都把特岗作为跳板，真正能留下来的，还不到一半。有几个新招考的特岗老师才到学校，一看学校条件简陋，背包还没打开就走了。现在人才流通渠道这么广，在那么艰苦的地方，每月扣掉保险、住房公积金什么的，能拿到手的剩不了几个钱，也仅能解决他们的温饱，对当代大学生有多大的吸引力？就是你我，刚从大学毕业，离开五彩缤纷的大城市，到了那样恶劣的环境里，也难免有想法。就是去企业打工，每个月也不可能只挣这点钱的。没有高素质的老师，教学质量必然没有保证，家长不拼命把孩子送往城里才怪！你说你说，城里大班额现象这么突出，教育部门要撤掉村小、校点，是不是相当于断自己的左膀右臂，会干这样的傻事吗？再说，撤并学校，那也不是教育主管部门一厢情愿的事，必须征得当地群众同意，乡村签字认可，逐级报上来，才可能审批。当地群众不同意撤不掉，乡村不同意也撤不掉，谁敢轻易就把一所学校撤了？这些年来，我们局里就从来没有批过，要撤并哪一所农村学校！”

祁才明笑着打断春姐的话，说：“听你这番高论，责任还真在家长身上了。照你说的，要是校舍充足的话，就不应该出现大班额，也不会让这么多孩子，放了学去托管机构。这些年，国家投入力度这么大，怎么会是这样呢？”

春姐笑了笑，说：“国家投入教育的钱确实不少，城里学校年年扩，可是哪里满足得了社会的需求。对于我们这些小地方，连教室都不够用，别说学生宿舍和餐厅，更别说教育现代化。问题是还不能只顾城里，农村很多学校，修建于20世纪七八十年代，甚至比这更早。年代久远，风吹日晒，早已成了危房，这些学校更需要投入。毕竟，保安全才是首要任务啊！一句话，基础教育太薄弱，农村教育欠账太大，每年有限的资金，就像撒在沙漠里的一杯水，马上就蒸发得无踪无影。校舍的问题，师资的问题，哪里是教育部门能解决的……”

春姐还要絮絮叨叨说下去，让祁才明打断了。祁才明说：“春姐，情况我大概知道了。和你聊了一早上，不会耽误你的好事吧？”

四

春姐一席话，听得祁才明稀里糊涂。

全国撤并了很多村小，这是明摆着的事实。可是，基层教育部门却是满肚子的苦水，这是怎么回事呢？

这一阵忙过去，已经是初夏时节。祁才明好不容易找到个空闲，把省教育厅黄处长约到了他的办公室。

黄处长和祁才明过去是党校的同学，彼此很谈得来。很显然，黄处长接到祁才明的电话，做了充分准备。一进祁才明的办公室，黄处长就拿出一个厚厚的文件袋，呈在他的办公桌上。

黄处长拿出一份材料，说："领导，你看看这些材料，就知道这些年，全国撤并了多少学校。对，你先看这一份，虽然是从网上下载的，但很有说服力……"

这是由21世纪教育研究院发布的《农村教育布局调整十年评价报告》：

2000到2010年十年间，农村小学减少22.94万所，减少了52.1%；教学点减少11.1万个，减少了6成；农村初中减少1.06万所，减幅超过1/4。平均每一天，就要消失63所小学、30个教学点、3所初中，几乎每过1小时，就要消失4所农村学校。10年间，我国农村小学生减少了3153.49万人，减少了37.8%；农村初中生减少了1644万人，减少了26.97%。农村初中就读的学生减少了约22%，农村小学就读的学生减少了11.5%，他们大多数进入县镇初中和县镇小学。大规模的"学校进城"后，农村学校日益荒芜凋敝，农村教育出现了"城挤、乡弱、村空"的危局……

祁才明把这份材料浏览了一遍，摇摇头，说："以前只听说农村学校撤并得厉害，真没想到有这么严重。"

"这不是耸人听闻，它就有这么严重。"

"对于撤并学校，有没有明确的规定？"

"有。"

"需要地方上审批吗？"

"过去由县教育主管部门审批、备案。近几年来，很多省份都出台了相应的管理办法，撤并农村学校需要逐级上报，有的地方还要由省政府审批。但事实上，报批的微乎其微，更多的学校，生源流失了，老师走了，学校自然就垮了。那些自然消失了的学校，谁报告？谁审批？谁统计？也就说，这样的数据，还有不少的水分。”

“哦，有道理。这样一搞，农村那些娃娃就可怜了！”

“是呀，2001年国务院出台了《关于基础教育改革与发展的决定》，文件提出地方政府因地制宜，调整农村义务教育学校布局，要求农村小学和教学点，要在方便学生就近入学的前提下适当合并，在交通不便的地区仍需保留必要的教学点，防止因布局调整造成学生辍学。但事实上，很多地方曲解了这个文件。很多地方不顾地方实际，不顾老百姓利益，为了减少财政支出、方便教育管理，搞行政命令；有的甚至为了推进城镇建设的政绩需要，细化撤并学校指标，搞所谓的超前布局规划，城乡教育所谓的一步到位，强行撤销那些本应保留的农村学校，通过‘学校进城’迫使学生进城，带动农村人口向城镇集聚。你再看看这几份材料，这是京北师大教育科研所的研究报告《我国农村地区中小学撤并的成因及对策研究》，你可以看出，撤并学校，仅在上学费用这一个方面，寄宿制就使得家长在子女教育方面的支付有较大增加，其幅度甚至超过了国家颁布义务教育免学费、书本费的政策所带来的实惠……”

祁才明非常喜欢黄处长务实的性格。祁才明和黄处长接触并不多，但他严谨的风格，每一次都会给人留下非常好的印象。祁才明想了想，说：“当地教育部门说，农村学校不是他们撤并的。其理由是，老百姓把孩子送到县城读书，农村学校没有生源，自然而然消失的。对这种说法，你怎么看呢？”

黄处长笑了笑，说：“这是一种不负责任的诡辩。你看看这份报道，2012年3月，燕京省红海县人民政府就出台了一份文件《关于红海县中小学校布局调整规划的实施意见》，全县中小学布局调整方案如下：保留小学32所，普通初中4所，九年制学校7所，普通高中1所，职业教育中心1所，共45所的目标。而在10年前，红海县还有中小学392

所。要把这些学校撤并掉，没有政府的主导，撤得了不？在农村学校撤并的大潮中，作为地方政府的教育主管部门，他们不可能仅是旁观者，而是具体的操刀者。当然，这事要成功了，可能都出来抢功呀，你看我们又是如何如何的辛苦。从古到今，这样的事情多着哩。可是，现在出了问题，社会上有了说法，国家也叫停了这项工作，他们自然想溜到一边去。就算他们没有直接参与撤并，事实上，政府和教育部门对基层村小、教学点不再投入资源，任其苦苦支撑、自生自灭，造成学生流失、老师离职，最后学校自然被迫关门。他们是采取了另一种方式，让农村边远学校的教学质量得不到保证，老百姓看不到希望，只得做出这样的选择：把孩子送到条件好的学校去。说他们没有责任，这是睁起眼睛说瞎话！”

祁才明想起春姐说的那番话，说：“既然大家都知道，撤并农村学校有这么多的后遗症，为啥各地都热衷于这样干呢？”

“话也不能说得这样绝对。”黄处长叹了一口气，说：“搞农村学校布局结构调整，整合教育资源，推进教育均衡发展，这种初衷是很好的。学校撤并，对于让孩子享受优质的教育资源，适应当今社会竞争的需要，无疑是有好处的。但是，很多地方往往忽视了农村实际，盲目地撤并，为孩子们上学、食宿、家庭经济带来了新的困难。然而，社会往往忽视了前者，仅仅从孩子们上学困难出发，一味批判撤点并校，把矛头对准教育，让教育部门感到委屈……”

还在和黄外长交流的时候，祁才明就想到了杨冬。

照黄处长的说法，全国这么多学校，都在撤并的狂潮中消失了。那所他曾经就读的村小，在那样艰苦的环境中，居然还能够撑持到现在，这不得不说是一个奇迹。听祁四老爹的意思，当地群众并不想撤掉这所学校；从刘长索和春姐的电话中也听得出来，不管是乡政府，还是县文教局，也没有撤掉这所学校的想法。可是，为什么倪万喜会提出，要撤并这所学校呢？他觉得有必要派人下去了解一下。

祁才明再一次想到了杨冬。这小子文气重，天生不是干会计出纳的料。一出学校，就改弦易辙，耍起了笔杆子，如今是晚报的总编。祁才明觉得由他派记者下去走一走更为恰当。

五

贺晴接到这个采访任务，心里是很高兴的。家家媒体记者都在走基层，靠的是自己的眼睛和直觉，去发现基层更多鲜活的东西。这次不一样，报社老总亲自点将，把采访任务交给他，这无形对他就是一种信任。作为晚报的资深记者，搞这种专题性的深度采访，他更有信心。

在县委宣传部副部长刘小卫的陪同下，贺晴一早就往天拱坝乡赶。从县城到天拱坝乡六十来公里，前半段油路弯道虽然多了些，还算好走。后半截是碎石路就糟糕了，一路上尘土飞扬，剧烈的颠簸让贺晴的头老是撞在车顶上和车窗玻璃上。刘小卫是城里人，对全县的风土人情很熟悉，沿途都在兴冲冲地向贺晴做着介绍。可是，到了后半截，车的噪音实在太大，他不得不停下来，老是提醒司机慢一点。

车摇摇晃晃，才进天拱坝乡的地界，贺晴就感到气氛不一样。一辆国产猎豹越野车静静地停在路边，一群人在那儿东张西望。贺晴他们的车一靠近，这群人就全围过来，脸上全是笑。领头的帮着他打开车门，在刘小卫的介绍下，然后抢着握他的手。

乡政府大院打扫得干干净净，墙上都张贴着“百年大计，教育为本”“办好人民满意的教育”一类的标语。办公楼的前面，摆着一排崭新的脸盆，里面盛着热水，旁边的小凳子上，放着叠好的新毛巾和香皂。

一看就知道是精心安排和准备过的。凭这么多年职业的敏感，贺晴心里直纳闷，乡上的领导赔着笑脸，个个如临大敌，这是怎么啦？这不过是正常的采访，他们有什么心虚的……

洗了脸，乡上的刘长索书记就把他们请进了政府的食堂。

乡上的师傅烧了一个大火锅，里面咕嘟咕嘟冒着热气。火锅的周围，是腊火腿、香肠、腊猪肝、烤鸡、卤牛肉，七碗八碟，满满摆了一桌子。虽然都是家常菜，但一看那些成色，就吊着人的胃口。

刘长索书记拿出一坛酒，笑嘻嘻地说：“贺老师，这是我父亲亲自烤的苞谷酒，你尝一下，解解乏。”

贺晴其实是可以喝点酒的。不过，在喝酒上他有一个弱点：一杯下去脸就通红。他想着下半天还要去采访，脸红筋胀的影响形象，就连连摆手，坚决不喝。刘长索求救般看着刘小卫，在接待外面的客人方面，县上、乡上就是最好的同盟军。刘小卫知道乡下的喝酒厉害，就搬出了上面的要求，说不准在工作时间饮酒。

刘小卫的反戈一击，刘长索的酒无法倒下去，很好的气氛就这样打了折扣。

还在饭桌上，贺晴就提出来，吃了饭直接到乡下进行采访。刘长索满口答应，说：“这样吧，我们先到会议室喝口茶，我把全乡情况给老师介绍一下。老师对天拱坝乡有个大概了解，对下一步的采访更有帮助……”

刚才吃饭的时候，就已经拒绝过刘长索的好意，这次贺晴不好再说什么，跟着他们到了会议室。

会议室里没有悬挂会标，但桌上却摆着水果、小刀和擦手的餐巾纸，看上去还蛮像回事。贺晴一坐下去，就领教了刘长索的厉害。刘长索也没有过多的客套，直接进入主题，从天拱坝乡的历史沿革、风土人情、山川地理、农特产品、经济收入讲起，娓娓道来，如数家珍。虽然是介绍情况，刘长索却讲得亦庄亦谐，听上去一点也不枯燥。刘长索话题一转，介绍起了天拱坝乡的社会事业、文教卫生、文化体育，都讲得实实在在，入情入理。刘长索说，他们正在推进教育“13159”发展战略：突出一个核心，实施三大工程，落实一项抓手，推进五项改革，抓好九个关键……

刘长索身子挺得笔直，双手放在桌前，虽然桌子上放了笔记本和笔，但那笔记本他一直没有打开，更不要说看一眼笔记本上的内容。刘书记一口气讲了两个多小时，还没有停下来的意思。

让车颠了半天，贺晴早已疲惫不堪。要在平时，吃过午饭，贺晴都习惯眯一会儿。这个时候，贺晴只感觉困劲一阵一阵直往上涌。刘长索讲得非常出彩，却丝毫激不起他的兴趣。

贺晴那只拿着笔的手托住腮，就在刘长索的对面睡了过去。贺晴有一个优势，他能坐着睡觉。别看他脸上笑眯眯的，看样子听得很投入，其实早已进入了梦乡。

要不是有了几声并不响亮的鼾声，刘长索还真没看出来。这就已经失去了意义，让刘长索提前结束了他的宏伟蓝图。

按照刘长索的安排，听了汇报，到乡中心小学转一转，就到吃下午饭的时间了。因此，当贺晴提出要去乌地吉木，刘长索和乡上的领导都摇头："那个地方太远了，路又烂。就在乡上住一夜，明天去！"

刘小卫完全站在乡上一边，也劝贺晴住一晚上再去。贺晴看看时间，说："这个时候还不到三点。只要天黑前能赶到那儿，晚上更好和当地的群众了解一些情况嘛。"话说到这个份上，大家不好再坚持。刘长索因为要赶到县上开会，就由乡长和乡中心校的陈校长陪同前往乌地吉木。

到了车上，贺晴想起在乡上的情景，就问刘小卫："你提前和乡上打了招呼吧？你看，把人家搞紧张兮兮的！"刘小卫笑了，说："你不知道，前一阵子京城来了两个记者，到我们县一个早已撤并的村小，动员了些娃娃回去，找当地的老师上了一课，回去就搞了一篇报道出来，产生了很坏的负面影响，市里把县上领导脑壳都骂冰了。为这事，市里县里都专门开了会，要求高度重视宣传工作，防止负面炒作……"

贺晴笑了笑，轻轻地叹了一口气，把想说的话咽回去了。

从乡上到乌地吉木，窄窄的土路坑坑洼洼，比上午的路更加崎岖难行。他们颠簸到乌地吉木，已经四点过了。

听说省上有领导要来，村口高大的老黄桷树树下，男男女女早聚了一群人，眼巴巴地等着看稀奇。贺晴一下车，村支书、村长带着一群人，就把他们围住了。晚饭村上是安排在祁四老爹家的，小车留在了村口，大家簇拥着贺晴，在树荫下那一双双和善的眼光护送下，就往祁四老爹家里走。

一见祁四老爹，贺晴就感受到了这个乡下老汉的精明。祁四老爹不顾乡长的眼色，眨巴着那双会说话的小眼睛，粗着嗓门说："贺记者啊，咱这穷山沟里盼星星盼月亮，总算把你给盼来了！这次，说啥也得求你办两件事……”贺晴一听，嘿嘿笑起来，说：“我一个记者，要钱没钱，要权没权，除了手中这支笔外啥都没有，能帮你什么忙啊？”祁四老爹说：“我们要的，就是你这支笔！贺记者，咱村穷啊，你就帮咱一把，好好写写咱乌地吉木，专捡穷的地方、惨的地方、痛的地方写。这不，要是能感动哪方菩萨，有国家的扶持，有社会爱心人士的捐赠，天帮忙，人努力，咱村致富就更有希望了！”

贺晴没有正面回答，他看着四周环绕，高耸入云的大山，哈哈一笑，说：“另一件呢？”

“写写倪万喜呀！人家是正牌高中毕业生，手里有国家承认的大学文凭，出学校就在这穷旮旯教书，培养了几十个大学生，他自己却一直窝在这里，从来没有说过半句苦和累！现在，学校要撤了，你说说，他怎么办？你得好好写写他，帮他找条出路啊！”

说起倪万喜，祁四老爹脸上的笑容一下消失得无影无踪。话匣子一打开，很快就让贺晴对要采访的对象，有了一个大概的轮廓：高中毕业就在村小代课，培养了几十个大学生出来，从教几十年，代课教师的身份却没有改变；家里有两个儿子，老大因病生活不能自理，老二即将大学毕业，老婆长期患病……

祁四老爹的家很快就到了。两进青瓦屋面的院子，在高大的皂角树掩映下，显得更加宽敞别致。还在院子外面，贺晴就闻到了一股浓浓的腊肉香，那是农村陈年老火腿特有的香味。见来了生人，两只土狗从门后冲出来，一前一后龇着牙汪汪叫个不停。祁四老爹骂了一声，狗的声音就小了一半，把力气都用在那条尾巴上去了。跨进祁四老爹的院子，贺晴就吃了一惊。一个汉子正在砍着鸭子，旁边还摆着一只刚好开膛的公鸡，这还不说，另一个汉子正挽着袖子准备杀兔哩！还是刘小卫脑子转得快，说：“祁四老爹，又是杀鸡又是宰鸭，这是干啥哩？”不等祁四老爹开口，杀兔的汉子就笑了：“省上的领导脚步金贵，千年难得来一回，不做几个菜哪行……”

看样子吃晚饭还有一阵。于是，贺晴在大家的簇拥下，兴致勃勃地往乌地吉木小学走。

金黄的阳光均匀地涂满了古老的寨子，寒碜的学校在初夏的午后显得异常安详。学校已经放学了，学校门口，一个头发花白、面容清瘦的汉子正在锁门。风柔柔的，把他的头发轻轻撩了起来。他除了身上的衣服要整洁一些外，黝黑的面孔，粗粝的皮肤，粗大的骨节，以及满口让旱烟熏得黑黑的牙齿，和当地农民没有什么两样。要不是他周围还有几个孩子跟着，很难把他和传道授业解惑的老师联系在一起。村长杞小亮远远地叫了一声："倪老师，省上领导看你来了！"汉子回过神来，接着，就满脸笑容，眯缝着一双小眼睛，孩子样一路小跑，向这边扑了过来。也不管贺晴他们乐意不乐意，逐个拉着大家的手，就使劲地握起来。

这个人就是倪万喜。

倪万喜乐哈哈地介绍着，学校修建于20世纪70年代，东面一排瓦房是教室，南边两层土楼过去是老师的办公室，北面和西面是围墙，西北角落里是厕所，中间那一块凹凸不平的空坝就是操场。如今，那几排房子都拆了，种上了果树，就剩下两间教室和一个厕所了……

两间孤零零的教室，在残阳的余晖中瑟缩着。常年的风吹日晒，老鼠毒虫的侵扰，泥巴舂砌的土墙早已残破不堪，让人看上去心里不是滋味。倪万喜打开一间教室，里面光线很暗，四面墙壁黑乎乎的，给人的第一感觉，就像进了一间堆放杂物的黑屋子。好在前面的黑板擦得干干净净，后面的黑板上办着学习园地，还能判断出这间房子的功能。房顶几块玻璃瓦，幽幽地筛下几缕模糊的亮光。教室里的地面凹凸不平，桌凳摆放得整整齐齐，却很难辨出上面的颜色。乡长向倪万喜说明了来意，倪万喜竟然像孩子一样局促不安，嘴里傻呵呵地笑着，讷讷地说："采访？咱一个代课老师，这这这……这有啥好写的？"

果然，接下来的采访，贺晴就明显感觉不顺畅。对于贺晴提出的问题，倪万喜几乎是一问一答，甚至是答非所问，还得让杞小亮或中心校的陈校长帮着打圆场。因为紧张，倪万喜手脚找不到放处，脸憋得通红，头上还渗出了细密的汗。

贺晴觉得就这样下去，根本就达不到采访的效果，他觉得很有必要单独到倪万喜家走一走，找到共同的话题，才能挖到有价值的东西。贺晴这样一说，倒让倪万喜舒了一口气：“我一直在这里代课，从来没有见过这么多大领导，确实紧张得不晓得该说些啥才好……”

贺晴做了简要的安排，杞小亮带刘小卫他们回祁四老爹家，由陈校长陪他先到倪万喜家看看，一会儿再回来吃晚饭。

在鸣蝉悠悠然然的酣唱声中，贺晴和陈校长踏着被太阳抹成橘红色的碎石路，随着倪万喜到了他的家。倪万喜的家也是两进院子，一进住人，一进关着牲畜。住人的这进院子简洁、干净，几条凳子靠墙放得规规矩矩。就是锄头、钉耙、镰刀一类的农具，也做了一个简易的架子，整整齐齐地摆放在上面。堂屋的上面供奉着香火，中间是一张简易的饭桌。堂屋里有两张简易的沙发和一对躺椅，中间一只宽凳子就当茶几，上面放着干净的茶杯。贺晴一看就知道，这个家里像样的家电应该是躺椅斜前方桌子上那台17寸的电视。

倪万喜把贺晴请进了旁边的厢房，提来水瓶，泡上茶，站在院子里低声喊：“春桃，你好点了啵？来远客了，你起来烧嘴开水！”

很快就出来一个中年妇女，笑眯眯地向厢房里张望了一眼，一手端着碗，一手掐着脑袋，晃进旁边厨房里去了。

准确地说来，倪万喜的厢房就是他的书房。有这样一间房子，这在农村是非常难得的。书房里安放了一张床，一张办公桌，一条长凳和两把躺椅。正对门的地方，是一大壁简易的书架。乘着倪万喜提水泡茶的空档，贺晴翻看了一下书架上的书：一半是图书，大多是各个时期的教材、教参和教案，只有少量的课外读物；另一半是各个时期的备课本、班主任工作笔记、成绩登记册、听课记录等杂七杂八的东西。

看着满满当当的书架，贺晴心里抽了一口冷气：这哪里是书架，完全就是倪万喜一生的业务档案。这家伙，确实不简单哪！

贺晴刚要以书架上的东西切入正题，春桃就笑眯眯地端了两碗糖水荷包蛋进来，说：“贺记者，陈校长，请喝两口开水！”倪万喜也乐呵呵地在一边帮腔：“咱乡坝头莫啥混嘴的，先喝口开水解解渴！”

贺晴这才明白，这里说的开水，就是一碗糖水荷包蛋。贺晴推辞不过，只答应品尝两个。春桃另外拿了只碗来，分了两个在碗里，让倪万喜吃了。然后，转出门去喊了一声，很快，院子里就多了一个呆头呆脑的小伙子。贺晴这才想起来，刚才蹲在墙脚看着蚂蚁发呆的人，就是倪万喜的儿子。

有了这一段插曲，无形拉近了他们的距离。贺晴说："倪老师，我到这儿来，就想听听关于你的龙门阵，你怎么聊都成。"

倪万喜想了想，撅下身子，屁股冲天爬在床的下面，手在里面试探性地抓了几把，拖出一只黑色的木箱子。年代久远，黑木箱已经失去了应有的光泽，却显得更加厚重、实沉。倪万喜把木箱抱在床上，几把拂去上面的灰尘，打开木箱上的锁，说："我干了一辈子代课老师，攒下的东西，都在里面了！你要是感兴趣，这些龙门阵我慢慢摆给你听……"

贺晴一看，心里暗暗吃惊。人不可貌相，想不到一个土得掉渣的家伙，居然是这样一个有心的人。这不，整个简易的箱子，让红的、绿的、黄的证书奖状一类的东西，塞得满当当的，且分门别类，码得整整齐齐。倪万喜把那些证书一本一本拿出来，堆放在茶几上。

"这是当年龙书记写在烟盒纸上的便条，这是我大学的录取通知书，这是当年刘长索的查分通知，这是祁才明的志愿表，这是村里发给我的大奖状，这是自考成绩通知单，这是村上评的低保公示名单，这是杞小亮的病危通知……这里面的每一件东西，都有一个活生生的故事。"倪万喜一边往外拿，一边乐哈哈地介绍着，黝黑的脸上刻满了自豪。傍晚的阳光，从厢房的窗户里斜射进来，均匀地铺洒在简陋的办公桌上，明亮的小屋里多了几分暖意。

倪万喜搔搔满是风霜的头，搓着一双大手，在贺晴面前，羞怯得就像站起来回答问题的小学生。可是，倪万喜手里那些让岁月漂得暗黄的东西，却让贺晴眼睛顿时一亮：

好戏来了！

贺晴拉上倪万喜，到祁四老爹家吃了晚饭，又回到了他的家里。

倪万喜重重地叹了口气，脸上多了几分阴郁，那双小眼睛此时眯成了一条缝，显得更加深邃。倪万喜没有说话，他慢慢地往旱烟袋里填上烟，摸出打火机，“咔”点上烟，深深地吸了一口，那些悠悠的往事，随着他鼻子里、嘴里冒出的浓烟，慢慢溢了出来。

夜，早已沉沉睡过去，唯有窗外的小虫子还在唧唧欢唱。夜风从窗外灌进来，屋子里多少有几分凉意。倪万喜腾出手，缓缓地关上了他的黑木箱子，仿佛关上了历史的大门。白炽灯下，那只黑色的木箱，就这样静静地躺在床上。木箱近在咫尺，站起来伸手就可以摸到，贺晴觉得眼前那只木箱就像一段厚厚的城墙，无言地诉说着岁月的沧桑与辉煌。

六

一个星期后，贺晴眯着熬得红肿的眼睛，在总编杨冬的陪同下，走进了祁才明的办公室。贺晴将倪万喜黑木箱里的东西翻拍成的照片，以及那篇名叫《苦烛情》的长篇通讯，呈在了祁才明的案头。

祁才明没有客套，给他们泡好茶，就迫不及待地翻看起那本照片夹来。

“不错不错！强将手下无弱兵，这些才是最真实、最客观的第一手资料啊！”祁才明一边看，一边发着感慨。看得出来，祁才明对这一手资料非常满意。

领导一高兴，贺晴心里悬着的那块石头就落了地。没想到祁才明叹了一口气，话题一转，指着那沓照片，对贺晴说：“贺老师，你做了件大好事，这些才是基层最为鲜活的东西啊！这样吧，你能不能讲一讲这些照片背后的故事？”

于是，贺晴讲起了倪万喜的黑木箱子，以及每一张照片后面的故事。

祁才明听得很投入，越听他的脸色越严峻。贺晴把倪万喜的故事讲完，好一阵祁才明都没说话，他还沉浸在倪万喜的故事里。沉默了一会儿，祁才明摇摇头，说：“唉，怎么说呢，倪万喜和他们这一代人，支撑着贫困山区的教育事业，成就了山里孩子的梦想。这些东西，就是他们这一辈代课教师最为鲜活的奋斗史啊！”

贺晴心想，领导毕竟是领导，这评价提炼得多好！贺晴笑了笑，说：“有你这种评价，我就放心了！”

祁才明合上那本照片夹，在上面轻轻地摩挲着，犹如抚摸一件神圣的器物：“你们知道吗？我就是从那所学校走出来的。照片中的主人公，就是我这一辈子最为尊重的老师啊！”

祁才明这漫不经心的一句话，倒让杨冬和贺晴都吃了一惊。杨冬抓过那些照片，说：“还看不出来，在那样简陋的村小里，还培养出了你这样优秀的人才，不简单哪！”

“说实话，我们当时只知道倪万喜很敬业，也很辛苦，他把整个身心都交给了孩子。但是，我们真的不知道他辛苦的背后还有那么多生动曲折的故事，更不知道他的内心情感是这样的丰富。唉，他在那里奋斗了一辈子，到现在仍然是一个代课老师……”祁才明神色凝重，轻轻叹了口气，看着窗外耸立的高楼直发呆。

短暂的沉默后，祁才明指着厚厚的稿子，对贺晴笑了笑，说：“贺老师，大作我下来慢慢拜读，看完我们再找时间交流，如何？”

两天后的周末，贺晴接到了杨冬总编的电话，说祁才明要请他们过去聚一聚。

祁才明在城郊选了一个僻静的农家乐，流水淙淙，鸟语花香，环境非常幽静。在淡雅低调的背后，是别样的温馨，贺晴暗暗佩服祁才明的精明。

完成了领导交办的任务，美美补了一觉，贺晴感觉到精神好了许多。可是，见到祁才明，贺晴就从他满是倦容的脸上读出了异样。贺晴心里直嘀咕：是那些鲜活的照片，让领导回忆起了难忘的往事，还是这篇沉甸甸的稿子，引起了领导的共鸣，让领导难以安睡？

宾客落座后，大家闲扯了几句，就进入了正题。祁才明探过身子，对贺晴说：“贺老师，在谈材料前，我想先和你探讨几个问题。你说说，倪万喜为什么要撤并学校？”

“怎么说呢？生源减少，师资力量单薄，学生无法享受优质教育资源，这仅是表面现象。”虽然和祁才明接触并不多，但是因为他的肯定，贺晴说起话来也就无所顾忌：“从实际情况看，倪万喜在学校干一天，当地的群众就会对他顶礼膜拜一天，他可以在讲台上找到他的自尊，实现他的人生价值。他完全是从学生全面发展，从对娃娃未来负责的角度来考量这个问题，我认为这才是最为重要，也是最为可贵的！”

祁才明叹了口气，说：“当地村民对撤并这所学校，有什么反响或意见？”

“撤并这样一所学校，你说会有什么反响？”贺晴哈哈一笑，说：“这个消息传到寨子里，寨子里一下炸开了锅，老老少少像疯了一般，跑乡上闹，跑到倪万喜家闹，质问倪万喜是怎么回事。有人劝他别做傻事，有人提出要凑钱给他加工资，还有人骂他疯了。一句话，大家都对这所学校有感情，说啥也不愿意撤掉……”

祁才明瞪大了眼睛，说：“对于村民的各种非议甚至过激行为，倪老师怎么办？”

贺晴说：“其实，倪万喜已经预料到做出这个决定的后果。他做村上的工作，做家长的工作，虽然开始有抵触情绪，但时间一长，大家也就慢慢想通了。这学期结束，孩子们都会到乡中心校去读书。”

祁才明探探身子，说：“做出这样的决定，倪老师感到后悔吗？”

“嗨，你这个老师呀！”贺晴摇摇头，感慨道：“他才不后悔哩！他觉得这样做才真正是为娃娃好，真正是对事业负责，问心无愧……”

祁才明长舒了一口气，躺在椅子上，喃喃地说：“我们的倪老师，我觉得他就是一只华贵祥瑞的林中凤凰。他用质朴淳厚的品德，理性睿智的学识，执着坚韧的精神，净化着人们的灵魂，成就了一方独特风景，这是多么难得的境界呀！”

大家都点着头，一时无语。

过了一会儿，祁才明说：“贺老师，你不愧是杨冬手下的得力干将。你的大作我反复研读了，写得真好。切入点找得准，事例生动，细节感人，特别难能可贵的是，字里行间融入了作者的个人情感，写得很煽情，非常有感染力！”

贺晴笑了笑，说：“领导过奖了。有你的肯定，我就觉得这一趟没有白跑。我想，只要媒体一发出来，就会有更多的人来关注倪老师，帮助倪老师！”

没想到祁才明轻轻叹一口气，连连摆手：“这事太敏感了。目前，各地都出台了一些政策，陆陆续续在解决民办老师、代课老师的遗留问题。虽然各地根据实际，标准和办法不太统一，但毕竟是好事情。不要为了这一篇稿件，给各级组织添麻烦。”

还不等贺晴开口，祁才明就对杨冬说：“老同学，你是这方面的行家，你说呢？”

杨冬打了个哈哈，看了贺晴一眼，道：“你这个家伙，到这个时候了，叫我说啥？”

贺晴心里一惊，问：“这……这篇稿子？”

“算了。”祁才明说。

“算了？”

“对。”祁才明想了想，说，“只是辛苦贺老师了。这些东西，就放在我这里做纪念。你放心，这些材料，以后会发挥作用的……”

贺晴愣住了，一时不知道该说什么。贺晴搔搔脑袋，说：“这样也行。不过，你得想办法，把倪老师的问题解决好！”

祁才明笑了，点着头，说：“这种想法是好的。前些日子，乌地吉木村的老支书就不断给我打电话，就在跟我说这个问题。但是，这样的事，真正要解决起来，哪有这么简单？”

七

三个月以后，刘长索到了省城。不为别的，他专程为倪万喜的事找祁才明。

那时候，乌地吉木已经趋于平静。这所简陋的学校，在乡亲们心目中，就是一个神圣的殿堂。那些日子，寨子里的老少爷们茶余饭后，最热门的话题就是学校，争论的焦点就是如何让这所学校保留下来。可是，倪万喜挨家挨户做工作，苦口婆心，不厌其烦，给乡亲们讲社会的竞争讲孩子成才的需要，说得那一个个对未来满怀憧憬的乡下人直点头。乡亲们心里尽管舍不得，但是从孩子成长的角度来考虑，觉得倪万喜说的确实有道理。时间一长，也就理解了倪万喜的良苦用心。

祁才明给刘长索泡了杯热茶，乐哈哈地说："你不是说有非常重要的事吗，你先拣最重要的说，一会儿我还有个接待。"

毕竟是一个寨子里长大的光屁股朋友，刘长索也就没那么多拘束。刘长索直冲冲地说："才明呀，我这次来，是想请你想个法子，给倪老师找个出路啊！"

祁才明"嘿嘿"笑道："你是当地的父母官，你自己不想办法，倒跑我这儿要出路来了，哪有这个理？"

"有句话是这样说的，有困难找领导。我这不是遇上困难了吗？"刘长索苦着一张脸，把倪万喜的境况说了个大概。

窗外，林立的高楼在雾霭里若隐若现。透过那薄薄的雾霭，祁才明的脑海里清晰地浮现出倪万喜的身影。他知道，这一切已经成为现实。祁才明魂牵梦萦的家乡，那名叫乌地吉木的寨子，祖祖辈辈靠在贫瘠的土地上刨食，一个个全是睁眼瞎。直至有了倪万喜，把寨子里的学校办得风生水起，多了识文断字的人，有人陆续走出封闭的大山，改变了一个又一个家庭的命运。他在那清苦的讲台上奉献了一辈子，可是到了最后，他把自己赶下讲台，名分，待遇，养老，医疗……这些最为现实的问题，谁来关心，谁来解决呢？

祁才明轻轻地摇了摇头，他的心里涌起一阵酸楚。

看着祁才明凝重的表情，刘长索叹了一口气，说："我晓得你忙，有些话三两句说不清。你清楚的，倪老师在学校里辛辛苦苦干了一辈子，让那么多的人走出了大山，他是咱乌吉吉木的功臣啊！可是，他自己呢，穷得叮当响，比叫花子好不到哪儿去。你说，学校撤了，他以后的日子怎么过？"

从刚才刘长索那一声粗重的叹息背后，祁才明明显地感受到这个乡下汉子满腹的无奈与愤懑。祁才明一时不好说什么，只是静静地看着刘长索。短暂的停顿后，刘长索苦笑着说："这么说吧，眼下能够帮他的，就只有靠你了！乡上的事也好，我自己的事也罢，我从来没向你开过口，就这件事，说啥你也得帮忙！"

祁才明叹了口气，握着刘长索的手，说："你先住下来，我们再找时间聊。"

祁才明觉得事情不是这么简单，不能草草地下结论。

第二天下午，祁才明找了一个僻静的地方，要刘长索过去一聚。

不等刘长索开口，祁才明就说："记得咱们读书的时候，人多得不行，怎么现在会没有生源了呢？"

刘长索说："那些年，恰逢人口上学的高峰。就拿咱乌地吉木小学来说，最兴盛的时候，从小学到初中四百六十多个学生，14个老师。你想想，那时候乡下没啥娱乐的，又没有电视混日子，晚上两口子摸黑一上床，除了开展那项活动外，还能干啥？这样一来，人口成倍增长，娃娃多，学校也就热闹了。现在就不一样了，人们的婚育观念发生了根本性的变化，人口自然就降了下来。"

祁才明来了兴趣，说："婚育观念？"

刘长索说："对。时代进步了，现在的年轻人一个个贼精，都不想多要孩子。就是两口子做那事，也算计着抚养孩子的成本。该戴套的戴套，该上环的上环，就算一不小心中弹，也赶紧采取补救措施，绝不让降低他们幸福指数的小拖累落地……"

祁才明说："除此之外，还有什么原因呢？"

刘长索说："这些年来，打工的打工，外出的外出，只要在外面站稳脚跟，婆娘、娃娃就一起出去了。咱乌地吉木过去有六百多户人，如今搬的搬，走的走，真正厮守在那里的，还不足三分之一，而且以老年人居多。就是一时没有出去的，都在想着法子，把娃娃送进城去读，送到天拱坝去读。说实话，要是没有倪万喜，这所学校还撑持不到现在。当然，城镇的学校条件好得多，家长有这种选择，人家也没错……"

祁才明"哦"了一声，出神地望着远处的高楼。

刘长索话题一转，说："前些日子，有个记者到乌地吉木专门采访了倪老师，你知道这件事吗？"

"我怎么不知道？他们报社的老总是我非常要好的师弟。"

"这个记者很务实，他收集了很多关于倪老师的资料，怎么不见报纸上登出来？"

"那篇稿子，一时还发不出来。"

"为啥？要是发出来，在社会上引起反响，肯定有很多的好心人来帮助倪老师哩！"

"暂时放一放。这个题材有些敏感，不要给各级组织添麻烦。"

"怎么……还要放一放？搞个锤子啊！"刘长索轻轻骂了一句，说："咱们书归正传，你得想办法，把倪老师的问题解决了！"

祁才明说："你的意思，转正？"

刘长索说："对对对，就这意思。咱一个芝麻官，肯定办不到。你作为省上领导，不就是一句话的事儿？"

祁才明笑着连连摇头，说："你小子把问题想简单了。关于倪老师的事，就好比赶末班车，挤上去就成功了，挤不上去就只有自己想办法。现在不管办啥事，都得公开透明，把他的解决了，其他人怎么办？把这个群体解决了，和他们类似的群体又怎么办，老赤脚医生、老林业员、老电影放映员的问题，该不该解决？就拿代课教师来说，咱们乡不止他一个，咱们县也不会是少数，全省就更多了，有几十万人呐！"

刘长索心里一凉，伸长了脖子："真的没办法？"

祁才明说："办法肯定是有的，只是还需要一定的时间。"

刘长索摇摇头，苦笑着说："要是行不通的话，你想办法在效益好一点的单位，找个临时的工作给他干干也行！"

祁才明还是直摇头，说："对于倪老师，我除了敬佩和同情外，眼下还真想不到更好的办法。你想想看，倪老师一辈子耗在三尺讲台上，要手艺没手艺，要专长没专长，啥技术活也干不了，他能干啥？再说，倪老师年龄这么大，拖家带口一家子，背井离乡到千里外的省城，你说你说，这现实吗？"

“这……”刘长索长长地叹了一口气。他张张嘴，还是不知说什么好。

八

倪万喜没有食言。暑期放假前，他带着孩子们，把学校打扫干净，郑重其事地把钥匙交到了村上。

在刘长索的帮助下，倪万喜在县城找到了一份保管库房兼看大门的工作。夏雨替倪万喜在城郊租了两间房，准备办个托管班。夏雨一催再催，说：“万喜，房子我已经找人刷过了。你得早一点进来，我再帮你淘几样旧家具啥的。不管城里还是乡下，总得像过日子的样子啊！”

因为有夏雨，对倪万喜来说，那个并不繁华的县城又多了几分诱惑。都到这把年纪了，他不再有啥非分之想。如果有机会，能够远远地看上夏雨一眼，对自己的情感就是莫大的慰藉。

如今，真正说起进城去，倪万喜反倒犹豫起来。儿不嫌母丑，子不嫌家贫。乌地吉木虽然贫穷，但毕竟在这里生活了大半辈子，这里的山，这里的水，这里的一草一木，以及那些朝夕相处的乡亲，都是浸润在血脉里的骨肉亲情，此时是这样的难以割舍。

倪万喜躺在床上，一袋接一袋抽着旱烟，连着几个晚上睡不好觉。

倒是春桃理解自己的男人。春桃说：“你这一辈子，做梦都盼着到外面去。到了这一步，咱们就得挺起胸脯往前走。这么说吧，家里房子有人看，地有人种，今后要是在城里蹲站不住，回来安心种地就是。有啥丢人的？……”

倪万喜考虑再三，准备把家里的坛坛罐罐，包括碱菜豆豉辣酱一股脑儿搬进去，再把春桃和儿子也接进城去。倪万喜把家里安排妥当，一个暑假就快结束了。要走那天，寨子里的乡亲都来为他送行。

太阳从野猫凹探出红红的笑脸，柔嫩的朝阳，把轿顶山的山顶染成了金色，也把它下面绛红色的山体衬托得有些幽暗。好在有几朵洁白的云朵悬在半山腰，让这一方静寂的世界有了几分灵气。这个时候，有人就踏着早晨的霞光来了。该摆的龙门阵，昨天晚上摆了一夜，该表达的都已经表达了。他们一早过来，主要是采取另外一种方式来填补自己的感情：送腊肉火腿，送绿豆大豆，送瓜子花生，送小米高粱，送鸡蛋鹅蛋，送辣子茄子，送酸菜豆瓣，只要家里有的，都往倪万喜家搬。杨打铁老汉没啥拿的，到地里抱了两个老南瓜，说这东西不容易坏，非要春桃带进城去。乡亲们的盛情，让倪万喜两口子过意不去，在大门口你推我让，拉拉扯扯，整个场面显得情意绵绵。

还没有吃早饭，农用车就满满装了一车。正在这时，吴正虎父女急匆匆闯了过来，在倪万喜的面前齐刷刷地跪下，咚咚咚就要往地下磕头。

倪万喜大惊，连忙把父女俩拉起来，说："正虎，你干啥哩，这不是要折我的寿吗？"

吴正虎拉过女儿，说："万喜，你晓得，这些年我手里紧得很。你看嘛，家家都在表达自己的心意，我啥也没有，只有把女儿送给你！"

"什么？"倪万喜怔住了。他万万没想到，吴正虎会说出这样的话。

"你别想多了！你没有女儿，我把女儿过房给你！"

"你……"

众目睽睽下，倪万喜动了动嘴唇，什么话也没有说。

吴正虎说的是实话。这几年，他的母亲常年躺在床上，他也三天两头往医院跑，地里的庄稼荒废了，又没有额外的收入，家里实在困难。可是，在这个时候，他怎么能够用这种方式呢？再说，没有子嗣的人家，才可能过房收养哥哥或弟弟的孩子，他演这一出，不是在诅咒别人吗？

所有的人都围过来，看猴戏般打量着这个不速之客，嘀嘀咕咕骂着这个不识时务的家伙。

吴正虎显然没有顾及这么多，他脸上所有的皱褶里全是笑："万喜，我没有说胡话，我的心是诚的，不信你摸摸看！你有儿子，按理说我不应该这样。但是，你没有女儿，我把丫头过房给你，你就儿女双全了。我没有啥奢望的，就是希望丫头能够跟着你，到县城里找个好点的学校，好好读书啊！”

吴正虎不管倪万喜同不同意，把女儿扯到倪万喜和春桃面前，要她改口，叫爹，叫妈。

“我这辈子就这样了！”吴正虎哧哧哧地枯笑着，那声音似哭非哭，似笑非笑，让人脊背直冒冷气：“万喜，你我相处一辈子，情同手足。你说，在这个世上，我不靠你，还靠哪个啊！？”

吴正虎稀疏的头发，犹如坟头上萋萋的荒草，在晨风中瑟瑟发抖。吴正虎耸动着双肩，眼泪就像小瀑布一样，哗地流了下来。

倪万喜还说什么呢，他不住地点着头。倪万喜知道，陈宝珠有了消息。陈宝珠跑到山东，嫁给一个本分的后生，生了两个儿子，日子还不错。两年前，她的丈夫意外身故，陈宝珠捎了信来，说要是吴正虎不嫌弃，可以过去看看。

吴正虎放心不下的，就是正在读书的女儿。倪万喜只觉得眼睛发涩，嗓子发堵，紧紧握着吴正虎枯瘦的手就不放。

“你放心，咱们是一家人。你只管娃娃读书，生活上的事情，不管我在哪里，我都会尽到当父亲的责任。”吴正虎拍着他干瘪的胸，又咕咕笑起来：“万喜，你进城去，是天大的好事，应该高兴哩！嗐，在这个时候我淌啥猫尿呢，让你见笑了……”

吴正虎满是皱褶的脸上又有了笑容，就像一堆牛屎上绽放的菊花。

倪万喜轻轻叹了口气，拉开了驾驶室的车门。倪万喜正示意春桃上车，就听见一个苍老的声音，幽灵一般从墙角边飘了过来：

“万喜，万喜，你这个背时儿子呀！”

倪二老爹拄着拐杖，颤颤巍巍地站在墙边的苦楝树下，喘着粗气：“万喜呀，你……你们铁了心，真要到那抬丧的城里去？”

太阳升起来了，嫩黄的阳光簌簌地从树叶中筛落下来，碎碎地落在二老爹满头白发上。倪万喜赶紧过来，搀住倪二老爹的胳膊，他确实没有想到老人会来为他们送行。

倪二老爹直起腰，浑浊的目光在倪万喜的脸上摩挲着：“你晓得的，寨子里大事小事，这几年我都不耐烦多嘴。听说你们要到城里去，我是几个晚上睡不好觉。咱老倪家，就剩老爹这尊不中用的老疙瘩了，我得站出来说句话啊！万喜，不是老爹说你。你已经这把年纪了，在城里房没一间，地没一垄，又莫啥手艺，进了城，你住哪？吃啥呀？城里花花世界好看，但一家人要吃饭哩！咱乌地吉木是穷了点，但房子是现成的，土地是现成的，吃饱穿暖莫啥问题，好好的日子你不过，哪能这么糊涂啊？”

听得出来，倪二老爹说的每一句话，都没有半点虚情假意。在门前送行的人都觉得这话在理，有人交头接耳，有人在摇头叹气，还有人在悄悄抹眼泪。

春桃也走了过来，对倪二老爹说："老爹，让你挂心了。你不晓得，万喜这辈子就盼着能够走出大山。以前，有那些娃娃牵绊着，他只能背底下和我念叨念叨。现在莫得学校了，就想进城去了他这桩心愿。只是，这样的愿望，到底能不能实现……"

倪万喜叹了一口气，脸上多了几分笑容，说："老爹，我们也要这样看，现在的人都拼了命往城市挤，他们为了啥？我是想到城里探探路，说不定……以后咱寨子的乡亲，还会在城里成邻居哩！你回吧，回吧！"

倪二老爹捉住倪万喜两口子的手，不住地摇头，说："我孙子，要到城里去，那是退回去30年前的事哩！要说，你们也老大不小了，这些事儿你们仔细盘算过没有？别的不说，寨子里的父老乡亲，天天像菩萨一样把你们供在神龛上，这样的福你不享，还要到城里去看别人的脸色，拿给人家当尿罐样拎过来踢过去，你傻呀！"

倪二老爹虚弱的声音，像夜哭的鬼魂一般，让人心里酸酸的。

几条过来看稀奇的野狗，在墙角东张西望，它们实在搞不清这些人在磨叽些什么。唯有树梢上的几只鸟雀，叽叽喳喳争吵个不停，似乎在催促他们赶紧上路。

后 记

从跳“龙门”说起

女儿读了我发在《龙门阵》上的《那一年，我跳“龙门”》，一脸的迷茫，反复问我这个故事是不是真的。正在上中学的女儿，根本不相信父亲“生于斯，长于斯”如诗如画的农村是这样的艰难困苦，更无法理喻农村孩子走出大山、跳出“龙门”是如此的艰辛和曲折。

其实，生活的真实比文学作品本身更为残酷。《凤凰春晓》主人公倪万喜高考体检的遭遇，就是我当年的真实写照。没有彻骨的相似经历就没有震撼心扉的共鸣，我们这辈人的人生磨砺，对于女儿她们这代人来说，无疑是天方夜谭。

机缘巧合，时值在《大家》杂志担任副主编的项万和老师路过县城。文友见面，自然而然地谈到了文学创作，以及生活中的往事。那一天，我无意中和他聊起了当年我考试、体检、面试和拿录取通知的往事，以及我的老师为了我能考上学校的无私付出。项老师沉默良久，继而唏嘘不已。他动容地说：“美桦，这个故事本身就是一个励志的活教材。你工作再忙，一定要挤出时间，静下心坚持把它完整地写出来！”

项老师的鼓励和鞭策，打开了我记忆的闸门，往事的轮廓越发的清晰。六十年代中期，我出生在大凉山最南端金沙江畔一个偏僻的小山村。这里山高谷深，群山延绵，千百年来，祖祖辈辈黎明出耕，天黑回屋，过着几乎与世隔绝的农耕生活。我的父亲是当地为数不多的读书人，是寨子里令人尊敬和羡慕的民办教师，他走过的路见过的事比村里的大多数人要多一些，思想自然比其他人要开明得多。让我们兄妹进学堂接受教育，成为他最为关心的头等大事。到了读书的年龄，我顺利进入了寨子里的小学。其实，我们学校就是一大间用牛圈改造成的教室。天晴的时候，孩子们分成两拨，教室里面坐一部分，外面屋檐下坐一部分，下雨天几十个孩子全挤在里面。一块用门板涂上锅烟的黑板，十几张用石板搭的桌子，几条长长短短的旧条凳和一盒粉笔，就是全部的教学设备。能进学校识文断字，还认识一些新朋友，让我们兴奋不已。每天我们都会用灿烂的笑声，让这个简陋的学校充满生机和活力。我们在老师的呵护下，犹如一棵棵在阳光雨露滋润下的幼苗，一天天拔节疯长。

教我们的是两个代课老师，他们采取复试班的方式，一个人上几个班的课。最让我感动的是，办学条件这么艰苦，而且薪酬待遇少得可怜，但是教我们的两个老师，每天像打了“鸡血”，风风火火，精神焕发。他们想得最多的，是想通过孜孜不倦的努力，把更多的孩子送出大山。而他们，白天扑在教学上，一门心思围着孩子们转，早晚还要下地干活，为一家人的生计辛勤劳作。

后来，我考上了师范学校，走出了大山。几年后，我回到离老家不远的一所偏僻的小学教书，我的同事中依然还有很多代课老师。再后来，我调到乡中学、区教办、县教育局、县政府机关工作，而当年和我一起的同事中，依然还有很多代课教师、民办老师。他们在艰苦的环境中，依然拿着微不足道的工资，确深爱着那份教书育人的事业。而我的父亲，直到离世，他也没有转成公办教师，我从没听到他为此而抱怨过，也从没有看到他为此而失落过。和我父亲一样，这些体制外的老师，犹如草丛里的一滴滴露珠那样卑微，他们却以一个群体的臂膀，为山里的孩子构筑走出大山实现人生梦想的道路。

回望一个时代，致敬一个群体。这个朴素而真挚的创作初衷就这样激励着我前行。

在师资严重匮乏的广袤农村，千千万万的民办教师、代课教师以瘦弱的肩膀，支撑着农村教育的大厦，把数以万计的农村子弟培养成为国家有用之才；他们用大爱无私，为了国家的富强，民族的强盛，背负起了时代赋予他们的特殊使命，实现了他们这一代人的人生价值。而在这个群体中，代课教师更为特殊。他们没有公办教师的待遇，也没有民办教师转正、招考、退养等方面的机会，更没有就业、养老方面的保障，就连参加招工招干考试，也会受到年龄学历等诸多的制约。他们在三尺讲台上默默奉献，却常常被人误解、遗忘，甚至嘲笑，他们的艰辛和付出，更值得社会的尊重。而专题展现代课老师这一群体的文学作品却微乎其微，那些零散的、片段式的描写，难以全方位的展现代课老师的精神风貌，这不得不说是一种遗憾。回顾自己的生活和工作经历，我的脑子里一直有这样的念头：

用我手中笨拙的笔，写一写我身边的代课教师。

长期生活的积淀，创作非常顺手，当年我就完成了初稿。但是修改、打磨，却不是一件容易的事。加上平时事务缠身，时常感觉体力透支，力不从心，创作进度缓慢。

经过近十年的修改和打磨，几易其稿，我把重点放在人物人性和人物精神的挖掘塑造上，围绕社会变革中的阵痛，以倪万喜的执着和坚守为主线，从乌地吉木小学的兴衰更迭入手，通过刻画倪万喜、张尚福、祁四老爹、夏雨、吴正虎等一系列人物形象，叙写川滇地区特有的民风民俗，反映改革开放以来广袤农村的教育现状，展示多彩多姿的社会风情画卷，让良心的拷问，道德的守望，正义的力量，处处闪耀着人性的光辉。

因大山阻隔、交通落后、信息闭塞，未能如愿进入大学，且一次又一次错过转正机会的代课教师倪万喜，用他30多年的青春岁月，以他顽强的意志和非凡的智慧，成就了农村孩子的梦想，点亮了大山里的希望，生动诠释了不求回报的大爱无疆。我认为，倪万喜这一典型形象，正是千千万万为农村教育事业做出贡献的代课教师的缩影，他们身上满满的正能量，就是最好的中国故事。倪万喜、张尚福、祁四老爹等底层人物的真诚善良，淳朴厚道，豁达乐观，正是千百年来历经千难万苦，仍脊梁挺拔的一代又一代中国老百姓的集体写照，更是不可复制的中国独有的声响和色彩。

今天，代课教师、民办教师已成为历史，农村的封闭和落后面貌得到了极大的改善，举世瞩目的脱贫攻坚已进入决战决胜阶段，祖国已大踏步进入中国特色社会主义新时代，全面建成小康社会，共筑伟大中国梦已指日可待。在这重大历史转折时期，但愿像倪万喜这样的执着敬业精神和人格魅力被更多的年轻一代熟知、铭记，让这满满的正能量，汇聚乡村振兴的强大合力，激荡起同心共筑中国梦的滚滚洪流，共同书写新时代的光荣与梦想。

我始终坚信，善良、无私和大爱是不会过时的。

李美桦

2018年1月20日